论东方古代六大史诗

张朝柯 著

人民出版社

目　录

前言

东方古代史诗，是东方各民族的祖先创作的优秀文学遗产，在世界文学发展史上占有重要地位，对世界文学的发展产生了不可磨灭的促进作用。在世界文学发展史上，东方古代史诗同西方古代史诗比较，具有四个方面独放异彩的特点。

第一，世界上最早的史诗产生在东方，巴比伦的英雄史诗《吉尔伽美什》大约在公元前19世纪至公元前16世纪经搜集整理之后已经镌刻成泥板了。然而，希腊的两大史诗《伊利亚特》和《奥德赛》，公元前9世纪开始传诵，到了公元前6世纪，在雅典执政者庇西特拉图的领导下，史诗才有了文字记录。东方史诗要比西方史诗超前问世一千多年。

第二，世界上最长的史诗产生于东方，在上个世纪，中外学者都承认：《摩诃婆罗多》是世界上最长的史诗。他们都说：《摩诃婆罗多》有10万颂，一颂是4行。10万颂就是40万行。牛津大学的麦克唐纳教授说：《摩诃婆罗多》是荷马两大史诗的8倍，是世界上最长的史诗。然而，近几年我国民间文学学者断定：流传在青藏高原的《格萨尔王传》才是世界上最长的史诗，有120多部，100多万行，2000多万字，比已知的东方史诗的总和还要长。

第三，世界上产生史诗最多的区域是东方，古代东方，是盛产创世史诗和英雄史诗的地方。我国西北地区的新疆和青海、西南地区的四川和云南、东北地区的黑龙江等地，不仅史诗的数量多，而且在有的地方还发现了英雄史诗群。哈萨克族大约有数十部英雄史诗，甚至形成了庞大的英雄史诗文化圈。蒙古民族的英雄史诗有600多部。在黑非洲，除了《松迪亚塔》，还有很多难于统计的史诗。

第四，东方史诗对世界的文学、文化产生了多方面的深远影响，不仅对希腊的神话、史诗、戏剧、诗歌产生了影响，而且对西方文学各个发展阶段不同文学体裁的作品都有不同程度的影响。同时，对世界的宗教、哲学、美学等也有明显的影响。

过去，由于欧洲文化中心论的长期影响，人们很少了解东方文学的伟大成就和广泛而深远的影响，尤其是对古代东方的史诗所知甚少。东方古代史诗代表性作品的重要价值、对世界文学的发展和人类文化的进步有何促进作用，都是不太了解的。

所以，本书要突出介绍两点：一是史诗与文人个体的笔头创作迥然不同，是群众集体的口头创作；二是东方史诗对世界文学和人类文化的伟大贡献和深广影响。

首先，说说为什么要强调史诗是群众集体的口头创作。

因为，时至今日，在西方学术界还有人尚未明确认识史诗这一由群众集体口头创作的文学体裁，同文人个体笔头创作的长篇叙事诗、长篇小说、电影等各种文学体裁的显著区别。在西方，有的学者说：

> 史诗 enic 一词，并无严格的概念含义。它常指描述英雄业绩的长篇叙事诗，也被用来指像托尔斯泰的《战争与和平》一类的长篇小说和像爱森斯坦的《伊凡雷帝》这样的电影。在文学语汇中，这一术语包括口头作品和书面作品。荷马的《伊利亚特》和《奥德赛》是口头史诗的光辉范例，维吉尔的《埃涅阿斯记》和弥尔顿的《失乐园》等作品，则是书面史诗的杰出榜样。还有既庄严又诙谐的史诗，公元前 15 世纪意大利诗人浦尔契的《摩尔干提》，以及一种所谓野兽史诗，即中世纪时用拉丁文描写狡猾的狐狸跟又凶又蠢的狼作斗争的叙事诗，也属史诗一类。①

这一见解过于宽泛，模糊了不同文学体裁的界限，长篇小说、长篇叙事诗、电影、个体创作与集体创作、口头创作与笔头创作，都可称之为史诗，这就彻底否定了史诗这一概念的特定内涵和这一口头文学体裁的本质特征。什么

① 《简明不列颠百科全书》第 7 卷，中国大百科全书出版社 1986 年版，第 310 页。

都是史诗也就什么都不是史诗，甚至在少数学者眼里根本就没有民间口头文学史诗的位置。

朱维之先生对史诗这个概念曾有一明确的论断：

> 史诗是在氏族社会解体和奴隶制社会开端时期产生的一种民间文学体裁，是以传说或重大历史事件为题材的长篇叙事文学。史诗多歌颂自己民族在形成和发展过程中克服重重艰难险阻的英雄业绩。由于产生在远古时代，史诗中的主要人物既是现实的人，又是想象的、超乎现实之上的超人。它是历史，又是传说，既有人功，又有神力。现存世界的古代民间史诗，有巴比伦的《吉尔伽美什》，希伯来的《约瑟记》、《摩西记》、《约书亚记》、《士师记》；希腊的《伊利亚特》（或《伊利昂纪》）、《奥德赛》（或《奥德修纪》）和印度的《摩诃婆罗多》、《罗摩衍那》等。希伯来的史诗在西方传诵了两千年，到本世纪才被认为是史诗。①

正像朱先生所说：史诗这种文学体裁，不同于作家个人的笔头创作，是民众集体的口头创作。它歌颂的是一个民族在发展过程中半人半神的英雄形象。史诗的创作权应属于群众集体，文人个体的笔头创作和群众集体的口头创作，是不能相提并论的，其界限决不可混淆。

因而，本书在评述每部史诗的艺术成就时，着重突出民间口头语言的表现技巧。例如，在第二章《埃努玛·埃立什》中特别开设了第六节史诗口头文学的创作特征。其中，着重说明“相同词语、相似句式和相仿段落的反复出现”，是史诗在表现手法和艺术形式上的一大创作特征。这是口头文学创作传承性特征的明显反映。朱维之先生在讲解这一特征时说：

> 典型的民间形式，和荷马史诗一样，不避重复。例如《伊利亚特》9章，阿伽门农自己说送给阿喀琉斯的礼物，一一列举出来，一字不漏地重复一遍。在约瑟的史诗中，雅各在《创世记》的第42章里表示了不愿让便雅悯被带到埃及去，说了“要我白发苍苍、悲悲惨惨地进坟墓”的

---

① 朱维之：《圣经文学十二》，人民文学出版社1989年版，第140页。

> 话；在第44章约瑟要留下便雅悯时，兄弟们又把雅各的话一字不差地重复一遍。这是民间口头文学的特点，有些在书面上不必重复原话，在口头上却有必要重复一遍，这是为了听众能加深印象。①

重复这一表现手法，像朱先生所说的："这是民间口头文学的特点，有些在书面上不必重复原话，在口头上却有必要重复一遍。"这就是说重复是口头文学创作所独有的艺术特点，在书面文学中，重复只能算是创作上的败笔，而不是什么优点。其次，世界各民族的口头文学创作都运用这一创作方法，无论是巴比伦史诗或荷马史诗还是希伯来史诗或印度史诗，都是如此。因而，重复既不是苏美尔神话中所独有，也不是巴比伦人的偏爱，更不是只有美索不达米亚人才使用这一表现手法。世界各个民族的口头文学创作无不运用重复。这一手法可以更好地展示描写对象的特点，加深对作品内容的理解，对增强作品感染力和艺术效果以及作者和观众的记忆力，都有重要作用。在《埃努玛·埃立什》中，表现了各种不同类型的重复——相同语句的重复、相同诗行的重复、相同段落的重复等，有的相同段落甚至重复四次，每次重复都发挥了不同的作用。

其次，说说东方史诗对世界文学发展和人类文化进步的伟大贡献和深广影响。现在几乎没人坚持欧洲文化中心论了。但是，由于长时间对东方史诗缺乏了解，就无法看到东方史诗的重要价值和伟大意义。美国学者维尔·杜伦在谈到西方文明时说：

> 今天的西方文明，亦即欧美文明，是从克里特、希腊、罗马文明发展而来的，但从最初的起源来看，系肇源于近东。因为事实上，所谓的"雅利安人"并没有创造文明——他们的文明系来自于巴比伦和埃及。希腊文明，也并非完全由希腊人创造。希腊人继承来的东西远多于创建，通过贸易和战争，近东3000年的艺术和科学成就输入希腊，研究近东史愈深，我们愈觉应感激近东，因为它才是欧美文明的真正创造者。②

---

① 朱维之：《圣经文学十二讲》，人民文学出版社1989年版，第150—151页。

② 维尔·杜伦：《东方的文明》，青海人民出版社1998年版，第138页。

如果西方人放弃傲慢与偏见，从西方文学的发展上看，其各种文学体裁——神话、民间传说、史诗、寓言和戏剧等，无不受到古代东方文学的影响。所以，拙著力图通过对东、西方史诗以及东方各国文学的比较研究突出东方史诗的重要价值和伟大意义。因而在每一章的最后都设一节，专门介绍各个史诗的深广影响。

例如：本书的第一章的第七节，通过《吉尔伽美什》史诗中乌特那庇什提牟制造方舟的神话，同《圣经・旧约》中挪亚方舟的神话的比较，就能明显看到前者对后者的影响。

吉尔伽美什同普罗米修斯两个形象的比较，便可看到前者对后者的影响；吉尔伽美什同赫拉克勒斯两个形象的比较也可看到前者对后者的影响。

又如本书第二章的第七节，通过比较，我们看到：《埃努玛・埃立什》史诗对东西方文化的广泛影响，其中包括三大方面的影响：

一是对东西方神话的影响：1. 对《圣经・创世记》的影响；对赫梯神话的影响；对腓尼基神话的影响。2. 对希腊史诗和《神谱》中神话的影响以及对北欧神话的影响。

二是对唯物主义哲学的影响。

三是对犹太教和基督教文化的影响：1. 崇拜主神的观念对犹太教和基督教的影响；2. 热爱主神、顺从主神观念对犹太教和基督教的影响；3. 仁慈友善精神对犹太教和基督教的影响；4. 提倡爱的精神对犹太教和基督教的影响。

这样，通过东方古代史诗对各国各民族的影响便可了解东方古代史诗的重要价值和伟大意义。

由于不懂各史诗的文本原文，再加上对东方各国古代历史文化知识所知甚少，有的评述必然会出现隔靴搔痒的差错或瞎子摸象的误判，敬请读者、方家教正。

张朝柯

2014 年 7 月

第一章——《吉尔伽美什》

第一节 史诗产生的时期和前代文学传统

一、史诗产生的时期

著名史诗《吉尔伽美什》反映了巴比伦文学的高度发展成就，是两河流域各族文学的杰出代表作品。在世界文学史上，它是迄今所知最早记录在泥板上、编定成书的英雄史诗。这部古老的史诗，在两河流域的远古居民中，经历了相当长的口耳相传的过程，大约在古巴比伦王国时期（约公元前 19 世纪初至公元前 16 世纪中叶）便已经收集整理镌刻于泥板上了。此后，在赫梯王国时期（大约前 16 世纪——前 14 世纪），又有了存放于波伽兹科易档案库中的编纂本——其主人公的名字叫吉斯吉莫斯，是吉尔伽美什的“翻版”。到了亚述帝国时期（前 10 世纪——前 7 世纪前），又有了存放于巴尼拔图书馆的亚述版本。从《吉尔伽美什》编定成书的年代上看，这部史诗既早于希腊的《伊利亚特》和《奥德赛》，又早于印度的《摩诃婆罗多》和《罗摩衍那》；因而，完全可以说它是世界上最早的英雄史诗。从《吉尔伽美什》所反映的社会生活和思想内容上看，这部史诗也要早于希腊的两大史诗和印度的两大史诗。因为在主人公吉尔伽美什身上，更多地体现了原始英雄的特点，奴隶主的性格特征并不明显，可以说几乎是没有剥削阶级的思想意识。这部史诗，虽然编订成书于奴隶制社会，但是，它所反映的社会生活，却是氏族社会末期的。

二、史诗前代文学传统

这部英雄史诗是在苏美尔、阿卡德神话故事、民间传说、民间歌谣、格言谚语的基础上发展形成的，是古代两河流域口头文学的总汇。在公元前3000多年前，在苏美尔人的神话故事、民间传说中，就有几个故事，同后来的《吉尔伽美什》中一些情节极其相似。这表明：《吉尔伽美什》史诗中某些情节的原型，早在距今5000年前，便在美索不达米亚地区流传了。苏美尔时代流传的关于《吉尔伽美什和阿伽》是一篇没有神话色彩的民间传说，具有历史的真实性。这一首长篇叙事诗的主人公吉尔伽美什，是公元前3000年初期真实的历史人物，乌鲁克城邦的国王。在苏美尔的文献中，保存着一系列的关于英雄吉尔伽美什和他的仆人恩启都的传说故事。其中描写：吉尔伽美什是卢伽尔班达和女神宁苏的儿子。这正如乌尔第三王朝时期帝王世系表中所表明的：吉尔伽美什是乌鲁克城第一王朝的代表者。因而，在以后的文献材料中，把他作为一个真实的历史人物加以记载，并保存下来。在苏美尔时代的吉尔伽美什的故事情节表明：吉尔伽美什同群众的关系，比后来史诗中描写的更为亲近和密切。在他创建事业和建立功勋的过程中，有很多战友和帮手，不仅有勇武超群的恩启都，而且还有群众的代表人物——“城市之子”。在征伐雪松林（或译杉树林）的“恶魔”洪巴巴（或译芬巴巴）的战斗中，有五十个乌鲁克的“城市之子”成为吉尔伽美什和恩启都的帮手。在吉尔伽美什同基什王阿伽斗争的故事中描写：吉尔伽美什拒绝为基什王完成灌溉工程的要求，在这方面，吉尔伽美什得到了乌鲁克青年民众——也可以说是人民大众的支持。然而，当时的贵族在长老会议上却胆怯地劝告吉尔伽美什屈服于基什王。乌鲁克向强大的北方城邦启什争取独立的历史事件，似乎正是这一故事的原始题材。到了阿卡德时期，这一史诗又用阿卡德语刻在泥板上，完整地保存下来，通过流传至今的《吉尔伽美什》便可以判断：这一史诗正是在苏美尔、阿卡德文学传统的基础上形成的；后来在口头流传过程中吉尔伽美什被塑造成半人半神的英雄形象。如果将苏美尔的神话传说同《吉尔伽美什》史诗加以比较，不难发现：苏美尔的《吉尔伽美什和永生者的家园》，显然是《吉尔伽美什》史诗第三、四、五块泥板上记录的“征伐杉树林的怪物芬巴巴”故事的原型。苏美尔的《吉尔伽美什和天国的牡牛》，同《吉尔伽美什》第六块泥板上的故事是类似的。苏美尔的《吉乌苏德拉》的洪水神话，是《吉尔伽美什》史诗中乌特拿比什提牟洪水神话的最早胚胎。苏美尔的《吉尔伽美什之死》是《吉尔伽美什》第九、十、十一块上故事情节的来源。苏美尔的《吉尔伽美什·恩启都和冥府》的后半部分，同《吉尔伽美什》第12块泥板是特别相似的。这些例子说明：巴比伦的史诗《吉尔伽美什》，是在苏美尔、阿卡德文学传统的基础上创作出来的。当然，在创作过程中，也增添了许多新的元素，表现了巴比伦人的创新精神。

德国慕尼黑大学爱扎德教授说："就吉尔伽美什史诗而言，阿卡德人的伟大成就在于把独立成篇的苏美尔组诗变成了一部内容连贯的史诗。在这个过程中出现了一种全新的整体构思，可以说，阿卡德语的吉尔伽美什史诗是一部全新的成功之作。阿卡德人并没有用剪刀加糨糊的办法把苏美尔语组诗的各个部分简单地拼凑在一起。"他认为，这是一种功绩。但是，他还有一种看法："与广为流传的观点相反，我认为，我们所知的'标准版本'绝不是完整的，它还存在着非常大的和明显的缺漏，我们可以称其为一部残缺不全的作品。"①

第二节　史诗的主要情节

《吉尔伽美什》史诗，共有3000多行，用楔形文字记录在12块泥板上。其基本情节如下：

一、第一块泥板

吉尔伽美什"见过万物，足迹遍及天（边）；/ 他通晓（一切），尝尽（苦辣甜酸）"；/ 他修筑拥有环城的乌鲁克的城墙。""自从吉尔伽美什被创造出来，/ 大力神（塑成了）他的形态，/ 天神舍马什授予他（俊美的面庞），/ 阿达特赐给他堂堂丰采，/ 诸大神使吉尔伽美什姿容（秀逸），/ 他有九［指尺］的宽胸，十一步尺的（身材）！""他三分之二是神，（三分之一是人）。"他是乌鲁克城的保护人，组织居民建造乌鲁克城，他"不给父亲保留儿子，""不给母亲保留闺女"，因而"乌鲁克的贵族在（他们屋）里怨忿不已"；"（诸神听到了）他们申诉的委屈"；立刻命令创造女神阿鲁鲁用泥土创造了恩启都与吉尔伽美什对抗。

---

① 拱玉书等译：《吉尔伽美什史诗的流传演变》，《国外文学》2000年第1期。

二、第二块泥板

恩启都走到乌鲁克，他和吉尔伽美什在“国家广场”上相遇。“恩启都用腿，/ 把门拦挡，/ 不让吉尔伽美什进房。/ 他们狠命扭住厮打，活像牤牛一样。/ 墙壁塌了，/ 门坏了。”后来，两人不打了，成了好朋友。

三、第三块泥板

吉尔伽美什决定去征讨森林的怪人芬巴巴，恩启都忧虑前途，告诉吉尔伽美什：“我的朋友啊，这森林我在原野时就熟悉，/ 我常和野兽一起漫游栖息……（芬）巴巴的吼叫就是洪水，/ 他嘴一张就是烈火，/ 他吐一口气就置人于死地。/ 为什么你竟，/ 打定了这样的主意？”“吉尔伽美什开口，/ 把恩启都勖勉：/……你那英雄的威风为何消失不见？让我走在你前！/ 你的嘴里要喊：不要怕，向前！”吉尔伽美什表示：“那个名字传遍国内的杉妖，我要在杉树林里把他干掉！乌鲁克之子是何等的英豪，/ 让国内（的人）家喻户晓。/ 我要亲手砍倒那杉树，/ 我要把英名千古永彪。”于是，下令制造武器，向乌鲁克居民告别。两英雄启程，向杉树林进发。

四、第四块泥板

残破的太多，不易推断。描写两英雄来到森林的入口，吉尔伽美什又有些胆怯了，这一次是恩启都鼓励了吉尔伽美什。

五、第五块泥板

吉尔伽美什和恩启都同芬巴巴经过一场恶战，未能获胜，最后在天神舍马什的支援下才打败了芬巴巴，诗中描述道：

> 天神舍马什听了吉尔伽美什的祷告，
> 便朝着芬巴巴刮起风暴。
> 大风，北风，（南风，旋风），
> 暴雨的风，凛冽的风，卷起怒（涛）的风，
> 热风，八种风朝着他咆哮，

直冲着（芬巴巴）的眼睛横扫。
他进也不能进，
跑也不能跑，
芬巴巴只好投降央告。

然而恩启都担心芬巴巴的话不可靠，说不要听他的。于是，吉尔伽美什手持板斧，朝着芬巴巴的脖子砍去，恩启都也砍了两遍，森林的守护人芬巴巴，终于被砍倒在地。他们把杉树运回。

六、第六块泥板

吉尔伽美什的英姿，使女神伊什妲尔萌发了情意，请吉尔伽美什做她的丈夫。吉尔伽美什拒绝了，并且揭露了她的恶德。伊什妲尔恼羞成怒，请天神阿努为自己报仇："我的父亲呀，（为消灭吉尔伽美什），给我把'天牛'制作。"巨大的天牛，降到人间，伤害了许多人。吉尔伽美什和恩启都共同奋战，杀死天牛，扒出心肝，献给舍马什神。在宫中，庆祝胜利。

七、第七块泥板

恩启都对吉尔伽美什说："他梦见：阿努、恩利尔、埃阿和舍马什诸神（集会），恩利尔对阿努说了话：'因为他们杀了天牛，还杀了芬巴巴，/（他们当中）必须死（一个）。天神舍马什给勇敢的恩利尔做了回答：/ 他们是按照我的旨意，/ 杀死了天牛和芬巴巴，怎么无辜的 / 恩启都倒该死吗？'"于是，恩利尔心中怒火顿发，/ 他对天神舍马什（说了话）："就是因为 / 你每天降临他们中间，和他们勾搭！"于是，恩启都病倒不起，一直到第十二天，终于死去。

八、第八块泥板

吉尔伽美什哀悼恩启都："我朝着我的朋友恩启都哭吊，/ 像个悲啼的妇女那样激烈地哀号。/……我们曾经踏遍（群山），把一切（征服），夺取了都城，（把天牛杀掉），/ 曾经使杉树林中的芬巴巴把罪遭。/ 但是现在，降在你身上的这长眠究属何物？/ 昏暗包围了你，（我说的话）你已经听不到。"

九、第九块泥板

“吉尔伽美什朝着他的朋友恩启都，/ 泪如泉涌；在原野里彷徨。/ 我的死，也将和恩启都一样。/ 悲痛浸入我的内心，/ 我怀着死的恐惧，在原野徜徉。”吉尔伽美什去寻找因躲避洪水而不死的乌特那庇什提牟。越高山，跨深谷，穿黑暗，战奇寒，胜酷暑，终于走到了乐园。

十、第十块泥板

吉尔伽美什终于找到了乌特那庇什提牟，他说：“我漫步流浪，把一切国家走遍。/ 我横渡了所有的海，/ 我翻过了那些险峻的山。/ 我的脸色表明缺乏充足的、舒适的睡眠，/ 我身受了失眠的折磨，手脚为忧伤所缠。/ 还没有到女主人家，我的衣服就已经磨烂，/ 熊、鬣狗、狮子、豹、虎，鹿、大山羊等野兽与活物，（我都杀过），/ 我吃它们的肉，把它们的毛皮穿。”

十一、第十一块泥板

吉尔伽美什说：“乌特那庇什提牟啊，我在把你仔细端详，/ 你的姿态，和我简直一模一样 /……（给我谈谈吧），你是如何求得永生，而与诸神同堂?!”乌特那庇什提牟对吉尔伽美什说：“吉尔伽美什啊，让我来给你揭开隐秘，并且说说诸神的天机!”他说：诸神想用洪水灭绝人类，埃阿教他：速造方舟，带上家属，装上种子和各种生物，进入方舟，因而得救。在献了敬神的牺牲之后，恩利尔大神“为了祝福，他来到我们中间，摸着我们的前额：/ 乌特那庇什提牟直到今天仅仅是个凡人，从现在起他和他的妻子，就位同我们诸神。”因而，他成了不死之神。由于他的指点，吉尔伽美什经过千难万险，得到了长生不老的药草。吉尔伽美什想让乌鲁克全城居民都“重返少年，青春永葆”。不幸，在吉尔伽美什下到冷水泉洗澡时，长生草被蛇叼跑。“吉尔伽美什坐下来悲恸号啕，/ 满脸泪水滔滔。”

十二、第十二块泥板

描述了吉尔伽美什和恩启都灵魂的对话。吉尔伽美什让恩启都介绍冥府的情况，恩启都说：“（我的身体……），你心里高兴时曾经抚摸过的，早已被害虫吃光，（活像）一身陈旧的外衣……早已被灰尘所充斥。”“……（吉尔伽美什）哭了……”这内容同全诗的情节发展并没有直接的联系，被认为是后加上的。

第三节　对前代文学传统的继承和创新

如果将苏美尔的神话传说和英雄歌谣同阿卡德语记录的《吉尔伽美什》史诗加以比较，便不难发现两者之间的密切联系，《吉尔伽美什》史诗在创作过程中对苏美尔口头文学传统，既有借鉴又有创新。今天，在我们能看到的苏美尔口头文学遗产中，同吉尔伽美什这一英雄人物有关系的作品有：《吉尔伽美什和阿伽》、《吉尔伽美什和永生者的家园》、《吉尔伽美什和天国的牡牛》、《济乌苏得拉方舟的洪水神话》、《吉尔伽美什之死》、《吉尔伽美什、恩启都和冥府》。在这六篇作品中，除了《吉尔伽美什和阿伽》，其他五篇都成为《吉尔伽美什》史诗的原始素材和创作基础，同史诗存在着明显的渊源关系。《吉尔伽美什》史诗根据创作意图的需要创造性地继承和改造了这五篇苏美尔的口头文学作品，成为世界第一部英雄史诗。

现在，我们将《吉尔伽美什》史诗和苏美尔的五篇作品分别进行比较，以探讨史诗对苏美尔口头文学传统继承借鉴和改造创新的具体表现。

一、对苏美尔《吉尔伽美什和永生者的家园》神话的继承和创新

苏美尔的神话《吉尔伽美什和永生者的家园》，这篇公元前二千多年前的口头文学创作，显然是《吉尔伽美什》史诗第三、四、五块泥板上记录的“征伐杉树林的怪物芬巴巴”故事的原型。两者的基本情节是非常相似的。这表明：苏美尔的这一诗篇是《吉尔伽美什》史诗的创作基础，两者存在着明显的渊源关系。但是，如果将这两部作品加以比较，便可发现：虽然情节近似，但也有显著的变异；在这种变异中显示了阿卡德——巴比伦人的创新精神和艺术才华。

首先，在苏美尔的神话中，吉尔伽美什要去的地方是《永生者的家园》，而在史诗中，吉尔伽美什要去的地方则是杉树林。

这个《永生者的家园》，苏美尔人认为是“乐园”的所在地，也可以说是指的“迪尔蒙”。古苏美尔神话中这个“乐园”和“幸福岛”，被视为“仙岛”。迪尔蒙，传说原是智慧之神埃阿夫妇居住的地方。最早的洪水神话中的主人翁济乌苏德拉在洪水之后，也居住在这里，是诸神理想的生活园地。相传这里洁净美丽，阳光普照，一片光明；居住在这里不知疾病和死亡的痛苦，从不遭受恶禽和猛兽的侵扰。但是，这么好的地方却没有淡水。太阳神奉大地主宰埃阿之命把大陆的淡水运来，造福仙岛。埃阿的妻子、母亲之神宁胡尔萨格在这里培养了八种神奇的植物，又命令她的儿子担任园丁。于是，迪尔蒙很快就变成诸神喜爱的幸福岛和乐园。在《吉尔伽美什和永生者的家园》中，吉尔伽美什说要到这里去，恩启都对他说：要进入这里必须和太阳神乌图商量；因为长着杉树的这一园地是属于太阳神的。这一情节在史诗中是没有的，被扬弃了。

其次，在诗篇中叙述：由于吉尔伽美什流着眼泪热切地请求，太阳神勉强地答应他进入《永生者的家园》。但是，乌图要让自己的部下——七个妖魔考验一下吉尔伽美什的能力。蛇、龙、大洪水等妖魔，在吉尔伽美什的远征途中，为造成各种各样的困难，不断地干扰，可是，吉尔伽美什及其随员，不仅战胜了一个又一个的干扰和不断出现的困难。而且精神更加饱满地在远征途上继续前进。然而，在史诗中却没有这些描叙。

再次，在《吉尔伽美什和永生者的家园》中，吉尔伽美什不仅有随员恩启都，而且还有 50 名侍从。这 50 人，都是没有家室和母亲的乌鲁克年轻人。但是，在史诗中征伐杉树林时却只有吉尔伽美什和恩启都两个人，根本就没提到所谓 50 名随从人员。

再次，在史诗中描写了长老们对吉尔伽美什的劝告：“吉尔伽美什哟，你年纪轻，性情急躁……芬巴巴的吼声就是洪水，他嘴一张就是火焰一片，吐口气人就死掉……”长老们提醒吉尔伽美什，战胜芬巴巴，绝不要轻举妄动。长老们向他建议：要让恩启都走在前头引路，因为他去过，熟悉这条路。然而，在《吉尔伽美什和永生者的家园》中，却一字未提长老们的话语。

再次，在《吉尔伽美什和永生者的家园》中，吉尔伽美什和恩启都的关系，是主人和奴仆的关系。恩启都不止一次地称吉尔伽美什为主人：“我的主人啊，请继续远征吧……”但是，在史诗中，他们二人却是平等的朋友关系。

最后，在《吉尔伽美什和永生者的家园》的结尾部分描述：吉尔伽美什和恩启都“他们两人带着胡瓦瓦的尸体回到乌鲁克城，将尸体奉献给恩利尔神……”但是，在史诗的最后部分描写的却是：恩启都对吉尔伽美什说：“吉尔伽美什啊，快把那杉树砍，往你那里搬!”

这些例子都证明：《吉尔伽美什和永生者的家园》是史诗创作的基础，而史诗又进行了创造性的改造和再创作。两者比较，史诗的艺术效果更好，艺术成就要比苏美尔神话更高一些。

二、对苏美尔《吉尔伽美什和天国的牡牛》神话的继承和创新

苏美尔神话《吉尔伽美什和天国的牡牛》，同《吉尔伽美什》史诗的第六块泥板上的故事，是极其相似的。记录苏美尔这一神话故事的泥板，破损多处，只剩下一些残片；但是，仍然可以看出大致的内容。在破损二十多行之后，神话中描写的苏美尔女神伊南娜，像《吉尔伽美什》史诗中的伊什塔尔女神一样，为吉尔伽美什准备了许多礼品，并且一心打算向他求婚。对泥板上缺损的诗行，学者推测是伊南娜女神向吉尔伽美什表达她的爱情。然而，吉尔伽美什却拒绝了她的求婚。在残缺的诗行之后，就是描写遭受拒绝的伊南娜恼羞成怒，便请求天神安（阿卡德语阿努）给她一头天牛，以报复吉尔伽美什的拒绝。开始时，天神安想要拒绝她的要求，但是，由于伊南娜的威胁，天神安不得不违心地对她让步妥协。伊南娜让天牛毁坏乌鲁克城的一切。泥板的结尾处，又是残缺不全的。学者估计可能是叙述吉尔伽美什战胜天牛的情景。

苏美尔神话和《吉尔伽美什》史诗中有关天牛的部分，在基本情节上是一致的。但是，在细节上存在着明显的差异。例如：在《吉尔伽美什》史诗中，吉尔伽美什拒绝伊什塔尔求婚时的话语，要比苏美尔神话中吉尔伽美什拒绝伊南娜的语言长得多。

在《吉尔伽美什》史诗中，吉尔伽美什拒绝伊什塔尔时，曾经揭穿她一次又一次地伤害所爱对象的狠毒心肠：

你对所爱过的哪个人不曾改变心肠？
你的哪个羊倌（一直为你喜爱）？
来吧，再指名看看你那些情人的情况！
你年轻时的情人坦木兹，

你要他年年痛哭几场；
你虽然爱那有斑纹的饲羊鸟，
却捕打它，撕裂了它的翅膀，
让它躲在草木繁茂处，“卡庇”地悲啼叫嚷；
你爱过那浑身是劲的狮子，
却七个又七个地挖了陷阱使它们遭殃；
还有你爱过的那匹扬名沙场的牡马，
你却吩咐用鞭子、马刺和殴打作为报偿，
你叫它一气跑出七比尔，
你叫它喝那浊水泥汤，
而且使它的母亲西里里泪眼汪汪；
还有你爱过的牧人，
他总是在你面前将面包、点心层层堆放，
而且天天宰杀幼畜把你供养，
你却打他，终于使他变成豺狼，
可是他的羊群的牧童把他驱逐，
他那群狗就咬住他的大腿不放；
再说说你爱过的那个曾为你父看家护院的伊什拉努，
他经常给你运去椰枣一筐又一筐，
每天给你的餐桌生色添香，
你见了他，却对他讲：
“我的伊什拉努啊，咱俩一同试试你的力量，
伸出你的双手，把我的腰肢搂上！”
那伊什拉努对你说：
“你想要我怎样？
不是我娘做的饭我不吃，
恶臭腐败的食物我岂能咽下肚肠？
再精巧的苇席也不能把寒气抵挡！”
你听到他的这番话，
就将他变成了鼹鼠殴打不放，

你把他放进［ ］里，
他［ ］下也不能下，上也不能上。
可见你若爱上我，对待我也会像他们一模一样。
……①

这些揭露的话语，不仅要比苏美尔神话中的话语长，而且增添了不少的神话内容。很明显，这些增加的对伊丝塔尔揭露和斥责的部分，鲜明地反映了史诗的创造性。

可见，史诗对苏美尔神话既有继承又有创新。

三、乌特拿比什提牟对苏美尔两个洪水神话的继承和创新

在《吉尔伽美什》史诗中乌特拿比什提牟产生之前，已有两个洪水神话在美索不达米亚地区流传，这就是济乌苏德拉洪水神话和阿特拉哈西斯洪水神话。现在，将这两个洪水神话同乌特拿比什提牟洪水神话作一比较，便不难发现乌特拿比什提牟洪水神话对前两个洪水神话的继承和创新。

苏美尔的济乌苏德拉洪水神话中的济乌苏德拉，是这一神话中的主要形象。济乌苏德拉，苏美尔语的意思是“找到长寿的人”。他原是舒鲁帕克城的统治者，治理英明，敬神虔诚。恩基告诉他：诸神将以洪水除灭人类，并建议他建造方舟，因而在七天七夜的洪水泛滥期间得以死里逃生。洪水过后，他作为“人种的保存者”定居在“太阳升起的地方”——幸福岛迪尔蒙，获得了“像神一样的生命”，长生不死。

不过，这一神话在故事情节的描述上极其简单粗糙，缺乏细致生动的表现；对洪水泛滥和躲避洪水是这样描写的：

……
大旋风凶猛可怕地袭来，
同时，大洪水泛滥淹没了礼拜神的中心地点。
接着，在七天（和）七夜之间，

① 赵乐甡译：《吉尔伽美什》，译林出版社 1999 年版，第 44—45 页。

大洪水流遍大地，
(于是) 大船在大海上被大风摇晃着。
乌图出现了，他将光辉投射到天地之上。
济乌苏德拉打开了大船的窗口，
英雄乌图向大船里边投射了光辉。
济乌苏德拉王，
跪拜在图神的脚下。
王宰牛杀羊。
……①

同这一洪水神话相比，《吉尔伽美什》史诗中乌特拿比什提牟洪水神话的描写则显得生动、形象、细致和动人。例如：当诸神决定毁掉人类时，埃阿神怎样让乌特拿比什提牟赶快拆掉房木造大船；造船的具体办法：船的面积、高度、船舱、桅杆都有具体要求；大船在七天竣工之后，对大船内装入的家属亲眷、飞禽走兽、金银货物也都有细致说法；对洪水泛滥情况，船在山上搁浅情况，放出鸽子、燕子、乌鸦试探水势退落情况，以及如何献上牺牲和祭神等等，都有具体生动、细致周密、形象逼真的描写。这反映了《吉尔伽美什》史诗的创新精神和艺术才华，其创作水平明显高于济乌苏德拉洪水神话。

尽管如此，济乌苏德拉洪水神话，是美索不达米亚洪水神话的创作基础和最初源头。此后，单独成篇的阿特拉哈西斯的洪水神话和《吉尔伽美什》史诗中乌特拿比什提牟的洪水神话，都是在它的影响下产生的。《圣经》中诺亚方舟的洪水神话以及古希腊的西苏特罗斯（济乌苏德拉的希腊语译名）的洪水神话、丢卡利翁的洪水神话，都渊源于济乌苏德拉的洪水神话。

阿特拉哈西斯洪水神话，也是在史诗乌特拿比什提牟洪水神话之前产生的。这一洪水神话同乌特拿比什提牟洪水神话进行比较，在两个方面存在着明显的差异：其一，史诗中的洪水神话没有像阿特拉哈西斯洪水神话那样讲述创造人类的原因、创造人类方法和毁灭人类的因由；其二，在阿特拉哈西斯洪水神话中，关于造船的方法和装进船中东西，描述得过于简单和粗陋。如：对造

---

① 波木居齐二、矢岛文夫译：《圣经考古学》，篠竹书房 1958 年版，第 133、134 页。

船的描述，只是说：

拆了（你的）家，做船，
将财产弃却，将生命续延！
你做的船，
（要）和［　］［　］一般。

如同阿普苏似的横放上（篷盖），
使太阳不能窥视其中。
上面下面都要横放上（篷盖），
缆索必须非常坚实，
涂上厚厚的沥青（使船）牢固。
我在此给你们降下，
成堆的小鸟、满满的鱼。

关于装进船里的东西，只提到：

……
什么都有的［　］，
美丽的（动物）［　］［　］，
肥的动物［　］。
他捉来装上了船。
将天空带翅膀的鸟，
家畜（?）［　］［　］，
野生的［活物（?）］，
［　］他装上了船。
……①

① 赵乐甡译：《吉尔伽美什》，译林出版社1999年版，第263、265页。

与此相比，乌特拿比什提牟洪水神话中对造船的方法和装进船中东西的描述，显得更富有想象力和创作才华，在艺术技巧上更高出一步。

四、对苏美尔《吉尔伽美什之死》神话的继承和创新

《吉尔伽美什之死》这一苏美尔神话，学者们认为是《吉尔伽美什》史诗第九、十、十一块泥板中故事情节的原始基础。但是，两相比较，彼此之间，相同的部分很少，差异是非常明显的。这表明:《吉尔伽美什》史诗，虽然对前代文学遗产有所借鉴，但是改造和创新还是主要的。

记录《吉尔伽美什之死》的泥板，至今仅存三块，出土于尼普尔城，还有几十行的破损部分。尽管如此，也可看出它同史诗有关部分存在着两方面的明显不同。

其一，在《吉尔伽美什之死》中，所表现的核心问题是：乌鲁克城的国王吉尔伽美什总是想着长生不死，渴望与日月共存；但是，他逐渐地明白，这是无法实现的梦想，人是不能长生不死的。因为人的寿数是恩利尔决定的；他只授人以王权，并没授人以永生的权利。他想：许多古人，无论是昏庸的暴君，还是贤明的仁主，无论是强悍的武士，还是软弱的懦夫，有谁倒下去还能再醒来?！诸神之父恩利尔决定的人的寿命是任何人都无法抗拒的。死亡既然是恩利尔决定的，是神的意旨，那就坦然地接受吧。很明显，《吉尔伽美什之死》中的吉尔伽美什，之所以没有采取积极的行动去争取长生不死，就是因为他慢慢地说服了自己：不应违抗神意，活到神定的寿命时，便要安然地死去。他不像《吉尔伽美什》史诗中的吉尔伽美什一想到自己将要像好朋友恩启都那样，也会死去，便忧心忡忡，怀着对死亡的恐惧在原野中徘徊。经过犹豫不决和反复思考，他终于决定：采取积极行动，努力去寻找长生不死的办法。他独自走进山谷，历经千难万险；紧握手中的武器，驱逐凶猛的巨狮，战胜大小各种凶禽恶兽，翻越高山，渡过大海，穿过黑暗，一心要找到乌特拿比什提牟，以求得长生不死之术。

史诗中的吉尔伽美什，不是一个安于寿命、顺从神意、等待死亡的人。他是一个决心摆脱死亡、违抗神意、寻找长生之术的勇士。在他的言行中，有一种为人类求长生、谋幸福而不怕牺牲的献身精神。这种可贵的高尚品德是苏美尔《吉尔伽美什之死》的神话中的吉尔伽美什所没有的。史诗中的吉尔伽美

什形象是巴比伦人的创造，鲜明地反映了巴比伦人为谋求生活幸福、长生不死的可歌可泣的牺牲精神和敢于违抗神意、破除迷信的民族性格。

其二，在《吉尔伽美什》史诗中根本就没描写吉尔伽美什的死亡，因而，既没表现隆重的葬礼和修筑宏伟的坟墓，也没有描述殉葬活人和赠送冥界诸神的礼物，更没有宣扬关于死亡的迷信思想和崇拜冥府神祇的宗教观念。然而，在《吉尔伽美什之死》中对这些丧葬礼俗却叙述得比较具体。

在《吉尔伽美什之死》中描写：吉尔伽美什死后，葬礼是相当隆重。首先，在乌鲁克城中心建造像宫殿一样的坟墓，吉尔伽美什下葬时，他的妻妾、书记官、侍从和卫士等都要随之殉葬。其次，乌鲁克城的居民们还要为吉尔伽美什的冥府生活准备充足的必需品，如：食物和椰子酒等；对地下世界的诸神：女王埃蕾雷什奇伽尔及其谋臣纳姆塔尔、守门员内提以及各类小神，都要准备礼品；对天神安、恩利尔等的礼品更是不在话下了。

上述情况表明：《吉尔伽美什》史诗在创作过程中虽然继承了苏美尔的口头文学遗产，但是，却突出地表现了创新精神。这明显的体现在吉尔伽美什这一形象的塑造上。在《吉尔伽美什之死》神话中的吉尔伽美什，始终没有摆脱“人的寿命是恩利尔神决定的，谁也没有永生的权利”这一传统思想。因而，吉尔伽美什这一形象一直是顺从神意、毫无反抗之心的平庸之辈。但是，在《吉尔伽美什》史诗中的吉尔伽美什却始终是一个敢于违背神意、勇于探索长生之术、肯于为人类谋求幸福的、不怕牺牲的、富有献身精神的、品德高尚的英雄人物。

五、对苏美尔《吉尔伽美什、恩启都和冥府》神话的继承和创新

苏美尔《吉尔伽美什、恩启都和冥府》这一神话和《吉尔伽美什》史诗第十二块泥板几乎是一样的。学者们认为：这第十二块泥板简直就是《吉尔伽美什、恩启都和冥府》后半部分的阿卡德语或亚述语的译文。因而，不能算是阿卡德人、巴比伦人或其他塞姆（闪）族人的文学创作，而应该说是苏美尔人的口头文学作品。

如果将苏美尔《吉尔伽美什、恩启都和冥府》全篇神话与《吉尔伽美什》史诗第十二泥板加以比较，尽管有相同的部分，这是主要的；但是，还有几点

差异。

其一，《吉尔伽美什》史诗第十二块泥板只选取了苏美尔《吉尔伽美什、恩启都和冥府》神话的后半部分，而扬弃了前半部分，史诗的第十二块泥板是从英南娜送给吉尔伽美什的“普库”和“弥库”（这两种东西，在学者中有不同看法：有的认为是“鼓”和“鼓槌”①；爱扎德教授认为是“球拍”和“木球”或“木轮”②）由地缝掉进冥府开始的。因为在史诗的第十二块泥板中扬弃了前半部，使人难以理解“普库”和“弥库”的前因后果。在《吉尔伽美什、恩启都和冥府》的前半部的故事中描述得很明白：英南娜女神养大了被暴风连根拔掉的胡鲁乌树，她想用这木材做椅子和木床。然而，她发现：树根处有大蛇穴，树梢上有鸷鸟巢，树中间还住着魔女。她为此而忧伤，吉尔伽美什为她消灭了这树中三害，使她如愿以偿。为了答谢，英南娜送给吉尔伽美什两件礼物：“普库”和“弥库”，吉尔伽美什特别高兴。不料，这两件东西从地缝掉进了冥府。为了解除吉尔伽美什的烦忧，恩启都自告奋勇，甘愿进入地狱取回这两件东西。

其二，如果将《吉尔伽美什、恩启都和冥府》的情节内容同史诗前十一块泥板的内容加以比较，便不难发现：两者之间存在着明显的差异。例如：在第七块泥板中叙述：

恩利尔对阿努说了话：
“因为他们杀了‘天牛’，还杀了芬巴巴，
他们当中必须死一个。”阿努说：
“践踏‘杉树山’者该受死的惩罚。”
但是，恩利尔说：“恩启都该死，
吉尔伽美什可以留下。”③

显而易见，这是天神决定处死恩启都的，而不是冥府的主意。

然而，在《吉尔伽美什、恩启都和冥府》中描写，是因为恩启都自己违

① 赵乐甡译：《吉尔伽美什》，译林出版社 1999 年版，第 88 页。

② 拱玉书等译：《吉尔伽美什史诗的流传演变》，《国外文学》2000 年第 1 期。

③ 赵乐甡译：《吉尔伽美什》，译林出版社 1999 年版，第 50 页。

反了各项冥府的规矩，由冥府决定不让他返回的。这是恩启都死因上的差异。

其三，吉尔伽美什和恩启都的关系，《吉尔伽美什、恩启都和冥府》同史诗前 11 块泥板，也是不同的。在史诗前 11 块泥板中，吉尔伽美什同恩启都是朋友关系。他们之间地位完全平等，丝毫没有主奴之分和贵贱之别。然而，在《吉尔伽美什、恩启都和冥府》中，恩启都却对吉尔伽美什说：

> 主人啊，为什么呼叫？为什么悲伤？
> 那个普库，我把它从冥府中取出来。
> 那个弥库，我把它从冥府中取出来。①

这说明：恩启都的地位是仆从、家奴，而不是吉尔伽美什平等的朋友。

这一差异恰恰反映了：这一神话是史诗创作之前的作品；而史诗则在此基础上再加工、再创作，在故事情节上有了很大的变动。

通过上述五个方面的比较，我们完全可以得出这样的认识：苏美尔的五篇关于吉尔伽美什的口头文学创作，是零散的、互相之间毫无联系的神话故事或是独立成章的英雄传说；而巴比伦的阿卡德语《吉尔伽美什》史诗，已经不再是零散的、互不连贯的故事。它是在继承苏美尔关于吉尔伽美什口头文学遗产的基础之上重新创作的、以吉尔伽美什这一英雄形象为核心的，情节连贯、首尾呼应的，统一而又完整的，具有 3500 行的结构宏伟的英雄史诗。我们既要看到苏美尔文学遗产对巴比伦文学创作的影响，又应重视巴比伦民间口头文学的创新精神。特别是根据巴比伦的社会需要和创作意图，删掉了一些原来属于苏美尔的情节，创作出一部世界最早的史诗。这一历史功绩，应给以充分肯定。

第四节　史诗中的英雄形象吉尔伽美什

《吉尔伽美什》是一部赞颂原始社会末期英雄人物的史诗，讴歌的中心人物是吉尔伽美什。

---

① ［日］矢岛文夫：《世界最古老的神话》，张朝柯编译，东方出版社 2006 年版，第 103 页。

一、吉尔伽美什是军事民主制时期的英雄、指挥者

吉尔伽美什，是由氏族社会向奴隶制社会转化过程中的英雄形象，是由军事酋长向奴隶主转化过程中的英雄形象，他既是一个军事民主制时期的理想的军事指挥者，又是乌鲁克城邦的君王。吉尔伽美什是远古居民用自己的理想塑造出来的智慧出众、勇敢非凡的和武力过人的半神半人式的英雄。这正如史诗中所说：

他三分之二是神，（三分之一是人）。
……
（……）如一头高大的野牛（……）：
他的武器之攻击实在没有对手。①

吉尔伽美什，在史诗中被描写为半人半神的形象，但主要表现的是人而不是神。在原始社会末期的军事民主制时期，“战争以及进行战争的组织……已成为民族生活的正常功能”。② 一个军事领袖不仅要能攻善战，具有冲锋陷阵的勇武，还要思防虑御，胸怀深沟高垒的智谋和远见。在史诗的开头部分，恰恰赞扬了吉尔伽美什在修筑防御工程方面的才能。诗中写道：

他的所有劳苦全刻在石板上。
他修筑有城垛的乌鲁克城墙，
他修筑圣洁的埃安那殿堂。
观赏城之外墙，它的城垛一如黄铜铸成，
细看城之内墙，它真是举世无双！
把住城门观察，它取法古老的式样！
走近埃安那、伊丝达的殿堂，
任何帝王的皇宫，凡人的宅舍都不能相比。

---

① 李江译，东北师范大学中文系编：《亚非文学学习资料》。

② 《马克思恩格斯文集》第 4 卷，人民出版社 2009 年版，第 183 页。

请你登城巡视乌鲁克的城垣，
查看城墙的基石，检验砌好的烧砖：
城墙的烧砖难道不是七（贤人）烧制的？
城墙的基石难道不是七（贤人）安放的？①

吉尔伽美什十分明了防守本族故土和区域疆界的重要性。在当时，战争的主要目的是掠夺，其通常的形式是侵袭。因而一个军事领袖要考虑并选择在最合适的地方建筑防御阵地，即所谓牢固的卫城，以抵御敌人的袭击和侵犯。这样的卫城为后来城市的出现创造了条件。乌鲁克就是两河流域的最古老的城市之一。修筑卫城，正是英雄吉尔伽美什的一大功绩。

二、吉尔伽美什同贵族及其家庭成员的矛盾

在组织和领导修筑城池的过程中，吉尔伽美什督促全体居民参加筑城劳动。他的严格要求，激起了贵族和武士及其家庭成员的不满和怨愤。诗中写道：

他的朋辈为鼓声唤起。
乌鲁克之贵族在（内室）发愁：
“吉尔伽美什不许子见其父；
（日日夜夜）彼傲慢不羁。
（此为）乌鲁克城邦（之牧人吉尔伽）美什耶？
（吉尔伽美什）不许女见（其母），
武士之闺秀，（贵族之配偶）！”②

吉尔伽美什同贵族和武士及其家庭成员之间的矛盾，是氏族制度向奴隶制转变阶段中社会矛盾的反映。我们知道：“氏族制度的前提，是一个氏族或部落的成员共同生活在纯粹由他们居住的同一地区中。”但是，“这种情况早

① 李江译，东北师范大学中文系编：《亚非文学学习资料》。
② 李江译，东北师范大学中文系编：《亚非文学学习资料》。

已不存在了”；“氏族团体的成员再也不能集会来处理自己的共同事务了”；“由于谋生条件的变革及其所引起的社会结构的变化，又产生了新的需要和利益，这些新的需要和利益不仅同旧的氏族制度格格不入，而且还千方百计在破坏它”① 贵族、武士及其家庭成员之所以不愿意参加修筑城池的公共事务，正是因为在他们的头脑中开始出现了私有观念。在过去的氏族生活中，对公社成员来说，集体利益高于个人利益，在组织氏族居民从事公共事务时，是并不需要花费多大力气的。但是，现在私有观念使贵族及其家庭成员对公共事务已经失去了兴趣；而吉尔伽美什却依然专心致力于公共的防御工程。他们双方之间的矛盾正是古朴的集体观念和新生的私有观念的矛盾。

吉尔伽美什只是用鼓声唤起“朋辈”促使其参加修城劳动，似乎还不能说：这就是“残暴统治”。在史诗的第一块泥板上记载着：“他的所有劳苦全刻在石板上”，“他修筑有城垛的乌鲁克城墙”，这显然不是在写残暴统治者。在世界上，哪里有亲自参加劳动的“暴君”呢?！在吉尔伽美什的时代，一个城市的保护人，还不是奴隶制国王，怎么能说“残暴统治”呢?！史诗中说：使乌鲁克贵族在内室发愁的吉尔伽美什是“勇敢、威严、明智”的形象，如果是在揭露“残暴统治”，又何必接连使用三个褒义词呢?！

三、吉尔伽美什的献身精神

吉尔伽美什的头脑中充满了为集体获取财富而献身的精神。在他同恩启都结交成为朋友之后，便想去征伐守卫杉树林的芬巴巴，这能为乌鲁克城的群众获取木材。恩启都却劝阻吉尔伽美什：

> 恩启都开了口，
> 告诉吉尔伽美什：
> 我的朋友啊，这森林我在原野时就熟悉，
> 我常和野兽一起漫游栖息。
> 这森林广袤绵亘一比尔，
> 有谁敢到那里面去！

① 《马克思恩格斯文集》第4卷，人民出版社2009年版，第187页。

芬巴巴的吼叫就是洪水，
他嘴一张就是烈火，
他吐一口气就置人于死地。
为什么你竟
打定了这样的主意？①

吉尔伽美什并没有听从恩启都的劝阻，他一心想去获取芬巴巴守卫的杉树林中的木材。

吉尔伽美什开口，
把恩启都勖勉：
"我的朋友啊，谁曾超然人世升上了天？
在太阳之下永生者只有神仙，
人的（寿）数毕竟有限，
人们的所作所为，无不是过眼云烟！
你在此竟怕起死来，
你那英雄的威风为何消失不见？
让我走在你的前面！
你要喊：'不要怕，向前！'
我一旦战死，就名扬身显——
'吉尔伽美什是征讨可怕的芬巴巴，
战斗在沙场才把身献，'
为我的子孙万代，芳名永传。"②

这种不怕战死的牺牲精神，表现了原始的英雄主义、氏族成员的高贵品德和军事英雄的荣誉感。但是，也必须看到：这种获取邻郊财富的想法，反映了一种贪婪的欲望，在"流芳百世"的思想中蕴含着掠夺的光荣感。这正如恩

① 赵乐甡译：《吉尔伽美什》，译林出版社 1999 年版，第 25 页。
② 赵乐甡译：《吉尔伽美什》，译林出版社 1999 年版，第 27 页。

格斯所说：在军事民主时期，“邻人的财富刺激了各民族的贪欲，在这些民族那里，获取财富已成为最重要的生活目的之一。他们是野蛮人：掠夺在他们看来比用劳动获取更容易甚至更光荣。以前打仗只是为了对侵犯进行报复，或者是为了扩大已经感到不够的领土；现在打仗，则纯粹是为了掠夺，战争成了经常性的行当了。”①

吉尔伽美什和恩启都同守卫杉树林的芬巴巴进行了生死的鏖战，未获全胜。于是，吉尔伽美什向天神舍马什祷告和求助。

天神舍马什听了吉尔伽美什的祷告，
便朝着芬巴巴刮起风暴。
大风，北风，南风，旋风，
暴雨的风，凛冽的风，卷起怒涛的风，
热风，八种风朝他呼啸，
直冲着芬巴巴的眼睛横扫。
他进也不能进，
跑又不能跑，
芬巴巴只好投降央告。②

于是，芬巴巴对吉尔伽美什说：“吉尔伽美什呀，我向你求饶！你做我的主人，我做你的臣僚，我培育的所有树木，为你把房屋建造。”但是，恩启都向吉尔伽美什劝告：“不要听芬巴巴的，他的话，不可靠，不能给芬巴巴留下活路一条！”吉尔伽美什接受了恩启都的建议，砍死了芬巴巴。

四、吉尔伽美什拒绝了女神伊什塔尔的求婚

吉尔伽美什获得胜利后，他的威武和英姿，使女神伊什塔尔顿时萌生情意，便向吉尔伽美什求爱：

---

① 《马克思恩格斯文集》第4卷，人民出版社2009年版，第183页。

② 赵乐甡译：《吉尔伽美什》，译林出版社1999年版，第39页。

请过来，做我的丈夫吧，吉尔伽美什！
请以你的果实给我做赠礼，
你做我的丈夫，我做你的妻。
我给你装起宝石和黄金的战车，
黄金做车轮，铜做笛，
为你套上风暴的精灵的大骡子，
请到我们那杉树放香的家里。
你若到了我们的家，
王爷，大公，公子都将在你的脚旁屈膝，
在门槛、台阶之上就把你的双足吻起。
他们将把山野的土特产作为贡物向你献礼。
你的山羊将一胎三仔，你的家羊将产羔成双。
你那驮载的驴子将比骡子更强而有力，
战车上的骏马将肥白壮实，
你那戴轭的牛？将是奇壮无比。①

很明显，伊什塔尔并不是以真诚的爱情感动吉尔伽美什，而是用荣华富贵诱惑他。她根本不理解吉尔伽美什的理想和追求，更不知道他矢志不渝地造福群众的宏伟抱负；因而不仅遭到吉尔伽美什的坚决拒绝，而且令她更没想到的是还对她的恶德进行了不顾情面的谴责和揭露，这使伊什塔尔非常气愤。

恼羞成怒的伊什塔尔决心要进行报复和反击，便对她的父神阿努说："我的父亲呀，为消灭吉尔伽美什，给我把天牛制作。"然而，面对神通广大的阿努和巨大无比的天牛，吉尔伽美什和恩启都毫不怯阵，鏖战天牛：

它第三次喘着鼻息，朝恩启都扑去，
恩启都躲开了它的冲击。
恩启都跳起，将天牛的犄角抓住，
天牛惊慌已极，

① 赵乐甡译：《吉尔伽美什》，译林出版社 1999 年版，第 42—43 页。

用尾巴将 [ ] 拂拭。
恩启都开口说了话，
他对吉尔伽美什说：
我的朋友啊，我们已经取得胜利。

(137—151 行缺损较重)

他将剑刺进颈和角中间，
杀了牛，他们扒出心肝，
奉献于舍马什之前。①

在史诗中，突出地表现了吉尔伽美什和恩启都的英雄业绩：吉尔伽美什修筑的乌鲁克城变为金城汤池，坚不可摧；他们杀死了口喷火焰、害人性命的芬巴巴；他们打死了天神制造的吐一口气就能伤害几百人的天牛，击杀了凡人难以对付的猛狮……吉尔伽美什和恩启都武艺超群、膂力过人、智勇出众，因而受到乌鲁克居民的敬佩、爱戴和颂扬。乌鲁克居民热情洋溢地赞颂他的不朽的功勋，并且四处欢呼：

英雄之中，究竟谁最雄伟？
众人当中，究竟谁最英俊？
吉尔伽美什才是英雄中的英雄，
恩启都才是俊杰，他英俊绝伦！②

五、吉尔伽美什和恩启都的战斗友谊

在史诗中也颂扬了吉尔伽美什和恩启都的战斗友谊。他们俩人携手互助、共同征伐的友情是建筑在同一思想、同一本领的基础之上的。在当时的社会条件

① 赵乐甡译：《吉尔伽美什》，译林出版社 1999 年版，第 47 页。
② 赵乐甡译：《吉尔伽美什》，译林出版社 1999 年版，第 48—49 页。

下，他们必须团结合作，发挥共同的力量，齐心协力，才能达到目的。这是原始公社中人与人之间的关系的反映。恩启都在卧床不起之后，吉尔伽美什寸步不离病榻：

“恩启都，我的朋友哟，你曾猎过山上的骡马，原野的豹，
我们曾经踏遍群山，把一切征服，
夺取了都城，把天牛杀掉，
曾经使杉林中的芬巴巴把罪遭。
但是现在，降在你身上的这长眠究属何物？
昏暗包围了你，我说的话你已经听不到。”
他的眼睛抬也不抬
摸摸他的心脏，已经不跳。
于是，他把他的朋友，像新嫁娘似的用薄布蒙罩。
他就像狮子一样高声吼叫，
就像被夺走仔狮的母狮不差分毫。
他在朋友跟前不停地徘徊，
一边把毛发拔弃散掉，
一边扯去、摔碎身上佩戴的各种珍宝。①

吉尔伽美什对恩启都的怀念和哀悼，充满了无限忧伤，万分悲痛。茕茕孑立、形影相吊的吉尔伽美什感到失去的是同甘共苦的帮手和生死与共的战友。在他们的友谊之中，既没有丝毫个人的利害得失的因素，也没有任何利己的私有观念的影响，更没有尊卑贵贱的等级差异。远古时期的那种素朴的平等、友爱以及完成宏伟事业的愿望和雄心，是他们可贵友谊的牢固基础。

史诗不仅颂扬了吉尔伽美什对事业的献身精神和对友谊的赤诚情谊，而且也赞美了他对生死奥秘积极探索的强烈愿望。在恩启都停止了呼吸之后，吉尔伽美什也感到了死亡的威胁：

① 赵乐甡译：《吉尔伽美什》，译林出版社 1999 年版，第 59—60 页。

吉尔伽美什朝着他的朋友恩启都，
泪如泉涌；在原野里彷徨。
“我的死，也将和恩启都一样。
悲痛浸人我的内心，
我怀着死的恐惧，在原野徜徉。
终于，奔向那乌巴拉·图图之子，
　　乌特那庇什提牟，
我上了路，加快了脚步，
到夜晚，走进了山谷。①”

六、吉尔伽美什寻求永生不死的诀窍

对死亡的恐惧的熬煎和在死前的悲伤的折磨，使吉尔伽美什难以忍受，他决定长途跋涉，去寻求长生不死的诀窍。一路上，他一直念念不忘的是恩启都：

和我一起分担一切劳苦的人，
我衷心热爱的那个恩启都，
他和我一起分担了一切劳苦，
而今，竟走上了人生的宿命之路。
日日夜夜，我朝着他流泪，
我不甘心把他就此送进坟墓，
也许我的朋友会由于我的悲伤而一旦复苏！
七天七夜（之间），
直到蛆虫从他的脸上爬出。
自从他一去，生命就未见恢复，
我一直像个猎人徘徊在旷野荒途。②

① 赵乐甡译：《吉尔伽美什》，译林出版社 1999 年版，第 62 页。
② 赵乐甡译：《吉尔伽美什》，译林出版社 1999 年版，第 69 页。

酒店的女老板看到吉尔伽美什疲惫不堪、异常憔悴的样子，就劝他改变主意，不要再流浪，别再遭罪，还是寻求现世的欢乐和幸福吧："吉尔伽美什哟……自从诸神把神创造……生命就保留在他们自己的手里!"她劝他：要每天享乐、吃喝、跳舞、游戏，和老婆孩子在一起，才是人生的正理。

但是，这些话语改变不了吉尔伽美什为人类寻求永生的目的。他对女老板的劝说，并未动心，寻求永生的意志坚定不移。显然，这是违反神意的反抗行为，因为史诗表明：诸神在创造人的时候，早已确定了死亡。吉尔伽美什极端蔑视这种死生神定的宿命观点，他在寻求永生诀窍的艰险道路上，勇往直前，誓死探求永生的奥秘。这种邪恶吓不倒、艰险挡不住、为造福人民而积极探索真理的精神，充分地展示了吉尔伽美什的英雄主义高贵品德。

吉尔伽美什终于找到了乌特那庇什提牟这个获得永生的人类祖先。他在回答能否永生的问题时说：

难道我们能营造永恒的住房?
难道我们能打上永恒的图章?
难道兄弟之间会永远分离?
难道人间的仇恨永不消弭?
难道河流会泛滥不止?
难道蜻蜓会在香蒲上飞翔一世?
太阳的光辉岂能永照他的脸?
亘古以来便无永恒的东西!
酣睡者与死人一般无二，
他们都是一副死相有何差异。
神规定下人的生和死，
不过却不让人预知死亡的日期。①

吉尔伽美什并没有听信这种"上帝规定人的生死"的宿命观点，他以坚定的信心继续请教：

---

① 赵乐甡译：《吉尔伽美什》，译林出版社 1999 年版，第 73 页。

> 吉尔伽美什对遥远的乌特那庇什提牟说：
> “乌特那庇什提牟啊，我在把你仔细端详，
> 你的姿态，和我简直一模一样，
> 的确，我和你简直也一模一样。
> 我还以为你满怀斗志，
> [谁知] 你竟不知所为，闲散游荡。
> [给我谈谈吧]，你是如何求得永生，而与诸神同堂？”①

乌特那庇什提牟为他的赤诚的恒心和坚定的意志所感动，终于对他讲出了获得永生仙草的办法。吉尔伽美什便“把沉重的石头绑在双脚。他跳进深渊见到那棵草”。② 这就是长生不老的仙草。他在得到这种返老还童、永葆青春的永生仙草时，万分激动，异常高兴，他准备带回乌鲁克城，造福居民。但是，他绝对没想到，在他下水洗澡时，这仙草竟被一条蛇吃掉，他没能实现自己的良好愿望。尽管如此，他那种敢于违抗神意、不辞辛苦、不畏艰险、为群众寻求永生诀窍的积极探索精神和追求真理的顽强毅力、坚定决心，反映了这一英雄的高尚品德。这种为造福群众而奋斗终生的英雄主义，在当时是值得赞扬的，在今天，也应该给予历史的肯定。

史诗从第一部分开始，就表现了吉尔伽美什与人、与神的矛盾。吉尔伽美什督促乌鲁克全体居民参加筑城劳动，不仅引起贵族、武士及其家属的不满，而且他们还向天上诸神诉苦，请求天神同情和支持这些人，天神阿努让创造女神阿鲁鲁创造了恩启都，使之同吉尔伽美什斗争。其次，在伊什塔尔向吉尔伽美什求婚时，吉尔伽美什不仅加以拒绝，而且当面指责伊什塔尔的卑劣人品和丑恶行为——她虐待自己一系列的情人，每个人都遭到了她的摧残。她恼羞成怒，求她父亲阿努神用天牛加害于吉尔伽美什和他保护的乌鲁克城。天牛被杀，神的报复歹心没有得逞，诸神又决定夺走恩启都的生命，以加害于吉尔伽美什。舍马什神不同意诸神的决定，同诸神展开了激烈的论争。唯有舍马什神是支持吉尔伽美什的，其他诸神都站在伊什塔尔一边对吉尔伽美什进行报复和惩

① 赵乐甡译：《吉尔伽美什》，译林出版社 1999 年版，第 75 页。

② 赵乐甡译：《吉尔伽美什》，译林出版社 1999 年版，第 86 页。

处。这种人与神之间、神与神之间的矛盾和斗争，反映了当时过渡时期的军事酋长、贵族和武士之间的矛盾和斗争。总之，这些矛盾和斗争反映了古老的氏族制度的共产制传统同新生的奴隶制度的自私观念的萌芽之间的矛盾和斗争，也是往昔的集体主义精神和现在的个人利己主义思想的矛盾和斗争。氏族制度虽然还没有完全瓦解，但是，已经出现了崩溃的预兆。这正像恩格斯在分析英雄时代的希腊社会制度时所指出的："古代的氏族组织还是很有活力的，不过我们也已经看到，它的瓦解已经开始：由子女继承财产的父权制，促进了财产积累于家庭中。并且使家庭变成一种与氏族对立的力量；财产的差别，通过世袭贵族和王权的最初萌芽的形成，对社会制度发生反作用……"① 史诗中所反映的各种复杂的矛盾和斗争，正是这一变革时期的社会生活和斗争的艺术再现。

第五节 古代东方人文精神的艺术再现

《吉尔伽美什》史诗形象生动地表现了对神的违抗和谴责、对人的歌颂和赞扬、对命运的抵制和抗拒、对理性的探求和追寻，是气势雄伟的人文精神的赞歌，是天震地骇的人本意识的乐章。在这世界最早的英雄史诗中，充分肯定了人的个性、尊严和价值，竭力颂扬了不受任何约束的积极向上、不断进取的自由意志和自由精神，鲜明地体现了古代东方的英雄主义和人文精神，这是史诗创作的主旋律。

人文精神是文学创作的生命，像阳光、空气和水一样不可或缺。然而，由于民族文化传统的差异，其内涵必然会有所不同；《吉尔伽美什》中的人文精神迥异于《伊利亚特》和《奥德赛》中的人文精神。同时，由于社会的发展和时代的进步，其人文精神也必然随之出现新的因素和新的变化，反映其时代特征。

一、恩启都无视神意的自由精神

在史诗中，吉尔伽美什和恩启都是两个非常感人的英雄形象。史诗的开端描写：由于乌鲁克城的君王吉尔伽美什的严酷统治，激起武士、贵族及其家

---

① 《马克思恩格斯文集》第 4 卷，人民出版社 2009 年版，第 125 页。

属的不满，他们向天神阿努诉苦：

阿努听到了他们的申诉，
立刻把大神阿鲁鲁宣召："阿鲁鲁啊，这［人］本是你所创造，
现在你再仿造一个，敌得过吉尔伽美什的英豪，
让他们去争斗，使乌鲁克安定，不受骚扰！"①

从苏美尔时代开始，安（阿努）就是最高的天神，一直被认为是诸神之父、众神之王。他的旨意无人敢违抗。创造女神阿鲁鲁遵从阿努的指示，用泥土创造了雄伟的恩启都。但是，他并没有按照阿努的意图立即去找吉尔伽美什搏斗，而是整天与野兽混在一起。

他从尼努尔塔那里汲取了气力，
他浑身是毛，头发像妇女，跟尼沙巴一样（卷曲得如同浪涛），
他不认人，没有家，一身苏母堪似的衣着。
他跟羚羊一同吃草，
他和野兽挨肩擦背，同聚在饮水池塘，
他和牲畜共处，见了水就眉开眼笑。②

恩启都不受拘束，随心所欲，率性任意地自由生活。他根本就没有考虑阿努的旨意，更没想到去找吉尔伽美什争斗，使乌鲁克安定，不受骚扰。

这时，吉尔伽美什派神妓去诱导和启发他，使他萌生了人性，脱离了动物的环境，来到乌鲁克城邦，遇到了吉尔伽美什。

他们相遇在"国之广场"上。
恩启都用腿，
把门拦挡，

① 赵乐甡译：《吉尔伽美什》，译林出版社 1999 年版，第 6 页。

② 赵乐甡译：《吉尔伽美什》，译林出版社 1999 年版，第 6—7 页。

让吉尔伽美什进房。
他们狠命地扭住厮打，
活像牤牛一样。
墙壁塌了，
门坏了。
……
吉尔伽美什弓起两腿，
两脚撑在地上。
他的怒火平息了，
他退到原来的地方。
一见到他退回原地，
恩启都便对
吉尔伽美什开了腔：
“你的母亲生了你这个佼佼者，
你这条猛牛中的强牛啊，
真是力大无双！
宁孙娜啊！
你的头可以高踞人上，

众人之王的王位，
是恩利尔让你承当。”①

恩启都并没有像阿努天神所希望的那样同吉尔伽美什拼死搏斗。他和吉尔伽美什经过交手，增加了相互了解，产生了彼此敬佩，不打不相识，成为生死之交的挚友。

阿努的旨意早已被恩启都抛到九霄云外了。

恩启都和吉尔伽美什同心协力，患难与共，亲如手足；他处处为吉尔伽美什着想。当吉尔伽美什战胜芬巴巴之后，芬巴巴对吉尔伽美什说：

---

① 赵乐甡译：《吉尔伽美什》，译林出版社 1999 年版，第 21—22 页。

"吉尔伽美什呀，我向你求饶！
你做我的 [主人]，我做你的臣僚，
我培育的 [所有树木]，
砍倒，[为你] 把房屋 [建造]。"

但是，恩启都却向 [吉尔伽美什劝告]：
"不要听芬巴巴的，
他的话，不可靠，
不能给芬巴巴 [留下活路] 一条！"①

恩启都明明知道芬巴巴是为恩利尔神守护那杉树林的，然而，他不顾神意的控制和约束，高喊："不能给芬巴巴留下活路！"吉尔伽美什听从他的劝告，杀死了芬巴巴。此后，他再一次不顾神意，和吉尔伽美什一起杀死了天牛。当他听到伊什塔尔对吉尔伽美什的诅咒："我咒诅啊，吉尔伽美什，你这个侮辱我、杀死天牛的坏蛋！"他立即"掰下天牛的大腿，掷向她的脸"②，对她的侮辱给以有力的回击……一再地显示了他蔑视神的威权、违抗神的掌控、以自己的意志、我行我素、独行其是的自由精神。

二、吉尔伽美什对神的蔑视、谴责和违抗

在古代美索不达米亚，宗教统治着一切文化现象和所有人类行为。美索不达米亚人认为：最初，在宇宙中只有神，而人则是由神创造出来的。神的地位是至高无上的、超人的、不死的；神创造人类就是使他们为神服务，其地位是低下的，其命运是由神来决定和掌控的。因而，人必须尊敬神、服从神和侍奉神，唯神之命是从。他们认为：人的一切不幸和灾难都是对神的不敬、忽视和怠慢了神的旨意或违反了神的指令而造成的。当时的人神关系是非常明确的，人是神的奴仆，任何人必须崇拜神、敬仰神和供养神；即使是国王和祭司，其一切活动也必须预先用各种手段请求神的启示。

---

① 赵乐甡译：《吉尔伽美什》，译林出版社 1999 年版，第 39 页。
② 赵乐甡译：《吉尔伽美什》，译林出版社 1999 年版，第 48 页。

但是，在《吉尔伽美什》史诗中，我们看到：吉尔伽美什对伊什塔尔女神的态度不仅是不尊重、不敬仰，甚至是蔑视、嘲弄、谴责和违抗。这种对神的态度是反常的、与众不同的。我们知道：伊什塔尔女神，在美索不达米亚，是一个影响广泛、受到普遍尊崇的女神。她本是阿卡德神话中的重要女神，与苏美尔神话中英南娜女神是相对应的。她是职掌丰饶、性爱、战争和纠纷的女神。从公元前30世纪中期开始，她便成为两河流域南部和北部许多地方的地域性女神，极受崇拜。在乌鲁克，对她的祭祀活动往往同狂欢性的节日活动结合在一起，甚至包括自虐、自阉、纵欲、向神献出童贞等。同时，她也被视为娼妓、艺妓和同性恋的保护神。在迦南地区，她被称为亚斯他录。"在迦南人的神话中，亚斯他录则成为一位司人类生育、繁衍的女神。迦南本土人在亚斯他录崇拜中突出了性欲的特点。男女信徒在亚斯他录的神庙中行淫乱，卖淫的收益归神庙所有，奉献给神。所以，有人称古巴比伦的亚斯他录为'贞操淑德之神'，称迦南的亚斯他录为'淫奔卑猥之女神'……"① 在亚述，则突出了她的战争职能。在西闪族中，她被称为阿斯塔尔塔，是金星女神、爱情和丰产女神、神中的女将。在埃及神话中，她是凶猛的女战神，在战斗中鼓舞士气。到了希腊化时期，她又与阿佛洛狄忒相混同。

有一首祈祷性的歌谣，热情洋溢地赞颂了她：

我恳求你，伊什塔尔，众神之神，万都之王，全人类的主宰，

你是地上的光，你是天上的光，你是月神伟大的女儿……

啊，女神，你的法力无边，对你的称颂必在众神之上。

你所作的一切判决，都是公正、正义的，你的意旨就是法律，是地上的，天上的法律，是庙堂、神殿的法律，是各家各室的法律。

世间有哪一处不知你的名？世间有哪一人不遵你的道？

听到你的名，天也会摇，地也会动，众神也会发抖……

受苦的，你必看顾他，苦难的，你必扶持他。

啊，主管天与地的圣母，苍生万民的牧者，求你垂怜，求你看顾我；

万人之主，胜利之神，请停下你匆匆的脚步，求你垂怜我。

---

① 徐新、凌继尧主编：《犹太百科全书》，上海人民出版社1993年版，第230页。

天神见你，都会敬畏，恶神见你，都会低头，你是众神之神，万王之王，你是众生之门的开启者，你的光辉四射，照耀着天，照耀着地，照耀万国万民。

圣母，万民之母，天地间的一切都遵循你的道，你看一眼，死去的立时复活，病了的立时痊愈，心智受损的立时聪明。

啊，圣母，求你打败我的敌人，求你让恶神转身。

伟大的伊什塔尔，我们的圣母，你是伊尼尼，你是月神的爱女，你必受万民称颂，人间天上，再也没有谁像你这么圣洁高贵。①

像这样一个备受尊敬和称赞的女神，吉尔伽美什竟敢对她表示强烈的不满和深刻的厌恶，并且对她的恶德给以无情的揭露和尖锐的谴责。吉尔伽美什历数了她的罪恶：虐待年轻的情人，每年都让他痛哭几场；对钟爱的饲养鸟，却痛打，并撕裂它的翅膀；不断抽打爱过的牧人，“终于使他变成豺狼”……在当时，这是一种罕见的勇敢大胆的行为，是反对霸道神权的新思想、新道德的鲜明体现。

伊什塔尔因为受到谴责和侮辱，便让其父神阿努制造天牛消灭吉尔伽美什，否则，她以使死者复活和七年歉收相威胁。天牛虽然造成了，但是，却被吉尔伽美什和恩启都共同消灭了。伊什塔尔女神的阴谋并没有得逞。于是，在诸神会议上，恩利尔决定取走恩启都的灵魂，使其死掉，让吉尔伽美什陷入痛苦深渊。虽然有主持正义的舍马什神为吉尔伽美什和恩启都辩护，但是，无法改变诸神谋害恩启都的决定。这一系列情节表明：阿努、恩利尔庇护伊什塔尔女神的恶德，是无理的、凶残的；而吉尔伽美什和恩启都的言行是有理的、正义的。通过神和人的矛盾深刻揭示了神是邪恶的，人是正义的。史诗中不仅鲜明地揭露了神的报复歹心和害人的阴谋，而且深刻地反映了神的霸道行径和严重私心。这就否定了神的神圣性，具有反宗教的先进意义。在人类文学史上和世界各民族的史诗中，这是最早出现的否定神的神圣性和反对宗教统治的可贵思想，尽管尚处在原始的素朴的阶段，但是，其大胆的首创精神应给予充分肯定。

① ［美］维尔·杜伦：《东方的文明》，青海人民出版社 1998 年版，第 268—269 页。

三、吉尔伽美什的献身精神

吉尔伽美什这一英雄形象，时时牵挂乌鲁克城的安危，事事不忘造福城内居民的责任，并且心甘情愿地为实现这一目标而英勇献身，这就是他最突出、最鲜明的性格特征，也是他以人为本的人文精神的鲜明反映。

为了修建乌鲁克城，增强防卫力量，吉尔伽美什对恩启都说想要出征砍伐杉树林的木材。他的挚友恩启都却劝他千万不能去，因为那里的守护人芬巴巴十分可怕。恩启都说：

有谁敢到那里面去！
芬巴巴的吼叫就是洪水，
他嘴一张就是烈火，
他吐一口气就置人于死地。
为什么你竟，
打定了这样的主意？①

但是，吉尔伽美什却毫不惧怕，在好朋友恩启都面前表现出非常坚定的意志、十分顽强的决心和充满乐观的信心：

吉尔伽美什开口，
把恩启都勖勉：
“我的朋友啊，谁曾超然人世升上了天？
在太阳之下永生者只有神仙，
人的寿数毕竟有限，
人们的所作所为，无不是过眼云烟！
你在此竟怕起死来，
你那英雄的威风为何消失不见？
让我走在你的前面！
你要喊：‘不要怕，向前！’

① 赵乐甡译：《吉尔伽美什》，译林出版社 1999 年版，第 25 页。

我一旦战死，就名扬身显——
吉尔伽美什是征讨可怕的芬巴巴，
战斗在沙场才把身献，
为我的子孙万代，芳名永传。”①

为了乌鲁克城和子孙万代，“战死沙场，芳名永传”。这种青史传名、流芳百世的精神，既是一种历史责任感的表现，也是使自己生命延续的一种方式。爱扎德教授说：“‘成名’这个词体现了要在后世人头脑中留下永久记忆这样一种意识，这是生命延续的另一种方式。在‘吉尔伽美什与胡瓦瓦’（即芬巴巴——引者）中具有决定意义的行为是砍伐雪松。在后来的阿卡德语的吉尔伽美什史诗中，乌鲁克城墙象征着吉尔伽美什名声的延续。的确，公元前18世纪的一位国王就曾把乌鲁克城墙称作‘吉尔伽美什之作’。吉尔伽美什史诗的开头与结尾部分都这样写道：‘登上乌鲁克的城墙，绕城走一走，看一看那奠基记录，检查检查墙砖，看是否是烧砖，看是否是七个智者奠基的。’”②这种青史留名的意识，也是不顾个人的得失和生命，为城邦、为群体的安危和幸福而勇于自我牺牲精神的鲜明反映。这正是古代美索不达米亚人文精神的体现。

同时，吉尔伽美什无视个人的劳苦和生死，敢于违反神意、长途跋涉、历经艰险，为群众寻找永生的奥秘，也表现了自我牺牲精神。在漫长的寻找探问途中，酒馆的女老板向他说：

吉尔伽美什哟，你要流浪到哪里？
你所探求的生命将无处寻觅。
从诸神把人创造，
就把死给人派定无疑，
生命就保留在他们自己的手里！
吉尔伽美什哟，你只管填满你的肚皮，
不论白天黑夜，尽管寻欢逗趣；

① 赵乐甡译：《吉尔伽美什》，译林出版社1999年版，第27页。
② 爱扎德：《吉尔伽美什史诗的流传演变》，《国外文学》2000年第1期。

每天摆起盛宴，
将你华丽的衣衫穿起：
白天夜里你尽管跳舞游戏！
你洗头，沐浴，
爱你那手里领着的儿女；
让你怀里的妻子高高兴兴，
这才是做人的正理。①

吉尔伽美什既没听从女老板的叮咛，又没有只想到自己，仍然为大众探寻永生的奥秘。他这种以群体为本、舍己为人、一心奉公的精神，正反映了古代东方人文精神的特点。然而，值得重视的是，这一特点，同古代西方的以个人为本，强调个性自由，一切从自我出发的人文精神存在着明显的差异。

四、吉尔伽美什的平等观念

在《吉尔伽美什》史诗的前十一块泥板中，我们看到：吉尔伽美什和恩启都的关系是亲密无间的朋友关系，是没有主仆之分的平等关系；但是，作为附加部分的第十二块泥板中两者的关系，并不是纯粹平等的关系。这第十二块泥板记录的原是苏美尔的神话，同前十一块泥板记录的史诗情节并无统一的有机的内在联系。

综观苏美尔的神话、民间传说和《吉尔伽美什》史诗，在所有口头文学作品中，在表现吉尔伽美什和恩启都两者关系时，大致有四种不同的描写：

第一种，是主仆关系。在《吉尔伽美什和阿伽》中有这样一段描述：

吉尔伽美什，库拉巴的“恩”，
听罢年轻人的这番话，
心里豁然开朗，
顿时欢喜异常。
他对仆人恩启都说：

① 赵乐甡译：《吉尔伽美什》，译林出版社 1999 年版，第 70 页。

“战斗的武器舒卡拉已备好，
让战斗的武器回到你的身旁！
让它发出魔光，
……①”

这是主人吉尔伽美什对仆人恩启都的明确指示，肯定是主仆关系。

第二种，是主人和随员的关系。在《吉尔伽美什和永生者的家园》中描述：

吉尔伽美什和随员恩启都以及侍从们（50个没有家室和母亲的乌鲁克年轻人）精神饱满地在远征的道路上前进，越过了七座高山……

吉尔伽美什没有允许随员恩启都返回乌鲁克城……②

第三种，在作品中把恩启都称为“亲密朋友”和“助手”，然而，恩启都却把吉尔伽美什称为主人。在《吉尔伽美什、恩启都和冥府》中描述：

吉尔伽美什的亲密朋友、他的助手恩启都听到主人话语之后，说道：
“主人啊，为什么呼叫？为什么悲伤？
那个普库，我把它从冥府中取出来。
那个弥库，我把它从冥府中取出来。”③

吉尔伽美什把恩启都看作朋友和助手；然而，恩启都却称吉尔伽美什为主人。

第四种，吉尔伽美什和恩启都互相称为朋友。在《吉尔伽美什》史诗中描述：

恩启都开了口，

---

① 拱玉书：《日出东方》，云南人民出版社2001年版，第138页。

② ［日］矢岛文夫：《世界最古老的神话》，张朝柯编译，东方出版社2006年版，第107页。

③ ［日］矢岛文夫：《世界最古老的神话》，张朝柯编译，东方出版社2006年版，第103页。

告诉吉尔伽美什：
我的朋友啊，这森林我在原野时就熟悉……
吉尔伽美什开口，
把恩启都勖勉：
我的朋友啊，谁曾超然人世升上了天？……①

在所描述的四种关系中，史诗中所表现的真诚相助的朋友关系，是一种平等的、理想的人际关系的反映。因为在当时的奴隶制社会中，身份差别非常明显，等级区分极其森严，社会地位显著不同，很难找到毫无私心、真诚互助、平等友爱的人际关系。吉尔伽美什和恩启都携手并肩、齐心协力、共同征伐的战斗友谊，是建立在同一思想、同一目的、同一本领的基础之上的。这是原始社会人际关系良好遗风的反映。恩启都卧床不起之后，吉尔伽美什寸步不离病榻；恩启都死后，他无限忧伤，万分悲痛。在他们的友谊之中，既没有丝毫个人的利害得失的因素，也没有任何利己的私有观念的影响，更没有尊卑贵贱的等级差异。远古时期的那种淳朴的平等、友爱以及共同完成宏伟事业的愿望和决心，是他们可贵友谊的牢固基础。在史诗创作的完成时期，这种平等而可贵的友谊依然是人们所追求和向往的。这也是《吉尔伽美什》史诗以人为本的人文精神的又一鲜明反映。

第六节　史诗口头文学的艺术成就

《吉尔伽美什》史诗的艺术成就具有鲜明的口头文学的创作特征。

一、同苏美尔、阿卡德神话的密切关系

这部史诗同世界上其他民族的史诗一样，同前代的神话故事和英雄传说有着天然的密切关系。苏美尔、阿卡德时代的充满美丽幻想、丰富多彩的口头文学作品，为《吉尔伽美什》史诗的创作提供了大量的素材，在流传的过程中又得到了不断地加工和再创作，使史诗的故事情节和人物形象，更加闪烁着浓

① 赵乐甡译：《吉尔伽美什》，译林出版社 1999 年版，第 25、27 页。

厚的神话色彩。

在史诗中出现的许多神祇，如：阿努、埃阿、舍马什和恩利尔等，都是苏美尔、阿卡德神话故事中的著名形象。天神阿努，是苏美尔的最高天神，他既是“众神之父”，又是“诸神之王”。人们传说，他的住处是在第三重天——最高的一重天里。在乌尔时期，阿努又被称为“强而有力的牡牛”。埃阿，是古代苏美尔人尊重的性情善良、造福群众的水神和智慧之神；他曾把一切知识和技艺传授给人类。同时，埃阿又是深渊之神，他常常被描绘成一个带着鱼尾或是在脊背上背负着鱼的神。舍马什，是巴比伦的太阳神，同苏美尔的太阳神乌图是同一的；在神话中，被认为是月神辛的儿子，在诸神之中占有显著的地位。恩利尔，苏美尔语是“风之主宰”的意思；原为苏美尔时期尼普尔城的守护神，后来，被尊为全苏美尔的天神。伊什塔尔女神，相当于苏美尔的英南娜，主要是丰饶、性爱、战争和纠纷女神……在史诗里，这些神同人的活动错综复杂地交织在一起，构成了引人入胜的情节。史诗中的人，往往具有神性，吉尔伽美什就是“三分之二是神，三分之一是人”的半神半人的形象，而史诗中的诸神，又常常表现出与人相同的形体、感情和性格。人神之间的矛盾和斗争，又总是反映了人与现实生活中统治者的矛盾和斗争。吉尔伽美什对伊什塔尔的揭露和斥责，阿努满足伊什塔尔女神的要求、以天牛遗祸乌鲁克，吉尔伽美什和恩启都携手消灭天牛，诸神决定夺取恩启都生命……这些通过丰富多彩想象展现的人与诸神的矛盾和斗争，增强了动人心弦的艺术魅力。这些在《吉尔伽美什》史诗中呈现的比较浓厚的神话色彩恰恰表明：史诗是在神话的基础上产生的，并且获得了青出于蓝而胜于蓝的创作成就。

二、真实描写与艺术幻想相结合的创作方法

运用真实的描写和艺术的幻想相结合的创作方法塑造形象、安排情节和处理结构，是《吉尔伽美什》史诗的又一艺术特点。史诗既描写地上人间的矛盾，又表现天上神间的冲突；既反映活人之间的友谊，也展示活人同死人灵魂的对话，同时，也描绘了人神之间的各种矛盾和斗争……丰富多彩、千变万化的神奇想象同形象鲜明、准确生动的真实描写，水乳交融地融为一体，构成了奇幻莫测、变化无穷的故事情节。史诗中的主要人物，大多是半人半神的，人神相混的形象。吉尔伽美什既是乌鲁克城的君王，率众修筑乌鲁克城堡的人，

又是天神所创造的，“大力神塑成了他的形态”，“天神舍马什授予他俊美的面庞”，使“他有阿努的精灵那般力气”的神。恩启都是创造女神用泥土创造的，得到了战神尼努尔塔所赋予的气力，然而又表现“他和野兽挨肩擦背、同聚在饮水池塘”，“他回窝也和野兽结伴同道”……史诗中的诸神，既洋溢着超凡神力，又都充满了世俗气息，具有人的思想、感情和性格，他们的喜怒哀乐并不是超凡脱俗的。在史诗情节的发展中，吉尔伽美什和恩启都的英雄活动，又总是和诸神的所作所为紧密联系在一起的，人神之间不断发生冲突和纠葛。在修筑乌鲁克城的过程中，吉尔伽美什同贵族、武士及其家庭成员之间的矛盾，是现实生活的如实写照。然而，诸神听到了申诉之后，又创造了恩启都，同吉尔伽美什较量，又使情节出现了神奇幻想的艺术处理。诸神决定让恩启都死去，恩启都就梦到了必死的情景，神妙而离奇；但是，吉尔伽美什在恩启都死后，那泪如泉涌的悲痛、那难免死亡的恐惧，还有那寻求永生仙草的决心……又都是现实生活的真实再现。这种幻想和现实相结合的艺术手法，是民间口头文学创作的鲜明特征，世界上任何一部史诗，都具有类似的艺术特征，不过，在《吉尔伽美什》史诗中，这一艺术特征显得更古老些罢了。

三、相同词句章节反复重叠的民歌特征

史诗常常通过相同词句和章节的反复重叠，加强艺术的表现力量和感人的效果。这也是口头文学创作的一个突出的艺术特征。

在描写吉尔伽美什非凡的力量和过人的武艺时，就反复使用了相同的词句：

如同野牛一般，高高的，
他手执武器的气概无人可比。①

在第一块泥板的第二章中，这一相同的句子，就反复出现了两次。相同语句的重复，今天看来似乎显得相当单调、呆板、雷同和繁复；然而，这是古人强调或突出某一事物时所惯用的手法，是口头文学创作的显著特征之一。

---

① 赵乐甡译：《吉尔伽美什》，译林出版社 1999 年版，第 5 页。

有时，在反复出现的词句中只更换一两个字，其基本句式依然是相同的。如：

那砖岂不是烈火所炼！
那基石岂不是七贤所奠！①

这种反复重叠的手法，更能烘托出事物的特征，加强欣赏者对描写对象的理解和认识，以便在头脑中留下深刻印象，产生强烈的艺术效果。

在史诗中，有时还出现大段的反复重叠。如在描写恩启都的力大、强悍和粗野的性格时，就有大段的重复：

有个人妖来自山里。
普天之下数他强悍，
他的力气之大可与阿努的精灵相比。
他总是在山里游逛，
他总是和野兽一同吃草，
他总是在池塘浸泡双脚，
我害怕，不敢向他跟前靠。
我挖好的陷阱被他填平，
我设下的套索被他扯掉，
他使兽类和野物都从我手中逃脱，
我野外的营生遭到他的干扰。②

这样大段的重复，在一章中曾反复出现两次。这样，使人便于理解描写对象。通过反复口述或轮唱，使人更深刻地理解诗中形象的性格特征。同时，相同词句和段落的反复和重叠，会使语调和谐，节奏铿锵，朗诵顺口，便于记忆。

---

① 赵乐甡译：《吉尔伽美什》，译林出版社 1999 年版，第 4 页。
② 赵乐甡译：《吉尔伽美什》，译林出版社 1999 年版，第 8—9 页。

四、利用神力战胜敌人的艺术想象

史诗在描写激烈的战斗场面时，往往利用各种狂风掀起的风暴战胜敌人，这是美索不达米亚口头文学所惯用的一种表现手法，几乎已经成为常常使用的传统表现模式。如在描述吉尔伽美什战胜芬巴巴时，便借助了风暴的力量：

> 天神舍马什听了吉尔伽美什的祷告，
> 便朝着芬巴巴刮起风暴。
> 大风，北风，南风，旋风，
> 暴雨的风，凛冽的风，卷起怒涛的风，
> 热风，八种风朝他呼啸，
> 直冲着芬巴巴的眼睛横扫。
> 他进也不能进，
> 跑又不能跑，
> 只好投降央告。①

在创世史诗《埃努马·埃利什》中，也有类似的描述：

> 英主张开他的大网罩住了她。
> 并把背后来的恶风往前猛刮。
> 提阿玛特张开大口想把恶风吞下。
> 他把这恶风刮进（她的体内），
> 　　让她闭不上下巴。
> 疯狂的暴风吹鼓了她的肚皮。
> 她的体内膨胀起来，她的嘴张得很大。
> 他射出一箭，把她的肚皮撕开了花，
> 劈开了脏腑，射穿了心窝。
> 他把她绑上，把她的性命剥夺。

① 赵乐甡译：《吉尔伽美什》，译林出版社 1999 年版，第 39 页。

……①

这些利用风暴战胜敌人的表现手法反映了美索不达米亚口头文学的又一创作特征。

五、比喻、夸张、排比、象征等修辞手段

史诗中还有一般口头文学作品所常见的比喻、夸张、排比、象征等修辞手法以及格言、谚语和插话等，虽然不多，却显得精巧动人。

第七节 史诗对东西方文学的深远影响

《吉尔伽美什》，作为世界上最早的一部英雄史诗，在世界文学发展史中占有重要地位，对后代的东西方文学产生了明显而广泛的影响。

一、对西亚各民族文学的影响

《吉尔伽美什》史诗，对于其他古代东方文学，主要是西亚地区各民族的文学，曾发生过广泛的显著的影响。正像亚述人、赫梯人、叙利亚诸民族都曾借用过苏美尔、巴比伦的楔形文字一样，在口头文学作品中，同样可以看到巴比伦的影响。

1. 对赫梯口头文学的影响

正如学者所指出的："赫梯人从美索不达米亚、胡里特和哈梯神话文学作品中借用和吸收了许多素材。一是将不同文化背景的素材融汇在一起，二是将其与本民族的传统结合起来，形成了一篇篇具有民族特色的文学作品。德国赫梯学界权威奥滕教授将新近考古发掘的几块赫梯文吉尔伽美什史诗文献的残片与原来已有的断片成功地拼在一起，形成了第一篇较为完整的赫梯文吉尔伽美什史诗。同时，他又将其与该史诗的阿卡德文本相比较，并得出了如下结论：赫梯文本在很大程度上已作了节略，删掉了许多情节，如苏美尔英雄之城——

① 第四块泥板95—104行。《筑摩世界文学大系》《古代东方集》，东京筑摩书房1978年版，第121—122页。

乌鲁克城的故事，而更多地描绘了赫梯人感兴趣的情节和故事，如吉尔伽美什在雪松山地区的冒险活动等等。”① 美国学者 H. G. 居特博克也说：“我们不能不指出：赫梯人已知有关吉尔伽美什的巴比伦叙事诗。在博阿兹柯伊所发现的这一叙事诗阿卡得之说的片断表明：此间的书吏学堂曾予以研读。此外，吉尔伽美什叙事诗的胡里特之说和赫梯之说的片断亦有发现。赫梯之说片断表明：赫梯人为了使叙事诗适应他们本身的要求，曾将有关相传为叙事诗英雄诞生地的苏美尔城邦乌鲁克的诗句删略。应当着重指出：胡里特之说的片断以其曾经存在这一事实本身提供了某种佐证，可据以推断：赫梯人通过胡里特人对这一叙事诗有所知。”②

伊什塔尔，在亚述、赫梯、胡里特和腓尼基都有重要影响。在亚述的神话中，并不是强调她作为爱神的一面，也不宣扬她作为母亲神的温柔、慈善的一面，而是突出了她爱斗好战的特点，使这一丰饶和爱情的女神竟然变为暴戾、尚武的战神；在赫梯，伊什塔尔居然成为维护王权的重要力量，被赫梯国王哈吐什里三世称作自己的保护神，并赞扬她为正义之神：

噢！我的主，伊什塔尔
甚至先前已许诺王权与我。
那时，我的主，伊什塔尔.
出现在我妻子的梦中，
她说：“我将走到你丈夫的前边，
整个哈吐沙将由你的丈夫领导。”

我的主，伊什塔尔授予我赫梯王国的王权，
我成为了一位伟大的国王。③

在腓尼基，广泛传颂的、备受敬奉的阿斯塔尔塔，本来就是流传于美索不达米亚和巴比伦地区的赫赫有名的伊什塔尔。

---

① 李政：《赫梯文明与外来文化》，江西人民出版社 1996 年版，第 119 页。
② 塞・诺・克雷默：《世界古代神话》，魏庆征译，华夏出版社 1989 年版，第 130 页。
③ 李政：《赫梯文明与外来文化》，江西人民出版社 1996 年版，第 83—84 页。

2. 对希伯来口头文学的影响

在《圣经·旧约》中，我们看到的亚斯他录就是伊什塔尔，不过，她在迦南的影响并不是很好的。有人认为：她是“淫奔之女神”。因而，她的崇拜者常常遭到希伯来人的厌恶和谴责。此外，《圣经·旧约》中用泥土造人的神话、制造方舟战胜洪水的神话等，都是希伯来文学接受巴比伦史诗影响的明显例证。《吉尔伽美什》史诗中乌特那庇什提牟制造方舟的神话，同《圣经·旧约》中诺亚方舟的神话，是十分相似的。在《吉尔伽美什》史诗中，对制造方舟是这样描述的：

什尔帕克人，乌巴拉，图图之子啊，
赶快毁掉房屋，把船只制造，
……
孩子们取沥青，
大人们把一切必需品搬送。
第五天我把船的骨架建成，
那船表面积一伊库，它的四壁各十伽尔高。
那覆板，各十伽尔宽，
我把它的骨架构造，使它成型，
然后把六块覆板，将它一一铺平。
在七个地方分成［ ］，
把它分成九块舱面，
把木栓嵌进它的正中。
我为船桅，已经备足所需的材料，
我向炉灶倒进六舍尔的沥青，
将三舍尔的沥青注入［ ］当中。
……
第七天船已竣工。
……
我把我所有的一切统统放进船里，
我把我的全部银货统统放进船里，

我把我的全部金货统统放进船里，
我把我所有的一切有生命的东西，都放进船里。
我让家眷和亲眷都乘上船，
我让野兽、野生物和所有的工匠都登上船去。
……
我瞧了瞧天象，
天阴沉异常。
我便进入船内，将舱口堵上，
将船里装的连同船身，
整个交给普兹尔·阿木尔，这个船工、水手执掌。
……
一日之间刮起了台风，
越刮越猛，风速有增无减
像战斗一样
彼此之间，对面不见，
从高天也无法把人们分辨。
……
整整六天六夜，
风和洪水一涌而来，台风过处国土荒芜。
到了第七天洪水和风暴终于败北，
这番战斗活像是沙场争逐。
海平静了，暴风雨住了，洪水退了，
瞅瞅天，已然宁静如故，
而所有的人却已葬身粘土。
……
到了第七天，
我解开鸽子放了出去，
鸽子飞去，又盘旋飞还，
它飞了回来，因为找不到休息的地点。
我解开燕子放了出去，

燕子飞去，又盘旋飞还，
它飞了回来，因为找不到休息的地点。
我解开大乌鸦放了出去，
大乌鸦飞去，看到水势已退，
打食、盘旋、嘎嘎地叫，没有回转。
我迎着四方的风（将诸鸟）统统放走，献上牺牲。
我在山顶将神酒浇奠。
我在那里放上七只，又七只酒盏，
将芦苇、杉树和香木天宁卡放置在台上面。
诸神嗅到它的香味，
诸神嗅到他们所喜爱的香味，
诸神便像苍蝇一般，聚集在敬献牺牲的施主身边。
……
于是，恩利尔走进船里，
牵着我的手，让我上了船，
让我的妻子上了船，坐在我的身边。
为了祝福，他来到我们中间，摸着我的前额：
“乌特那庇什提牟直到今天仅仅是个凡人，
从现在起他和他的妻子，就位同我们诸神。
就让他在那遥远的土地，诸河的河口存身！”
于是他就把我领来，让我在这遥远的土地，诸河的河口存身。①

《吉尔伽美什》史诗的这一神话，同《圣经·旧约·创世记》第六、七、八章中的诺亚方舟的洪水神话，是极其相似的。如果加以比较，可以明显看出前者对后者的影响，并且成为后者的创作基础。当然，更应该看到：诺亚方舟的洪水神话在创作过程中，也结合希伯来的文化传统、民族特点和生活习俗进行了创造性的改造，体现了既要继承更要创新的精神。

---

① 赵乐甡译：《吉尔伽美什》，译林出版社 1999 年版，第 76—83 页。

二、对古希腊文学的影响

《吉尔伽美什》史诗的显著影响，不只限于古代的东方。它对后来获得高度发展的古希腊文学也产生了广泛的影响。

1. 普罗米修斯神话中吉尔伽美什的影响

在希腊著名的普罗米修斯的神话中，明显地反映了巴比伦吉尔伽美什的影响。

有的考古学者认为："吉加美什（即吉尔伽美什——引者）这个名字的意义是'火与斧的人'，表示他是一个精于金工和木工的人。依照传说，吉加美什也是一个杰出的建筑师，他建筑了乌鲁克的巨大城墙。在这方面，吉加美什可能是希腊普洛米修斯（即普罗米修斯——引者注）的原型。普洛米修斯是泰坦神雅培塔斯的儿子，希腊火的赐予者和文明的创造者。'雅培塔斯（Iapetus）的名字是由《旧约》中诺亚的儿子雅弗特（laphct）的名字变来的……，根据以后的传说，他是第一个教亚述人以占星术的。这个记载把他和亚述——巴比伦尼亚人密切联系起来了。普洛米修斯的神话，和巴比伦尼亚的吉加美什故事一样，都是与洪水的故事相联系的……"①

吉尔伽美什神话同普罗米修斯神话，在选取题材、处理情节和表现主题上都存在着明显的渊源关系。例如：普罗米修斯神话中的泥土造人的情节同吉尔伽美什史诗中用泥土创造恩启都的情节；普罗米修斯帮助人类凿石烧砖、建造房屋、从事劳动等同吉尔伽美什帮助居民建筑城墙、组织劳动的情节；普罗米修斯让人们拒绝潘多拉的"赠礼"同吉尔伽美什不接受伊什塔尔的求爱并斥责其恶德……都存在着彼此相似的内在联系。两相比较，既可看出吉尔伽美什对普罗米修斯的影响，又能找到希腊人在继承巴比伦文学遗产中所表现的创造性。

如果从主题思想上加以分析比较，普罗米修斯同吉尔伽美什一样，为了人类的永久幸福，不惜牺牲自己的一切，坚强不屈地忍受苦难、战胜邪恶势力强加于自己的迫害和痛苦。尽管两者所借助的情节不同，但是所表达的为人类献身的精神，都是气壮山河的，令人敬仰的。他们同是"哲学日历中最高尚的

---

① 赫罗兹尼：《西亚细亚·印度和克里特上古史》，三联书店 1958 年版，第 72—73 页。

圣者和殉道者”。

2. 赫拉克勒斯神话中吉尔伽美什的影响

赫罗兹尼也说，“‘吉加美什的其他特点和行为都在希腊的英雄赫丘利(Hera-kles) 身上体现出来了，赫丘利是解放普洛米修斯的。’吉加美什、赫拉克里斯、普罗米修斯，这三位‘巨人’之神确实是有血缘关系的。”① 赫拉克勒斯故事中的一些情节显然是受到了《吉尔伽美什》史诗的影响。

早在古希腊时期，著名历史学家希罗多德就说过：赫拉克勒斯是希腊人“从埃及人那里取得这个名字”。② 希罗多德为了弄清赫拉克勒斯的情况，还亲自到腓尼基的推罗城和塔索斯去调查。③ 这表明：赫拉克勒斯的神话中有东方因素，早在公元前几个世纪就有了这样的看法。到了近现代，欧洲的神话学者也有同样的看法。

如果将赫拉克勒斯同吉尔伽美什加以比较，就会发现两者之间有一些相似之处，并且存在着影响关系，吉尔伽美什对赫拉克勒斯的影响是显而易见的。例如：相传两者都曾是弃婴，而且类似的传说还不止一个：

其一，史诗译者赵乐甡说：“有的传说里，吉尔伽美什不过是乌鲁克城守军的一个弃婴。而在另一传说里，却说巴比伦有一习俗，他们为祈求五谷丰登，每年祭神时选一婴儿作为牺牲，或杀之或弃之山谷。吉尔伽美什当选，便被从悬崖投向山谷。此时为一大鹫所救。它将吉尔伽美什驮在背上，飞至高空，又安然无恙地将他掷落在一家居民的院落里。这家人发现后，将他抚养成人。”④

其二，神话学者黄石说：“季尔加米士（即吉尔伽美什——引者）原本是历史的人物，后来辗转相传，渐失真相，遂变成神话的人物。据古老的民间传说，他原本是天潢华胄，其父为加尔底亚（Chaldea）伊勒克城（即今之华尔卡 Warka）之君，季尔加米士继立为王，不幸为巴比伦东方的伊兰族侵入，把伊勒克城夷为平地，瓦砾无存。季尔加米士抵敌不住，仓皇出走，无处投奔，就在旷野居住。他终日在野外打猎为生，苟延残喘，但后来却变成一个强悍粗

① 萧兵：《中国文化的精英》，上海文艺出版社 1989 年版，第 880 页。

② ［古希腊］希罗多德：《历史》第二卷，商务印书馆 1962 年版，第 295 页。

③ ［古希腊］希罗多德：《历史》第二卷，商务印书馆 1962 年版，第 296 页。

④ 赵乐甡译：《吉尔伽美什》，辽宁出版社 1981 年版，第 109—110 页。

暴的猎人，历尽千辛万苦，终于起兵反攻，赶走伊兰族人，恢复伊勒克的故业，邑人遂奉之为王。”①

同吉尔伽美什一样，赫拉克勒斯也是一个弃婴。赫拉克勒斯是阿尔克墨涅所生的儿子，宙斯之妻赫拉仇恨她的情敌阿尔克墨涅，并嫉妒她有一个宙斯预言将来会有光荣前程的儿子。所以，阿尔克墨涅想：儿子在宫廷中得不到安全，便把孩子弃于旷野。雅典娜可怜这个弃婴，抱到阿尔克墨涅处要求她代为抚养。但是，她不敢养他甚至想毁灭他时，他的继母却不自觉地救活了她情敌的孩子。

吉尔伽美什的雄健体魄、俊美面庞和堂堂风采，都是诸神赐给的；而赫拉克勒斯的驾车技术、角力拳击和唱歌弹琴，都是各地名人传授的。萧兵说：“专家们考证，普罗米修斯跟苏美尔人（Sumers）的史诗英雄吉尔伽美什（Gilgamesh）有血缘关系。‘吉加美什这个字的意义是‘火与斧的人’，表示他是一个精于金工和木工的人。依照传说，吉加美什也是一个杰出的建筑师，他建筑了乌鲁克的巨大城墙。在这方面，吉加美什可能是希腊的普洛米修斯的原型。’吉尔伽美什‘三分之二是神’，三分之一是人。”

大力神塑成了他的形态，
天神舍马什授予他俊美的面庞，
阿达特赐给他堂堂丰采，
诸大神使吉尔伽美什姿容秀逸，
他有九指尺的宽胸，十一步尺的身材！

所以吉尔伽美什和普罗米修斯、赫拉克勒斯、夸父们一样是神性很强的巨人。他又是赫拉克勒斯在东方的一个原型。Graves 说：“赫拉克勒斯的中心故事是经由腓尼基传入希腊的巴比伦吉尔伽美什史诗的一个古老的变体。”赫罗兹尼也说：“吉加美什的其他特点和行为都在希腊的英雄赫丘利（Hera-kles）身上体现出来了，赫丘利是解放普洛米修斯的。”

赫拉克勒斯、吉尔伽美什、普罗米修斯这三位“巨人”之神确实是有血

① 黄石：《神话研究》，开明书店 1927 年版，第 143 页。

缘关系的。①

吉尔伽美什曾经杀死过熊、鬣狗、狮子、豹、虎、麈和大山羊等野兽，而赫拉克勒斯也是勒死狮子，生擒赤牝鹿、捕捉野猪、赶走怪鸟、驯服疯牛、带走牝马和捉拿牛群等的英雄。

在这些战胜野兽的活动中，吉尔伽美什击败狮子的活动，是令人惊心动魄的。在阿卡德语的《吉尔伽美什叙事诗》中，大致说道："他在山脚下看见了狮子，胆战心惊，向月神辛祈求帮助他进行殊死搏斗。月神辛答应了吉尔伽美什的祈求，吉尔伽美什感到浑身充满了力量，拔出利剑，向狮子刺去，取得了胜利。"② 吉尔伽美什战胜狮子的传说，在美索不达米亚深受人民喜爱，不仅在群众中口头流传，而且还保留在古代东方的美术作品中。至今保存在法国巴黎卢浮宫博物馆的关于吉尔伽美什公元前 8 世纪的浮雕，就是左手抱狮子、右手执弯刀的形象。同时，在铁尔·阿斯玛尔这个地方发现的阿卡德圆柱石印的印记上，也刻有吉尔伽美什同狮子搏斗的情景。赫拉克勒斯的神话，显然是受到了这种影响。

在赫拉克勒斯的十二件奇功中，第一件就是国王让他取来涅墨亚狮子的毛皮。这只狮子是人间的任何武器都伤害不了的，它的皮毛是刀箭不入的。赫拉克勒斯在树林中发现了这狮子以后，连射三箭，都不能钻进皮肉。于是，他扔下手中的箭，丢开身上披的狮皮，手挥木棒向狮子打去。击中狮子的颈部，他又从后面紧抱着狮子的脖颈，"活活将它勒死"。③ 英国的亚奇伯德·亨利·萨伊斯也说："古巴比伦的这位英雄……与古希腊的赫拉克勒斯则存在着密切联系。赫拉克勒斯的十二件丰功伟绩与吉尔嘎梅斯的十二次冒险或许只是巧合……但吉尔嘎梅斯屠杀的公牛就是赫拉克勒斯屠杀的克里特（Kretan）公牛。在石碑上所描绘的吉尔嘎梅斯杀死的狮子就是尼米亚狮子（the Neman lion）。赫拉（Hera）对赫拉克勒斯百般迫害，伊斯塔对吉尔嘎梅斯同样不怀好意。赫拉克勒斯闯入冥界的旅程与吉尔嘎梅斯越过死亡之水域的旅程非常相似。"④

---

① 萧兵：《中国文化的精英》，上海文艺出版社 1989 年版，第 880—881 页。

② ［日］矢岛文夫：《世界最古老的神话》，张朝柯编译，东方出版社 2006 年版，第 86 页。

③ 楚图南译：《希腊的神话和传说》上，人民出版社 1978 年版，第 155—156 页。

④ 奇伯德·亨利·萨伊斯：《古巴比伦宗教十讲》，黄山书社 2010 年版，第 152 页。

赫拉克勒斯神话，不仅在故事情节上接受了吉尔伽美什的影响，而且在思想意识上也受到了吉尔伽美什的影响。吉尔伽美什的言行鲜明地表现了为人类而献身的精神，赫拉克勒斯的十二件奇功也是为人类而不顾个人安危献身精神的生动反映。赫拉克勒斯不爱女色的特点，却和拒绝伊什塔尔女神求婚的吉尔伽美什非常相似。

希腊神话，在东方神话的影响下，特别是在吉尔伽美什那种思想品德的影响下，使赫拉克勒斯那样英雄人物的思想境界和品德情操增添了新的因素，在主题思想上有了明显的变化。赫拉克勒斯拒绝了幸福女人“堕落的享受”的引诱；由衷地遵从了美德女人的善意忠告：驾驶一切善事和大事，不畏艰险，一心为希腊服务，为民众造福。很明显，这正是古代东方的人文精神为古代西方的人文精神注入的新成分。因为赫拉克勒斯身上所体现的人文精神，同乌剌诺斯、克洛诺斯和宙斯身上所体现的以个人为本位，一切从自我出发，一心追逐个人欲求的个性和品德是有霄壤之别的。

3. 流传在希腊的吉尔伽美什传说

吉尔伽美什的故事，同其他口头文学作品一样，是依靠集体的口传心授的方式进行创作、保存和传播的，因而，由于历史的发展、时代的变迁和环境的不同，往往会出现异文变体，甚至在故事情节和人物形象上发生异变，出现几种或多种不同的情节人物。吉尔伽美什的传说，流传到希腊，也产生了这种不同的异文。

希腊作家阿耶利阿诺思（170—235）在《关于动物的本性》一书中，便记述了一个吉尔伽美什的传说：

> 在索卡罗斯做巴比伦王的时期，卡尔迪阿人（在巴比伦施行预言术的人们）预言：他的姑娘生的儿子将会篡夺外祖父的王国。
>
> 唯恐发生这种事情的王，将这个姑娘委托侍从阿库利西奥思看管，让他严加看守。
>
> 尽管如此，但是因为命运之神比巴比伦王还要聪明，不知是什么原因，国王的女儿怀孕了，生了一个男孩。
>
> 承担看管任务的男人害怕国王的愤怒，从禁闭国王女儿的城墙塔楼中把孩子扔下去了。

可是，有一只雕一眼就看到了这个孩子，在落下途中，用翅膀接住了这个孩子，将他运送到附近的庭院，小心地把孩子放在地上。

庭院看守发现了这个孩子，因为太可爱了，就将他抚养大。这个孩子被人叫作吉尔伽毛斯，他后来做了巴比伦的国王。①

这个流传在希腊的吉尔伽毛斯的故事，就是吉尔伽美什故事的异文。关于索卡罗斯（Sokkaros），有的学者认为：他是洪水以后统治巴比伦的第一任国王。但是，在古代史的著作中，巴比伦第一王朝第一任国王是苏末布姆（前1894—前1881），又译苏林阿布。索卡罗斯，很明显，是一个希腊语的称呼。吉尔伽毛斯（Gilgamosh），即巴比伦尼亚神话中的英雄形象吉尔伽美什的希腊语称呼。

4.《伊利亚特》和《奥德赛》中《吉尔伽美什》的影响

关于《吉尔伽美什》对《伊利亚特》和《奥德赛》的影响，在近百年来，西方学者进行了多方面的广泛的研究，取得了丰硕的成果。从人物形象描写、情节处理、题材主旨和语言特点等各个方面展开了具体深入的探讨，越来越明确地认识到其影响是难于否认的、不可忽视的。

从阿基琉斯和吉尔伽美什两个主要形象上看，他俩人有很多相似之处：两人的母亲都是女神，父亲均为人间王者，不仅都具有神性，容貌俊美，体态魁梧，勇力超群。两人都有生死与共、比自己生命还重要的朋友，而且其朋友皆因神意而死，两人均悲痛欲绝，都率全族祭奠。后来，两人都和各自朋友的亡灵相遇，两人死后都成了冥界的审判。② 从中不难看出《吉尔伽美什》对《伊利亚特》的影响。

阿基琉斯和吉尔伽美什在自己的朋友死后，两部史诗对其悲愤痛悼场景的描写如出一辙。《伊利亚特》是这样写的：

裴琉斯之子（阿基琉斯）领唱挽歌，曲调哀凄，
把杀人的双手在挚友的胸脯放贴，

---

① ［日］矢岛文夫：《世界最古老的神话》，张朝柯编译，东方出版社2006年版，第122页。

② 参见白钢：《光从东方来——论希腊精神中的东方因素》，载白钢编：《希腊与东方》，上海人民出版社2009年版，第71页。

发出声声悲嚎，不停。像一头虬须满面的狮子
被一位打鹿的猎手偷盗幼仔，
在密密的树林，兽狮回来太迟，痛恼不已，
追过一道道山谷，沿着猎人的足迹，
寄望找见它在哪里，凶野的暴怒将它缠迷。①

在《吉尔伽美什》中，对吉尔伽美什痛悼恩启都是这样写的：

吉尔伽美什说：
“昏暗包围了你，我说的话你已经听不到。”
他的眼睛抬也不抬，
摸摸他的心脏，已经不跳。
于是，他把他的朋友，像新嫁娘似的用薄布蒙罩
他就像狮子一样高声吼叫，
就像被夺走仔狮的母狮不差分毫。
他在朋友跟前不停地徘徊。②

两相比较，在细节描写上是极其相似的：“双手放在胸脯上”与“摸摸心脏”、“像被盗幼仔的狮子”与“像被夺走仔狮的母狮”，这些例证令人信服地表明《吉尔伽美什》对《伊利亚特》的影响。③

同样，《吉尔伽美什》对《奥德赛》的影响，也是显而易见的。白钢根据西方学者的研究指出：“奥德赛和吉尔伽美什的相似处同样不少：两人都有着漫长的穷游世界的经历，都遇到过得到永生的机会，却又终于失去（奥德赛为主动拒绝），在遭际朋友罹难却又无力挽救的恸哀后，孤身一人回到故土。两部史诗的开篇极为相似”。④ 在《奥德赛》的开篇说：

---

① 《伊利亚特》第 18 卷第 316—322 行，陈中梅译。

② 赵乐甡译：《吉尔伽美什》，译林出版社 1999 年版，第八块泥板，14—20 行。

③ 参见白钢编：《希腊与东方》，上海人民出版社 2009 年版，第 71—72 页。

④ 白钢编：《希腊与东方》，上海人民出版社 2009 年版，第 72 页。

Odyssee 1，1–5
告诉我，女神，那个多谋善变者，他如此之远地
迷航，在他摧毁神圣的特洛伊城后，
见过如此众多的人的城市，了解他们的风俗。
在大海里承受众多的苦痛于心中，
为保全自己的灵魂（性命）和伙伴的还乡。

Gilgamsh I i 1–7
关于目睹一切者，至地之极隅，
关于经历一切者……
安努赐予他关于一切的知识的整体。
他见到秘密，发现隐匿，
他带回洪水前（远古）的信息
他踏上遥远的旅程，直至筋疲力尽，
终归于安宁。①

“这两段缘起都提到了主人公的远行，这其间的艰难遭遇、最终的归乡，都着重突出了主人公识见之盛，智慧之深（奥德赛见识各地之风土人情，吉尔伽美什则被赞誉为具一切智慧，洞察世间奥秘）。

综合而论，吉尔伽美什兼具阿基琉斯与奥德赛之特质，既是有着至真性情的无敌英雄，又是游历四方广见博识的人间智者。考虑到史诗《吉尔伽美什》于荷马史诗生成及流传创作的漫长过程中（大约在公元前15—前8世纪）在整个近东——中东地区的巨大影响，及希腊在此期间与该地区的各种文化交流，不难想象史诗《吉尔伽美什》对希腊史诗的形成有着直接及间接的影响。某种程度上，这其中的某些段落正是荷马史诗中相应情节的底本，或是游吟诗人在荷马史诗的口传过程中予以借鉴参考的素材。”②

有的西方学者根据考古资料推断：早在青铜时代东西方之间便存在着文化

---

① 白钢编：《希腊与东方》，上海人民出版社2009年版，第72页。
② 白钢编：《希腊与东方》，上海人民出版社2009年版，第73页。

上的联系。世界上最早的英雄史诗《吉尔伽美什》，要比希腊的英雄史《伊利亚特》和《奥德赛》早产生一千多年。德国学者瓦尔特·伯克特通过对东西方史诗的比较研究，发现两者之间在描写事物和叙述情节上有不少类似的表现技巧。

首先，在描写事物的程式上，伯克特说：

> 吉尔伽美什四处游历时，新的一天总是以相同的程式引入："晨光微露"，这不禁让人联想到荷马的著名诗句："当年轻的、长着玫瑰色手指的曙光女神出现在天际"。叙事按一天天的顺序往前推进，这很自然，但是用固定的程式来描述日出与日落、行动与间歇，则是《吉尔伽美什》和荷马史诗都采用的特殊技巧。①

如果对《吉尔伽美什》中的"晨光微露"与《伊利亚特》中的有"玫瑰色手指"美誉的"曙光女神"的描写加以比较，就会发现后者比前者更具有修辞的技巧，对曙光的表现显得更形象、更有艺术魅力。虽然《伊利亚特》受到《吉尔伽美什》的启发和影响，后者的艺术成就却更高于前者。

其次，史诗在开头部分对双线发展程式的运用，伯克特说：

> 史诗开头部分是一个双线发展的行动，它必须让吉尔伽美什和恩启都走到一起，叙述上的安排是，先围绕恩启都的历险和受教化展开，然后在妓女对恩启都所说的话里叙述吉尔伽美什准备与恩启都会面（I v 23–vi 24）。因此，《奥德赛》创作者所用的那种叙事技巧，即让奥德赛以第一人称向腓依基人（the Phaeacians）讲述自己的经历，以及设计一个双线发展的情节让奥德赛和忒勒玛科斯（Telemachos）走到一起，并不是独一无二的。《吉尔伽美什》和《奥德赛》开头部分如此相似，同样是让读者关注那位四处历险、博闻广见的英雄，而英雄的名字却被有意隐去不提，这也给读者留下了深刻印象。②

---

① ［德］瓦尔特·伯克特：《东方化革命》，刘智译，上海三联书店 2010 年版，第 114 页。

② ［德］瓦尔特·伯克特：《东方化革命》，刘智译，上海三联书店 2010 年版，第 114—115 页。

在叙述手法上，明显地反映了《奥德赛》受到了《吉尔伽美什》的启发；但是，又绝未落入雷同的俗套，这又显示了荷马艺术手法的高妙。

再次，吉尔伽美什不怕牺牲留名青史的思想，对《伊利亚特》也有影响。吉尔伽美什在征伐杉妖之前曾说过："那个名字传遍国内的杉妖，我要在杉树林里把他干掉！乌鲁克之子是何等的英豪，让国内的人家喻户晓。我要亲手砍倒那杉妖，我要把英名千古永标。"① 对这一问题，伯克特说：

> 该史诗的主要主题是"人类的命运"(simatuawilutim)——所谓"人类"，就是有死亡，与此相对的是诸神的生命，人类中就只有乌特纳比西丁为自己赢得了神的生命。与林怪霍姆巴巴交战前，吉尔迦美什以勇士的方式推定："众神，他们永远有夏玛希（Shamash）[太阳神] 相伴，人类，他们的白昼却有个限数……而你，怕死么？……我将走在你前面……即便是我自己将倒下，让我依旧成就英名!"因此，正因为人类不能永生，唯有冒死为自己赢得能留传身后的名誉。不朽的荣誉(kleosaphthiton)，以及与之相对的不免一死的凡人，这些都是希腊语作品《伊利亚特》中的概念。"是的，我亲爱的朋友啊，要是你我能从这场战斗中生还，得以抗拒衰老，长生不老，我就再也不会站在前排战斗……但是现在，死亡的幽灵就在我们面前……让我们冲上前去，要么为自己争得荣光，要么把它拱手让给他人!"——这就是荷马的风格。②

在《伊利亚特》中，鲁基亚战士的对话表明：他们不怕牺牲，甘愿在战斗中争得荣誉。荷马通过他们的对话表现了他们的英雄气概：

> 哦，朋友，倘若你我能生还这场战斗，
> 得以长存、永在，不死无终，
> 我就不会在这前排里苦斗，也不会
> 要你冲扫战场，人们在那里争得光荣。

① 赵乐甡译：《吉尔伽美什》，译林出版社 1999 年版，第 28 页。

② [德] 瓦尔特·伯克特：《东方化革命》，刘智译，上海三联书店 2010 年版，第 115 页。

但现在，死的精灵站临我们，贴身，
数量之众，谁也无法开脱，不能苟生——
让我们冲锋，要么为自己争光，要么拱手他人！①

他们把战场看成是争得光荣的所在，应勇敢冲锋，“为自己争光”。这种“留取丹心照汗青”的英雄气概和吉尔伽美什的“我要把英名千古永标”的思想是一致的。可见，在荷马的创作风格中也蕴含着《吉尔伽美什》的启发和影响。

① 陈中梅译：《伊利亚特》，译林出版社 2000 年版，第 330 页。

第二章

《埃努玛·埃立什》

第一节 创世史诗与创世神话的区别

产生于古代两河流域的巴比伦的长诗《埃努玛·埃立什》，虽然是以叙述开天辟地的故事为主要内容的口头文学名著，但是国内外学者对其文学体裁的认识却有不同的看法。有的学者认为是创世神话，还有的学者认为是创世史诗。

有一些国内外学者把《埃努玛·埃立什》看成创世神话。谢选骏说："《埃努玛·埃立什》完全记载了创世神话。"① 王增永认为："《埃努玛·埃立什》是一篇记载在七块泥板上的创世神话。"② 谢·亚·托卡列夫说："早在上古时期，巴比伦即有宇宙起源神话流传……它载于迄今依然完好的一组泥板文书（共七块）中……即《埃努玛·埃立什》。"③ 但是，主张是创世史诗的，在国内外学者中，也不少见。我国学者潜明兹说："常见的创世史诗有两种：一种叙述天地、人类、万物的起源，以神话为基本内容，幻想色彩很浓，如……古巴比伦的《埃努玛·埃立什》。"④ 美国学者亨利·富兰克弗特引用评论文章说："创世史诗（Enuma elish）于尼山月在贝尔（马尔都克）面前被吟诵和歌唱；那是因为他被监禁了。"⑤

---

① 谢选骏：《神话与民族精神》，山东文艺出版社 1987 年版，第 178 页。

② 王增永：《神话学概论》，中国社会科学出版社 2007 年版，第 322 页。

③ [苏] 谢·亚·托卡列夫：《世界各民族历史上的宗教》，魏庆征译，中国社会科学出版社 1985 年版，第 357 页。

④ 潜明兹：《史诗探幽》，中国民间文艺出版社 1986 年版，第 29 页。

⑤ [美] 亨利·富兰克弗特：《王权与神祇》，上海三联书店 2007 年版，第 458 页。

我们认为，无论是从《埃努玛·埃立什》的基本内容和艺术特点上分析，还是从篇幅的庞大和结构的宏伟上着眼，都应该把它看成是创世史诗。创世神话和创世史诗虽然都是以表现宇宙起源、开天辟地、万物出现、人类诞生和神族斗争为主要内容的口头文学创作；但是，这两者并非同一文学体裁，存在着鲜明的差异。

一、创世神话产生的较早，创世史诗出现的稍晚

创世神话比创世史诗出现要早。创世史诗是在继承创世神话传统的基础上创作出来的，两者的渊源关系十分密切。在两河流域，巴比伦的创世史诗《埃努玛·埃立什》无论在创作题材、表现母题和故事情节等方面都不同程度地借鉴了苏美尔创世神话。在《埃努玛·埃立什》中出现的在混水中创生诸神、水生万物、以血造人等母题，都是来源于苏美尔神话的。《埃努玛·埃立什》中诸神的形象表明对苏美尔创世神话既有继承又有创新，有一些神祇原来就是苏美尔的，如：阿努就是苏美尔的最高神安，埃阿就是苏美尔的恩基神，恩利尔本来就是苏美尔的主神，阿普苏就是苏美尔的阿布祖。这些情况反映了《埃努玛·埃立什》创世史诗同苏美尔创世神话的不可分割的血缘联系。但是，原来苏美尔时期的一些神到了巴比伦的《埃努玛·埃立什》中，其地位有了明显的变化，升降的差距极其悬殊。如：恩利尔从苏美尔主神的地位一落千丈，而马尔都克却扶摇直上成为地位显赫的巴比伦主神。这也可以说是史诗创新的一例。较早产生的创世神话是创世史诗形成的基础。

二、创世神话篇幅短小，创世史诗结构庞大

创世神话往往是篇幅短小、叙事粗陋的作品，因而情节单一，描述简略；而创世史诗则常常是结构庞大的鸿篇巨制，因而叙说详尽细致，描写具体周密。例如：在描述宇宙起源时，苏美尔的创世神话只是说："创世之前，没有天，没有地，只有汪洋一片。水是最早生出来的东西。它是宇宙万物的母亲，在她渺无边际的胸膛之上，渐渐长出山来。山体里萌生出后来的天和地。"① 其中，对水的生成、山的出现、天和地的萌生，都没有细致的叙述和具体的说

① 孙承熙主编：《东方神话传说》第二卷，北京大学出版社 1999 年版，第 121 页。

明。然而，《埃努玛·埃立什》中，在天地尚未生出之前，对最早出现的水就描述得比较细致具体，既叙述了象征维持生命的原始深渊的淡水阿普苏，又叙述了象征对生命发生作用的海中咸水提阿玛特。同时，又说：这两种水混合在一起便生出诸神。可以说，整个宇宙间的万物都来自原初的这一混水。这种对水的叙说和解释，就要比创世神话显得更周密、更具体和更细致。不仅如此，还进一步叙述了在混水中诞生的象征男女之原的拉赫姆和拉哈姆，并由他们创生出象征天地之原的安莎尔和基莎尔。这是在深入说明诸神都是渊源于混水的。其叙述的精细、描写的具体和叙事的完整，同创世神话中叙述的粗陋、笼统和零碎相比，不知要高明多少倍。创世史诗虽然源于创世神话，却胜于创世神话。

三、创世神话情节简单，创世史诗故事复杂

创世神话和创世史诗在展示创世情节上也有鲜明的差异。创世神话由于篇幅短小、故事简单，所展示的创世情节往往是单一的、片断的，而在创世史诗中所展示的创世情节常常是多方面的、复杂的，是一系列创世故事的连贯和整合。

四、神话中创世神的形象不完整，史诗中创世神的形象很完美

创世神话无法塑造比较完整的创世英雄形象。然而，创世史诗却把塑造完美的英雄形象视为首要任务。史诗中塑造的创世英雄，不仅要叙述他的神族出身、在诸神中的杰出地位，而且还要展示英勇战斗的突出表现和一系列创世活动的辉煌业绩以及对国家民族的重大贡献。《埃努玛·埃立什》中的主人公马尔都克就是这样一个完美的艺术形象——从诞生成长到发展成熟、从史诗开始到结尾全过程的完美艺术形象。他是诸神的嫡系后裔，在长辈神和幼辈神的冲突中，挺身而出，战胜了提阿玛特；利用她的尸体开始了一系列的创世活动：开天辟地、创造日月星辰、筑高山、引河水、造人类、建神庙和垒筑巴比伦城……最后，由于他的丰功伟绩受到诸神的敬仰和众人的崇拜。像这样贯穿全诗始终的、在各种关键活动中屡建奇勋的完美英雄形象，在苏美尔的创世神话中是无法找到的。

五、创世神话反映多神信仰，创世史诗表现一神或至上神崇拜

创世神话和创世史诗同宗教都有着十分密切的关系。创世神话是原始宗教信仰的重要组成部分，其宗教功能是十分明显的。苏美尔创世神话中的安、恩基和恩利尔是极受崇敬的三联神。创世史诗《埃努玛·埃立什》中的马尔都克，已不再仅仅是巴比伦城的守护神，而是伴随着巴比伦地位在两河流域的不断擢升，已经成为统摄全境的、凌驾于诸神之上的、备受尊崇的全民之神。讴歌和赞颂马尔都克的《埃努玛·埃立什》已经成为宗教祭祀活动中不可缺少的神圣经书。在巴比伦新年节的宗教仪式中，这一史诗是必须朗诵的神圣经典。因而，将苏美尔的创世神话同巴比伦的创世史诗《埃努玛·埃立什》加以比较，便不难发现：后者要比前者有着更为广泛的宗教功能，在两河流域的宗教活动中具有更为普遍和更为深远的影响。

第二节　史诗的历史背景和口头文学传统

一、史诗产生的社会历史背景

关于创世史诗《埃努玛·埃立什》整理编订、泥板成书的年代，有一些学者的意见大致是相近的。我国香港学者饶宗颐先生是这一史诗的第一位汉语译者，译名是《近东开辟史诗》；他在其《前言》中说：

> 这首史诗的写成年代，一般认为属于Kassite时代，所谓中巴比伦(1550—1155 B.C.)时代。(巴比伦共有三十六个王，共统治576年，其第一王朝的年代为Sam—suditana，即公元前1625—前1595年。)在汉谟拉比(Hammurapi，1792—1750 B.C.)之后。它的时代大约相当于我国夏代晚期(公元前21—前16世纪)。①

美国学者亨利·富兰克弗特等人谈论史诗成书年代时说：

① 饶宗颐编译：《近东开辟史诗》，辽宁教育出版社1998年版，第2页。

> 《埃努玛·埃立什》由于涉及到长期复杂的历史。它是用阿卡德语——看上去大约是用属于公元前两千纪（即公元前二十世纪——引者）中期的阿卡德语刻写的。因而，在这一时期的这部作品，想来似乎已经是现在的样子了。这和巴比伦是当时美索不达米亚世界的政治、文化的中心这一事实是一致的。《埃努玛·埃立什》的主人公是巴比伦的神马尔都克。①

这两位学者的见解都说的是史诗刻写成书的时代是在公元前二十世纪中期，但是，在用阿卡德语楔形文字镌刻在泥版上成书之前，还要经过一段口耳相传的、不断加工修改的、漫长的口头创作阶段。

一般地说，创世史诗产生于原始氏族社会、成熟于原始社会向奴隶制社会转化的过渡阶段；但是，《埃努玛·埃立什》却成熟于依靠强大常备军巩固的中央集权的奴隶制帝国巴比伦时期。这既有社会发展上的历史原因，又涉及口头文学创作经验的积累问题。

《埃努玛·埃立什》的创作过程，必然要受到两河流域社会发展的历史制约，无法超脱其现实生活基础。苏美尔人是世界上最早进入文明历史阶段的。早在公元前4000年前后，他们就在两河流域的南部建立了乌尔、埃利都、拉伽什、乌鲁克等许多城市国家，首创城市文明。他们建筑了世界上最早的神庙、发明了世界上最早的楔形文字、制造了世界上最早的车和船……正像美国学者克雷默在《历史从苏美尔开始》一书中所称赞的：苏美尔人在世界历史上首创了27个“世界第一”。两河流域成为人类文明最早的发祥地，世界文明的摇篮。

经过许多世纪之后，操闪米特语的阿卡德人征服了苏美尔人，建立了阿卡德王朝（约前2371—前2230），第一个王萨尔贡一世经过34次的征伐，攻克了乌鲁克、乌尔等许多城邦，俘虏了54个恩西——最高祭司掌权者，统一了两河流域南部。阿卡德王朝称雄200多年，逐渐溃败，苏美尔人重整旗鼓，再一次统治了两河流域，建立了乌尔第三王朝（前2113—前2006）。但是，好景不长，又被埃兰人打垮，这一王朝结束。此后，阿摩利人攻占了幼发拉底河

① 亨利·富兰克弗特等：《古代东方的神话和思想——哲学以前》)，东京社会思想社1978年版，第209页。

北方岸边上的小城镇——巴比伦，在此建立了国家，史称巴比伦第一王朝（前1894—前1595）。其第六代王汉谟拉比（前1792—前1750）是一位出类拔萃的君主，智谋出众，富有雄才大略，极为励精图治。他把统一两河流域视为头等大事，面对相邻的各个强国，采取了远交近攻、各个击破的灵活策略，南征北战，不断征伐，终于统一了巴比伦尼亚。他依靠强大的常备军独揽全国的军事、政治、宗教、法律等大权，并神化自己，以君权神授的舆论维护和巩固中央集权的专制统治。

两河流域奴隶社会政治体制的鲜明特点是政教合一，也可称之为神权政治——神权和政权是合而为一的。宗教主持人和政权统治者是结为一体的，神庙组织和国家机关是密不可分的。当时，凡事都是借助神权进行政治统治的，宗教是维护和巩固政权的巨大支柱。各种重大政治决策都以神的名义发布，一切政治活动的成败均取决于神意。因为王权神授，所以国王是神的化身或代言人，既是宗教的最高祭司，又是政权的至上君主。在两河流域，“所谓‘王者’亦即是宗教礼拜的对象。苏美尔人的‘帕特西’，无不一身二任；既是一国之王，又是事神之最高祭司。自两河流形成统一的国家，萨尔贡以及嗣后历代帝王，无不觊觎与天神的所谓亲缘：他们被视为神之骄子、传谕者、奉神命安邦治国者。”①

在两河流域，一切奴隶制城邦都有自己的神庙，它是奴隶主阶级的政治经济中心。“神庙不仅是奴隶制城邦一城一地的政治活动中心，而且也是全城邦公社或地方公社的经济活动中心”；“神庙就是奴隶制大经济的机构，如中国古代所谓‘社稷’，它是政治的，又是经济的，它代表奴隶主阶级的统治机关——国家”。② 美国的亨利·富兰克弗特也说；“城市和城市国家是一个复杂的有机体，由几个神庙社区构成”；“正如神庙社区被看作是一位神的地产一样，城市整体上也被一位神——即城市神拥有。这个神拥有最大的神庙社区之一，而且他的高级祭司是城市的统治者（恩西），掌握着城市各部分的联合。”③

在两河流域的奴隶制社会中，每一个城邦国家都有自己的保护神。这些

① ［苏］谢·亚·托卡列夫：《世界各民族历史上的宗教》，魏庆征译，中国社会科学出版社1985年版，第353页。

② 《世界上古史纲》编写组：《世界上古史纲》上册，人民出版社1979年版，第139页。

③ ［美］亨利·富兰克弗特：《王权与神祇》下，上海三联书店2007年版，第325—326页。

保护神渊源于原始社会的自然神，到了苏美尔、阿卡德时代，嬗变成各城邦国家崇拜的主神。安（阿卡德语称为阿努），是乌鲁克城的守护神。恩利尔风神是尼普尔城的守护神。恩基（阿卡德语称为埃阿），是埃利都城的保护神。南纳，是苏美尔语，为月亮神，阿卡得语称为辛，被视为乌尔的守护神。乌图是苏美尔的太阳神（阿卡德语为沙马什），是西帕尔的守护神。马尔都克，是阿卡德语，可能来源于苏美尔语“阿玛尔·乌图克”，意为太阳神的幼儿，是巴比伦城的守护神。

这些各城邦的守护神起源于各公社的守护神。“上古的苏美尔人公社，乃是规模不大、自成一体的部落，四周农田星罗棋布，是为始出的地域性组合；每一组合均奉行各自的公社崇拜。举凡公社（始而似为氏族——部落公社），无不奉有各自的地域守护神。地域守护神被尊为该地区的主宰；公社之尊长‘帕特西’(恩西)，则是其事奉者。‘帕特西’又是公社的首领和祭司。”① 大约在公元前30世纪以后，由于苏美尔和阿卡德人对畜牧业、农业生产的重视，在自然神的崇拜中，突出地强调了天神安、风神并具有繁殖神和生命特点的恩利尔神以及大地主宰、水神恩基（埃阿）的重要作用。对这三位大神的崇拜范围已突破了原来各自的守护神，成为两河流域全民的崇拜对象，而天神安在三位大神中成为主位神，被誉为万神之父和诸神之王。在公元前20世纪初，当阿摩利人经过南征北战征服了两河流域而建立巴比伦第一王朝，巴比伦城变成统一王国的首都，巴比伦城的守护神马尔都克便取代了苏美尔—阿卡德时期诸神的权势而独占鳌头，登上至高无上的尊荣地位。不难看出：守护神在诸神领域中的权位是伴随着信奉者在人间社会权势的变化而升降的。马尔都克从一个地方保护神变成取代诸神的权势而成为战无不胜的战争之神、“天宇与地区的君主”、“伟大的统治者”，正是因为他的信奉者使他在两河流域占有了一统天下的权势。

二、史诗创作的口头文学传统

《埃努玛·埃立什》之所以成为世界文学发展史上最早的创世史诗，正是

① ［苏］谢·亚·托卡列夫：《世界各民族历史上的宗教》，魏庆征译，中国社会科学出版社1985年版，第349—350页。

因为它创造性地继承了世界上最早的苏美尔口头文学遗产。任何一部创世史诗或英雄史诗，都是在前代神话故事、民间传说、民歌民谣、格言谚语等文学传统的基础之上发展起来的；是集口头文学之大成者。在《埃努玛·埃立什》问世之前，两河流域的口头文学创作已经获得了高度的发展，为《埃努玛·埃立什》的创作提供了各种体裁的、不同手法的、经验丰富的口头文学积累。

在苏美尔的神话遗产中，有为数众多的创世神话故事。如：有关水是万物母亲的神话，有关天地分开、宇宙形成的神话，有关人类农牧业起源的神话，有关恩基用血造人的神话，有关恩利尔和宁立尔生出月神和星辰的神话，有关恩利尔创造金斧的神话……这些有关创世内容的神话，不仅对两河流域各民族文学的发展产生了重要影响，而且对欧洲和世界文学的发展也具有深远的影响。

在苏美尔的创世神话中，我们看到许多的创世神，其中地位显赫的、受到普遍重视的有安（阿努）、恩利尔和恩基（埃阿）。他们在苏美尔—阿卡德时代成为备受尊崇的三位大神。

安，苏美尔语为“天”的意思，是苏美尔—阿卡德神话中的天神。因为他和妻子大地化身的乌拉什生了很多子女，被称为“众神之父”、“父王”。他高居天宇，是天界的统摄者。在苏美尔的神话故事中说：他不仅创造了天，而且还在天地山上创造了阿努纳启诸神。在拉哈尔和阿什南的神话故事中说：天神安在神灵创造室里创造了牲畜女神拉哈尔和谷物女神阿什南。天神安让恩利尔把两位女神送到地面去。为了使她们履行职责，还把农具送给她们。由于她们的辛勤劳动，使大地上五谷丰登，六畜兴旺。她们遵从天神安和恩利尔的指示，把食物奉献给诸神，博得了称赞……

恩利尔，苏美尔语是“风之主宰”的意思，被称为“风神”。他是安（阿努）的儿子。这一形象反映了文化创造者的特点，传说他和恩基共同创造了畜牧神和谷物神，发明了锄，创造了一切树木和谷物。在《月神的降生》神话故事中说：月神南纳是恩利尔和妻子宁利尔的儿子。在《伊米什与因梯恩之争》中，也表现了他的创造能力：

大气神恩利尔看到大地一片荒芜，决定造出树木，谷物，以使大地繁荣丰饶。他造出了一对兄弟，一个叫伊米什，一个叫因梯恩，并给他们作了明确的分工，让他们各司其职。

因梯恩负责让山羊产羔，让绵羊产子，母牛多生牛犊，母驼胎胎存活。于是草原上牲畜成群，野山羊、绵羊、驴子在那里跑来跑去。生机勃勃的草原引来了大量的飞鸟，在草原筑巢安居。海里的鱼儿也勤于产卵，繁衍后代。因梯恩还养蜂取蜜。他培植椰枣林，又开辟了葡萄园，酿造葡萄酒，为众神的餐桌增添了许多新的食物和饮料。

伊米什负责种树和大田的耕种，给大地披上了绿装。谷物年年丰收，家家户户的粮仓堆满了粮食。伊米什也给牲畜提供了精美的饲料，吃得牛羊马匹膘肥体壮。伊米什还用多余的收获换来许多金银及珠宝。

大地上呈现一片繁荣太平的景象。①

这一神话同描述天神安创世活动的“拉哈尔和阿什南”的神话是雷同的，其差异只在于一对是兄弟神而另一对是姐妹神。这可能是口头文学创作的异文现象。然而，这异文却表明天神安和恩利尔都是创世神。

在《恩利尔的金斧》神话中更能看到恩利尔的创世特点：

恩利尔是万物之主，他洞察一切，他的意志不可抗拒。他将天推离大地，使天地分开。创造了各种生物，送到大地上，又在大地上播撒各类作物的种籽，大地一片繁荣。

恩利尔创造了各种行业，决定万物的命运。他创造了一种劳动工具，他称之为斧。这把斧子十分精致，斧柄是金子的，斧头是玻璃石的，斧子的形状像一只独角的公牛站在高高的墙头上。

恩利尔为他创造的斧头规定了它能干的事情。他决定让斧头发挥威力，成为人类的好助手。恩利尔喜爱大地上那些黑头发的人类，他以无比信任的眼光望着他们……然后把金斧交给黑头发的人类。人类得到了恩利尔馈赠的工具，如虎添翼，干出了许多轰轰烈烈的大事……②

① 李琛编译：《古巴比伦神话》，湖南少年儿童出版社 1989 年版，第 20 页。

② 孙承熙主编：《东方神话传说》第二卷，北京大学出版社 1999 年版，第 129 页。

恩基，同其父一样，也是一个创造神。他创造了犁、牛轭、耙和造砖模，他和恩利尔一起创造了牲畜神和谷物神，他还是园艺、植麻和草药的创造者。在《安启造人》的神话故事中说：

> 神灵们要得到丰厚的食品，需要每日辛勤劳作。他们日出而作，日落而息。久而久神灵们感到十分劳累，生活变得不那么轻松。特别是女性神灵出现后，生命不断繁衍，神灵的负担日益加重。于是他们一起去找水神、智慧之神安启（恩基），抱怨生活的艰辛，请求他想办法减轻他们的负担。
>
> ……安启的妈妈南玛赫（即最初之海），看到她的儿孙如此辛劳很是心疼……推醒儿子，对他说：
>
> “孩子呀，快醒来！不要再睡了，起来干点创造性的工作。为众神造一些仆人吧，让仆人们生产粮食供神灵们享用。”
>
> 安启想了想，觉得母亲的话很有道理……于是就与母亲一同商量造人的细节。
>
> “我们选用深不可测的海底泥土作为材料，先让小神把泥土发酵，在生育女神的监督下，由母亲你制作肢、头部，然后把各部分装配在一起，最后由我来给他们吹进生命，决定他们的命运。”①

在这一神话中，对造人的目的、选用的材料、制作的方法和工艺的流程，都有具体的说明。关于创造人类的故事，在苏美尔神话中还有另外一种异文。在苏美尔的《人类和农牧业的起源》神话中说：

> 在天和地的连接点尼普尔城的乌兹姆圣殿里，有两位能工巧匠神——拉姆伽神用他们自己的血液创造人类。这样一来，诸神所做的工作，今后就可以让人类去干了。
>
> 让人类去挖掘运河、分得土地、拿着锄头去掘土、提着篮子去收获，让他们去建造神的住宅。让人类辟地造田，使土地丰饶，收获大批的粮

① 孙承熙主编：《东方神话传说》第二卷，北京大学出版社 1999 年版，第 126、127 页。

食。装满诸神的仓库。①

在这里所描述的用血液创造人类，让人类代替诸神去劳动、去生产的想法，对《埃努玛·埃立什》的影响十分明显，马尔都克用金古的血造人、让人代替诸神劳役的意图，正是来源于苏美尔神话。

在苏美尔神话中涉及创世内容的故事，主要有：《人类和农牧业的起源》、《天地分开，宇宙形成》、《月神的降生》、《恩利尔的金斧》、《伊米什与因梯恩之争》、《畜神与谷神》、《安启造人》、《恩基与苏美尔》、《恩基与埃利都》、《恩基建立大地的秩序》、《埃利都城的兴起》等。这些创世神话为创世史诗《埃努玛·埃立什》提供了多方面的、必须借鉴的创作题材和口头文学传统。

第三节　史诗的主要情节

史诗的故事镌刻在七块泥板上，现将主要情节介绍如下：

一、第一块泥板

在遥远的原始时期，一切都不存在，在上边没有天空，在下边没有大地，既看不到草地、芦苇丛，也看不到诸神的身影；只有阿普苏（是阿卡德语，苏美尔语为阿布祖，其意为淡水，被认为是宇宙万物之父）、孟姆（湿雾的化身，象征原始的生命力，传说为阿普苏的侍从和谋士）和提阿玛特（其意为咸水，为阿普苏之妻，对生命会产生促进作用）。他们是最早的原始存在。阿普苏和提阿玛特在一起，从其混合之水中诞生了蕴含着男女之原的拉赫姆（男神）和拉哈姆（女神）。他们创生了安莎尔（男神）和基莎尔（女神）。他们的长子是阿努，阿努的儿子是埃阿，埃阿的儿子是马尔都克。这样，一代接续一代，不断繁衍，日渐增多，形成了神族的世系。年轻的诸神喜欢嬉戏逗笑，他们的喧哗吵闹使老辈神提阿玛特感到烦恼，阿普苏也无法控制他们不断的喧嚣，气愤不已。

因而，父辈神阿普苏找来了侍从孟姆，让他去向提阿玛特传话：要把年轻

① ［日］矢岛文夫：《世界最古老的神话》，张朝柯编译，东方出版社 2006 年版，第 21—22 页。

的诸神干掉，让他们寂静无声，我们才能睡个好觉。提阿玛特不同意，她说："就算他们的做法令大家烦恼，也该容忍宽宥。"孟姆却不怀好意地向阿普苏提议："父亲啊，请制止他们非常烦人的一贯恶行。"他们阴险的谋划，年轻诸神知道以后，异常惊慌，又想不出办法，默默呆坐，一言不发。聪明智慧、精通事理、熟谙一切的埃阿，早已看穿了父神的诡诈心计；他用有效的精纯咒语，向阿普苏灌输睡意，使他安然进入梦境；绑上阿普苏，将他杀掉。埃阿也抓住孟姆，将穿透他鼻孔的绳子紧握在手中牵着，杀掉这个背叛者。埃阿为战胜阿普苏而无比喜悦，悠闲地休息在自己的房屋里。他将这里定为圣所，起名叫"阿普苏"，成为他的稳固住处。他的儿子马尔都克就诞生在这充满吉兆的屋里。埃阿的这个儿子：

他体态丰满，目光炯炯。
他表现出男子汉的阳刚。
他生来就格外强壮。
生父埃阿看到他时喜洋洋
埃阿脸上闪现亮光
他的高兴洋溢心上。
他按理想塑造他的容貌，
他赋予他双倍的神通。(1：87—91)①

因而，这个男神长着四只眼睛和四只耳朵，嘴角一动就喷出火焰。阿努赐给马尔都克四种风，他身上披着十位神的惊人之光，体内融合着五十位神的可怕力量。

马尔都克的强大威力使提阿玛特及其同伙意乱心慌，焦躁不宁。在提阿玛特身边的诸神对她建议：要为阿普苏、孟姆和我们报仇。她接受了身边诸神的意见，开始聚集同伙，研究对策，谋划作战方案。提阿玛特还制造了毒蛇、巨狮、海怪和飓风等，准备同马尔都克战斗。

---

① 冒号前为泥板数，冒号后为诗行数。译自后藤光一郎译：《埃努玛·埃立什》，载《筑摩世界文学大系》，东京筑摩书房1978年版。以下引诗，凡未注明出处者，均译自此书。

提阿玛特在自己所生的儿子中，选出一个叫金古的，命令他担任由这些怪物组成的军队总司令，并让他成为自己的配偶。她对金古说："我为你念咒语，将天命神牌授予你。在诸神集会中，使你处于阿努一样的主位。你的话就是命令，绝不可改动。

提阿玛特和金古，根据天命决定对同伙诸神的职务。命令他们进行战斗准备。

二、第二块泥板

有的神将提阿玛特和金古阴谋备战的情况告诉给埃阿，埃阿立即到安莎尔面前，做了如实的汇报。安莎尔一听提阿玛特要搞暴乱，气得直拍大腿，咬紧嘴唇，对埃阿说："你就是他们反对的目标，因为你把阿普苏和孟姆都杀了。必然会引起提阿玛特的愤怒。

安莎尔对自己的儿子阿努说："你亲自到提阿玛特面前去，只要能使她情绪有所缓和就好。如果她不听，就把我的想法告诉她，使她得到一些安慰才好。"阿努走到提阿玛特的住处，他一看提阿玛特和她的同伙那怒不可遏的样子，便踌躇不前，又回到安莎尔的身边。诸神已经意识到：谁也不能到提阿玛特那里，反对她，恐怕就不能活着回来。

伟大的诸神之父安莎尔威严地站起，
他被迫下定决心，
向所有诸神讲道：
应该由绝对强者为父祖们把仇报，
他就是精明善战的勇士马尔都克。(2：91—94)

埃阿心里也想：确实如此。他便把儿子马尔都克叫到密室，嘱咐他要遵从曾祖父安莎尔的意愿，快到他面前去说："请您出动，镇压那发出大洪水的龙（意指提阿玛特）；我来助您铲除顽凶。"马尔都克听到父亲的话很高兴，便走到安莎尔面前，虔诚致敬。安莎尔看到他，内心充满亲情，亲吻他。马尔都克说："祖父啊，让我去吧，同提阿玛特去战斗，我一定按照您的心愿去做。您一定会很快就能踩住提阿玛特的脖颈。"安莎尔高兴地回答："孩子啊，你用精纯的咒语包围提阿玛特，乘上风暴之车猛追，把她击毁。”

马尔都克欢欣雀跃地向安莎尔说：

“诸神之主啊，
伟大诸神的天命之主啊，
如果我作为诸位的报仇者，
抓住提阿玛特，
保住诸位的性命，
请召开集会，
做出提高我（地位）的决定，
授予我天命！”（2：121—125）

马尔都克希望在诸神集会上，占有最高的地位，让他的话语成为至高无上的命令。

三、第三块泥板

安莎尔听到马尔都克希望授予天命的请求，便叫来侍从伽伽，让他赶快到拉赫姆、拉哈姆那里，迎接父祖诸神，把他们先召集在一起，然后全都请到他家。

安莎尔还对伽伽说：“要把女神提阿玛特讨厌我们，正在怒气冲天地备战，还创造了十一种怪物，并任命金古为作战司令……正准备袭击我们的一切情况，都向他汇报。”

还要伽伽说：“阿努去劝提阿玛特，却不敢接近她；埃阿也因为怕她，没去说她。可是，马尔都克却毫不怕她，决心向提阿玛特抵抗冲杀。一定能战胜她。不过，马尔都克提出一个要求：如果战胜提阿玛特，为前辈诸神报了仇，希望诸神在集会上决定，将天命授予他。因此，才召集诸位前来，请授予天命。”

伽伽来到拉赫姆和拉哈姆的家，在他们的面前跪拜，在他们的脚下亲吻泥土。站起来之后，对他们表明来意，并准确地复述了安莎尔的口信。

拉赫姆和拉哈姆听到这些，
便气得大声讲话，
十位伟大的诸神伊吉吉，
也都喊出愤怒的责骂，
　　气哼哼地说：
“她采取这样的行动，
就是怀有仇视的敌意，
我们对提阿玛特这么干，
　　感到不可理喻。”
他们急忙赶来，风尘仆仆。
为决定天命的伟大诸神
　　全都进入安莎尔的住处
洋溢着重逢的幸福。
他们莅临会议，互相接吻，非常和睦。
他们被羹味激起食欲，不断下箸。
吃面包，喝啤酒。
他们拿着长麦管喝甜酒，此起彼伏。
他们啤酒喝得肚子鼓鼓，
他们无拘无束。
他们非常高兴，极为满足。
然后，给为他们报仇的马尔都克
授予天命的决定，当众宣布。(3：125—138)

四、第四块泥板

诸神为马尔都克设置了君王的宝座，对他说：“你在诸神之中，最有名望，你的决定谁也比不上。你的命令，像阿努的命令一样。为我们报仇的，只有你；我们才将王权授给你。”

诸神为了验证马尔都克天命的神力，用天空中十二宫的星座做试验。让马尔都克用神力使它消失，再使它重现。马尔都克一念咒语，十二宫的星座就不见了；再一念咒语，那十二宫的星座，又出现在天空。诸神验证了马尔都克咒语的威力，诸神向他祝福，表示满意，并激动地说："马尔都克就是我们的君王。"于是，授予他权杖、王座和王衣，并赐给他战胜敌人的武器。对他说："去吧，要打死提阿玛特！"

马尔都克携带弓箭和三叉矛等武器，还带上闪电、火焰和捕捉提阿玛特的罗网。他还制造了凶风、砂暴、雷雨、四种风、七种风和烈风等，并引出四头怪物，登上战车。他还口念咒语，手握药草，勇猛前行。他的四头怪物口吐毒液泡沫，只想杀敌……令人胆战心惊、惶恐万分。

马尔都克用铠甲长袍护身，头上罩着可怕的威光，往提阿玛特发怒的地方奔跑，想要洞察她心中的花招，并试探金古的阴谋。

马尔都克和提阿玛特开始单独对打，互相毒打狠斗。马尔都克用大网罩住她，并把背后的恶风向她猛刮。她大口把恶风吞下，恶风一直刮进她的肚子里，吹鼓了她的肚皮。马尔都克一箭射出，把她的肚皮射开了花，穿透心窝，把她的性命剥夺。他在她的尸体上又踩又跺。她的精兵，四处溃败，她的党羽，七零八落。绑上了金古，决定把他列入死人的名册。

马尔都克面对提阿玛特的尸体，产生了新的想法：

英主踩上提阿玛特的双足，
用三叉矛毫不留情地打碎她的头盖骨。
他一割开她的血管，
北风将她的血不知吹向何处，
他的父祖们看到这一情况，
喜出望外，高声欢呼，
他们给他送去了数不清的祝贺礼物
英主住（手）休息，凝视她的尸骨，
心有所悟：分割她的肢体，
可创造出精美的万物？（4：129—136）

马尔都克想要利用她的尸体创造万物，将她尸体的一半创造成天，另一半创造成大地、高山和河流。首先，将她尸体的一半在四周挂起来，造成天。

因为在她的体内有大量的咸水，马尔都克想到要设置看守，防止大水外流，泛滥成灾。

马尔都克还要建造大神殿埃·萨拉，应该让阿努、恩利尔和埃阿各自住进自己的家。

五、第五块泥板

马尔都克为诸神安排了定居的场所之后，又设置了同诸神的特征相似的星座、十二宫星座，还把一年十二个月各配置了三个旬日的星座。然后，又在天上安设了阿努、恩利尔、埃阿三大神的道路，并确定了它们相距的间隔。在天的东方设置了太阳的入口，在天的西方设置了太阳的出口。让月神在夜间放出光辉，成为分辨白天和黑夜的标徽。月神，在月初以冠形出现，以犄角形的光辉告知六天的日期，七天之后，以冠形的一半降落于西天。每到月中满月时，便又一次和太阳神遥遥相对。

马尔都克又设置了太阳神航行的轨道，他还聚集提阿玛特嘴角的泡沫，变水为云，制风造雨，增寒添雾。

马尔都克还在提阿玛特的头上，筑造大山，开凿山泉，使之变成清澈河流；他又让提阿玛特的两眼流出幼发拉底河和底格里斯河。他在提阿玛特的乳房处筑成宏伟高山，并掘出泉水。

他创造了天和地之后，又制定了祭祀仪式的程序。他还把剥夺金古的天命神牌，作为最高礼物奉献给阿努。接着，又捆绑了提阿玛特同伙的诸神，押送到父祖们面前；还粉碎了提阿玛特十一种怪物的武器，把这些怪物囚禁在自己身边；并将这些怪物的造像立在阿普苏的门前，作为永志不忘的纪念。

诸神看到这情景，
　　他们的内心充满欣欢，
以拉赫姆和拉哈姆为首的父祖们
　　全都欢腾如疯癫。
神王安莎尔走到他的面前，
　　高兴地问候寒暄。
阿努、恩利尔、埃阿赠他礼品表示祝愿。

他的生母达姆基那
　　为他而高兴心欢，
赠送贺礼，使他荣耀无边。
……
天界诸神伊吉吉，全员集合，
　　向他行跪拜礼，恭敬朝见，
所有诸神阿努纳基
　　都亲吻他的脚尖，
他们全都向他表示由衷的敬意
站在他的面前，这样大喊：
“这君王只能是你！”（5：77—87）

马尔都克说：“面对埃·萨拉神殿，我想再兴建一座神殿。在那里设置祭祀的神院，建造圣室，愿永远巩固我的王权。你们来参加会议时，那里将成为你们休息的房间。我将它命名为巴比伦——伟大的诸神家园。

六、第六块泥板

马尔都克听到诸神的谈话，便忆起自己思考多次的想法。他对埃阿说：“我想用血制造骨头，创造最初的人类，让人代替诸神的劳役负担，让诸神感到温暖。”埃阿说：“要在提阿玛特的同伙的诸神中抓出一个罪犯来，用他的血创造人类。”马尔都克询问提阿玛特同伙中的诸神：“最初激起战争念头的、唆使提阿玛特反叛而制定作战计划的是谁？”有的神回答：“那就是金古。”于是，把他绑来，押到埃阿面前，判刑定罪，割断他的血管，用他的血创造了人类。让人类负担诸神的劳役。

让人类负担诸神的劳役，尽管有马尔都克的精细思考、努殿穆德在草创时的参与，人类干这种劳动却显得力不能及，不知怎样处理。

马尔都克把诸神分为上界和下界，安置三百位诸神保卫天界，用同样数量的诸神治理地界，使天地间六百位诸神都得到了安居乐业。诸神都对马尔都克表示感谢。

“我的主啊，
现在解放我们的就是你。
在你面前，
不知怎样表示我们的谢意。
嘿，这就是我们夜间休息的宅第，
就这样叫它的名字，
建造圣所吧。我们好在那里休息。
噢，在那里设置茶几和舒适的坐椅。
在我们到来的日子里，
我们好在那里保养身体。”
马尔都克一听，
他的脸上像白昼一样闪光，异常欣喜。(6：47—56)

马尔都克又按照诸神的意愿建造巴比伦，完工时，将它称为圣所御苑。到了第二年，建成了高大参天的埃·萨吉拉神殿；还建造了阿普苏庙塔，耸入云端。在那里，设置了马尔都克、恩利尔和埃阿居住的场所。

然后，诸神又把自己的圣所修建，把阿努纳基和伊基基诸神都聚集在一起。

马尔都克举行了竣工的庆宴，诸神们喝酒、唱歌，兴奋欣欢，盛况空前。

接着，在埃·萨吉拉神殿举行了祈祷仪式，显现了预示和先兆，给所有诸神都分配了天与地的管辖区，完全确定了自己分担的任务。

最后，诸神异口同声地颂扬马尔都克。安莎尔看出他有超群的品德，给他起名叫阿沙西尔，并对大家说：

当他有指示时，
我们就躬身听命。
他一开口，诸神啊，就要注意聆听。
他的命令，无论是上界，还是下界，
　　都要特别遵从。
为我们复仇的儿子

应当作为最高贵者称颂。
他的统治卓越而出众，
　　与他相比，恐怕无谁能胜。
他是被他创造的
　　那群黑头们的牧者。
他们不应忘记他的功绩，
今后要永远被人传说。（6：102—09）

最后，安莎尔说："只有他才是他们的守护神，好，让我们用五十位神的名字称呼他。"这就意味着在他的言行中具有五十位伟大神衹的能力、品德、贡献和功勋。这五十位神名如下：1. 马尔都克，是巴比伦的主神和守护神；2. 马尔卡，是万物的创造神，诸神称心的呵护神；3. 马尔特克，是大地的保护神、民众的庇护神；4. 巴拉夏库修，是心胸宽阔、善解人意的君主；5. 鲁伽鲁迪梅尔安恰，是天地间所有诸神的至圣；6. 纳里尔伽尔迪梅尔安恰，是举行仪式时，诸神住所的决定神；7. 阿沙尔西，是诸神和大地的守护神；8. 是纳牟梯拉库，是用咒语能使死去的神苏醒的复活神；9. 纳牟尔，能为诸神指明前进方向，是诸神的复仇神和抚养神。

七、第七块泥板

10. 阿沙尔，是耕地的赠予神、谷物和蔬菜的创造神；11. 阿沙尔阿利姆，是卓越的议案提交神；12. 阿沙尔阿利姆努恩纳，是领地的决定神；13. 图图，是新生活的开创神；14. 吉乌金纳，是军威的生命神、天体运行的掌握神；15. 吉库，是纯洁德性的尊神和纳谏如流的圣主；16. 阿伽库，是咒法之神、死人的复活神；17. 图库，是用咒法对恶党的根除神；18. 夏兹，是诸神胸怀的透视神；19. 吉西，是镇敌缄默的威神、诸神战栗的祛除神；20. 斯夫里姆，是敌人一切诡计的粉碎神，是所有坏蛋的消灭神；21. 斯夫古里姆，是所有敌人及其子孙的歼灭神、一切罪孽的彻底粉碎神；22. 札哈利姆，是全部仇敌的根除神，也是避难诸神回归的呵护神；23. 札哈古利姆，是战斗中敌人的全歼神；24. 耶恩毕鲁鲁，是草场和水渠的整修神、建设神，地下水源的授予神；25. 耶巴顿，是天与地用水渠道的管理神，是田垅的设计神；26. 达伽尔，是丰收的主管神、富有的赋予神、繁荣的创造神；27. 黑伽尔，丰富消费的供应神、丰收雨的倾注神、蔬菜的助长神；28. 西尔西尔，是大地的指导神、良田的赠送神；29. 玛拉哈，是提阿玛特大船的驾驶神；30. 吉尔，是大麦和母羊的创造神、大地种子的授予神；31. 吉尔玛，是永世长存事物的创造神、良好事物的维护神；32. 阿吉尔玛，是歹徒的监视神、大地和天界的创设神；33. 兹鲁姆，是领地、产品和供品的分配神，是圣所的主管神；34. 孟姆，是天空和大地的创造神、矛盾分离者的调停神、天空和大地的净化神；35. 兹尔牟恩（牟），是诸神之中的大力神；36. 吉修努牟恩阿布，是全人类的创造神、世界的建造神；37. 鲁伽尔阿布都布尔，是提阿玛特罪孽的粉碎神、解除她武装的君主；38. 帕伽尔关纳，是王中王，在诸神中最有实力；39. 鲁伽尔都尔玛哈，是团结诸神的君王、天上一流地区的首长；40. 阿拉努恩纳，埃阿的顾问、祖先诸神的创造神；41. 都姆都库，是埃·萨吉拉神殿的改建神；42. 鲁伽尔兰纳，诸神中腕力最大的君王；43. 鲁伽尔乌伽，是战利品的收获神、洞察万物的智慧神；44. 伊尔金古，是金古的抓捕神、主权的确立神；45. 金玛，诸神的领导神和顾问；46. 埃西兹库尔，是神庙供品的最高享受神；47. 吉必尔，是武器的创造神；48. 阿都，食品的给予神；49. 阿夏尔，是诸神的掌管神、全人类的照顾神；50. 内必尔，是木星、天地之间渡口的掌管神。

第四节　史诗赞颂的是马尔都克

创世史诗《埃努玛·埃立什》中贯穿始终的核心形象是马尔都克，史诗的主题并不在于描述创世活动的始末，而是在于赞颂巴比伦的马尔都克。在史诗中，对他在军事征伐中冒死应战的英雄行为、在创世活动中开天辟地的辛勤劳累和在国事治理中屡建奇勋的丰功伟绩，都进行了全面的颂扬。

一、神族嫡系的后裔

在史诗的开篇，首先叙述了马尔都克是神族的后裔：

那时，
在上边，天空还没命名，

在下边，大地尚无称谓。
（只有）孳生诸神之父阿普苏（淡水）、
孟姆（生命力）、
生育诸神之母提阿玛特（咸水），
这两种水（淡水和咸水）合成混水。
那时，
草地还没形成，
也看不到芦苇丛。
还完全看不到诸神的身影，
天命还没被确定，
（那时）诸神在混水中初生。
赐给（男）神拉赫姆、（女神）拉哈姆以体形，
并为他们起名。
在他们年岁增长、身材增高时期，
创生了安莎尔和基莎尔神祇，
他们比前辈更有出息。
他们日复一日、增长年纪，
他们的儿子阿努可与父祖辈伧比，
安莎尔长子阿努（像他自己）。
酷似安莎尔的阿努喜得一子努殿穆德（埃阿），
努殿穆德真是他父祖们的好管家。
精思善悟、理解力好、膂力强大，
就是同生他父亲的（祖父）安沙尔相比也不在其下。（1：1—18）

其中所说的努殿穆德（埃阿）就是马尔都克的父亲。从这一段引诗中我们看到了三个方面的问题：

（一）在很久以前，天空和大地、草地、芦苇丛和一切都没有存在的时候，阿普苏（淡水）和提阿玛特（咸水）是最早的原始存在，从他们合成的混水中诞生了蕴含着男女之原的拉赫姆和拉哈姆，这二神又创生了蕴含着天地之原的安莎尔和基莎尔；安莎尔的长子是阿努，阿努的儿子是埃阿，埃阿是马尔

都克的父亲。这为我们展示了代代相传的神族谱系。我们知道：从原始社会开始，虽然每个部落都有自己的崇拜神祇和祭祀传统，但是一直没有形成神族的谱系，甚至直到公元前三千纪末还没有出现世代相连的系统化的神谱。这一神谱是巴比伦时代产生的《埃努玛·埃立什》的首创。

（二）这一神谱表明：马尔都克正是这一显赫神族的杰出后代。以马尔都克削弱和淡化恩利尔的创世作用；恩利尔原为苏美尔阿卡德神殿中的主神之一。早在公元前26世纪的法拉神名录中已经是列为第二位的重要神祇了。在《埃努玛·埃立什》中他和恩基的重要创世业绩，完全被马尔都克代替了。

（三）水，或者说由淡水和咸水合成的混水是最早存在的东西，它是万物之源。水，在还没有创世之前，就已经是原始的客观存在了。

《埃努玛·埃立什》中的马尔都克，在每一个重要的发展阶段都有突出的表现，建立了一个又一个的值得歌颂的功勋。

二、骁勇超群的英豪

马尔都克，是深受诸神称赞的身强力壮、能征善战、骁勇无比的杰出英豪。在他降生的时候，史诗中便说："能者之中的能者，诸神之中最贤明者诞生了。马尔都克诞生在阿普苏。"（1：80、81）对他的体态和容貌的描述使人感到十分神奇和与众不同：

他体态丰满，目光炯炯。
他表现出男子汉的阳刚。
他生来就格外力壮身强。
生父埃阿看到他时喜洋洋
（埃阿脸上）闪亮光，
他的高兴洋溢心上。
他按理想塑造他（的面庞），
他赋予他双倍的神的能量。
他比他们（其他诸神）被捧得更高，
在一切方面都是最好。
他的手脚长得精妙难言，

无法理解，不敢相信自己的双眼。
他有四只耳朵、四只眼，
嘴唇一动就喷出火焰。
四只耳朵硕大垂肩，
四眼能把万物看穿。
他的身材最高，在诸神中间。
他的四肢奇长，
他的上半身谁也赶不上。（1：86—100）

甚至史诗中还说："他身披十位神的惊人之光，（因而）笼罩着浓厚的光亮；""（还有）在他身上融合着50位神的可怕力量。"（1：103—105）马尔都克神奇的长相、异常的体态和超群的神通，正是骁勇善战、勇敢杀敌的可贵条件。因而，诸神决定授予他天命，"他们为他设置了宝座尊为君王"。（4：1）诸神对他说：

马尔都克啊，你在伟大的诸神之中最有名望。
你的天命谁也比不上，
你的命令和（最高神）阿努（的命令）一样。
从今天开始你的命令不会变为无效。
政令的严宽，全由你来定调。
你的话语出口从不变动，
　　你的命令不得假冒。
在诸神之中谁也不得
　　超离你的规定越俎代庖。
诸神的圣所是由于（他们）维持神位的需要。
　　（在那里）将确保你永世长存的神庙。
马尔都克啊，为我们报仇的只有你。
我们将主宰万物的王权授予你。
当你参加集会入席时，
　　你的语言威力无比。

就像你无不中的的武器，
　　你的敌人无不倒地。
英主啊，要呵护你的信任者的性命，
还要剥夺惯做坏事的恶神的性命。(4：4—18)

马尔都克在诸神会议上得到了授予他的天命。所谓天命，在这里，是指由诸神授予的最高统治权力和相应的政治权威。这种权威是和“最高的诸神的权威完全一样的权威”。① 这也可以说诸神会议向马尔都克授予的是王权——“即权威和强制力的结合，在平时的评议会上做指导性的发言、在战时指挥统率全军、并享有宣告惯做恶事者有罪的司法权”。② 这种神授的王权或天命具有超自然的能力，完全可以实现和完成任何意图和愿望。天命，蕴涵着神灵所具有的一种支配和操纵万事万物的超自然的权能，神灵可以按照自己的意愿命令、支配和操纵宇宙、自然和人间的一切事务。诸神想要考验马尔都克天命的实力，于是：

他们把（上天黄道的）十二宫的星座之一
　　安置在他们中间，
告诉他们的长子马尔都克说：
“身为主者，在诸神面前
　　要将你天命的实力显现。
（使它）消失或再现，
　　下个命令试试看，望能如你所愿。
你一开口，（这）十二宫的星座就不见。
对它再一下令，
　　十二宫的星座就会（按原样）重现。”
他开口下令，十二宫的星座就消失不见。
他的父祖辈的诸神

① 亨利·富兰克弗特：《古代东方的神话和思想》，东京社会思想社 1978 年版，第 222 页。
② 亨利·富兰克弗特：《古代东方的神话和思想》，东京社会思想社 1978 年版，第 223 页。

一看到他口吐语言的（威力），
高兴得激动地（向他）祝福示意：
“马尔都克，君王就是你！”（4：18—27）

这是对马尔都克的考验，诸神想用十二宫星座的消失和再现（在另一个传说中是用衣服的消失和再现）来验证他天命的实力。这种以荒诞和怪异的手法——巫术的手法展示的神奇情节，在科学高度发展的今天当然是无人相信的；但是，“在原始社会里几乎无人不涉及巫术”。① 到了巴比伦时期，这一原始遗风，依然盛行不衰。对这一现象，现代学者有的称之为巫术或魔术，也有的叫做神迹或咒术。尽管用词不同，然而，都是借助神力，利用巫术、咒语实现自己的意愿，以达到理想的目的。诸神授予马尔都克的天命中也蕴含着巫术的因素，诸神的考验证明：他具备了无所不知、无所不能、心想事成的才智。詹·乔·弗雷泽说：“实际上巫术既可用来为个人也可为全社会服务，根据这两个不同的服务目标，可以分别称之为个体巫术和公众巫术……公众巫师占据着一个具有很大影响的位置，如果他是个慎重能干的人，就可以一步步爬上酋长或国王的宝座。在未开化的野蛮社会中，许多酋长和国王所拥有的权威，在很大程度上应归之于他们兼任巫师所获得的声誉。所以考察一下公众巫术会有助于我们理解早期的君权。”②

经过考验之后，诸神向马尔都克授予了权杖、王座和王服，并且赐给他克敌制胜的无与伦比的武器。诸神确定了他的天命，必然使他在战场上平安无事、所向披靡、武运亨通。

马尔都克准备了置敌于死地的弓箭和罗网，也布置了威力无比的多种恶风，并携带着伟大的武器洪水，乘上极其可怕的风暴之车，勇猛地冲向敌阵。他和提阿玛特短兵相接，凶打狠揍。史诗中描述：

英主张开他的大网罩住了她。
并把背后来的恶风往前猛刮。

① ［英］詹·乔·弗雷泽：《金枝》，中国民间文艺出版社 1987 年版，第 92 页。
② ［英］詹·乔·弗雷泽：《金枝》，中国民间文艺出版社 1987 年版，第 93 页。

提阿玛特张开大口想把恶风吞下。
他把这恶风刮进（她的体内），
　　让她闭不上下巴。
疯狂的暴风吹鼓了她的肚皮。
她的体内膨胀起来，她的嘴张得很大。
他射出一箭，把她的肚皮撕开了花，
劈开了脏腑，射穿了心窝。
他把她绑上，把她的性命剥夺。
他甩出她的尸体，站在那上边跺。
他杀死了主谋提阿玛特，
她的精兵四处溃散，她的党羽七零八落。
曾经援助过她的诸神
吓得战战兢兢，侧转身子想要藏躲，
妄想保住自己的性命。
可是已经全被包围，无法逃脱。
他把他们封锁，砸碎他们的剑戈。
他们被投入网中，呆坐在角落。
遭受刑罚，过着囚禁生活。
还有她造出的充满恐怖的十一种怪兽
在她的右边像牡牛一样往前走，
他给他们穿上鼻绳，也捆上手，
连同他们的敌意一起踩在脚下，使之出丑。
还有，在他们之中一步登天的金古，
绑上他，决定让他列入死神的名簿。(4：95—120)

马尔都克摧毁提阿玛特及其同伙的胜利生动地表明：他是一个无坚不摧、攻无不克、所向披靡的征伐英雄，巴比伦安宁、幸福的捍卫者。

三、开天辟地的主神

史诗还赞颂马尔都克是一位开天辟地的创世者、物质文明的开拓者。在很久很久以前的远古时期，天和地还不存在，也没有草地和芦苇丛，只有被神化的阿普苏（淡水）和提阿玛特（咸水）合成的混水——诸神就是在混水中初生的。诸神几代之后的晚辈马尔都克在战胜了提阿玛特之后，便利用提阿玛特的尸体进行了创造世界的活动。史诗中描述：

英主住（手）休息，凝视她的尸骨，
　　心有所悟：
分割她的尸体，
可创造精美的万物？
他像切割干鱼似的将她尸体分为两处，
固定其一半作为天，在四周挂住。（4：135—138）

“（这样）他用她（另一半尸体）在四周挂住，使大地更加稳固。”（5：62）在创造了天地之后，他又设置了十二宫星座、“让天光（月神）在夜里发出光辉，使之成为识别白昼和黑夜的标徽。”（5：12—13）有了月亮，他又创造了太阳（5：27—44 行创造太阳的故事，在泥板中有明显缺损。）“他还固定了她的头，在那头上筑山，开凿泉水，使其流成河川，幼发拉底河和底格里斯河源于她的双眼……他在她的乳房处筑成极其宏伟的大山，为涌出丰富的清水掘出巨大的山泉。”（5：53—58）虽然马尔都克创造了天地、月日星辰和山川河流，但是，也有的东西并非是他的创造，例如：阿普苏淡水和提阿玛特咸水，马尔都克的祖父阿努送给他的礼物——东风、西风、北风和南风。这两种东西在《埃努玛·埃立什》中早已是客观存在的事务。

马尔都克又创造了人类。他对父亲埃阿说：“我有以血造骨的想法，想要造出最早的人类，名字叫人。”（6：4—5）于是，把唆使提阿玛特反叛的、挑起战争的金古押送到埃阿面前，“判刑定罪，割断他的血管。他们创造了人类是用他的血液。”（6：32—33）埃阿和马尔都克创造人类的目的就是让人类代替诸神的劳役负担，废除诸神的劳动，使诸神成为自由的神祇。

马尔都克还是物质文明的创造者和开拓者，他使巴比伦的物质文明获得了辉煌的成就。他营造了宏伟雄壮的巴比伦城，建成了直入云端的埃·萨吉拉神殿，筑起了高耸参天的阿普苏庙塔；他制造的武器——长弓和大网，深受他父祖辈的称赞。他像阿沙尔那样是“谷物和蔬菜的创造者，生物的促长者”。(7：2）他像古伽尔那样“是五谷丰登、农业丰收的主管……小麦的给予者、大麦的助长官”。(7：65、67）像吉尔“大麦和母羊创造得齐全”。(7：79)

四、贤明理政的君主

史诗还赞颂马尔都克是贤明的君主。马尔都克是巴比伦有史以来诸神中最强大的神，他被诸神宣告为众神之王，他的最高权力是全体诸神授予的。由于他的卓越功绩，诸神想方设法把巴比伦一切大神的特点都融汇在马尔都克这一形象之中，因而，他有五十个大神的名字，也就是说在他身上具备这五十位大神的杰出能力、高尚品德、卓越贡献和丰功伟绩。他像巴拉夏库修“心胸宽阔、包容一切、善解人意”(6：38)；他也像鲁伽鲁迪梅尔安恰“真是天地间所有诸神的至圣”。(6：141）他和吉库一样，“坚持对纯洁德性的维护，是气质爽快的神，纳谏如流的圣主。带来了渴望的财富和极大的富足，授予永久的丰收，为我们由贫变富。每当极其困苦时，我们便能得到他的仁慈帮助”。(7：19—23）他是帕伽尔关纳，“他是一切王中之王，在兄弟诸神中他的实力最棒，在所有男子汉中谁也比不上”。(7：92、93）他和鲁伽尔都尔玛哈一样，“是联结诸神的君王，是天上一流地区的首长。他在王权宝座上仪表堂堂，在诸神中是最高的大将”。(7：94—96)

总之，马尔都克是一个十分完美的艺术形象。这个神的后裔，在神族的矛盾冲突中，他满怀豪情，斗志昂扬，敢于向势力强大的提阿玛特挑战，并以不怕牺牲的精神和顽强的斗志取得了最后的胜利。这是利用苏美尔时代的神话题材、借助神奇的幻想表现了巴比伦人的英雄主义。他利用提阿玛特的尸体开天辟地的创世业绩、营建埃·萨吉拉神殿、巴比伦城和阿普苏塔庙的辉煌成就以及开创物质文明的卓越功勋，生动地折射出造福、关心和爱护巴比伦民众的人文精神。最后，大家用五十个神名赞颂马尔都克这个贤明的君主。这恰恰表明当时民众对理想君王热切企望：应该善解人意、保持纯洁德性、坚持纳谏如流、确保永久丰收、关爱呵护民众、给以仁慈帮助，使之由贫变富，安居乐业，体现施行仁政的理想。

第五节 巴比伦社会文化的艺术再现

通常的创世史诗是指产生于氏族社会的人类最早的长篇口头文学作品，因而也称之为原始性史诗或神话史诗。它是在原始神话和古老传说的基础之上创作出来的以创世题材为主要内容的叙事长诗。其创作时间多在原始社会的历史阶段，或在原始社会向奴隶制社会转化的过渡时期。它借助神话形象主要反映的是原始社会的生产方式、社会生活、宗教信仰、风俗习惯，以及人类祖先的创世过程和与自然斗争的理想和愿望。

但是，产生于公元前二十世纪中叶的《埃努玛·埃立什》，通过神奇的幻想所展示的主要是巴比伦中央集权的奴隶制帝国时代的社会生活图景。在这一宏伟的历史画卷中使人看到了两种势力的矛盾和斗争、生死的鏖战、创世的艰辛、王权的更迭……从而使学者们从中发现了有关巴比伦的政治、军事、宗教、文学、哲学、美学、天文学和自然科学等研究资料。因而，也可以说《埃努玛·埃立什》是巴比伦人凭借形象思维积聚起来的文化知识总汇和百科全书。

一、神授的王权政治

在《埃努玛·埃立什》中所反映的诸神授予王权的情况同巴比伦时代的政治生活极其相似。史诗中描写：当诸神在集会上选定马尔都克去消灭提阿玛特时，便决定向他授予天命。诸神向他说：

马尔都克啊，为我们报仇者只有你。
我们将主宰万物的王权授予你。
当你参加集会进入君王的坐席，
　　你的语言威力无比，
就像你无不中的武器，
　　你的敌人无不倒地。
英主啊，要呵护你的信任者的性命，
还要剥夺惯做坏事的恶神的性命。(4：13—18)

将这一对话同巴比伦《汉谟拉比王法典》序言中汉谟拉比的话语加以对比，我们便会发现：两者的思想如出一辙：

> 安努那克之王，至大之安努，与决定国运之天地主宰恩利尔，授予埃亚之长子马都克以统治全人类之权，表彰之于伊极极之中，以其庄严之名为巴比伦之名，使之成为万方之最强大者，并在其中建立一个其根基与天地共始终的不朽王国。
>
> 当这时候，安努与恩利尔为人类福祉计，命令我，荣耀而畏神的君主，汉谟拉比，发扬正义于世，灭除不法邪恶之人，使强不凌弱，使我有如沙马什，昭临黔首，光耀大地。
>
> ……
>
> 我，四方的庇护者（?），表扬巴比伦之名，使吾主马都克衷心喜悦，并常日参拜埃·沙吉剌。
>
> ……
>
> 当马都克命令我统治万民并使国家获得福祉之时，使我公道与正义流传国境，并为人民造福，自今而后。①

《埃努玛·埃立什》和《汉谟拉比王法典序言》使我们看到：马尔都克和汉谟拉比的王权都是诸神授予的。《汉谟拉比王法典序言》中的安努那克是阿努纳基（Anunnaki）的另一译名，也就是《埃努玛·埃立什》中的所有诸神；他们是一组具有血缘关系的地上和地下的诸神，他们经过讨论可以授予王权。伊极极也译为伊吉吉（Igigi），也就是《埃努玛·埃立什》中的天上诸神。不难看出：《埃努玛·埃立什》所描述的王权神授正是巴比伦时代中央集权制度下王权神授观念的折光反映。

透过《埃努玛·埃立什》，我们还应看到：当诸神的安危受到威胁而恳求马尔都克抵抗提阿玛特时，马尔都克却提出了要求：

> 如果我做为诸位的报仇者，

① 《世界通史资料选集》上古部分，商务印书馆1974版，第58、62页。

捉住提阿玛特，
　　保住诸位的性命，
请召开集会，做出提高我（地位）的决定。
　　授予我天命！
让诸位（和现在）一样高兴高兴，
请到神殿会议大厅就座倾听。
我要开口说话，像诸位那样发布指令，
　　决定种种天命。
我自己开创的一切，
都不能改变决定。
　　我亲口宣告的事情，
决不许撤回、歪曲和改订。（2：123—130）

对马尔都克的这些话语，雅各森曾评论说："马尔都克是一位青年神。他有充沛的膂力，年轻人的气魄，对于角力具有充分的胜利信心。但是，作为一个年轻人，他缺乏威望。他所需要的是和社会上有权势的长老们分庭抗礼的平等权利。在这时，一种新的、前所未闻的两种权力的结合，已被领会到：他的要求预示着国家的出现和国家武力与权威在君主身上的集结。"①

马尔都克既有战胜提阿玛特的勇气和信心，又有追求权势的贪婪和野心，一方面，他要消灭提阿玛特，拯救和捍卫诸神；另一方面，又要求诸神授予天命，掌握绝对权力，竭力强调他的决定"决不能撤回、歪曲和改订"，他的命令谁也不可改变。王权一旦掌握在手，他在实施过程中，越来越不愿放弃这种权力。特别是对提阿玛特斗争的胜利更增强和巩固了他这个王权掌握者的个人统治，正像汉谟拉比时代的巴比伦，政治、经济、军事和宗教等大权都掌握在国王自己的手里一样。

二、革新的帝国宗教

在《埃努玛·埃立什》中还表现了宗教观念的新变化和神祇崇拜的新倾

① 汤姆森：《古代哲学家》，三联书店 1963 年版，第 158 页。

向。由于巴比伦的发展壮大，征服了其他城市，统一了两河流域，建立了中央集权制的奴隶制帝国，政治威望有了很大的提高，居于领导地位，使原来巴比伦城的保护神马尔都克取代了苏美尔—阿卡德时期的阿努、恩利尔、埃阿三位大神的主神地位，独占鳌头，在诸神中获得了至高无上的尊荣。这个昔日的巴比伦地方保护神已经嬗变为所向披靡、战无不胜的征伐之神，励精图治、奋发有为的“天与地的君主”。诸神对他的尊重、佩服和敬爱，正像《埃努玛·埃立什》中所描述的：

诸神看到（这情景），
　　他们心中充满欣欢，
以拉赫姆和拉哈姆为首的父祖们
　　全都欢腾如癫。
安莎尔王走到他的面前，
　　高兴地问候寒暄。
阿努、恩利尔、埃阿赠他礼品表示祝愿。
他的生母达姆吉娜（……）
　　为他而高兴心欢，
赠送贺礼，使他荣耀无边。
委任秘藏礼品的女神乌斯姆
　　担任阿普苏和诸圣所的管理员。
天界诸神伊吉吉全员“集合”，
　　向他行跪拜礼，恭敬朝见。
所有诸神阿努纳基
　　都亲吻他的脚尖。
他们向他表示由衷的敬意（……），
站在他的面前，拼命（这样大喊：）
　　“这君王只能是你！”（5：77—87）

不难看出，拉赫姆、拉哈姆、安莎尔、阿努、恩利尔和埃阿这些长辈神都把马尔都克推崇到至上神的极高地位。

这种至上神，产生于古代社会中一个地区或一个民族普遍信奉多神教的时期。在国家形成和发展的过程中使所信奉的不同神灵也进行着竞争和整合，逐渐地促进了神灵世界的统一。于是，在政治上占优势地位的国家，在其诸多神灵中便出现了至上神。“恩格斯说：‘没有统一的君主就决不会出现统一的神’，‘神的统一性不过是统一的东方专制君主的反映’。东方各种宗教中的至上神差不多都是在奴隶制国家的形成过程之中发展和突出出来的。”①《埃努玛·埃立什》中的马尔都克成为至上神，正是在巴比伦统一了两河流域、建立了中央专制政权之后的这一时期。

至上神观念和信奉至上神者并不排斥和否定其他诸神，只不过是使其他诸神居于从属地位而已。这一点是“至上神观念”同“绝对唯一神观念”的鲜明差异和本质区别。在《埃努玛·埃立什》中，身居至上神地位的马尔都克为恩利尔、埃阿建造阿普苏塔庙，并在其中设置他们居住的神殿；又让阿努纳基和伊吉吉诸神建造圣所御苑供他们居住。然而，坚守“绝对唯一神观念”的犹太教、基督教和伊斯兰教则只强调神的唯一性而不容许其他神的存在。

马尔都克是一个无所不知、无所不能、德高望重、善施仁政的至上神。诸神为了表彰他的丰功伟绩竟然运用50位显赫的神名来赞颂他。这说明他具备50位神的品德、才能、职责和贡献，50位神的神性都完美地融合在马尔都克身上了。在史诗的第六、七块泥板上颂扬说：“他的统治卓越而出众”（6：106），“是万物的创造神”（6：133），“是土地的保护者，民众的庇护者”（6：135），“是耕地的赠送者，耕作区域的划分者，谷物和蔬菜的创造者，生物的促长者”（7：1、2），“纳谏如流的圣主”（7：20），“管理诸神灌溉事业的长官，他是五谷丰登、农业丰收的主管，财富的赋予者、居住地繁荣的促成者”（7：64、65）……总之：

> 他是一切王中之王，
> 在兄弟诸神中他的实力最棒，
> 在所有男子汉中谁也比不上。（7：92、93）
> ……

① 吕大吉主编：《宗教学通论》，中国社会科学出版社1990年版，第140页。

是联结诸神的君王，
是天上一流地区首长。
他在王权宝座上仪表堂堂，
在诸神中是最高贵的大将。(7：95、96)

谢·亚·托卡列夫说："伴随巴比伦城之擢升（始自公元前二十世纪初期），巴比伦的守护神马尔都克亦凌驾于众神之上，成为神殿之主。巴比伦神庙的祭司，则编织了种种有关马尔都克统摄群神的神话。不仅如此，他们甚至执著于炮制某种类似一神论之说，似乎只存在独一神马尔都克，余神无非是其不同的化身罢了：尼努尔塔被视为勇武之马尔都克，奈尔加尔被视为征战之马尔都克，恩利尔被视为威权之马尔都克，如此等等。上述一神信仰之趋向，乃是政权集中化的反映；恰在这一时期，巴比伦诸王略定两河流域，成为古代前亚声威赫赫的霸主。然而，推行一神信仰之举并未如愿如偿，似为把持地域崇拜之祭司极力抵制所致，——昔日诸神遂为人们敬奉如故。"①

三、素朴的唯物主义

在《埃努玛·埃立什》中我们还能看到素朴的唯物主义思想。史诗在故事情节展开之前，便提出了一个十分重要的问题——神的产生问题。两河流域的古人面对经常接触的客观事物，便产生了理解它、认识它的愿望，于是，便常常思考一个问题：这些事物是从哪里来的？怎样产生的？这也就是追寻、探究其根源的问题。事物的根源，即哲学上的所谓"本原"的问题。在当时，古人还不能科学地解释这些问题，往往利用神话对这一形式给以解答。因而，在《埃努玛·埃立什》中便开宗明义地揭示了神的产生问题：

那时，
在上边，天空还没命名，
在下边，大地尚无称谓。
（只有）孳生诸神之父阿普苏（淡水）、

① ［苏］谢·亚·托卡列夫：《世界宗教简史》，魏庆征译，中央编译出版社2001年版，第387页。

孟姆（生命力）、
生育诸神之母提阿玛特（咸水），
这两种水（淡水和咸水）合成混水。
那时，
草地还没形成，
也看不到芦苇丛。
还完全看不到诸神的身影，
天命还没有被确定，
(那时）诸神在混水中初生。
赐给（男）神拉赫姆、(女神）拉哈姆以体形，
并为他们起名。(1：1—10)

对这一段诗句，汤姆逊说："在淡水（阿佩苏）、盐水（提阿玛特）、大雾(摩摩——即孟姆）互相混杂在一块儿的太初混沌之中，就没一种具有一定形态的东西，因此就没有一种具有名称的东西。《道德经》的开卷语和这种说法非常相似：

无名天地之始，有名万物之母。

这就是说，没有名的东西是不存在的，东西是因获得了名称而存在的。……这种观点都以原始人相信名称具有魔术性的功能为根据，同时这种观点又以人类只是通过作为社会生产媒介的语言而意识外在世界的客观现实的那种简单真理为依据。正如马林诺夫斯基说：'对于客观现实的掌握，在技术方面和社会方面，都跟怎样运用词的知识并行发展的……熟悉一件东西的名称往往就是熟悉那件东西的用法的直接结果……因此知道一件东西的名称就等于掌握了这件东西的信仰，在经验上也是不错的'"。①

"天空还没命名"，就是还没有天；"大地尚无称谓"，就是尚无大地。上边和下边什么都没有，只有淡水咸水合成的混水。整个世界，包括动物事物，都

① 汤姆逊：《古代哲学家》（古希腊社会研究第二卷），三联书店1963年版，第153页。

是渊源于混水的。这一神话式的叙述表明：水是万物的本原。把万物的本原说成是一种特定的感性物质，尽管显得幼稚，却反映了素朴的唯物主义思想。

水是万物的本原，这一思想并不是巴比伦人的创见。阿甫基耶夫说："早在远古的时候，在南部美索不达米亚，便出现了关于原始的森严的自然力、混沌洪水的地方神阿普苏和提阿玛特的纯宗教观念……在生产力的成长已允许人们建立最初一批大规模的灌溉设施时，人们就真地的始认识到灌溉田野并创造人类幸福基础的水这一自然力的造福力量。因此便出现了关于善良的与造福的水神、智慧之神埃阿的观念……古代苏美尔人认为水是一种原始的神圣的自然力，根据他们的想法，生命便是起源于这种自然力的。"① 因而，在苏美尔神话中早就说过："水是最早生出来的东西。它是宇宙万物的母亲。"这正是素朴的唯物主义思想在世界神话中最早的反映。

四、最早的审美观念

在《埃努玛·埃立什》中还比较鲜明地展现了两河流域的古人、尤其是巴比伦人的审美观念。这为古代东方美学的研究提供了不可多得的重要资料。

巴比伦人认为神奇怪谲、荒诞不经的形象是美的。史诗中对马尔都克的长相是这样描写的：

他的手脚长得精妙难言，
无法理解，不敢相信自己的双眼。
他有四只耳朵、四只眼，
嘴唇一动就喷火焰。
四只耳朵都很大，
四眼能看穿万物，视力无边。
在诸神之中，他的身材最高，
他的四肢奇长，
他的上半身谁也赶不上。(1：94—100)

① ［俄］阿甫基耶夫：《古代东方史》，王以铸译，三联书店 1957 年版，第 115—116 页。

这显然是用夸张的超越常理的手法突出地表现了马尔都克眼观六路、耳听八方的特点，既不能看漏任何现象，也不能听漏任何声音。采取以数目夸大其词的夸张手法描绘艺术形象，在世界古代神话中也是屡见不鲜的。如：在《埃努玛·埃立什》中的七头七尾大蛇，苏美尔神话中冥府的七重门，冥府女王身旁的七个审判者，迪尔蒙乐园中培育的八种植物，印度大梵天的四首、四躯、八臂以及希腊赫拉克勒斯神话中的九首水蛇，等等，都是借助丰富想象利用数目描绘形象的夸张手法。史诗中利用四耳四眼突出展现马尔都克的视力和听力，诸神用“五十”称呼马尔都克，“因此‘五十’就是他的名字”（7：143），等等，正是创造性继承前代苏美尔神话创作传统的典型例证。这也是巴比伦人在审美观念上继承前代美学传统的明显反映。

巴比伦人和苏美尔人一样，都把光芒四射、闪闪发光的东西看成是美的：

> 像太阳那样闪亮、明亮和发光的东西，被看作是美的形式的另一标志。苏美尔人的如像带来白昼的明亮、生命和温暖的神，必定和太阳相似。“尼恩基尔苏从埃里都（城）出来了——灼热的光开始闪耀，在这个国家，白天来到了”；“……女神巴乌……这是闪闪发光的太阳”。恩基神在自己的《启示录》中断言，“我是照临大地的伟大的太阳”。“闪闪发光的姑娘”这是女神尼恩莉莉，等等。①

同样的，在《埃努玛·埃立什》中无论对形象的塑造还是对事物的描写都是以光为美，太阳的光辉、金属的闪亮、殿堂的辉煌、明月的光华、星辰的光芒……都是美的象征、美的反映。例如：马尔都克的母亲达姆基娜赞美自己的儿子时说：

> “玛利雅特，玛利雅特
> 我的儿子是太阳，诸神的太阳啊！”
> 他身披十位神的惊人之光，
> 　　因而笼罩着浓厚的光亮。（1：101—104）

---

① ［苏］奥夫相尼科夫主编：《中近东美学》，王家瑛译，中国人民大学出版社1992年版，第32页。

在达姆基娜眼里，马尔都克像光芒四射的太阳那样壮美，像十位神的惊人之光那样圣美。史诗中对马尔都克的功绩和对他品德的颂扬，也是以光为美的。例如：

他把草场水渠建成，
　　让那里家畜满圈兴旺繁盛。
用武器（洪水）把暴徒逮捕战胜，
从苦难中把父祖辈诸神救拯
他真是太阳神之子，光照全境。
他将永远在他的辉煌光芒中驰骋。(6：124—128)

马尔都克是发光的，因而是美的形象。他的一切活动和全部事业都是美的，所以，称他为“太阳神之子，光照全境”。

尽管发光的东西被看作是美的，会激起人们的欣喜；但是，“恐怖的光”却能引起人们的恐惧和战栗。这正像巴比伦美学的研究者所说的：“美的东西的闪光在自身中还潜藏着另一层意思——它应当引起的不是欣喜，而是恐惧、战栗、崇敬”。[①] 这就是说“恐怖的光”会激起恐惧感。史诗中在描述提阿玛特（孚布尔）生出七头七尾大蛇时说：

创造一切的母亲孚布尔
生出七头七尾的大蛇，
　　增加了无敌的武器。
毫不留情，（它的）牙齿锋利，
她以毒汁代替血液，灌满它的身体。
她（还使这）狂暴的龙群披上恐怖的外衣，
浑身笼罩着可怕的光辉，装成诸神同伙的。
看到它们，必然万分惊惧，
　　变得软弱无力，瘫倒在地。(2：19—25)

---

① ［苏］奥夫相尼科夫主编：《中近东美学》，王家瑛译，中国人民大学出版社1992年版，第32页。

很明显，这种“恐怖的光”会产生怯懦、畏惧、战栗、恐慌的效果。不难看出：欣喜之光和“恐怖的光”虽然都被看作是美的形式的标志，但是具有不同的作用和意义，其审美效果的差异是相当明显的。

在《埃努玛·埃立什》中，也表现了崇高美。崇高，即我国古代美学中所说的“阳刚之美”，也可称之为壮美。崇高是同人类为了实现伟大的理想而进行的积极实践活动紧密相联的。文艺创作中所反映的崇高，能激发和增强人类努力改造客观世界审美理想，从而激起庄严、雄浑、伟大的情愫。在苏美尔、巴比伦的口头文学作品中，可以看到早期崇高美的具体特征。巴比伦美学的研究者说：

> 美的内容包含着崇高的概念，并与之混为一体。按照规模（客观方面）来看，美的东西照例是巨大的、凌驾于一切之上的东西：“他（就是尼恩基尔苏）的身材跟天一样高，他的身材跟地一样大”，或者：“骄傲地矗立的山巅，它凌驾于一切之上！庙宇——这是直插云霄的大山”。根据所产生的印象来看，美的东西的一个方面——这就是某种吓人的、引起崇敬、诚惶诚恐心理和使人害怕的东西。①

在《埃努玛·埃立什》中我们看到：对马尔都克的体形和四肢的描写也是“巨大的、凌驾于一切之上的东西”，既奇特又超群。例如：说他有四耳四眼、能看穿万物、口能吐火、四肢奇长……这些怪诞夸张的描写，实际上是对马尔都克未来长大成人后卓尔不群、开天辟地、征服自然能力的超常阐扬，是对他即将战无不胜、所向披靡武力的特异展示，突出了马尔都克一切超群的崇高美。这种形体的夸张描写，正反映了巴比伦口头文学创作者的审美意识。

为了突出崇高美，往往以矗立云天、恢弘宽阔的外观特征刺激人们的审美感受；史诗中对神殿和庙塔的描写便是这样：

> 建成阿普苏正面的埃·萨吉拉神殿，
> 　　那屋脊高入云端。

---

① ［苏］奥夫相尼科夫主编：《中近东美学》，王家瑛译，中国人民大学出版社 1992 年版，第 34 页。

他们还建造阿普苏庙塔高耸参天。
在那里，设置了供马尔都克、恩利尔、
　　埃阿居住的神殿。
在他们面前（把它）建造得异常庄严。(6：61—64)

这种强调高耸和巨大的建筑形式上的特征，能给人以精湛、激荡、升腾、向上、神秘和恐怖的感觉，形成崇高的审美效果。

五、发达的天文科学

在《埃努玛·埃立什》中，我们还看到了天文学方面的知识。巴比伦的天文学相当发达，巴比伦人很注意天文观测，保存了大量的天文资料。在古巴比伦时期，既有对金星（伊什塔尔）的系统观察资料，又有对恒星的详细观测记录。他们已经能够认识和区别五大行星和恒星。当然，也有错误的地方——把太阳和月球也当成了行星。同时，又将观察到的星辰划分为星座——把星空划分为若干个区域，每一区域称为一个星座。

这正像史诗第五块泥板上所说的：

（然后）他为伟大的诸神
　　安排了定居的场所。
设置了和他们形象相似的各个星座，十二宫星座。
在规定了一年的基础性安排之后，
又在十二个月里各个配置了三个（旬日的）星座。(5：1—4)

“十二宫星座”，是指黄道十二宫。在天文学上，以地球为中心，太阳环绕地球所经过的轨迹称作黄道。黄道两侧各 8 度共宽为 16 度，环绕地球一周是 360 度，在黄道上大约每 30 度范围之内便有一个星座，总共十二个星座。这就是黄道十二宫星座。按照古人的想法，太阳神和诸神休息的地方当然就是宫殿。因而又把十二星座称为“黄道十二宫”，后来还叫做黄道带。这黄道十二宫的名字同黄道附近的十二个星座相类似，其名为白羊宫、金牛宫、双子宫、巨蟹宫、狮子宫、室女宫、天秤宫、天蝎宫、人马宫、摩羯宫、宝瓶宫和双鱼宫。这些名称至今仍为欧洲天文学界所使用。天文学家认为：古代的“黄道十二宫星座”和“黄道十二宫”二者的名称虽然相同，但是，今天所代表的概念是完全不同的，有本质的差异。

史诗中对月神的描述，也反映了巴比伦人利用天文学知识观测月亮盈亏规律而制定太阴历的情况：

他在她（提阿玛特）的尸体内
　　又把上天的世界装配，
让天之光（月神）在夜里放出光辉，
使之成为识别白昼和黑夜的标徽。(这样说：)
“每个月不断地从冠形运转起，
在月初开始照耀大地，
以犄形的光辉告知6天的日期，
到第七天冠形变成一半降落于西。
每到月中时，在满月的那一天，
(和太阳）神相对的就是你。
当太阳神在天（边地平线）（赶上你）的时期，
你会逐渐亏蚀，恢复（到）原来的形体。
(看不到你）新月的日子，
你就会接近太阳神的运行轨迹。
(那一天）第29天，
便又和太阳神相对立。(5：11—19)

苏美尔人根据月亮的盈亏制定出世界上第一部太阴历，从新月出现的那天起到新月再出现的那一天止，就是一个太阴月。巴比伦人继承了苏美尔人的传统测定一个太阴月为29天12小时44分$3\frac{1}{3}$秒，这和现代天文学家测定的数值仅差0.4秒。巴比伦人的太阴历，把一年分为12个月，大月为30天，小月为29天，大月和小月相间，一年总共354天。巴比伦人用闰月的办法补足同太阳历相差的11天。

诸如上述，《埃努玛·埃立什》非常广泛地反映了古巴比伦的社会历史和文化生活，百科全书式地汇集了各种知识，为学者研究巴比伦的政治、军事、历史、宗教、文学、哲学、美学、天文学、语言学、科学等提供了难以寻得的珍贵形象资料。

第六节　史诗口头文学的创作特征

《埃努玛·埃立什》是在继承苏美尔口头文学传统的基础上创作出来的长篇叙事诗。它在两河流域经过长期口耳相传、不断增删修改，最后记录镌刻在泥版上的世界最早的创世史诗。它的创作成就极为鲜明地体现了口头文学创作的艺术特征。

创造性地继承苏美尔神话中有关创世内容的文学遗产，是值得肯定的一个重大成就。苏美尔丰富优美的有关创世题材的口头文学作品，为《埃努玛·埃立什》的创作提供了良好的条件，奠定了坚实的基础。值得重视的是，在创作过程中总是根据当时巴比伦君主专制制度的需要，对苏美尔文学中的创世内容进行了创新和改造。其主要表现如下：

一、对苏美尔神话创世内容的改造和创新

1. 继承神话传统首创全新神谱

以苏美尔、阿卡德神话为题材创造性地描述了一个巴比伦世代相续的系统化的神谱。这一神谱说：第一代是诸神之父阿普苏（淡水）和诸神之母提阿玛特（咸水），他们的结合生出第二代神——男神拉赫姆、女神拉哈姆。他们又创生了第三代的“天崖”之神安莎尔和“地极”之神基莎尔，他们既是兄妹，又是夫妻。第四代是他们的儿子阿努（苏美尔语称安），第五代是阿努的儿子努殿穆德——埃阿（苏美尔语称恩基）。第六代是埃阿的儿子马尔都克。这一神谱是苏美尔、阿卡德神话中所没有的。大家都知道：苏美尔神话中所信奉的神是以氏族崇拜的原始信仰为基础的。他们多为宇宙神，原为各个城邦的保护神。如：尼普尔的恩利尔原为“风之主宰”、“天与地的主宰”；埃利都的恩基（阿卡德语为埃阿）原为“地下淡水海的主宰”、“地上淡水的主宰”；乌鲁克的安（阿努）原为“苍天神”……在苏美尔，虽然有很多神，但是，一直到阿卡德人征服了苏美尔建立阿卡德王朝时期，尚未形成代代相传的系统化的神

谱。在阿卡德神话中，占主导地位的则是苏美尔神话；所有阿卡德的神，几乎都是源于苏美尔神话，或者是与苏美尔神话相混同。因而这一时期也没有系统化的神谱。所以，在《埃努玛·埃立什》出现的这一系统化的神谱，其创新意义是值得肯定的。

2. 代替诸神马尔都克成为主神

为了适应巴比伦在两河流域一统天下的霸主地位，史诗的创作者竭力使巴比伦的守护神马尔都克凌驾于诸神之上，超越苏美尔、阿卡德的三大主神——安、恩利尔和埃阿，开始登上神殿的主位。在《埃努玛·埃立什》中，他已经成为位居诸神之首的至上神，“一切王中之王”（7：92）、“在诸神中是最高贵的大将”（7：96）。史诗中描述：拉赫姆、拉哈姆、安莎尔、阿努、恩利尔、埃阿、天际诸神伊吉吉和所有诸神阿努纳基都充满欣欢，向他表示祝愿，赠送贺礼，使他荣耀无边。诸神对马尔都克至上神的地位毫无异议，完全支持，一致拥护。马尔都克代替了苏美尔、阿卡德的三大主神，这也是一种创新。

3. 改造前代神话传统马尔都克成为唯一的创世神

《埃努玛·埃立什》继承了前代创世神话的传统，创造性地把马尔都克表现为唯一的创世神和造物主。在巴比伦、阿卡德的一些创世神话中，创世神和造物主不止一个，有许多神参加了创世和造物的活动。例如：既有繁殖神、生命神特点，又有文化创造者属性的恩利尔，他和恩基一起创造了畜牧神和谷物神，发明了锄，还创造了一切树木，使世界欣欣向荣。水神和掌管大地丰收的恩基和宁玛赫（宁胡尔萨格）一起创造人类；他还是文化的创造者，犁、牛轭、耙和造砖模的发明者。创造女神阿鲁鲁、能造一切的工艺之神拉姆伽、谷物女神阿什南、牲畜女神拉哈尔……不胜枚举。但是，到了巴比伦时期，在《埃努玛·埃立什》中，马尔都克则成为独揽创世和造物大业的主神了。

4. 对马尔都克开天辟地创造历程的完美整合

《埃努玛·埃立什》在继承和借鉴苏美尔、阿卡德创世神话的基础上，创造性地描述了马尔都克开天辟地和创造万物的历程。如果将苏美尔、阿卡德有关创世内容的神话同《埃努玛·埃立什》加以比较，既可以看到后者对前者的继承，又能够发现后者对前者的创新。直到今天，尽管在苏美尔神话中尚未发现一则直接地、明确地、系统地描述所谓创世的作品；但是，苏美尔神话《天地分开，宇宙形成》，则粗线条地勾勒出创世活动的发展过程和创世者的业绩，它和《埃努玛·埃立什》在结构安排上和情节处理上存在着明显的相似之处。这一神话描述：

> 创世之前，没有天，没有地，只有汪洋一片。水是最早生出来的东西。它是宇宙万物的母亲，在她渺无边际的胸膛之上，渐渐长出山来。山慢慢长大，山体里萌生后来的天和地。
>
> 天是男性，名字叫安；地是女性，名字叫启。安和启结合成为天地之神安启，他们生下大气神恩利尔。
>
> 恩利尔在父母怀中逐渐长大。他力大无穷。他将父亲安托起来，远远地送了出去。于是父亲天与母亲地就被儿子永远地分开了。
>
> 恩利尔与大地母亲一起安排宇宙间的事物。
>
> 恩利尔和他的妻子宁里尔生出月神和众星辰。月神纳那（南纳）天空中遨游，光芒射向四方。纳那与妻子南卡尔生出太阳神奥吐。太阳神从东方升起，在西山落下。他与众神一同起床，一同就寝。
>
> 恩利尔和大地母亲一起给众星宿规定了运行的轨迹，使之各行其路，互不相扰。
>
> 安排好天上的事物后，他们又安排大地上的事物。他们创造了大地上的万物，还有黑头发的人类。从此天地间充满了和谐与生气。①

从结构安排上看，两个故事的开端都在叙述同一种观念："水是最早生出来的东西。它是宇宙万物的母亲。"其次，是从水中萌生出天地；再次，是创生出天上的众星辰、月神和日神，并安排它们运行的轨迹；再次，创造大地上的万物；最后，是创造人类。两者在结构的安排上和情节发展的顺序上存在着惊人相似和雷同之处，清楚地证明：《埃努玛·埃立什》对苏美尔创世神话传统的继承和借鉴，是在接受和学习前代口头文学遗产的基础之上进行创作的。

但是，在《埃努玛·埃立什》中也表现了许多创新之处。在故事的开端所提出的水是指阿普苏（淡水）和提阿玛特（咸水）相结合的原始混水，是创

---

① 引自孙承熙主编：《东方神话传说》第二卷，李琛译，第121页。

生诸神的祖先——神族谱系中的第一代神。值得关注的是，从第一代神一直到第六代神马尔都克的问世，没有看到苏美尔、阿卡德时期三大主神之一的恩利尔；在这一创世神话中，他已经被马尔都克所取代。这显然是一种创新。

5. 马尔都克对创造人类情节的改造和创新

在马尔都克创造人类的情节中，其创新因素更为明显。在苏美尔、阿卡德神话中，关于创造人类的故事情节存在着不同的异文。(1) 对创造人类的神，说法不同：一说是恩基和宁玛赫，另一说是恩利尔和大地母亲；(2) 对造人的材料，也说法各异：一说是用海底的泥土；另一说是用拉姆伽神自己的血液；(3) 对造人的目的，说法基本相近：一说是“为众神造一些仆人吧，让仆人们生产粮食供神灵们享用”；另一说是“诸神所做的工作，今后就可以让人类去干了”。在《埃努玛·埃立什》中，有了明显的创新：

(马尔) 都克听到诸神的谈话，
敏感地忆起早已熟思的想法。
他开口说话，
把涌上心头的 (事情告诉) 埃阿。
“我有以血造骨的想法，
想要造出最初的人类，名字叫人。
我就是想造出最初的 (人)。
(让人代替) 诸神的劳役负担，
　　他们心里会感到温暖。”(6：1—8)
……

当埃阿了解到“唆使提阿玛特反叛的、挑起战争的就是金古”(6：29、30) 时，便决定用金古的血创造人类。

他们把他绑上，押到埃阿面前，
判刑定罪，割断他的血 (管)。
他们创造了人类是用他的血液。
他 (埃阿) 废除了诸神的劳役，

诸神成为自由的神祇。
贤明的埃阿创造了人类，
让他（们）负担诸神的劳役。(6：31—36)

这使我们清楚地看到：《埃努玛·埃立什》中描述的创造人类的神，既不是苏美尔神话《天地分开，宇宙形成》中恩利尔和他母亲，也不是苏美尔神话《恩基造人》中的恩基（埃阿）和宁玛赫，而是接受了马尔都克建议的埃阿。造人的材料，既不是海底的泥土，也不是拉姆伽神的血液，而是金古的血液，其创新精神是显而易见的。当然，这种创新依然没有摆脱前代创世神话的传统，正是在巧妙借鉴传统创作成果基础之上的一种创新。

二、细节描写的夸张手法

利用细节描写的夸张手法凸显描写对象的某些特征，是《埃努玛·埃立什》的口头文学又一创作成就。

夸张，是一种借助超越现实的想象和离奇莫测的幻想、运用言过其实或夸大其词的语言鲜明而突出地展示描写对象的某些特征的艺术手法。《埃努玛·埃立什》中的夸张手法，往往是继承了前代神话中夸张手法的传统，苏美尔神话的夸张常常是超出常理的、远离现实的，以便于突出神明形象的某些特征。为了突出地表现马尔都克的超群听力和杰出视力以及肢体的奇特，竟然描写：

他有四只耳朵、四只眼，
嘴唇一动就喷火焰，
四只耳朵硕大垂肩，
四只眼能把万物看穿。
他的身材最高，在诸神中间
他的四肢奇长，
他的上半身谁也赶不上。
“玛利雅特，玛利雅特，
我的儿子是太阳，诸神的太阳啊。”

他身披十位神的惊人之光，
　　（因而）笼罩着浓厚的光亮。
（还有）在他身上融合着
　　他们50位神的可怕力量。（1：95—104）

四耳、四眼、口中喷火和四肢奇长等描写，是以超现实的丰富想象和超常理的离奇幻想展示马尔都克杰出的听力和视力、超群的武力体力，这种神话式的极度夸张手法更能凸显马尔都克所向披靡、战无不胜的神奇威力。

在这一史诗中，还存在着夸张手法的另一种怪异的表现形式——利用动物形体进行夸张。在提阿玛特的军队中，有一队伍是由十一种怪物组成的：

创造一切的母亲孚布尔
生出了七头七尾的大蛇，
　　增加了无敌的武器。
毫不留情，（它的）牙齿锋利，
她以毒汁代替血液，灌满它的身体。
她（还使这）狂暴的龙群披上恐怖的外衣，
浑身笼罩着可怕的光辉，装成诸神同伙的。（1：133—137）
……
她（还）制造了毒蛇
　　火焰四射的龙头蝎尾兽、拉哈牟海怪、
　　巨狮、狂犬、猛烈的风暴、人鱼、
　　怪兽、奇怪的野牛、蝎子精。
（正是）全副武装，毫不留情，
　　这些家伙不怕战争。（1：141—145）

在这十一种怪物中，使我们看到了夸张的几种不同的表现形式：第一，七头七尾的大蛇，因为头多尾多，难于砍杀，这一夸张似乎是无法斩尽杀绝、绝不可战胜的象征。使用数量的夸张这一表现形式，在世界各民族中都是常见的。希腊的赫拉克勒斯除掉的九首水蛇、印度大梵天的四首四躯八臂、湿婆的五头四臂三眼、我国帝江的六足四翼、人皇的九头等，都是以数量的夸张展现神明形象的非凡特征。第二，是采取动物与动物之间异体整合的形式进行夸张。动物的异体整合，就是将几种动物身体中的不同部位进行重新组合，从而形成一种新的四不像的怪物，借以实现夸张的表现力。如：火焰四射的龙头蛇尾兽，就是一只在长颈上长着龙头、龙头上长着两只角，其尾巴却是蛇的尾巴，而四只脚却长着两种不同动物的脚，两只前脚是狮掌，两只后脚则是鹫爪。这就是由动物的异体整合而成的，既不能称之为龙，又不能叫蛇，更无法命名为狮或鹫。这种异体整合的夸张表现形式似乎意味着它像龙一样腾云驾雾、像雄狮一样快跑如飞，在万物面前称王称霸，又能像鹫一样任意抓捕猎物，为所欲为。在世界各地的口头文学创作中，这一夸张的表现形式也是常见的。第三，是人与兽的异体整合。人鱼，是人与鱼的异体组合；蝎子精，下半身是蝎子、长着鸟足的人形怪物。这一种夸张的表现形式，也是为了凸显它们像蛇蝎一样、毫无人性的狠毒心肠。

三、相同词语、句式和段落的反复出现

相同词语、相似句式和相仿段落的反复出现，是史诗在表现手法和艺术形式上的又一创作特征。这是口头文学创作传承性特征的明显反映，朱维之先生在论述《旧约》中的史诗时，把这一艺术形式上的特征概括为重复。他说：

> 典型的民间形式，和荷马史诗一样，不避重复。例如《伊利亚特》第9章，阿伽门农自己说送给阿喀琉斯的礼物，一一列举出来，一字不漏地重复一遍。在约瑟的史诗中，雅各在《创世记》的第42章里表示了不愿让便雅悯被带到埃及去，说了“要我白发苍苍、悲悲惨惨地进坟墓”的话；在第44章约瑟要留下便雅悯时，兄弟们又把雅各的话一字不差地重复一遍。这是民间口头文学的特点，有些在书面上不必重复原话，在口头上却有必要重复一遍，这是为了听众能加深印象。①

这一段论述使我们认识到：重复这一表现手法，像朱先生所说的：“这是

① 朱维之：《圣经文学十二讲》，人民文学出版社1989年版，第150—151页。

民间口头文学的特点，有些在书面上不必重复原话，在口头上却有必要重复一遍。”这就是说重复是口头文学创作所独有的艺术特点，在书面文学中，重复只能算是创作上的败笔，而不是什么优点。其次，世界各民族的口头文学创作都运用这一创作方法，无论是荷马史诗还是希伯来史诗或印度史诗，都是如此。因而，重复既不是苏美尔神话中所独有，也不是巴比伦人的偏爱，更不是只有美索不达米亚人才使用这一表现手法。世界各个民族的口头文学创作无不运用重复。这一手法可以更好地展示描写对象的特点，加深对作品内容的理解，对增强作品感染力和艺术效果以及作者和观众的记忆力，都有重要作用。

在《埃努玛·埃立什》中，重复这一表现手法也在不断地发挥重要作用。其中有各种不同类型的重复：

相同语句的重复：

1. 英主携带着他那伟大的武器、洪水（4：49）

2. 英主携带着伟大的武器、洪水（4：75）

相同诗行的重复：

1. 请快点，
请赶快将诸位的天命授予他。
为了让他前去，
向占优势的敌人抵抗冲杀。（3：64—66）

2. 请快点，
请赶快将诸位的天命授予他。
为了让他前去，
向占优势的敌人抵抗冲杀。（3：122—124）

相同段落的重复：

他们挤到提阿玛特身边，聚在一起。
他们咆哮，没工夫躺下休息，
日夜不停，谋划出击。
他们斗志昂扬、气势汹汹、浑身战栗
他们制定作战计划，召开会议。
创造一切的母亲孚布尔

生出了七头七尾的大蛇，
　　增加了无敌的武器。
毫不留情，(它的) 牙齿锋利，
她以毒汁代替血液，灌满它的身体。
她（还使这）狂暴的龙群披上恐怖的外衣，
　　浑身笼罩着可怕的光辉，装成诸神同伙的。
看到它们，必然万分惊惧，
　　变得软弱无力，瘫倒在地。
它们的身躯跳起来很容易，
　　却不能倒转过去。
她（还）制造了毒蛇、
　　火焰四射的龙头蝎尾兽、拉哈牟海怪、
　　巨狮、狂犬、猛烈的风暴、人鱼、
　　怪兽、奇怪的野牛、蝎形人。
全副武装，毫不留情，
这些家伙不怕战争。
她令出如山，无谁违抗不听。
她让这十一种（怪物）唯命是从。
在她身边开会的诸神，
由她所生的许多儿子中，
她提高了金古（的地位），
　　在他们之中，她让他的权势出众。
下令集合队伍，他在阵前发号施令。
携带备战武器，开始战争。
(总之) 她把战斗总司令官（的职务），
　　就交到了他手中。
让他坐在打进地面的圈椅里头。(她说:)
“我（为）你念咒，
　　在诸神集会中，以你为首。
将诸神集会中君主的地位让你承受，

好了，你要成为最有权势者，
　　我唯一的配偶！
让你的声誉高于所有诸神，位居魁首。”
她授予他天命神牌，
　　在他胸前佩戴。（于是说：）
“嘿，有了这神牌，你的命令，决不可改动。
　　你的话语，就会固定。’
现在金古被提高了（地位），
　　已经获得阿努一样的主位。
对属于她的诸神，提阿玛特和金古
　　根据天命决定职务。
“放开你们的喉咙，将火神镇住。
你们口若悬河，滔滔不绝，
　　必将使（他）屈服。”（1：128—162）

这一段落的诗句在史诗中重复的次数最多，共有四次。每次运用重复这一表现手法的意图和作用，都是各有不同的。第一次（1：128—162）出现，是在于描述提阿玛特积极拉拢同伙进行各种备战活动——让乎布尔创造十一种怪物、任命金古为战斗总司令、号召镇住马尔都克。第二次重复（2：14—48），是埃阿向祖父安莎尔汇报提阿玛特为了给阿普苏报仇而要的备战阴谋，借以激起安莎尔的气愤，从而使埃阿阵营能得到祖父安莎尔的支持和帮助。第三次重复（3：15—53），是安莎尔听完埃阿的汇报之后，派首领伽伽到父亲拉赫姆家复述安莎尔的心里话，希望拉赫姆和诸神赶快把天命神牌授予马尔都克以便使马尔都克，到劲敌提阿玛特那里去冲杀。第四次重复（3：73—110），是伽伽到了拉赫姆家，复述了安莎尔的心里话。这使拉赫姆和诸神都很气愤，于是，便给为他们报仇的马尔都克授予了天命。虽然重复了四次；但是，每一次都起到了不可缺少的作用。

四、利用神力、巫术、咒语描述反常景象和奇特事物

史诗常常利用神奇、怪异的手段——神力、巫术、咒语等描述反常的景象和奇特的事物，这是口头文学创作的又一鲜明特征。这种以显示神迹的方式展示非现实的、超自然的奇异现象和怪谲情节，也是美索不达米亚口头文学创作惯用的表现手法。

按照宗教学的理论："神迹，与神意或天命一样，乃是宗教赋予神的基本神性之一"，"是神按照自己的意志和能力创造的某些特殊事件"，"意指那些使人感到惊奇的特出反常事件"，"只有那些不能用自然常规作出解释的特出而又反常的事件才是宗教意义下的神迹。神迹事件有两大特性，一是'特殊'，二是'反常'，即反乎自然常规，不能用自然法则作出解释。两大特性不可或缺。……彭祖活八百岁，道教的神仙长生不老，基督教的耶稣死而复活……这些事便不可从自然法则找到根据，而只能从超自然的神灵那里得到说明。所以，神迹的主要特性和本质内容，乃是对自然法则的违反和破坏，它是与自然法则直接矛盾的对立物。"①

在史诗中，埃阿便是采取神迹的手段制伏并杀死阿普苏的：

耳聪目明、精通事理、熟谙一切的埃阿，
　　看穿了他们的诡诈谋划。
对此他设置保卫全员的咒法领域，
　　依靠祭祀加以巩固、细心防御。
更编出极为有效的精纯咒语，
他向阿普苏（淡水）吟诵传去，
　　使他平静安定，
向他灌输睡意
　　使他安然进入梦境。
因为他使阿普苏酣睡无声，
　　阿普苏完全沉睡不醒。
倡议者孟姆并没有睡觉，但身体变小（?）。
他（埃阿）把他（阿普苏）携带的咒具夺到、
　　头冠摘掉，

① 吕大吉主编：《宗教学通论》，中国社会科学出版社1989年版，第195、196页。

把（面部）可怕的光辉剥掉，
　　放到埃阿自己身上披着。
他绑上阿普苏，将他杀掉。（1：60—69）

埃阿用咒法设置保卫全员的防御领域、用咒语使阿普苏进入梦境、沉睡不醒，又剥夺他的一切，将他杀掉。这正是用正常的自然法则难以解释的、令人难以置信的怪事、怪象；埃阿的神迹表现尽管是荒诞离奇的，但是却突出地显示了埃阿的神威，体现了巴比伦人对埃阿的敬佩和赞颂。

在史诗中，对神迹的表现也是多种多样的。马尔都克的四耳、四眼，创造女神生出的七头七尾大蛇，马尔都克下令，十二宫星座就不见，再下令，则十二宫星座又重现……都是神迹的展示。

第七节　史诗对东西方文化的广泛影响

《埃努玛·埃立什》这部世界上最早的创世史诗，对世界文化产生了广泛的影响。在它问世以后，对东西方的神话、唯物主义哲学、天文学、神庙建筑等等都产生了明显的影响。

一、对东西方神话的影响

1. 对西亚地区神话的影响。

（1）对《圣经·创世记》的影响

学者们早已发现：《圣经·创世记》中创世神话同巴比伦创世史诗《埃努玛·埃立什》中的创世故事极为相似。这正像朱维之先生所说的：

美国神话学家詹姆斯·普里查德通过研究，发现上述两个神话故事有惊人的雷同之处，创造工序几近相同，都是先造天和天体，然后把水陆分开，第六天造人，第七天休息。而且据考证，古犹太创世神话中的“深渊”一词即与巴比伦创世神话中的女魔提阿玛特相对应。为什么会出现这种现象？只要考察一下古犹太人和古巴比伦人的关系，我们就会得到启示。古犹太人和古巴比伦人同属闪族，语言、文化、生活习惯均属一个系统，且古犹太人在两河流域生活了很长一段时间，他们离开以后，也带走了既属当地也属自己的文化，其中包括神话传说。因此，我们有理由认为犹太人创世神话来自两河流域，与巴比伦创世神话同属一源。恩格斯说："由于乔治·史密斯关于亚述的发现，这个原始犹太人原来是闪米特人，而《圣经》上全部有关创世和洪水的故事，都被证实是犹太人同巴比伦人、迦勒底人和亚述人所共有的一段古代异教的宗教传说。"①

(2) 对赫梯神话的影响

《埃努玛·埃立什》对赫梯口头文学创作的影响也是明显的。赫梯学的学者认为有一些赫梯的神话传说原本是美索不达米亚神话，经过胡里特化以后又流传到赫梯人中间的。因而，赫梯口头文学作品和胡里特口头文学作品一样，往往带有美索不达米亚的文化色彩。赫梯神话中的名篇《库玛尔比神话》也反映了这一特点。这一神话描述的是王权之争：

在远古的时候，有一个叫阿拉卢的神统治着天上世界。

诸神之中的大神阿努神（阿卡德的天神），最初作为阿拉卢的大臣，总是在他面前拱手听命，贡献着自己的卓越才能。

阿拉卢神的统治继续到第九年的时候，阿努神对阿拉卢神发动了叛乱。阿拉卢神在战斗中失败了，走进了黑暗的世界。

阿努神成为统治者，占有了天上的宝座；这次库玛尔比成为大臣。在阿努面前拱手听命，贡献着自己的卓越才能。

阿努神的统治继续到第九年的时候，这次库玛尔比对阿努神发动了叛乱，阿努神在战斗中失败了，像鸟一样逃到天上去了。

但是，库玛尔比追上了阿努神，咬住了阿努神的阴部。正在咬着的时候，库玛尔比喝了阿努神的精液。

阿努神目光严厉地瞪着库玛尔比说：

"你是获得了胜利，然而这是不行的。由于你喝了我的精子，我让三位恐怖神寄居在你的神体里。这些神是：第一位气象神、第二位阿兰扎西河

① 朱维之、韩可胜：《古犹太文化史》，经济日报出版社 1997 年版，第 61—62 页。

(底格里斯河)神、第三位塔斯米舒神。这些神，在你的身体里，将使你恐怖和痛苦。”

阿努神说了这些之后，就上升到天上去了。

库玛尔比着慌了，决定把一下子喝下去的东西吐出来。阿兰扎西河神和塔斯米舒神的精子好容易从库玛尔比嘴里跳出来，跑到遥远的诸神居住的干兹拉山方向去了。但是，气象神的精子停留在库玛尔比的体内，并且渐渐地长大了。恰巧升到天上去的阿努神要跟气象神说话，教他还是从库玛尔比那里生出来的好。

……在库玛尔比睡着了的时候，气象神从他的嘴里跳出来。焦急等待这一天的阿努神立即将力量和勇气授予气象神，并命令他向库玛尔比挑战。

此后，在气象神和库玛尔比之间进行了战斗，气象神胜利，库玛尔比逃走……①

(引者按：这一神话的后半部分，描述的是库玛尔比利用自己在岩石上生出的孩子——极其高大的岩石巨人乌利库米复仇；然而，在埃阿和诸神的帮助下，气象神终于战胜了库玛尔比的岩石巨人，确立了天上世界的主权。)

在这一神话中出现的神的形象，既有胡里特的又有巴比伦的。李政说：“库玛尔比神在胡里特神话中被称作众神之父。他是一个地地道道的胡里特神祇，在胡里特神话中扮演着重要角色。同样，泰苏普（即气象神——引者）和乌利库米也都是胡里特人崇拜的神灵。虽然阿拉鲁（卢）神和阿努神原是苏美尔人的崇拜神，但他们不仅早已成为古巴比伦人，而且也成为胡里特人和赫梯人崇拜的对象和文学作品中的形象。”② 苏美尔神话对赫梯神话的影响不仅表现在形象塑造上，而且还反映在情节处理上。在《库玛尔比神话》中，诸神为夺得最高神权而进行的三次斗争的情节，正是渊源于《埃努玛·埃立什》中的权势之争。阿努推翻阿拉卢、库玛尔比推翻阿努、气象神推翻库玛尔比，这种幼辈神战胜长辈神的夺权情节，可以说是马尔都克战胜提阿玛特这一情节的创造

① ［日］矢岛文夫：《世界最古老的神话》，张朝柯编译，东方出版社 2006 年版，第 151—152 页。

② 李政：《赫梯文明与外来文化》，江西人民出版社 1996 年版，第 93 页。

性继承、借鉴和转化。

（3）对腓尼基神话的影响

《埃努玛·埃立什》对腓尼基的神话故事的影响也是显而易见的。在两千多年前，希腊化的犹太哲学家裴洛（公元前15—10年至公元45—50年）曾经评述过流传于腓尼基的神话故事：《乌剌诺斯神族的故事》。根据他著作的残篇我们大致知道这一个故事，摘要如下：

> 苍天乌剌诺斯有个姊妹，即大地格（Ge），或称该亚（Gaea）……他们的父亲许普塞斯托斯（Hypsistos）“和凶猛的野兽搏斗被咬死后，人们将他奉为神，他的孩子们向他献祭、祭奠酒。”
>
> 乌剌诺斯继承父亲的王位后，与姊妹格结婚，他们生下四个孩子。乌剌诺斯还和其他妻子生了许多孩子。格为丈夫不忠而感到苦恼……最后终于和丈夫分手。然而，当乌剌诺斯受幻想支配时，他对格残暴，多次企图杀死格为他生下的孩子。格尽可能保护自己。她的一个儿子克洛诺斯（即埃尔）长大成人后，为母亲报仇而向父亲宣战……双方斗争最后以乌剌诺斯被推翻而告终，他的王权转到克洛诺斯手中……
>
> 克洛诺斯为他的房子围了一道墙，创建了第一座城市比布鲁斯……
>
> 由于乌剌诺斯一心想要报仇，因此战争继续进行……在克洛诺斯执政的第二十三年，他在一次伏击中捉住父亲乌剌诺斯，将其生殖器割去。乌剌诺斯的精气消散，伤口的血流入水泉和河流中……
>
> 克洛诺斯决定应由阿什塔耳忒、德玛鲁斯和阿多德（Adod）统治这个国家……
>
> ……克洛诺斯也周游了世界。他让自己的女儿阿塞涅（Athene）成为阿提卡（Attica）的统治者……
>
> 克洛诺斯将比布鲁斯赐予女神巴尔蒂斯（Baltis），她是狄俄涅……在此之前，托特（Thoth，即埃及透特）发明了书写文字。托特具有克洛诺斯、大衮和所有其他神的外表。
>
> 托特还为克洛诺斯设计了帝王的标志：即四只眼睛，两只在前，两只在后，两只睁开，两只闭合；肩上四个翅膀，两个飞翔，两个无力垂挂。四只眼睛表明克洛诺斯守夜时也在睡觉，睡觉时也警醒；而肩上的翅膀则

意味着他休息时也在飞翔，飞翔时也在休息。其他神每位肩上有两个翅膀，表明他们随克洛诺斯一起飞翔。神埃尔头上也有两个翅膀，一个象征抽象智慧，一个象征感觉。

克洛诺斯到达南部国土后，将整个埃及王国赐托特。①

这一神话显而易见地反映了腓尼基同周边各个国家在文化交流上的一个鲜明特征：多边的、复杂的、彼此借鉴、互相交流的密切关系。腓尼基地处古代海上贸易路线的交汇点上，很早就开展了同周围文明古国巴比伦、埃及的贸易往来和文化交流。在公元前3世纪以后的希腊化时期，同希腊的贸易和文化交往更出现了进一步的发展。

在这一神话中，既反映了巴比伦和埃及神话的影响，又表现了腓尼基神话和希腊神话的相互影响。

这一神话中的核心情节是父亲乌剌诺斯和儿子克洛诺斯的权势之争。克洛诺斯战胜乌剌诺斯，推翻其政权，取而代之。这一核心情节正是渊源于《埃努玛·埃立什》中幼辈神马尔都克战胜长辈神提阿玛特这一巴比伦创世史诗中的核心故事情节。另一方面，在这一神话故事的结尾还描述："托特还为克洛诺斯设计了帝王的标志：即四只眼睛……肩上四只翅膀"。不难看出：帝王标志的设计者托特，乃是埃及神话中的智慧、文学和艺术之神，这是受到埃及神话影响的明证。关于"四只眼睛"，正是接受了《埃努玛·埃立什》中描写马尔都克四只眼睛这一外貌特征的影响。四只翅膀，正是受到四只眼睛描写的启发而创作出来的。这种神话中的巴比伦和埃及的影响，恰恰反映了腓尼基在文化交流上的多边性、复杂性和互通性。

在希腊化时期以后，腓尼基和希腊在神话交流上的显著特征是双方的神话情节、神话形象和重要神名有些是混同的。原本是腓尼基的神话形象，却被改换成为希腊的神名。例如：许普塞斯托斯，本是腓尼基的至高神，名为埃利温（又译埃利翁），因为被野兽撕裂而死这一情节同希腊的许普塞斯托斯的死因相同，就把埃利温改换为许普塞斯托斯。又如：乌剌诺斯，原为腓尼基"天界的主宰"，通称巴力·沙梅姆，握有王权。后被儿子推翻，割掉生殖器，政

① 徐汝舟等译：《世界神话百科全书》，上海文艺出版社1992年版，第126—127页。

权被儿子取代……因这些情节与希腊的相似，于是直呼乌剌诺斯。再如：埃尔，原为腓尼基的巴力·沙梅姆之子，因为母报仇、割其父生殖器、夺父王权等情节同希腊的克洛诺斯的作为近似，于是被称为克洛诺斯（埃尔）。在希腊化时期，腓尼基的神话和希腊的神话在交流中有所改变和融合，腓尼基的神祇和希腊的神祇互相混同。精通希腊文的犹太学者斐洛，用希腊文改写了腓尼基作家桑楚尼亚松（公元前20世纪后半期）的著作，并且用希腊的神名改换了腓尼基的神名，其目的显然是在于说明：希腊的乌剌诺斯和克洛诺斯之间的矛盾冲突和夺权斗争，在腓尼基很早就已经存在了。这就更能有力地“论证希腊神话是建立在腓尼基神话的基础之上”的。①

2. 对希腊《神谱》的影响

在深入探究古希腊赫西俄德《神谱》中的乌剌诺斯神话、赫梯的库玛尔比神话和腓尼基的乌剌诺斯神话的源流时，不能不联系到巴比伦的《埃努玛·埃立什》。这三个神话的故事情节虽然同《埃努玛·埃立什》中的故事情节存在着明显的不同和极大的变异，例如：在《埃努玛·埃立什》中没有儿子推翻父亲政权的情节，也没有父亲吞食自己孩子的情节，等等；但是，不难发现：在《埃努玛·埃立什》中，埃阿杀死阿普苏、马尔都克战胜提阿玛特的情节，正是乌剌诺斯神族斗争、库玛尔比同上下两代神争战的共同原型。

在《埃努玛·埃立什》中，也有阿努、埃阿和马尔都克老少三代的神，同希腊神话中的乌剌诺斯、克洛诺斯和宙斯三代神、赫梯神话中的阿努、库玛尔比和气象神三代神以及腓尼基神话中的乌剌诺斯和克洛诺斯两代神，都存在着极其相似的对应关系。这一问题，有的学者，早有发现。②

先说，第一代神：《埃努玛·埃立什》中阿努、赫梯神话中的阿努、腓尼基神话中的乌剌诺斯和希腊神话中乌剌诺斯，其经历和作为显示了如出一辙的同一性：

（1）阿努和乌剌诺斯都是天神。阿努，又译“安努”，苏美尔语为“安”。在苏美尔—阿卡德神话中是至高无上的天神，一直被崇奉为天界和宇宙的统摄者。在公元前26世纪的神名录中第一个神名便是他的。从远古开始，便被奉

---

① 徐汝舟等译：《世界神话百科全书》，上海文艺出版社1992年版，第124页。

② 参见矢岛文夫：《美索不达米亚的神话》，东京筑摩书房1982年版，第193页。

为苍天神的尊崇为“众神之父”。乌剌诺斯，在希腊神话中，被颂扬为天的化身、天身，在《神谱》中，赫西俄德常常把他称为“星光灿烂的天神”和“广大的天神”、是诸神之父，希腊最古老的神灵之一。

(2) 阿努和乌剌诺斯都是地神的儿子，并且又都成为地神的丈夫。在《埃努玛·埃立什》中，阿努是安莎尔和基莎尔的儿子；安莎尔是老一代的“天崖”之神，他与“地极”女神基莎尔是孪生兄妹，后又结为夫妻。他们所生的儿子就是苍天神阿努。可见，阿努是地神的儿子。据古代传说，阿努的妻子又是地神乌拉什。在赫西俄德的《神谱》中说：“大地该亚首先生了乌剌诺斯——繁星似锦的皇天。”[①] 这个乌拉诺斯又成为地神该亚的丈夫。

(3) 阿努和乌拉诺斯都具有众神之父的特点，他们都有众多的子女。阿努除了长子恩利尔，还有许多子女：伊什库尔、玛尔图、英安娜伽图姆杜格、尼萨巴和阿努纳基诸神等。乌拉诺斯，同阿努生了阿努纳基诸神一样，他和地神结合生了提坦诸神。正如赫西俄德在《神谱》中所说：“后来地神和广天交合，生了涡流深深的俄刻阿诺斯、科俄、克利俄斯、许佩里翁、伊阿佩托斯、忒亚、瑞亚、忒弥斯、谟涅摩绪涅以及金冠福柏和可爱的忒修斯”[②]；还有独目巨人摩克洛佩斯、百臂巨人布里阿瑞俄、科托斯和古埃斯以及最小的克洛斯等。

这三方面的同一性表明：乌剌诺斯的原型正是《埃努玛·埃立什》中的阿努。

再说，第二代神，《埃努玛·埃立什》中的埃阿、赫梯神话中的库玛尔比和希腊神话中的克洛诺斯，也存在着一脉相承的因缘关系。

综观克洛诺斯和埃阿的作为，在明显的变异中展现出极其相似的同一性。如：他们都有敢于反抗长辈的无畏性格和杀害长辈的大胆行动。特别是在埃阿和克洛诺斯的聪明和智慧中还带有鲜明的狡黠特征——克洛诺斯以诡诈的手段战胜其父乌剌诺斯。赫西俄德称他是“狡猾多计的克洛诺斯”[③]；埃阿舞弄法术使阿普苏昏睡后杀害之……然而，在埃阿、库玛尔比和克洛诺斯的背后还流传着一个更重要的、更突出的同一性——他们都和农业有着密切的关系，都被称

---

① 《神谱》，商务印书馆 1991 年版，第 30 页。

② 《神谱》，商务印书馆 1991 年版，第 30 页。

③ 《神谱》，商务印书馆 1991 年版，第 30 页。

为丰收之神。早在苏美尔阿卡德时代，埃阿又名为恩基，被赞颂为丰饶之神、文化的创造。相传他和恩利尔一起创造了牲畜和粮食，他还造了犁、锄和砖模等。库玛尔比，在腓尼基、乌伽利特神话中被尊为谷物神。传说：他是天神阿努的儿子，他在浮雕上的形象常常是拿着谷物的天神。克洛诺斯，在希腊被崇奉为司丰收的农业神，在希腊有克洛诺斯节，秋收时期受到普遍的祭祀。三者的同一性反映了他们的渊源关系。

最后说，第三代神，从希腊的宙斯、腓尼基的气象神和巴比伦的马尔都克三个形象的特征上分析，也有许多共同之处：

（1）这三个形象都是战胜老辈神的少辈神，各个国家的主神和众神的主宰。

（2）他们又都具有雷电神、暴风雨神的特点。宙斯，在《神谱》中称之为“雷神宙斯”，他在愤怒的时候，便“立刻使出全身的力气……抛出他的闪电，沉重的霹雳……雷声隆隆，电光闪闪，卷起猛烈的火焰。”① 气象神，本身就是雷电神，已如前述。马尔都克在同提阿玛特的战斗中，也是“把闪电放在自己的面前，用燃烧的火焰布满身体”（4：39、40）；还“制造了凶风、沙暴、雷雨、四种风……”（4：45）用这些东西作武器去战胜敌人。

（3）从这三个神的表征物上看，也是相当一致的。在克里特—迈锡尼时期，“人们所敬奉的诸般物件中，双面斧居于显著地位。所谓‘双面斧’，既似某种特异灵物，又似某神的表征（据信属雷神）”② 雷神宙斯的表征物是双面斧，“据赫梯人看来，双面斧是雷神特舒布（泰舒卜）的表征。”③ 马尔都克的表征物是钺形斧——形如板斧，较大。苏美尔、阿卡德和巴比伦是这一表征物的最初源头。因为在世界各民族的神话中，雷神的表征物并不都是斧子，如：斯堪的纳维亚神话中的雷神托尔，其表征物是锤——形状如十字架的神锤；在高加索—伊比利亚各族神话中，基达特人认为蛇是水、雨、雷电的化身；印度的雷电之神因陀罗常常被称为手执金刚杵的因陀罗。

① 《神谱》，商务印书馆 1991 年版，第 46 页。

② ［苏］谢·亚·托卡列夫：《世界各民族历史上的宗教》，魏庆征译，中国社会科学出版社 1985 年版，第 425 页。

③ ［苏］谢·亚·托卡列夫：《世界各民族历史上的宗教》，魏庆征译，中国社会科学出版社 1985 年版，第 426 页。

从宇宙起源这一角度分析，在希腊、赫梯、腓尼基和巴比伦的宇宙起源神话中，神祇谱系的嬗变、少年神老年神的更迭以及诸神的矛盾冲突是紧密相联的。最初，表现为混沌，即紊乱状态，逐渐地被神祇整顿、改造为井然有序的世界。这本是世界上一切古老神话最主要的内容；但是，希腊、赫梯、腓尼基和巴比伦的宇宙起源神话中鲜明地反映了四者的同一性，这同一性均渊源于巴比伦的《埃努玛·埃立什》。

如果将赫西俄德的《神谱》和巴比伦的《埃努玛·埃立什》加以比较，两者虽然各有特点和差异，但有两点突出的相同之处。其一，在宇宙中最早存在的是水。《神谱》中说："最先产生的确实是卡俄斯（混沌），其次便产生该亚……"① 所谓"混沌"，是深渊和水的体现。俄耳甫斯教派认为：卡俄斯是一无底的深渊。《埃努玛·埃立什》中也说，在天空和大地一切都没有的时候，"（只有）孳生诸神之父阿普苏（淡水）"和"生育诸神之母提阿玛特（咸水），这两种水（淡水和咸水）合成混水"，"诸神在混水中初生"。（1：3、4、5、8）这说明："混沌"和"混水"都是由水构成的。这一相同反映了同一的根源。世界上有许多的宇宙起源神话，对"混沌"的理解和看法是不一样的。有的把"混沌"看成幽暗，有的认为是黑夜，有的理解为虚空，也有的解释为水火的相互作用或卵体内无定形的状态。其二，在希腊和巴比伦，最早的诸神都是产生于水的。赫西俄德说，在该亚产生后，"从混沌中还产生出厄瑞玻斯和黑色的夜神纽克斯……大地该亚首先生了乌兰诺斯……"② 在《埃努玛·埃立什》中也说：在阿普苏和提阿玛特合成的混水中，初生了男神拉赫姆和女神拉哈姆，又由他们创生了安莎尔和基莎尔……。这表明：产生于公元前两千年代中叶的《埃努玛·埃立什》中所表现的诸神产生于水的思想对产生于公元前 8 世纪的《神谱》的影响是不言而喻的。

3. 对北欧神话的影响

在北欧的神话中也反映了《埃努玛·埃立什》的影响。这主要表现在以下两个方面：

其一，生命产生于水的思想。在斯堪的纳维亚的神话中，对"水滴产生

① 《神谱》，商务印书馆 1991 年版，第 29 页。

② 《神谱》，商务印书馆 1991 年版，第 30 页。

生命”的看法，有明显的描述：

> 冰川逐渐向南涌去的时候，遇到了从南方蔓延来的烈焰，冰于是融化为水汽，水汽又受寒风的侵袭凝结为霜，霜在裂隙中受热，又化为水滴。在悠悠岁月中，这种反复的运动促使水滴产生生命。生命发展的结果，产生了巨霜霸宇米尔（又译伊米尔——引者）……后来从他的左腋生出了一个男人和一个女人，从他的双足生出一个男孩，名叫索鲁斯格尔米尔，索鲁斯格尔米尔又生下悲尔格尔米尔，他们全都是巨人。由他们又很快繁衍出了许多巨人……①

这种“水滴产生生命”的描述，同《埃努玛·埃立什》中所表现的在阿普苏（淡水）和提阿玛特（咸水）相混合的混水中生出诸神的情节，如出一辙。怎能使人不想到北欧神话受到了巴比伦创世史诗的某些启发和影响？

其二，是利用宇米尔的尸体作为创造新宇宙的材料。斯堪的纳维亚的神话中说，奥丁等三兄弟杀死了霜巨人宇米尔之后，用他的身体创造了宇宙万物：

> ……用他的身体创造出了大地。宇米尔的肉变成了陆地，他的血成了海洋、湖泊和河流；他们用宇米尔的骨骼造成山崖，用他的牙齿和散碎的骨块造出大小各种石块，用他的头发造出树木和百草，用他的颅腔造成天空。阿斯神祇发现宇米尔的肉上长出了蛆虫，于是就让蛆虫变成人形，繁衍出矮人一族……用宇米尔的脑髓造云朵……用星火造出星宿。他们给一些星宿安排了各自的轨道，让他们运行，把另外一些星宿固定在天空的各处。从星火中他们还创造了太阳和月亮。②

利用宇米尔身体作为创造新宇宙的材料，正像《埃努玛·埃立什》中利用提阿玛特的尸体作为创造宇宙的材料一样，这一描述显然是借鉴了《埃努

---

① 林桦：《北欧神话与英雄传说》，当代世界出版社 1998 年版，第 26 页。

② 林桦：《北欧神话与英雄传说》，当代世界出版社 1998 年版，第 27 页。

玛·埃立什》的创作构思。

总之，《埃努玛·埃立什》对世界各民族神话的创作产生了广泛而深远的影响。

二、对唯物主义哲学的影响

古代文献和近代考古资料证明：希腊文化是在西亚和埃及文化的影响下发展起来的。希腊的唯物主义哲学就受到了《埃努玛·埃立什》的影响。古希腊哲学家亚里士多德说："泰勒斯认为水是万物的本原。"亚里士多德认为，这一思想也不是泰勒斯凭空产生出来的。亚里士多德说：

> 有些人认为，那些生活在很久很久以前，最初对神的事情进行思考的人，对自然也是这样看的，因为他们把俄刻阿诺（海洋之神）和忒提斯（海洋女神）当作创造万物的祖先，而神灵们对着起誓的见证也是水，就是那个被诗人们最称颂的斯提克斯（黄泉）。最受尊敬的是最老的东西，而对着起誓的东西也是最受尊敬的东西。这种对于自然的看法究竟是不是最初和最老的，也许还说不定，不过据说泰勒斯对于最初的原因是像上面那样说的。①

对此，我国的学者解释说：

> 亚里士多德在这里开始时讲的"有些人"，罗斯认为是指柏拉图。柏拉图在《泰阿泰德篇》中引用荷马在《伊利昂纪》中的话："俄刻阿诺产生众神，忒提斯则是他们的母亲。"赫西奥德在《神谱》中认为太初本来是混沌一片，后来从中分出天（乌拉诺斯）和地（该亚）；俄刻阿诺是他们的儿子，忒提斯是他们的女儿，由他们产生其他的神等等。可见，在希腊神话中，这一对海洋之神是占有特殊的地位的。②

---

① 汪子嵩等：《希腊哲学史》第一卷，人民出版社 1988 年版，第 162 页。

② 汪子嵩等：《希腊哲学史》第一卷，人民出版社 1988 年版，第 162 页。

我国学者又进一步指出，近代英国学者康福德提出关于这种说法的更早得多的来源。他在《马尔杜克和宙斯的颂歌》论文中，认为赫西奥德的《神谱》是深受巴比伦的神话著作《伊奴玛·伊立希》（Enuma Elis）诗篇影响的。《伊奴玛·伊立希》是用阿卡德文编写于公元前20世纪的中叶。它在开始时是这样描写太初时代的景象的：

在上天还未被提及，
下地也还未被想到，
那时只有天地之父，
太初的阿普苏（A psu）和摩摩（M ummu）
以及万物之母提阿玛特（Ti' amat）
混合着各自的水流。
那时候，沼泽还未形成，
岛屿还无处可寻；
神灵还没有出现，
既未获有名称，
也未确定身份；
在这混流当中，
后来才被造出了神灵，
才出现了拉牧（Lahmu）和拉哈牧（Lahamu），
并且获得了名称。

根据康福德的解释，这诗中的阿普苏是指阳性形态的水，提阿玛特是指阴性形态的水。汤姆逊在《古代哲学家》书中解释：阿普苏是指淡水，提阿玛特指盐水，摩摩指大雾。整个诗篇是这样说的：太初时候只有混沌。在混沌中，阳性淡水阿普苏和阴性盐水提阿玛特彼此混合，从中产生了代表淤泥的第一对神祇拉牧和拉哈牧；接着由他们产生第二对神祇，即代表上界天的安沙尔（Ansar）和代表下界地的刻沙尔（Kisar）；再由他们产生第三对神祇：代表天神的阿奴（Anu）和代表地上的主宰、别名纽迭门特（Nudimmud）的哀阿（Ea），后者是人类的创造者。他们正是将秩序带进混沌之中的神祇。

由此可见，认为水是万物的本原，一切事物都是由水产生出来的这种思想，很早在巴比伦和希腊神话中就已经有了。不过在泰勒斯以前，是用神话的方式表达出来的。泰勒斯却是以哲学的方式将这种思想表达出来的第一个人……。所以，这些哲学家都属于古希腊早期的唯物主义哲学家。而泰勒斯是这一派哲学的创始人。①

据此，使我们明确看到《埃努玛·埃立什》史诗对古希腊唯物主义哲学学派的影响。

三、对犹太教和基督教文化的影响

1. 对基本教义的影响

巴比伦宗教革新后的基本教义，虽然没有概括出系统化的理论，形成条文化的律法，但是，通过马尔都克和诸神的言行已经明显地表现了基本教义的主要精神。其对犹太教和基督教的影响，大致可以概括为四个方面。

（1）崇拜主神的观念对犹太教和基督教的影响

巴比伦宗教革新后的主神马尔都克已经变为整个社会崇拜的至上神。这一所向披靡的英雄、王权神授的君主，万民崇拜，举国敬仰。他以杰出的威望和崇高的地位成为万神殿中的主宰。这种对至上神马尔都克的信仰和崇拜，伴随着时代的发展，对后代宗教产生了明显的影响。犹太教崇拜耶和华（雅赫维或亚卫）的绝对一神观念正是创造性接受这一影响的结果。如果说至上神观念并不否定其他诸神的存在，而绝对一神观念则彻底否定其他诸神的存在，只把耶和华尊为独一真神。这正是接受前代影响的创造性所在。

（2）热爱主神、顺从主神观念对犹太教和基督教的影响

在革新后的巴比伦宗教中，诸神对马尔都克表现了无限的尊崇、敬重和热爱，着重宣扬热爱马尔都克就要顺从马尔都克的思想。正像《埃努玛·埃立什》中的安莎尔所说的：

当他有指示时，
我们就躬身听命。

① 汪子嵩等：《希腊哲学史》第一卷，人民出版社1988年版，第162—164页。

他一开口，诸神啊，就要注意聆听。
他的命令，无论是上界，还是下界，
都要特别遵从。(6：102—104)

这种热爱主神、顺从主神的观念，在《旧约》和《新约》中也是屡见不鲜的。如："你们若留意听从我今日所吩咐的诫命，爱耶和华——你们的神，尽心尽性事奉他。"又如："你们若敬畏耶和华，事奉他，听从他的话，不违背他的命令，你们和治理你们的王也都顺从耶和华——你们的神就好了。"这些话都反映了巴比伦宗教的影响。

(3) 仁慈友善精神对犹太教和基督教的影响

革新后的巴比伦宗教同前代宗教不同，开始强调善行的重要。《埃努玛·埃立什》中强调：在社会生活中提倡和谐友善，维护公益正义，要"心胸宽阔，包容一切，善解人意"(6：137)，应"慈悲为怀"(7：30)，使困难者得到"仁慈帮助"(7：23)，反对虚伪，"维护真诚"(7：39)，"坚持对纯洁德性的维护"(7：19)，重视"团结统一"(7：81)。所谓善行，就是利他精神，以助人为乐事。这种仁慈友善、助人为乐的精神，在《旧约》和《新约》中也是随处可见的。如：对穷人"总要向他松开手，照他所缺乏的借给他，补他的不足"。(申：15：8)

"仁慈的人善待自己；残忍的人扰害自己。"(箴：11：17)；"好施舍的，必得丰裕；滋润人的，必得滋润。"(箴：11：25)"你们要小心，不可将善事行在人的面前……故意要得人的荣耀……要叫你施舍的事行在暗中。"(太：6：1、2、4)

(4) 提倡爱的精神对犹太教和基督教的影响

在《埃努玛·埃立什》中，还提倡爱的精神。这种爱，既是神爱民的，又是民爱神的；既是宗教的，又是世俗的。史诗中表现"马尔都克，是土地的保护神，民众的庇护神"(6：135)"他是五谷丰登、农业丰收的主管。财富的赋予神、居住地繁荣的促成神。"(7：65、66) 应该"亲自照顾全人类的每个人"(7：123)。同时，史诗也宣扬了民爱神的精神："他是被他创造的那群黑头们的牧者"、他不应忘记他的功绩"(6：107)，"希望黑头们能服侍好诸神"(6：118)。在《圣经》中也不乏对爱的宣传和提倡："你们要称谢耶和华，因他本为善；他的爱永远长存。"(诗：136：1)"他喜爱仁义公平，遍地充满了耶和华的慈爱。"（诗：33：5）"弟兄们……总要用爱心互相服事。因为全律法都包在'爱人如己'这一句话之内了。"（加：5：13、14）

总之，这四个方面也可以说是巴比伦宗教革新后的基本教义，开创了宗教伦理的先河，对后来的犹太教，并通过犹太教对基督教和伊斯兰教，都产生了明显的影响。

2. 对神庙建筑的影响

在《埃努玛·埃立什》的第六块泥板上，对巴比伦神庙的建筑，有如下的描述：

> 所有的诸神（阿努纳基）挥锹不闲，
> 花费一年的时间造砖，
> 到了第二年，
> 建成阿普苏正面的埃·萨吉拉神殿，
> 那屋脊高入云端。
> 他们还建造阿普苏庙塔高耸参天。
> 在那里，设置了供马尔都克、恩利尔、
> 　　埃阿居住的神殿。
> 在他们面前把它建造得异常庄严。
> 从它饰有角形花边的顶上，
> 正好俯视埃·萨拉天宫底座下边。
> 建成埃·萨吉拉神殿，
> 所有的诸神（阿努纳基）又把各自的圣所兴建。（6：59—68）

在美索不达米亚平原上的神庙建筑，反映了古巴比伦文明的高度发展成就。英国学者亚奇伯德·亨利·萨伊斯说："我们必须将神庙看成是古巴比伦文明最古老的组成部分，古巴比伦文化始于神庙，始于对神明和精灵的崇拜，始于与这一宗教有关的祭司。"①

① ［美］亚奇伯伯德·亨利·萨伊斯：《古巴比伦宗教十讲》，陈超、赵伟佳译，黄山书社2010年版，第156页。

巴比伦最大的神庙是马尔都克神庙，命名为埃·萨吉拉，是“高高在上的头领之屋”的意思。根据考古学家的研究成果，犹太教的神庙建筑明显受到了巴比伦的影响。萨伊斯说：

> 古巴比伦的神庙与所罗门（Solomon）的神庙非常相似。后者同样有两个庭院、祭司的密室、神龛与至圣所。两者在外观上都是典型的矩形，缺乏建筑上的美感或设计的变化。古巴比伦神庙与以色列神庙唯一的不同，仅仅在于前者拥有塔楼，而在摆设的细节上，二者大同小异。古巴比伦神庙中的两座祭坛、施恩座及放置面包的桌子在耶路撒冷的神庙同样可以找到。甚至所罗门神庙的青铜“海洋”与十二铜牛，也是源于古巴比伦的设计，其理念可追溯至埃利度的宇宙观念。而更突出的相似之处，则是守护庭院大门的双柱，在尼普与特罗（Tello）仍可找到双柱的废墟。它们与所罗门在神庙门廊处所树立的双柱十分相似，所罗门神庙内的双柱，一根名为“雅金”(Yakin)，一根名为“波阿兹”(Boaz)……①

古巴比伦的神庙与耶路撒冷的神庙，还有一些相似之处，这些实例都可以证明前者对后者的影响。

3. 对犹太教历法的影响

古代巴比伦的历法是太阴历，是以月球绕地球一周的时间为一月（约29天多），大月30天，小月29天，积12个月为一年。在《埃努玛·埃立什》中描述：

> 让天之光（月神）在夜里放光辉，
> 使之成为识别白昼和黑夜的标徽。
> 每个月不断地从冠形运转起，
> 在月初开始照耀大地
> 以犄角形的光辉告知6天的日期，

---

① ［美］亚奇伯伯德·亨利·萨伊斯：《古巴比伦宗教十讲》，陈超、赵伟佳译，黄山书社2010年版，第163页。

到第 7 天冠形变成一半降落于西。
每到月中时，在满月的那一天，
　　(和太阳神) 相对的就是你。
当太阳神在天边地平线赶上你的时期，
你会逐渐亏蚀，恢复到原来的形体。
看不到你新月的日子里，
你就会接近太阳神的运行轨迹。
那—天是第 29 天，
便又和太阳神相对而立。(5：13—23)

巴比伦天文学的高度成就，是在祭司的占星过程中发展起来的，巴比伦的历法同宗教有着密切联系。因而萨伊斯把巴比伦的天文学称为天文神学。他说：

> 可以肯定的是，形成古巴比伦宗教鲜明特点的天文神学其精密的体系是思维精密的创造，它结合了宗教与天文学，在神学院中得以精心阐述。与其他学科一样，祭司阶层享有研究天文学的权力，天文观测台就位于神庙下属的神学院的旁边，历法依赖于天文学家的观察，被赋予浓厚的宗教色彩。①

巴比伦的历法也可以说是天文神学的历法。史诗中所描述的太阴历以及 29 天为一个月、一年分为十二个月的这种历法，不仅在两河流域一直使用到近代，而且对犹太教历法产生了明显影响。如果将巴比伦历法和犹太教历法加以对比，便能一目了然。

巴比伦历法	犹太教历法
1 月、尼萨奴 (Nisan)，3—4 月	1 月、“尼散月” (Nisan)，3—4 月

① [美] 亚奇伯伯德·亨利·萨伊斯：《古巴比伦宗教十讲》，陈超、赵伟佳译，黄山书社 2010 年版，第 180 页。

2 月、伊亚尔（lyyar），4—5 月
3 月、西马奴（Simanu），5—6 月
4 月、杜乌朱（Du’uzu），6—7 月
5 月、阿布（Abu），7—8 月
6 月、乌鲁鲁（Ululu），8—9 月
7 月、提什瑞图（Tisritu），9—10 月
8 月、阿腊散奴（Arah-samnu），10—11 月
9 月、基斯里穆（Kislimu），11—12 月
10 月、台贝图（Tebetu），12—1 月
11 月、沙巴图（Sabattu），1—2 月
12 月、阿达如（Addaru），2—3 月
①

2 月、“依雅尔月”（lyar），4—5 月
3 月、“希万月”（Sivan），5—6 月
4 月、“塔慕兹月”（Tammuz），6—7 月
5 月、“阿布月”（Ab），7—8 月
6 月、“厄路耳月”（Elul），8—9 月
7 月、“提市黎月”（Tishri），9—10 月
8 月、“赫舍万月”（Heshvan），10—11 月
9 月、“基斯拉夫月”（Kislav），11—12 月
10 月、“特贝特月”（Tebet），12—1 月
11 月、“舍巴特月”（Shebat），1—2 月
12 月、“阿达如月”（Adar），2—3 月
②

不难看出，两种历法之间具有紧密联系。学者认为：犹太历法是在改造巴比伦历法的基础上形成的。犹太民族对犹太历法有两种分法：寺历和民历，都受到了巴比伦历法的影响。

① 刘文鹏主编：《古代西亚北非文明》，中国社会科学出版社 1999 年版，第 371—372 页。
② 黄陵渝：《犹太教学》，当代世界出版社 2000 年版，第 229 页。

第三章 《希伯来史诗》

史诗，是口头文学创作中最古老的长篇叙事作品，是人类进入历史文明阶段最早产生的重要文学体裁之一。它的出现表明：人类从借助想象创造以幻想为主的神话形象，开始走向利用广阔社会生活塑造以写实为主的英雄形象；虽然不同于后代文学中普通的现实人物，或者依然带有神话色彩、超凡绝伦的特点，但是，应该肯定，这是口头文学创作的一大进步，具有划时代的意义。

史诗，主要是指古代社会产生的英雄史诗。英雄史诗，是在一个民族或国家在走向逐步统一的英雄时代，由群众集体创作的表现战争或歌颂英雄的宏伟巨著。世界各民族的英雄史诗，往往具有共同的或相似的创作特点：历史上的重大政治事件、显赫的英雄人物以及由这些重大政治事件或英雄人物演化而成的传说故事，成为口头创作的基本素材；其艺术结构的庞大宏伟、出场人物的繁杂众多、反映生活画面的宽广辽阔、展示矛盾斗争的长期尖锐，都是一般的文艺创作难与伦比的。

英雄史诗，产生于原始社会向奴隶社会转化的过渡阶段或由原始社会直接进入封建社会的历史时期。巴比伦的史诗《吉尔伽美什》、印度的两史诗《摩诃婆罗多》和《罗摩衍那》、希腊的两大史诗《伊利亚特》和《奥德赛》，都属于前者；而法国的史诗《罗兰之歌》、德国的史诗《尼伯龙根之歌》、英国的史诗《贝奥武甫》或我国藏族的《格萨尔传》等则属于后者。《希伯来史诗》① 属于前者——氏族社会向奴隶社会转化的过渡阶段的产物。摩西生活的时代正处于部落联盟的历史阶段，既没有形成国家，又没有出现国王。《希伯来史诗》不只广泛而深刻地反映了这一历史过渡阶段惊心动魄的激烈斗争，更重要的是生动而鲜明地表现了摩西这一英雄人物的高尚品德和杰出才能。以重

① 古代希伯来人创作的史诗，自产生之日起便无题名，姑称之为《希伯来史诗》。

要历史人物为主人公，着力歌颂其丰功伟绩，是英雄史诗的突出特点。

在英雄史诗中，神的形象虽然不时出现，甚至在关键时刻还发挥着重要的或决定性的作用，但是已经下降到烘托英雄人物的从属地位，成为退居幕后的决策者或指挥者。另一方面，普通的劳动群众，尚未登上历史舞台，他们在情节的发展过程中很少出现，即使偶一闪现，也只不过是英雄人物的陪衬而已，不会发挥更大的作用。这也是英雄史诗不同于后来的口头文学创作的显著差异。

第一节 《希伯来史诗》产生的历史背景和文学积累

英雄史诗是人类口头文学发展史上最早成熟的文学硕果。它既不是成熟于氏族社会的初期，也不是成熟于封建社会的晚期，而恰恰是成熟于原始社会向奴隶社会转化的过渡阶段，或直接向封建社会演变的重大历史转折时期。这有两种不可忽视的重要原因：一是社会发展上的历史原因，另一是口头文学创作上的经验积累。

一、历史背景

从历史原因上看，各个部落之间规模巨大的战争或不断出现的政治冲突是英雄史诗这一文艺奇葩产生成长的历史土壤。世界上任何英雄史诗的产生，都有其部族各自的社会基础和历史依据。如《伊利亚特》中所描写的阿卡亚人（希腊人）攻打特洛亚人的战争，尽管经过了丰富的想象和神奇的虚构，但是考古学者在小亚细亚地下的发掘终于证明：特洛伊和特洛伊战争绝不是想象和虚构，而是历史事实。同样的，在《摩诃婆罗多》中所描写的般度族和俱卢族的生死鏖战，不管有多少艺术上的再加工、再创造，史学家也还是认为：在古代印度的北方确实发生过一次规模极大的战争，而且是“几乎北印度的所有部落都参加了”[①]。《希伯来史诗》的产生，也是有其历史根源的，无法超脱其古代的社会基础。

希伯来人原属于古代闪族人的一支，从语言上看，希伯来语同巴比伦语、

① 《世界上古史纲》编写组：《世界上古史纲》上册，人民出版社 1981 年版，第 361 页。

亚述语、腓尼基语、叙利亚语和阿拉伯语，又同属于闪米特语系。他们发祥于阿拉伯沙漠的南部，是逐水草而居的游牧民族。大约在公元前 2000 年，他们从幼发拉底河流域游牧到迦南地区（即后来的巴勒斯坦）。当地早已定居下来从事农业生产的、在文化上高于他们的迦南人把他们叫做“哈卑路人”(Hablru)，意思是说“从大河那边来的人”，这条大河即指幼发拉底河。后来，由于一音之转，便叫成了“希伯来”(Hebrew)。

迦南地区，在地中海的东岸，是一个狭长地带，南北长约 240 公里，东西宽平均不足 50 公里，地处北非埃及、西亚巴比伦和欧洲希腊罗马之间，逐渐发展成为交通要道、商业中心和军事要冲，总之，成为文化交流和政治斗争的焦点。希伯来进入迦南以后，依然过着游牧生活，没有定居下来，更没有把这一地区确定为他们永久栖息的家园。

公元前 18 世纪末叶，小亚细亚的喜克索斯人攻入埃及，并统治了北方的大片土地，定都于阿瓦利斯，建立了第十五、十六王朝。这时，迦南地区发生了严重的饥荒，为了活命，希伯来人纷纷逃荒到埃及，居住在尼罗河三角洲附近的歌珊地区，同埃及人和平共处，一起友好生活了百余年。在这里，希伯来人生活安宁，人丁兴旺，畜牧业有了迅猛发展；但是，好景不长，到了公元前 16 世纪，喜克索斯王朝被推翻，新的统治者——埃及法老，具有浓重的民族主义狂热，排外情绪不断增长。这使歌珊地区的希伯来人失去了自由，长期遭受埃及人的奴役，处境悲惨，沦为毫无自由的奴隶。

到了埃及第十九王朝的拉美西斯二世（前 1317—前 1251）时，这个野心勃勃的法老企图征服亚洲，选定尼罗河三角洲为东进的军事基地。从此，生活在歌珊地区的希伯来人被迫从事奴役性劳动，不断遭受非人的残酷迫害，而且法老甚至下令杀尽希伯来人的男婴，妄图毁灭这一部族。

正当希伯来人遭受日甚一日的凌辱和痛苦之时，有个婴儿诞生了。这个经历了奇特童年生活的孩子，后来成长为一位民族领袖，他就是摩西。这个出生于尼罗河畔的摩西，既熟悉埃及人的生活习俗和文化传统，又深知希伯来人所遭受的民族苦难和精神痛苦。他决心进行坚决的反抗，使希伯来人重获自由。他以宗教形式组织、动员希伯来人，并且一再向他们宣传祖先在上帝应许之地曾经享受过的独立和自由、曾经度过的美好时光。大约在公元前 13、12 世纪之交，他终于率领希伯来人逃出埃及，越过红海，穿过沙漠，历经千难万险，奔向理想的迦南——“流奶与蜜”的美好地方。逃出埃及，历时40年，不断地冲破艰难险阻，一次又一次地征服贝都因人的骚扰，终于实现了自己的愿望。

进入迦南地区以后，希伯来人同原有部落居民的关系并不是十分融洽的。经过长期的奋斗，希伯来人才逐渐地同当地原有的各种文化——迦南文化、巴比伦文化、埃及文化、腓尼基文化相融合，不仅提高了文化水平，而且学到了先进的生产技术。

在这一历史阶段，希伯来人依然过着游牧生活，正如“《创世记》中所描写的，希伯来人的祖先是游牧的家畜的饲养者。他们居住在帐篷里（《创世记》12：8；13：3；18：1—10），饲养着羊和山羊（30：32—43），挖掘着水井（21：30；26：15—22）。他们一伙共同地从这一宿营地到那一宿营地（12：9；13：3），从上美索不达米亚到迦南，从迦南到埃及，于是再从埃及到迦南，不断地移动。”① 这种游牧生活究竟是一种什么样的游牧生活呢？R. 都 · 沃认为：这时的希伯来人是走向定居化的小家畜饲养者的生活。“羊群的饲养者们在荒野的区域中生活的时候，又在频繁地接触着耕种的土地和城镇。自然的发展把他们推向定居化的生活”；“他们已经不是游牧者，然而也还没有成为完全的定居者。他们同时是这两者。他们保持着城镇和部族特征的结合或对立这两种类型，以组织成分相同的社会。”② 可见，这是一种游牧生活和定居生活之间过渡状态，在当时，这一历史特征是十分明显的。

希伯来人定居于迦南地区以后，共有12个部落，各个部落之间采取宗教联盟的方式进行联系。这些部落的领导者、组织者就是士师。朱维之先生说：

> 希伯来语中“士师”叫“肖弗停”(Shophetlm)，是“裁判者”、“复仇者”之意。士师的工作是……对外作战时为统率，对内则是行政、司法长官。“士师”是种族或部落联盟的领导人，是未有国王之前的军事民主制中的独裁者，靠本人的本领和品质，赢得同胞的拥戴。一般士师的权威只限于本部族；有时几个部族联合起来，由一个士师领导，共同对付

① R. 都 · 沃：《以色列古代史》，西村俊昭译，日本基督教团出版局1977年版，第323页。

② R. 都 · 沃：《以色列古代史》，西村俊昭译，日本基督教团出版局1977年版，第331页。

迦南土著和非利人等外来的压迫者，胜利之后，又作为民族英雄而终身行使职权。①

在这士师时代，巴勒斯坦尚未形成一个统一的国家，是处在走向建立奴隶制王国的过渡阶段。

二、文学积累

现在，我们再看一看史诗成熟于这一时代的口头文学创作上的原因。

任何一个民族的史诗都是在本民族的神话故事、民间传说、民间歌谣和格言谚语的基础上发展起来的。在希伯来的英雄史诗出现之前，巴勒斯坦的口头文学创作水平已经达到相当的高度，为史诗的创作提供了体裁多样、经验丰富的文学积累。

在古代希伯来人的神话遗产中，有为数众多的世界著名神话：关于上帝开天辟地创造世界万物的神话、关于创造伊甸园的神话、关于诺亚方舟的洪水神话以及流传在希伯来人口头上的异民族异宗教的神话，如巴别塔的神话、亚斯他录的神话，丰富多彩、瑰丽动人。这些神话不仅对希伯来文化、文学的发展产生了重要影响，而且对世界文化、文学的发展发挥了不可轻估的作用。

这些神话遗产，为希伯来英雄史诗的创作奠定了良好的基础。其中，特别是上帝耶和华这一神话形象，产生了难以估量的重要作用。朱维之先生说：

> “亚卫上帝”旧译为“耶和华上帝”，把 Jahweh 这个希伯来文字中间的无声的“H”读成“Ho”，成了“耶和华”（Jehowah）了。亚卫原是迦南地区南边米甸人的神，被希伯来人南方的犹太族人所吸收，他们把自己的唯一的神也叫亚卫。希伯来人北方的以色列族人，起初称他们的神为伊洛欣（Elohim），原是迦南和北边叙利亚的神。叙利亚人和希伯来人原是兄弟民族，语言、信仰、思想和风俗多有相同。但以色列人在摩西以后也改称神为亚卫，亚卫成了希伯来全民族唯一的神。况且“伊洛欣”

① 朱维之：《圣经文学十二讲》，人民文学出版社 1989 年版，第 183—184 页。

这个词是多数，更为原始，不合发展后的一神教精神。①

"耶和华上帝"在《希伯来史诗》中成为贯穿始终的重要神话形象，如果抽掉这一形象就等于抽掉史诗的核心和灵魂。

在希伯来口头文学中占有重要地位的传说、故事，也为英雄史诗的创作提供了丰富的艺术营养。

英雄史诗作为长篇叙事诗的一种，同一般叙事诗相比，包含着更为丰富的社会内容，世界上著名的英雄史诗，几乎无一不被誉为那一国家、那一民族的"百科全书"。因而，历史发展过程中的重大政治事件、重要代表人物及由这些事件和人物演化而成的英雄传说、历史故事，以及有关的传统习俗，都可成为英雄史诗创作的原始素材。《希伯来史诗》的内容表明：综合利用历史上的重大事件、重要人物等古代的原始素材，丰富了史诗所反映的社会内容。

例如：关于摩西诞生的奇特传说，便是以前代英雄传说为创作素材的。史诗中描写：有一个利未人的妻子，生了一个俊美的孩子，藏了三个月之后，就拿来一个蒲草箱，抹上石漆和石油，将孩子放在里边，把箱子放在河边的芦荻中。这孩子被到河边来洗澡的法老女儿发现，她找来一个奶妈（其实是孩子的生母），那妇人把孩子奶大，带到宫廷，做了法老女儿的儿子，起名叫摩西，意思是说：因为我把他从水里拉出来。（《出埃及记》2：1—10）

摩西这一传说，同阿卡德国家的创建者萨尔贡一世（约前2369—前2314）的出生传说如出一辙。

很明显，《希伯来史诗》中摩西诞生的情节是源于萨尔弥贡传说的（详后）。我们知道：希伯来人和阿卡德人同属于闪米特游牧民族的后裔，流传在西亚地区的萨尔贡传说必然会影响到后出的《希伯来史诗》的创作。其实，萨尔贡传说的影响已经超出西亚地区，遍布世界，在这里毋庸赘说。

又如：关于以色列人逃离埃及渡过红海的描叙，在《出埃及记》的第十四章中，却有不同的叙述：

（1）耶和华对摩西说："你为什么向我哀求呢？你吩咐以色列人往前走。你举手向海伸杖，把水分开。以色列人要下海中走干地。我要使埃及人的心刚

① 朱维之：《圣经文学十二讲》，人民文学出版社1989年版，第80—81页。

硬，他们就跟着下去。我要在法老和他的全军、车辆、马兵上得荣耀。我在法老和他的车辆、马兵上得荣耀的时候，埃及人就知道我是耶和华了。”（14：15—18）

（2）摩西向海伸杖，耶和华便用大东风，使海水一夜退去，水便分开，海就成了干地。以色列人下海中走干地，水在他们的左右作了墙垣。埃及人追赶他们，法老的一切马匹、车辆和马兵都跟着下到海中。到了晨更的时候，耶和华从云火柱中向埃及的军兵观看，使埃及的军兵混乱了，又使他们的车辆脱落，难以行走，以致埃及人说：“我们从以色列人面前逃跑吧！因耶和华为他们攻击我们了。”（14：21—25）

（3）耶和华对摩西说：“你向海伸杖。叫水仍合在埃及人并他们的车辆、马兵身上。”摩西就向海伸杖，到了天一亮，海水仍旧复原。埃及人避水逃跑的时候，耶和华把他们推翻在海中，水就回流，淹没了车辆和马兵。那些跟着以色列人下海的法老的全军，连一个也没有剩下。以色列人却在海中走干地；水在他们的左右作了墙垣。（14：26—29）

同样是以色列人逃出埃及、渡过红海的传说故事，却有三种不同侧重的描述；英雄史诗的创作正是以这些流传已久的、丰富多彩的传说故事为创作素材的。这三种不同的异文表明：英雄史诗同传说故事的血缘关系；英雄史诗乃是在这些英雄传说故事的基础上发展起来的。

此外，在《希伯来史诗》中关于“十个灾祸”的叙述，也有几种不同的说法；关于“十诫”的记载，不同的写法也有三种：在《出埃及记》中，第二十章（3—17）和第三十四章（10—28）中都有关于“十诫”的记述，两者之间存在着明显的差异。这两者同《申命记》第五章（7—21）中的“十诫”也有区别。这说明《希伯来史诗》所利用的前代创作素材是相当丰富的。

《希伯来史诗》，并不是完全诗体的长篇叙事作品。是以散文为主、诗歌与散文并用的一种文体。在这一史诗中吸收了大量的歌谣，有的是当时社会口头流传的，还有的是远古时期的。这些歌谣极大地增强了史诗的艺术表现力。

从历史上看，希伯来人是一个喜欢诗歌、善于吟唱的民族。歌谣，是最早产生的口头文学作品之一。希伯来人在生活中往往是离不开诗歌的：劳动时唱歌，战斗时唱歌；叙述故事、表现理想、总结经验，甚至参加宗教仪式、膜拜上帝时，常常利用诗歌表达思想感情。保存在摩西五经中的歌谣作品，年代相当久远，在笔录成文之前，曾长期口耳相传于群众之中。如《民数记》中《挖井歌》是原始社会的劳动歌谣，《米利暗之歌》(《出埃及记》15：21)、《摩西之歌》(《申命记》32：1—43) 是两篇古老的战歌。这后两首歌，后来主要成为赞颂耶和华神威的歌谣，并在对神的讴歌中抒发了胜利之后的愉悦和欣喜之情。不难看出：在颂扬神功的诗句中，尚残存着咒语的因素，希伯来诗歌所特有的“平行体”的风格，尚显得不够完善。这些，都反映了产生时间的古老。

古代希伯来的歌谣，不仅年代久远，而且数量众多，成为史诗创作者取之不尽、用之不竭的素材源泉。

总之，《希伯来史诗》是在希伯来古代神话、传说故事、歌谣的基础发展起来的。从希伯来远古时期开始，一直流传到摩西时代的各种口头文学体裁，为史诗创作提供了丰富的素材。如果没有这些灿烂多彩的文学积累，《希伯来史诗》将是“无根之木，无源之水”，怎会获得光辉夺目、举世称颂的巨大成就呢!?

第二节 史诗的主要部分和核心情节的构成

希伯来人有没有史诗？过去的学者对这一问题没有一个明确的认识。这正像朱维之先生所说的：“希伯来的史诗在西方传诵了两千年，到本世纪才被认为是史诗，而过去的学者却多说希伯来没有史诗。其原因是他们过去眼界不开阔，只知希腊的两大史诗为史诗，以希腊型史诗的定义和形式为标准，凡不合希腊标准的都不算是史诗。到了最近两个世纪，其他民族的史诗陆续经人发现，连《埃达》、《尼伯龙根之歌》、《罗兰之歌》、《熙德之歌》和《伊戈尔远征记》等中世纪的史诗也被发现了，这才使人恍然大悟：从小就熟读的这些希伯来故事原来就是史诗——希伯来型的史诗。”①

希伯来的史诗，究竟由哪几个部分构成的呢？这在圣经文学的研究者中也有不同的看法，勒兰德·莱肯认为：如果以史诗的传统特征为衡量标准，“《圣经》中只有一个故事可以称作是史诗性的。笔者将这一史诗故事称作‘出

① 朱维之：《圣经文学十二讲》，人民文学出版社 1989 年版，第 140—141 页。

埃及史诗'。这个故事分散在《圣经》中几部分作品的某些章节中。这些作品包括《出埃及记》、《利未记》、《民数记》和《申命记》。其中的主要章节是:《出埃及记》1—20章、32—34章,《民数记》10—14章、16—17章、20—24章,《申命记》32—34章。如果参照传统的史诗标准进行分析,读者不难看出'出埃及史诗'具有哪些传统史诗的特点"。[①] 很明显,勒兰德·莱肯所说的《出埃及史诗》,并不包括《创世记》和《约书亚记》。朱维之先生认为:在《旧约》中,有几部具有史诗性质的作品。他说:"古犹太文化遗产中具有史诗性质的作品有:关于约瑟的史诗,可以称为《约瑟记》(见于《创世记》第37—50章);《出埃及记》、《约书亚记》可说是'摩西五经'的续编,它和《士师记》都是描述古犹太人征服迦南的丰功伟绩,都是史诗性质的作品。"[②] 朱维之先生说:"几个史诗各自独立而又相续。《约瑟记》叙述以色列人流浪到埃及的原因和经过;《出埃及记》则写了在两百年后被奴役的情况下,摩西率众逃出埃及的故事;《约书亚记》和《士师记》则是紧接前人的业绩之后,叙述希伯来人继续和敌人交锋的事。"[③] 在这里,并没有提到《利未记》、《民数记》和《申命记》。

那么,究竟应该怎样认识希伯来史诗的构成,它到底是由几个部分组成的?如果按照世界各民族史诗的传统标准加以衡量,把希伯来史诗看成是由六个部分构成的,是比较符合实际的。这六个组成部分是:《创世记》、《出埃及记》、《利未记》、《民数记》、《申命记》和《约书亚记》;这六个部分形成一个紧密相关的整体,全面地反映了希伯来民族的发展历史,生动地体现了希伯来民族的斗争精神、美好品德、性格特征和宗教观念。这六个部分就是所谓《摩西五经》再加上了《约书亚记》,这《旧约》的前六卷书,被近代圣经学者统称为《六经》(Hexateuch)。

《创世记》,共有50章,如果从故事内容上分析,可以分成两个部分:第一部分(第1章到第10章),主要内容记述的是上帝创造世界的神话和人类始祖的来历;第二部分(第12章到第50章),描写了希伯来民族的起源和三个著名族长——亚伯拉罕、雅各和约瑟的历史故事。一部长篇民族英雄史诗,将

① 勒兰德·莱肯:《圣经文学》,春风文艺出版社1988年版,第85—86页。
② 朱维之、韩可胜:《古犹太文化史》,经济日报出版社1997年版,第85—86页。
③ 朱维之:《圣经文学十二讲》,人民文学出版社1989年版,第141页。

这些内容作为宏篇巨制的开端，是完全可以允许的，而且在世界上其他民族史诗中也存在着类似的神话和传说部分。

《出埃及记》，是史诗的重要组成部分，从创作题材上看，有三个主要部分：第一部分（第 1 章到第 18 章）叙述了以色列民众遭受埃及法老的迫害，摩西率领以色列民众与法老展开斗争，终于胜利离开埃及；第二部分（第 19 章到第 24 章）描写摩西在西奈山传授“十诫”和律法；第三部分（第 25 章到第 40 章），记载的是各类礼仪条例。这一部分，虽然没有涉及故事情节、英雄事迹；但是，作为史诗的插话，也是不可删除的。

《利未记》，共有 27 章。其中，只有第八章到第十章，记述的是与史诗核心故事有关的摩西膏亚伦为祭司、亚伦的两个儿子拿答和亚比户因违反规定向上帝敬香而被上帝用火烧死，其余的二十多章都是采取耶和华晓谕摩西和亚伦的形式，向以色列民众宣布各项律法和宗教条文。其目的在于：比较详细地总结以色列民众在宗教生活和日常起居中应遵守的法规和戒律。这二十多章，完全是抽象的说教、硬性的规定，与故事情节毫无联系，因而被有的学者排除在史诗之外。其实，这种与核心故事无关的插话，仍然可以作为史诗的组成部分。这在世界著名史诗中，也是常见的现象。例如：古代印度的史诗《摩诃婆罗多》，插话多达两百个左右。其中，既有文学性的、情节生动的插话，也有属于哲学、宗教、教育等各方面的抽象说教。虽然与史诗基本情节没有任何联系，但是，作为广泛地反映社会生活的史诗，这些插话也可以帮助读者多方面地了解古代民众的风俗习惯、宗教信仰和文化状况等，它使史诗起到了“百科全书”的作用。

《民数记》，共有 33 章。在这一卷中，分别描述了以色列民众在走出埃及之后，在西奈旷野、巴兰旷野和摩押平原所发生的各种事件，都是史诗展示的重要内容。

《申命记》，共 34 章。这一卷的主要部分是摩西对以色列民众的三次讲话。最后，记述了摩西的逝世和葬礼。在这一卷中，还有一部分律法的内容，被称为《申命记》律法集，可视为史诗的插话，不必删除。

故事情节发展到《申命记》的最后，以色列民众尚未到达理想的目的地——迦南地区。如果就此结束，史诗显然是不完整的。因而，需要把《约书亚记》续在最后。

《约书亚记》，共24章。其内容是史诗故事的继续，记述的是在摩西逝世以后，由约书亚率领以色列民众经过激烈战斗进入迦南的事迹。摩西的未竟事业，到此终于完成了。

学者们经过研究认为：将《约书亚记》作为史诗的最后部分是非常合适的，因为从故事内容上看，两者是紧密相连的。在《申命记》的最后部分（34：1—6）描写：摩西从摩押平原登上尼波山，远望迦南全境，耶和华对他说："这就是我向亚伯拉罕、以撒、雅各起誓应许之地，说：'我必将这地赐给你的后裔。'现在我使你眼睛看见了，你却不得过到那里去。"于是，耶和华的仆人摩西死在摩押。耶和华将他埋葬在伯毗珥对面的山谷中。在《约书亚记》的开头是这样写的："耶和华的仆人摩西死了以后，耶和华晓谕摩西的帮手、嫩的儿子约书亚说：'我的仆人摩西死了。现在你要起来，和众百姓过这约旦河，往我所要赐给以色列人的地去。凡你脚掌所踏之地，我都照着我所应许摩西的话赐给你们了'。"不难看出：《申命记》的结尾同《约书亚记》的开端衔接紧密，因而，《约书亚记》中的故事内容同《五经》中的故事情节是无法割断的，前后形成了有机的整体。这六卷书连在一起，被人们赋予了一个合理的名称——《六经》。

《申命记》同《约书亚记》，不仅在故事情节上有着承前启后的有机联系，而且在遣词造句上也有着十分相似之处，几乎是出自一人的手笔。例如：在《申命记》中说："你们当刚强壮胆，不要害怕，也不要畏惧他们，因为耶和华——你的上帝和你同去。他必不撇下你，也不丢弃你。"（31：5、6）而在《约书亚记》中也有类似的描写："我必不撇下你，也不丢弃你。你当刚强壮胆！"（1：5、6）两者的语句、彼此的词汇，何其相似。

《士师记》同《六经》中的主题，有了明显的不同。在《六经》中突出表现的是以色列人万众一心、誓死占领迦南的斗志和决心；而《士师记》描写的则是：以色列人在征服迦南之后，已处于群龙无首的混乱状态，在各部族之间，不仅是不和睦，而且不时发生冲突，甚至兵刃相见，而且信仰不专。这同《六经》中所表现的主题相去甚远，因而，不能成为史诗的组成部分。

第三节 史诗的作者是人民群众

史诗是由《六经》构成的，所谓《六经》，即《五经》加上《约书亚记》。《五经》是希伯来经典的第一部分，通常被称为律法书或《摩西五经》。这就是说：《五经》的作者是摩西；《约书亚记》的作者，曾经被认为是约书亚本人。其实，像史诗这一类长篇叙事作品，绝不是由一两个人创作的，而是群众集体创作的结晶。

《摩西五经》都是摩西写的，对这一传统的看法，公元11世纪之前，从来都没有人怀疑过，没有提出过异议。只是到了公元11世纪以后，有一位犹太学者伊本·以斯拉（lbn Ezra 1092—1167）在一本评述《五经》的书上提出：《五经》中有一些情节不可能是摩西本人写的。例如：《申命记》的最后一章曾描写：摩西在约旦河东的摩押地，登上尼波山远望迦南的全部土地之后，就死在那里，并埋葬在山谷中。而且说："只是到今日没有人知道他的坟墓。摩西死的时候年一百二十岁，眼目没有昏花，精神没有衰败。以色列人在摩押平原为摩西哀哭了三十日，为摩西居丧哀哭的日子就满了。"（34：5—8）一个人怎能亲自写下自己的死和别人埋葬自己的情况?！据此，有越多的人怀疑《申命记》中最后一章不是摩西写的。

有的学者又从《五经》中别的地方发现了问题：有许多赞颂摩西高尚品德和伟大精神的词句，素有谦逊精神的摩西怎能自己赞美自己呢？在《出埃及记》中有这样的话语："耶和华叫百姓在埃及人眼前蒙恩，并且摩西在埃及地、法老臣仆和百姓的眼中看为极大。"（11：3）在《民数记》中又有这样的赞美之词："摩西为人极其谦和，胜过世上的众人。"（12：3）此外，从历史发展上看，也存在着明显的问题，如：在《创世记》中曾有这样的记述："以色列人未有君王治理以先，在以东作王的记在下面。"（36：31）这表明：《创世记》的创作是在早已有了君王治理之后，而摩西生活的时代，距离王国的历史时代，还有一段相当长的时间距离。这些情况都可证明：不只是《申命记》的最后一章不是摩西的手笔，《五经》中的其他各卷，作者也不是摩西。

到了16世纪以后，对摩西是《五经》作者这一传统看法，表示怀疑、持否定态度的圣经学者日益增多。马丁·路德也认为：《五经》中的内容有晚于摩西时代的部分。到了18世纪中叶，法国的一位宫廷御医阿斯特鲁（Jean asb：uc 1684—1766）发现：在《创世记》中对神的名称常常使用两种称呼，有时称之为“上帝”（或“神”），有时称之为“耶和华”；而这两种称呼在《创世记》中使用得比较集中，往往是在一章或几章里接连使用“上帝”，而在另外的一些章节里又相继使用“耶和华”。根据这一情况，阿斯特鲁提出了一个新的看法：摩西是依靠两种文学资料写作的《创世记》，一种资料将神称作“上帝”，而另一种资料将神称为“耶和华”。摩西利用这两种资料为素材，摘录了这两种资料的内容，因而在《创世记》中便出现了两种神的称呼并存的情况。阿斯特鲁的这“两种资料说”就成为最早的“五经底本学说”。阿斯特鲁便成为现代“五经底本学说”的奠基人。

19世纪初，德国研究圣经的学者爱华豪恩（Eichhom 1752—1827）又发展了阿斯特鲁的见解，从《创世记》联系到全部五经，他认为《创世记》中所展现的两种底本资料，在《出埃及记》、《利未记》和《民数记》中，都可以发现相同的情况。

在1833年，法国学者勒乌斯（Ed.Reuss 1804—1891）认为：《申命记》单独来源于另一种底本资料，这就是公元前621年犹大王约西亚在修缮耶路撒冷圣殿时发现的律法书，它成书的年代不早于公元前700年。《利未记》的资料在《五经》的几种资料中是出现最晚的，大约出现于被掳至回归的时期。

后来，五经底本学说逐渐系统化。其中，德国圣经学者魏耳豪森（Wellhausen 1844—1918）的四底本学说——亦称J.E.D.P.学说最受欢迎，同意者颇多。J，即耶和华卷的缩写；E，即埃及洛希姆卷的缩写；D，是希腊文申命记的缩写；P，是德文祭司卷的缩写。魏耳豪森认为：《五经》不是摩西的著作，而是汇集了口传材料而编辑成书的。

《约书亚记》的作者一直被认为是约书亚本人。这一卷共有24章，除了最后一章的最后五节（24：29—33）——记述约书亚的逝世和埋葬的情节，其他部分——征服迦南的历程和胜利后分配土地的情节，都是出自约书亚本人的手笔。但是，经过圣经学者的研究：《约书亚记》这一卷书，并不是在约书亚生活的那一时代的作品，其中有许多例证，可以说明这一问题。例如：《约书亚记》中曾提到《雅煞珥书》：“这事岂不是写在雅煞珥书上吗？”（10：13）《雅煞珥书》，是古代以色列的宗教诗歌集，已失传。在这一诗集中曾记载了大卫为扫罗及其子约拿单作的挽歌——《弓歌》(《撒母耳记》下，1：17—18)。大卫（公元前 1013—前 973）生活的时代同约书亚生活的时代（公元前 1451—前 1426）相距几百年，可见，《约书亚记》是产生在大卫作《弓歌》之后，约书亚怎能在死后几百年写作《约书亚记》呢?! 又如：《约书亚记》中曾说："至于住耶路撒冷的耶布斯人，犹太人不能把他们赶出去，耶布斯人却在耶路撒冷与犹太人同住，直到今日。"(15：63）还说过："他们没有赶出住基色的迦南人；迦南人却住在以法莲人中间，成为作苦工的仆人，直到今日。"(16：10）在这里提到的"耶布斯人"、"基色的迦南人"和"成为作苦工的仆人"，最早应该是在大卫攻克耶路撒冷之后，在大卫、所罗门统治的时代。同时，在《约书亚记》中，常常看到这样的词句："直存到今日"、"直到今日"(7：6；8：28；6：10)，这表明：其写作时代同故事发生的时间已经有了相当遥远的距离。

综上所述，《五经》的作者不是摩西，《约书亚记》的作者也不是约书亚。那么，由六经构成的史诗，其作者究竟是谁呢？作为民间口头文学的宏伟巨著，希伯来的史诗同世界各民族的著名史诗一样，其作者就是人民群众。

在《五经》的各卷之间，随处都可以发现许多重复或不一致的记述，一个同一的母题却产生了几种不同的异文。以《创世记》为例，在同一作品中却有两个明显不同的创世故事。

首先，在创造世界的顺序上，是不同的。在第 个创世故事（1：1—2：3）里，记述上帝在六天中创造世界的顺序是：光、苍穹、植物、光体、鱼类、飞禽、走兽，最后创造了人类。在第二个创世故事（2：4—2：5）里，先后的顺序是：有灵的人、植物、走兽、飞鸟、女人。

其次，这两个创世故事，对神的称呼也是不同的。在第一个创世故事里处处都称"上帝"(神)；在第二个创世故事里所用的称呼都是"耶和华上帝"(古的文本单称耶和华)。

再次，在这两个创世故事中，神创造世界的手段、方法也是不同的。在第一个创世故事里神的创造，只要用口一说就能完成。其句式是：上句是"上帝说，要有什么"，下句则是"事就这样完成了"。然而，在第二个创世故事里，神不是用口说的方式进行创造的，而是用亲自动手的方式进行创造，描写了神的动作。如："耶和华上帝用地上的尘土造人，将生气吹在他鼻孔里，他就成了有灵的活人……"(2：7)"耶和华上帝在东方的伊甸立了一个园子，把

所造的人安置在那里。”（2：8）

再次，在叙述语言的风格上，也是迥然不同的。在第一个创世故事里，语句整齐，表达形式相似，相同词语重复有序；在第二个创世故事里，则文风生动、语言活泼，拟人化的手法，形象化的描写，增强了艺术表现力。

这许多不同的异文，便是口头文学创作的变异性特征。这恰恰可以证明作者的集体性，而绝不是文人的个体创作。在希伯来史诗中，这种屡见不鲜的变异性的特征或异文，有力地证明了史诗作者的集体性和史诗创作的口传性。

第四节　史诗的人物形象

由六经构成的《希伯来史诗》用生动而曲折的情节表明：这是一部希伯来反对异民族的斗争史，也是一部上帝帮助希伯来人挣脱灾难的拯救史。

《希伯来史诗》在展示每一个重要历史发展阶段的主要故事情节中，都重点突出地表现了具有代表性的英雄人物，这些人物形象一直传诵到今天，为世界各国人民所喜爱。

一、摩西

摩西是率领希伯来人摆脱奴役、走出埃及的杰出英雄。在寄居埃及的希伯来人遭受法老残酷的压榨和迫害的年代里，他是反抗奴役和压迫、争取自由和幸福的典型形象。

摩西，同古代许多著名的“弃婴型”的英雄人物一样，奇迹般的生活经历陶冶了他坚忍不拔、刚强正直的性格。当他在利未族中出生时，正值埃及法老下令将希伯来新生男婴抛进尼罗河，遭受民族迫害的残酷时期。然而，他奇迹般地摆脱了厄运，成为法老女儿的养子。奶母（实为生母）的教育，使他知道自己是一个希伯来人，增强了民族意识；宫中的学习，使他掌握了各种文化知识。在近四十年的宫廷生活中，增长了政治和军事才干。强烈的民族感情，使他对苦难的同胞怀有深厚的同情；刚正不阿的性格，使他对邪恶势力摧残迫害弱者的卑劣行径，深恶痛绝，不共戴天。他打死一个欺压希伯来人的埃及人，为帮助祭司的女儿而赶走了牧羊人，并打水饮了他们的羊群，就是这种性格的突出表现。

在希伯来人与埃及人矛盾冲突十分激烈的时期，隐居米甸的摩西时刻不忘自己的同胞。在米甸的40年中，他常常登山远眺：极目西望，在水草沙漠之外的埃及，有备受奴役、惨遭毒打的同胞；放眼北国，在层峦叠嶂的后面，是迦南的沃土、祖宗的故乡。他朝思暮想：救出自己同胞，回归迦南故土。正是因为这一心急如焚的渴望，他才被上帝选中并答应上帝：重返埃及，救出水火之中的同胞。摩西和亚伦，遵照上帝的旨意说服法老允许希伯来人离开埃及，法老不仅不同意，反而下令增加了希伯来人的劳动任务。为了拯救同胞，摩西不达目的誓不罢休，一次又一次去见法老，并采取上帝传授的“神迹”——使埃及遭受十次严重灾害，震慑法老；法老几次答应又几次推翻。面对反复无常、翻云覆雨、玩弄手段的法老，摩西以坚决顽强的毅力、不屈不挠的恒心，同法老周旋较量，以绝不可动摇的坚定意志战胜了法老，终于把希伯来同胞带出埃及，脱离苦海，完成了希伯来历史上具有划时代意义的伟大壮举。在同埃及法老反复斗争的过程中，他那远大的志向、非凡的胆识、百折不挠的毅力、无坚不摧的决心，真实地反映了希伯来民族英雄的本色和气魄。

摩西，是希伯来民众杰出的组织者和领导人。是他，唤醒了沉睡的同胞，使他们产生了反抗法老统治的斗争觉悟；是他，把各不相谋、自行其是的希伯来人团结起来，采取信仰耶和华、共过逾越节、施行割礼的办法统一了他们的思想，将他们形成了一个紧密的民族整体，是他，把六十多万的乌合之众联合起来，经过一次又一次耐心地说服和教育，将他们组成了一支万众一心、步调一致的反抗大军；是他，挥动神杖，使希伯来同胞神奇地渡过红海；是他，再一次挥动神杖，使埃及人马翻人仰、葬身于海底……他的组织能力、领导智慧和指挥才略，由于耶和华的帮助，在各方面都得到了生动的表现。

摩西对自己的同胞怀有深厚的骨肉之情，时时关心，处处爱护。他率领的队伍，抵达马拉之后，到处是苦水，无法饮用。摩西重视群众的怨言，便想办法找出甜水，为大家解渴。在进入以琳和西奈中间、汛的旷野之后，听到群众为食品而发牢骚时，摩西便祈求耶和华，想方设法让大家吃上了鹌鹑肉和吗哪。他对群众的生活，十分关心。

摩西对待民众的工作相当认真，事无巨细，他都要独自一人办理；这种埋头于日常琐事之中、事必躬亲的工作态度，不仅使他十分繁忙，而且相当疲惫。经过岳父的帮助和指点，他的工作能力有了明显的提高。这主要表现在两个方面：一是向民众宣传、解释神的“律例”和“法度”，使他们明白应该怎样做；二是在民众中选出“有才能的人，就是敬畏上帝、诚实无妄、恨不义之财的人，派他们作千夫长、百夫长、五十夫长、十夫长，管理老姓。”（《出埃及记》18：21、22）小事由他们管理，大事由摩西自己审处。不难看出：身为民众领袖的摩西，增强了办事能力，丰富了工作经验。这一举措，也可以说是一种新生的政治制度，对后来的管理、组织和领导民众产生了深远的影响。

摩西率领希伯来民众走出埃及的40年，是同异族生死鏖战的40年，是进行军事较量的40年。无论是后有追兵或者是前有伏敌，在任何艰苦的条件下，摩西都能运筹帷幄、冲破重重困难，取得一次又一次的胜利，充分地显示出优秀军事统帅的雄才大略。

为了战争的胜利，在进行军事决策之前，他十分重视侦察敌情，力求做到知彼知己，而不打无准备之仗。例如：驻扎在巴兰旷野时，摩西下令：在以色列人的12个支派中各选一个首领到迦南地区侦察敌情，并提出了详细、具体的要求：“你们从南地上山地去，看那地如何，其中所住的民是强是弱，是多是少，所住之处是好是歹，所住之处是营盘是坚城。又看那地上是肥美是瘠薄，其中有树木没有……”（《民数记》13：17—20）重视调查研究，多方面地掌握敌情，强调缜密思考，绝不盲目冒险，是一个军事统帅不可缺少的才智。

在战斗中，摩西表现了非凡的指挥才能。率40万大军胜利渡过红海，无一丧亡，而使埃及追兵，全部葬身海底；在同亚玛力人的激战中，“摩西何时举手，以色列人就得胜。”（《出埃及记》17：11）在这些描述中，尽管融有神奇的因素和上帝的作用，但是也真实生动地展示了摩西那富有韬略，临机制胜的指挥才能。

身经百战的摩西积累了丰富的经验，概括出许多带兵的体会和道理。当以色列人在约旦河畔安营扎寨的时候，他在第二次长篇讲话中，总结了多年的战斗经验，并传授给后代。例如：在强敌面前，要有坚决的斗志和必胜的勇敢，绝不能有丝毫的怯懦和恐惧：“不要胆怯，不要惧怕战兢，也不要因为他们惊恐。”（《申命记》20：3）同时，还要关心和爱护自己的部下：对那些“建造房屋，尚未奉献的”、栽种葡萄尚未结果的、聘定妻子尚未迎娶的或者“惧怕胆怯”的战士，都“可以回家去”。（《申命记》20：5—8）这种体贴和照顾下级士兵的认识表明：摩西是深明治军之道的。在传授围攻城市的经验时，他再三告诫，要善于观察、分析敌营中各色人等的不同表现，采取分别对待的斗争策略：“要攻打的时候，先要对城里的居民宣告和睦的话。他们若以和睦的话回答你，给你开了城，城里所有的人都要给你效劳，服侍你”；“若不肯与你和好，反要与你打仗，你就围困那城”，攻进城之后，“你就要用刀杀尽这城的男丁。唯有妇女、孩子、牲畜和城内一切的财物，你可以取为自己的掠物”。（《申命记》20：10、12、14）在军队的管理上，摩西考虑得十分周到和全面，不论大事或小事，时时处处都为士兵着想，甚至注意到军营的卫生，如晚间洗澡的问题、便后用锹铲土掩盖的问题，等等，把一个最高统帅对最底下士兵的深厚感情，表现得淋漓尽致。

摩西，还是宗教的创始人和缔造者。在世界历史上人类最早的一神教，是他创立的。希伯来人信仰主神的观念起始于其氏族始祖亚伯兰（亚伯拉罕）；到了摩西时代，一神观念已经居于主导地位，并且不断巩固和发展。这不能不说是摩西的功绩。

摩西，虔诚地信奉耶和华，一切依靠耶和华，对耶和华的指示，坚决照办，一丝不苟，是执行上帝指令的典范。一切事情都表现了摩西对耶和华的敬仰、尊重和顺从。特别是对“十诫”的宣传和贯彻，更体现了摩西独尊耶和华的一神信仰。

为了加强一神教观念和贯彻“十诫”精神，摩西还向民众宣布了一系列的律法。律法，是摩西以上帝的名义向民众颁布的法律条文，体现了社会道德规范和人际行为准则。在史诗中摩西提出的律法内容，可以说是“十诫”的具体化、条文化和法典化，鲜明地反映了政教合一的特点。例如：在宗教方面，关于祭坛的条例（《出埃及记》20：22—26），关于五祭的条件：燔祭（《利未记》1：3—17）、素祭（《利未记》2：1—15）、平安祭（《利未记》3：1—17）、赎罪祭（《利未记》4：1—35）、赎愆祭（《利未记》5：1—19）；在民事方面，对待奴仆的条例（《出埃及记》21：1—11，《申命记》15：12—18）、惩罚暴行的条例（《出埃及记》21：12—16）、赔偿的条例（《出埃及记》22：1—15）、借贷给穷人的条例（《利未记》25：35—38）、许愿的条例（《民数记》30：2—15）；在道德方面，关于道德上和宗教上的条例（《出埃及记》22：6—31）。摩西劝人民遵行耶和华的律例典章（《申命记》4：1—4），在法律条文中具有鲜明的宗教色彩。摩西对这些律法不厌其烦地反复宣传，对统一希伯来民众的信仰、意志和行动起到了重要作用。这也是团结群众、一致抗敌、战胜危难的必要手段。摩西对“十诫”和一系列律法的一再宣传，为犹太教的定型、以色列国家的建立、奴隶制法律的形成，奠定了坚实的基础。

二、约书亚

约书亚是嫩的儿子，属于以法莲的后裔，原名叫何希阿，后来被摩西改名为约书亚（《民数记》13：16）。他是摩西培养的新一代的领袖，是继承了摩西的遗志将以色列人带进“应许之地”的领袖。如果说摩西是率领以色列人逃出埃及、闯过红海、到达约旦河东岸的第一代领袖；那么，约书亚则是领导以色列人冲过约旦河、攻破许多城堡、战败迦南诸王，并将“流奶与蜜之地”分划给以色列十二支派和利未人的第二代领袖。

约书亚是摩西得力的助手和理想的继承人。早在以色列人跋涉在旷野期间，他就一直是统帅摩西的得力助手。当亚玛力人来到利非订，同以色列人争战时，摩西第一次命令约书亚领兵战胜亚玛力人（《出埃及记》17：8—14）。摩西听从耶和华的呼唤上西奈山领受“十诫”时，唯一的随行者就是约书亚（《出埃及记》24：13—18）。当会幕（即帐篷）支搭起来以后，唯有摩西的助手——“一个少年人嫩的儿子约书亚不离开会幕”（《出埃及记》33：11），负责守卫工作。在巴兰的旷野安营期间，耶和华晓谕摩西说：“你打发人去窥探我赐给以色列人的迦南地，他们每支派中要打发一个人，都要作首领的。”（《民数记》13：1、2）摩西派遣的以法莲支派的首领就是何希阿，“摩西称嫩的儿子何希阿为约书亚”（《民数记》13：8、16）。40天后，各支派的窥探者回来后，有人向摩西和会众汇报恶信、蛊惑人心时，约书亚挺身而出，痛斥会众的胆怯懦弱、谴责他们不相信耶和华的错误。因而，民众要用石头砸死约书亚。在危急万分之时耶和华突然出现，他想用瘟疫来击杀这群叛逆者，经摩西的哀求才赦免了众人。然而，叛逆者依然遭到了处罚：要按窥探迦南的40日，一年顶一日，承担罪孽40年——在荒野继续漂泊40年（《民数记》14：33、34）；“这些报恶信的人都遭瘟疫，死在耶和华面前”（《民数记》14：37、38），只有约书亚和迦勒除外，依然活着。由于约书亚的表现被选为摩西的继承人。耶和华对摩西说：“嫩的儿子约书亚是心中有圣灵的；你将他领来，按手在他头上，使他站在祭司以利亚撒和全会众面前，嘱咐他，他又将你的尊荣给他几分，使以色列全会众都听从他。”（《民数记》27：18—20）于是，按耶和华意旨，约书亚成为摩西的继承人。因而，在摩西辞世之前，特意召见约书亚，让他承担率领族人征服迦南的重任。在众人眼前，摩西对约书亚说：“你当刚强壮胆！你要和这百姓一同进入耶和华向他们列祖起誓应许所赐之地，你也要使他们承受那地为业。耶和华必在你前面行，他必与你同在，必不撇下你，也不丢弃你。不要惧怕，也不要惊惶。”（《申命记》31：7、8）

约书亚，像摩西一样也是古代以色列的一位杰出的军事家和战略家，具有排兵布阵的卓越指挥才能和运筹帷幄、机动灵活的战略战术。因而，他才能使落后的、弱小的、军备极差的以色列人不断战胜强大的对手，成功地征服了迦南。他的军事指挥才能突出地表现在攻打耶利哥、进攻艾城和击溃诸王联盟的几次主要的战斗中。

在围攻耶利哥城时，约书亚深知城中军民早已提高警惕、严加防守，难以攻破。他便采用了麻痹敌人的心理战术，使敌人放松了警惕：命令七个祭司拿七个羊角走在耶和华约柜的前面吹角，让百姓跟在后面，只许缄口不语，谁也不准出声；每天绕城一次，然后，回营休息。这样，连续六天反复绕城，毫无任何其他活动，使敌人失去了警惕和必要的精神准备。到了第七天，约书亚突然下令攻城，又让百姓齐声呐喊，声如雷鸣，势如山洪，一举攻破固若金汤的耶利哥城。约书亚正是利用了乘其不备、突然袭击的战术，使全城军民遭到灭顶之灾的。这恰如我国《孙子兵法》中所说的：“攻其无备，出其不意。此兵家之胜，不可先传也。”（《计篇》）。

约书亚在耶利哥初战告捷，又乘胜东进，准备攻打伯特利东边靠近伯亚文的艾城。根据探子的报告，这个城很小，人又少，只要两三千人就足可取胜。然而，非常意外，出师不利，攻城受挫，伤亡甚多，大败而返。约书亚在震惊之余，改变战术，设下巧计，再攻艾城。首先，约书亚在艾城后面埋伏3万精兵；然后，亲自率领一部分佯攻城门，战不多久，便装败而逃，诱敌追赶。不知有诈的艾城王则下令全力追赶，结果，遭到前后夹击，全部被歼，艾城王被擒，处以绞刑。可见，这次胜利，正是约书亚利用佯攻、装败和假逃战术的结果。他所施展的调虎离山之计，便于以色列3万伏兵避实而击虚，以达到轻取胜利的目的。

在攻打夏琐王耶宾及其新联盟的战斗中，约书亚又利用了新的谋略和战术。当夏琐王看到约书亚以摧枯拉朽之势先后连续攻克一系列的城堡时，便急忙与未遭攻击的诸王结成新的联盟，并决心同以色列人决一死战。新联军装备精良，车马众多，“人数多如海边的沙”（《书》11：4）。面对这一强大的敌人，约书亚泰然自若，沉着镇定，又以新战术，让以色列士兵勇敢对敌：要“砍断他们马的蹄筋，用火焚烧他们的车辆”（《书》11：6）。这一巧妙的战术，使联军遭到难以预料的惨败，使诸王的领地国破城亡，以色列军队长驱直入，迅速地占领了迦南全境。

上述的几种情况表明：约书亚是善于根据不同的敌情改变战略战术的军事统帅，创造出许多以小胜大、以弱胜强的指挥奇迹。

摩西的接班人约书亚，不仅是一位卓越的军事统帅，率领以色列人完成了摩西的遗志，攻取了一个又一个城堡，实现了进入迦南的愿望；而且他还是一位杰出的政治家，能为以色列人的前途着想，使他们能长治久安地生活在“流奶与蜜之地”。在战争刚刚结束之后，他就开始为以色列各个部族分配土地；在分疆划地的过程中，充分地表现了一个政治家公正无私的胸怀，平等待人的品德。首先，约书亚采取拈阄的办法进行分配，“把产业拈阄分给九个半支派”（《书》14：2）。这种秉公执政，减少了无谓的矛盾和纠纷，从而增强了各部族之间的团结和凝聚力。其次，约书亚为了贯彻律法而在约旦河的东西两岸各设立了三个逃城——误杀人者的避难场所。设置逃城的目的，主要是救助和保护那些“素无仇恨，无心杀了人的人”（《书》20：5）。在逃城里，可以使误杀人者免遭死者亲属的报复；误杀人者进城后，由城中长老问明杀人情况，决定是否收容，若是确认为误杀，即可准予避难，收容在逃城中，以等待日后的正式审判。长老也可把杀人者带到杀人现场，召集证人说明情况，判定是非，若确认与死者无怨无仇，又无故意杀人的证据，即可判定无罪，仍带回逃城居住。假如查明纯属故意杀人，就绝不保护，将杀人犯交给报仇者处理。约书亚设置逃城，是秉公贯彻律法的又一例证。再次，约书亚对待被征服的迦南人是宽容的，能够同他们共同生活、和睦相处。当以色列人进入迦南之后，对原来生活在这里的土著居民，并没有歧视，毫无敌意，一直是和平共处的。这正像《旧约·约书亚记》中所说的：“至于住耶路撒冷的耶布斯人，犹太人不能把他们赶出去，耶布斯人却在耶路撒冷与犹太人同住，直到今日”（15：63）；“他们没有赶出住基色的迦南人；迦南人却住在以法莲人中间，成为做苦工的仆人，直到今日”（16：10）。

约书亚是耶和华谦卑的崇拜者和虔诚的信徒。他事事执行耶和华的命令，一丝不苟；处处维护耶和华的神威，尽心竭力。自从继承了摩西遗志以后，身为以色列人的领袖，特别遵从耶和华的意旨和吩咐，而且时时告诫民众不可忘记耶和华。例如：他制造了火石刀，在“除皮山”上为以色列人行了第二次割礼。这是因为他想到：以色列人只是在离开埃及时行过割礼；但是，在旷野里漂泊了40年却没有行过割礼。在跨过红海、越过约旦河之后，在以色列人中行过割礼的只剩下约书亚和迦勒两个人了。其余的人都没有行过割礼。约书亚深知：割礼是耶和华与亚伯拉罕及其子孙立约的证据，“不受割礼的男子必从民中剪除，因他背了我的约”（《创世记》17：14）。

在率领以色列人进入迦南的过程中，遇到任何困难，他都随时向耶和华请教，并求得帮助。在第一次攻打艾城时，不料失败，有36人被杀，使以色列人受到了深痛的挫败。约书亚和长老们哀痛悲伤，撕裂衣服，灰撒头顶，俯伏在约柜前，直至傍晚。约书亚问耶和华：为什么会如此惨败，回答是因为以色列人中有人违背了上帝的命令，私藏了必须毁掉的战利品，犯了大罪。约书亚坚决认真查办，终于发现：犯罪的是撒底家族的亚干。他供认：“我在所夺的财物中看见一件美好的示拿衣服，200舍客勒银子，1条金子重50舍客勒，我就贪爱这些物件，便拿去了”（《书》7：21）。约书亚派人取出赃物，放在耶和华面前，全部烧毁；民众用石头打死亚干及其家人。耶和华的烈怒，终于平息了，第二次进攻艾城，便如愿以偿了。约书亚知道耶和华是主，是军队的元帅；他始终俯伏敬拜，永远站在仆人的地位，等候吩咐（《书》5：13—15）。约书亚的表现，突出地展示了神的奇妙而公义的作为，他憎恨罪恶，而且必定要追讨罪行；以色列人在艾城的失败和胜利，都是神的公义原则的体现。这似乎是在让人们明白：神具有主宰一切的超然能力。

史诗中的约书亚在一生中始终是遵照耶和华的旨意、摩西的遗嘱行事的，甚至在临终之前还召集十二支族的长老、首领和审判官来到他的面前。约书亚谆谆告诫：“现在你们要敬畏耶和华，诚心实意地侍奉他，将你们列祖在大河那边和在埃及所侍奉的神除掉，去侍奉耶和华。”（《书》24：14）百姓也向约书亚表示，绝不背弃耶和华的决心；“约书亚就与百姓立约，在示剑为他们立定律例典章。约书亚将这些话都写在上帝的律法书上，又将一块大石头立在橡树下耶和华的圣所旁边”（《书》24:25、26）。做好这些事以后，他才离开人世。

史诗中描写的约书亚这一形象，像摩西一样，是耶和华的虔诚信徒，是把毕生精力献给耶和华的宗教家。

三、耶和华

耶和华是史诗中一个独特的形象。他是世间万物的创造者、人类生活的主宰者、道德律法的缔造者和以色列人的保护者。史诗中这个至高无上的上帝形象，是希伯来人一神信仰最高尚、最完美的崇拜对象。在人类由多神崇拜向一神信仰转化的过程中，耶和华是世界各民族史诗中最早出现的一神教的上帝形象。

耶和华，有些学者认为并非源出于以色列人，他出现于何烈山（《出埃及记》3：1—4）；“耶和华从西奈而来”（《申命记》33：2）。这些佐证表明：耶和华源出于埃及西奈半岛的中南部，似乎是一个部落的守护神。

在史诗中最初出现时，耶和华是有形象的：“上帝就照自己的形象造人，乃是照着他的形象造男造女”（《创世记》1：27）。这间接地表明：耶和华是人形，甚至上帝还有儿子；“上帝的儿子们看见人类的女子美貌，就随意挑选，娶来为妻”（《创世记》6：2）。“耶和华在幔利橡树那里向亚伯拉罕显现出来。那时正热，亚伯拉罕坐在帐篷门口，举目观看，见有三个人在对面站着。他一见，就从帐篷门口跑去迎接他们，俯伏在地，说：‘我主，我若在你跟前蒙恩，求你不要离开仆人往前去’”（《创世记》18：1—3）。雅各不仅面对面地见到了耶和华，而且还同他摔跤：“有一个人来和他摔跤，直到黎明。那人见自己胜不过他，就将他的大腿窝摸了一把，雅各的大腿窝正在摔跤的时候就扭了”（《创世记》32：24、25）。这些情节都说明：耶和华是有形的、具有“人”的形象，而且是男人的形象。

但是，另一方面，耶和华又是无形的、不能看到的抽象实体。在史诗（或《旧约》）中，始终没有描写耶和华的真实名字和具体形象，并且极力消除以色列人亲眼目睹耶和华的渴望。摩西曾为以色列人问到上帝的名字，上帝的回答是：“我是自有永有的”；“耶和华是我的名，直到永远；这也是我的纪念，直到万代”（《出埃及记》3：14、15）。上帝第一次宣布的名字“耶和华”，按专家解释：“‘耶和华’的希伯来文含义是：‘我（现在）是’或‘我（将来）

是’……中文圣经根据‘是’的内涵，恰当地翻译为‘我是自有永有的。’”[①]可见，上帝是忌讳说出自己的名字。摩西也曾请求上帝显示其光辉形象，然而得到的回答是：“我要显我一切的恩慈”，“你不能看见我的面，因为人见我的面不能存活”（《出埃及记》33：19、20）。因而，耶和华一再告诫以色列人：反对偶像崇拜、严禁形象制作，从异教的偶像到上帝自己的形象都在禁忌之列。在《十诫》中说：“除了我以外，你不可有别的神不可为自己雕刻偶像，也不可做什么形象仿佛上天、下地和地底下、水中的百物。不可跪拜那些像，也不可侍奉它，因为我耶和华你的上帝是忌邪的上帝……不可妄称耶和华你上帝的名，因为妄称耶和华名的，耶和华必不以他为无罪。”（《出埃及记》20：3、4、5、7）他还强调：“你们不可做什么神像与我相配，不可为自己做金银的神像”（《出埃及记》20：23）；“你们不可做什么虚无的神像，不可立雕刻的偶像或是柱像，也不可在你们的地上安什么錾成的石像，向他跪拜，因为我是耶和华——你们的上帝”（《利未记》26：1）。

总之，在史诗中，耶和华的形象是矛盾的：他有形而又无形，有名而又无名。耶和华的形象从有形到无形，从具体到抽象的变化，反映了以色列人从多神崇拜到一神崇拜的发展，表现了他们既反对异族偶像崇拜又扬弃本族传统崇拜的一种新信仰意识、新的道德伦理规范和新的民族文化精神。

耶和华，是世间万物的唯一创造者。在长期的社会实践活动中，以色列人逐渐地形成了一神论的世界观。他们认为：万物的产生、人类的起源和世间的一切，都是由耶和华创造出来的。这就否定了耶和华以外的其他神的存在、否定了多神信仰。这正像耶和华自己所强调的：“我是首先的，我是末后的；除我以外再也就没有真神”（《赛》44：6）；“我是耶和华，在我以外并没有别神；除了我以外再没有别神”（《赛》45：5）。

耶和华是一个无所不在的人类主宰。他在万族中特选出以色列人作为自己的“子民”，并且通过“立约”增强同以色列人的联系，把人、神之间的关系比作父子、夫妻关系，亲密无间，不可分离。“立约”，反映了耶和华同“子民”之间相互关照、互利互助、互尽义务的密切关系。通过“立约”，使以色列人永远尊崇上帝，时时牢记上帝的旨意，把上帝看成是唯一的真神；另一方

① 许鼎新：《旧约导论》，中国基督教协会神学教育委员会1991年版，第43页。

面，也使上帝永远对以色列人负责，在各个方面关心、荫庇和爱护以色列人。

在史诗中记载了上帝和以色列人的多次立约，其主要的有：上帝最早与挪亚订立的“方舟拯救之约”（《创世记》6：18—22）、上帝与亚伯拉罕所订立的“作多国之父之约”（《创世记》17：1—8）、上帝与摩西在西奈山所订立的“传授十诫之约”。这些立约不只是上帝同以色列人双方之间权利义务的单纯协议，更重要的是体现了一神观念——崇拜上帝的人就会得福。挪亚听从上帝的吩咐，便能避开洪水，免遭灭亡；亚伯拉罕、摩西及其后裔世世代代遵守立约，便得到了迦南的土地，如愿以偿。可见，立约能使以色列人得到上帝的恩典，使自己理想和愿望得以实现。这种以一神观念为基础的立约，会使人人恪守与上帝的约言，将全族思想统一于耶和华的意志，受到他的约束，增强全族的凝聚力，团结一致，共同奋斗，战胜敌人，实现返回迦南的共同理想。上帝利用立约成为全族的主宰；立约，成为希伯来民族文化的核心和鲜明特征。

耶和华，是律法道德的缔造者。史诗中描写：耶和华在电闪雷鸣、火烧冲天、阴云密布的惊悸中将“十诫”传授给摩西。史诗的作者把思想信仰、律法准则、道德规范都归功于上帝，正是反映了一神崇拜的宗教特征。

耶和华还是人类的保护者。他对自己所创造的人类始终是关心、帮助、体贴和爱护的。他使以色列摆脱了埃及人的奴役，跨越红海，闯过约旦河，战胜重重艰难险阻，返回家园，分得土地，终于获得渴望已久的安宁和幸福。在这一过程中，每一关键时刻都突出地显示了上帝对以色列人特有的仁慈、恩惠和厚爱。

在史诗中，最早使人看到的是上帝把亚伯拉罕及其后裔视为自己的孩子，降福于他们。耶和华说：“论福，我必赐大福给你；论子孙，我必叫你的子孙多起来，如同天上的星，海边的沙。你子孙必得着仇敌的城门，并且地上万国都必因你的后裔得福，因为你听所从了我的话。”（《创世记》22：17、18）

当以色列人在埃及遭受奴役和迫害时，耶和华说：“我的百姓在埃及所受的苦，我实在看见了；他们因受督工的辖制所发的哀声，我也听见了……我下来是要救他们脱离埃及人的手，领他们出了那地，到美好、宽阔、流奶与蜜之地”（《出埃及记》3：7、8）。在以色列人面对红海阻隔、后有埃及追兵的万分危急时刻，“耶和华使用大东风，使海水一夜退去，水便分开，海就成了干地，水在他们的左右作了墙垣”（《出埃及记》14：21—23），耶和华使以色列人顺利通过，使埃及追兵葬身海底。以色列人在旷野中因饥饿而发出怨言时，耶和华晓谕摩西："到黄昏的时候，你们要吃肉，早晨必有食物得饱，你们就知道我是耶和华——你们的上帝"（《出埃及记》16：11、12）。结果，以色列人真的吃到了吗哪和鹌鹑，不再挨饿。在摩西去世之后，耶和华对摩西的继承人约书亚说："我怎样与摩西同在，也必照样与你同在；我必不撇下你，也不丢弃你。"（《书》1：5）后来，这些应许，都实现了："耶和华将从前向他们列祖起誓所应许的全地赐给以色列人，他们就得了为业，住在其中。耶和华照着向他们列祖起誓所应许的一切话，使他们四境平安；他们一切仇敌中，没有一人在他们面前站立得住……耶和华应许赐福给以色列人的话一句也没落空，都应验了"（《书》21：43、44）。

这些情节，生动地表现了耶和华对以色列人的关心、帮助和爱护。耶和华在史诗中不仅被颂扬为宇宙万物的创造者、世间一切的主宰者，而且也被称赞为以色列人的慈祥仁爱的天父。

当然，如果实事求是地分析耶和华这一形象，这个具有情感和意志的人格神，除了对以色列人的恩慈和厚爱，还表现出一种疾恶如仇和唯我独尊的严厉和偏激。这正像摩西对以色列民众复述耶和华的话时所说的："耶和华不轻易发怒，并有丰盛的慈爱，赦免罪孽和过犯；万不以有罪为无罪，必追讨他的罪，自父及子，直到三四代"（《民数记》14：18）。摩西对以色列人还说过："你要知道耶和华——你的上帝，他是上帝，是信实的上帝，向爱他，守他诫命的人守约，施慈爱，直到千代；向恨他的人当面报应他们，将他们灭绝。凡恨他的人必报应他们，决不迟延"（《申命记》7：9、10）。他对守约的人，慈爱和热情得像天父；对恨他的人严厉和偏激得像奴隶主暴君。

全面地分析耶和华这一形象，在他的性格中存在着许多明显的矛盾。正像他既是有形的又是无形的、既是超越于人世的又是来往于人世的一样，他对人类的态度也是矛盾的：有时像"立约"时所表现得富有爱心、温和可亲，但有时又显得极端蛮横和凶狠，令人敬畏和恐惧；有时亲近得如在眼前，有时疏远得如在天边。这也是以色列民族文化中"悖论"因素在耶和华形象中的体现。

第五节 史诗突出宣扬的是一神信仰

《希伯来史诗》是以希伯来人在王国建立前的漫长历史为背景的。希伯来人从遥远的神话时代开始，到传说中的第一代族长亚伯拉罕率领全族离开阿拉伯半岛，跨过幼发拉底河，经由叙利亚进入迦南地区（即后来的巴勒斯坦)。后由于饥荒又迁到埃及歌珊地区，繁衍生息了四百多年。之后，又因反抗统治者的迫害而逃离埃及，怀着重返迦南故国的夙愿，在西奈半岛和约旦河东岸奋斗了六十余年，经过摩西和约书亚率领的两代人的努力，终于实现了自己的理想。希伯来人这一段艰苦卓绝的历史，在《希伯来史诗》中得到了生动的艺术概括。

这部英雄史诗，同东西方的其他英雄史诗相比较，存在着明显的不同。东西方的英雄史诗，赞颂的对象是人间英雄，把英雄形象放在第一位，宣扬他的英雄业绩和不凡的表现；但是，《希伯来史诗》这一英雄史诗，歌颂的最主要的对象却不是人而是神，是希伯来人的上帝；从神出发，以神为本，可以说是“神本”主义的。其中，特别突出表现的是上帝对人类的关心、爱护和拯救人类的伟大奇迹。即使在表现人类英雄形象——摩西和约书亚时，也是重点地突出展示他们对上帝唯命是从的精神。英雄人物的胜利和功绩，往往是顺从上帝的结果；英雄人物之所以成为群众的领袖，主要是得到上帝的垂青或受命于上帝。因而，对上帝的百依百顺、俯首帖耳，是《希伯来史诗》中英雄形象的突出性格特征。

《希伯来史诗》表现重大政治事件的矛盾冲突时，摆脱灾害、克服困难和获取胜利，不是凭仗英雄形象的艰苦奋战，而往往是依靠奇特的神力。在逃出埃及横渡红海时，希伯来人能冲破波涛的阻隔、摆脱埃及兵马的追击，是上帝让摩西用神杖指海，使大海出现了一条干路。当荒野粮绝，希伯来人难以活命时，是上帝发挥神力，让大家吃到鹌鹑和吗哪。希伯来人战胜亚玛力人，是上帝让摩西高举神杖的结果；约书亚率领大军冲过约旦河时，河水便立即断流，露出干地，也是上帝的力量；最后，实现重返迦南的愿望，也是上帝早已应允的。总之，希伯来人能逃出埃及、实现重返迦南的宿愿，最主要的是凭借神力，英雄人物的奋斗是处于次要的从属地位。

在这一方面，同东西方的英雄史诗相比较，显然是不同的。古希腊的英雄史诗《伊利亚特》，在描写希腊的阿卡亚人攻打小亚细亚的特洛亚人时，是依靠阿喀琉斯那样的英雄人物的英勇善战而取得胜利的；古印度的《摩诃婆罗多》，在表现般度族和俱卢族的生死鏖战时，般度是凭借自己的高超武艺和殊死搏斗而取得胜利的。虽然，神在暗中也具有左右命运的力量；但是，在双方较量的战场上，主要表现的还是人的武艺、智慧和英勇，这是胜利的真正决定性因素。总之，在一般的英雄史诗中，着重表现的是人力，胜利是依靠人的力量取得的；作品中的描写使人感到：胜利是由人的奋斗而争得的，而不是因为神意的安排。

在《希伯来史诗》中不厌其烦地突出强调神的作用，其目的在于树立和强化一神观念，坚定崇拜耶和华的信仰，为犹太教的一神观念奠定牢固基础。《希伯来史诗》全部内容在于宣扬“十诫”的基本精神：在思想信仰上，要树立上帝的绝对权威，独尊耶和华，服从他的一切旨意；在人际关系上，要遵守上帝提出的道德规范、伦理观念和行为准则，提倡信奉上帝的行善品德，反对违反上帝的作恶行为；在社会秩序上，要遵纪守法，树立符合“十诫”要求的律法观念，个人的自由绝对不可超越“十诫”所规定的界限；在遵守诫命上，要充满爱心，最重要的是应热爱上帝，要爱得尽心竭力，其次是要爱护每一个人，要做到爱人如己。史诗对上帝一神信仰的重视和突出强调，显然是蕴含着宗教和神学的因素。史诗创作的主要目的是：用崇奉耶和华的一神信仰反对异民族的偶像崇拜，并消除本民族的多神观念；在希伯来人中间用耶和华的神威约束人际关系和社会秩序，以便形成一种以耶和华为主导的凝聚力，团结一致、齐心协力地实现重返迦南的理想。

对耶和华的信仰和敬畏，逐渐地形成了希伯来民族的文化特征和精神特征，使希伯来人对耶和华产生一种心理依赖，并形成一种思想观念：顺从上帝一定得福，违背上帝必然遭祸。

史诗中的说教要使人坚信：耶和华是独一无二的、永存的、无所不知的、无所不能的神，每一个人只应崇拜、信奉和敬畏耶和华一神。这一独尊耶和华的信仰意识，既是希伯来人的道德准则和宗教诫命，也是希伯来民族的文化规范和律法标准，对统一每个人的思想和行动、对团结所有民族成员，都发挥了重大作用。

第六节 史诗的口头文学艺术特色

《希伯来史诗》，同世界上各民族创造的著名史诗一样，具有鲜明的口头文学特征。史诗的口头创作者们经过漫长的创作阶段和千锤百炼，以希伯来人喜闻乐见的形式完成了这部反映民族重大历史事件的宏伟巨著。史诗的卓越成就，不仅在于反映了百科全书式的丰富社会生活，而且表现了高超的民间口头文学的创作技巧。综观由六经组成的史诗，所表现的具有民族特色的口头文学创作技巧是多方面的。

一、史诗的文体特点

《希伯来史诗》在文体上不同于世界各民族的史诗。希腊的两大史诗《伊利亚特》和《奥德赛》都是由各有一万多行的长诗构成；印度的两大史诗，情况稍有不同，“从文体上看，《摩诃婆罗多》有些地方留有‘散文韵文结合的迹象，而《罗摩衍那》则纯粹是韵文’”。[①] 世界上最早的史诗《吉尔伽美什》也全部是诗体。然而，《希伯来史诗》的文体是诗歌、散文夹杂并用，以散文为主。全部史诗主要是散文构成的，其中含有不少的诗歌作品，如：《雅各的遗嘱》（《创世记》49：2—27）、《摩西的歌》（胜利渡过红海之歌）（《出埃及记》15：1—18）、巴兰的几首歌（《民数记》23：7—10、18—24；24：3—9、15—19、20—25）、《摩西之歌》（《申命记》32：1—44；33：1—29）等。史诗以散文为主，韵文占很少的一部分，这是不同于一般史诗的鲜明特点。

二、史诗的多种异文

在《希伯来史诗》中存在着许多大同小异的异文，在情节叙述、人物描写和语言运用上都可以看到各种变化的异文。史诗中异文的反复出现，主要是因为这种民间的口头文学创作是依靠口传心授的方式传播的。依靠记忆保存的口头文学作品，就不像靠文字记录、靠印刷出版那样具有相当的稳定性。因而，往往由于自然景物、生活环境、社会生活和突发事件的不同，就产生了异

---

① 季羡林主编：《东方文学史》上册，第 84—85 页。

文变体，改变了原来作品的面目，出现了明显的差异。

在史诗中有三个称妻为妹故事的异文（《创世记》12：10—19；20：2—18；26：11），对这三个故事中大同小异的异文，圣经研究的底本学说是这样分析的：

> 亚伯拉罕和以撒各有一次称妻为妹的事，前者发生在埃及，后者发生在基拉耳亚比米勒王那里，分别记载在《创世纪》第12章和第26章，称神都用“耶和华”，都属同一“J”底本。《创世记》第20章，属于“E”底本（称神为上帝，出现梦启示的情节），它只单记一次称妻为妹的事，故事既发生于基拉耳亚比米勒那里，本应属于以撒和利百加的事，却归给亚伯拉罕和撒拉，因此造成了亚伯拉罕有两次同样的事。这是两个底本记同一事情所发生的歧异。①

这种分析和论断也无法消除人们的疑问：为什么同属于“J”底本，却出现了埃及和基拉耳的不同地点；亚伯拉罕称撒拉为妹时，以撒还远没出生，与以撒称利百加为妹，在时间上相距将近半个世纪。对此，无论怎样研究考证，也无法得出一致的科学的答案。

如果从民间文学这一视角认识这异文产生的原因，就不难理解：由群众集体口头创作的作品，是依靠记忆保存和传授的，在口耳相传的过程中怎能保持文字记录和印刷出版物那样的一致和稳定呢？这些不同的异文，恰恰可以证明：史诗或圣经，绝不是由一个人或一个神创作出来的，是经过集体、口头创作的，又是经过集体、口头传授的。因而，到记录、整理、编订成书时，必然要出现异文。

史诗中的异文，是相当多的。如约瑟被兄卖出，到了埃及后，就出现了两种不同的情节：“米甸人带约瑟到埃及，把他卖给法老的内臣——护卫长波提乏”（《创世纪》37：36）；“约瑟被带下埃及去……波提乏从那些带下他来的以实玛利人手下买了他去”（《创世记》39：1）。描述以色列人离开埃及渡过红海时，也有不同的异文：一是着重表现摩西按耶和华的旨意，举手向海伸杖，

① 许鼎新：《旧约导读》，中国基督教协会神学教育委员会1991年版，第32页。

把水分开，以色列人便下海中走在干地上（《出世记》14：16）；另一是强调“耶和华便用大东风，使海水一夜退去，水便分开，海就成了干地。以色列人下海中走干地，水在他们的左右作了墙垣”（《出埃及记》14:21、22)。对“十诫”的记述，也有三种不同的异文（《出埃及记》20：3—17，30：10—28；《申命记》5：7—21)。这些异文，是民间口头文学创作变异性特征的生动反映。

三、史诗的传承性

《希伯来史诗》在表现手法和艺术形式上，又显示了传承性的特征。这一传承性特征同上述异文的变异性特征正好相反，体现了口头文学创作上的相对稳定性。民间口头文学创作，经过长期口耳相传的过程，便形成了世世代代袭用的比较固定的艺术手法和格式，相同的词语、相似的句式、相仿的段落，以及惯用的叠词和不变的套语，反复出现在作品中。这一传统的形式特征，对着重表现思想感情、加深理解作品内容、突出描写对象的特点、增强欣赏者和创作者的记忆和强化艺术效果，都具有重要作用。

朱维之先生把这一传承性特征，概括为重复；他在论述史诗的重复这一艺术特点时曾说：

> 典型的民间形式，和荷马史诗一样，不避重复。例如《伊利亚特》第9章，阿伽门农自己说送给阿喀琉斯的礼物，一一列举出来，并说明如何可贵；奥德修斯把礼物送到时，又一一列举出来，一字不漏地重复一遍。在约瑟的史诗中，雅各在《创世记》第42章里表示了不愿让便雅悯被带到埃及去，说了“要我白发苍苍、悲悲惨惨地进坟墓”。在第44章约瑟要留下便雅悯时，兄弟们又把雅各的话一字不差地重复一遍。这是民间口头文学的特点，有些在书面上不必重复的原话，在口头上却有必要重复一遍，这是为了听众能加深印象。①

这种重复的表现手法，在《希伯来史诗》中是经常使用的。如：在约瑟为法老解梦的时候，法老梦见七只丑陋而干瘦的母牛吃掉七只美好而肥壮母牛的

---

① 朱维之：《圣经文学十二讲》，人民文学出版社1989年版，第150—151页。

故事和七个细弱的麦穗吞吃七个肥大麦穗的故事，在史诗的一章中就重复了两遍（《创世记》41：1—7、17—24），而且是相同语句，一字不差的重复。

此外，也有相仿语句的重复，在词语上有一些变化。如在对埃及降血灾的描写中，曾写道：

> 耶和华这样说：我要用我手里的杖击打河水就变作血；因此，你必知道我是耶和华。河里的鱼必死，要腥臭，埃及人就要厌恶吃这河里的水……

接着，就是相仿语句的重复：

> 亚伦在法老和臣仆眼前举杖击打河里的水，河里的水都变作血了。河里的鱼死了，河也腥臭了，埃及人就不能吃这河里的水……

亚伦是按照耶和华的指示去做的，在时间上是前后紧密相联的，在行动上是承上启下的；这种相仿语句的出现，还有着前因与后果的联系。

但是，有的重复，其说话的人物、场景和时间，完全不同，而且相距甚远，却说出相似的语句。如摩西对约书亚说：

> 你当刚强壮胆！因为，你要和这百姓一同进入耶和华向他们列祖起誓应许所赐之地；你也要使他们承受那地为业。耶和华必在你前面行；他必与你同在，必不撇下你，也不丢弃你。（《申命记》31：7、8）

在摩西死后，耶和华对约书亚也说了相似的话语：

> 我怎样与摩西同在，也必照样与你同在；我必不撇下你，也不丢弃你。你当刚强壮胆！因为，你必使这百姓承受那地为业。就是我向他们列祖起誓应许赐给他们的地。（《书》1：5、6）

如果把耶和华说的第一句话移到后边，那就和摩西对约书亚说的更相似了。这一例子更能表现传承性重复的特点。

四、史诗的大量插话

《希伯来史诗》在基本情节的发展过程中，贯穿着大量的插话。这些插话，是各种各样的，种类繁博，丰富多彩。其中有生动的文学性插话：神话故事、英雄传说、寓言作品和古老歌谣等，然而，也有许许多多的关于道德规范、律法条例、宗教诫命以及献祭的要求、历法的确立和节气的规定等非文学性的插话。希腊的《伊利亚特》和《奥德赛》、巴比伦的《吉尔伽美什》，都没有这么多的插话，只有印度的《摩诃婆罗多》和《希伯来史诗》相近，据统计《摩诃婆罗多》中的插话，多达两百个左右。《希伯来史诗》插话之多远远超过了其核心故事的篇幅和字数。

一些神话是《希伯来史诗》中富有文学意味的插话，关于宇宙起源的神话、人类起源的神话、洪水方舟的神话，都是脍炙人口、具有世界影响的。至于非文学性的插话，虽然缺乏表现技巧，没有生动的形象和艺术感染力，但是，却叙述得十分细致、具体。如插话中提到的会幕制造，用几种颜色的线制造、长与宽的尺寸、幔子上纽扣和金钩的数目……都有详细的记录（《出埃及记》26章）。又如史诗中关于献祭的插话，对燔祭、素祭、平安祭、赎罪祭、罪愆祭都进行了全面的、详细的叙述和说明（《利未记》1—5章）。

无论是文学性插话，还是非文学性插话，都发挥了一个共同的作用：宣扬了耶和华是无所不在的人类主宰、强化了独尊耶和华的一神信仰。

五、史诗的荒诞怪异的表现手法

与一般史诗不同，《希伯来史诗》往往采取荒诞、怪异的手法表现神奇的景象和异常的事物，这也是《圣经》中常用的以显示“神迹”的办法表现非现实的奇异现象。在《希伯来史诗》中，这是一种常见的表现手法和修辞技巧，例如：耶和华赐给摩西施行神迹的描写：

> 摩西回答说：“他们必不信我，也不听我的话，必说：‘耶和华并没有向你显现。’”耶和华对摩西说：“你手里是什么？”他说：“是杖。”耶和华说：“丢在地上。”他一丢下去，就变作蛇，摩西便跑开。耶和华对摩西

说：“伸出手来，拿住它的尾巴，它必在你手中仍变为杖；如此好叫他们信耶和华——他们祖宗的上帝……”

耶和华又对他说：“把手放在怀里。”他就把手放在怀里，及至抽出来，不料，手长了大麻风，有雪那样白。耶和华说：“再把手放在怀里。”他就再把手放在怀里，及至从怀里抽出来，不料，手已经复原……又说：“倘或他们……都不信，也不听你的话，你就从河里取些水，倒在旱地上，你从河里取的水必在旱地上变作血。”（《出埃及记》4：1—5、6—9）

手杖变成蛇，蛇又变为手杖；手上长满大麻风，还可复原；河水倒在地上，水可变血，这一类非现实的、非客观的怪诞描写，在《希伯来史诗》中太多了：“凡在埃及地，从坐在宝座的法老直到磨子后的婢女所有的长子，以及一切头生的牲畜，都必死”（《出埃及记》11：5）；“耶和华便用大东风，使海水一夜退去，水便分开，海成了干地，以色列人下海中走干地，水在他们的左右作了墙垣”（《出埃及记》14：21、22）；为了全歼五王联合的溃军，不让他们黑夜逃遁，约书亚祷告耶和华：日头停留，月亮止住，果然“日头在天当中停住，不急速下落，约有一日之久”（《书》10：13）……

这些荒谬离奇、难以置信的、非客观的、虚妄的怪事、怪物、怪象，正是采取荒诞、奇异的手法表现出来的。不难看出：这些表现技巧、修辞手段，是凭借一些非现实的怪异事物突出显示耶和华的神威，体现了人们对耶和华特殊的理解和认识。怪事、怪物、怪象是被人们有意创作出来的，其根本的意图在于激起人们对耶和华一神的信仰、尊重和崇拜。

这种荒诞、怪异的表现手法，在创作思维上因袭了万物有灵观念的传统，在艺术技巧上继承了自然崇拜、自然现象神灵化的创作技巧和手法。例如：摩西率领百姓在西奈山上迎接耶和华的场景：

到了第三天早晨，在山上有雷轰、闪电和密云，并且角声甚大，营中的百姓尽都发颤。摩西率领百姓出营迎接神……西奈全山冒烟，因为耶和华在火中降于山上。山的烟气上腾，如烧窑一般，遍山大大地震动，角声渐渐地高而又高，摩西就说话，上帝有声音答应他。（《出埃及记》19：16—19）

这里展示的是一个威严、神奇的场面：当耶和华出现时，一道闪光，划破长空，雷声轰鸣，震耳欲聋，似乎地动山摇，令人怵目惊心，慌恐颤抖。这种描写，很容易使人联想到自然神——雷神出现时的情景。

在古代，许多民族把雷神视为众神之首、最高的自然神。如：在小亚细亚中部的赫梯人，大约公元前 17 世纪建立统一的奴隶制国家时，便把雷神提舒布（特舒布）视为“一国之主神”。① “宙斯除司雨之外还专掌雷电。在奥林匹亚和其他地方，他受人崇拜，被称为雷公。” ② 希腊人说：“天降的宙斯，意思是乘着闪电自天而降的神”。③ 斯拉夫人也把雷电之神，看成是“万物之主”。④ 费尔巴哈说：“甚至在开化民族中，最高的神明也是足以激起人最大怖畏的自然现象之人格化者，就是迅雷疾电之神”；他还说：雷神，在古代日耳曼人、芬兰人、列多尼人中，“也是最老的、最尊的最受普遍崇拜的神”。⑤

如果把最高的自然神——雷神出现时的场景同希伯来最高的社会神——耶和华出现时的场景加以比较，无论是从创作思维上，还在表现手法上，都可以发现其一脉相承的关系。

第七节　同东西方英雄史诗的比较

东西方的英雄史诗，是世界文学史上最早出现的反映古代生活、歌颂理想英雄的鸿篇巨制，在人类文学宝库中是不可多得的艺术珍品，对东西方文学的发展产生了难以估量的深远影响。这些不同地区、不同民族的英雄史诗，都是人类童年时期的作品，主要产生于英雄时代或称史诗时代——由军事民主制的氏族社会向建立国家的奴隶制社会转化的过渡阶段。在艺术成就上，这些史诗也有许多相同或相似的特点，显示了口头文学创作的高度发展水平。

但是，如果对《希伯来史诗》和东西方的英雄史诗加以比较，便不难发

① ［苏］谢·亚·托卡列夫：《世界各民族历史上的宗教》，魏庆征译，中国社会科学出版社 1985 年版，第 364 页。

② ［英］詹·乔·弗雷泽：《金枝》（上），中国民间文艺出版社 1987 年版，第 240—241 页。

③ ［英］詹·乔·弗雷泽：《金枝》（上），中国民间文艺出版社 1987 年版，第 241 页。

④ ［英］詹·乔·弗雷泽：《金枝》（上），中国民间文艺出版社 1987 年版，第 243 页。

⑤ ［德］费尔巴哈：《宗教本质讲演录》，商务印书馆 1987 年版，第 30 页。

现：在主题思想、人物形象的写作技巧和艺术结构上，还存在着明显的差异。这些问题，是值得进一步探讨和总结的。

一、主题思想的明显不同

从主题思想上考察，《希伯来史诗》既不同于巴比伦的《吉尔伽美什》、印度的《摩诃婆罗多》和《罗摩衍那》，又有别于古希腊的《伊利亚特》和《奥德赛》。

《吉尔伽美什》的主题思想在于歌颂主人公吉尔伽美什的美好品德：为乌鲁克城居民着想，修筑城池，抵御敌人，保卫大家的安全；为了获取筑城木材，敢于战胜杉树林的守护者芬巴巴，表现了不怕牺牲的英雄主义；他不畏艰险，长途跋涉，探求长生之术的行为表现了造福人类、为集体事业而献身的高贵品德。《吉尔伽美什》史诗主要是宣扬了为集体事业、为人类幸福而不怕牺牲的英雄主义；这同《希伯来史诗》宣传一神观念、独尊耶和华的宗教思想相比，显然是不同的。

同样的，古代印度两大史诗的主题思想，同《希伯来史诗》的主题思想也是不一样的。《摩诃婆罗多》的主题思想，主要是否定和批判难敌头脑中的狂热贪欲——在家族内部争权夺势、为了贪图别人的财富而施展赌博的诡计或进行不义的战争；同时，也肯定和颂扬了坚战维护正法、坚持善行、反对夺取别人财富的美好品德，一再称赞坚战追求家族内部的和睦、提倡兄弟之间的友爱、关心家族命运、维护社会利益的容忍和宽恕精神。《罗摩衍那》的主题思想则在于突出地宣扬兄弟之间在王位问题上的互让、互爱和无私的禅让；肯定和赞颂罗摩反对掠夺、不畏强暴、为正义而战的英雄行为，以及关心、爱护人民群众的美好品德。

古希腊的两大史诗和东方的英雄史诗，在主题思想上存在着明显的差异。《伊利亚特》和《奥德赛》所赞颂的主要是军事民主制时代的氏族贵族勇敢尚武的英雄主义。这种英雄主义又是和私有观念紧密相联的。在那个战争连绵不断的时代，英雄人物总是把攻城夺地、掠夺财富看成是建立功勋、赢得荣誉的最佳选择，而胜利者功勋和荣誉的标志，便是战利品的多少。这正像《伊利亚特》中所描写的：在阿伽门农和阿喀琉斯的帐篷里装满了大量的青铜、闪光的黄金和漂亮的女俘。不难看出：氏族贵族的英雄主义中蕴含着个人荣誉、占有欲望和掠夺精神。他们英勇奋战、不怕牺牲的英雄主义是为氏族的、为集体的，然而主要是为个人的、为私欲的。在这一方面，他们与东方史诗中的英雄人物有很大的差别。

总之，东西方史诗在主题思想上的明显区别在于：东方史诗所宣扬的大多是为他人着想、关心集体、以社稷的利益为重，无论是巴比伦《吉尔伽美什》史诗中的献身精神，还是印度两大史诗中的正法观念以及希伯来《希伯来史诗》中的“摩西十诫”和“爱人如己”的思想，都反映了利他主义的特点。然而，在荷马的两大史诗中所表现的大多是为自己着想、关心个人利益、以私欲的得失为重，无论是阿喀琉斯的维护荣誉与坚持愤怒，还是奥德修斯危难时的智勇与返乡后的复仇，都蕴含着利己主义的因素。

二、表现手法的鲜明差异

在英雄形象的表现手法上，《希伯来史诗》同东西方的英雄史诗也是不同的。

东西方英雄史诗的艺术成就，虽然表现在许多方面，但是，运用以写实为主的表现手法塑造栩栩如生的英雄形象，不能不说是一个主要成就。英雄史诗是在神话基础上产生的，在一定程度上保留着神话色彩；然而，英雄史诗中的主人公却是以人性为主、人性多于神性的艺术形象。运用以写实为主的表现手法塑造的人物形象，富有人的感情和人的魅力；不仅具有人的健美和魁伟的外貌，而且生动地展示出人的思想感情和性格特征。这是史诗中的英雄形象同神话中神的形象迥然不同的区别。这种区别，主要表现在塑造艺术形象的表现手法上。神话，同英雄史诗不同，是用怪诞的表现手法塑造神话形象的；利用乖离现实、离奇怪诞的幻想创造的神话形象，使人感到不合理、出乎意料，荒唐可笑。

在人物形象的描写手法上，《希伯来史诗》同东西方的史诗也存在着明显的不同：在《希伯来史诗》中的英雄人物身上较多地反映了怪诞的表现手法。那只是听其声而不见其形的上帝形象、摩西按神意对埃及施行的十次灾祸、闯渡红海时使大海露出陆地，摩西举手胜、放手败，约书亚能使河水断流、日月不动，等等，这些描写显然是在运用远离现实的荒诞手法。

在古代印度和希腊的几部史诗中，对英雄形象的塑造，虽然也有些神奇的描写，但是，在总体上是以客观现实为依据的，并没有乖离社会生活。例如：手工匠神赫菲斯托斯为阿喀琉斯连夜赶制一身新的铠甲，赫拉能让一匹马用人声说话，神女卡吕普索将奥德修斯留在海岛上，多年不让回家，奥德修斯一箭射穿了排成一行的十二把战斧的圆孔，等等，在这些描写中显然运用了奇特的幻想和神妙的想象，但是，在表现手法方面基本上也还是以写实为主的，以现实生活为基础的。这种富有幻想的、虚构的写实手法，绝对不同于《希伯来史诗》的远离现实生活的、离奇的、怪诞的表现手法。

三、结构安排的显著区别

《希伯来史诗》和东西方英雄史诗在艺术结构的安排上，也存在着显著的区别：《希伯来史诗》，既不同于古希腊的《伊利亚特》和《奥德赛》，又不同于古印度的《摩诃婆罗多》和《罗摩衍那》，有其独特的结构特征。如前所述，《希伯来史诗》是由六经组成的。这六个部分，表面上看起来，是各自分散的，单独成章而互不联系的；但是，如果深入到作品的内容，便不难发现，这六个部分是依据同一的主题思想——崇拜、信奉和敬畏耶和华的一神观念配置组合而成的一个完整的艺术结构。这种统一的布局，既展示了上帝同希伯来人及其族长、同摩西和约书亚等一系列人物体系的紧密关系，又表现了上帝在矛盾冲突、情节发展中不可缺少的主导作用，使六个分散的部分通过耶和华这一形象联结为一个有机的整体，显示了整个史诗在艺术结构上的和谐、完美和统一。

纵观《希伯来史诗》的六个部分：《创世记》表明耶和华不仅能创造世界万物和人类，而且能拯救人类；上帝与亚伯拉罕立约，从此产生一神观念。《出埃及记》描述上帝通过摩西拯救希伯来人逃出埃及，并宣布“十诫”，提出崇奉上帝、执行律法的标准和要求。《利未记》记述的是宗教法典，可视为史诗中的插话。《民数记》叙述的是《出埃及记》故事的继续，征服了约旦河以东的地区，准备进人对岸的上帝“应许之地”。在《申命记》中，摩西的三次讲话，重申了“十诫”精神，告诫人民忠信上帝；摩西是听从、遵行神意的楷模，直至逝世。《约书亚记》描述约书亚继承摩西遗志，率民征服迦南，终于完成了耶和华赐福给以色列的神圣使命。由这六个部分组成的艺术结构，从开头到结尾的基本情节发展是环环相扣，事事相联，其中的人物形象，也是承前启后、代代相传地努力完成既定的使命。可见，表面上分散的、互不相关的六个部分，确有其内在的血肉相连的关系。这是其他古代史诗所没有的特点。

另一方面，作品艺术结构的安排又必须适应表现人物形象的需要，特别是表现主要人物形象的需要。从这一角度加以比较，古代东西方史诗的结构安排又是各具特色、独放异彩的，各有千秋的。《伊利亚特》在结构安排上的突出特点是着重描写十年战争的最后十天，尤其是战争结束之前的四天激战，既展示了特洛伊大战的全貌，又表现了阿喀琉斯等主要英雄人物的性格特征。《奥德赛》的倒叙布局，让奥德修斯自己追述一次又一次的冒险，更加扣人心弦。运用这种曲折的结构、回忆的手法展示英雄人物的性格，比平铺直叙更具艺术魅力。在《摩诃婆罗多》中，为了突出展现坚战和难敌的性格，在布局上配置了俱卢族对般度族的两次谋杀、两次骗赌、一次拒还土地和一次战争等一系列情节冲突，使双方的善恶对错、是非曲直，完全暴露无余。在《罗摩衍那》中，为了表现罗摩的高尚品德和英雄性格，安排了三个不同类型的国家——人国、猴国和罗刹国在王位继承问题上的矛盾冲突，这一别出心裁的布局，显示了结构安排的高超技巧。从几部史诗的比较考察中，不难发现：《希伯来史诗》同古希腊、古印度的两大史诗，在艺术结构安排上，真是各显绝技、各露峥嵘、各放异彩。

第八节　史诗中挪亚方舟神话同希腊、西亚洪水神话的比较

希伯来史诗中的挪亚方舟洪水神话、希腊的丢卡利翁洪水神话和两河流域的乌特那庇什提牟洪水神话、阿特拉哈西思洪水神话、济乌苏德拉洪水神话，有着渊源关系。挪亚方舟和丢卡利翁两则洪水神话对西亚地区的三则洪水神话存在着鲜明的继承关系，但也表现了独特的创新精神。

一、希伯来洪水神话中的巴比伦因素

在百余年前，英国伦敦不列颠博物馆的年轻研究人员乔治·史密斯发现：巴比伦《吉尔伽美什》史诗中关于乌特那庇什提牟的洪水神话和希伯来《圣经·旧约·创世记》中关于挪亚方舟的洪水神话，极其相似，在基本情节上特别相近。因而，1872 年 12 月，他在圣经考古学的学术讨论会上，以《迦勒底人的洪水神话》为题，做了报告。他大胆地提出：希伯来人接受了巴比伦人的

影响，挪亚方舟的洪水神话是源于巴比伦史诗中乌特那庇什提牟方舟的洪水神话。这一反对宗教传统观念的崭新见解，在当时学术界激起轩然大波，许多学者同意并支持这种符合史实的观点；然而，也遭到了恪守《圣经》神授说的宗教卫道士们的非难和攻击。后来，乔治·史密斯亲自到美索不达米亚去考察，从废墟中发现了更加翔实的证据，再一次证实了他的看法是完全正确的。

如果对两个洪水神话加以比较，便不难发现：巴比伦史诗《吉尔伽美什》中乌特那庇什提牟方舟的洪水神话和希伯来《旧约·创世记》中挪亚方舟的洪水神话有许多相近和相似之处，在基本情节上的类似和重合，大致可归纳为下列七点：

1. 神或上帝想要利用洪水毁灭人类；
2. 神或上帝选定一人，密授躲避洪水的方法；
3. 制造方舟，进入方舟的人畜生物成为幸存者；
4. 放出飞鸟，试探洪水消退情况；
5. 设祭坛，献牺牲，谢神恩；
6. 幸存者成再造、再传人类的始祖，开始再造、再传人类；
7. 幸存者得到了神的赐福，成为神或得到永久的生命。

这种基本情节的相似和重合，正好证明了两者之间的密切关系。这正像恩格斯在《反杜林论》中所说的："圣经上全部有关创世和洪水的故事，都被证实是犹太人同巴比伦人、迦勒底人和亚述人所共有的一段古代异教的宗教传说。"① 这一看法是正确的，但是，我们还应看到：其中存在着影响关系。基本情节的相似和重合，是因为希伯来《旧约·创世记》中挪亚方舟的洪水神话接受了巴比伦《吉尔伽美什》史诗中乌特那庇什提牟方舟洪水神话影响的结果。

二、希腊洪水神话中的巴比伦因素

希腊的丢卡利翁洪水神话，同巴比伦的乌特那庇什提牟方舟神话和希伯来的挪亚方舟神话，是相似的。关于希腊洪水神话故事和西亚地区洪水神话故事的关系问题，大致有两种不同的见解。一种说法是"关于丢卡利翁的神话可能起源于东方，从两河流域国家传入希腊，因为那里广泛流传着关于洪水的传

① 《马克思恩格斯选集》第20卷，人民出版社1971年版，第112页。

说。”[1] 另一种看法是“在希腊有‘杜卡里翁方舟’的故事……闻名于世界的希伯来‘挪亚方舟’的故事……显然是从‘杜卡里翁方舟’的演化而来。”[2]

虽然这两种见解大相径庭，但是有一点却是相同的——丢卡利翁的神话和挪亚方舟的神话是属于同一类型的洪水神话。两者的基本情节是相似的：

1. 神想用洪水毁灭人类，

2. 神选一人密授方舟避水之法，

3. 夫妇成为人类始祖，

4. 再传或再造人类，

5. 献祭谢神。

这种在基本情节上的多项契合和全盘对应，正是口头文学的传播和影响的结果，绝不可能是独自产生的和平行出现的。

追本溯源，这两个洪水神话故事都来自同一源头——巴比伦的洪水神话故事。从产生的年代上看，巴比伦的洪水神话既早于丢卡利翁方舟神话，又先于挪亚方舟神话，因而，必然是接受巴比伦的影响，而绝不是相反。至于挪亚方舟的神话来源于巴比伦《吉尔伽美什》中乌特那庇什提牟方舟的神话，早已为乔治·史密斯所证实。

希腊的丢卡利翁洪水神话，虽然接受了巴比伦的影响，但也有自己的鲜明特点。同东方的几个洪水神话相比，在描述人类罪恶方面，增加了宙斯“变形为人降临到人间查看”的情节，通过阿耳狄亚国王吕卡翁肆意杀害无辜的行径，具体而生动地展示了人间的罪恶，从而表明：宙斯决定用洪水毁灭人类，实际上是对罪恶人类的一种惩罚。西亚地区的几个洪水神话，对惩罚人类的直接原因，都没有描述得这样细致、如此突出。应该说，这是希腊洪水神话的创造。

还有，在怎样繁殖人类的问题上，丢卡利翁洪水神话，同东方的几个洪水神话也是不同的。

在乌特那庇什提牟方舟神话的结尾，恩利尔说：“直到现在，乌特那庇什提牟只不过是一个凡人，可是从现在起，乌特那庇什提牟和他的妻子，同我们

---

① ［苏］鲍特文尼克等：《神话辞典》，商务印书馆 1985 年版，第 85 页。

② 蔡恒：《中西上古神话比较研究》，载《国外文学》1986 年第 3 期。

诸神一样长生不老。乌特那庇什提牟就在这辽阔的土地上，两河汇合的地方居住吧。”① 在这里，虽然没有明确地提出人类的再传问题，但是，也可推测：乌特那庇什提牟夫妇将要在这里繁衍人类。

在挪亚方舟的洪水故事里，明确地提到了人类的再传问题。在《旧约·创世记》中说：“上帝赐福给挪亚和他的儿子，对他们说：你们要生养众多，遍满了地。”（9:1）上帝创造的人类，除了挪亚的家属，都被洪水毁灭了，所以，上帝把繁衍人类的任务交给了挪亚。因而，这是正常的、典型的人类再传情节。

希腊的丢卡利翁方舟的洪水神话，同西亚地区的不同，是属于人类的再造——用石头再造人类。神话中说：在洪水消退之后，丢卡利翁和皮拉夫妇向女神祈祷，求教再造人类的办法。于是，有一个声音回答：“蒙着你们的头，解开你们身上的衣服，把你们的母亲的骨骼掷到你们的后面。”② 丢卡利翁理解了这一神谕，对皮拉说：“大地便是我们的母亲，她的骨骼便是石头。皮拉哟，要掷到我们身后去的正是石头呀!”③ 用石头再一次创造了男人和女人，于是人类又得以繁衍后代，这是希腊洪水神话的独创。在西亚地区的洪水神话中，大多是人类的再传，而不是人类的再造。这表明：希腊洪水神话虽然吸取了巴比伦洪水神话的基本情节，但是又根据民族的需要进行了再创造，扬弃了人类再传的情节，突出地表现了人类再造的故事，显示了鲜明的民族特点。

三、阿特拉哈西思洪水神话同其他洪水神话的比较

同《吉尔伽美什》中乌特那庇什提牟方舟的神话一样，在巴伦尼亚还流传着另一个洪水神话——阿特拉哈西思洪水神话。

史学家解释说：阿特拉哈西思在阿卡德语中是“智慧超群的贤者”的意思，相当于苏美尔洪水神话中的济乌苏德拉（苏美尔语的意思是求得长寿的人）、《吉尔伽美什》史诗中的乌特那庇什提牟（巴比伦语的意思是找到生命的人）和《旧约·创世记》中挪亚（希来语的意思是安慰，引申为慰藉吾辈）。

阿特拉哈西思洪水神话，是一篇独自成章的完整的故事，与乌特那庇什

---

① ［日］矢岛文夫：《美索不达米亚的神话》，筑摩书房 1982 年版，第 113 页。

② ［德］斯威布：《希腊的神话和传说》（上），人民文学出版社 1978 年版，第 25 页。

③ ［德］斯威布：《希腊的神话和传说》（上），人民文学出版社 1978 年版，第 25 页。

提牟洪水神话以及其他洪水神话相比较，有着明显差异。这一神话的故事情节摘要如下：

在世界创始的时候，诸神也要服劳役，那活儿很重，干活儿的次数又特别多，因而诸神逐渐地流露出不满。

……

诸神烧毁了挖掘工具和运输工具之后，便走向阿努纳启的顾问恩利尔的神殿。到了夜里，包围了这座神殿。

……

恩利尔神流着眼泪气愤地说："伟大的阿努神啊，从诸神中抓出来一个，处以死罪。"

但是，阿努神不赞成这样做，向恩利尔神说道："怎么责备他们呢，他们的活儿过于多了，过于重了。我们让他们负担的活儿太过分了。"

然后，阿努纳启的大神们不断地互相提出一些办法；终于又忽然想出了一个绝妙的好主意。那就是创造代替诸神劳动的人这一想法。

立即召见降生女神贝莉特·伊丽和诸神的产婆玛米，还有那创造原始人的智慧就委托给智慧之神了。

……

人类一旦出现在大地上，便迅速地增多、繁衍起来。

人们建造神殿，挖掘运河，修筑河堤，制作食品。这时，人类的吵闹使诸神越来越讨厌了。

终于因为人们的吵闹而开始妨碍了诸神的睡眠。所以，召开了以恩利尔为首的诸神会议，决定给人类以惩罚。

最初，根据恩利尔神的命令，气象神阿达多不再降雨了。狂风猛烈地吹干了大地，草木都枯萎了，大地完全无望了，农作物不能生长了。

可是，水神恩启好像是反对消灭人类，他同情人们，常常给他们送水，请求气象神降雨给人类。这样，人们只是暂时遭到一些灾害，还可以对付过去。

但是，诸神并没有缄默不语。在诸神的集会上，都非难恩基神，在依靠咒骂反对不了的时候，便命令恩基神放出大洪水。

恩基神说:“为什么咒骂、限制我?为什么一定让我放出大洪水?那样的事情,应该由恩利尔神去做。”

因此,恩利尔神亲自下达命令,决定放出洪水,毁灭人类。①

这一神话与其他洪水神话比较,有四点不同:

1. 消灭人类原因的明显不同

在阿特拉哈西思的洪水神话中说:是因为人类过于吵闹,影响了诸神的睡眠,因而要除灭人类。

在乌特那庇什提牟的洪水神话中,却没有说明为什么要毁灭人类,只是说诸神决定:利用洪水毁灭夙路帕克城。

在挪亚的洪水神话中,则明确提出:耶和华上帝看见人类在地上的罪恶很大,终日所想的全都是恶,后悔该造出人类,因而要除掉人类。

在丢卡利翁的洪水神话中,明确指出:是由于人类的罪恶。

从这几种不同的描述中,不难看出:在前两个神话中,神要毁灭人类时,还没有一个明确的是非观念、善恶尺度和道德标准;还不像挪亚的洪水神话那样,是从善恶角度提出的问题,其中间接地或者说含蓄地反映了是以对待上帝的态度作为衡量是非的标准。在丢卡利翁的神话中,也是以善恶和对宙斯的态度作为判断是非标准的。可见,在前两个神话的时代,还没有形成明确的是非观念和善恶标准,特别是还没有形成以对待一神的态度作为衡量是非的标准。当时,在两河流域,仍然是处在一种多神崇拜的历史阶段。虽然有的神其影响已经超出了某个城邦,几乎成为全阿卡德、巴比伦的崇奉对象;但是,还没有最后形成一神崇拜。同时,也尚未形成现世和来世的观念,尚未产生使人类安于现世苦难、以求来世幸福的信仰。这就是说,在两河流域似乎尚未形成相信天国、相信上帝会使安于现世苦难的人们得到好报的一神崇拜宗教观念。

2. 诸神与人类政治地位的显著差异

在阿特拉哈西思的洪水神话中,曾提到诸神的集会——阿努纳启。在苏美尔、阿卡德时期,这是诸神世界中一组有紧密联系的和血缘关系的,由地下

① [日]矢岛文夫:《世界最古老的神话——美索不达米亚和埃及的神话》,张朝柯编译,东方出版社2006年版,第114—117页。

神、地上神以及部分天神构成的诸神群体，或者说，是一群组织在一起的诸神的统称；其中，包括了一些不同的地方或城市神殿的神。在古巴比伦文献中说阿努纳启诸神住在尼普尔城。关于他们的职司，人们并不太清楚，似乎主要是决定人类的命运。在这一神话中，阿努纳启是由七人组成的；但是，在其他典籍中阿努纳启的人数由七个到六十个，甚至到六百个，数目不等，一般都说是五十人。在阿努纳启中，地位最高的天空之神阿努，或称苍天神，又被称为众神之父；占第二位的是风暴之神恩利尔，这个名字是主宰者的意思，原为尼普尔城的保护神，后来成为全苏美尔的神；占第三位的恩基，是恩利尔的儿子，恩基是苏美尔语，阿卡德的名字叫埃阿；还有尼努尔塔，也是恩利尔的儿子。

由这样一些神组成的阿努纳启——诸神的全体会议，是宇宙（天神世界）的最高权威机构。在这一会议中，诸神可以自由讨论各种提案，经过争辩得到一致意见之后，由最高的统率者阿努发布决议。神话中的这一天神世界，间接地反映了当时的社会和国家的原始民主制特点；从而，在一定程度上，也不自觉地反映了两河流域城邦国家的政治形态。

在两河流域，早期的原始民主制，同希腊古典世界相当发达的城邦国家一样，能够参与政治活动的成员，也绝不是城邦国家的全体居民，有一部分人是不能参与政治的，例如奴隶、孩子和妇女，即使是在完全民主的雅典，也都不能参加。同样的，在美索不达米亚的各城邦国家中，一般的民众、奴隶，在集会中也是没有任何发言权的。与此相适应的，在天神世界中，由神造出的人类，既不能参与阿努纳启，又没有发言权；因而，在天神世界中，人类的地位相当于现实中城邦国家的奴隶。

3. 对方舟描写的详略不同

在阿特拉哈西思洪水神话中，对方舟的描写是相当简略的：

> 对恩利尔神的做法感到气愤的恩基神，把自己当作守护神，给阿特拉哈西思托梦，对他说："阿特拉哈西思啊，你要注意听我现在说的事情。""要拆掉你芦苇的房屋，修造一条船，要装上船篷，用沥青加固。你要把携带的物品全都装到船里去，不要丢失性命。从现在起，七天之后，大水就要到来。"阿特拉哈西思召集自己的家族，说了这件事情，开始修造大船。大船一造好就将动物和飞禽全都运进去，也让全家族的人乘船

> 中。天空改变了模样，气象神阿达多发出雷鸣，开始出现了暴风骤雨，大船猛烈地摇晃起来。河水上涨了，大洪水涌上来，毁灭了未进入漂荡大船的阿特拉哈西思以外的人们。①

很明显，对避水方舟的描写，实在是太简单了。对造船材料、船体形状、长宽高的尺寸、船舱内外的设备、桅杆的安装等等，都没有细致的、具体的描写。这一粗糙的写作手法表明：这一神话，要比乌特那庇什提牟洪水神话和挪亚洪水神话，产生得早。

同时，在这一神话中，对洪水的情景，描写得也很笼统，含混不清。同乌特那庇什提牟和挪亚的洪水神话相比，也是简单的、粗线条的；对空中的闪电、翻起的乌云中的雷鸣、暴雨的疯狂、折断的桅杆、洪水的漫溢，几乎都没有写到。从创作思维和写作技巧上看，不能不说是比较原始的。因而，这也是阿特拉哈西思洪水神话要早于乌特那庇什提牟和挪亚的洪水神话的例证。

4. 对创造人类方法的明显区别

在阿特拉哈西斯神话中，对创造人类的描写却是比较详细的。不仅说明了创造人类的原因，而且描述了创造人类的具体方法和过程，在这一方面，要比任何一个洪水神话都详尽细致。

天神为什么要创造人类呢？因为天神觉得创造世界的劳动过累过多，不愿被逼去服劳役，因而燃起了反抗的怒火。于是，天神们包围了恩利尔神殿，展开斗争。在阿努纳启的诸神会议上想出一个好主意：创造代替诸神劳动的人类。阿特拉哈西斯神话中写道：

> 智慧之神恩基，在一个月内的一日、七日和十五日举行净身的仪式，然后决定以乌耶·伊拉为原始人鲁鲁的原型，取出这个神的血和肉之后，由女神尼恩图把这血和肉掺和到粘土里。
>
> 然后，他们便走进降生宫里去。在那里聚集十四个降生女神，把掺和着乌耶·伊拉女神肉和血的粘土踩结实了。接着，埃阿神面对这里吟

① ［日］矢岛文夫：《世界最古老的神话——美索不达米亚和埃及的神话》，张朝柯编译，东方出版社2006年版，第117—118页。

诵咒文，把粘土分成十四份，交给十四个降生女神。

用这粘土块做本源，在十四个降生女神中有七人生男，有七人生女。这样，人类便出现在这个世界上。

人类一旦出现在大地上，便开始迅速地繁衍增多起来。①

在世界上普遍流传着的用泥土造人的神话，确以两河流域的为最早。希腊的普罗米修斯最初用土和水造人的神话、希伯来的上帝用地上的尘土造人的神话，都要比这一造人神话晚得多，而且都受到了这一造人神话的影响。

四、济乌苏德拉洪水神话是东西方同类洪水神话的共同源头

亚述语的《吉尔伽美什》史诗中乌特那庇什提牟的洪水故事和阿卡德语的阿特拉哈西思的洪水故事，都是属于闪米特语系的。在 20 世纪初期，由于苏美尔语的洪水神话泥板文字的发表，才使人们完全明白：原来对挪亚洪水故事和丢卡利翁洪水故事产生明显影响的乌特那庇什提牟洪水故事，是脱胎于更早的苏美尔神话中济乌苏德拉洪水故事的。这是地球上用文字记录下来的最早的洪水故事，大约产生于公元前 3 千纪以前。记录这一洪水故事的泥板出土于尼普尔。从主要情节和基本结构上看，和西亚地区、两河流域的洪水神话，属于同一类型。

这一洪水故事诗至少有三百多行；泥板在开头部分有缺损。神话中描述天神宣告：愿意从灭亡中拯救人类，从而，人类能够继续建造城镇和神殿。（此后大约缺损 37 行）王自天而降，建设五个城镇——埃利都、巴德梯比拉、拉腊库、西帕尔和夙路帕克。大约在那缺损 37 行之处，可能提到泛起洪水除灭人类的这一可怕决定。接着，描述了在诸神之中，伊南娜和恩基反对惩罚人类的计划。于是，泥板中写道：

……那时尼恩图哭泣得……一样。

圣者伊南娜为国人［作］哀［歌］

① ［日］矢岛文夫：《世界最古老的神话——美索不达米亚和埃及的神话》，张朝柯编译，东方出版社 2006 年版，第 116 页。

恩基扪心自问。
阿努、恩利尔、恩基（和）宁夫鲁萨古……
天上和地上的诸神［呼喊着］恩利尔的名字。
那时……［的］王帕西修的济乌苏德拉建造了巨大的
……
[他] 怀着谦逊和尊敬遵从……
[他] 每天做那事情，不断地……
[他] 做各种各样的梦……
诸神……墙壁……
济乌苏德拉站在墙壁的旁边，听到了。
“站在墙旁边的我的左侧，
在墙旁边，我要对你说话，[要听从我的话语]
要注意听从我的命令。
按照我们的……
大洪水将要袭击拜神的中心地点。
为了除灭人种……
这是［诸神］集会的决定和意志。
根据阿努和恩利尔的命令……
他们的王，他们的领土，
[都要毁灭掉]。”
(大约损坏 40 行)
大旋风凶猛可怕地袭来。
同时，大洪水泛滥淹没了拜神的中心地点。
接着，在七天（和）七夜之间，
大洪水流遍大地，
(于是) 大船在一片汪洋上被狂风摇晃着，
乌图出现了，他将光辉投射到大地上，
济乌苏德拉打开了大船的窗口，
英雄乌图向大船里边投射了光辉。
济乌苏德拉王，

跪拜在乌图神脚下。
王宰牛杀羊。
(大约缺损39行)
“您发出了‘上天的元气’、‘大地的元气’。
真的，他们按照您的……舒展了身体。
阿努和恩利尔发出了‘上天的元气’、‘大地
的元气’，他们按照……舒展了身体。
植物从大地上长出来了。
济乌苏德拉王，
跪拜在阿努和恩利尔脚下。
阿努和恩利尔喜爱济乌苏德拉。
他们把同自己一样的生命赐给了他，
把同神一样的永远的元气，
把同更高的神一样的永远的元气，带给了他。
那时，让济乌苏德拉王，
让植物（和）人种的保存者济乌苏德拉，
住在他们通过的土地、迪尔蒙乐园、太阳升起的地方。”
(这一泥板的剩余部分大约有69行损坏)①

在这里，称济乌苏德拉为王，传说他是夙路帕克的英明的统治者。神的启发，使他知道了诸神将要用大洪水除灭人类。可惜的是，泥板的缺损，使我们无法知道制造方舟的情况。在这首诗里描述的风暴和洪水的情景，都是比较简单的，并且显得很粗糙。这也是济乌苏德拉洪水神话产生得很早的一个佐证。这一神话，是人类记录下来的最早的洪水神话。后来产生的巴比伦的、亚述的、两河流域的、希伯来的、希腊的以及在巴比伦洪水神话影响下创作出来的西苏特罗斯——也可以说是济乌苏德拉的希腊译名的洪水神话，都直接或间接地受到了这一洪水神话的影响。虽然后来的神话都是脱胎于济乌苏德拉洪水

① ［法］安德烈·帕洛：《圣经考古学》，波木居齐二、矢岛文夫译，东京水篶书房1958年版，第132—135页。

神话，但是，东西方各个民族，又根据自己的民族习俗和需要进行了创造性的改造，绝不是原封不动的“照搬”和“翻版”。其民族性格、民族特色和民族的创新精神是不可忽视的，应该肯定的。

五、挪亚方舟洪水神话的创新精神

在肯定了巴比伦洪水神话对希伯来洪水神话产生了明显影响之后，究竟应该怎样认识和评价挪亚方舟的洪水神话？国内外学者的看法并不完全一致。

长期以来，具有代表性的、颇有影响的观点，是苏联学者的见解。他们把两个方舟故事在情节上的相似，看成是希伯来人对巴比伦人的“抄袭”和“剽窃”。著名学者、历史学博士谢·亚·托卡列夫说：“这则神话（指乌特那庇什提牟方舟的神话——引者）的主题，乃至某些情节，同见诸《圣经》洪水灭世故事颇为相似；后者显然为犹太人袭自巴比伦人”。① “《圣经》中洪水灭世故事，几乎是巴比伦洪水神话的翻版”。② 还有的学者认为：“关于世界洪水和挪亚方舟救渡的神话都和苏美尔文学以及巴比伦文学中的描述有极其相似之处。显然，这里一部分是较早期的闪族的神话，一部分则是从巴比伦人那儿直接剽窃来的”。③ 这种“抄袭”、“翻版”或“剽窃”之说，尽管长期流传，影响广泛，但是却绝非客观和正确的论断。

其实，希伯来人的洪水神话虽然接受了巴比伦人的影响，但是，绝对不能把这种影响看成是“抄袭”、“翻版”或“剽窃”！这种接受影响是继承、改造和创新！其中，体现了希伯来人在接受巴比伦文学遗产时所展示的民族特点和创新精神。

在对巴比伦和希伯来的洪水神话进行比较的时候，不仅要看到两者之间的相似和相同，而且应该进一步发现它们之间的区别与差异。这种区别和差异能更清楚地表明：希伯来人在接受巴比伦人的影响时，是结合着自己的民族需要、民族性格、文化传统和心理特点，对巴比伦的文学遗产进行了创造性的改

① ［苏］谢·亚·托卡列夫：《世界各民族历史上的宗教》，魏庆征译，中国社会科学出版社1985年版，第358页。

② ［苏］谢·亚·托卡列夫：《世界各民族历史上的宗教》，魏庆征译，中国社会科学出版社1985年版，第405页。

③ 苏联科学院主编：《世界通史》第1卷，三联书店1959年版，第680页。

造，体现了创新精神。

巴比伦和希伯来两个洪水神话之间的明显区别和差异，主要表现在下述三个方面。

第一，宗教信仰上的多神观念和一神观念的不同。在巴比伦的洪水故事中，表现了多神观念的宗教信仰，而在希伯来的洪水神话中所反映的是一神观的宗教信仰。

在巴比伦和希伯来的洪水神话中都叙述了神想要利用洪水毁灭人类的决定，然而，在巴比伦的洪水神话中，是由诸神共同决定的，而在希伯来的洪水神话中却是由上帝自己决定的。这是一个重大的不同。例如：巴比伦的洪水神话清楚地叙述着："有一次至高无上的诸神决定，利用洪水毁掉这个城镇。其中居住的诸神有：父神阿努、谋士恩利尔、代表者尼努尔塔、水路监督恩基，还有智慧之神埃阿等。"[①] 在这里，正反映了巴比伦人多神观念的宗教信仰。值得提出的是，由诸神讨论研究作出决定的这种办法，并不是巴比伦人的首创，而是巴比伦人从苏美尔人或阿卡德人那里继承下来的。美索不达米亚最早的洪水神话、巴比伦洪水神话的源头——苏美尔的济乌苏德拉洪水神话中描写："大洪水将要袭击拜神的中心地点。为了除灭人类……这是［诸神］集会的决定和意志。"[②] 在阿卡德的阿特拉哈西思洪水神话中也说："召开了以恩利尔神为首的会议，决定对人类给以惩罚"[③] 利用洪水毁灭人类。这两个洪水神话中提到的"诸神集会"，也叫做"阿努纳启"。巴比伦人多神观念的宗教信仰，是对前代诸神集会——阿努纳启传统的继承。

在巴比伦王朝，虽然马尔都克神的地位越来越高，但是，最后也没有达到一神崇拜宗教信仰的程度，依然是多神崇拜。在巴比伦的神话中还找不出一个唯我独尊的万物主宰的非常明确的主神或上帝。在巴比伦，主神的地位常常是变动不定的，往往随着政治形势的需要而变化。因而，在巴比伦的宗教信

---

① ［日］矢岛文夫：《世界最古老的神话——美索不达米亚和埃及的神话》，张朝柯编译，东方出版社 2006 年版，第 89 页。

② ［法］安德烈·帕洛：《圣经考古学》，波木居齐二、矢岛文夫译，东京水篶书房 1958 年版，第 133 页。

③ ［法］安德烈·帕洛：《圣经考古学》，波木居齐二、矢岛文夫译，东京水篶书房 1958 年版，第 133 页。

仰，总是多神崇拜而不是一神崇拜。

但是，在希伯来的《旧约·创世记》中，却鲜明地反映了一神崇拜的宗教信仰。在希伯来的洪水故事中曾说："耶和华见人在地上罪恶很大，终日所思想的尽都是恶。耶和华就后悔造人在地上，心中忧伤。耶和华说：我要将所造的人和走兽，并昆虫，以及空中的飞鸟，都从地上除灭，因为我造他们后悔了。唯有挪亚在耶和华眼前蒙恩。"（6：5—8）

在这个希伯来的洪水故事中，自始至终都没有离开耶和华：创造了人类之后，开始后悔的是耶和华，想要毁灭人类的是耶和华；找到义人、完人挪亚，秘密传授制造方舟之术、使人避开洪水的还是耶和华；洪水之后的幸存者筑祭坛、献牺牲、顶礼膜拜的还是耶和华；下决心与人订约，使之不再遭受洪水灭绝的也是耶和华。这一切，反映了希伯来的一神崇拜的宗教信仰。

第二，两个洪水神话在善恶观念上也有明显的不同。巴比伦的洪水神话，似乎没有反映出明确的善恶观念。在乌特那庇什提牟的方舟故事中，只是说诸神在会议上决定要用洪水除灭人类，为什么要这样做？恩利尔为什么要毁灭夙路帕克城及其居民？埃阿又为什么帮助夙路帕克城的居民，向乌特那庇什提牟秘密传授制造方舟的办法？恩利尔神的做法，埃阿为什么不同意？他们之间的矛盾究竟是由于什么原因？这些问题，在巴比伦的洪水神话中都没有清楚地说明。这表明：当时还没有明确的善恶观念和道德标准。在巴比伦尼亚还流传着另一个洪水神话——阿特拉哈西思洪水神话。在这个阿卡德的洪水神话中说：最初，诸神决定创造人类代替诸神劳动。但是，"人类一旦出现在大地上，便开始迅速地增多繁衍起来。人们建造神殿，挖掘运河，修筑河堤，制作食品；这时，人类的吵闹使诸神越来越讨厌了"；"终于因为人们的吵闹而开始妨碍了诸神的睡眠；所以，召开了以恩利尔为首的诸神会议，决定对人类给以惩罚。"① 放出洪水，毁灭人类。因为吵闹影响睡眠，这一原因显然不是从是非和善恶角度提出的问题。在巴比伦尼亚流传得最早的苏美尔的济乌苏德拉洪水神话，根本没提到放出洪水的原因。

上述例证表明：无论是苏美尔和阿卡德的洪水神话，还是巴比伦的洪水

① ［日］矢岛文夫：《世界最古老的神话——美索不达米亚和埃及的神话》，张朝柯编译，东方出版社 2006 年版，第 116 页。

神话，在毁灭人类的问题上都没有反映出明确的是非观念、善恶尺度和道德标准。

但是，在希伯来的洪水神话中，却表现了比较明确的善恶是非观念。上帝为什么下决心要用洪水毁灭人类?《创世记》中说得很明白:“耶和华见人在地上罪恶很大，终日所思的尽是恶，耶和华就后悔造人在地上，心中忧伤”(6：5)。按照上帝的看法，人类的罪恶，可以说是从上帝创造的人类始祖开始的，因为亚当和夏娃偷吃了伊甸园的禁果，人类便被打上了“原罪”的烙印。因而，亚当和夏娃被上帝赶出了伊甸园。从此，人类为了传宗接代，为了生存和糊口，不得不付出艰苦的劳动，因而，人类的心里就滋生了怨恨和恶念，大地上充满了罪恶，人与人之间互相仇视，出现了你争我斗和胡作非为。上帝正是因为人类的罪恶，才后悔在地上造人的，才决定用洪水毁灭人类。但是，另一方面，上帝又选定了义人挪亚，让他和全家人都躲进方舟，以便保留下来，再繁衍人类，希望用这些顺从上帝的人、听话的人重建一个没有罪恶的新世界。所以，上帝才对挪亚说:“你和你的全家都要进入方舟，因为在这时代中，我见你在我面前是义人。”(7：1）不难看出，上帝心里有一个明确的是非观念和善恶标准：凡是对上帝恭顺的，尊重他、崇拜他、信奉他和服从他的，就是好的，就是善；反之，凡是违背上帝的意志，不听他的话，亵渎他，瞒哄他和冲犯他的，就是坏的，就是恶。可见，希伯来宗教的是非、善恶报应观念，是以一神论为基础的，也就是以对待上帝的态度为标准的。同时，希伯来宗教的善恶报应观念，并不重视死后的来世，而是特别强调今生的现世。这种善恶报应直接涉及人类及其后代。例如：不服从上帝的人类及其后代毁灭，顺从上帝的人类及其后代——挪亚及其全家人，不仅可以活下来而且还可以繁衍后代。

希伯来宗教的一神论，特别强调和推崇上帝的万能，希伯来宗教的善恶观念也是建立在希伯来唯一的神——上帝的基础之上的。因而，应该说善和恶都是来源于宇宙的创造者和万物的主宰——耶和华，而不像二元论宗教那样，把善恶说成是两个本源，来源于善恶两个不同的神灵。但是，如果承认善与恶都源于上帝自身，上帝既是善的本源，又是恶的本源，必然会推导出上帝也有恶的本性这一结论。这就会否定上帝的完美，有损于上帝的伟大形象。对此，希伯来宗教提出一个绝妙的解决问题的理论:“原罪”说和“罪在自身”的见解。上帝为什么对人类残暴、冷酷，甚至想用洪水毁灭人类，造成人类的灭顶之灾?！这是上帝对人类罪恶行为的惩罚，是对人类背叛行为的审判。这样的惩罚和审判是上帝拯救人类的一种手段。这可以促使人类进行自我反省、自我净化和自我更新，按上帝意图改恶从善。因而，在躲开洪水的灾难之后，挪亚要筑祭坛、献牺牲，感谢上帝对人类的拯救。

第三，两个洪水神话中还有一个显著的不同：在巴比伦的洪水神话中没有描写神和人之间立约的事情，然而，在希伯来的洪水神话中却描写了上帝和挪亚及其后代之间立约的情况。

古代以色列人有立约的习惯和传统。立约的事情，在《圣经·旧约》之中，是屡见不鲜的。所谓立约，就是双方之间互相结盟，共同按约言规定办事。这是以色列人从远古时代流传下来的习俗，也可说是原始遗风。最初，凡是结盟者，两人必须刺臂出血，然后互相吸饮对方的鲜血。这是因为血能起到互相融合的作用。后来，随着历史的发展，又改变了这一做法，用牺牲盟誓。两人或双方如要立约，要先杀牲畜，剖成两半，分别放置在两边，像《创世记》中所说的："你为我取一只三年母牛、一只三年母山羊、一只三年的公绵羊，一只斑鸠，一只雏鸽。亚伯兰就取了这些来，每样劈开分成两半，一半对着一半的摆列；只有鸟没有劈开。"（15：7）立约的两人站在中间，共同发誓。这似乎是游牧时代的立约习俗。以后，由于时代的前进，立约的规则又进一步简化：只要立约的双方在上帝面前共同发誓就可以了。

从《圣经·旧约》中看，立约的情况，大致可分为两类：一类是人与人之间的立约；另一类则是上帝与人之间的立约。在《旧约》中，可多次看到，上帝曾一再地同人立约。例如，上帝与民众立约："耶和华我们的上帝在何烈山与我们立约，这约不是与我们列祖立的，乃是与我们今日这里存活之人立约"（《申命记》5：2、3）；"耶和华说，我要立约，要在百姓面前行奇妙的事……"（《出埃及记》34：10）；上帝与亚伯拉罕立约说："我与你立约：你要做多国的父……你的名不再叫亚伯兰，要叫亚伯拉罕。"（《创世记》17：4、5）。在《圣经·旧约》中这一类立约的例子，是不胜枚举的。在上帝和人的立约关系中，上帝与人是一种互相依存、相互承担责任的关系。

在希伯来的洪水神话故事中，也清楚地表现了神与人互相依存、互相负责、互助互利的立约关系。在《旧约·创世记》中，上帝曾对挪亚说："我与你们和你们的后裔立约。并与你们这里的一切活物，就是飞鸟、牲畜、走兽，凡从方舟里出来的活物立约。我与你们立约，凡有血肉的，不再被洪水灭绝，也不再有洪水毁坏地了”（9：9—11）。上帝的这一约言，对挪亚及其后代是负责的、有利的，上帝已经作出“永约”（9：12、16）的保证：不再用洪水制造灾难。另一方面，挪亚及其后裔，也必然要尊崇上帝、顺从上帝，绝不能再出现使上帝“心中忧伤”（6：6）的事情。

上帝与人的立约关系，虽然是互相依存的、互助互利的，但是还是以上帝为第一位的。上帝是宇宙的主宰和万物的创造者。按照《旧约》中的说法，希伯来人是上帝从万族中“拣选”出的子民。因而，人人都应该按立约的要求办事，如果有人违背了上帝与人类之间的立约，就必然会遭到上帝的惩罚。

总之，由于巴比伦人和希伯来人各自所处的自然条件、社会环境、生活方式、风俗习惯和心理素质等方面的不同，各自的民族文化传统也必然是不同的。因此，希伯来人在继承巴比伦人文学遗产时，不能不根据自己民族的文化传统进行同化和改造，使之成为希伯来人喜闻乐见的具有民族特色的作品。因此，在希伯来挪亚方舟的洪水神话中所表现出来的一神信仰、善恶观念和立约习俗，正是为希伯来的文化传统所决定的。这恰恰显示了希伯来人在接受外民族文学遗产时表现出来的创造精神和民族特色。

第九节　《希伯来史诗》中巴比伦、埃及的文化因素

圣经考古学的产生，使《圣经》的研究有了新的发展，不仅从根本上否定了“圣经神授”的传统说教，而且进一步发现圣经文学同西亚、北非文化的密切联系。

在《希伯来史诗》中，也明显地反映了西亚苏美尔—巴比伦文学和北非埃及文学的影响。史诗中的神话、民间传说和文化习俗等方面都可看到这种影响。

一、两河流域的因素

1. 神话中的西亚影响

在希伯来史诗的神话部分中，如创造世界、伊甸园、挪亚方舟等神话，从苏美尔—巴比伦神话中吸取了创作营养，接受了明显的影响。又如巴别塔

神话，希伯来人创造这一神话，主要是想解释和说明世界各民族的语言千差万别的原因。学者们经过考古研究认为，这一神话传说，也是源于巴比伦的。“巴别”一词，原是巴比伦城的名称。考古学家在古巴比伦城西南方的一个地方——波西帕，发现了一座古塔庙的残迹，许多研究者认为，它和巴别塔的传说故事，有着明显的联系。因为有人在这塔庙附近发掘出一些文物残片，有的残片上的文字记载着：一个巴比伦的国王曾下令在此处建造塔庙，但又不等完工，突然下令停建，原因不明。一些学者认为：这就是巴别塔神话传说的原型。

2. 民间传说中的西亚影响

在《希伯来史诗》的民间传说部分中两河流域的影响，也是层出不穷的。

关于摩西出生的传说，无论如何也难以否认萨尔贡出生传说的影响。史诗中描述：摩西出生后，为了避免埃及人的杀害，父母把他隐藏三个月之后，将他装进一个涂满沥青的蒲草箱里。放入尼罗河中。埃及法老的女儿到河边洗澡时发现他后，收养了他（《出埃及记》2：10）。

在这一类传说中最早的历史人物是战胜了苏美尔人的闪族人、阿卡德国家的创建者萨尔贡一世（前2369—前2314）。关于他的出生，萨尔贡在自述中是这样说的：

> 我叫萨尔贡，全能的国王，阿卡德的国王。我的母亲是个尼姑，我不知我的父亲，而我的叔父住在山里。在我的城市阿苏皮兰尼——它坐落在幼发拉底河畔，我的母亲，就是那个尼姑怀上了我。她秘密地生下了我，然后把我装在芦苇箱里，用沥青封好箱子，放入了河中。河水没淹死我，却把我带给了阿克，提水人阿克。他出自善心救我出水，把我当他自己的儿子哺养成人。阿克让我当了他的花匠。我当花匠的时候，伊斯塔和我相爱了。后来我成了国王，在位统治了45年。①

无论在东方或是在西方，还可以找出许多著名人物与萨尔贡相似的经历。这表明：萨尔贡出生传说的影响，既广泛又深远。

---

① 转引自［奥］弗洛伊德：《摩西与一神教》，生活 · 读书 · 新知三联书店1988年版，第5页。

3. 文化习俗中的西亚影响

《希伯来史诗》中表现的文化习俗也有两河流域的影响。

在《希伯来史诗》中，“与上帝立约”观念中的约法，既不是从天而降的，也不是上帝特别恩赐“被选的子民”的。有的学者认为：“与上帝立约”的思想似乎正是以“东方宗主权条约”为基础的，因为赫梯大皇帝与其属下的小国国王缔结约法的形式，与史诗中西奈约法的形式，是极其相似的。“东方宗主权条约”的形式如下：

(1) 大皇帝自我介绍；
(2) 与过去历史的关系和赐予的恩惠；
(3) 约法条款；
(4) 证人或证据；
(5) 对遵守约法者的祝福，对违背约法者的咒诅。①

在《出埃及记》和《申命记》中的西奈约法，在形式上与上述条约的形式如出一辙：

(1) 神的自我介绍：“我是耶和华，你们的上帝”；

(2) 过去的历史和赐予的恩惠：“曾将你们从埃及地，为奴隶之家领出来”；

(3) 约法条款的第一条：“除了我以外，你不可有别的神”；当然这要在宗主权条约中出现，似乎也是“除了我以外，你不可有别的大皇帝”。②

“十诫”的后六条，阐述的是社会伦理方面的内容，提出了人际关系的行为准则，学者们认为：这些原则和规定，也绝不是希伯来人和犹太教的独创，其中显然是接受了美索不达米亚其他民族的传统观念，外来的影响是不可否认的。

---

① ［日］山本七平：《圣经常识》，东方出版社 1992 年版，第 80 页。
② ［日］山本七平：《圣经常识》，东方出版社 1992 年版，第 80 页。

又如，在《希伯来史诗》中，我们看到：一个名词，既是人名，又是地名。这种两名并用的情况，在过去，人们无法理解其原因。史诗中说："他拉的后代记在下面。他拉生亚伯兰、拿鹤、哈兰；哈兰生罗得。"（《创世记》11：27）哈兰，不只是人名，也是地名。我们知道：在《圣经》中有两个人叫哈兰，一个是他拉的儿子、亚伯拉罕和拿鹤的弟弟、罗得的父亲，另一个是利未人示每的三个儿子之三——"示每的儿子是示罗密、哈薛、哈兰三人"（《代上》23：9）。还有一个哈兰是地名："他拉带着他儿子亚伯兰和他孙子哈兰儿子罗得……要往迦南地去；他们走到哈兰，就住在那里。"（《创世记》11：31）

哈兰的例子，给人们带来了两个疑问：一是这种人名、地名并用的情况，是巴勒斯坦地区固有的，还是来源于其他地区的影响；一是哈兰究竟在哪里？一直到20世纪30年代，人们还没有解开这个谜。在30年代以后，考古学者利用挖掘出土的马里王国的泥板文献解开了这两个疑问：

> 在其他的泥板里，亚述学家在研究了这些马里的省长们和区钦差们的报告之后，一再碰到了一连串在《圣经》史上我们熟悉的响亮的名字——豫法勒、巴鹿、拿鹤和他拉，还有——哈兰。
>
> ……
>
> 亚伯拉罕祖先的名字，经过这些黑暗时期之后，作为美索不达米亚西北部城市的名称而出现于世。这些地方都位于巴旦亚兰（Padam Aram），即亚兰（Aram）平原上；哈兰正在它的中心，按照它的叙述，它在公元前19至公元前18世纪必定是一座繁荣的城市。①

《希伯来史诗》中所表现的民俗特点，也反映了美索不达米亚的风俗习惯。

在关于亚伯拉罕的民间传说中曾叙述亚伯拉罕因身后无子、为无人继承他的财产而烦忧。他对上帝说："主耶和华啊，我既无子，你还赐我什么呢？并且承受我家业的是大马士革人以利以谢。"（《创世记》15：2）亚伯拉罕为什么一定要由一个外人继承自己的家业呢？这是一种什么样的、从哪里传承下来

① ［德］维尔纳·克勒尔：《圣经：一部历史》，林纪焘译，三联书店1998年版，第63—64页。

的习俗呢？在距主基尔库克（Kirkuk）西南15公里的约根特普（Yorgan Tepe）地方出土的努济（Nuzi）城的档案，为我们解开了这一迷惑。考古学者说：

> 从努济档案的泥板中，我们知道当时的习惯是没有儿子的夫妇收养一名“义子”来照顾他们，让他日后承继财产作为报答。但如果他们后来又生了一个儿子，则原来的约定可以做某些修改。①

在亚伯拉罕的民间传说中，还描述了一种独特的夫妻关系：亚伯拉罕同妻子撒莱（拉）婚后多年无子女，于是作妻子的撒莱主动提出，让自己的使女夏甲与亚伯拉罕同房。“撒莱对丈夫亚伯兰（即亚伯拉罕）说：‘耶和华使我不能生育。求你和我的使女同房，或者我可以因她得孩子。’亚伯兰听从了撒莱的话”（《创世记》16：2）。无独有偶，雅各的妻子拉结也因婚后多年无子女，对丈夫说了同样的话：“有我的使女辟拉在这里，你可以与她同房，使她生子在我膝下，我便因她也得孩子。”后来，辟拉给雅各生了一个儿子。拉结说：“上帝伸了我的冤，也听了我的声音，赐我一个儿子。”当辟拉为雅各生了第二个儿子时，拉结说：“我与姐姐大大相争，并且得胜。”（《创世记》30：3、8）

这一特殊的民俗现象并非希伯来人独有，因为在两河流域早就有了同样的习俗。考古学者说：“如果婚后一直无子，妻子必须提供一个‘代替妻子’。……在努济泥板里所说的风俗和这一样。”②

在雅各的传说故事中，还有一种现象也是人们难以理解的。《旧约》中说：当拉班出去剪羊毛的时候，他的女儿拉结偷了他父亲家中的神像。雅各背着他岳父拉班偷着走了。后来有人告诉了拉班，他追了七天才追上他们。拉班对雅各说：“你做的是什么事？你为什么背着我偷着走呢？为什么又偷了我的神像呢？”雅各回答说：“恐怕你从我身边把你的女儿夺回去，所以我逃跑。至于你的神像，你在谁那里搜出来，就不容谁存活。”原来雅各不知道拉结偷了那些神像。拉班搜了几个人的帐篷，都没搜出来，拉班就进了拉结的帐篷。拉结已经把神像藏在骆驼的驮篓里，便坐在上头。拉班摸了那帐篷的所有地方，并没

---

① ［德］维尔纳·克勒尔：《圣经：一部历史》，林纪焘译，三联书店1998年版，第67页。

② ［德］维尔纳·克勒尔：《圣经：一部历史》，林纪焘译，三联书店1998年版，第67页。

有摸着。拉结对她父亲拉班说："现在我身上不便，不能在你面前起来，求我主不要生气。"这样，拉班到处搜寻神像，却什么也没搜出来。(《创世记》31：19—35)

拉结为什么要偷走他父亲拉班的神像？父亲来搜寻时拉结想方设法不让他找到，究竟怀有什么目的？这一民俗现象又该怎样解释？对这个令人百思莫解的难题，圣经考古学者终于探明了其中的奥秘：

> 雅各的妻子拉结窃取了他父亲的"荣耀"(《创世记》第31章第3节以后各节)，而拉班想尽办法将这些"荣耀"夺回来。努济泥板告诉我们原因何在。拥有这些家庭荣耀（如神像）的人就有权继承财物。①

上述的几种情况令人信服地看到：在希伯来民间传说中有许多民俗现象同努济的泥板文献之间存在着惊人的相似之处。这些例证一再表明：《希伯来史诗》表现的民间习俗明显地受到了美索不达米亚的文化影响。

二、北非埃及的因素

《希伯来史诗》也接受了北非埃及的影响。史诗在人物形象、故事情节、生活习俗和一神观念等方面，都可以找到同埃及文化的联系。

1. 有的人名来源于埃及

史诗中的著名人物摩西，他的名字便是来源于埃及的。弗洛伊德说：

> 很长时期以来，许多人都曾提出，摩西这个名字来源于埃及语词汇。我将从布雷斯特德的近作《良心的曙光》一书中摘录一段来代替这些人的意见，他所著的《埃及史》是人们公认的权威性著作。他写道："注意他的名字摩西是埃及语这一点非常重要。毫无疑问，埃及语单词'摩西'的意义是'孩子'，也是其他某些名字如'阿蒙摩西'、'普塔摩西'的缩略形式，意义是指'阿蒙的孩子'、'普塔的孩子'……而摩西这个名字在埃及的纪念碑上也并不罕见……埃及帝王名册中那些冠有同类神祇名字

① ［德］维尔纳·克勒尔：《圣经：一部历史》，林纪焘译，三联书店1998年版，第67页。

的姓名，例如阿—摩西、图特—摩西、赖—摩西等。”①

布雷斯特德的见解，看来，是有道理的，在埃及有那么多与摩西有关的人名，然而，在希伯来人的名字中，摩西这个名字却只有一个，而不像西门、约瑟、犹大等名字，有许多希伯来人使用。

2. 以妻为妹的故事来源于埃及

在《希伯来史诗》中，有三个以妻为妹的故事：两个故事是讲亚伯拉罕称妻撒莱（拉）为妹的（《创世记》12：9—10；《创世记》20：2—3）；第三个故事讲的是以撒称妻利百加为妹（《创世记》26：9）。

称妻为妹的这一民俗特征究竟源于何处？埃及神话中奥西里斯及其家族的故事是这三个故事的共同渊源。我们知道：在古代埃及的创世神话中有所谓“九元神”之说。创世的第一神是阿吞，他虽然没有配偶，却降生了两个神，即男神舒（大气之神）和女神泰弗奴特（湿气之神）。男神舒和女神泰弗奴特又生了男神格伯（大地之神）和女神奴特（天空之神）。格伯和奴特又生了四个神——奥西利斯、伊西斯、塞特和奈弗蒂斯。奥西利斯娶了伊西斯，塞特娶了奈弗蒂斯。在这九元神中，我们看到：两代神的妻妹同一的情况：上一代的奴特既是格伯的妻子，又是他的妹妹；下一代的伊西斯，既是奥西利斯的妻子，又是他的妹妹。这一神话表明，称妻为妹、妻妹同一的民俗特征，在埃及是相当古老的婚姻习俗。因而，希伯来民间传说称妻为妹的民俗特征正是来源于古埃及的。②

3. 雅各和以扫的传说故事来源于埃及

美国的圣经考古学者加利·格林伯格在雅各和以扫兄弟二人的传说故事中也发现了埃及的文化因素、古代埃及神话对希伯来民间传说的明显影响。他说：

……考察《创世记》有关以撒和利百加的双生子雅各与以扫的主要情节。有证据表明，雅各故事的主要内容来自埃及人关于何露斯与塞特

① ［奥］弗洛伊德：《摩西与一神教》，生活·读书·新知三联书店1988年版，第2—3页。

② 参见［美］加利·格林伯格：《圣经之谜》，祝东力、秦海清译，光明日报出版社2001年版，第271、273页。

相争的传说。其中，雅各代表何露斯，以扫代表塞特，而利百加则代表伊西斯。

……

要是看雅各和以扫故事的表面，很难发现埃及何露斯神话的内容。但当我深入到表层以下，埃及的原始故事就呈现了。请看《圣经》的情节线索：兄长欲继承权力；家族首领支持兄长的请求；弟弟在母亲的计谋的协助下，获得了权力；母亲担心弟弟的安全，将他藏起来，以防兄长伤害；最后，兄长和弟弟言归于好，承认了他的首领地位。如我们将看到的，这一故事线索酷似《何露斯与塞特之争》的描写。①

格林伯格通过《创世记》传说故事和古代埃及神话中细节描写的比较研究，发现了希伯来民间传说中有大量的埃及因素。例如：关于“以扫和雅各出生”的传说，在《创世记》中是这样写的：

生产的日子到了，腹中果然是双子。先产的身体发红，浑身有毛，如同皮衣，他们就给他起名叫以扫（就是有毛的意思）。随后又生了以扫的兄弟，手抓住以扫的脚跟，因此给他起名叫雅各（就是抓住的意思）。（《创世记》26.24—26）

格林伯格在比较研究之后发现：“以扫的诞生也近似于埃及蓝本”，“普鲁塔克说，塞特也是挣脱出世的早产儿，来‘到世上，既非其时，亦非其地’，但他挣脱而出”，“埃及人还把塞特说成红毛兽，常与猴子相提并论”；“所以，以扫的先期出世和他厚厚的红毛与塞特的红毛形象一般无二”。②

在雅各的传说中，关于谋取长子名分的细节描写，也是值得重视的。格林伯格说：“雅各从以扫那里获得名分的过程，是雅各生平中的核心事件。《创

① ［美］加利·格林伯格：《圣经之谜》，祝东力、秦海清译，光明日报出版社 2001 年版，第 283—284 页。

② ［美］加利·格林伯格：《圣经之谜》，祝东力、秦海清译，光明日报出版社 2001 年版，第 284 页。

世记》有两个述及于此的故事。”[①] 在第一个故事中说：

> 有一天，雅各熬汤，以扫从田里回来累昏了。以扫对雅各说：“我累昏了，求你把这红汤给我喝。”……雅各说：“你今日把长子的名分卖给我吧。”以扫说：“我将要死，这长子的名分于我有什么益处呢？”雅各说：“你今日对我起誓吧。”以扫就对他起了誓，把长子的名分卖给雅各。《创世记》25：29—34）

第二个故事，是这样说的：

> 利百加就对他儿子雅各说：“我听见你父亲对你哥哥以扫说：‘你去把野兽带来，做成美味给我吃，我好在未死之先，在耶和华面前给你祝福。’现在，我儿，你要照着我所吩咐你的、听从我的话。……给我拿两只肥山羊羔来，我便照你父亲所爱的给他做成美味。你拿到你父亲那里给他吃，使他在未死之先给你祝福。”雅各对他母亲利百加说：“我哥哥以扫浑身是有毛的，我身上是光滑的；倘若我父亲摸着我，必以我为欺哄人的，我就招咒诅，不得祝福。”他母亲对他说：“我儿，你招的咒诅归到我身上；你只管听我的话，去把羊羔给我拿来。”……利百加又把家里所存大儿子以扫上好的衣服给她小儿子雅各穿上，又用山羊羔皮包在雅各的手上和颈项的光滑处，就把所做的美味和饼交在她儿子雅各的手里。(《创世记》27：6—17)

利百加叫雅各采取这种伪装的办法，用诡计骗取了其父的祝福。格林伯格将这两个故事同古代埃及神话中“何塞之争”的故事进行了比较之后，他说：“第一个故事讲以扫用长子名分换了一碗吃食；第二个故事讲雅各骗取了以撒的祝福，并且又涉及一碗吃食。所有情节看来都起源于《何露斯与塞特之争》里的同一个故事。”[②] 例如：用一碗食物骗取名分（或王位），这食物是给在

① ［美］加利·格林伯格：《圣经之谜》，祝东力、秦海清译，光明日报出版社 2001 年版，第 284 页。

② ［美］加利·格林伯格：《圣经之谜》，祝东力、秦海清译，光明日报出版社 2001 年版，第 285 页。

田里劳动着的；用乔装改扮的办法和以谎言蒙蔽对方骗得名分（或王位）。这些细节描写是完全相似的。格林伯格不仅看到了两者之间大的相似，而且也注意到两者之间小的差异。他说："埃及故事与《圣经》故事的唯一小区别是什人做了什么的区别。在埃及故事里，母亲站在自己儿子一方，亲自出马；在《创世记》里，母亲出谋划策，承担责任，却让儿子乔装改扮。在埃及故事里，长子中计，说出了有魔力的话；在《创世记》，中计的是偏爱长子的父亲。"①

此外，格林伯格还注意到："《创世记》有两个雅各改名为以色列的故事。一个是雅各彻夜与陌生人摔跤的那次。另一个则与雅各梦见天梯有关。"② 他强调："我们现在考察这两个故事，将会发现它们都出自关于何露斯与塞特的埃及故事，而雅各的两次改名则与三个何露斯神合而为一的情形相吻合。"③ 对这一问题，格林伯格解释说：

> 雅各的角力不是别的，正是塞特与大何露斯日复一日的原始斗争故事的改写。但这为什么会使雅各改名为以色列呢？
>
> 改名暗示了再生的一种形式。与改名相关的是雅各的腿受伤，使他成了跛子。在普鲁塔克的奥西里斯故事里，我们看到塞特和何露斯言归于好后，奥西里斯暂时死而复生，同伊西斯有了一个孩子。这就是小何露斯，他天生跛脚。
>
> 雅各的跛腿也发生在何露斯与塞特和好的背景中。起初，雅各代表伊西斯之子何露斯。当他摔倒陌生人后，又代表大何露斯。和好后，他有了新名。再生了，由于跛腿，又成了小何露斯。④

在希伯来的民间传说中，被圣经考古学家发现的埃及文化因素，还不止

① ［美］加利·格林伯格：《圣经之谜》，祝东力、秦海清译，光明日报出版社 2001 年版，第 285 页。

② ［美］加利·格林伯格：《圣经之谜》，祝东力、秦海清译，光明日报出版社 2001 年版，第 291 页。

③ ［美］加利·格林伯格：《圣经之谜》，祝东力、秦海清译，光明日报出版社 2001 年版，第 291 页。

④ ［美］加利·格林伯格：《圣经之谜》，祝东力、秦海清译，光明日报出版社 2001 年版，第 294 页。

上述的几个例证，应该说是大量存在的。

4. 有的故事情节来源于埃及

史诗中有的故事情节，也明显地反映了埃及的影响。例如：约瑟在埃及受到主人波提乏妻子的引诱而不为所动、反遭女人诬陷的情节（《创世记》39），正是接受了古代埃及民间故事《昂普、瓦塔两兄弟》的影响。在这一故事中说：哥哥昂普已经结婚，弟弟瓦塔与嫂居住在一起。兄弟二人在田间劳动时，哥哥让弟弟回家取大麦和小麦，嫂子趁丈夫不在引诱弟弟，却被弟弟拒绝了。瓦塔对嫂子说："看啊，你对于我就像是母亲，你的丈夫对于我就像是父亲，因为正是这比我年长的哥哥把我带大的。你方才对我说的话多么丑？不必再对我提它了。因为我决不去讲给旁人听，决不让旁人嘴里谈论这件事。"① 等哥哥回来后，嫂子却反咬一口，哥哥信以为真，想杀死弟弟，弟弟逃跑……这个产生在埃及新王国时期的故事，产生了广泛的影响。学者们认为：不仅对希伯来约瑟的故事有影响，而且对希腊柏勒罗丰、希波吕托斯的故事等都有影响。不过，到了接受影响的国家里，在情节上都有了自己的创新。柏勒罗丰的故事中说：柏勒罗丰逃到阿耳戈利斯时，受到国王普罗托斯的热情款待，国王的妻子安忒亚（一说是斯忒涅婆娅）对他一见钟情，但遭到了柏勒罗丰的拒绝。安忒娅恼羞成怒，反而诬陷柏勒罗丰图谋不轨。希波吕托斯的故事是说：希波吕托斯的继母淮德拉，在丈夫忒修斯外出时，对他产生了强烈的情爱；但因希波吕托斯为人耿介，拒绝了继母的爱情。淮德拉因而自缢，但在给丈夫的遗书中却诬陷希波吕托斯。

5. 有的习俗来源于埃及

在《希伯来史诗》中，关于割礼的习俗，也是来源于埃及的。割礼，是犹太教的重要礼仪之一，希伯来男孩要在出生后的第八天施行。割礼，是上帝与亚伯拉罕及子孙立约的标志。希罗多德认为：割礼的礼俗是埃及的影响。他说：

> 科尔启斯人、埃及人和埃西欧匹亚人是从远古以来实行割礼的仅有的几个民族。腓尼基人和巴勒斯坦的叙利亚人自己都承认，他们是从埃及人那里学到了这个风俗。而在铁尔莫东河与帕尔特欧斯利亚人以及与

---

① 《埃及古代故事》，作家出版社 1957 年版，第 62 页。

他们相邻的玛克涅斯人则说，这种风俗是他们最近从科尔启斯人[①]那里学来的。要言之，这些人便是世界上仅有的行割礼的民族，而且非常明显，他们在这一点上面，是模仿埃及人的。[②]

弗洛伊德也同意希罗多德的看法：

事实说明，涉及割礼起源的问题只有一种答案：它起源于埃及。“历史之父”希罗多德告诉我们，割礼风俗在埃及已经流传了很长时间，他的说法已经从对木乃伊作的检查和古墓壁上的画中得到了证实。就我们所知，东地中海地区没有任何其他民族追随过这个风俗，我们可以肯定，闪米特人、巴比伦人和苏美尔人都没有行过割礼。《圣经》历史上记载迦南的居民同样未行过割礼。[③]

6. 一神信仰，来源于埃及

《希伯来史诗》中独尊一神的宗教信仰，也受到了埃及的影响。在古代埃及，第十八王朝的法老阿蒙霍特普四世（公元前 1419—前 1402 年执政）提出宗教改革的新思想——废除多神崇拜，否定阿蒙神为国家的最高神，树立一神崇拜的观念，尊崇敬奉太阳神　　阿顿神为宇宙间唯一的神。这正像《阿顿颂诗》中所颂扬的：大太阳神阿顿是“伟大的造物主”，是他创造了天地、人类和牲畜，还创造了天上飞的和地上爬的，他是“唯一的真神”。为了加强对阿顿神的崇拜，阿蒙霍特普（意思是“阿顿的侍者”），把自已看成是阿顿的爱子，祈求阿顿神的爱护。这正像《阿顿颂诗》中所说的：“神啊，求您保佑您的爱子埃赫那顿。”

学者们认为：以摩西为代表的希伯来人自幼生活、成长在埃及第十九王朝法老拉美西斯二世（约公元前 1304—前 1237 年）时代，必然会受到埃及一神崇拜思想的影响。虽然埃赫那顿的宗教改革失败了，但是却给摩西和希伯来人留下了深刻的印象。因而，摩西倡导的一神教信仰同埃及崇奉阿顿的一神教思

① 科尔启斯人，即埃及人。

② ［古希腊］希罗多德：《历史》，商务印书馆 1962 年版，第 319 页。

③ ［奥］弗洛伊德：《摩西与一神教》，生活 · 读书 · 新知三联书店 1988 年版，第 20 页。

想存在着继承关系。

第十节 《希伯来史诗》的世界影响

《希伯来史诗》，同东西方其他民族的史诗一样，对后代的影响是多方面的、持久的。文学家和诗人从史诗中寻找创作题材，创作出不少新的作品；美术家和音乐家又从中获得灵感，描绘出一幅又一幅的不朽画卷，谱写出一曲又一曲的传世乐章。史诗对社会文化、生活习俗的影响，也是相当广泛的。

早在中世纪，一些作家就从《希伯来史诗》中寻找创作题材。在英国中世纪的戏剧中，有许多作品是以史诗的故事情节为创作题材的。比较有代表性的、文学价值较高的剧本是《挪亚的故事》和《以撒献祭上帝》。

在《挪亚的故事》中描写：在洪水即将到来的前夕，为了进入方舟躲避洪水而引起了夫妻的争吵，丈夫要正在纺纱的妻子进入方舟，妻子进入方舟后觉得不舒服，又走出方舟继续纺纱；待洪水逼近时又被迫再进入方舟。夫妻之间的矛盾，先是你一言我一语的口角，接着发展为拳打脚踢的武斗，充满了现实家庭的生活气息。

《以撒献祭上帝》，取材于史诗中亚伯拉罕以子献祭的故事。剧中描写：上帝派遣天使来到亚伯拉罕面前，要求他用儿子以撒的鲜血供奉上帝。亚伯拉罕说：他爱儿子，但更爱上帝。他叫以撒与他一起上山，共同祭祀上帝。到了山上，以撒问父亲：作为祭品的活牲口在哪里？还说：父亲手里的那把刀使他害怕；儿子的话，使父亲心如刀绞。亚伯拉罕只好说出，要杀死以撒献祭。儿子没想到，也不相信，问父亲：自己究竟犯了什么罪过？儿子希望母亲在身边为自己说情。父亲亲吻了儿子，儿子不愿看到父亲动刀，要求蒙住自己的眼睛，并请求父亲不要告诉母亲。当亚伯拉罕捆绑了儿子，放在祭坛上，正要举刀时，天使出现了，夺走了他手中的刀……

这两个剧本，虽然都是取材于《创世记》，但是在情节处理上，有了明显的创新，使剧情增加了鲜活的现实生活气息。在《挪亚的故事》中，无论是口角，还是武斗，家庭情调十分浓重；在《以撒献祭上帝》中，儿子先是盼望母亲说情，然后又怕母亲知道，父亲吻儿子，又要动刀，这些情节，十分动人心弦。

著名诗人弥尔顿创作的12卷长诗《失乐园》(1665)，也是利用《创世记》中的题材。诗中描述：反抗上帝的撒旦，因暴动而被天帝打入地狱。他在地狱中与反抗的天使密谋复仇。他飞出地狱，到了伊甸乐园，为了复仇而引诱夏娃，托梦给她，说明吃智慧果的好处。夏娃和亚当吃了以后，果然变得聪明。上帝因而大怒，把他们赶出乐园，去到人间受苦。诗人以极大的热情塑造了反抗者撒旦，把上帝描写为残酷的专制者、天宫暴君。弥尔顿借撒旦之口抒发了自己遭受压抑的反抗激情，借用史诗中的题材反映英国资产阶级革命精神，这是生动而典型的一个例子。

拜伦的《该隐》(1821) 也取材于《创世记》(4：1—16) 的，但是，作品的内容却丝毫没有宗教的色彩。在法国革命和拿破仑失败之后，《该隐》中反抗上帝的主题，有力地表达了拜伦对反动思想的斗争。该隐这个浪漫主义的主人公体现了抨击暴政、捍卫人类自由、为自己权利而斗争的精神。拜伦并没有像《创世记》中所表现的把该隐描写成为一个被神惩罚的杀人犯，而是把他塑造成世界上第一个反叛者，正是因为反抗上帝的暴政才杀了屈服暴政的亚伯。可见，拜伦虽然借用了《希伯来史诗》中的故事题材，但是在思想内容上却反其道而行之。

托马斯·曼也特别喜欢《圣经》，尤其是《旧约》，他想终生创作约瑟的故事，正像朱维之先生所说的："他自己承认毕生事业，在于写述旧约创世记中的约瑟故事。"[①] 早在瑞士流亡期间 (1933—1938)，他便开始创作长篇历史小说《约瑟和他的兄弟们》四部曲，并且完成了《雅各的故事》(1933)、《约瑟的青年时代》(1934)、《约瑟在埃及》(1936)，后来又完成了《赡养者约瑟》(1944)。在那个多难的时代，他以《希伯来史诗》中的故事为创作题材，绝对不是逃避现实，而是借古喻今，为现代生活服务。

许多著名的美术家依据《希伯来史诗》中的题材，创作了数以千万计的绘画和雕塑作品，保存和收藏在世界各地，这些不朽的艺术珍品直到今天依然给人们以审美的享受和鉴赏的愉悦。关于亚当和夏娃的艺术品，保存在博物馆、美术馆或教堂中的名作，不胜枚举。罗丹雕塑的夏娃铜像，出自米开朗基罗和皮埃罗·弗朗切斯卡之手的关于亚当的创造和死亡的名画，经拉斐尔设计、由他的学生完成的描绘亚当从出生到被逐出乐园的一组作品和马萨乔斯创作的《逐出乐园》等，都是举世称赞的不可多得的艺术瑰宝。以摩西为创作题

---

① 朱维之：《基督教与文学》，上海书店影印本 1992 年版，第 67 页。

材的艺术珍品：米开朗基罗的雕塑《摩西》，以建造方舟为题材的雷尼的名画和毕加索的《和平鸽》，以约瑟的经历为题材的、出自维拉斯克斯或福特·布朗之手的名画，等等，这些生动感人、难以统计的珍贵遗产，都可以说明：《希伯来史诗》对后代美术创作的不可轻估的影响。

《希伯来史诗》中的典故和成语，也产生了深远而广泛的影响。史诗中的人物形象、故事情节和词语短句，在流传过程中逐渐地变成了后人经常引用的典故和成语。这些典故或成语，或有鲜明生动的比喻性，或有通俗易懂的哲理性，或有简明扼要的概括性，词意丰富，形式简洁，耐人寻味。因而，在日常生活中，不仅为广大群众所爱用，在文学创作中，也经常为诗人作家所引用。这些寓意深刻、固定成型的典故成语，脍炙人口，种类繁多，不可胜数。

例如："该隐"，这一史诗中的人物形象便是一个典故，并且以这一典故为基础又派生出一些典故和成语，如："该隐的标记"、"该隐杀弟"、"该隐的颠沛命运"和"该隐式的手足友爱"等。这些典故和成语，不仅在现实生活中人们经常引用，而且在作家诗人的创作中也常常出现。

"该隐"这一人物，本是人类始祖亚当和夏娃的长子，是种田人，其弟亚伯是牧羊人。兄弟二人各将自己的供物献给耶和华；上帝喜欢亚伯的供物——头胎的羊羔和羊脂，却拒绝了该隐的供物——禾谷。该隐妒忌气愤，在田间杀死了弟弟；耶和华问亚伯的下落时，该隐佯称不知，并说："我岂是看守我弟弟的吗?!"耶和华诅咒该隐，使他种田时劳而无获，还要颠沛流离、漂泊在大地上。该隐对耶和华说："我的刑罚太重，凡见我者必杀我。"耶和华对他说："凡杀该隐的，必遭报七倍。"耶和华给他迁居到伊甸以东的挪得。在那里，妻子生了儿子以诺，他死于外出打猎。（见《创世记》4：1—16）

因而，人们便把该隐比喻为杀人凶手。作家和诗人们也常常使用这一比喻。

此外，拜伦还以该隐为题创作了诗剧《该隐》；斯坦因贝克创作的寓言小说也选取了与该隐有关的题名：《伊甸园以东》（1952）。这些例子，仅仅是与该隐有关的部分典故和成语，只是窥豹一斑，略见《希伯来史诗》中典故成语的大概。

在《希伯来史诗》中，十诫所涉及的律法内容、与上帝立约的契约观念，安息日和各种节日，对基督教的直接孕育，对伊斯兰教的有力影响，等等，都可以明显看到《希伯来史诗》的影响。

第四章 《摩诃婆罗多》

《摩诃婆罗多》这部卷帙浩繁、规模宏大、蜚声世界的史诗，不仅是古代印度文学中不可多得的民间口头文学的辉煌遗产，也是世界文学中罕见的瑰宝。在口头传承的过程中，经过不断地加工丰富、搜集整理、最后编订成书。按照印度的传统，它被通称为“历史传说”，神妙而艺术地反映了古代印度的社会生活和历史面貌，从而成为百科全书式的印度文化知识的总汇，它丰富多彩的思想内容对历代印度人民的品德熏陶和文化影响，发挥了难于估量的积极作用。

第一节　史诗译名、篇幅规模、作者问题、创作年代

一、史诗译名

《摩诃婆罗多》的译名，是沿用我国古代佛教典籍中的译名。在20世纪，孙用在翻译这部史诗时，用的是《玛哈帕腊达》（Mahabharata）。这个译名的音译，更接近梵语的发音。长期以来，在我国的关于印度文学的论著中一直沿用的是《摩诃婆罗多》这一古老传统的译名，因为这个译名使用了一千多年了。早在四五世纪，已经在佛经译文中提到了这一译名的雏形。例如：在鸠摩罗什（344—413）译的《大庄严论经》卷五中说：“时聚落中多诸婆罗门，有亲近者为聚落主说《罗摩延书》，又《婆罗他书》，说阵战死者，命终生天。”①《婆罗他书》就是《摩诃婆罗多》最早的简称。苏曼殊1913年发表的《燕子龛随笔》中也说：“‘印度Mahabharata、Ramayana（《玛哈帕腊达》、《腊玛延那》）

① 转引自季羡林主编：《印度古代文学史》，北京大学出版社1991年版，第77—78页。

两篇，闳丽渊雅，为长篇叙事诗，欧洲治文学者视为鸿宝，犹 Iliad，Odyssey（《伊利亚特》、《奥德赛》）二篇之于希腊也。此土向无译述，唯《华严疏抄》中有云：'《婆罗多书》、《罗摩延书》是其名称。'案《华严疏抄》一书，全名为《大方广佛华严经疏抄会本》，系唐朝和尚澄观所作；澄观是唐朝兴元、元和间（约公元七世纪末至八世纪初）人，那么在一千多年以前，中国已经知道这两部史诗的名称了。"①

虽然《摩诃婆罗多》不像《玛哈帕腊达》的译名更接近梵语的原音，但是，它已经在我国的文化史上流传了一千多年，已经成为约定俗成的译名了。印度文学的研究者和爱好者对《摩诃婆罗多》这一名称早就习惯了。

怎样理解《摩诃婆罗多》这一名称呢？金克木先生有一个简明而全面的解释："'摩诃婆罗多'的意思是'伟大的婆罗多族'。印度在摆脱殖民地地位获得独立后规定国名叫做'婆罗多'。这是'婆罗多族居住的地方'的简称，是印度的传统名称之一，它的来源就是这部史诗。"②

二、篇幅规模

由中国社会科学出版社出版的印度史诗《摩诃婆罗多》的汉语全译本，共有六厚册，洋洋五百万言。世界文学史上，无论是巴比伦的创世史诗《埃努玛·埃立什》、英雄史诗《吉尔伽美什》，希腊的英雄史诗《伊利亚特》《奥德赛》，还是《希伯来史诗》和南非的古马里史诗《松迪亚塔》的篇幅和规模，都无法与《摩诃婆罗多》伦比。《摩诃婆罗多》篇幅庞大，结构宏伟，在世界各国史诗中也是名列前茅的。金克木先生说："这部大史诗的现在传本号称有十万颂，经过整理校订后可能只有八万多颂。一颂是三十二音的一节诗，分为双行，作四句念，因此大略接近十几万行或三十多万句诗。"③ 刘安武先生从"颂"的总数上加以具体说明："一颂是对句双行诗，译成汉语可以译成 4 行……《摩诃婆罗多》共分 18 篇，有 10 万颂，但真正 10 万颂的《摩诃婆罗多》传统本却不存在。传统本中最少的有 9 万多颂，有的把《诃利世系》这一部独立的往世书性质的作品作为《续篇》收入后，也只有 10 万零几千颂。20 世纪

---

① 转引自孙用译：《腊玛延那、玛哈帕腊达》前言，人民文学出版社 1962 年版，第 12 页。

② 唐季雍译、金克木校：《摩诃婆罗多的故事》，中国青年出版社 1959 年版，第 4 页。

③ 金克木：《梵语文学史》，人民文学出版社 1980 年版，第 90 页。

所整理出版的精校本只有 84639 颂，即使加上《诃利世系》的 12000 颂，也只有 96639 颂。”①

英国牛津大学的梵文学家麦唐纳教授将《摩诃婆罗多》和荷马的史诗进行对比：“摩诃婆罗多是一部伟大的史诗，它共有十万对俪词，其分量八倍于荷马的史诗。”② 麦唐纳认为《摩诃婆罗多》共有十万“对俪词”，即十万对句双行诗——可译成四行，总计为四十万行。那么要比《伊利亚特》和《奥德赛》总和的八倍多得多。因为《伊利亚特》有一万五千多行、《奥德赛》有一万二千多行，两者合在一起，还不到三万行。在篇幅和规模上，荷马史诗也无法同《摩诃婆罗多》相比。因而，在过去，研究印度文学的学者都认为《摩诃婆罗多》是世界上最长的史诗。

但是，最近几年，由于我国学者对流传在青藏高原的史诗《格萨尔王传》的研究、整理的结果，使我们知道：这一史诗比《摩诃婆罗多》还要长。根据现在掌握的情况，研究者认为《格萨尔王传》共有 120 多部，100 多万行，2000 多万字，是名副其实的世界文学史上最长的史诗。从字数上看，它要比巴比伦的两部史诗、希腊荷马的两部史诗、印度的两部史诗、《希伯来史诗》和南非的史诗《松迪亚塔》等的总和还要长得多。因而，《摩诃婆罗多》不再是世界最长的史诗，只能退居第二位了。

三、作者问题

《摩诃婆罗多》的作者，按照史诗中的说法是毗耶娑，意译为广博仙人。关于他，从史诗和其他印度的古代典籍上看，我们看到三个方面的主要情况：

其一，他是史诗中的一个重要人物形象。在史诗《初篇》中描述：他是贞信与福身王结婚之前同波罗奢罗仙人的私生子，原在森林中修苦行。贞信和福身王的儿子奇武结婚不久死去，毗耶娑奉母命并应毗湿摩的请求，让他代替奇武使其妻生了持国、般度和维杜罗三个儿子。这种把他夸饰成俨然是婆罗多族始祖的夸张的写法，既违反了真实又与理相悖。岂能得到评论家的肯定和信服?!

---

① 刘安武：《印度两大史诗研究》，北京大学出版社 2001 年版，第 19 页。

② 麦唐纳：《印度文化史》，中华书局 1948 年版，第 74 页。

其二，按照印度的传说，毗耶娑是《摩诃婆罗多》的作者、《吠陀》的编集者、《往世书》的编写者和《梵书》的作者，等等。这些古代典籍从最早到最晚的相距上千年，任何人也活不了这样长的时间；如果说这些作品是由一人完成的，谁能相信！因此，刘安武先生说："《摩诃婆罗多》是以岛生黑仙人毗耶娑的名字流传的，但他不是作者，而是传诵者。《摩诃婆罗多》中有这样的描述，岛生黑仙人毗耶娑经过了三年非常艰苦的努力，创作了这部奇妙的神话传说《摩诃婆罗多》。但是现代的研究结果却表明：这个说法是后来加上去的。欧洲学者霍普金斯说，实际上这部伟大作品没有一个确定的作者，加上毗耶娑是为了方便，而且他也只是编辑者和传诵者。"① 史诗的原始作者应该是古代的印度人民群众。正如金克木先生所说："大史诗《摩诃婆罗多》是古代印度人民的伟大创造……它最初可能是民间流传的一篇史诗；随着时代进展，它不断吸收各种成分，丰富了内容，也增加了复杂性；最后大概还经过一些知识分子的专门编订加工，成为一部庞大的著作。"②

其三，毗耶娑向五个弟子传授《摩诃婆罗多》。黄宝生专家说："在《摩诃婆罗多》中，'胜利'一词有时也直接作为这部史诗的代名词。例如：'渴望胜利的人都应听取这部名曰《胜利》的历史，听后他能征服大地，也能击败一切仇敌。'（1.56.19）③ 可以设想，毗耶娑的《胜利之歌》讲述的是婆罗多族大战的核心故事。毗耶娑将这《胜利之歌》传授给自己的五个徒弟，由他们在世间漫游吟诵。这些徒弟在传诵过程中，逐渐扩充内容，使《胜利之歌》扩大成各种版本的《婆罗多》。'向苏曼度和阇弥尼，向拜罗和儿子苏迦，传授四部吠陀以及第五部《摩诃婆罗多》。'（1.57.74）'赐人恩惠的尊师也向护民子传授，从此婆罗多本集由他们分别传诵。'（1.57.75）现存《摩诃婆罗多》是护民子传诵的本子。毗耶娑的这五个徒弟实际上是各种宫廷歌手苏多和民间吟游诗人的象征。据此我们可以想象《摩诃婆罗多》的早期传播方式及其内容和文字的流动性。"④ 印度的史诗同世界上其他民族的史诗一样，在传诵过程中也避免不了不断的修改、加工和丰富。毗耶娑和他的五个弟子，都是《摩诃婆罗多》故事的

---

① 刘安武：《印度两大史诗研究》，北京大学出版社 2001 年版，第 27 页。

② 金克木：《梵语文学史》，人民文学出版社 1980 年版，第 86 页。

③ 括号内的数字为史诗篇、章、颂的序数。

④ 黄宝生：《〈摩诃婆罗多〉导读》，中国社会科学出版社 2005 年版，第 8 页。

搜集整理者和加工创作者。

黄宝生专家说："毗耶娑这个名字本身具有'划分'、'扩大'、'编排'等含义。因此，将毗耶娑看作一个公用名字或专称，泛指包括《摩诃婆罗多》在内的古代印度一切在漫长历史时期中累积而成的庞大作品的编订者，也未尝不可。"① 这使我们联想到：毗耶娑是否可以理解为像黑非洲的格里奥、《奥德赛》第八卷中咏唱奥德修斯英雄事迹的盲诗人歌手德摩道科斯、传述《格萨尔王传》的专业说唱艺人，等等，可能是世代相袭的口头文学家，他们既是史诗、民间传说和歌谣等口述作品的搜集者、保管者，也是加工者和传授者。

四、创作年代

关于《摩诃婆罗多》的创作年代问题，学者们的看法也是众说纷纭，莫衷一是。正如刘安武先生所说："确定《摩诃婆罗多》的年代方面，印度国内外的许多学者都有自己的看法。从赞成公元前1000年到公元四五世纪的都有。如果我们能找出最早的年限和最晚的年限，那就有利于确定比较准确的年代了。"② 他根据对诸多方面有关材料的研究得出一个论断："最早的年限是在吠陀文学的后期，即公元前10世纪，而它最晚的年限则在公元四五世纪。这就是说，《摩诃婆罗多》大约是在这1500年的时间内创作出来的，这是几乎所有的学者……都接受的一个时间界限。但是问题还没有解决，因为从《摩诃婆罗多》开始创作到增补基本上完毕不可能延续1500年，说基本上完毕的意思是不排除不断有零星的小增补。今后两大史诗的研究者，特别是印度国内的学者在研究两大史诗的作者、创作时间和创作过程等方面将在现有成果的基础上，努力排除迷信和狭隘性的束缚，发掘新的材料，开辟新的探索途径，力争做出符合实际的科学的结论来。"③

这1500年间，似应大致分为两个阶段：不断修改加工丰富的口头创作阶段和搜集整理辑录抄写的编订成书阶段。

口头创作阶段，大约是从吠陀文学后期——公元前9世纪在俱卢之野的婆罗多族大战之后开始的。最初，在人民群众之间讲述的可能是大战的激烈场

① 黄宝生：《〈摩诃婆罗多〉导读》，中国社会科学出版社2005年版，第9页。

② 刘安武：《印度两大史诗研究》，北京大学出版社2001年版，第28页。

③ 刘安武：《印度两大史诗研究》，北京大学出版社2001年版，第30—31页。

面和英雄人物的骁勇表现。从简要的核心故事开始，在漫长的口头创作过程中不断地加工增补，使史诗的情节日益复杂，不仅讲述核心故事，而且不断地添加神话故事、民间传说、寓言故事、各种插话，使史诗内容逐渐丰富、篇幅越来越长……不仅讲述表现主要英雄，而且讲述许多次要人物；更有甚者，还远离史诗的故事情节、不厌其烦地进行宗教、哲学、政治、伦理等方面的冗长说教。因而，从文学创作上看，使史诗显得内容芜杂、结构臃肿。但是，印度的传统观念认为《摩诃婆罗多》是一部历史的传说，是历史文献的总汇，常常不顾核心情节和主要人物的表现需要，不重视简洁与精练的艺术处理，不考虑作品整体结构的紧凑和严密，也是很自然的。

编订成书阶段，大约从公元前 4 世纪到公元 4 世纪这八百年之间，是《摩诃婆罗多》辑录成书的阶段。

这是欧洲梵文学者温特尼茨根据对《摩诃婆罗多》成书诸多例证的研究提出的看法，也是多年以来为大多数史诗研究者所首肯的。史诗最早以俗语（印度民众的语言）记录成书，大约在公元前后，改用梵语（雅利安人的语言；Sanskrit，意为“典雅”、“高尚”的语言，我国古代汉译为“梵语”。）经过编辑改写，到了公元 4 世纪前后，得以定型，一直流传到今天。史诗，虽然定型成书，但是依然以口头传诵的形式在民间流传，对农村的文化生活，影响深远。“印度农村的节日集会非常多，有的长达半月。集会上往往由婆罗门用梵语念一段，当地人以方言复诵一遍，边讲，边唱，边舞，所以不识字者也会背。小孩识字常常从两大史诗开始。”①

在这一阶段中，从原始的 20000 颂《摩诃婆罗多》到 100000 颂的《摩诃婆罗多》等篇幅长短不同的各种版本，相继形成问世。

第二节 史诗的社会历史背景和口头文学传统

《摩诃婆罗多》，既是印度古代社会生活的艺术反映，又是印度古代口头文学的瑰丽遗产。因而，不了解印度古代社会的历史，不熟悉印度古代文学的累累硕果，便不容易深入理解它的思想内容和艺术成就。

① 林太：《印度通史》，上海社会科学院出版社 2007 年版，第 20 页。

一、史诗的社会历史背景

印度是历史悠久、文化灿烂的世界文明古国之一。早在公元前2000多年前，印度的原始居民达罗毗荼人已经创造了高度发达的哈拉巴城市文明（约前2500—前1750）。到了公元前1500年左右，属于印欧语系的游牧民族雅利安人从西北的中亚地区或高加索一带进入印度北部，定居于旁遮普及邻近地区，开始了印度·雅利安人的历史。

原来印度和伊朗两大民族同属于印度欧罗巴语族，又同属于印度伊朗语系。他们的共同祖先雅利安人原来居住和生活在中亚细亚一带，有着共同的文化传统。后来，其中有一支向西迁入欧洲，另一支转向东南。这后一支又分为两支：一支进入伊朗高原，被称为伊朗·雅利安人；另一支迁至印度北部，被称为印度·雅利安人。印度·雅利安人进入旁遮普地区后，不断地遭到土著居民达罗毗荼人的顽强抵抗，经过漫长的无数次的激烈战斗，一步步迫使土著居民南迁。印度·雅利安人由印度河流域逐步向东南方发展，移居恒河流域。

史学界称印度·雅利安人历史的这一时期为王政时代，又通称为后期吠陀时代。关于这一时期的社会性质的问题，在史学界尚有不同的意见。恩格斯在论述野蛮时代高级阶段时，曾经指出："一切文明民族都在这个时期经历了自己的英雄时代"。①

他所说的英雄时代，就是军事民主制时代，也就是希腊的荷马时代或罗马的王政时代。然而，恩格斯所说的"一切文明民族"，绝非专指希腊、罗马，当然也包括东方的"一切文明民族"在内的世界所有文明民族。那么，吠陀时代也可以说就是军事民主制时代。印度·雅利安人刚刚进入南亚次大陆的初期，还是过着传统的部落生活。然而，这时部落制已经开始解体，明显步入军事民主制阶段了。

频繁的掠夺和经常的战争是军事民主制时代的显著特征之一。当时的战争，既有雅利安人部落之间的内部战争，又有雅利安人与土著居民之间的外部战争。

依据印度的历史，在雅利安人内部分为两大系：太阳系和太阴系，同一

---

① 《马克思恩格斯文集》第4卷，人民出版社2009年版，第182页。

派系的部落结成联盟与敌对派系征伐，激烈的内战屡见不鲜。在《梨俱吠陀》中，可以看到：神灵总是倾向于婆罗多人，往往给他们以帮助。一些诗篇中颂扬婆罗多人是当之无愧的英雄，尤其是对他们的王苏达斯备加赞颂。在雅利安人部落联盟之间的战争中，婆罗多人常常处于孤军奋战的状态，但是，他们往往会取得最后的胜利。

雅利安人的内战，最突出的、规模最大的就是“十王之战”。

> 据说，婆罗多部落当时定居在萨拉斯伐底河上游流域，国王是苏达斯，祭司长是毗奢密多罗，后者为苏达斯成功地指挥了一系列战役。但国王想要撤除毗奢密多罗，任命瓦西斯塔（Vasishtha）为祭司长，因为苏达斯认为瓦西斯塔具有更丰富的祭司知识。这使自认为劳苦功高的毗奢密多罗勃然大怒，他联络了10个部落的联军进攻苏达斯。这“十王之战”在帕鲁西尼（ParuSNi）河畔决战。在10个部落中，最强大的是普鲁人，他们居住在萨拉斯伐底河下游，是婆罗多人的西邻。战争以苏达斯大胜而告终，普鲁王也死于战阵中。此后，婆罗多部落和普鲁部落都从历史中消失，一个名叫库鲁（Kuru）的新部落形成了，盘踞着原先两者的地盘，并拓展到现今恒河与朱木拿河的河间地。而且，新部落把婆罗多人和普鲁人的王系都尊为祖先。无疑，这两个部落被兼并了，正是部落间的兼并，逐渐产生了更大的部落，并向着王国迈进。①

“十王之战”是在雅利安人之间内部发生的争夺财富和政治霸权的战争，这场大战是十个部落结成联盟共同反对当时最强大的婆罗多王苏达斯。在这十个部落的联盟中，就有五个当时最有军事优势的属于太阴系的著名部落——耶都、图尔伐萨、得鲁休、阿努和普鲁。这场大战不仅表明当时已经开始出现了部落联盟，而且使人看到战争会给上层人物——军事指挥者（国王）及其僧侣（顾问）和部落贵族带来了政治上和经济上的极大好处。

> 在《梨俱吠陀》中有一段赞颂国王慷慨好施的诗句，在这里提到有

① 林太：《梨俱吠陀精读》，复旦大学出版社2008年版，第233页。

> 一个僧侣从国王那里得到成百的金块，成百成千的牛马，特别是得到了“载有少女奴隶的十辆战车”（1.126.3）。这不仅说明了以国王为首的僧俗部落贵族拥有大量的财富，而且说明，从战争掠夺来的奴隶也大量存在了。①

雅利安人的对外战争是针对非雅利安人的，他们的主要对手是土著的达萨人和帕尼人等等。这些人不仅经常遭受征伐和掠夺，而且还被迫成为奴隶。雅利安人所谓的“达萨”一词已逐渐地转意为“奴隶”，“达萨”的阴性词也转意为“女奴”。②

在这一历史时期，比“十王之战”规模更大的内战，就是大约公元前9世纪——后期吠陀时代、在“俱卢之野”发生的婆罗多家族内部的大战。这场大战虽然是婆罗多族的两支后裔般度族和俱卢族之间的征伐，但是双方都有各自的联盟者。像《摩诃婆罗多》中所描写的，般度族的联盟者有沙特婆多族、车底国王童护、摩揭陀国王妖连、般底耶王、般遮罗国木柱王、摩差国毗罗吒王等，俱卢族的联盟者有福授王、广声、沙利耶、成铠偕同博遮族和安陀迦族、胜车带领信度和少维罗国王、甘波阇王、尼罗王、阿凡提两位国王、羯迦夜的五兄弟国王等。般度族的联盟和俱卢族的联盟，都可以说是血缘部落和地区部落相结合的共同体。两大联盟双方互相仇杀是为了扩大和控制西部恒河和亚牟那河流域的霸权。当时，俱卢族的政治中心在德里北部57英里处恒河之滨的哈斯提纳普拉，般度族的政治中心在亚牟那河的因陀罗普拉斯塔——现今新德里所在的位置。这场长达18天的生死鏖战，般度族获得了最后的胜利。

有的历史学者曾长期提出疑问：史诗中反映的事件是否具有一定的历史真实性？

由于“绘图灰陶”和“赌博骰子”的考古发现，已经可以证明其历史的真实性。这些发现虽然没有德国考古学家谢里曼对特洛亚古城发掘所获得的珍贵文物那么多，但是也足以证明史诗中大战的真实性。

---

① 《世界上古史纲》编写组：《世界上古史纲》上册，人民出版社1979年版，第361页。

② 林太：《梨俱吠陀精读》，复旦大学出版社2008年版，第234页。

这部史诗中提到的重要地点都发现了极具价值的“绘图灰陶”。这种陶器大约是在公元前800至前400年间制作的，而在某些地方（如阿格拉东面伊塔县的阿特兰吉克拉［Atranjikhera］），它甚至可以追溯到公元前1000年。尽管这种“绘图灰陶”可能是由土著陶匠生产的，但现在人们还是广泛承认它是吠陀时代晚期居民地的一个指示器，因为考古学家们经常在同时代文献中提及的那些地方发现这种样式的陶器。

关于“绘图灰陶”的争论现在仍在进行，不过就《摩诃婆罗多》战争的真实性而言，这场争论已经得出了一些重要的结论。这部史诗的部分内容反映了后世的浪漫主义想象，但基本事实却已是无可争议的了。考古学家们在某些地方的“绘图灰陶”文化层中还发现了这部史诗中描述的那种骰子。①

另外，经过历史学家的研究，还有两个事实可以证明史诗反映的是当时的史实。一个事实是：

班度族五兄弟共同娶了黑公主德拉乌帕蒂（Draupadi），即国王潘查拉斯（Panchalas）——他的王国在班度族王国的东面——的女儿；他们受到马图拉的克里希纳大神（他的王国在因陀罗普拉斯塔的南面）的支持。一妻多夫制在吠陀时代的雅利安人中间是闻所未闻。这样，班度族与黑公主的婚姻看来反映的是对本地习俗的采纳，而黑皮肤的克里希纳，即那个地区土著人的英雄或神灵，当然不属于雅利安移民。虽然俱卢族与他们王国北面的吠陀时代的各部落结成了联盟，但班度族却明显与依然控制着雅利安人殖民区以南和以东地方的土著人联手作战。这样，班度族的胜利就意味着形成了一种以与土著结成军事和政治联盟为基础的新融合。②

---

① ［德］赫尔曼·库尔克、迪特玛尔·罗特蒙特：《印度史》，王立新、周红江译，中国青年出版社2008年版，第54页。

② ［德］赫尔曼·库尔克、迪特玛尔·罗特蒙特：《印度史》，王立新、周红江译，中国青年出版社2008年版，第54—55页。

还有一个事实是：

> 这部史诗写道，在哈斯提纳普拉执政的班度族的第五位国王在从俱卢族手中夺回这座都城后，将他的都城迁到了俱赏弥（Kau-sambi，在今天的阿拉哈巴德附近），因为恒河的一次泛滥摧毁了哈斯提纳普拉。在哈斯提纳普拉的考古发掘确实表明，一座以“绘图灰陶”为标志的城镇在一场大洪水后突然被废弃了。……现在就已经相当清楚的是，公元前8世纪和7世纪在恒河平原上发生的事件和运动已经被吟游诗人们传唱了几个世纪，然后再由那位诗人记录下来，编写成《摩诃婆罗多》中的这个部分。这部史诗中蕴涵的丰富信息一定是依靠着一种连续的传统来传承的。当然，这位诗人只是反映了而非发明了这个传统。①

二、史诗的口头文学传统

《摩诃婆罗多》是产生于人类童年时期的口头文学的长篇巨著，它和古代印度的神话故事、民间传说和民间歌谣等口头文学作品有着天然的密切联系，印度吠陀时代丰富多彩的神话为史诗的创作提供了用之不尽的素材，使史诗创作富有浓厚的神话色彩。同时，史诗中诸神形象的描述手法、诗歌格律的运用规则和语言修辞艺术技巧等，也是在前代吠陀诗歌的基础上进行继承和发展，并加以再创作的结果。

在《摩诃婆罗多》中出现的诸神形象，例如：三大主神梵天、毗湿奴和湿婆，众神之王因陀罗，火神阿耆尼，酒神苏摩，水神伐楼拿，太阳神苏尔耶，死神正法神阎摩，医神双马童，风神伐由或伐多，暴风雨神摩录多，恶神或财神俱毗罗，祭司神毗诃波提，等等，都是源于吠陀神话，或在原来的基础上进行了再创作，有了新的情节、新的发展变化。

从《摩诃婆罗多》诗篇的格律上看，史诗“颂”的每一诗节（输洛迦），都是32音，由4个8音“句”构成一节诗的格律，即所谓“颂”体，正是继

① ［德］赫尔曼·库尔克、迪特玛尔·罗特蒙特：《印度史》，王立新、周红江译，中国青年出版社2008年版，第55页。

承《梨俱吠陀》诗格律中的一种。在《梨俱吠陀》中，诗的格律多达15种，史诗所用的“颂”体就是其中的一种。

再从史诗的修辞技巧上看，早在《梨俱吠陀》中已经出现了比较多的比喻、夸张和对话体等修辞手法，显示了民间口头文学丰富多彩的想象力和异常卓越的创作才华。《摩诃婆罗多》在修辞技巧上同吠陀文学相比，更显得青出于蓝而胜于蓝的艺术魅力。生动恰切的比喻、神妙莫测的夸张和发人深省的对话，富有动人心弦的表现力。

在探讨史诗产生的口头文学基础时，还不可忽视古代雅利安人的口头文学传统对《摩诃婆罗多》的影响。《梨俱吠陀》是印度·雅利安人的民歌集，其中的作品与伊朗·雅利安人口头创作具有天然的联系。例如：

> 根据伊朗神话的汇编、巴列维语的宗教典籍《班达喜兴》（意译为《创世纪》或《原始的创造》）中记载，在伊朗的创世神话中把宇宙想象为一个卵形物体，像一个巨大的鸟蛋，大地相当于蛋黄，而天空相当于蛋壳。在这个无限广大的卵形宇宙之中，万物孕育了三千年。这一类宇宙起源的神话说明：宇宙、天地以及万物和各个民族都是由蛋孵化出来的。古代的许多民族都有类似的“卵生型”神话。……在印度，同样也有宇宙卵生型的古代神话。其中说：在一片混沌之中，水是首先被创造出来的。此后，由水生火，由于火的热力，又使水中生出一个金黄色的蛋。在水中经过长时间的漂浮，又从其中开始生出万物的始祖——大梵天。这位具有创造威力的大神将蛋壳一分为二，上半部变成了上天，下半部变成了大地。……在《梨俱吠陀》中的《金胎（卵）歌》，也说的是宇宙最早的本源是金胎（卵）：
>
> 起先出现了金胎（卵）；
> 他生下来就是存在物的唯一主人。
> 他护持了大地和这个天。
> 我们应向什么天神献祭品？
> ……

这一《金胎歌》表明：古代印度人认为梵天和诸神、天地、人类和禽兽都是由金卵中产生的……根据波斯和印度的卵生型神话，是否可以推测：这些相似的宇宙起源和万物产生的创世观念都来源于远古时期的雅利安人。①

从神话的故事情节上看，也有其共同性。“在波斯和印度的两大神话体系中，都有相似的三大主神。在古代伊朗，很早就有三联神的说法，然而，随着社会的发展，三联神中的神祇也在变化。”② 最初，在古老的伊朗神话中，三联神是指阿胡拉·马兹达、密特拉和阿尔达维·苏拉·阿娜希塔。后来，在琐罗亚斯德教产生以后，其最高的三位神便是：1. 阿胡拉·马兹达（霍尔马兹达）；2. 沃夫·马纳夫（亦称巴赫曼、瓦胡曼）；3. 阿沙·瓦希什塔（亦称阿尔塔瓦希什特）。这同古代伊朗的三联神一样，在古代印度的神话中也有所谓“三相神”——互相之间有着密切联系而又各具自己独特职能的三个天神。他们是：梵天、毗湿奴和湿婆。……在波斯和印度，除了三大主神的相似之外，还有一个共同性的特点：主神都有许多辅佐神。……在波斯，琐罗亚斯德教的主神阿胡拉·马兹达有七大天使神，是地位最高的辅佐神，此外还有地位较低的许多辅佐神，也叫做雅札塔诸神。古代伊朗的这一组神，起源较早，远在琐罗亚斯德教产生以前就出现了，属于古波斯神系。……传说：这些辅佐神多达三十三个，同印度吠陀神话中最高神的数目正是相同的。在古代印度神话中，梵天、毗湿奴和湿婆是崇拜的主要对象，在这三大神之下，还有许多人格化的自然神。有人认为：在吠陀神话中，这些神分为地、空、天三界，多达三十三个（也有三百或三千之说），同波斯的说法是一样的。这表明：两者的同一渊源。”③

第三节　史诗的核心情节和创作主旨

《摩诃婆罗多》共有 18 篇，现将核心情节介绍如下：

---

① 张朝柯：《波斯印度神话的比较》，见《伊朗文学论集》，江西人民出版社 1993 年版，第 74 页。

② 张朝柯：《波斯印度神话的比较》，见《伊朗文学论集》，江西人民出版社 1993 年版，第 77 页。

③ 张朝柯：《波斯印度神话的比较》，见《伊朗文学论集》，江西人民出版社 1993 年版，第 78—79 页。

第一，初篇

婆罗多家族的后裔福身王，对一个美绝人寰的女人说："做我的妻子吧。"女人回答："可以，但是有一个条件。你永远不允许问我：是谁、是从哪里来的；我做什么事你都不许干涉，不许对我发怒、不许讲叫我生气的话。假如你违背约言，我就立刻离开你。同意吗?"福身王发誓说他什么都同意。

婚后生活十分美满，她生了许多孩子。但是，每一个孩子生下来不久，她便把孩子抛进恒河，然后笑容满面地回到国王面前来。这使福身王感到吃惊和痛苦。但是，因为从前的诺言和对她的宠爱，福身王什么也没有说。

当第八个儿子出生后，她又要把孩子扔进恒河时，福身王再也不能忍受了。他大声疾呼地制止她："你为什么这样狠心、嗜好杀害自己的婴儿?!"女人说："你忘记了你的誓言了。你的心已经放在孩子身上了。你不再需要我了，我要走了。我是人神同敬的恒河女神。现在，我要把你的这个小儿子带走，养大了再还给你。"说完，女神和孩子都不见了。这个孩子就是后来著名的毗湿摩。

有一天，福身王在恒河边上散步，看到一个孩子正在射箭玩。他的箭，射得密如堤坝，直对着泛滥的恒河。女神忽然出现，对他说："国王啊，这就是你的第八个儿子。他是一个射手、英雄、伟大的政治家。"她祝福孩子，让他见了父王，自己消逝不见了。国王高兴极了，立他为太子。

四年之后，国王散步时，忽然闻到一种少有的芳香。他追踪寻找，发现是在一个渔家女身上散发出来的。国王请渔夫答应把女儿嫁给他。他说："可以嫁给你；但是，有一个条件：她生的儿子必须继承你的王位。"因为福身王已经决心立恒河女神生的第八个儿子为太子了，所以他没有答应渔夫的条件，就回来了。

国王回来以后，闷闷不乐，第八个儿子问：为什么不快乐？国王没说。于是，他去问国王的车夫，了解到渔家女的事。他跑到渔夫那里，代父求婚。他对老渔夫说："我保证你女儿生下的儿子会继承王位，我放弃继承权。"渔夫说："我相信你的话，但是，你的儿子不能不继承王位呀。"他对渔夫举手宣誓："我将永不结婚。我要坚守贞操，独身一世。"当这牺牲自己的誓愿说出后，天神在他头上散花，空中响起了"毗湿摩"、"毗湿摩"的呼声。"毗湿摩"的意思，就是一个发出可怕的誓愿而且能坚持到底的人。从此，"毗湿摩"（意译天誓）就成了这个恒河之子的著名称号。

于是，毗湿摩把渔夫的女儿贞信姑娘带到父亲面前。贞信为福身王生下两个儿子，名叫花钏和奇武。花钏在一次战斗中阵亡了。奇武王死去后，他的两个遗孀借种生子，生下两个儿子：大的叫持国，二儿叫般度。持国是瞎子，由般度承袭了王位。

般度有五个儿子（老大坚战），叫做般度族，持国有一百个儿子（老大难敌），按远祖的名称叫做俱卢族。这两个族的兄弟，住在一个城里，在欢乐中成长起来。

般度和妻子去森林住了几年，把王位交给了持国。般度死去以后，难敌就想争夺王位。他心里很不痛快，因为自己父亲是瞎子，王位由叔父继承。般度一死，太子坚战就要登基为王。难敌认为瞎父懦弱无能，必须自己阻止坚战登位，设法谋害怖军。他以为怖军一死，般度的势力就会随之衰落。

难敌计划把怖军害死在恒河里，把阿周那和坚战禁闭起来，然后夺取王位。难敌于是带着弟弟和般度五子去恒河游泳。游完了，大家都很累，就在帐篷里睡着了。怖军体力消耗得更多，何况他吃的食物里又下过毒，就昏昏沉沉地在岸上倒下了。难敌把他用野藤捆绑起来，抛入河里。事先，难敌早就在河里插上了尖尖的铁钉子，想扎死怖军。幸好怖军掉下去的地方恰好没有铁钉子；水里的毒蛇虽咬了他，但是，毒蛇的毒和吃下去毒药的毒，两相抵消了。怖军，安全无恙，被河水冲上岸来。

怖军醒了，拖着沉重脚步回到家里。坚战告诉怖军：“这事儿别张扬出去。今后，我们要小心谨慎，互相帮助，保护自己。”

后来，武艺高强的德罗纳大师教导般度五子和持国百子的武艺。难敌看到怖军体格强壮，阿周那武艺高强，心里越来越妒忌。

最令难敌生气的是：居民们常常称赞般度族，并说只有坚战一人配做国王。他气得去见持国王，谴责这种舆论。他说：“父亲，老百姓在胡言乱语，他们甚至对毗湿摩和您都不尊敬了。他们说坚战应该立刻即位做国王。若是坚战做王，我们就遭殃了。那我们会落到什么境地？我们还有什么前途？以后，他们的儿孙永远做国王。若是这样，还不如进地狱好。”

难敌得意扬扬地阴谋在多象城杀害般度母子。难敌等人，特别为他们盖起了一座美丽的行宫。在施工时，用上了很容易着火的材料：像黄麻、虫胶、黄油、油脂等，连刷墙的材料也是容易着火的。难敌想把般度族母子烧死在这里。

般度族居住在行宫里以后，来人帮助挖了秘密地道。夜里，般度五子全副武装戒备着；白天，他们总是去打猎。表面上，装做寻欢作乐，其实是熟悉道路。

到了非逃不可的时候，一天半夜，在宫中好几处的地方点着了火。般度五子走出了秘密地道。但是，人们告诉俱卢族：般度族的行宫已经烧掉了，其中的人全遭难了，没一人逃生。

般度五子乔装成婆罗门流浪到独轮城时，听到一个消息：般遮罗国木柱王的女儿黑公主将要举行选婿大典。他们经过长途跋涉，终于来到了选婿的大厅。

在大厅里，放着一张大铁弓。想当选为女婿的人，必须能弯弓上弦，并且用这弓发射一支铁箭，箭要穿过高高挂起的旋转的圆盘中央的小孔，直中高悬的箭靶。这件事需要有力和神技才能办到。木柱王宣布：谁要想娶他的女儿，谁就得有此绝技。

许多勇敢的王子从印度各地聚到这里来，俱卢族的兄弟们也都来了。

在吉祥的乐曲中，猛光拉着妹妹黑公主的手走进大厅。她，香汤沐浴、容光焕发、身披绸衣，飘逸如仙。在大厅中，好像处处都是她的天生绝色的光辉在闪烁。

猛光说："高贵的王子们，谁要是连发五箭，箭箭穿过转盘中的小孔，射中箭靶，而且出身高贵，容貌端正，就可以娶我的妹妹。"

不少有名望的王子一个接一个地失败了。装作婆罗门的阿周那，向弓走去。人们议论纷纷，有人说能成功，有人说要失败。

阿周那毫不迟疑，连发五箭，箭箭命中。顿时群情激动，乐声大作。黑公主眼中流露出幸福的光辉，走到阿周那面前，把花环给他戴上。

般度族母子，被木柱王邀请到宫廷。坚战暗告：他们确是般度五子；他们五兄弟决定合娶黑公主。木柱王答应了，为他们举行了结婚典礼。

持国王听说：般度族五兄弟按照经典规定的仪式合娶了黑公主，心里很失望，但是没有表现出来。

难敌对般度族的妒忌和仇恨比从前更深了一倍，因为他知道：同般遮罗国联姻，变得更强大了！难敌想出种种阴谋：散布谣言，利用黑公主在五兄弟中制造不和。

但是，毗湿摩对持国王说："正当的做法是迎接他们回来，分一半国土给他们。百姓也希望这样。"最后，持国王决定分一半国土给般度族。坚战依礼加冕为国王。持国王祝福新即位的坚战王，并向他告别。对坚战说："我的弟弟把国家治理得十分富裕，望你不辱先人令名。般度王乐于听从我的意见，望你也能像他那样对待我，爱我。我的儿子心肠不好，又很高傲；我这样办，为的是免除你们之间的冲突和仇恨。到甘味城去吧，定甘味城为国都吧。那是我们的旧京城，去复兴甘味城吧。祝你名扬四海。"

甘味城早已变成了一座森林，地面高低不平，长满了荆棘，到处是荒废的古城遗迹；那简直是一个可怕的地方。因此，黑天和阿周那决定放火烧去森林，在原址上建设一座新城。他们把废城修整一新，盖了宫殿和堡垒，改名为天帝城。天帝城越来越富庶，成了全世界赞美的城市。般度族在这里幸福地统治了三十多年，他们从未违背正法。

第二，大会篇

般度族统治天帝城，政绩辉煌。坚战王的左右怂恿国王举行"王祭"，以取得皇帝的称号。

黑天建议：只有除掉妖连才能称帝。妖连无故把 86 位国王关进监狱，他计划杀掉一百个国王，现在只差 14 个了。

怖军把妖连举起，在空中挥舞，足足挥舞了有一百个圈子，然后把他猛掷在地上，抓住他的两条腿，把他撕成两半。怖军高兴得吼叫起来。但是，两半立刻合起来，又成为完整的人。妖连又跳起来，精神百倍，重新又攻打怖军。怖军惊呆了，不知该怎么办。由于黑天的暗示，怖军第二次撕开妖连，把两半的身体抛向不同的方向去，再也不能合拢，妖连王就这样死了。

于是，释放了被押的王公贵族，立妖连的儿子为太子，黑天、怖军和阿周那等人又回到天帝城。

按照规定举行了"王祭"，坚战被尊为皇帝。来参加"王祭"的广博仙人向坚战预言未来："好孩子，这以后还会有更大的忧患和苦难。未来的灾难将发生在你们兄弟和难敌兄弟之间的仇恨。没有人能违抗命运。愿你坚持正法，治理国家。"

广博仙人的话，使坚战感到悲哀。他厌弃了世俗的名利甚至生活本身。他把全族大祸不可避免的预言转告兄弟们。坚战说："我发誓：此后十三年中决不对我的兄弟或者亲戚使用粗暴的言语。我要避免一切可以引起冲突的口实，我将决不让自己发怒，因为愤怒是仇恨的根源。我的修行就是不怒和不引起冲突。"

导致俱卢战场大屠杀的，就是一场赌博。坚战受了沙恭尼（难敌的智囊和灾星）的引诱参加了这次赌博。可是聪明善良的坚战应该知道这会产生不幸后果的，为什么他居然肯让自己走上这一步呢?

主要原因是他坚持要跟堂兄弟维持友好关系，不愿违反他们的愿望。

难敌和沙恭尼一起去见持国王。沙恭尼说："国王啊！难敌痛苦不堪，日渐消瘦。你对他漠不关心。"持国王对难敌说："我真不懂，为什么要不快乐?你还有什么没享受到的呢?"难敌详详细细吐露出那吞蚀自己生命而使生活失去乐趣的嫉妒和仇恨。他说：看到般度族的富庶，比损失自己所有的财产还要痛苦。他大声疾呼："满足自己的命运不是刹帝利的特性。恐惧和怜悯会降低国王的尊严。自从见到了坚战的富足后我就再也不能满足于自己的财富和享受了。父王啊，般度族强大了，而我们衰微了。"

持国王说："你为什么恨无罪的坚战？他的成功不是我们的成功吗？他对我们毫不妒忌也不仇恨。不行，你不应该妒忌他们。"老王爱儿子，但也说了公道的话，可是，难敌根本不听父亲的劝告。

这时，沙恭尼把邀请坚战掷骰子的计划详详细细说给持国王听。他说这事万无一失，不费一兵一卒，就能把坚战打得一败涂地，把他所有的一切都夺取过来。难敌补充说："父王，只要您同意把坚战请来，沙恭尼就可以不费一兵一卒，把般度族的财富给我赢来。"持国王反对："你们的意见怕不算正确吧"，"赌博只能引起仇恨。我们还是别那么做。"但是，难敌却坚持自己的想法。持国王回答说："孩子，我老了。你爱怎么做就怎么做吧。可是，我是不赞成的。我确信你将来会后悔的。这是命运在捉弄我们。"

于是，派人来请坚战到新落成的赌博大厅里去。坚战应邀前往。这原因有三：第一，坚战喜欢赌博；第二，按照刹帝利的传统，接受邀请去赌博，是一种有关礼貌和荣誉的事，不能加以拒绝；第三，在听到广博仙人的预言以后，他起誓决不给难敌以不满或埋怨的机会。

在赌博中，坚战逐渐地输掉了一切：珠宝、金银、车马、牛羊、城市、乡村、市民和所有的财富，最后，把兄弟、自己和共同的妻子都输光了。

难敌说："去把般度五子的爱妻给我抓来。从此以后，她该在我们家里扫地了。"坏心眼的难降，把黑公主抓到大会上来。难降用暴力去夺取黑公主身上的衣服。黑公主感到地上无人援救她；在悲痛绝望中，她祈求天神垂怜救助。她哀哭道："宇宙的主宰啊！我所崇拜信仰的神啊！你是我仅有的救星了。保护我吧。"说着，她就晕过去了。当可恶的难降恬不知耻上前去拉黑公主的长袍时，善良的人们浑身战栗，把眼光避开。

这时，天神慈悲，一个奇迹出现了。难降怎么也不能剥光她的衣服。他剥下去一件，身上就又出现新的一件。不一会儿，会场上堆积了一大堆鲜艳的衣服。难降剥得精疲力竭，只得停止，坐下来休息。看到这件奇事，全场震惊，人们赞美天神，掉下泪来。

怖军气得嘴唇颤抖，发出可怕的誓言："我若是不撕开这个婆罗多族的败类、万恶的难降的胸膛，喝干他的心头热血，那就让我永远进不了祖先所在的天堂。"

忽然出现了胡狼的咆哮声、驴子和鸷鸟的惨叫声，预示灾难临头。持国王明白：这场风波会成为毁灭家族的因由。他把黑公主叫到身边，用温言细语安慰她，又对坚战说："你是无过失的人，望你宽宏大量、饶恕难敌，把这件事全都忘了吧。把王国和财产以及别的一切都拿回去。恢复你的自由和幸福生活，回天帝城去吧。"于是，般度五子离开了这座大厅，觉得突然解脱，仿佛是奇迹。

可是，这样的日子，并没有继续很久。难敌又第二次邀请坚战去赌博。坚战说："祸福天定，不可避免。如果我们还得掷一次骰子，那也只得掷，别无他法。要保持荣誉，就不能拒绝。我只有接受。"这次的赌注是：失败的一方，要被放逐到森林中去，生活十二年；第十三年还要隐名埋姓度过。如果在第十三年给人认出来了，还要重入森林，继续流放十二年。不用说，这一次坚战又输了。

第三，森林篇

般度族出发去森林时，百姓蜂拥到街道上，爬上了屋顶，攀登上高塔大树，看着般度族远行。这时，群众发出声："天哪！天哪！天上的神难道看不见这种情形吗?”“是贪心的持国王父子把般度族的儿子赶入森林的。”

忽然，万里晴空出现了闪闪电光，山摇地震，还出现了别的不祥之兆。那罗陀大仙人忽然出现，宣告说:“从今天起再过十四年，俱卢族就要因为难敌所犯的罪行而灭亡。”说完就不见了。

在森林中，般度族兄弟听到了披发仙人讲的“鹿角仙人”的故事，说明用无知来保护道德是很靠不住的。接着，又给他们讲了“谷购的故事”“八曲的故事”等。

十二年的期限快满了。一天，一头鹿在一个穷婆罗门的取火的臼上擦它的身体。当它起身离开时，臼却套住了角。那受惊的鹿便带着臼狂奔进森林里去。那时，还没有火柴，火是用木头摩擦得来的。“啊！鹿带着我的取火臼跑了。我怎样举行火祭呢?”那婆罗门没办法，只好向般度族求救。般度族追赶那鹿，可是，那鹿很怪，一跳一跳跑得快极了，一直把般度族引到森林就不见了。

坚战正觉得口渴，就对无种说:“兄弟，你爬上那棵树去望望，近处有没有池塘和水流?”他说:“有。”坚战派无种去取水。他看到一个池塘，很高兴。他想：在用箭壶盛水给哥哥以前自己先解解渴。可是，刚要喝水就听一种声音:“慢一点儿，这池塘是我的。要先回答了我的问题才能喝水。”无种吃了一惊，可是他渴极了，不顾警告就喝了水。立刻他支撑不住，沉沉思睡，倒身下去，和死了一样。

坚战见无种迟迟不回，又派偕天去看是怎么回事。偕天看到无种躺在地上，以为他受伤了。可是他口干得像火烧一样。在弄清楚事情真相前，他不由自主地奔向水边去解渴。那声音又出现了:“这是我的池塘，回答了我的问题后你才可以饮水。”像无种一样，偕天也不注意警告。他喝了水，立刻也倒在地上。

坚战又差遣阿周那去看看，是不是两兄弟遇到了危险。阿周那飞快跑过去。看到两个弟弟都倒在池边死了，他大为震惊，以为是暗藏的敌人干的。虽然他悲痛得心都碎了，内心中燃烧着复仇怒火，可是一切情绪都被可怕的干渴掩盖了。他走到水池边，那声音又出现了:“这池塘是我的，饮水前要先回答我的问题。要是不服从，你会像你两个弟弟一样。”

阿周那勃然大怒，叫道:“你是谁？快站出来！我要杀你。”他把利箭接连射向发出声音的方向。那看不见的声音，高声嘲笑道："你的箭只能伤害空气。你必须先回答我的问题，否则饮了水就会死。"阿周那要先揪出这个敌人；但是，可怕的干渴是他必须先消灭的敌人。他饮了水，也倒地死了。

坚战又派怖军去，看到三个兄弟都躺在那里死了。他悲痛、愤怒，心里想："这一定是夜叉干的，我要捉到他们，把他们杀死。"但是，他口渴，还得先喝水，再去打他们才更有精神。他刚一到池边，那声音高呼道："怖军！要喝水得先回答我的问题，不听我的话，你会死的。"

"谁在命令我?"怖军应了一声，就急忙喝水，同时，用挑战的目光搜寻着。突然，他那强大的力气像衣服一样从身上脱落了。他也同样在兄弟之间死了。

最后，坚战看见自己的兄弟躺在那儿，他遏制不住悲痛，放声大哭起来。坚战抚摸着他们的脸哭道："这难道就是我们无数次发誓许愿的结局吗？我们的放逐刚要满期，你们却死了。天神也在患难中遗弃我了!"

他想：谁能有那么大的力量把他们杀死呢？这必定是有人用过什么法术。也许这是难敌设下的毒计？坚战也被干渴驱向水边了。那声音又发警告："你的那些兄弟不听我的话，所以都死了。你先回答了我的问题才能饮水。"坚战说："请发问吧。"

问："什么使得太阳每天发光?"答："大梵的力量"。"什么使人度过一切危险?""勇敢使人度过一切危险。""什么是旅行者的良伴?""学识。""什么是幸福?""善行的结果就是幸福。""人舍弃了什么便会得到一切人的爱?""舍弃了骄傲。""放弃了什么，人能成为富有?""放弃了欲望。"

最后，药叉问："国王啊！你的弟弟中有一人现在可以复活，你愿意谁复活呢？你选择谁，谁就能恢复生命!"坚战回答："愿无种站起来!"药叉听了高兴，但问道："怖军有一万六千头大象之力，而且他是你最爱的兄弟，你为什么不选择怖军？阿周那的武艺就是你安全的保证，你又为什么不选择阿周那?"坚战答道："药叉呀！正法是人唯一的保护者，不是怖军也不是阿周那。如果放弃了正法，人就无可挽救了。贡蒂和玛德利是我父亲的两个妻子。我还活着，贡蒂没有完全断绝后嗣。为了保持公平，我要求玛德利的儿子无种复活。"

药叉见坚战毫无私心，甚为喜悦，就赐给他一个恩典，让兄弟四人全恢复生命。

鹿和药叉，其实都是死神乔装的。他这样做为的是亲自看一看自己的儿子，并且加以考验。阎摩拥抱坚战并给他祝福。

阎摩说："剩不了几天你们的放逐期限就满了。第十三年也会安然过去的。任何人都发现不了你们。你们会胜利完成你们的事业。"说罢，他就不见了。

毫无疑问，般度族在放逐中经历了许多困难，可是他们的收获也不少。这段时间是他们接受严格锻炼和考验的时期。他们变得比以前更高尚更坚强了。阿周那修炼了苦行，带了神赐的武器回来，而且由于跟因陀罗神接触，体力增强了。怖军在盛开香花的湖畔遇见了他的哥哥大颌神猴，受到了大颌神猴的拥抱，体力也增强了十倍。坚战在魔池边遇见了自己的父亲法王阎摩，于是他也比以前十倍地光彩照人。

护民仙人对镇群王叙述这个夜叉故事以后说："凡是听到坚战王遇见他父亲的神圣故事的人，永不会追随邪恶，永不会去跟朋友争吵，永不会去贪图别人的财产。他们永不会受贪欲的支配，永不会留恋人世间无常之物。"

第四，毗罗吒篇

坚战辞别了婆罗门并遣散随从回家后，坚战愁容满面地问阿周那："上哪儿去度过这第十三年？"阿周那说："我认为毗罗吒王的繁荣富强而且景色迷人的摩差国最好。"

坚战回答说："摩差国的国王毗罗吒威力强大，恪守正法，慷慨大方，并且会保护我们。他明辨是非而且虔修德行。他不会被难敌收买，也不惧怕难敌。我同意隐姓埋名住到他的国度里去。"

坚战说："我想做毗罗吒王的侍臣。我可以凭谈吐和掷骰子的技艺来取得他的欢心。我将穿上出家人的服装。我擅长占卜吉凶、通晓占星学、吠陀、吠檀多、伦理学、政治学，以及别的种种学问，可以使他乐于用我。"

怖军大笑着说："我想当一名厨子。我食量大，但也是一名烹饪专家。我会烹调他从未尝过的精美食品，讨他欢喜。"

阿周那说："我会装扮成太监，侍候宫中贵妇。我将穿上大衣，掩盖弓弦摩擦的斑痕。当年我拒绝广延天女的挑逗，她诅咒我要失去男性。只由于因陀罗的恩典，这诅咒只生效一年。我决定在今后一年里失去男性，穿上女衣，编条发辫；我将教导妇女歌舞。求职时，我会说，是在坚战王宫侍候黑公主的。"

阿周那说这话时，回头对黑公主微笑。

无种说："我要在吡罗吒王的马厩工作。我对训练马、照料马感兴趣。我懂得马的疾病和医疗法。"

偕天说："我来照料牛，使牛不致患病，不致受到野兽的袭击。"

黑公主说："我要做毗罗吒王后宫中的一个宫娥，陪伴王后，侍候公主。充当宫娥，我有权保持自己的自由和贞操。"

他们都有了自己的工作，在摩差国里开始了隐姓埋名的生活。

空竹，是摩差国王后妙施的哥哥，毗罗吒军队的统帅。他势力强大，人们说：空竹是真正的国王，老毗罗吒王只是名义上的国王而已。他为黑公主的美丽所激动，对黑公主怀着一种不能约制的感情。黑公主一再躲避，在难以忍受的情况下，她求怖军保护她，为她复仇。最后，怖军杀死了空竹。第十三年一开始，难敌的探子便奉命四处搜索般度族的去向；一连数月，不见踪影，以为他们在苦难中死了。

后来，忽然听到一个消息：空竹为了一个女人被人只手空拳地打死。大家都知道：世上只有两个人可以打死空竹，其中之一就是怖军。这引起难敌的怀疑。难敌说："最好的办法是去袭击毗罗吒，劫他的牛群。如果般度族在那儿，他们必然出来跟我们作战。被我们发现，他们就得回森林再住十二年。他们不在那儿，我也毫无损失。"

难敌的军队果然攻打摩差国，般度族五兄弟上阵迎敌。毗湿摩对难敌说："阿周那来了。十三年的放逐期已经满了。懂得星辰运行的人会告诉你，你的计算是错误的。如果你想跟般度族和好，现在正是时候。你究竟想要公正的光荣的和平呢，还是毁灭双方的战争？"难敌回答："可尊敬的老人，我不愿意和平。我连一个村庄也不给般度族。我们准备战争吧。"

结果，在阿周那的帮助下，摩差国保卫了自己的财富，难敌失败了。

难敌派使者来信：十三年未满，阿周那被人认出，应回森林再住十二年。坚战哈哈大笑："使者，快回去告诉难敌，叫他先问问明白。尊长毗湿摩和别的懂历法的人一定会告诉他，阿周那拨动神弓惊走了你们的军队以前，整整十三年的期限已经满了。"

第五，斡旋篇

般度五子可以公开地居住在摩差国另一个地方——水没城。很多同般度族友好的国王和贵族都来到这里。大家开会研究对策。

黑天说："现在，请大家好好地想一想，然后商量出一个既符合正法又不损害般度族和俱卢族双方荣誉和利益的办法，想出一个公平合理的解决方案。我觉得：应派一专使到难敌那里，劝他把国土的一半归还给坚战，和平解决。"但是，在会议结束时，黑天又说："如果不能使难敌回心转意，那么，朋友们，就准备那不可避免的战争吧。"

会议结束后，般度族派了木柱王的婆罗门到俱卢族那里去谈判，同时也对各友好国家发出通知，请他们动员军队，准备作战。

阿周那和难敌，双方都来到了黑天的家里。想求得他的支持和帮助。黑天说："我对双方都给予帮助。我的同族人战斗力和我差不多，他们组成一支庞大军队几乎可以说是所向无敌的。我对你们的帮助，是把他们算作一份，另一份是我个人，可是我不拿武器，也不实际参加作战。"

他转身对阿周那说："阿周那，你仔细考虑一下。你愿意要不持寸铁的我呢，还是要武力强大的大军。你比难敌年轻，按照习惯，该你选择。"

黑天刚一说完，阿周那说："只要你跟我们在一起，尽管你不拿武器，我也心满意足。"难敌认为阿周那太愚蠢，他挑选了黑天的军队。黑天答应了，难敌兴高采烈回去了。

只剩下他两人时，黑天笑着问."阿周那，你为什么那样傻？为什么挑选手无寸铁的我而不要我的强大的军队？"阿周那回答："我的野心是想建立你那样的丰功伟绩。你威武，勇猛，敢于单独面对全印度的王子和他们率领的部队作战。我感觉我也能做到。因此，我想请你不拿武器为我驾车，我要坐在你驾驶的战车上赢得胜利。这是我很久以来的愿望，今天你满足我这个愿望了。"

阿周那的决心使黑天很高兴，他又笑着说："你要跟我竞赛吗？祝你成功。"这就是黑天成为阿周那御者的神圣的故事。

般度族在摩差国的水没城扎营。他们派出使者分赴各友邦。各友邦纷纷出兵，他们不久就组成了一支包括七个师的强大兵力。俱卢族也同样办事，他们征到了包括十一个师的兵力。

木柱王的婆罗门使者代表般度族，对持国王和群臣说："正法是永恒的。持国王和般度王都是奇武王的儿子，按照传统，两人都有权承继奇武王的遗产。然而，持国王的儿子拥有全国之富，而般度王的儿子却得不到他们该继承的共同遗产的一份。这是无法辩解的不公道的事。般度族希望和平，不愿诉诸武力。请你们考虑，归还他们应得的产业。这样做符合正义，也符合双方以前的协定。”

毗湿摩说：“归还他们的产业是唯一合理的处理办法。”迦尔纳反对，毗湿摩批评他。朝廷上的一阵紧张混乱，持国王只好出面干涉。他对使者说：“为了全世界的利益，也为了般度的幸福，我决定派全胜去见他们。请你回去通知他们。”全胜到般度族这里，传达了持国王的祝福；但是，并没有明确表示要归还土地。坚战对全胜说：“请你回去为我转告持国王：‘在我们幼小的时候，不是由于你的慷慨我们才分得了一份国土吗？……现在至少该把我们的合法权利归还我们。别贪别人的东西。我们是五个人，跟我们和解，你至少得给我五个村庄。这样做了，我们也就满意了。’全胜啊，请转告难敌，我准备和平，同时，也准备战争。”

黑天又到持国王那里，对难敌说：“你是一个高贵家族的后裔。要遵循正法。因为你的缘故，这个著名家族有了灭亡的危险。如果你听从理智和正义，般度族会自愿拥护持国王做国王，你做太子。分一半国土给他们，跟他们讲和吧。”毗湿摩和德罗纳也逼着难敌听从黑天的劝告。可是难敌的心意毫不动摇。难敌说：“他们在赌博中，把国土输掉了。我拒绝归还他们。我是完全没过错的。我不愿给般度族一寸土地，甚至针尖大的地方也不给。”

黑天回到水没城后，将经过告诉了般度族。坚战说：“和平已经毫无希望了。”便下令动员军队，布置阵势。

他们把军队组成七个师，任命木柱王、毗罗吒王、猛光、束发、善战、显光和怖军为各师司令。然后经商议，选举猛光为大元帅。

毗湿摩指挥俱卢族大军作战。难敌恭敬对他行礼，向他说：“请求你率领我们获得胜利，远播威名，像天神中的元帅，战神鸠摩罗一样。我们愿意像小牛犊跟随老牛那样跟随你。”

大战开始前一天，俱卢族大元帅同难敌在一起讨论战局。毗湿摩指出迦尔纳的弱点，因此，迦尔纳坚持不愿在毗湿摩任大元帅期间拿起武器作战。最初十天，他没参加。

第六，毗湿摩篇

在开战之前，双方战士聚集在一起庄严宣誓，要尊重作战的传统规则。

每天傍晚，战事停止后，双方可以像朋友一样自由地混杂在一起。双方力量相对才允许单独对打，不准用违反正法的方法攻击对方。如：不准打离开战场或退却的敌人。马上的人只能攻打马上的人，不能同步行的人交战。同样，战车队、象队和步兵只能跟敌方同样兵种同等数目的战斗力量作战。这些是俱卢族和般度族双方严肃地宣称要遵守的规则。

阿周那看到亲人准备互相残杀，极为激动，不想参加战斗。黑天便跟他谈话，以平静他的心情，除去他的疑虑。黑天的这些话，称为"薄伽梵歌"。

忽然，坚战解除甲胄，放下武器，跳出战车，徒步走向俱卢军的元帅。他穿过一层一层全副武装的战士行列，径直走到毗湿摩的面前。俯下身去，摸他的脚，向他行礼。说道："老祖父，请允许我们开战。我们大胆和你——我们的战无不胜、无人匹敌的老祖父交战。我们请求在开战前祝福我们。"

"孩子"，老祖父回答说，"你是婆罗多族的后裔。你行为高尚，符合我们的行为准则。我看到你这样，很高兴。作战吧。你会胜利的，我行动不能自由。我为职责所束缚，必须忠于王室，必须站在俱卢族方面。但是，你是不会败的。"

坚战又去见德罗纳大师，他按照见师的礼节，环绕德罗纳一周，并且鞠躬行礼。德罗纳也祝福他："法王之子啊，我不能逃避对俱卢族的责任。我的财产控制了我，成了我的主人。我受俱卢族的约束，要为他们作战。可是，胜利是属于你们的。"

坚战同样见了慈悯大师、沙利耶舅舅，得到了他们的祝福。然后。回到阵地。

战斗开始了。最初是一对一的交战。到了后期，很多野蛮残酷不合武士风度的行为都做出来了。

战斗的第四天，难敌有八个兄弟死在怖军手中。难敌自己要不是铁甲裹身也早就死在怖军箭下了。

持国王抑制不住忧伤，他说："怖军会把我的所有的儿子杀尽的。"

在晚上，战斗停止后，难敌独自在毗湿摩营里，向他致敬说："老太公，人人知道你是个无所畏惧的战士。同样，德罗纳慈悯、马勇……和你一样，般度五子联合起来，也战胜不了你们中的任何一个人。可是，有什么在作怪，使我们天天败在贡蒂的儿子的手中呢？"

毗湿摩回答："太子，叫我说，每有机会我都尽过忠告，告诉你怎样才对你有利。可是你总是不听老人的话。现在我还要告诉你，最好讲和。为你自己，也为了全世界，这是唯一的道路。般度族是有黑天亲自庇护的。你如何能妄想得胜呢？跟你那些强大的堂兄弟做朋友而不做敌人，这才是治国之道。如果你侮辱了阿周那和黑天，那么覆灭就在眼前，因为他们不是凡人，乃是那罗和那罗延二神的化身。"难敌告辞回营，一夜未能入睡。

大战的第八天，阿周那受到了沉重的打击，他的爱子宴丰阵亡了。他跌入悲伤的深渊里，对黑天说："我们这样互相残杀到底是为了什么呢？不过是为了财产。死了这么多人，临了，我们或者他们胜利了，还有什么快乐可言？天啊，我现在才知道坚战的识见是何等得高远了。他说，只要难敌肯给五个村庄，他就满意，他就不愿发动战争。"

这一天，难敌死了十六个兄弟。

大战的第十天，阿周那坐在束发身后攻打毗湿摩。束发的箭射中老太公的胸膛时，老太公眼中怒火四射；但是，他不能同束发战斗，因为束发生下来是女的，和女人打仗不是光荣的战士行为。这时，他已知道自己的末日近了。

箭密密地射在身上时，毗湿摩笑了，对难降说："这些是阿周那的箭啊！"

老太公倒下去，身体并没有触地，因为他全身有箭支撑着。"我的头悬着，没有东西倚靠。"老太公说。身边的王子们赶快取来几个垫子，老太公笑了笑，不要这些枕头，却对阿周那说："阿周那，好孩子，你给我一个适合战士用的枕头吧！"这位刚刚用利箭射倒老太公的阿周那，听到老太公对他说的话，就取出三支箭插在地上让老太公的头枕在三支箭头上。老太公又对阿周那说："我渴极了，给我一点水。"阿周那马上拉满了弓，向老太公右侧的地上射出一箭，从箭穴中涌出一股泉水，恰好喷到这位垂死老人的唇边。诗人说：恒河女神升上来给她的爱子解渴来了。毗湿摩喝到了水，感到舒服了。

他对难敌说："愿你能明白过来，你看到阿周那怎样取水给我解渴吗？你想，世上除了他还有谁能做出这样的事来？快跟他和解吧。愿我的一死使你们的战争也随之停止。孩子，听我的话，跟般度族和平相处吧。"然而，俱卢族不听这一明智的劝告，仍继续作战。

第七，德罗纳篇

难敌和迦尔纳商议，谁该作全军的大元帅。迦尔纳建议：选王子们和将领们的共同的老师——德罗纳为大元帅。

德罗纳在巨雷般的欢呼声中正式担任大元帅，大家一致热烈拥护并信任德罗纳的领导。

难敌和一些人商量好了一条计策，难敌去找德罗纳，要他执行。他说："大师啊，我们要求你把坚战活捉交给我们。只要你能为我们完成这一任务，那么，我们对你在这次大战中的指挥，就感到非常满意了。"德罗纳听到后，十分高兴，因为他根本不愿杀死般度的儿子。

当德罗纳离坚战王近在咫尺时，突然，阿周那出现在战场上。阿周那的那张神弓接连不断倾泻出飞箭来。漫天飞舞的箭把战场上的天色都遮蔽得阴暗了。

德罗纳退却了，坚战王没被俘虏。俱卢军垂头丧气，般度军得意洋洋，大战的第十一天就这样地过去了。

德罗纳残暴地攻打，所到之处般度军大批死亡，人人惊惧。黑天说："阿周那，要按照战争的严格规矩作战，那是谁也不能打败这位德罗纳的。除非违背正法，我们没有其他办法对付他。只有一桩事情能叫德罗纳停战。他一听到马勇战死的消息，就会丧失对生命的一切兴趣，抛下武器。现在得有个人去告诉德罗纳，马勇已经阵亡。"阿周那决不让自己说一句谎，坚战在熟思之后说："我来承担这桩罪过。"

怖军举起铁杵，向一头叫做马勇的巨象的头上击去，巨象倒地死亡。怖军在敌军阵前高声吼叫，人人能听见。他叫道："我杀死马勇了。"因为说了谎，怖军羞愧得无地自容。

德罗纳听了这话，受到了沉重的打击。他问道："坚战啊，我的儿子真的阵亡了吗?"这位大师认为即使拿三界之主的高位来贿赂坚战，坚战也不会说一句谎话的。

黑天听到德罗纳的问话，十分惊慌，他说："如果坚战不肯说谎，我们就完了。"坚战面临当前要做的事，也不禁心寒而栗。然而，他内心深处，也希望获得胜利。他硬了心肠，对自己说："我来承担罪过吧。"然后大声叫道："是啊，马勇确实是死了。"就在说话的当儿，他感到这事干得不光荣，又低低地用颤抖的声音附加了几个字，说："是大象马勇。"这几个字被喧闹声淹没了，德罗纳没听见。

德罗纳万念俱灰，好像从来没想活过似的。在听了怖军的嘲骂后，心头更加痛苦。他抛开武器，在战车上打起坐来，很快就入定了。这时猛光手持利剑，上了他的车。尽管众人高声喝阻，可是猛光把德罗纳的头割下。他的灵魂，化为一缕光芒，冉冉上天去了。

第八，迦尔纳篇

德罗纳死后，俱卢军任命迦尔纳为大元帅。

阿周那率军攻迦尔纳，怖军紧跟在车后助战。难降集中力量，对怖军射箭，势如雨下。怖军忍着笑自言自语："这坏蛋现在在我掌心之中，逃不出去了。今天我要实现对黑公主的诺言。"怖军想到当年难降对黑公主的情形便怒从心起，无法遏制。他扔下武器，纵下车来，像饿虎扑食似的扑向难降。他摔倒了难降，扭折了他的手臂，一面叫道："罪恶的畜牲，揪住黑公主的头发的是这一只该死的手吗？好吧，我要把它从你身上连根拔掉。如果有人想帮助你，让他来试试吧！"怖军虎视眈眈，看着难敌，高声挑战。他撕下难降的胳膊，将那血淋淋的手臂抛在战场上。接着，他实践那十三年前的可怕的誓言，像一头野兽似的，吸着饮着他那敌人体内的鲜血，并且疯了似的在染遍鲜血的战地上跳舞。

难敌下令，重新布置阵容，再次进攻。迦尔纳向阿周那射箭，阿周那抽箭搭在弓弦上，要结果迦尔纳的性命。迦尔纳的车子陷进地里，要求阿周那重视荣誉。黑天插嘴了："哈哈，迦尔纳，你居然记起所谓公平和武士道德来了！当初，你侮辱黑公主时怎么不记得呢？当你们用掷骰子骗了坚战时，你的公平藏到哪里去了？在十三年之后，要求归还土地时，你们拒绝归还，那是公平的吗？……"黑天的揭发，使迦尔纳一声不做，含羞带愧，垂下了头。这时，阿周那接受了大神的命令，发出一箭，割去了迦尔纳的头。

第九，沙利耶篇

难敌目睹迦尔纳阵亡，悲痛得不得了。慈悯大师深为感动，对难敌说："由于野心和贪欲，我们把过重的担子压在朋友的肩上。他们毫无怨言地挑起重担，将生命牺牲在战场上，到快乐的天堂去了。你现在只剩下一条路可走，就是跟般度族和解。太子呀，这毁灭一切的战争千万别再继续打下去了。"甚至在灰心绝望时，难敌也不愿听到这样的忠告。

俱卢族选沙利耶当大元帅，赋予他最高指挥权。坚战亲自率军攻打沙利耶。

使人惊奇的是，这位至今仍然号称“仁慈的化身”的人竟然打得这样狂暴。坚战将矛掷向沙利耶，击中了他。俱卢族的最后一员大将沙利耶阵亡后，俱卢军丧失了一切希望。持国王的那些还活着的儿子联合起来围攻怖军，怖军把他们全都杀了。

俱卢族的军队仓皇溃散，四处窜逃，十一支大军全部被消灭了。只剩下难敌一人，满身带伤，极力收拾残军，没有结果。他拿起杵走向一个池塘。他遍身热得像在烧灼一样，他一心想下水。

坚战兄弟一直追索到这里，坚战高喊：“难敌啊！你毁了家，灭了族，自己倒想逃避死亡，躲藏在这池塘里来吗？你的骄气哪里去了？难道你不害羞？上来打吧？生为刹帝利，你难道不敢打仗，害怕死亡？”

怖军和难敌打了起来。两人的铁杵碰在一起，火星四溅；两人武艺相仿，力气相等，打了很久，不分胜败。怖军接受了黑天的指点，打断了难敌的两条大腿。

第十，夜袭篇

马勇知道了难敌受伤垂危，他愤怒得像汹涌的波涛不可阻拦。般度族，过去用欺骗伎俩杀死他父亲；现在又用违反战争规则的手段打败了难敌，因而他走到难敌身边起了一个誓，要在当夜把般度族全族送去见阎摩王。

难敌正在垂死的挣扎，听见马勇的誓言，欢喜极了。他立刻任命马勇为俱卢族大元帅。

马勇看到猫头鹰夜袭睡着了的乌鸦时，灵机一动，想出一个主意：夜间偷袭入睡的人。

正在营帐里酣睡的士兵和黑公主所有的儿子全都被杀了。马勇赶快回去见难敌，报告情况：“他们已全军覆没了。现在，般度族方面只剩下七个人了。我们这方面只剩下慈悯大师、成铠和我。”

垂死的难敌听到马勇的话，慢慢睁开了眼睛，气喘吁吁地说：“马勇啊，伟大的毗湿摩和勇敢的迦尔纳都做不到的事，你给我做到了。你使我快乐。我死也瞑目了。”难敌说完，就断气了。

第十一，妇女篇

战争结束了，象城成了丧城。城中的所有妇女和孩子们都哭哭啼啼，悲悼自己的亲人。

坚战王穿过哭哭啼啼的一大群妇女，来到持国王面前，对他行礼致敬。持国王拥抱了他，可是那拥抱却没有丝毫的感情。

有人报告，怖军来了。持国王说："来吧。"黑天很聪明，知道持国王的愤怒是何等厉害，轻轻地推开了怖军，将一尊铁象移到瞎国王面前。持国王把那尊铁象紧抱在怀里。这时他想到了怀里的人杀害了自己所有的儿子，就越来越愤怒，越来越抱得紧，终于把那尊铁象搂得粉碎。"哎哟，我制止不住自己的愤怒。"持国王高叫道，"我把亲爱的怖军弄死了。"

黑天对瞎国王说："大王，我已预先防止了这场灾难。怖军没有给你弄死，你挤碎的是一尊铁象。愿这么一来，你的怒火得到宣泄。"

持国王这才平静了些，祝福了怖军和般度的其他儿子。

般度五子去见甘陀利王后，她抑制住自己的愤怒，祝福了般度五子。

甘陀利对丧失了所有儿子而悲痛的黑公主说："好女儿，别伤心了。谁能安慰我们啊。是由于我的过错这一伟大的家族才完全覆灭的。"

第十二，和平篇

般度族祭奠阵亡将士的亡灵，举行"芝麻水祭"，在恒河岸边住了一个月。

有一天，那罗陀大仙出现在坚战面前，问坚战王道："现在你是全国之主了，你快乐吗?"

坚战回答："大仙，王国确实归我掌管了。可是我的亲属都死了。我们的那些可爱的儿子一个也没有了。这胜利在我看来无疑是惨败。大仙啊，我们把亲哥哥当作敌人杀了，这种杀死坚守道义、重视荣誉和英雄盖世的迦尔纳，是我迷恋财富的结果。而他呢，遵守许给母亲的诺言，对我们不下毒手。啊，我是个罪人，我是个谋杀亲兄的卑鄙的人。我一想到这件事就懊恼万分。"

于是，那罗陀大仙把有关迦尔纳的事情以及迦尔纳受到诅咒的事讲给他听。

第十三，教训篇

坚战王想着战争死去的每一个亲人，一天比一天更加痛苦。他悔恨极了，决定出家到森林中修行，以赎罪过。

阿周那、怖军、无种、偕天和黑公主，都劝说他。广博仙人跟坚战长谈，举出种种先例，让他明白他的责任究竟是什么，然后劝他进象城担当起治国的任务。

坚战王于是依礼在象城即位。在正式管理国家之前，他去看望躺在箭床上等待死亡的毗湿摩，接受毗湿摩的祝福和关于治国之道的教训。

毗湿摩的教训就是大史诗中著名的和平篇。毗湿摩讲完，灵魂就脱壳而去了。国王到恒河，按古老的习惯举行奠祭，安抚亡灵。

第十四，马祭篇

俱卢战场上的大战结束后，坚战即位为王，举行了一次马祭。各地王子照例应邀参加，仪式十分隆重。全国各地的婆罗门、穷人以及衰老病弱的人们也大批来到这里，接受丰盛的布施。一切都办得辉煌显赫，合乎祭祀的规定。

第十五，林居篇

般度族成了一国的绝对统治者，负起责任，按照正法治理国家。然而，他们得不到所预期的胜利者的快乐。

般度对待伤心万分的持国王非常恭敬。他们尽力使他快乐，不让他感到委屈。坚战王发布命令都要征得他的同意，失去一百个儿子像做了一场黄金梦的甘陀利，得到贡蒂后像亲姊妹一般的关怀和照顾。黑公主依礼对他们两位同样敬重，毫无差别。

十五年就这样过去了。

持国王瞒着般度五子，偷偷绝食并修炼苦行。甘陀利也私自绝食，磨练自己。有一天，持国王请坚战王到来，对他说："孩子，我祝福你。我在你照顾之下已幸福地过了十五年。你对待我太好了。现在我该到森林去住了。"

广博大仙对坚战说："现在该是他去修行的时候了。让他得到你发自衷心的同意，让他心头不怀愤怒地离开这里吧。"坚战王说："遵命。"

持国王和甘陀利慢慢地离开象城，走上去森林的道路。贡蒂早已决定跟甘陀利一起去森林。

三位老人在森林住了三年。忽然森林火焰蔓延各地。三位老人坐在一起，以打坐入定，平静地让自己卷进了大火。

第十六，杵战篇

俱卢族的大战以后，黑天在多门城统治了三十六年。有一次，多门城来了几位仙人。狂妄无礼的雅度族戏弄了他们。他们把一个年轻人打扮成妇女，引去见可敬的客人，并说："学识丰富的人们，请告诉我们，这位太太将生男孩呢，还是女孩?”

仙人们知道这是无礼的戏弄，很生气，说道:“他不生男，也不生女，要生出一根铁杵来。这铁杵会成为你们全族的死神，毁灭你们全体。”仙人们发出这个诅咒后，就离开了。

第二天，那个乔装妇女的，真的生出一根铁杵来。他们十分恐怖，感到末日已近，因为是仙人的诅咒。他们研究了很久，最后才把铁杵磨成很细的粉末，散在大海中，认为这样就没危险了。日子一天一天过去，撒过粉末的海岸边忽然长出灯芯草。雅度人见了很好玩，他们把仙人的诅咒忘得一干二净了。

过了很久，有一天雅度族的人到海边野餐，他们饮酒跳舞，酒后斗嘴，互相争吵。结果，你死我活的混战。黑天知道命定的时刻已到，就跟大家一同随手拔出灯芯草引起大屠杀，仙人的诅咒发生了作用。

由铁杵生出来的灯芯草，被注定要死的人在疯狂中拔出来，都变成了铁杵。他们拿铁杵互相打击。不久，他们全体都死在这场斗殴中。

黑天自言自语道:“时候到了，我该走了。”随即躺倒在地上睡着了。猎人远远望去，误以为是野兽。对着黑天射出一箭，射中了黑天的脚心，穿过了黑天的全身。伟大的黑天就这样离开了人世。

第十七，远行篇

般度五子和黑公主知道了黑天逝世和雅度族灭亡的消息，他们丧失了对尘世仅有的一点依恋。坚战指定持国和吠舍侍女之子尚武为摄政王、为阿周那之孙继绝灌顶，让他登基为王，统治象城。让黑天之孙雅度族王子弗罗吉在新都天帝城登基为王。兄弟五人带着黑公主离开了京城，一路朝拜圣地，最后到了喜马拉雅山脉。坚战看着自己的亲人一个个地倒下去死了。

最后，坚战到达了一处高峰。因陀罗大神坐车来接他。

第十八，升天篇

坚战到了天国，一见难敌，就怒不可遏，又见到他享有荣华富贵，便立刻转过身去。大声疾呼，要求带他到弟弟们那里去。他被带到地狱，发现弟弟们和黑公主正遭受折磨。他气愤地决定:放弃天国，和弟弟们一起待在地狱。

使者回去，把坚战的话报告了因陀罗。这样，过了一天的三十分之一的时间。坚战正在悲苦。因陀罗和阎摩出现在他的面前。他们一来，黑暗立刻消失，一阵香风袭来。正法之神阎摩笑着对自己的儿子说:“大智大悲的人，这是我第三次考验你了。你为了兄弟愿意留在地狱里。国王和统治者都不免经历地狱，所以你也要经历一天的三十分之一的时间的地狱之苦。你所爱的兄弟并不在地狱，这是考验你的幻象。这不是地狱，是天堂。”

阎摩对坚战说了这些话后，坚战就变成了神。凡人的形象一消失，愤怒和仇恨也随之消失。

这时，坚战看到了自己的兄弟，也看到持国王的儿子们。全都仪态安详，毫无恨意，成了天神。

这次重聚，使坚战终于得到了和平和真正幸福。

创作主旨：

通过上述核心情节的概括介绍，我们看到：狂热贪欲和穷追王权的征伐是军事民主制时期的鲜明特征。对他人财富的垂涎三尺刺激了掠夺和霸占的野心，甚至把不择手段地追逐财富和王权当成最重要的正常生活目标。因而，把扩大疆域、巧取豪夺视为英雄行为，好自矜夸，无视劝谏，不以为耻，反以为荣。《摩诃婆罗多》所描写的家族内部的矛盾和冲突反映了鲜明的创作主旨：通过对狂热贪欲、争权夺势和不义战争的批判，深刻地表现了古代印度人民的愿望：反对卑劣的占有欲望、追求家族内部的和睦、提倡兄弟之间的友爱，争取繁荣幸福的美好生活和渴望和平统一、施行仁政的政治理想。大史诗所宣传的具有鲜明政治倾向的主题思想，正是符合当时广大人民群众利益的。在许多分散的、独立的小王国经常发生相互征伐的时代里，反映了当时人民群众的和平要求和美好理想。

第四节　印度军事民主制阶段的社会特征

《摩诃婆罗多》是以大约公元前 9 世纪即后期吠陀时代发生在印度北部俱卢之野的大战为背景的。史诗中描写的虽然是印度婆罗多家族内部俱卢族和般度族之间的冲突和征伐，但是几乎印度北方的所有部落都参加了这场大战。有的部落支持俱卢族，有的部落支持般度族，战争规模之宏大、参战者之众多，异常惊人，史无前例。这一时期的各个部落虽然为了共同的利益能结成联盟并肩作战，但是，各个部落仍然是独立的、分散的，尚未建成一个强大的巩固的统一体。史诗所表现的正是古代印度由氏族制向奴隶制转化过渡时期的特征——原始社会已经日趋解体但仍未崩溃，奴隶制日见萌芽但尚未建成。这也就是在19世纪末由莫尔根提出，经马克思、恩格斯加以确定的军事民主制历史阶段的特点。恩格斯说："其所以称为'军事'，是因为战争以及进行战争的组织现在已经成为民族生活的正常功能。邻人的财富刺激了各民族的贪欲，在这些民族那里，获取财富已成为最重要的生活目的之一。"①《摩诃婆罗多》中所描写的大战，正是出于对财富垂涎三尺的狂热贪欲和日益增强的独占野心，才使俱卢族和般度族双方都结成各自的部落联盟而进行殊死的鏖战。史诗通过婆罗多家族内部两族之间的矛盾冲突广泛地反映了古代印度在国家形成前的政治、军事、宗教、民俗、习惯等各个方面的情况，成为一幅不可多得的古代印度军事民主制社会的全景画卷。

《摩诃婆罗多》同世界上其他民族的史诗一样，是在神话故事和民间传说的基础上创作出来的口头文学巨著。往往是通过丰富多彩奇妙异常的艺术想象塑造半人半神式的动人形象、展现富有神话色彩的故事情节，折光地反映古代印度军事民主制历史阶段的真实社会生活。史诗的核心故事对军事民主制国王的性质、议事会的权力、战时的礼仪和规约、种姓制度的初步形成、正法观念的早期特点、多种婚姻形式的共存等问题的描述，都真实地反映了军事民主制历史阶段的鲜明特征。虽然在巴比伦的《埃努玛·埃立什》和《吉尔伽美什》史诗中、荷马的两大史诗中，都涉及军事民主制的问题，但是，任何一部史诗也赶不上《摩诃婆罗多》描写得那么细致、具体和全面，使人得到了叙述鲜明、形象生动、理解清楚的深刻印象。

一、军事民主制阶段国王的性质

在史诗中，描写了许许多多的国王，诸如：般遮罗国的木柱王、摩差国的毗罗吒王、摩揭陀国的妖连王、信度国的胜车王……甚至还描述："妖连已经迫使近百个国王接受他的统治"（2.14.16）、"有八十六个国王已被妖连囚禁，还有十四个未被囚禁。"（2.14.19）可见，史诗中展现的国王，可以说是不计其数的。

史诗中如此众多的国王，很明显，既不是奴隶社会独揽大权的君主，也

① 《马克思恩格斯文集》第4卷，人民出版社2009年版，第183页。

不是封建社会一统天下的帝王。在军事民主制历史阶段的国王，主要是军事领袖，其首要任务，是组织军队、指挥战斗。国王的重要职责，是保卫部落的安宁、抵御侵犯、反击掠夺，同时，还有扩展疆土、对外征伐、获取财富的任务。从国王一词产生的渊源上看，也不难理解其职责。“雅利安人是以养牛为生的半游牧民，母牛是财富的衡量标准，所以牛的劫掠常常导致战争。‘gavishti’本意为‘去寻找母牛’，此时引申为‘去战斗’。《梨俱吠陀》中，一位国王名叫格帕拉（Gopala），该词意为‘牲畜的保护者’；另一位国王叫格巴拉曼帕拉蒂一帕拉克（Gobrahmanprati-palak），意为‘拥有牛的人的保护者’，国王的名字显示了国王的责任。”①

史诗中的国王或王，相当于《伊利亚特》中的科依来罗斯和希腊的巴赛勒斯。摩尔根说：“近代的学者，几乎没有例外，都把巴赛勒斯一名称翻译为国王”；“科依来罗斯与巴赛勒斯是用于相等意义的，因为两者都同样是表示指军务的总指挥官。”② 军事民主制阶段的国王或王，主要是负责军事指挥的部落首领。因而，本来没有其他行政方面的统治权力，而且既不是世袭的，又不是终身制的。这一点，同国家产生后的奴隶制或封建制的国王有本质的区别。但是，伴随着社会的发展，战争的增多，他们的权力逐渐地转化为世袭的了。从史诗中看，坚战和难敌的权力已经向世袭方面转化了，而且其行政统治权力也扩大了。

二、议事会的权力

史诗的第二篇，名为《大会篇》。对这一篇名，史诗的翻译和研究专家黄宝生教授解释说：“本篇的篇名《大会篇》也可译作《会堂篇》或《大会堂篇》。会堂（sabha）也是王权的象征。”③

对“会堂”（sabha）的理解，在研究者中尚不完全一致，存在一定的差异。有的学者认为是由“部落显贵组成‘长老会议’（sabha）”④；也有的学者认为“萨帕”（sabha），“是一种元老会议或是各村长的联席会议，讨论各种政治

① 林太：《梨俱吠陀精读》，复旦大学出版社 2008 年版，第 235 页。

② 摩尔根：《古代社会》，三联书店 1957 年版，第 276、279 页。

③ 黄宝生：《摩诃婆罗多导读》，中国社会科学出版社 2005 年版，第 37—38 页。

④ 林太：《梨俱吠陀精读》，复旦大学出版社 2008 年版，第 235 页。

性和非政治性事务，兼理诉讼。”①。总之，是指由国王和部落显要人物参加的商讨决定各种政治军事或其他有关问题的行政机构，这反映了在处理重大问题上的原始民主传统。当时的国王虽然有很大的权力，但是还不能过于专断独行，必须重视民意，听从“会堂”的商讨决定。

史诗中描述，在天上和人间有许多大会堂，然而，摩耶认为坚战建造的大会堂宏伟高大，金碧辉煌，是最好的。正像来往于天地之间见过世面的那罗陀对坚战说的：“在人间，你这大会堂就是最出色的了。”(2.11.42)

经常参加“会堂”议事的人员，往往是坚战和其他大臣们以及兄弟们，还有黑天等。他们商讨的问题都是政治和军事上的大事。

例一，在坚战回答著名仙人那罗陀的各种问题中，不难看出：他特别注意王者的“六德”——“能言善辩，有压倒敌人的准备，善于思考，记忆力强，精通《政事论》，学识渊博”；“七计”——“安抚，收买，惩罚，离间，会谈，下药，出奇制胜”；“十四忌”——“不信神，不诚实，易怒，失误，事事拖拉，不接近智者，懒散，沉溺于恶习，贪婪，好纳蠢人之言，决定之事不照办，不保密，不举行喜庆活动，同时向数敌进攻”；治国的“八事”——“农耕，商业，修碉堡，造桥，保护大象，开采宝石，开采金银等矿，收税”和“国家的六大支柱”——“宰相，统帅，大法官，财政大臣，祭祀，要塞守将”(2.5.11—13)；还特别注重“四类八部”——“四类指正规军、友军、雇佣军和非正规军。八部指车兵、象兵、马兵、步兵、指挥、后勤、情报和向导”的军事训练(2.5.53)。虽然巴比伦和荷马的史诗也反映了军事民主制机关的执政情况，但是，都没有《摩诃婆罗多》描述得如此细致、具体和全面；甚至莫尔根在《古代社会》中也没有如此面面俱到的论述。

例二，对作战将领的选定上，不是由国王坚战独自决定，而是征求大家的意见，经商讨后确定。在大战之前，当难敌推选老祖父毗湿摩担任军队统帅之后，坚战召集所有的兄弟和黑天，对他们说：“你们巡视军队，全副武装，严阵以待。我们将首先与祖父交战。因此，你们帮我选定七支军队的司令。”(5.154.7) 经过大家研究之后，坚战便“召来木柱王、毗罗吒、悉尼族雄牛(萨谛奇)、般遮罗族王子猛光、勇旗王、般遮罗族王子束发和摩揭陀王偕天。

① 刘建、朱明忠、葛维钧：《印度文明》，福建教育出版社 2008 年版，第 47 页。

坚战按照礼仪，为七位热爱战斗的英雄、大弓箭手灌顶，立为军队司令”。同时，“他指定猛光为全军统帅。”（5.154.10.11.12）可见，军队的司令和统帅的任命，不是由国王一人决定的。这反映了坚战在人选问题上依然秉承着部落的原始民主遗风。

例三，研究举行王祭的问题。因为坚战在天帝城执政，以法统治，成绩突出，很多人建议应该举行王祭。“坚战把大臣们和兄弟们召来，再三询问他们王祭的事。”（2.12.9）许多人赞成坚战举行王祭。黑天认真称述了坚战的诸多优点，对他说：“你完全配做皇帝，所以，你就举行王祭吧！”（2.30.23）举行王祭，其实就是为了扩展王权，夺取财富，征服各国，称霸天下。所以，共同研究了如何战胜妖连、征伐周围各国和作战任务等问题。在军事民主制历史阶段，把发动战争、打败敌人、夺取财富，视为刹帝利的天职，也是争得个人荣誉的必由之路。从史诗中看，关于征伐四邻、扩大疆域、积累财富的问题，是“会堂”中经常商讨的重点，是大家最感兴趣的议题。还要像恩格斯所说的：“他们是野蛮人：掠夺在他们看来比用劳动获取更容易甚至更光荣。以前打仗只是为了对侵犯进行报复，或者是为了扩大已经感到不够的领土；现在打仗，则纯粹是为了掠夺，战争成了经常的行当。”①

三、战时的礼仪和规约

对古代战争的传统礼仪，坚战还是非常遵从的。当两军摆好阵势、相互对峙、即将开战之时，坚战“这位英雄脱下铠甲，放下精锐的武器，迅速下车步行，双手合十”，“望着老祖父，控制语言，朝着东面敌军的方向走去。”（6.41.7、8）他“要向毗湿摩、德罗纳、乔答摩（慈悯）和沙利耶所有这些老师致敬后，才与敌人开战”；“因为据说在古代，谁不先向老师们致敬，就与长辈们交战，他显然怀有恶意”；“谁按照经典先向老师们致敬，然后与长辈们交战，他在战斗中肯定会取胜。”（6.41.17、18、19）坚战“在弟兄们围护下，穿过敌军充满利箭和标枪的阵容，迅速走向毗湿摩。他用双手抱住准备战斗的福身王之子毗湿摩的双脚，开口说道：‘我向你报告，难以制服的人啊！我就要与你交战，老祖父啊！请你表示同意，赐予祝福，老祖父啊！’”

① 《马克思恩格斯文集》第4卷，人民出版社2009年版，第183页。

（6.41.30.31.32）毗湿摩说："我很高兴，孩子啊！你投入战斗，取得胜利吧，般度之子啊！你还有其他什么愿望，也都在战争中实现吧！……大王啊！你不会失败。"（6.41.34、35）然后，坚战又向老师德罗纳致敬，请求祝福。德罗纳说："国王啊！你肯定会取胜。我了解你，你将在战斗中战胜敌人。"（6.41.54）坚战代表般度族向敌方俱卢族的统帅级的高层人物毗湿摩和德罗纳请求祝福，然而，他们却说坚战一定能取得胜利。这既反映了他们之间的血缘亲情，又表现了他们的公正美德和对传统习俗的遵从。

从双方制定的战争规约上看，明显地反映了敌对双方共同遵守传统习惯的原始遗风。在战前，俱卢族、般度族和苏摩迦族在一起共同制定协议，确定了战斗规约。例如："退出战斗行列的人，不应该遭到杀害。"（6.1.28）在每天傍晚战事停止之后，双方战士可以像朋友一样自由地混杂在一起，交往聊天。又如："车兵对车兵作战，象兵对象兵，马兵对马兵，步兵对步兵"；"不应该杀害没有防备或惊慌失措的人"；"不应该杀害与别人作战的人、疯癫的人、转过脸的人、兵器损坏的人或失去铠甲的人"；"不应该杀害车夫、牲口或运送兵器的人，不应该杀害鼓手和号手。"（6.1.29、30、31、32）这些协议表明：双方都没有忘记家族血缘关系的亲情，他们原本是同族兄弟，双方严肃宣称遵守这些规约。但是，其中并没有提出对违反者的惩治办法，尤其是在生死决战的尖锐斗争中，急于求胜的私欲早已冲淡了手足的亲情，再也无人顾及这些规定。例如：阿周那心知肚明毗湿摩决不同女人对战，却怂恿束发用箭射击毗湿摩，自己又躲在束发身后违反规约一再射向恪守不杀般度族五兄弟誓言的毗湿摩。毗湿摩受到重创，满腔愤怒地望着束发，不予回击，仿佛笑着说道："随你袭击或不袭击我，我决不与你作战，因为你依然是创造主创造的那个女人束发。"（6.104.41）面对阿周那的利箭射击，毗湿摩对难降说"这位般度族大勇士、愤怒的普利塔之子（阿周那）在战斗中向我发射了几千支箭"（6.114.51）然而，毗湿摩就是不还击。因为毗湿摩心里有一个早已认定的想法："凡是扔掉武器的人，倒下的人，失去铠甲和旗帜的人，逃跑的人，恐惧的人，宣布投降的人"，"女人，取女人名字的人，残疾人，只有一个儿子的人，没有儿子的人，难看的人，我不愿与他们战斗。"（6.103.72、73）毗湿摩一直保持氏族武士的高尚品德。然而，阿周那甚至还射击他的御者，越来越违反规约。又如：用不正当的手段使德罗纳死于非命；当迦尔纳战车车轮陷入地里时，要求拔出车轮再战，这本是正当合理的要求，阿周那却违规地用利箭结果了他；黑天暗示怖军违反武士规则，打断难敌大腿；俱卢族的马勇夜袭般度族的营帐，杀死许多酣睡无防的武士将领……都是违反协议规定的行为。这些不正当的行为，在战场上日见增多，正反映了求胜欲望的日益增强。胜利的欲望，也就是对财富的占有欲望；它的增强，也就是私有观念的增强。公有观念和私有观念的消长，真实地反映了军事民主制历史阶段思想品德和精神面貌的明显变化。

四、种姓制度的初步形成

印度教的种姓制度，是印度社会所独有的接近于阶级划分但又不是阶级划分的人身等级制度，把人分为高低贵贱不同的四个等级集团。婆罗门，是僧侣，掌握祭祀和文化教育，为第一种姓，地位最高。其次，刹帝利，是贵族和武士，掌握国家管理和军事，为第二种姓。再次，吠舍，是农民、手工业者和商人，为第三种姓。最次，首陀罗，是卑贱的劳动者，从事各种污秽的工作，为第四种姓，地位最低。各个种姓是世袭的，世代相传，永不变更。各个不同种姓，都有各自不变的传统职业；各个种姓，只许内部通婚，允许“顺婚”，严禁“逆婚”等等。

在种姓制度的初步形成阶段，远远没有如此繁杂的严格限制。从《梨俱吠陀》和《摩诃婆罗多》所反映的情况看，在原始社会末期和军事民主制阶段，种姓制度虽然已经初步形成，但是，尚未像后来在阶级社会中那样认真贯彻执行，对人的要求相当宽松，并不是十分严格的。

《梨俱吠陀》中，既反映了种姓制度的出现，也表现了其要求并不严格认真的实际情况。在第 10 卷第 90 首《原人歌》的第 12 颂中说：“原人之口，是婆罗门；彼之双臂，是刹帝利；彼之双腿，产生吠舍；彼之双足，出首陀罗。”①这表明种姓制度已经问世。在《摩诃婆罗多》的第 73 章中，也讲述了这一问题。但是，在《梨俱吠陀》的第 9 卷第 120 首中又说：“我是诗人，父亲是医生，母亲忙推磨，大家都像牛一样为幸福而辛勤。”②这描述又表现了种姓既未代代世袭，职业也未受种姓的严格限制。

---

① 巫白慧译解：《梨俱吠陀神曲选》，商务印书馆 2010 年版，第 255 页。

② 金克木选译：《印度古诗选》，湖南人民出版社 1984 年版，第 15 页。

在《摩诃婆罗多》中，我们看到，尽管有人坚持种姓观念，但种姓制度并未得到认真执行。“车夫之子罗泰耶（迦尔纳）也前来拜德罗纳为师。”（1.123.47）这反映了德罗纳头脑中依然残存着原始的民主因素，在接收学生时没受到种姓的限制。持国之子难敌封车夫之子身份的迦尔纳为国王，难敌说：“如果翼月生（阿周那）因为迦尔纳不是王子而拒绝决斗，那么，我来灌顶，封他为盎伽国国王。”（1.126.35）可见，难敌也没受到种姓观念的束缚。在《森林篇》中，我们看到一个婆罗门侨尸迦突破种姓观念的规定，向一位首陀罗猎人请教正法（3.197.1；3.197.41；3.197.56）。在这一时期，还宣扬了种姓是可以转化的思想：“如果一个婆罗门行为不端，走向堕落，桀骜不驯，专做坏事，那他就跟首陀罗一样。如果一个首陀罗始终奉行自制、真理和正法，我认为他就是婆罗门，因为婆罗门由行为决定。”（3.206.11、12）这就是说：“你虽然出身首陀罗，但你懂得正法……你又会成为婆罗门。”（3.206.4、5）在《和平篇》中，毗湿摩告诉坚战：优秀的首陀罗可以担任国王的大臣：“我现在告诉你，你应该任用什么样的大臣。四位精通吠陀、果断、英勇而纯洁的婆罗门，三位训练有素、行为一向纯洁的首陀罗……”（12.86.6、7）这些实例充分说明：在军事民主制历史阶段，种姓制度尚未严格执行，刚刚萌芽的模糊不清的“业报”和“轮回”观念尚未成为种姓制度的基础，种姓制度与“业报”、“轮回”观念尚未像后来阶级社会那样密切结合。

五、正法观念的早期特点

正法，音译为达磨，对这一词的词义，季羡林先生说：“在古代印度，所谓‘法’，梵文是 dharma，巴利文和俗语是 dhamma。这个字在《梨俱吠陀》中作 dharman，意思是‘支持’、‘事物的固定的秩序’、‘神仙，特别是密特罗、婆楼那的神旨’、‘法律、规章’、风习等等。最早的含义可能是‘事物秩序’，以后多次演变。”①

其中提到的密多罗和婆楼那，是关系密切的双神，均为波斯的古神，在《梨俱吠陀》中，密多罗，意译“友人、朋友”，巫白慧先生说：“密特罗具有双重性质：一是人性，一是神性。密多罗的人性，体现在他遍行天地二界，亲

① 《摩奴法论》汉译本序，见蒋忠新译：《摩奴法论》，中国社会科学出版社 1988 年版，第 1 页。

切接引一切众生；教化五类群众，集合团结，如仪设祭献供、皈依友神，由是获得幸福的回报。密多罗的神性，体现在他有超验的神力，创造天地，支持天地；天界神众，地界人群，俱在他的慈爱与呵护下获得吉祥与欢乐的享受。二界众生因此感激密多罗，赞叹密多罗：'其伟大高于天界！其光荣优于地界！'"① 婆楼那，具有"创造宇宙，划分天地的广大威力"；"同时是主管道德法理的主神"，"被尊为道德伦理的维护神，有绝对的神权，在天上人间实施赏善罚恶、护正驱邪的准则。"② 其"神旨"，就是这双神提出的道德法规。

因而，正法（达磨），可以说是前吠陀时期或军事民主制时期氏族部落人际关系的伦理准则和道德规范。

这一时期的正法（达磨）与后来奴隶社会、封建社会中同印度教、佛教或政治相关联的正法，迥然不同。对于后者，季羡林先生说："到了阿育王时代（275—232B.C.），阿育王碑中的 dhamma 意思几乎完全与宗教伦理有关而与法律无甚关联。阿育王力图以'法'治国，设立了 Dhamma-mahamatta 这样一个高级官员，顾名思义，他是专门监督法的执行的。佛教讲的'法'有两重意思：一是指'事物'，所谓'万法皆空'者是；一是指'宗教伦理'，这与阿育王碑是一脉相承的。到了《摩奴法论》时代（估计为公元前二世纪至公元后二世纪），'法'的概念逐渐有了改变：由宗教伦理，转变为政治法律。"③ 金克木先生也说："大史诗里的正法思想后来也随社会发展而改变了。复杂的社会不能再受原始的简单笼统的概念所支配。种姓不是原来的种姓了。适应奴隶社会的正法观念转而结合了宗教，到后来（以至现代）正法这个词的含义便被解说为宗教，严格服从宗教的规定便是正法。"④ 不难看出，季、金两位先生都认为：正法（达磨）的内涵不是从古至今一直固定不变的，随着社会的进步、时代的发展和宗教的需要而有所嬗变。因而，在判定正法（达磨）内涵时，绝不可超脱一定的社会和客观环境。

军事民主制时期的正法（达磨），由于当时人的思维抽象能力较低，尚未形成条理分明的道德理论，因而几乎没有对正法的抽象说教和理论阐述，氏族

---

① 巫白慧：《梨俱吠陀神曲选》，商务印书馆 2010 年版，第 53 页。

② 巫白慧：《梨俱吠陀神曲选》，商务印书馆 2010 年版，第 55—56、58 页。

③ 《摩奴法论》汉译本序，见蒋忠新译：《摩奴法论》，中国社会科学出版社 1988 年版，第 1 页。

④ 《梵语文学史》，人民文学出版社 1980 年版，第 123 页。

成员中杰出人物的言行就成为大家必须效仿和遵守的伦理准则和道德规范。杰出人物以身作则的形象教育就是具体感人的正法（达磨）熏陶，往往会潜移默化地培养氏族成员团结友爱、互相关心的集体意识和为氏族利益而牺牲个人一切的献身精神。

例如：神话式的英雄形象恒河女神和福身王之子毗湿摩，就是一个为了他人和氏族利益而勇于牺牲个人一切的、完美体现正法精神的理想典型。当恒河女神走后，福身王深爱一渔家女，便向其父求婚，女方只提一个条件：女儿生的儿子要继承王位。可是，国王早已决定毗湿摩要继承王位的。聪明的毗湿摩已经看透父王闷闷不乐的原因，便代父求婚。渔父还是提那个条件，毗湿摩向他保证：决不争夺王位。渔父说我相信，但怎能保证你儿子不和我外孙争夺王位呢？毗湿摩说：为了父亲我发誓：我终身不娶！

这时使以正法为魂的渔父欣喜若狂，终于说出："我给了！"（1.94.89）这时，空中纷纷撒下鲜花，诸神欢呼："他是毗湿摩（立下可怕誓言的人）"（1.94.90）毗湿摩为了父亲的爱情和幸福而牺牲了自己终生的爱情和幸福，成为众人由衷敬佩的楷模。

再如，般度族兄弟们向毗湿摩请教："请你告诉我怎样在战斗中战胜你？怎样获得王国？或者怎样毁灭你方军队？祖父啊！"（1.103.64）他说："在战斗中，只要我活着，你们就别想看到胜利。我对你们说的是真话。一旦在战斗中战胜了我，你们肯定能战胜俱卢族。如果你们想在战斗中取胜，那就赶快打击我吧！我同意你们随意打击我。"于是，老祖父为般度族孩子们指点："在战斗中，让全副武装的勇士阿周那将束发安置在前面，然后迅速向我射箭。面对不祥之兆，尤其这人以前是女人，我决不会与手持弓箭者战斗。请阿周那抓住这个机会，迅速从四面向我射箭……在这世界上，我看不出有谁能奋起杀死我，除了黑天和阿周那。"（6.103.77—80）毗湿摩为了氏族的和平与安宁甘愿牺牲自己，让般度族获胜。这种大无畏的牺牲精神生动地反映了他维护正义、恪守正法的高贵品德。

再如，坚战为了他人的幸福宁可牺牲个人利益的无私品德，也是正法精神的鲜明体现。在流浪期间，天热口渴，坚战让四个兄弟先后去找水，好久未归。他到水池边，发现他们都死在水池边。他听到：要喝水得先回答问题的声音，否则就会死掉。坚战回答的问题，药叉很满意，并说可以让一个兄弟活过来，坚战答：那就让无种复活吧！药叉问：为何放弃力大如万头大象的怖军和般度族仰仗的阿周那；坚战说：我要恪守正法，对两位母亲一视同仁。药叉说："你把仁慈看成是最高正法，那就让四兄弟都复活吧。"（3.297.66—74）

坚战的宽恕容忍、超越私仇、以德报怨的胸怀也是正法精神的生动反映。当难敌、难降都被健达缚们抓走了；难敌年迈的大臣前来向坚战求助，坚战说："弟兄们，去攻打健达缚！你们要奋勇作战，救出难敌。"（3.232.9）因为他认为：亲族关系并没有消失，保护前来求助的人，保护我们的家族，义不容辞，责无旁贷。不难看出：在当时的正法观念中含有鲜明的血缘亲情。这也可以说是这时的正法观念同后来婆罗门教、佛教时期的正法观念的显著区别。

上述实例，不难判断：原始人在长期同自然界斗争的生产经验，使他们日益认识到只有依靠集体的力量，团结一致，共同奋斗，才能生存下去。因而通过他们言行所体现的正法（达磨），是以血缘亲情为基础的、反映的是原始社会末期军事民主制阶段的社会意识形态。这时的正法（达磨），还看不出与后来出现的种姓和早期的婆罗门教与佛教有何纠葛，是一种助人为乐、富有利他精神的、为氏族利益勇于牺牲个人一切的伦理准则和道德规范。然而，这时的正法，伴随着社会的发展和斗争的变化，人们日益增长的贪欲，不断地败坏着古老质朴的人性和融洽和谐的人际关系，使温和敦厚的正法越来越丧失了对氏族成员的掌控力和约束力，甚至使被誉为正法之神的坚战也干出谋杀亲人的勾当。所以，有一个难敌的朋友叫遮婆迦的对坚战说："众婆罗门委托我说话：呸！你是一个杀害亲戚的坏国王！你杀死了亲戚，又让人杀死老师，你还要王国做什么？贡蒂之子啊！你最好去死，不要再活了。"（12.39.26—27）这时，坚战由于羞愧和焦虑，一时语塞。这也可以说坚战接受对他违反正法的谴责。但是，正像奴隶社会必然要代替原始社会一样，欲壑难填的狂热贪心必然要突破正法的约束，这一历史发展的趋势既是不可阻挡的，也是不依人们的主观意志为转移的。

六、多种婚姻形式的共存

大史诗的核心故事中，主要人物形象的婚姻状况，多种多样，情况复杂，既有一妻多夫的婚姻，又有一夫多妻的婚姻，还有这两者混合并存的婚姻以及婚前生子和借种生子和抢婚等古老群婚遗风的婚姻。在大史诗的插话中，还有当时罕见的一夫一妻的婚姻形态。

黑公主嫁给般度族五兄弟，是典型的一妻多夫的婚姻。当阿周那意外地看到了黑公主和坚战单独在一起，违反了他们兄弟的公约，阿周那必须经历十二年的梵居生活。在这期间，他又有了三次婚姻：在侨罗吠耶的宫中住了一夜，满足了蛇王之女的一切爱情愿望（1.206.33、34）；到了曼奴罗国，同花钏公主结婚，在那里住了三年（1.207.23）；黑天建议阿周那对自己的绝色妹妹妙贤采取抢婚的办法，阿周那派快使禀报坚战，得到同意后，阿周那“把一笑千娇百媚的妙贤公主抢到手后……立刻驾起如凌空飞驰的车，向自己的京城驶去”。（1.212.8）“回到了多门城，并和妙贤公主完了婚。”（1.213.12）这又是一夫多妻婚姻的典型。当阿周那把一妻多夫和一夫多妻两种婚姻联系在一起时，却引起最爱阿周那的黑公主的抱怨和哭泣，阿周那“就一再安慰她，求她宽恕”。（1.213.16）这又使我们看到了两种混合并存的婚姻不可避免的麻烦。

同时，大史诗中也表现了妇女婚前生子和丈夫死后借种生子的情况。般度王的贡蒂王后在出嫁前，就曾有过婚前生子的情况。有一仙人“教给她一个咒语”，并告诉她：“使用这个咒语，你可以把任何一位天神召到身边来。你将得到他的恩典，生育一个儿子”。（1.104.7）她“出于好奇，就召请太阳神……她看见创造世界的太阳神果真前来了……太阳神给她种下了胎孕。接着，她生下了一个精通各种武艺的出类拔萃的英雄”（1.104.10），就是迦尔纳。贡蒂王后在婚后，般度王因遭到仙人诅咒，不能生育，般度王同意贡蒂用咒语召来天神，与之交合生子：坚战是正法之神阎摩之子（1.114.1—6）；怖军是风神之子（1.114.9）；阿周那是因陀罗神之子（1.114.27）。般度的另一个王后玛德利也用贡蒂的咒语召来双马童神，生出无种和偕天（1.115.16—17）。般度的两个妻子和四个天神借种生子的关系，也是一妻多夫制婚配的又一种表现。

恩格斯在《家庭、私有制和国家的起源》中，曾经说过，印度及西藏的一妻多夫制是个例外，还需要作进一步的研究。这可能是因为当时尚缺乏可供论证的可靠资料。然而，上述关于印度一妻多夫、一夫多妻以及其他多种婚姻的复杂情况，为今天研究军事民主制阶段的婚姻提供了比较丰富的形象生动的可靠资料。

在《摩诃婆罗多》核心故事之外的插话中，也有对一夫一妻婚姻的描述：《那罗传》中的达摩衍蒂和那罗（3.50—78）、《罗摩传》中的悉多和罗摩

(3.257—275)、《莎维德丽》中的莎维德丽和萨谛梵（3.277—283），都是反映一夫一妻制婚姻的著名人物形象。我们知道，在社会上占主导地位的、带有男尊女卑特征的一夫一妻制是文明时代开始的标志，它是和奴隶制相适应并与之并存的。然而，史诗插话中出现的这种一夫一妻的婚姻家庭，大体上萌生于对偶婚家庭之中，是在野蛮时代与文明时代之交的产物，是从父系大家庭中分化出来的个体家庭。从达摩衍蒂、悉多和莎维德丽这三位妇女的言行表现上看，她们决非文明时代屈从于男人的、唯男人之命是听的男尊女卑式的妇女形象，她们在选婿时的自由自主，在爱情上的平等和坚贞以及面对丈夫的坚持己见和敢作敢为，都是在文明时代地位低下的妇女言行中很难看到的。这也可以说是军事民主制时期一夫一妻婚姻形态的一个特点。

第五节 主要人物形象

《摩诃婆罗多》是在古代印度神话传说的基础上创作出来的口头文学巨著，因而，塑造的人物形象也都富有神话色彩，半神半人，诡谲多变，奇妙怪诞，引人入胜。史诗在口头流传的过程中，得到了不断地丰富和加工，使人感到形象鲜明、性格突出、有血有肉，显示了民间口头文学在塑造人物形象方面的卓越成就。史诗的作者——人民大众在人物形象的塑造上体现了鲜明的倾向性，对矛盾冲突的双方反映了截然不同的态度和表现了迥然有别的感情。史诗对般度族是同情的、爱护的、歌颂的；对俱卢族是憎恶的、批判的、谴责的。

一、坚战

坚战是般度王的长子。般度王因遭到诅咒不能与妻子交欢，般度同意妻子贡蒂借种生子。于是，贡蒂召请法神（阎摩）生了坚战。因而，坚战被称为法王、无敌和正法之子等。

坚战，是般度族的代表人物。他常常被称为仁慈的化身，他总是说：“仁慈是最高正法。”（3.297.55）他最突出的性格特征就是容忍，他把容忍看成是人的最高美德。他说：“如果一个人被强者骂了，打了，激怒了，而他能容忍，能抑制自己的愤怒，他就是一个智者，一个优秀的人”、“宽容是正法”、“宽容和仁慈，这是有自制能力的人的行为，是他们永恒的正法。”（3.30.33、36、

50）难敌认为五兄弟中最力大无穷的是怖军，先害死他，其他四个兄弟就好对付了。于是，他采取了一系列的毒计：把熟睡的怖军抛进深水中淹死、用毒蛇咬死、在食物中下毒药毒死……他的暴行一个一个被识破。但是，坚战既“没有将事情张扬出去”（1.119.43），也没有进行针锋相对的揭露和斗争。这充分体现了坚战的仁慈性格和容忍精神。坚战善于用理智控制自己的愤怒，总是能忍受和宽恕别人的轻慢、侮辱，甚至谋害。

当多数民众公开称赞般度族，并坚决表示：只有坚战一人配做国王的时候，当持国王警告难敌：坚战继承了他父亲一切美德、敬佩他高尚人格的有识之士都支持他、人民像崇拜偶像一样崇拜他的时候，阴谋篡位的难敌竟把五兄弟骗到用容易燃烧的材料建成的紫胶宫去，想要在紫胶宫里放一把火，把五兄弟烧死。临行时，维杜罗的隐语暗示使坚战完全明白了难敌的歹心。但是，他也没有对难敌进行应有的揭露和尖锐的斗争，再一次容忍和宽恕了难敌。史诗中描述：“精通一切正法的坚战，仔细查看了那座行宫之后，告诉怖军：‘是易燃的。’他嗅到了苏摩祭上的油脂混合清奶油和紫胶的气味……这座行宫显然是用易燃的材料建筑成的，勇士啊！房屋施工中肯定使用了大麻和树脂，孟阇草、钵尔钵阇草和竹竿之类的所有建筑材料，都浇过清奶油。”（1.134.13、14）般度族兄弟提高了警惕，当大火烧起时，怖军背起母亲，他们从事先准备好的地洞秘密地离开了。这是一种惊人的宽容和忍让品德。

当难敌参加坚战的王祭时，在天帝城亲眼看到般度族的荣华富贵，忌妒之火油然而生。难敌接受沙恭尼的建议：用掷骰子的办法把坚战的全部财产都赢到自己手里。难敌向坚战发出掷骰子的邀请。坚战说：“赌博是欺诈，是罪恶。赌博中没有刹帝利的英勇，也绝没有正义。国王啊！你为何赞赏赌博？赌徒耍弄诡计，自鸣得意，人们并不赞许，沙恭尼啊！你不要用不正当的手段，残忍地赢取我们。”（2.53.2、3）坚战认为：“和赌徒们一起用骗术进行赌博是一种罪恶。用正法在战斗中取胜才正当，高于赌博。”（2.53.7）沙恭尼说：“如果你认为这是欺诈，感到害怕，那就退出赌博吧！”（2.53.12）坚战说：“受到挑战，我不会退缩，这是我立下的誓言。”（2.53.13）这一场赌博使坚战输掉了一切：珠宝、十万女奴、每箱装有五斛黄金的四百个箱子、千万亿的无数钱财、大片领土，甚至连四个兄弟和爱妻黑公主都输掉了。这第一次赌博，坚战由“千万亿的无数钱财”变得一贫如洗，兄弟妻子沦为难敌的奴隶。

难敌同伙诱骗坚战参加第二次赌博，坚战说："沙恭尼啊！像我这样一个注意维护自己的正法的国王，受到你的邀请，怎么会拒绝呢？我就和你赌一赌吧！"（2.67.17）按约定：输者要"穿上羚羊皮，到森林去住十二年……到第十三年，就带着众人到一个地方隐居一年。在这一年中如果被人发现，就再到森林去住十二年。"（2.67.8—10）"度过十三年，可以重新得到自己的王国。"（2.67.12）赌输之后，坚战恪守正法，遵从约定，历经艰辛，苦度十三年。再一次表现了他对难敌的忍让和宽容的精神。在森林的苦难生活中，他一再对妻子说："黑公主啊！世上的好人都赞成克制愤怒，他们认为善良的、宽容的人永远得到胜利"（3.30.14）；"如果一个人被强者骂了，打了，激怒了，而他能容忍，能抑制自己的愤怒，他就是一个智者，一个优秀的人。"（3.30.33）坚战一直坚持："宽容是正法"（3.30.36）；他坚定不移地认为："宽容和仁慈，这是有自制能力的人的行为，是他们永恒的正法。"（3.30.50）

在般度族苦居森林期间，有一次，难敌被健达缚们抓走了，所有的车马和妓女都到般度族那里求助，难敌的大臣们也痛苦悲哀地前来向坚战求救。怖军说："这完全是咎由自取。健达缚们完成了我们想要完成的事"；"那个心思恶毒的人自己舒舒服服，想要看到我们在这里处境很难，风吹日晒……坚战却对他说：'现在不是发怒的时候。'"（3.231.15、18、21）坚战劝怖军："亲族之间发生分歧和争吵，结下冤仇……但是，亲族关系并没有消失"；要"保护我们的家族"；要"奋勇作战，救出难敌"（3.232.2、6、9）这些话语表明：坚战丝毫没有想到私仇和私利，决心救出难敌。他的宽容和仁慈的性格特征，得到了生动、深刻和充分的展示，真是难能可贵的。

史诗中描述：坚战还是一个维护正法、坚持善行、关心他人、毫无私心和非常仁慈的英雄。在十二年艰苦的林居生活即将结束时，坚战口渴难耐，想要喝水。让无种去找水，当他看到水正要喝时，空中传来话音："不要鲁莽……你回答了问的问题……再喝水"；"无种干渴难忍，没有在意这些话，喝了清凉的水，喝完就倒下了。"（3.296.12、13）无种很久没回来，坚战又让偕天去找，他和无种一样，喝完也倒下了。坚战又让阿周那、怖军去找几个弟弟，结果都没回来。坚战出去找，看到四个弟弟都死在水池边。这时，空中传出声音："我已经把你的四个弟弟带给死神，王子啊！如果你不回答我问的问题，你将是第五个……你回答了我的问题……再喝水和取水。"（3.297.11、

12）坚战对提出的一系列问题，逐个回答："抛弃骄傲，人变可爱；抛弃愤怒，人无忧愁；抛弃欲望，人变富有；抛弃贪婪，人有快乐"（3.297.57）；"仁慈是最高正法，我认为它高于财富。我愿意实行仁慈，药叉啊！让无种复活吧！"（3.297.71）坚战的这一要求表明：他的父亲有两位妻子，贡蒂和玛德利。他的生母贡蒂生了三个儿子：他、怖军和阿周那；玛德利母亲有两个儿子：无种和偕天。让无种复活，好让玛德利母亲也有一个活着的儿子，使她得到安慰。药叉说："你认为仁慈比财富和爱欲更高，所以，那就让你所有的弟兄都复活吧！"（3.297.74）这时，药叉才说："我是你的父亲，孩子啊！……我是正法之神，祝你幸运！我来这里是想考验你，你的仁慈我感到满意。我要给你一个恩惠。"（3.298.6、10）坚战请求："十二年林居生活过去，第十三年开始，但愿我们无论住在哪里，没有人认出我们。"（3.298.15）正法之神答应了坚战的请求，使他得到了这个恩惠。

十三年过后，难敌食言、拒绝按赌博时的规约归还一半国土。当战争迫在眉睫的时候，坚战的容忍精神，也还是很突出的。他让全胜转告持国王："国王啊！靠了你的威力，般度之子们生活很好……靠了你的恩惠，他们在年幼时就得到王国。你原先为他们建立了王国，现在不要忽视他们，让他们遭到毁灭。"（5.31.5、6）并转告难敌："我们必须要回我们自己的那一份王国……打消霸占别人财产的念头和野心吧！这样……才会有和平，才会互相友好。我们向往和平，请还给我们王国的一小部分吧！……难敌啊！你就给我们五兄弟五座村庄吧……这样，我们和亲戚之间就会有和平。"（5.31.17、18、20）在这两段话语中，也同样洋溢着容忍和宽恕的精神。

但是，在俱卢族和般度族的大战开始以后，坚战的思想和性格有了明显的变化。为了急于取得战争的胜利，他在黑天的引导和启发下，干了违反正法的虚伪勾当。在战场上，坚战和黑天都想到：不违背正法，就不能战胜俱卢族军队统帅德罗纳的进攻。于是，坚战用谎言和诡计扭转了败局。怖军杀死了巨象马勇，借机佯言："我杀死马勇了！"德罗纳以为是自己的儿子马勇被杀。德罗纳坚信坚战即使为了争夺三界的王权，也不会说谎。坚战从小就愿意对他说真话，因此，他询问坚战，而不询问其他任何人。黑天知道德罗纳能在大地上灭绝般度族，于是，焦急地对坚战说道：如果德罗纳愤怒地作战半天，我实话告诉你，你会全军覆灭。你把我们从德罗纳的手中救出来吧！此刻，谎话胜过真话。为了救命而说谎，不算罪过。（7.164.96—99）听了怖军的话，又受到黑天的鼓励，也是势在必然，坚战就说谎了。坚战既慑于说谎话，又想取得胜利，因此，他含糊地加上一句，说大象死了。过去，坚战的战车腾空离地四指，现在说了谎话，车马也就着地了。听了坚战的话，大勇士德罗纳为儿子遇难忧伤，万念俱灰，不想活了。（7.164.105—108）经过激烈的战斗，他想放下武器，身中数百箭，鲜血流淌，被猛光割下头颅。（7.165.46、47）

兵不厌诈，坚战以谎言战胜了德罗纳的进攻，取得了胜利，似乎无可厚非。但是，胜利意味着什么？意味着即将获得大量的权力、财富和土地，急于取胜，就是急于占有这些东西；这正是贪婪欲望的表现。从前曾是仁慈化身的坚战变得私心更重了，更加虚伪了，更加狂暴了，也就是变得更加迷恋权力和财富了。过去坚战一再坚持的正法观念以及不断维护氏族血缘关系的伦理道德，已经无法约束和控制日益增长的私心了。坚战性格的发展变化恰恰反映了从军事酋长转化为奴隶主的发展变化。在从原始社会转化为奴隶制的过渡阶段，这种思想意识上的变化，是历史发展的必然，也是任何善良愿望和主观意志都无法控制和阻挡的。

二、怖军

怖军是般度的二儿子，经般度同意，由贡蒂和风神所生的儿子，人称狼腹或风神之子。在般度族兄弟中，他是一个饭量最大、力气无比、疾恶如仇、敢于抗争的英雄。

他心地纯洁，毫无邪念，胸怀稚气。他不理解难敌的恶意和歹心，他想：“一个人若是没有心地邪恶、玷污门楣的亲戚，他就会十分幸福地生活在世界上，犹如一棵单独生长在村庄里的树……人们若是有许多英勇无敌、恪守正法的亲戚，他们也会幸福地生活在世界上，而且无病无灾……亲戚和睦，他们的儿子也会互相扶持，因而身体健壮有力，生活欣欣向荣，犹如生长在同一森林的树木……可是我们，却被心地歹毒的持国王和他的儿子驱逐出来；他还居然下令纵火，我们几乎被烧死……我们逃离了那场大火，暂时休息在这棵树下。我们将走向何方？我们业已经历了无以言喻的苦难……我猜想，离这座森林不远的地方，有一座城市。他们正在熟睡，必须有人警戒。嗨！我自己担任警戒。（1.138.24—30）他对难敌下令纵火、谋杀亲人，百思莫解，他渴望“亲戚和睦”、“互相扶持”的美好生活。

他见义勇为，为民除害，是深受称赞的英雄。般度族五兄弟住在独轮城时，怖军英勇杀死强迫城里居民轮流贡献活人的罗刹钵迦。“怖军高高举起了可怕的罗刹的身体，飞快地转了一百多圈……他把罗刹用力掷到地上，像宰掉牺牲似的杀死了他……那个罗刹被怖军杀死的时候，发出了一声长长的哀嚎，犹如一面被水浸湿的鼓发出低沉的鼓音，响彻了那座森林。……力大无穷的怖军使般度的其他几个儿子欣喜若狂。”（1.142.24、28、30）怖军还消灭了坚战举行王祭的巨大障碍——征服和囚禁了许多国王，四处称霸的妖连。怖军“把有力的妖连高高举起，在头上旋转……在空中打了一百个转，然后吼叫着扔下，摔断他的脊背”（2.22.5、6），打死了妖连。

怖军疾恶如仇，无法容忍难降对黑公主的迫害和侮辱。当难降一件一件地扒下黑公主的衣服时，“怖军气得嘴唇发抖，使劲搓着手，当着国王们的面，大声发誓说：‘住在人间的刹帝利们啊！你们听着我这话吧！这是过去没有人说过，将来也不会有人说的。国王们啊！我决不会去见我所有的祖先们，如果我说了这些话不照着去做，如果我不在战场上撕开这个罪恶的劣种、婆罗多族的败类难降的胸膛，喝他的鲜血。’”（2.61.43—46）

他把坚战的容忍看成是胆怯和懦弱，竭力主张为正义而战。他对坚战直言不讳地说：“看看你自己的行为，就像胆怯的鹿，国王啊！强者不喜欢这种懦弱的行为。黑公主不喜欢，阿周那不喜欢，激昂不喜欢，斯楞遮耶不喜欢，我不喜欢，玛德利的孪生子也不喜欢。你平常法不离口，恪守誓言，身体消瘦，国王啊！你是不是心灰意冷，想过这种懦夫的生活？只有那些没有能力获得幸福的懦夫才陷入这种毫无收获、毁灭一切的绝望。你有眼光，有能力，能看到自己的英雄气概。但是，国王啊！你太仁慈，看不到自己的不幸。”（3.34.11—15）怖军由衷地希望坚战摈弃怯懦，树立决心，肩负起重任，要明白一切属于强者，“施展最好的计谋，杀死敌人吧！”（3.34.59）怖军认为只有战斗才能夺回王国。

在一场殊死的战斗中，怖军和难降相遇，“狼腹（怖军）也立即向他扑来，好似一头狮子扑向一头大羚羊”（8.60.29），双方展开了决死激战。怖军用铁杵迅速击倒难降，“他举起一把锋刃极其锐利的宝剑，脚踏着簌簌发抖的难降的咽喉，剖开了倒在地上的敌手的胸膛。然后，他开始痛饮难降温热的鲜血。”

(8.61.6) 他笑着对黑天和阿周那说："我昔日立下的关于难降的誓言，两位英雄啊！在今天的这场战斗中已全部实现。今天，我还要宰杀第二个畜生难敌，将他作为祭牲。我要当着俱卢族人的面，用脚践踏那灵魂邪恶的人的脑袋，我才会得到安宁。"(8.61.16) 怖军像雄狮一般疯狂喝下叔伯兄弟难降的鲜血表明：般度族和俱卢族依然处在野蛮阶段，尚未跨进文明的门槛，氏族和部落的内部矛盾已经使维系其友爱团结的纽带——亲情血缘关系彻底地废除了，氏族和部落的血缘统一体完全溃灭了。

三、阿周那

阿周那是般度的三儿子，其实是经般度同意，由贡蒂和天帝因陀罗生的儿子。人称胜财、毗跋蔟、翼宿生、吉湿奴。

他，武艺高强、箭法精湛，在历次战斗中，是一个英勇杀敌、所向披靡、无坚不克、百战百胜的英雄人物。特别是他超群出众的纯熟箭法，深受师父德罗纳的称赞。在选婿大典上，战胜了所有的贵族王子，独占鳌头，众人惊叹，受到普遍赞扬。因而，使般度族五兄弟得以同黑公主成婚。史诗中描述："阿周那已经走到弓前，犹如一座高山，岿然屹立在那里……一眨眼的工夫，他就安上了弓弦，拿起五支箭，对准靶射去。箭不偏不倚地穿过圆孔，射中了靶。因他射得太猛，靶也被射落在地上……一见普利塔之子射中了靶，又见他俨然如天帝释一般，黑公主拿起赠新郎的白色花环，微微含笑，走到这位贡蒂之子跟前……阿周那在竞赛中获胜，完成了一件不可思议的业绩，受到众婆罗门极大的尊敬。他走出了竞赛场，他的妻子紧紧跟随在他的身后。(1.179.14、16、22、23)

阿周那和黑天帮助火神烧掉干味林时，火神赠送给他许多天神们的战斗法宝："有了战车、神弓和两个取之不尽的大箭壶，贡蒂之子就能很好地帮助火神了，因此他心里很愉快。"(1.216.20) 火神对焚烧干味林"感到非常满足，走到阿周那跟前，对他现出了自己的本形。接着，天神之王因陀罗，在众摩录多簇拥下自天而降，对普利塔之子和摩豆族的英雄说道：'你俩做了天神也难做到的事，我很高兴，你们可向我请求赏赐难得的、非人所能有的恩典。'于是，普利塔之子请求因陀罗把他所有的兵器法宝都赐予自己。天帝释答应了他的请求……"(1.225.6—9)

阿周那具有雄心壮志，总想奋发图强，做一番轰轰烈烈的事业。在举行王祭和征伐妖连的讨论中，他心里想：我们出身于赫赫有名的英雄世家，如果老是这样活着，不干一点英雄事业，那么，活着还有什么意思？便劝说坚战："王上啊！神弓、法宝、箭、勇气、盟军、土地、名誉和力量，大家都希望得到，而又难以得到，我已经全部得到……受尊敬的学者们都称赞名门出身。而没有什么能与力量相比，我喜欢勇气……一个没有勇气的人出生在一个英雄的家族又能做什么？王上啊！只有以打败敌人为职责，才配称为刹帝利。"(2.15.6—9)

他想：要过奋斗的生活，干一番大事业，才无愧于自己的家族。

在征伐妖连的过程中，阿周那斗志昂扬，积极主动；在十八天大战即将开始时，当坚战看到毗湿摩编排的阵容坚固，觉得很难攻破，精神有些沮丧。他对阿周那说："面对这个庞大阵容，我们怎能取胜？"（6.21.5）阿周那对坚战提出以弱胜强、以少胜多的办法："你要知道，国王啊！少数者可以凭借智慧战胜具备各种优势、强大有力的多数者。"（6.21.7）这一策略，既表现了他对坚战的勉励和鼓劲，又反映了他怀有十足的斗志和信心，充分地显示了无所畏惧的英雄气概。

但是，在十八天的大战即将开始时，面对阵前的祖辈、父辈、亲人和老师，他想决不能同他们宣战，不忍心拿起武器屠杀他们。他的氏族血缘亲情油然而生，痛苦地反复思考：杀死他们就能有自己的快乐和幸福吗?！在黑天的帮助下，阿周那开始意识到一个刹帝利武士的责任，面对企图杀害般度族的对手，必须积极投入战斗。

在连续十八天的战场上，阿周那惊人的高超箭法得到了生动的表现。他的利箭首先射倒的是俱卢族大军的最高统帅毗湿摩。般度族事先已经从毗湿摩那里了解到：他决不会同从前曾是女人的束发战斗。所以，阿周那"把束发放在前面，又用利箭射击毗湿摩"。(6.114.53)

阿周那把无数的利箭飞速地、密密地射在毗湿摩身上，终于使俱卢族倒下一位杰出的统帅。

阿周那杰出的武功，突出地表现在他同俱卢族第二任统帅德罗纳的战斗中。史诗中描述："德罗纳和阿周那这两位大勇士精通武艺，师生之间在战场展开奇妙的战斗……他俩精湛的武艺和绝妙的车技，令人们眼花缭乱，神魂颠倒……我方和敌方的战士都停止了战斗，观看这场前所未见的师生之战……这两位英雄在军队中间，互相占据各种车道，都想把对方置于右方。在场的战士们目睹他俩的勇武，惊讶不已……看到阿周那按照规则击毁这些天神武器，德罗纳在心中赞赏阿周那……他认为有了这样一位学生，他自己就胜过大地上所有的通晓武艺者。”（7.163.21—24；31、32）

阿周那在同俱卢族第三任统帅迦尔纳的战斗中，又使用了置人于死地的箭法：“胜财（阿周那）为了诛灭迦尔纳，射出了那支可怕的箭。它犹如阿达婆和耆耆罗施展的魔法，来势凶猛，火光熊熊，在战斗中，即使是死神本人也无法抵御。……渴望杀死迦尔纳的有冠者（阿周那）心中大悦，说道：‘愿这支箭给我带来胜利！它与日月同辉，愿它击中迦尔纳，将他带往阎摩处！’……阿周那喜形于色，拉开了弓，向着忙于拽出车轮的敌手射出那支与日月同辉、导致胜利的威力无上的利箭……仿佛是一轮带着血色光环的夕阳沉入西山，但见那大军统帅的头颅坠落于地。”（8.67.21—24）“看到英勇的迦尔纳遍体插箭，浑身淌血，倒卧在地，迦尔纳阵亡之后，在战斗中遭到沉重打击的俱卢族人不断见到阿周那那面光彩夺目的大旗，吓得心惊肉跳，落荒而逃。”（8.67.35、36）阿周那对迦尔纳的这一箭，起到了扭转战局、决定胜负的重要作用。

阿周那，在史诗中经历过许多惊险的战斗，是一位箭法超群、勇猛杰出，深受老师称赞的英雄。在信度王阵亡后，难敌泪流满面，极其忧愁悲伤，感到失去了战胜敌人的勇气。他想：“大地上找不到能与阿周那相匹敌的武士。一旦阿周那发怒，无论是德罗纳，还是罗陀之子（迦尔纳）、马勇和慈悯都无法站在他的面前……普利塔之子在战斗中击败我所有的大勇士后，又杀死信度王，真是势不可挡！这支俱卢族大军全军覆灭，无人能够拯救，哪怕是毁城者（因陀罗）亲自出马。我所依赖的高举武器作战的勇士，迦尔纳战败，胜车阵亡。迦尔纳在大会厅中对般度诸子恶语相加，如今在战斗中被击败，而信度王殒命沙场。仰仗迦尔纳的英雄气概，我将前来乞求和平的不退者（黑天）视同草芥。如今这个迦尔纳却在战斗中被击败。”（7.125.1—7）阿周那所向披靡、英勇无敌的许多战绩，甚至使他的死对头难敌也无法否认。

四、黑天

黑天是一个洋溢着神话色彩的、富有象征意义的奇特形象，既是天上毗湿奴大神化身下凡，又是地上婆数提婆之子、大力罗摩之弟，乃是一个完美的半神半人的典型形象。

他不止一次地展示过作为宇宙之主的神奇形象："灵魂伟大的梭利（黑天）大笑时，从他的闪光的身体中跃出拇指般大的三十三天神，光辉似火。梵天出现在他的额头，楼陀罗出现在他的胸膛，世界保护者们出现在他的四臂，火神从他的口中出现。阿提迭、沙提耶、婆薮、双马童、因陀罗、摩录多和毗奢，还有药叉、健达缚和罗刹的形体"（5.129.4—6）；"见到灵魂伟大的盖娑婆（黑天）的可怕的本体，国王们胆战心惊，闭上眼睛。"（5.129.12）有一次，黑天对阿周那说："我是毁灭世界的成熟时神，我在这里收回一切世界，对立军队中的所有战士，除了你之外，都将不存在。因此，你站起来，争取荣誉吧！战胜敌人，享受富饶的王国吧！他们早已被杀死，阿周那啊！你就充当一下象征手段吧！你就杀死德罗纳、毗湿摩、胜车、迦尔纳和其他勇士；他们已被我杀死，你不必恐慌！战斗吧！你将在战斗中战胜敌人。"（6.33.32—34）史诗中还描述："黑天满心喜欢，显示自己永恒的毗湿奴形体，与睿智的胜财（阿周那）看到的一样。婆罗门看到灵魂高尚的大臂者（黑天）的具有宇宙形象的大自在形体，惊讶不已。"（14.54.4、5）黑天作为毗湿奴大神下凡，其明显的象征意义在于他是秉承神意，替天行道，解决人间的矛盾，扶持正义，铲除邪恶的美好形象。

黑天，是雅度族婆数提婆的儿子，刹帝利王子。他的姑母就是嫁给般度的贡蒂，因而，般度族五兄弟是他的表兄弟。他建议阿周那依抢婚的习俗娶他的妹妹妙贤，他与阿周那又成了大舅和妹夫的姻亲。这种两辈之间亲上加亲的密切关系，使黑天很自然地成为般度族血缘集团的牢不可破的一员，在般度族和俱卢族的王权征战中，必然成为坚战亲兵集团的重要力量。

在持国王将一半国土交还坚战治理后，黑天尽心竭力地帮助般度族振兴国家。他和怖军、阿周那研究举行王祭的准备工作，消灭了称霸四方的暴君妖连，为坚战举行王祭扫除了障碍。

当黑公主流着眼泪向他哭述难降揪住她的头发侮辱她、迦尔纳嘲笑她的时候，"黑天当着聚集在那儿的英雄们的面，对她说道：'美人啊！那些惹你生气的人，将来他们的妻子都会痛哭。因为他们全身会覆盖阿周那的箭，血流如注，丢掉性命，躺倒在大地上。你不要伤心，凡是般度五子能做到的，我也会做到。我向你发誓，你将成为这五位国王的王后。即使天空塌下，雪山崩溃，大地迸裂，大海枯竭，黑公主啊！我的话也不会落空。'”(3.13.114—117)这是黑天向黑公主和英雄们表示的决心：一定要和般度族兄弟一起铲除邪恶势力。

在大战即将开始时，阿周那临阵动摇，不忍心向亲人动武，亲手杀害他们。“在这里，阿周那看到父亲们、祖父们、老师们、舅父们、儿子们、孙子们，还有兄弟们和同伴们。阿周那还看到岳父们和朋友们，他的所有亲戚都在两军中站着。他满怀怜悯之情，忧心忡忡地说道：‘看到自己人，黑天啊！聚在这里渴望战斗，我四肢发沉，嘴巴发干，我浑身颤抖，汗毛直竖。神弓从手中脱落，周身皮肤直发烧，我的脚跟站不稳，脑子仿佛在旋转。即使我被杀，黑天啊！即使能获得三界王权，我也不愿意杀死他们，何况为了地上的王国？杀死持国的儿子们，我们有什么快乐？杀死了这些罪人，我们也犯下了罪恶’。”(6.23.26—30、35、36）阿周那还说：“在战斗中，杀敌者啊！我怎么能用箭射击这两位可敬的人，毗湿摩和德罗纳?”(3.24.4）黑天则耐心地对他劝说：“即使考虑自己的正法，你也不应该犹疑动摇，因为对于刹帝利武士，有什么胜过合法的战斗？有福的刹帝利武士，才能参加这样的战斗，仿佛蓦然间，阿周那啊！走近敞开的天国大门。这场合法的战斗，如果你不投身其中，抛弃了正法和名誉，你就会犯下罪过。你将在众生嘴上，永远留下坏名声，对于受尊敬的人，坏名声不如死亡。勇士们会这样想，你胆怯，逃避战斗；他们过去尊重你，今后就会蔑视你。敌人也就会诽谤你，嘲讽你的能力，说些不该说的话，有什么比这更痛苦？或者战死升入天国，或者战胜享受大地，阿周那啊！挺身站起，下定决心，投入战斗！苦乐、得失和成败，对它们一视同仁；你就投入战斗吧！这样才不犯罪过。”(6.24.31—38)

这场俱卢族和般度族的战争是属于氏族内部自卫性的血缘复仇式战争。在军事民主制时期，它受到每一个氏族成员的特别重视，他们把复仇看成是不可推卸的一种责任，是光荣而神圣的义务。如果不参加，必然像黑天所说的一定会受到敌我双方的嘲笑和奚落。参加复仇战斗，是刹帝利武士责无旁贷的应尽职责。黑天的郑重规劝，消除了阿周那的困惑，增强了斗志，积极地参加了战斗。

黑天是般度族的幕后统帅。他把个人和他的军队分开；他的军队帮助难敌作战，而他自己则在般度族中发挥着军师和谋士的智囊作用。表面上他只不过是阿周那的御者，不拿武器，不直接参战；但是，实际上他却在指挥着每一次胜败攸关的重要战斗。由于黑天的激励，阿周那箭射老族长毗湿摩，使俱卢族倒下第一个全军统帅；由于黑天的暗示，般度族用谎言诈语置德罗纳于死地，使俱卢族失去了第二任统帅和两族的教师爷；由于黑天的指点，阿周那一箭就射掉了迦尔纳的头颅，奠定了般度族必胜的基础。

黑天善于适应已经变化了的形势，丝毫不受陈规旧习和古老律令的约束。当战争进行到第十四天以后，双方鏖战的狂热越发高涨，黑天不断地突破作战的规约和禁例，也常常启发、指点般度族战士干些违背古老正法和作战规约的勾当。如：他为怖军袭击难敌脐下部位辩护，暗示用马勇战死的谎言打击德罗纳……都影响了这一英雄形象的声誉。这也使他遭到迦尔纳、难敌甚至黑天兄长大力罗摩的指责，但是，他也常常为自己辩护：最先违反正法的是难敌，他们不断利用阴谋诡计迫害般度族，言外之意是以其治人之道还治其人之身。虽然他是站在为正义而战的般度族一边；但是，他那违背武士品德的一些不光彩言行，也反映了这一英雄人物的私有观念，正在日益增强。

般度族的英雄们同俱卢族的一样，都是原始社会向奴隶社会过渡的军事民主制时期的氏族贵族，都是婆罗多族的后裔，为什么人民群众对他们的态度却迥然不同呢？两相对比，般度族的英雄们都没有像难敌那样卑劣的野心、狂热的贪欲和谋害亲人的罪恶。他们的言行还没有完全被贪欲所支配。虽然他们也有私欲，也向往权力、土地和财富；但是，他们还在维护着氏族的传统和声誉，重视武士的品德和古老的正法；他们不追随邪恶，不依靠奸诈、阴谋和欺骗去谋求私利。他们不热衷于尊荣和权势，对王权的宝座和帝王的威权并不十分感兴趣。在当时，这些高尚的品德恰恰是人民群众所喜欢的，所赞扬的。在奴隶制因素逐步显现的时候，在垂涎邻人财富的卑劣贪欲日益成为一切动力的时候，般度族的品德和情操，是难能可贵的。在十八天的大战中，他们是属于正义的一方，得到人民群众的同情和支持，是理所当然的。得道者多助，也是历史的规律。

五、难敌

难敌是持国王一百个儿子中的长兄，是俱卢族中突出的代表人物。他是一个狡猾奸诈、心地狠毒、野心勃勃、贪婪已极、谋害家族、篡夺王位的政治野心家。

心毒手狠，贪婪嫉妒，是他的性格特征。为了夺取王位，他就设法谋害般度族兄弟。他心里想："般度和贡蒂的居中的儿子狼腹（怖军），是大力士中的佼佼者，必须用计谋把他除掉。然后，我再制伏他的弟弟和哥哥坚战，把他俩禁锢起来，我就将统治大地了！"（1.119.26、27）在怖军睡得像死人一样时，"难敌轻手轻脚地用藤索把怖军捆绑起来，从河岸上把他抛入湍急骇人的深水中。贡蒂之子猛然清醒，扯断了所有的藤索。优秀的武士怖军又出水上岸了。"（1.119.34、35）"还有一次，他也是睡着了，难敌弄来许多条蛇，齿牙尖利，带有剧毒，凶猛狂暴，去咬他全身的致命之处。那些毒蛇的牙齿，虽然咬的是致命之处，却咬不破他的皮肤。因为胸膛宽阔的怖军，全身十分坚硬。怖军睡醒之后，把那些毒蛇全部杀掉了。"（1.119.36—38）"难敌又在怖军的饭里投下毒药，那是新鲜的黑峰草毒，十分猛烈，会使人痉挛，毛发竖起。吠舍侍女的儿子（维杜罗），希望般度之子们幸福，把这件事告诉了他们。然而，怖军已经吃下那毒药，消化掉了，身体安然无恙。"（1.119.39、40）"他们遵从维杜罗的指教，没有将事情张扬出去。（1.119.43）

当难敌听到人民议论：只有坚战配做国王时，他像吃了毒药一样忍受不了，在胸中又燃起愤怒和妒忌的烈火。他一想到坚战的子子孙孙做国王，而自己将变得一无所有，比进地狱还难受。于是，他网罗党羽，阴谋策划，把般度母子骗到多象城去。事先，难敌派人为他们建造一座美丽的紫胶宫，想要在这里把般度母子烧死。不久，当难敌知道般度兄弟已经逃出，并与般遮罗国王结亲，变得更强大了的时候，他对般度族的嫉妒和仇恨比从前更深了一倍。

恩格斯在论述婚姻关系上的忌妒时说："忌妒是一种较后发展起来的感情"① 同样的，在兄弟、亲属和朋友之间的忌妒，也是出现得较晚的感情。它是私有观念的反映，是卑劣贪欲的产物。正是这种占有财产的狂热贪欲，成为破坏家族血缘关系和堂兄弟间亲属感情的主要因素。难敌的卑劣欲望，是在"旧的血缘亲属团体也就日益遭到排斥；氏族制度遭到了新的失败"② 时的必然

① 《马克思恩格斯文集》第 4 卷，人民出版社 2009 年版，第 46 页。

② 《马克思恩格斯文集》第 4 卷，人民出版社 2009 年版，第 133 页。

产物。

对别人财产的贪欲和忌妒，使难敌常常产生无法忍受的痛苦和忧愁。在坚战举行“王祭”时，难敌在天帝城看到了般度族的富庶，这使他比损失自己所有的财产还要痛苦，他再也不能满足于自己的财富和享受了。他引经据典地说明：忍耐和满足是平民的德性，却非国王的美德。刹帝利的责任是不断追求胜利，不管道德不道德。难敌所谓胜利就是巧取豪夺别人的财富。难敌密谋策划用掷骰子的办法，不费一兵一卒地把般度族的财富赢过来，霸为己有。这一大骗局正是他那种国王“美德”的具体表现。

利令智昏的难敌，听不进去任何人的善意忠告和理智规劝，竟然不顾正法的约束和家族的毁灭，一意孤行，顽固地拒绝归还国土。

持国王说：“般度之子坚战具有刹帝利的光辉，从小就遵奉梵行。尽管我哀叹悲鸣，我的愚蠢的儿子们仍要与他决战。难敌啊！你放弃战斗吧，婆罗多族俊杰啊！在任何情况下，人们都不赞同战争，克敌者啊！一半的领土足够你和大臣们生活了，还给般度之子们该有的那一份吧，克敌者啊！因为，所有的俱卢族人都认为，你愿意与灵魂高尚的般度之子们讲和，合乎正法。”(5.57.1—4)

难敌对持国王说：“我、迦尔纳和弟弟难降，父亲啊！我们三个人将在战斗中杀死般度之子们。或是我杀死般度之子们，统治这大地，或是般度之子们杀死我，享受这大地。我宁愿抛弃生命、财富和王国，国王啊！我也不愿与般度之子们一起生活。尊者啊！我不会给般度之子们甚至针尖一般大的领土。”(5.57.15—18)

持国说：“孩子啊！我为你们感到悲哀。我放弃难敌，你们将跟随这个蠢人走向阎摩殿。……如果你们不与般度之子们讲和，就会陷入大恐怖。直至你们死于怖军的铁杵，才会达到安宁。一旦你看到俱卢族军队在战场上，如同大森林遭到砍伐，你会记起我的话。”(5.57.19；27、28)

黑天为了解决双方争端、避免战争，特意到多象城去。黑天对持国王说：“俱卢族和般度族应该和解，双方英雄不应致力于战争，婆罗多子孙啊！我就是为此而来。”(5.93.3)“以难敌为首，你的儿子们将正法和利益抛在脑后，行为残忍。没有教养，不守法度，利欲熏心，你应该知道，他们就是这样对待自己的亲戚和朋友，婆罗多族雄牛啊！极其可怕的灾难就要降临俱卢族，俱卢后

裔啊！如果掉以轻心，就会导致世界毁灭。”（5.93.9—11）

难敌听了黑天说的话后，大笑起来。然后，毗湿摩生气地对他说道：“难敌啊！你听我为了家族的利益对你说话，王中之虎啊！听了之后，你就做对自己家族有益的事吧！……般度是国王，他的儿子们是父亲遗产的继承人，孩子啊！不要争吵了，把一半王国给他们吧！只要我活着，哪个人敢统治这个王国？不要无视我的话，我一直希望你们和睦相处。孩子啊！我对你和他们一视同仁，国王啊！这也是你的父亲、甘陀利和维杜罗的想法；应该听长辈的话。不要怀疑我的话。不要毁灭你自己和整个大地。”（5.145.15；37—40）

妙力王之女（甘陀科）害怕家族毁灭，当着众国王的面，生气地对思想邪恶、行为残忍的难敌讲述符合正法和利益的话：“让所有来到会堂的国王、婆罗门仙人和其他在会堂中的人都听着，我要讲述你和你的臣仆们的罪过。俱卢族王国应该按照次序享受，这是沿袭至今的家族法规。而你使用卑鄙手段，要毁灭俱卢族王国，思想邪恶、行为残忍的人啊！睿智的持国王还在位，他的富有远见的弟弟维杜罗也还在，难敌啊！你怎么昏头昏脑，超越他俩，想要王位呢？只要毗湿摩还在，大威力的国王（持国）和奴婢子（维杜罗）都会听从他的。人中英雄、恒河之子（毗湿摩）通晓正法，灵魂高尚，从不贪图王国。这个不可征服的王国属于般度，现在属于他的儿子们，而不属于别人。这整个王国是般度族的遗产，属般度族儿孙……正法之子坚战受到持国鼓励和福身王之子（毗湿摩）推崇，让他统治这个依法传承的俱卢族王国吧！”（5.146.27—32、35）

持国当着众国王的面，对难敌说道：“难敌啊！你听我告诉你，儿子啊！如果你尊敬父亲，就照着做吧！祝你幸运！坚战王子灵魂高尚，这个王国理应是他的。他是俱卢族人的主人和统治者，威力巨大。他信守诺言，永远精进努力，与人为善，听从亲人的命令，受臣民爱戴，对朋友仁慈，控制感官，是善人们的主人。宽容，忍耐，自制，正直，恪守誓言，博学，勤勉，怜悯众生，善于教诲，坚战具备国王的所有品德。你不是王子，行为低劣，贪婪，对亲戚不怀好意，缺乏教养，怎么能抢夺别人合法继承的王国呢？驱除痴迷，把一半王国，连同马匹和仆人，给他们吧！然后，你和你的弟兄们才能安度余生，王中因陀罗啊！”（5.147.1、2；31—35）

难敌对毗湿摩、甘陀利和持国这些长辈的劝导，置若罔闻，无动于衷，对他毫无效果，没有任何作用。

难敌，是古代印度文学史上最早出现的奴隶主形象。他的言行，形象而生动地表明："最卑下的利益——无耻的贪欲、狂暴的享受、卑劣的名利欲、对公共财产的自私自利的掠夺——揭开了新的、文明的阶级社会；最卑鄙的手段——偷盗、强制、欺诈、背信——毁坏了古老的没有阶级的氏族社会，把它引向崩溃。"①

在俱卢族中所发生的事情，特别是难敌的师心自用、褎如充耳和难降的助纣为虐、旁若无人，都鲜明地使人看到："氏族制度已经走到了尽头。社会一天天成长，越来越超出氏族制度的范围；即使是最严重的坏事在它眼前发生，它也既不能阻止，又不能铲除了。"②

六、迦尔纳

迦尔纳是俱卢族中一个武功出众的战将，曾任俱卢族大军第三任统帅。他是般度王之妻贡蒂在婚前同太阳神所生之子，自幼被遗弃，由车夫养大，一直被认为是车夫之子。他本是坚战五兄弟的长兄，应属于刹帝利，然而由于车夫之子的身份，历经轻蔑，多遭磨难。在校场上，当迦尔纳拿起武器要和阿周那对阵时，精通一对一决斗规则的慈悯让迦尔纳宣告父母姓名、家世和王族门庭时，"迦尔纳羞愧得俯下脸去，就像被雨水淋湿而低垂的莲花"。(1.126.33)难敌立即说："如果翼月生（阿周那）因为迦尔纳不是王子而拒绝决斗，那么，我来灌顶，封他为盎伽国国王。"(1.126.35）怖军似笑非笑地说道："车夫的儿子！你不配战死在普利塔之子的手下！照你的家庭，请你赶快拿马鞭子去吧！你也不配享有盎伽王国，贱种！就像一条狗不配吃祭祀上摆在圣火旁的祭品。"(1.127.7）难敌对怖军说道："狼腹！你不该说这样的话！对于刹帝利，最重要的是力量。即便是一个下等的刹帝利，也应该与之交战。勇士的出身，江河的源头，都是难以追溯明白的。"(1.127.11）因受到难敌的拉拢和庇护，使他成为新兴奴隶主难敌的武士。他有超群的武力，然而却没有用在正义的事业上。特别是在种性观念的歧视下，他对般度族同母的五兄弟怀有抑制不住的怒火，

① 《马克思恩格斯文集》第 4 卷，人民出版社 2009 年版，第 113 页。

② 《马克思恩格斯文集》第 4 卷，人民出版社 2009 年版，第 131 页。

更加势不两立，更坚定地为难敌效力，因而也受到了一些谴责。他本是名门之后却遭到了车夫之子的不公摧残，怎能不说是终生遗憾的悲剧。

最后，在战场上，当迦尔纳车轮陷没时，对阿周那说："请你牢记正法的教导，稍候片刻，般度之子啊！"（8.66.65）这激起黑天对他的抨击："谢天谢地！罗陀之子啊！你现在总算想起正法来了。通常，卑贱的小人在陷入灾难时总是责怪命运不公，却从不谴责自己的恶行。你和难敌、难降以及妙力之子沙恭尼派人将只穿一件单衫的德罗波蒂带到大厅时，迦尔纳啊！你的正法并没有出现啊！在大会厅中，精通掷骰赌博的沙恭尼赢了对此一窍不通的贡蒂之子坚战，你的正法又到哪里去了？处于经期的黑公主迫于难降的威胁而站在大会厅当中，你却在那里阴笑，迦尔纳啊！你的正法又去到哪里？你贪图王国，迦尔纳啊！与犍陀罗王（沙恭尼）沆瀣一气，再次召唤般度之子赌博，你的正法又到哪里去了？"（8.67.1—5）

黑天的尖锐嘲讽，几乎是对迦尔纳一生的全面概括，揭露了他效命于新兴奴隶主的武士罪恶。

七、毗湿摩

毗湿摩是福身王和恒河女神生的第八个儿子，因而又被称为恒河之子，俱卢族和般度族共同敬佩和爱戴的英雄。他是持国和般度的伯父，是在难敌和坚战的心中占有崇高地位的老族长和祖父。他，既是武功超群、箭法无敌的理想英雄和军事统帅，又是明辨是非、智虑周详、维护正义的政治家和德高望重、诲人不倦的教育家。他，在俱卢族和般度族中，是公认的最优秀的长辈和子孙效仿的楷模。

关心和帮助他人，富有助人为乐的自我牺牲精神，是他最鲜明的性格特征。这一点，在代父求婚的过程中得到了充分的表现。毗湿摩的母亲恒河女神返回天国后，福身王爱上了渔夫的女儿贞信，前去求婚。渔夫提一条件：贞信生的孩子要继承王位。因为福身王早已决定：把毗湿摩作为王位继承人，没答应。然而，福身王又因思慕渔家女而闷闷不乐；毗湿摩问原因，福身王又不便说。车夫说出原因后，为了使父亲快乐，他去代父求婚。对渔夫说："我将按照你说的那样去做。这姑娘生的儿子，将是我们的国王！"渔夫又怀疑毗湿摩的儿子会争夺王位。为了成全父亲的好事，他向渔夫发出誓言："从今天起，渔人啊！我将修持梵行，终身不婚！”渔父说：“我给了！”“他做的事情难能可贵，博得了众王的交口称赞。无论是在人前人后，他们都称赞说：‘他是毗湿摩（立下可怕誓言的人）！’（1.94.79、88、89、93）

言而有信，恪守誓言，也是毗湿摩终生不变的最鲜明的性格特征。福身王和渔家女贞信有两个儿子——花钏和奇武。花钏继承王位，在战争中阵亡；奇武也无子而死。按照习俗，贞信恳求毗湿摩执掌王权，并与奇武两遗孀同房。毗湿摩坚守誓言，严加拒绝。贞信只好让婚前私生子毗耶娑与两遗孀同房，生持国和般度。因二侄幼小，毗湿摩只任摄政不图王位，并承担教育二侄的职责。二侄长大，因持国盲目，由般度继承王位执政。般度早逝，毗湿摩还是代理政务，不登王位；一直放弃本来属于他的王权。一再拒绝王权，就是坚决恪守誓言。

在战争中，坚战向毗湿摩请教：“请你告诉我怎样在战斗中战胜你？怎样获得王国？或者怎样毁灭你方军队？祖父啊！”毗湿摩说：“在战斗中，让全副武装的勇士阿周那将束发安置在前面，然后迅速向我射箭。面对不祥之兆，尤其这人以前是女人，我决不会与手持弓箭者战斗。请般度之子胜财（阿周那）抓住这个机会，迅速从四面向我射箭，……在这世界上，我看不出有谁能奋起杀死我，除了大吉大利的黑天和般度之子胜财（阿周那）。因此，让毗跋蔟（阿周那）把另一个人安置在我的前面，然后打倒我。这样，你就会取胜。你就按照我说的话去做，贡蒂之子啊！你将在战斗中战胜汇聚的持国族军队。”（6.103.64、77—82）

毗湿摩的救困扶危和助人为乐，是以自己的爱情为牺牲、拿自己的生命作布施的。这种自我牺牲精神的高风亮节显示了印度民族道德至高无上的爱国爱民的情操，成为众人赞佩、学习和继承的优良传统。刘安武先生说：“显然，这个英雄人物是一种无私奉献的民族精神所孕育出来的典型。这种民族精神倡导人的一种神圣责任感或天职，倡导一种为民族和国家的利益，放弃作为个人的私利，要求不掺杂任何个人的自我追求、自我设计和自我发展的动机，放弃企图通过善行而获得好报，并做出无私的奉献和牺牲。毗湿摩这一形象给后世的人们如何对待自我的问题以巨大的启示。在历史的长河中，各个民族和国家都曾出现这种自我牺牲的人物，而今天，一个民族或国家的发展，在强调尊重个人权利的同时，更应强调个人对社会、民族、国家的义务，必要时做出各种牺牲，或重大的献身。这种牺牲和献身精神是一个民族或国家最值得骄傲的精神财富。”①

在两族矛盾冲突中，他从家族利益和荣誉出发，强调和解、团结，提倡公平而光荣的和平，力图避免毁灭双方的战争。他是俱卢族中主张分一半国土给般度族的罕见的有识之士。在双方对阵的战斗之前，身为难敌阵营的作战大统帅，他还能够为坚战祝福："你会胜利的。"在战斗中，他浑身是箭，全身无一处空隙；他倒下了。云端观战的天神们都合掌致敬。他丝毫没有因为自己身上有阿周那射的利箭而生气；他还让阿周那给他适合战士用的枕头，给他水喝。在临死之前，他还劝说难敌：愿你能明白过来，跟般度族和平相处吧。

毗湿摩，在史诗中被颂扬为毫无瑕疵的英雄、正直无私主持正义的人。甚至一贯反对他的迦尔纳，也称赞他"是纯洁的化身，正直生活的典范"，"是俱卢族赖以渡过忧患的船只"。②

这位众人崇敬的毗湿摩，身为俱卢族大军的最高统帅，他能指挥千军万马，却指挥不动难敌。他同情和爱护般度族，决心不杀害般度族五兄弟；但是，最后他却被般度族阿周那的利箭射倒在地。这是一个矛盾，也是一出悲剧；然而，这一切都是毗湿摩个人所无法解决的。这正像氏族社会无法阻挡奴隶制社会的出现一样，毗湿摩的良知和善心，既无法消除难敌欲壑难填的狂热贪欲，也无法削弱坚战日益增长的对土权和财富的私心。这是历史发展的必然规律，任何个人都是无法抗拒的，也是不依人的意志为转移的。

第六节 《摩诃婆罗多》的艺术成就

史诗《摩诃婆罗多》的辉煌艺术成就，充分显示了古代印度人民的创作智慧和艺术才华。《摩诃婆罗多》创造性地继承并发展了《吠陀》时代的优良文学传统，使古代印度文学有了长足的进步。这部卷帙浩繁的民间口头文学的宏伟巨著，无论在印度文学发展史上、或者是在世界文学领域中，毋庸置疑，都是一个不可企及的人类童年时期的艺术高峰。

① 刘安武：《印度两大史诗研究》，北京大学出版社 2001 年版，第 204 页。

② 唐季雍译、金克木校：《摩诃婆罗多的故事》，中国青年出版社 1959 年版，第 301 页。

《摩诃婆罗多》产生后，在长期口耳相传的过程中，经过各种吟唱者和不同文人的修改增删、润色加工，不仅增强了艺术魅力，而且编入了种类繁多的插话，使大史诗不断膨胀，变成了一个非常庞杂的艺术混合体。但是，其卓越的艺术成就，依然显示了鲜明的民间口头文学的创作特征。

一、运用神奇想象和真实描述相结合的手法塑造人物形象

在人物形象的塑造上，运用神奇想象和真实描述相结合的艺术手法创造了一系列栩栩如生、富有性格特征的人神混杂、半人半神式的生动形象，这是大史诗口头文学创作的一个相当突出的艺术特征。

大史诗中的人物形象，多半是理想和现实、虚构的神话传说和真实的英雄行为相结合的产物。在每一人物形象身上，既有美妙理想的奇特展示，又有社会生活的真实再现，既有上天神力的浪漫渲染，又有英雄活动的准确描写。在大史诗核心故事中的主要人物，几乎都是这种凡人和天神的融合，具有离奇神妙、虚实多变、引人入胜的艺术感染力。

例如，婆罗多族的老族长毗湿摩便是一位人间国王和天上女神相结合而生出的后代。他是俱卢王的后裔福身王和上天恒河女神的孩子。

史诗中描写：福身王看见一位绝色美女，神采辉焕，靓丽无瑕，光艳照人，俨然红莲下凡。国王一见到她，高兴得汗毛直竖，为她完美的姿容惊异万分。他似乎在用双目狂饮，但也不满足。而她，一见到信步走来的光辉璀璨的国王，心中涌出无限情爱，妩媚动人的女郎看也看不够。

福身王用温柔的话语抚慰着她："你兴许是位女神，或者是位魔女；你兴许是位健达缚姑娘，抑或是位天女，无论你是谁，天仙一般的女郎啊，你要做我的妻子！"福身王不问她的身份，一心求婚。她立即答应，并对国王说："大地的保护者啊！我将做你的忠实的王后。不过，有一个条件：在婚后，我做的事情，无论是好事，还是坏事，国王啊！你都不要阻止，不许反对，更不要口出恶言。如果你能这样相待，我就和你生活在一起。国王啊！我若受到阻拦，我若听到粗言恶语，我就要坚决地离开你。"女郎当即听到了国王的应允。她得到了那位出类拔萃的国王，也得到了无比的快乐。福身王得到了女郎，尽情地享受着幸福。他心中牢记：她是不能盘问的。所以，他从不让她回答什么。

然而，奇怪的事情发生了，第一个孩子出生后，她说："婆罗多的子孙啊！

我多么喜欢你呀!”说完这句话，就把儿子扔进恒河的波涛之中。福身王对此极为不悦，很想反对，却对她一声不响，因为怕她会离开。此后，她把刚刚生出的孩子都扔进河里。

第八个儿子出生之后，女郎似乎喜不自胜，国王却痛不欲生，他盼望自己能有一个儿子，于是，对她说道:“不许你再杀害孩子了！你究竟是谁？是谁家人？你为什么要一个一个地害死亲生的儿子？你这杀子的凶妇！不要再犯滔天大罪了！住手吧，邪恶的女人啊!”

女子说:“爱子的人啊！我不杀害你这个儿子了。可是，按照我们的约定，我在这里住到头了。我是恒河女神，阇诃奴的女儿，是受大仙们崇拜的。为了实现诸神的目的，我和你一起生活。他们八个孩子是八位婆薮天神，洪福齐天，法力高强，由于遭遇到极裕仙人的诅咒，他们为了得到解脱，必须来到凡间一次。能作为他们生身之父的，大地上除了你，别无他人；像我一样能作为他们生身之母的凡间女子，人世上根本没有。因此，为了做他们的生身之母，我来到尘世间。你生育了八位婆薮，赢得了不朽的世界。我和众位婆薮天神做了这项约定，我许诺说：生下一个，我就会解脱一个，让你们都脱离凡人的出身。就这样，他们都摆脱了高贵的极裕仙人的诅咒。愿你幸福如意！我要走了。请你好生看护将有伟大誓愿的儿子吧！你要知道，这个儿子是我生的，是恒河的赠礼!”

接着，恒河女神又对福身王说明了八位婆薮天神为什么遭受极裕仙人的诅咒、怎样解脱仙人的诅咒和把七个孩子一个个抛入河中的原因。说完，她抱着孩子便走了。

多年之后，福身王射中了一头鹿，他沿着恒河河道追踪时，发现恒河水流很小。他心中暗想：为什么这条美丽的河流，今天不像往日那样奔腾流泻?这时，他发现一个男孩，相貌堂堂，身躯高大，十分英俊。正舞动着一张神弓，飞速地射出密密麻麻的利箭，去阻挡恒河的滔滔流水。国王目睹了这一神奇非凡的举动，万分惊异!

突然，恒河女神说:“国王啊！这就是从前你和我生的第八个儿子。他是你的，人中之虎啊！请你把他领回家中吧！他从极裕仙人学习了吠陀。他十分勇武，精通各种兵器，是最杰出的射手。战斗中他可以和天帝并驾齐驱。”

史诗的这一段描述，既有神与人的交相辉映，又有神奇想象和真实描绘的共放异彩，人神融合，幻想和真实的会通，扣人心弦，蕴含着古老而素朴的现实主义和浪漫主义相结合的艺术魅力。

福身王的这个儿子，后来在代父求婚中所表现的难能可贵的感人肺腑的牺牲精神、以抢婚的方式帮助二弟奇武娶亲、为他人着想助人为乐的高尚品德，以及被颂扬为“毗湿摩”终生恪守誓言的坚定意志，都是神话故事和英雄传说的巧妙结合，显示了口头文学的创作特征。

在大史诗核心故事情节中的主要人物形象，大约有 30 多人，在全诗中所描绘的人物形象有几百人。像毗湿摩这样的人神混杂的动人形象，可以说是不胜枚举的。例如：般度族的五个儿子，都是因为般度受到过诅咒，不能和妻子同床，他和贡蒂商量之后，由贡蒂召来天神所生的。坚战是死神、正法神阎摩之子，怖军是风神之子，大颔猴的弟弟；阿周那是众神之王因陀罗的儿子，站在俱卢族一边的迦尔纳，是贡蒂在结婚之前与太阳神生的儿子。孪生兄弟偕天和无种，是玛德利受到贡蒂的启发，她和双马童神生的儿子。他们都反映了鲜明的神话色彩。

在史诗中，往往以出身于神祇的理由去解释英雄人物的膂力强大和武艺超群，天神常常成为他们战无不胜的力量源泉。与长兄大颔猴的神圣身体拥抱之后，怖军感到精神抖擞，力气比以前更大了；阿周那的身体在战斗中受到的损伤，与三眼神湿婆的身躯一接触，就完全复原了，而且体力增加百倍。

史诗中的这一类描写鲜明地使人看到：在英雄人物身上充满了神奇色彩。这是古代神话传说从野蛮阶段带来的遗传痕迹，是早期民间口头文学的艺术特点，同时也是古代史诗有别于近代长篇叙事作品的明显标志之一。

二、种类繁杂、丰富多彩的插话

大史诗，在主要故事情节的发展过程中，往往还加进许多插话，这是《摩诃婆罗多》在叙事结构上的口头文学特征。

插话，是世界各民族史诗中一种常见的艺术手法，在史诗故事情节展开的发展过程中，暂时离开和超越主要的情节和话题，插进另外的一些内容，以补充说明或解释作者的议论或抒情，进一步表现创作意图。刘安武先生说：“所谓插话，是指在歌人唱史诗的过程中，在某一个地方把原来故事诗停下来，唱和原来故事诗没有关系的其他故事诗，这个其他故事诗是插进来的。就把它称为插话。”[1]《摩诃婆罗多》中的插话，据统计，总共大约二百个左右，几乎占大史诗篇幅的一半，在世界史诗中是插话最多的一部史诗。黄宝生专家说：“阅读《摩诃婆罗多》首先要适应这部史诗话中套话、故事中套故事的框架式叙事结构。整部史诗处在不断的对话中，在对话中展开故事，而大故事中可以插入中故事，中故事中还可以插入小故事。这是一种开放型的叙事结构，为各种插叙敞开方便之门。”[2]掌握了这一特点，就会更便于阅读和理解全诗。

在这些长短不一、形式多样的二百个左右的插话中，既有宣传政治思想的、道德训诫的，也有宣传哲学思想、宗教神学的，关于政治思想和道德教训方面的插话，既有思想进步的，也有观念落后意识保守的。关于哲学思想和宗教神学方面的插话，各派的哲学思想和各种宗教，都有所涉及。如《薄伽梵歌》、《和平篇》、《教训篇》等插话则充满了哲理气味、规劝力量和教育意义。

在大史诗中，属于文学方面的插话，也是相当多的，其中有神话传说、寓言故事等等。这些插话，随着情节的发展，贯穿在核心故事之中；虽然有的与情节毫无关系，但是有不少插话是同核心故事有着不可分割的联系，发挥着重要作用。像《沙恭达罗》、《极裕仙人》、《鹿角仙人的故事》、《谷购的故事》、《八曲的故事》、《罗摩传》等插话，都是文学性较强的。其中，《那罗传》和《莎维德丽》，则是篇幅较长非常著名的优秀插话。据统计：《那罗传》共有二十八章九百零一颂，相当于三千六百多行，《莎维德丽》共有七章二百九十七颂，相当于一千一百多行，如果独立出来，都是篇幅较大的长诗。

《那罗传》（3.50.1—3.78.23）描写的是尼奢陀国的国王那罗和毗德尔跋国的公主达摩衍蒂悲欢离合、一波三折、神奇动人的爱情故事。那罗俊美超群、品德高尚、熟谙马性、精通马术。达摩衍蒂青春妙龄、光艳照人，像一道闪电放射光辉。在达摩衍蒂面前，人们赞美那罗；在那罗面前，各个颂扬达摩衍蒂。

那罗抓到一只天鹅，口吐人言，对那罗说：“请不要伤害我，我将让她在任何时候都不想你以外的男人。那罗放了天鹅，它飞到达摩衍蒂面前说：“那罗国王像双马童一样漂亮；你是女中瑰宝，他是男里佼佼，你们相互匹配，一

---

① 刘安武：《印度两大史诗研究》，北京大学出版社 2001 年版，第 211 页。

② 黄宝生：《〈摩诃婆罗多〉导读》，中国社会科学出版社 2005 年版，第 29 页。

定会福德天高，白头偕老。”由于天鹅做媒，两人互相思慕。按照古代的习俗，遵从父亲的旨意，达摩衍蒂要举行选婿大典。各国的国王纷纷前来候选，天神们也闻讯赶来。天神让那罗做一名使者，转告达摩衍蒂：务必挑选一位天神来做丈夫！那罗依靠神力进入达摩衍蒂的绣楼，公主的秀美，增强了那罗的爱情；可是他想到前来的使命，做人的真诚，那罗克制住思恋之情。女郎们都为那罗的英俊所倾倒。达摩衍蒂问：“你是谁？催生我的爱情的人儿！我的房间防卫森严，你到这里怎没被人发现？”那罗回答：“我是那罗，来此做天神的使者。天帝释、火神、水神和阎摩，这些天神都想把你获得；美人你要从天神中选出一位丈夫！我正是借助他们的神力才没有被发现。亲爱的，为了这件事儿，天神才把我差遣。”公主心里却想一定选那罗，她一直没有忘记那做媒的天鹅；那罗却一直劝说：“必须得选天神。因为凡人若是触怒了天神，那他的死亡就会来临。但是，到了举行选婿大典的那一天，达摩衍蒂依照正法选中了那罗，她把鲜美的花环戴到那罗的双肩。他们举行了婚礼，成为夫妇。

这使天神迦利非常愤怒，他说：“她竟然在天神面前选一凡人做丈夫，一定让她得到应有的惩罚。”其他天神都同意这一婚姻。迦利，等了十二年，机会终于来到；利用兄弟之间的赌博，布湿迦罗使那罗失去一切财产和王国。

那罗和达摩衍蒂，开始四处流浪。那罗想：有了我必定会使她遭受痛苦，两相分离，对她是最妥善的办法。那罗趁着妻子睡着时便偷偷地跑掉。达摩衍蒂醒来，大吃一惊，她害怕、痛苦，又以为那罗在同她开玩笑。突然，她被大蛇缠身，有一猎人砍死大蛇，将她救出。心地邪恶的猎人想把她奸污，达摩衍蒂对他诅咒，猎人就一命归天。因为得到仙人的指点，途中与商旅队同行，寻找丈夫。象群又冲毁了商队。她没有被大象踩死，死里逃生。傍晚，被制谛国的王太后发现，收留在宫廷。

那罗在抛开了达摩衍蒂以后，在森林中看见一场大火，那罗把蛇王救出，大蛇对他说：“伟大的国王啊！我为你把美满的结局安排。”大蛇咬他一口，他立刻由美变丑，大蛇说：“你的美貌被我隐匿，人们不会再认识你。有个家伙潜伏在你身上，有我的毒液他痛苦难当。毒液不会造成你的痛苦，战斗中你仍将行动自如。”接着，大蛇又告诉他：“你去投奔哩都波尔那，你就说：‘我是车夫跋呼迦！’因为你精通驭马术，那国王会教你骰子经，他将成为你的好朋友”；“当你掷骰子术学得精湛时，你自然结果美满，你将和妻子重相聚首，恢复王国与儿女团圆；你的心莫要再忧虑不安，我对你讲的是真情实言！”最后，大蛇说：“国王啊！你若想到自己容颜，那时你应该记起我来，把这件衣服身上一穿，便会恢复自己的容颜！”大蛇说完，送给那罗一件仙衣。于是，大蛇随即隐身不见，无影无踪。那罗进入哩都波尔那京城，走到国王身边说道：“我是跋呼迦，驾驭马匹是我所擅长，大地之上无人能颉颃。”同时，那罗又说他还会做上供佳肴和一般饭菜。因此，被国王以薪俸万金留下，为国王服务，做了养马的车夫兼厨师。但是，他深深思念着公主，每天夜里都要唱歌赞颂，对她表示祝福。

国王毗摩想念女儿达摩衍蒂和女婿那罗，派人出去寻找，如能找到，赏以重奖。有一个婆罗门叫妙天，寻找到了制谛国的都城，他在宫中发现了毗摩的女儿。妙天向王太后讲述了达摩衍蒂的真实情况。然后，除去达摩衍蒂眉心红痣上的泥土，看到红痣，大家更是确定无疑。于是，把她送到父母的身旁。她又向父母倾吐衷肠：“母亲若愿我继续活命，一定竭尽全力去找那罗！”国王便派人四处寻找那罗。达摩衍蒂说一隐语，让寻找者利用这一隐语，定能找到。寻找者回来禀报：“哩都波尔那的奴仆，叫做跋呼迦；他是国王的车夫，一个丑陋畸形的侏儒。听到隐语后，他不断地唉声叹气，一次又一次啼哭啜泣。达摩衍蒂听完这些话，立即恳请母亲立即派人前去，对哩都波尔那国王说：“达摩衍蒂想另找丈夫，再次举行选婿大典。您要想光临，就迅速动身。因为谁也不知：英雄那罗是死是活。”哩都波尔那国王听完妙天的一席话之后，对跋呼迦说：“我想去参加达摩衍蒂的选婿大典。时间只有一天。”那罗听到这句话，苦痛万分，反复想到：也许达摩衍蒂果真这样；也许是为了我，她想出这一锦囊妙计。那罗套上四匹千里神驹，驾车飞驰，轻捷如风，迅疾如电。在匆忙赶路的途中，国王把掷骰术传授给那罗，那罗把驭马术告诉给国王。

他们到了毗德尔跋国后，达摩衍蒂亲自进行考察，把那罗请到自己的房中。经过达摩衍蒂的一再询问，那罗终于承认了自己的不对。但是，他又对达摩衍蒂说：“你怎能抛开忠实的丈夫，去选择另一个夫婿！”达摩衍蒂说：“你不该错误地怀疑我，这是引导你归来的办法。”这时，在世界巡行的风神在天地间高呼：“那罗！这位女郎清白无辜，她对你说的乃是实言。”于是，他解除了对达摩衍蒂的怀疑，开始穿上了一尘不染的仙衣，心中忆念着蛇王，恢复了自己的美丽。见到本来容貌的丈夫，她抱住他放声恸哭；那罗如以往焕发光彩，把达摩衍蒂抱在怀里，心头同样感到狂喜。

那罗回到自己的京城，又同布湿迦罗来一次生死的赌博，赢回了一切财富和王国。那罗派出一支大军接回达摩衍蒂，夫妻兴高采烈，共享安乐生活。

在大史诗里，巨马仙人向坚战讲述这一故事，目的在于鼓励坚战不要为赌博失败、丢掉王国而灰心，般度族五兄弟一定能像那罗那样，在历经磨难之后，必有好运，一切财富和王权都必然会失而复得。

《莎维德丽》插话（3.277.4—3.283.16）的主题思想，同《那罗传》极为相似，突出地歌颂了妻子的坚贞爱情会使丈夫冲破坎坷艰险，闯过死神夺命的恶运，获得终生幸福，并给家人带来欢乐。

有一位摩德罗人的国王，名叫马主，为长期无子而忧伤，虔诚祈求莎维德丽女神，终于如愿以偿，喜得一女。因为是莎维德丽女神所赐，便名为莎维德丽。她长大后，父亲对她说：“你到了出嫁的年龄，自己出去挑选一个称心如意的人罢。”她选定的夫君，是一个遭受侵略被驱逐到森林中的瞎国王的儿子萨谛梵。那罗陀仙人告诉瞎国王：“这个萨谛梵在一年之后即将死去。”父亲劝说女儿另选一人，莎维德丽说：“生命只有一次死亡，嫁女儿也只有一次，只能说出一次‘我给’，这是只有一次的三件事；不论他是长寿还是短命，不论他是有德还是无能，我只挑选一次夫君，决不再挑第二人。”瞎国王同意他们结婚。婚后，她博得公婆和家人的喜欢。

一年之后，死神阎摩果然来临，用绳索拴走了萨谛梵的灵魂。莎维德丽紧跟死神，坚决请求放回丈夫的生命。死神让她回去，她却说：“丈夫走到哪里，我就跟到哪里。”死神一次又一次地给她幸福：让双目失明的公公复明，使公公重回故国再做国君，令无子的父王百子绕膝，传宗接代家世绵远。莎维德丽还是紧跟死神，对死神说：“愿我和萨谛梵双双在人间，愿有百子个个勇猛刚健，这就是我的第四个心愿。”死神答应：“你将生下百子，在你膝下承欢，你回去吧，不要再跟了。”莎维德丽立即反驳：“善人的恩惠决不会落空，你赐我恩典使我将生百子，你又夺走我的丈夫，不让团圆；我愿你的恩典成真，不陷空谈。”死神终于放回萨谛梵的灵魂。

后来，她生了一百个儿子，个个是英雄，她又有了一百个胞弟，个个武艺超群。众仙人说：“贤德妇啊！你系出名门，坚持正法，福德双全。善女人啊！你拯救他们，脱离苦境，重得团圆。”

这一故事的主题在于凡事不畏艰险，坚决争取，决不动摇，不达目的，誓不罢休，必能获得成功。

很明显，这一插话也是在鼓励坚战：坚定信心，排除万难，必能如愿以偿。

这种插话的形式，也可以说是《摩诃婆罗多》的整体叙事结构上的特征。正如黄宝生专家所说："《摩诃婆罗多》采用对话体叙述方式。史诗人物在对话中，或者叙述事情经过，或者追忆往事，或者为了说明道理，引用传说和故事，这样就形成故事中套故事、对话中套对话的框架式叙事结构。"① 史诗的这种叙事结构上的特征，早在巴比伦的英雄史诗《吉尔伽美什》中已经有所表现，不过在《摩诃婆罗多》中表现得更突出、更明显，其插话甚至多达二百个。

三、经常出现频繁多变的异文

《摩诃婆罗多》中的故事情节和词汇语句，常常出现变化的异文，这种叙述的变异性就是史诗的又一鲜明特征。大史诗是民间口头文学的宏伟巨著，在长期口耳相传的过程中，不知经过多少人的多少次的修改、润色、加工和丰富，这一口头传承的过程，既是保存和创作的过程，又是提高和增强艺术性的过程。史诗的传播者，在一定程度上也是创作者。因而在流传过程中，绝不是像书面作品那样固定不变、原封不动地再现先前的原作，在情节的描述上、词汇语句的运用上，往往会出现修饰增删的变化，即出现异文现象。例如：残酷的难降扒掉黑公主衣服的情节，就有多种异文：

> (1) 这时，难降在大会堂的中央，生拉硬扯，想要扒下德罗波蒂的衣裳。但是，国王啊！黑公主的衣服被扒下的时候，里面又会出现一件同样的衣服，这样一次又一次。看见世间出现这样的奇迹，所有的国王都大声喧哗起来。(2.61.40—42)
>
> (2) "当可恶的难降恬不知耻上前去拉黑公主的长袍时，善良的人们浑身战栗，把眼光避开。就在这时候，天神慈悲，一个奇迹出现了。难

① 黄宝生:《〈摩诃婆罗多〉导读》，中国社会科学出版社 2005 年版，第 53 页。

降怎么样也不能剥光她的衣服。他剥去了一件，她身上又出现了一件新的。不—会儿，会场上就堆积了一大堆鲜艳的衣服。难降剥得筋疲力尽；只得停止，坐下来休息。看到这件奇事，全场震惊，善人们赞天裤神，掉下泪来。”①

(3)“在掷骰子赌博中，坚战输掉了一切。赌博场上难敌的弟弟难降要在众人广座之中剥光黑公主的衣服。黑公主哀号黑天救她，黑天运用神力暗中使她的纱丽变得无限长，永远无法剥光，维护了黑公主的尊严。”②

(4)“迦尔纳愤怒地申斥道：‘黑公主当然是奴婢。因为坚战既输掉了自己，输掉了他的四个弟弟，他们统统都是奴隶，而奴隶所拥有的一切都是属于他的主人的。现在般度族五兄弟已经没有任何东西了，就连他们所穿的衣服现在也都属于我们的。’他又指着般度五子说：‘让他们马上把衣服脱下来，黑公主也要脱！’”

“般度族五兄弟羞得垂下头，他们脱去了上衣。而难降跑到黑公主面前，开始用力脱她的衣服。当她的衣服被撕掉的那一瞬间，天神又重新使她穿上了衣服，难降再次撕掉了她的衣服，她的身上又出现了新的衣服。就这样反复了多次，直到难降感到疲倦和羞愧，他才住手。”③

这些异文，仅仅是从现有的大史诗的中文论著和译本中看到的，若是从印度原文资料中寻找，肯定会发现更多的类似异文。

除了故事情节上的异文，还有词汇语句上的异文，在大史诗中也是大量存在的。例如：坚战的四个兄弟都倒在魔池边，魔池主人药叉提出种种难题的问话以及坚战从容应对的回答，在词汇语句上的异文，也是不少的。

(1)“药叉说：‘谁使太阳升起？谁是它的同行者？谁使它落山？它住在哪儿？’坚战说：‘梵天使太阳升起，众神是它的同行者，正法使它落山，它住在真理之中。’”(3.297.26、27)

① 唐季雍译、金克木校：《摩诃婆罗多的故事》，中国青年出版社1959年版，第131页。

② 刘安武：《印度两大史诗研究》，北京大学出版社2001年版，第190页。

③ 董友忱译：《摩诃婆罗多》，湖南人民出版社1984年版，第78、79页。

在另一个文本上，其问答词语的异文则是相当明显的："它问道：'什么使得太阳每天发光？'坚战王回答说：'大梵的法力。'"①

> (2)"药叉说：'什么比地重？什么比天高？什么比风快？什么比人多？'坚战说：'母亲比地重，父亲比天高，思想比风快，忧虑比人多。'"(3.297.40、41)

在另一文本上："夜叉问道：'什么是比大地更加伟大的养育者？'坚战王回答：'抚养亲生子女的母亲是比大地更加伟大的养育者。'"②

> (3)"药叉说：'抛弃什么，人变可爱？抛弃什么，人无忧愁？抛弃什么，人变富有？抛弃什么，人有快乐？'坚战说：'抛弃骄傲，人变可爱；抛弃愤怒，人无忧愁；抛弃欲望，人变富有；抛弃贪婪，人有快乐。'"(3.297.56、57)

在另一文本上，问："人舍弃了什么便得到一切人的爱？"答："人舍弃了骄傲便会得到一切人的爱。"问："失去了什么能使人欢乐而不令人伤心？"答："失去了愤怒，我们便不再作忧伤的奴隶了。"问："放弃了什么，人能成为富有。"答："放弃了欲望人就成为富有。"③

> (4)"药叉说：'你喜欢怖军，依靠阿周那，国王啊！你为什么要让庶出的无种复活，你为什么放弃力大如万头大象的怖军，而要无种复活呢？人们都说你喜欢怖军，出于什么感情，你要让庶出的弟弟复活呢？所有的般度族人都仰仗阿周那的臂力，你为什么放弃他，要无种复活呢？'坚

① 唐季雍译、金克木校：《摩诃婆罗多的故事》，生活·读书·新知三联书店2007年版，第192页。

② 唐季雍译、金克木校：《摩诃婆罗多的故事》，生活·读书·新知三联书店2007年版，第192页。

③ 唐季雍译、金克木校：《摩诃婆罗多的故事》，生活·读书·新知三联书店2007年版，第193页。

战说：‘仁慈是最高正法，我认为它高于财富。我愿意实行仁慈，药叉啊！让无种复活吧！人们知道我这位国王永远恪守正法。我不能偏离自己的正法，药叉啊！让无种复活吧！玛德利就像贡蒂，对于我，没有什么两样。我愿意对两位母亲一视同仁，药叉啊！让无种复活吧！’药叉说：‘你认为仁慈比财富和爱欲更高，所以，那就让所有的兄弟都复活吧！’”(3.297.67—74)

在另一文本上，“药叉听了很高兴，又问坚战王道：‘怖军有一万六千头大象之力，而且我还听说他是你所最爱的兄弟，你为什么不选择怖军？阿周那的武艺就是你的安全的保证，你又为什么不选择阿周那？告诉我，你宁愿选择无种而不选他们两人中的一人，是为的什么？’坚战王回答说：‘药叉呀！正法是人唯一的保护者，不是怖军也不是阿周那。如果放弃了正法，人就无可挽救了。贡蒂和玛德利我父亲的两个妻子。我活着，我是贡蒂的儿子，因而她没有完全断绝后嗣；为了保持公平，我要求玛德利的儿子无种复活。’药叉见坚战王一无私心；甚为喜悦，就赐给他一个恩典，让兄弟四人全恢复生命。”①

史诗在故事情节上和词汇语句上的异文，正是口头文学变异性特征的反映，这种变异性，是从口头文学的集体性和口头性这两个特征派生出来的。从口头创作的集体性上看，一切口头创作的作品，在流传过程中都不能像书面作品那样一字不改、原封不动地再现原作，流传过程也是再创作的过程，传播者既是传承者也是加工者和创作者。口头作品是成千上万的传承者集体智慧和才华的结晶。这种口头创作的集体性必然要派生出异文。同时，口头作品，就是口传心授的作品，无论是传承还是保存，都不得不依靠记忆，这种依靠储存的大量口头作品，缺乏维护作品稳定性的必要条件，很难做到准确地保持作品的原貌。这是形成口头作品出现异文不可摆脱的内在基因。

四、比喻、夸张、格言、谚语层出不穷

大史诗在语言的运用上，也具有民间口头文学的艺术特征——丰富多彩

① 唐季雍译、金克木校：《摩诃婆罗多的故事》，生活·读书·新知三联书店2007年版，第194页。

的生动比喻、神妙莫测的想象夸张、发人深省的格言谚语，为大史诗的口头文学语言增添了动人心弦的艺术魅力，像磁石一样吸引着人民群众。

大史诗中的比喻，异常丰富，往往用人民群众喜闻乐见的事物和非常熟悉的生活现象进行比喻，例如：

(1) 以迅速猛烈的风比喻怖军："威风凛凛的风神之子怖军如风一般有力，似风一般迅猛。他像风一样在你的军队中左冲右突。"(8.55.25) 这个比喻，形象生动地展示了怖军的勇猛无敌，所向披靡，战无不胜。

(2) 难敌在选举军事统帅时对毗湿摩说："你就担任我们的军队统帅吧！……我们将跟随你，犹如众牛犊跟随一头公牛。"(5.153.11、15) 按照印度教的习俗视牛为神圣，敬爱牛。这一比喻表明：难敌和俱卢族对毗湿摩既表示敬重，又反映了他们像一群小牛犊坚定不移地跟随老族长去战斗的决心和意志。

(3) 般度族和俱卢族对毗湿摩高尚纯洁的品德共有一种高山仰止的敬重和仰慕，因而把他比喻为一座"白山"："年老的毗湿摩站在所有军队的前面，白华盖，白螺号，白顶冠，白幡幢，白马，宛如一座白山。"(6.20.9)

更值得提出的是，大史诗中还有许多连贯式的比喻：

赌博是我的弓，
骰子是我的箭，
骰子点是我的弓弦，
骰子盘是我的战车。(2.51.3)

这是把赌博当成战争，利用赌博夺取般度族的财富，沙恭尼的这一连贯式比喻，暴露了难敌巧取豪夺般度族荣华富贵的歹毒野心。从运用口头文学语言的艺术技巧上看，在这四句比喻中，并没有使用"像"、"似"、"如"等比喻词，完全用"是"做比喻词，没有把本体和喻体说成是相似的，而是说成相等的了。这显然是暗喻的表现手法。

类似的连贯式比喻，在史诗中也是屡见不鲜的：

难敌是一株忿恨构成的大树，

迦尔纳是树干，
沙恭尼是其枝柯，
难降是茂盛的花果，
根是昏聩的老王持国。(1.1.65)

坚战是正法构成的大树，
阿周那是树干，
怖军是其枝柯，
玛德利之子
(无种和偕天) 是茂盛的花果，
根是黑天、梵、婆罗门。(1.1.66)

把俱卢族和般度族视为两棵大树，并一再以“是”作为比喻词，构成连贯式暗喻，生动而鲜明地揭示了兄弟两族迥然不同的本质特征，善恶是非暴露无遗，品德好坏一针见血，这种高超的比喻手法恰切地显示了民间口头文学的鲜明倾向性。

还有利用排比的形式、比喻的手法表达多变的思想感情或赞颂一个形象的多方面的表现，因为对一个人物的言行表现，只用一件事物、一种言行或一个比喻不足以表达得完全，这就不得不用排比的形式、多种比喻的手法，进行多方面、多角度的反映。例如：毗湿摩当着所有国王和英雄的面，对阿周那的赞扬：

你是所有刹帝利的毁灭者，
你是人间大地最优秀的弓箭手。
世界上最优秀的是人，
鸟类中最优秀的是金翅鸟，
水中最优秀的是大海，
四足兽中最优秀的是牛，
发光体中最优秀的是太阳，
山岳中最优秀的是雪山，

种姓中最优秀的是婆罗门，
弓箭手中最优秀的是你。(6.116.31—33)

其中的金翅鸟、大海、牛、太阳、雪山等，都是作为借喻的喻体而出现的，以便完美展示阿周那在世界万物中是最杰出的、最优秀的。

大史诗的夸张手法，想象丰富，意境神奇，变化万千，它在渲染气氛、突出形象、增强爱憎和炫示艺术效果上，总是给读者留下难以磨灭的印象。

例如：对般度军队阵容的描述就是运用夸张的手法加以展示的：大史诗中说："四万辆战车，五倍于战车的马匹，十倍于马匹的步兵和六万象兵。"(5.149.61）在这一数目中，显然是存有夸张的因素。但是，这种夸张绝非不切实的浮夸，使人感到的是般度军队的宏伟和强大。

在赞叹怖军的战斗力时，大史诗中说："怖军在交战中用许多弯头箭突破敌军阵线，冲出重围，俨如鱼儿冲破鱼网后又遨游水中。怖军消灭了一万头永不退缩的大象，二十万零二百名士兵，婆罗多子孙啊！以及五千匹战马，并摧毁了一百辆战车。经过这场屠杀，怖军使战场上血流成河。鲜血是河水，战车是旋涡，大象是遍布其间的鲨鱼，人是鱼儿，马是鳄鱼，而毛发是水草和苔藓。……在战斗中，这条河带着大群大群的战士，流向阎摩府。"(8.55.36—39、41）在这一部分的夸张描述中，我们看到的并不是单纯的夸张，而是又借用了其他修辞方式——明喻和暗喻进行了夸张。开头部分，是运用明喻"俨如鱼儿冲破鱼网"夸张展示怖军突破敌军阵线；中间部分，又用万、千、百等数目夸张怖军的辉煌战绩；最后部分又用许多暗喻夸张地宣扬了怖军的赫赫战果。这一利用多种修辞成分进行夸张的例子，显示了古代印度口头文学创作的高度技巧。

在大史诗的夸张手法中，还有比上述夸张更为神奇的夸张表现。史诗中说："大弓箭手（毗湿摩）受到重创，对难降说道：'这位般度族大勇士、愤怒的普利塔之子（阿周那）在战斗中向我发射了几千支箭。'"(6.114.51）当毗湿摩被阿周那射倒后，他没有生气，还对阿周那说："我的头倒悬着，孩子啊！请给我垫上适合我睡的枕头。"(6.115.39）阿周那"用三支迅猛锋利的箭支撑他的头。"(6.115.42）他又说："我的身体扎满利箭，火烧火燎，各处要害疼痛，口干唇燥。为了凉快身体，请给我水喝，阿周那啊！"阿周那"搭上闪光的箭，默念咒语，连接雨神法宝，当着众人的面，射击毗湿摩右侧的大地。随即，涌出一股吉祥纯净的泉水，像甘露一样清凉，具有神奇的香味。”（6.116.17、18、22、23）发射几千支箭、三支利箭的枕头和射箭涌出香味泉水，都展示了神奇高妙的夸张技巧。

还有更神奇的夸张表现：“灵魂伟大的梭利（黑天）大笑时，从他的闪光的身体中跃出拇指般大的三十三天神，光辉似火。梵天出现在他的额头，楼陀罗出现在他的胸膛，世界保护者们出现在他的四臂，火神从他的口中出现……”（5.129.4、5）激昂的遗孀至上公主生下的死婴，被黑天救活：使“这个孩子渐渐开始动弹，有了知觉……”（14.68.24）在《杵战篇》中描述，因为黑天的儿子商波装扮成孕妇，戏弄来访的众仙人，受到众仙人的诅咒，商波果然生下一铁杵。尽管这铁杵被粉碎成铁屑，并扔进大海，但这些铁屑，后来却长出灯芯草。在雅度族内讧时，“他们之中无论谁愤怒地抓起灯芯草，就会看到灯芯草仿佛变成铁杵……这是梵杖造成的结果。”（16.4.37、38）这一类的夸张，今天看来似乎近于虚妄，但是，在尊崇神意和重视诅咒的远古时期，也并不违反当时的社会现实和生活真实。

大史诗中的格言和谚语，随处可见，语言精练，寓意深刻，具有规劝力量、启发作用和教育意义，耐人寻味。

有反对赌博的：“赌博是欺诈，是罪恶。赌博中没有刹帝利的英勇，也绝没有正义。”（2.53.2）“赌博是争吵的根源，闹得彼此分裂，必将酿成大战。”（2.56.1）

有提倡宽容和容忍的：“一个人在这世上遇到任何苦难，都应该宽容，因为大家都知道，有宽容，才有一切众生的诞生和幸福。”（3.30.32）“如果一个人被强者骂了，打了，激怒了，而他能容忍，能抑制自己的愤怒，他就是一个智者，一个优秀的人。”（1.30.33）

有鼓励人们努力提高自己：“勤勉是至高的财富，学问是至高的拥有，健康是至高的收获，知足是至高的幸福。”（3.297.53）

有劝人戒骄弃贪：“抛弃骄傲，人变可爱；抛弃愤怒，人无忧愁；抛弃欲望，人变富有；抛弃贪婪，人有快乐”。（3.297.57）

史诗中的格言和谚语，极其精练而又富有概括力，这是人民群众长期生活经验的总结，也是在长期流传过程中经过群众千锤百炼的结晶。

金克木先生在论述大史诗的语言艺术风格时，曾引用了《胜利之歌》中的七颂，使我们具体而概括地了解到史诗常见诗体的风貌：

懦夫！起来！你打了败仗，
不应垂头丧气躺在床，
使你的仇敌心欢喜，
使你的亲人晤悲伤。(7)

小小溪流容易满，
小小老鼠爪子浅，
懦夫心胸易满足，
得到一点便安然。(8)

要拔去敌人毒牙齿，
死去也不同狗一般；
要不顾性命遭危险，
立雄心大志猛向前。(9)

像老鹰盘旋在天上，
时刻把敌人巢穴寻，
或是高鸣，或沉默，
毫不胆怯，不惊心。(10)

你为何躺下像死人？
像遭了雷打不翻身？
懦夫！起来！你打了败仗，
不应高卧在家门。(11)

你不要意志消沉如日落，
要立下功勋得大名，

不居中游，不落后，
要起来力把上游争。(12)

要像木柴做火把，
一刹那起火放光芒，
别像一堆糟糠火
黯淡无光贪命长，
宁可大放光明只一瞬，
也不要暗暗焚烧耗时光。(13)
①

在这首诗里，我们看到比喻、格言和谚语的交互运用，在一颂之中，所运用的比喻又构成了格言和谚语，使比喻和格言、谚语彼此照应，相辅相成。如："小小溪流容易满，小小老鼠爪子浅，懦夫心胸易满足，得到一点便安然"；是比喻和格言连结运用，前两行的比喻和后两行的格言相结合，会更有力地刺激和鼓舞失败者重新树立斗志和增强信心。"要像木柴做火把，一刹那起火放光芒，别像一堆糟糠火，黯淡无光贪命长，宁可大放光明只一瞬，也不要暗暗焚烧耗时光"，在比喻的连贯运用中，一再地发挥了比喻的鼓动作用，不断地激发了失败者的觉悟，生动而形象地发挥了诗篇鼓舞斗志、增强勇气、决心再战的作用。

五、惯用语、套语和程式化语言的反复运用

在《摩诃婆罗多》这部民间口头文学的宏伟巨著中，蕴含着极为丰富的惯用语、套语和程式化语言。国内外研究《摩诃婆罗多》的专家受到帕里—洛德"口头创作理论"的影响，对这一问题极为重视。

我国的黄宝生专家说：

帕里一洛德的"口头创作理论"为口头史诗的语言创作特点提供了

① 《梵语文学史》，第121、122页。史诗汉语全译本5.131.7—13。

有效的检测手段。我们在翻译《摩诃婆罗多》的过程中，就发现诗中有大量程式化的词组、语句和场景描写。尽管在字句上并不完全互相重复，但在叙述模式上是一致的，或者说大同小异。这些应该是史诗作者或吟诵者烂熟于心的语汇库藏，出口成章。同时，《摩诃婆罗多》中的一些主要人物都有多种称号，甚至有的人物的称号可以多达十几或二十几种。这些称号有两方面的作用：一方面，这些称号的音节数目不等，长短音配搭不同，这就可以根据需要选用，为调适韵律提供了极大的方便。另一方面，这些称号或点明人物关系，或暗示人物性格和事迹，具有信息符号或密码的作用，能强化史诗作者或吟诵者的记忆，以保持全诗人物性格和故事情节发展的前后连贯一致。这些都是口头史诗明显不同于书面史诗的语言特征。国外已有学者对《摩诃婆罗多》中的惯用语进行专题研究，并编写《〈摩诃婆罗多〉惯用语词典》。①

美国梵文学者英格尔斯（Daniel H. H. Ingalls）在《论〈摩诃婆罗多〉》一文中，论述史诗口作诗人头脑中储藏着大量的惯用语和套语时说：

“帕里以及后来他的学生阿伯特·洛德（Albert Lord）用录音带录下了数百场表演，其中许多是同一个史诗故事。甚至同一个史诗歌手演唱同一个故事，也没有两次是完全相同的。帕里找到了很好的案例，说明荷马式的歌手们遵行同样的实践。

你们感到惊讶，这样的吟唱怎么能做到完全符合诗律，而不出现一个音节的差错？让我从《摩诃婆罗多》的梵文中为你们提供一些列举。一场战斗通常以这样的习惯用语开始：

然后，战斗开始，喧嚣混乱，令人毛发直竖。

一个惯用语是一种套式，多随时加以变换。其中的某些词汇可以根据叙述的需要，随时加以变换。这样，如果只是两个武士交战，那么，就可以变成这样：

---

① 黄宝生：《〈摩诃婆罗多〉导读》，中国社会科学出版社 2005 年版，第 143 页。

他俩的战斗开始，如同弗栗多和因陀罗。

下面是一个稍微不同的惯用语：

在这里发生俱卢族和般度族大战。

在战斗中出现的每个事件都有惯用语。大多数的战斗是车战，同时发射大量的箭。一个武士常常会用箭射断对手的弓或旗帜：

忏摩杜尔提满腔愤怒，
向灵魂高尚的羯迦夜，
放出锋利的黄月牙箭，
射断了他手中那张弓。(7.82.3)

或者，使用同样的惯用语：

然后，婆罗多后裔啊！
愤怒的勇弓仿佛笑着，
放出了一支月牙箭，
射断勇旗的那张弓。(7.82.14)

请注意不同的名字怎样适应这个惯用语：忏摩杜尔提或勇弓是攻击者，羯迦夜或勇旗是受攻击者。在这两个列举中，弓（dhanuh）都被射断。由于这些梵文词汇具有同样的诗律形态，旗帜（dhvaja）在这个惯用语中很容易替换进去。如在下面这首诗中：

然后，民众之主啊！
侨萨罗王在战斗中，
射断激昂的旗帜，
又击倒他的车夫。(6.43.14)

或者，这个惯用语可以加以扩充：

民众之主啊！这位偕天，
难以制胜，缓过气来，
用十支箭射中沙恭尼，
用三支箭射中他的马，
仿佛笑着，又用一些箭，
射断沙恭尼的那张弓。（9.27.24）

这些不是孤立现象。在我的笔记本中，我有整整一百个这样的用语……”①

第七节 《摩诃婆罗多》的深远影响

《摩诃婆罗多》这部古代印度人民的伟大文学瑰宝，一直被称为“历史传说”，广泛地反映了古代印度的社会生活。正如印度古谚所说：“在《摩诃婆罗多》中找不到的，在婆罗多国（印度）也不会找到。”自古以来，印度人民认为：它不只是辉煌的文学遗产，对印度文学的发展不断地产生重要影响，它还是生活指南、道德宝典和宗教圣经，对印度各族人民的文化生活一直发挥着教科书的作用。

古代印度人民群众以虔诚的宗教感情和夸张的艺术手法表现了大史诗在他们心中的重要地位。在一首诗中说：

如同各种奶品中最好的是黄油，
如同雅利安人中最好的是婆罗门种族，
如同吠陀中最好的是森林书，
如同药材中最好的是不死甘露，
如同一切水域中最好的是大海，
如同四脚动物中最好的是奶牛，

① 黄宝生：《〈摩诃婆罗多〉导读》，中国社会科学出版社2005年版，第206—308页。

《摩诃婆罗多》在所有的故事集中，
是最好的一部书。

听过这部史诗的人，
再也没有更好的诗歌能使他欢欣，
好像一个人听了公杜鹃的歌唱，
再也不会喜欢乌鸦嘶哑的声音。
在所有的故事集中，
《摩诃婆罗多》卓越绝伦，
诗人的灵感从中产生，
如同三界出自五行。

一个人把一百头牛的角镀上金，
送给一个精通吠陀、博学多闻的婆罗门，
另一个人每天倾听神圣的婆罗多诗集，
他们俩获得的宗教功德不差半分。

这篇叙事诗是获胜的名言至理，
国王若想赢得胜利，
应该将它洗耳恭听，
他便能征服敌人、占领大地。

这是一部神圣的道德经典，
也是实际生活中最好的指南，
它同时又是解脱的教科书，
唱诗人就是智慧无边的广博大仙。

谁听了这部史诗，
一切源于行为、思想意识
和语言的罪孽，

都会从他身上消失。

整整有三年时间，
苦行人岛生黑仙人每日祈祷坐禅，
创作了《摩诃婆罗多》这部史诗，
美妙的故事像传奇一般。
道德观念、生活实践，
七情六欲、回头是岸，
书中提到的这些，
其他地方也能遇见，
而这本书里没写的东西，
世界上无论何处也不会出现……①

虽然其中的观点，我们读者不一定完全认同。但是，大史诗在印度人民心中的地位、作用和影响，却得到了生动的概括。大史诗在印度各民族中间一直源远流长地传诵着，在其丰富多彩、包罗万象的神话传说和民间故事中，广泛地反映了印度古代社会的政治、宗教、思想、道德、风俗、习惯等各个方面的文化知识，被誉为“百科全书”，使人从中接受文化知识、思想品德和人情世故等各方面的熏陶和教育。印度人民一直到今天，还把史诗作为接受文化教育的重要经典。《摩诃婆罗多》对后代的影响不只是在文学方面，它对印度民众的影响是多方面的、深刻的。在世界上，像大史诗这样产生深广而持久影响的作品，异常罕见。

一、对印度文学的影响

大史诗已经成为后代印度文学取之不尽、用之不竭的文学艺术宝库。印度的各时代各民族的诗人、作家和艺术家，几乎无不从《摩诃婆罗多》中寻求创作素材和激发构思灵感。因而，许多优秀作品的题材往往取自大史诗，这几

① 季羡林、刘安武编:《印度两大史诗评论汇编》，中国社会科学出版社1984年版，第318—320页。

乎成为长期不变的、备受尊崇的创作捷径。自从大史诗问世以后，对历代的印度文学的影响是显而易见的。

在梵语古典文学发展初期，著名剧作家跋娑的十三部剧本中，受到大史诗影响的竟有六部之多。其中，有的故事直接取材于《摩诃婆罗多》，有的则是受到大史诗的启发，在情节上又进行了创造性的虚构。独幕剧《仲儿》的剧情就是依据怖军娶希丁巴为妻生子瓶首的故事加以再创造的。三幕剧《五夜》虽然取材于大史诗，但在情节上有明显的改变。独幕剧《黑天出使》（又译《使者的话》）的故事源自大史诗，但独幕剧《使者瓶首》描述的是阿周那之子阵亡后，黑天命瓶首前去转告持国必将遭受百子灭亡之痛，因而受到难敌等人的嘲讽，瓶首极为愤怒，甚至与他们决斗，却被持国劝阻。这一情节，未见于大史诗，显然是跋娑的创造。独幕剧《迦尔纳出任》表现的是迦尔纳奔向战场，要与阿周那决战，虽被因陀罗骗走护身的盔甲和耳环、预兆不祥，还依然闯向战场。独幕悲剧《断股》描述的是怖军和难敌的决战，怖军受到黑天的暗示，打断难敌双腿。难敌与前来看望的双亲妻儿诀别，他顿悟前非劝诫叮嘱亲人与般度族和解，和家人特别是儿子的诀别，凄怆哀痛，动人心弦。专家认为这“六部戏剧是《摩诃婆罗多》连台戏的组成部分”。①

世界文化名人、著名诗人、剧作家迦梨陀娑的戏剧名著《沙恭达罗》也是取材于大史诗《摩诃婆罗多》的。这部作品，按着印度古典戏剧的分类，属于英雄喜剧。这一剧种必须遵从于当时的一个创作原则：其题材一定要从古典名著中选取。因而，《沙恭达罗》的题材正是从《摩诃婆罗多》中选取的。在大史诗的《始初篇》中描述：当狩猎羚羊的豆扇陀到净修林里见到沙恭达罗之后，便以整个国家为代价向沙恭达罗求婚；沙恭达罗以未来生的儿子必须继承王位为条件答应了他的求婚。然而，在《沙恭达罗》剧中，却没有这一情节，这表明豆扇陀和沙恭达罗首先注重的不是财产和继承权，迦梨陀娑通过这两个形象所强调的是双方的爱情。在作家看来：双方的幸福不在于财产和权势，重要的是双方的互爱。这种观点在当时有着相当进步的意义。

尽管迦梨陀娑在《沙恭达罗》中加进了许多新的内容，改变了大史诗中

---

① 参见季羡林主编：《印度古代文学史》，北京大学出版社 1991 年版，第 259—262 页。

的情节；但是豆扇陀和沙恭达罗用干闼婆方式结婚这一情节却还是原来大史诗中的。不难看出，作家强调的是婚姻的自主和自由而不是包办婚姻和父母之命。这在当时也是具有相当进步意义的。

从梵语古典叙事诗方面看，取材于《摩诃婆罗多》的也不少。婆罗维长达十八章的《野人和阿周那》，取材于大史诗中阿周那向天神求取法宝的故事，摩伽著名的叙事诗共有二十章的《童护伏诛记》就是根据大史诗中黑天杀死在坚战举行的王祭大典上挑衅闹事的车底王童护的故事等，都是以《摩诃婆罗多》中的故事情节为创作题材的。

大约到了七世纪以后，古典梵语戏剧和叙事诗的创作，在接受大史诗影响的过程中，开始出现了形式主义的倾向。对于大史诗故事题材的因袭几乎成为当时文人的创作风尚，他们越来越远离社会生活，严重忽视现实生活。很多剧作家和诗人轻内容而重形式，重古薄今，完全不顾对鲜活现实人生的表现。他们一味地追求语言的俏丽、修辞的技巧，脱离情节，卖弄诗才。古典梵语文学开始由繁荣的顶峰走向衰落的下坡路。

到了十世纪以后，在各个地区的方言文学中，也可以明显看到《摩诃婆罗多》的影响。刘安武先生对十世纪到十九世纪的印度各种方言文学进行过考察和统计，并将主要作品列出一书目，使我们能清楚看到大史诗的影响：

印地语

维德亚伯迪（14、15 世纪）	《维德亚伯迪牧童诗》
苏尔达斯（15、16 世纪）	《苏尔诗海》
伯勒马、南德达斯（15、16 世纪）	《伯勒马之海》
米拉巴伊（16 世纪）	《米拉巴伊歌集》
南德达斯（16 世纪）	《黑蜂歌》《乐章五篇》

孟加拉语

马拉特尔·瓦苏（15 世纪）	《黑天本事诗》《黑天的胜利》
伯鲁·钱迪达斯（15、16 世纪）	《黑天颂》
森杰耶（16 世纪）	《森杰耶摩诃婆罗多》
谢克尔（16 世纪）	《黑天诗》
马塔沃（16 世纪）	《黑天孟格尔》

拉库那特（16 世纪）	《黑天爱河》
格利辛达斯（16 世纪）	《黑天孟格尔》
迦希拉姆达斯（17 世纪）	《迦希拉姆摩诃婆罗多》
波罗梅绍尔达斯（17 世纪）	《巴拉戈利摩诃婆罗多》
阿萨姆语	
赫姆·斯尔司瓦迪（13 世纪）	《湿婆乌玛对话录》
比当伯尔（14 世纪）	《乌霞的爱》
帕德德沃（16、17 世纪）	《沙恭达罗》
拉姆·斯尔司瓦迪（17 世纪）	《毗摩传》《阿萨姆语摩诃婆罗多》
马拉提语	
帕斯格尔（12 世纪）	《童护的伏诛》《黑天传》
达摩德尔（13 世纪）	《劫牛》
埃格耶特（16 世纪）	《鲁格米妮择婿》
穆格德希沃尔（17 世纪）	《婆罗多记》
希利特尔（17、18 世纪）	《般度族的声威》
摩罗本德（18 世纪）	《雅利安摩诃婆罗多》
古吉拉特语	
夏利帕德尔·苏利（15 世纪）	《般度五子传》
伯勒马南德（17、18 世纪）	《那罗的传说》《激昂王子的故事》 《黑公主择婿》《妙贤公主被劫》
奥利萨语	
沃德沙达斯（13、14 世纪）	《湿婆大神的婚姻》
沙勒拉达斯（14 世纪）	《摩诃婆罗多》
迦尔迪格达斯（16 世纪）	《鲁格米妮之光》
希修·香格尔达斯（16 世纪）	《等待乌霞》
马吐苏登（17 世纪）	《那罗生平》
斯达希沃（17 世纪）	《牧童游戏》
迪沃亚辛赫·德瓦（17 世纪）	《情味之波》
卜伯迪（17 世纪）	《爱的甘露》
维德亚伦迦尔（17 世纪）	《森林游乐》

乌本德尔本杰（17、18 世纪）	《妙贤之爱》《牧区游乐》
泰卢固语	
嫩纳耶，帕德（11 世纪）	《安得拉摩诃婆罗多》
博德纳（15 世纪）	《帕德尔英雄的胜利》
伯德拉（16 世纪）	《摩奴传》
南迪·迪门纳（16 世纪）	《神树被窃》
迦默希瓦尔（17 世纪）	《真忿女的安慰》
杰格（18 世纪）	《妙贤的爱》
	《湿婆大神的游乐》
卡纳尔语	
本伯（10 世纪）	《本伯摩诃婆罗多》
勒登（10 世纪）	《铁锤战》
古马尔·沃亚斯（14、15 世纪）	《摩诃婆罗多》
勒契米希（16 世纪）	《摩诃婆罗多》①

二、对东南亚各国文学的影响

早在十世纪末和十一世纪初大史诗传入印度尼西亚，特别突出地反映在古爪哇语的中古文学中。达尔玛汪夏王在位期间（991—1007），曾“亲自授命宫廷作家把《摩诃婆罗多》按篇章逐一用卡威文（宫廷使用的古爪哇语，含有大量的梵文词汇）改写成散文……由于王朝统治者把两大史诗视为印度教的经典，所以要求宫廷作家必须忠于原著，只求‘把广博仙人（毗耶沙）精湛的著作用明快的爪哇语翻译过来’，而不作任意改动。”②

在《摩诃婆罗多》的影响下，爪哇宫廷作家创造了一种新的文学样式“格卡温文学”。这种作品，“不但在形式上效仿梵体诗，在内容上也以两大史诗，特别是《摩诃婆罗多》作为题材的主要来源。格卡温作品大都拿史诗中的某一段故事作为创作的基础，然后结合本民族的特点和歌颂本朝帝王的需要去

① 刘安武：《印度两大史诗研究》，北京大学出版社 2001 年版，第 234—236 页。

② 梁立基、李谋主编：《世界四大文化与东南亚文学》，经济日报出版社 2000 年版，第 227 页。

进行加工和改造，使之成为具有本民族特色的新作品。”①

三、对欧洲各国文学的影响

欧洲人对大史诗的翻译和评介是从《摩诃婆罗多》的插话部分开始的。东印度公司的英国人查尔斯·威尔金斯最早于1785年翻译了《毗湿摩》的插话《薄伽梵歌》、又于1794年翻译了《初篇》的插话《阿斯谛迦篇》中的《搅乳海》和《初篇》中的插话《沙恭达罗》。

1816年，德国的朗茨·博普翻译了《初篇》中的插话《希丁婆伏诛篇》。后来，在1819年又出版了《〈摩诃婆罗多〉中的〈那罗传〉，梵语原文、拉丁语译文和注释》。1928年出版了《那罗传》的德语译本。1829年，又出版了用德文翻译的包括《莎维德丽传》在内的《〈摩诃婆罗多〉插话集》。这些插话，尤其是天鹅做媒的达摩衍蒂和那罗的爱情故事传入欧洲后，引起了广泛的称赞。1835年又出版了英语译本，在欧洲，各种重要语言几乎都有了《那罗传》的译本，有的还出版了几种不同的译本。1869年，还改编为意大利语的戏剧，在佛罗伦萨上演，深受观众喜爱。在19世纪，《那罗传》的欣赏热潮几乎席卷了欧洲。

在俄国，早在二百多年前开始介绍《摩诃婆罗多》，1788年出版了《薄伽梵歌》，19世纪30至40年代，译出了不少《摩诃婆罗多》中的短篇插话。1835年，译出《那罗传》的片断，由伯林斯基亲自参与出版。1844年至1851年之间，在俄国连续出版了《那罗传》的两种全译本。1898年至1899年，在俄国又改编成俄语的歌剧上演。到了20世纪，1935年开始《摩诃婆罗多》的全译工作，后因法西斯的侵略战争阻碍了这一巨大工程的实现，直到1948年才完成史诗第一篇《始初篇》的译文。

四、对我国文学的影响

我国人民早在五世纪就从佛经中知道了大史诗，东晋高僧鸠摩罗什（344—413）在其所译《大庄严论经》卷五中曾提到印度古代的两大史诗《罗摩延书》（即《罗摩衍那》）和《婆罗他书》（即《摩诃婆罗多》）。

---

① 梁立基、李谋主编：《世界四大文化与东南亚文学》，经济日报出版社2000年版，第228页。

从20世纪开始，大史诗日益为我国文人所熟悉和喜爱。1907年，鲁迅先生在《摩罗诗力说》中曾写道："《摩诃婆罗多》暨《罗摩衍那》二赋，亦至美妙。"①1911年至1913年之间，苏曼殊曾连续三次评介印度两大史诗。在《文学因缘自序》中说："印度为哲学文物源渊，俯视希腊，诚后进耳。其《摩诃婆罗多》（Mahabharata）、《罗摩衍那》（Ramayana）二章，衲谓中土名著，虽《孔雀东南飞》、《北征》、《南山》诸什，亦逊彼闳美。"1911年，他在《答玛德利玛湘处土论佛教书》中又写道："《摩诃婆罗多》与《罗摩衍那》二书，为长篇叙事诗，虽荷马亦不足望其项背。考二诗之作，在吾震旦商时。此土尚无译本，惟《华严经》偶述其名称，谓出马鸣菩萨手。文故旷劫难逢，衲意奘公当日以其无关正教，因弗之译。"1913年，苏曼殊又在《燕子龛随笔》中也说："印度Mahabhara_to，Ramayana两篇，闳丽渊雅，为长篇叙事诗，欧洲文学者视为鸿宝，犹Iliad、Odyssey二篇之于希腊也。此土向无译述，唯《华岩疏抄》中有云《婆罗多书》、《罗摩衍书》是其名称。"这些评论表明，他对印度两大史诗是推崇备至。

1927年，郑振铎在《文学大纲》中，也做了介绍："印度的史诗《马哈巴拉泰》（Mahabxata）和《拉马耶那》（Rama yana）是两篇世界最古的文学作品，是印度人民的文学圣书，是他们的一切人，自儿童以至成年，自家中的忙碌的主妇以至旅游的行人，都崇敬的喜悦的不息的诵读着的书。印度的圣书《吠陀》其影响所及不过是一部分的知识阶级，不及《马哈巴拉泰》及《拉马耶那》之为一切人所诵读……《马哈巴拉泰》共分为18篇，包含诗句20余万行，其篇幅8倍于本书前述之希腊二大史诗《依利亚特》与《奥特赛》的合计……《马哈巴拉泰》产生的时代较《拉马耶那》为古远。"

它的作者相传以为是《吠陀》的编者委沙（Vyasa），然在实际上，与其说是一个诗人的著作，不如说是一个时代的文学的结果。大约最初的时候，其中的不同的事迹与情节都各为起讫，为人民所唱所诵，到了后来，才渐渐地融合成一片；成为如此伟大的一部作品，而被写在纸上。②不仅评介了大史诗的巨大规模、重要价值历史地位，而且比较全面地叙述了故事梗概，在当时文坛上

① 《鲁迅全集》第一卷，人民文学出版社1981年版，第63页。

② 《文学大纲》第一册，商务印书馆国际有限公司1998年版，第123—124页。

是最全面、最详细的评介。但是，由于历史条件的限制，那时还无人了解世界最古老的英雄史诗是巴比伦的《吉尔伽美什》，世界上最大的史诗是我国的《格萨尔王传》。

1930 年，许地山在《印度文学》中介绍了《摩诃婆罗多》的主要故事情节：是“难敌王（Duryodhana）与他的从兄弟坚战王（YudhiSthira）掷骰子的故事。那一段事是难敌王用不正当的手段使坚战王的财宝、国家、王位，连自己的身体也输出去。难敌王又把坚战王和他四个兄弟都流放到森林里去住十二年。他不敢杀掉他们，因为他们是全族人所爱戴的。满了十二年的流放，坚战王和他的兄弟们号召军队与难敌王大战于俱卢之野（福地 Kuru. KSetra）。到难敌王战死，坚战王方能复位。除坚战王以外，诗中写般度族众子个个的神采都非常活现。作者描写怖军（Bhimasena），无种（Nekul），具神（Sahadevas——今译偕天），有修（Arjunas——今译阿周那）诸王子的英勇处，都是很出色的。知识越浅的人越喜战争的故事，加以《摩诃婆罗多》把战事描写得非常生动，无怪它到现在还可以使一般的印度人与学者们一同鉴赏它。”① 接着，许地山又评述史诗的产生时期、纂集成书的三阶段和《沙恭达罗》、《罗摩传》、《莎维德丽》和《那罗传》等一系列插话，是新中国成立前评论《摩诃婆罗多》比较全面的著作。

在 1948 年出版的牛津大学梵语文学专家麦唐纳（Maedonell）教授的《印度文化史》中译本中，对《摩诃婆罗多》也有简要的评述：“摩诃婆罗多是一部伟大的史诗，它共有十万对俪词，其分量八倍于荷马的史诗。由铭文的证据知道它在公元四百年左右即已有大部分编成。其史诗的中心部分约等于全部的五分之一，其材料太富于教训意味，因此几乎不能叫做史诗，在印度文学中它占有道德学大全书的地位。”② 他比前人突出地介绍了两点：一是《摩诃婆罗多》规模宏大，有十万对俪词，是《伊利亚特》《奥德赛》总合的八倍，二是史诗的核心故事只占全诗的五分之一。

1950 年，在台湾出版了曾长期工作生活于印度的印度文学专家糜文开编译的《印度神话与传说》。全书约有十二万字，简明扼要地介绍了两大史诗的

① 许地山：《印度文学》，商务印书馆 1930 年版，第 52—53 页。

② 龙章译：《印度文化史》，中华书局 1948 年上海版，第 74 页。

核心故事。

新中国成立以来，对两大史诗的翻译和评介有了迅速的发展，对两大史诗的研究进入了一个新的阶段。1959 年，中国青年出版社刊行了唐季雍译、金克木校的《摩诃婆罗多的故事》，全书有二十五六万字，原书是印度著名的政治活动家拉贾戈帕拉查理改写的。在现代印度，有许多各种现代语和英语的大史诗的改写本，这是其中比较好的一本。金克木先生说："它的优点是把大史诗的故事写得很生动，涉及的方面较广，有些地方直接用了原书的词句和笔法，多少反映了一些原书的风格。"[①] 全书的译文也相当生动，译文的笔调很像我国的旧小说。这正像金克木先生在《序》所说的："这本书不是现代小说，所以译文中多少有点我国旧小说的笔调。书中有些故事也会使我们想到旧小说。"[②] 书中有将近两万字的《序》，对大史诗的时代特征、社会性质、神话传说、宗教习俗、正法观念以及各类不同人物形象的不同称谓，都进行了便于读者顺利阅读和易于理解的说明。因而，这一中译本一问世便受到广大群众的喜爱，在 20 世纪五六十年代特别是十年"浩劫"之后，不仅有中国青年出版社的版本，又有了三联书店的版本，成为畅销书。

还有一本同类性质的大史诗的缩写本，是董友忱教授翻译的［苏］B. 埃尔曼和 B. 捷姆金缩写的《摩诃婆罗多》，全书 16 万多字，由湖南人民出版社编入"世界文学名著（缩写本）丛书"，于 1984 年出版。这也是颇受群众称赞的好书。

1962 年，著名翻译家孙用译出了印度学者罗莫什·杜德的英文节译本《腊玛延那·玛哈帕腊达》，由人民文学出版社刊行。这一中译本有两个特点：一是对史诗的题名没用我国的传统译名，而是使用了与梵语声音极其相似的"腊玛延那·玛哈帕腊达"；另一是用诗体翻译的，孙用是按照"颂"的形式译出的。他在"前言"中说："颂是一种印度诗体，一颂计两行，每行十六个音"，这是近似对印度史诗"颂"（输洛迦）的理解，他的译文采取双行押韵的格律形式。译者千方百计地使读者能从译文中体会史诗的原本风貌。这也是使人手不释卷、深受喜爱的原因。

---

① 唐季雍译、金克木校：《摩诃婆罗多的故事》，中国青年出版社 1959 年版，第 22 页。

② 唐季雍译、金克木校：《摩诃婆罗多的故事》，中国青年出版社 1959 年版，第 28 页。

在改革开放以来，两大史诗翻译、研究和评介出现了突飞猛进的发展。特别是从梵语原文译出的《摩诃婆罗多》中的著名插话日益增多。1982 年，赵国华译大史诗《森林篇》中的《那罗传》即《那罗和达摩衍蒂》，由中国社会科学出版社出版。1984 年，金克木先生译的《森林篇》中的《莎维德丽》在《译文》上发表。在 20 世纪，经金克木先生编选，由金克木、赵国华、席必庄和郭良鋆协力译出《摩诃婆罗多插话选》15 篇，1987 年由人民文学出版社出版。这本插话选是用诗体译成，经过译者的深思熟虑，尽量保持原诗的风貌。金先生在“译者序”中说：“若将梵语的八音一句转为汉语的七言句，恰好相当，但这样既难免改动凑韵，又过于像中国诗。因此，这些插话的翻译保持了原来的诗体句、节形式，却没有多用汉语的七言诗句型。这样用诗体译诗体，用吟唱体译吟唱体，只能说是一种尝试。”① 这种经过认真推敲的尝试，得到了令人称赞的效果。

在这期间，不仅有了可喜的翻译成果，而且在两大史诗的研究上，也出现了令人鼓舞的新局面。1984 年 10 月，由中国印度文学研究会主办，中国社会科学院・北京大学南亚研究所和杭州大学共同筹备的印度两大史诗《摩诃婆罗多》和《罗摩衍那》学术讨论会在杭州召开。在这次会上，收到了 30 多篇论文，反映了改革开放以来两大史诗研究的新成果。金克木先生的《〈摩诃婆罗多插话选〉序》、黄宝生的《〈摩诃婆罗多〉简论》、赵国华的《〈西游记〉与〈摩诃婆罗多〉》等深受称赞的论文，都刊载于《印度文学研究集刊》第二辑中。此外，1980 年再版的金克木先生《梵语文学史》中对两大史诗所设的专章，以及 1984 年出版的季羡林、刘安武两位先生编的《印度两大史诗评论汇编》，成为学者们必读篇章，对史诗的深入研究，发挥了重要作用。

从 20 世纪最后十年到 21 世纪初期，我国对《摩诃婆罗多》的翻译和研究有了突飞猛进的发展，取得了举世瞩目的可喜硕果。翻译《摩诃婆罗多》中个别篇章的单行本，如雨后春笋，连续问世。1989 年末，张保胜译的《薄伽梵歌》，中国社会科学出版社出版；1993 年末，金克木、赵国华、席必庄译的《摩诃婆罗多——初篇》，中国社会科学出版社出版；1999 年，黄宝生译《摩诃婆罗多——毗湿摩篇》，译林出版社出版；2010 年，黄宝生译的《薄伽梵歌》，

① 金克木编选：《摩诃婆罗多插话选》，人民文学出版社 1987 年版，第 15 页。

商务印书馆出版。更令人欣喜的是洋洋五百万字的《摩诃婆罗多》六卷集的汉语全译本，由中国社会科学出版社刊行了。这是金克木先生和他的弟子梵语文学专家们用毅力、智慧、心血和汗水浇灌出来的瑰丽硕果，是对我国印度文学研究的重大贡献，也是我国翻译界非常值得庆祝的一件大事。

同时，在这一阶段，对《摩诃婆罗多》的学术研究，也逐步深入，成果不断问世。我国研究印度文学的学者在《外国文学评论》、《国外文学》、《南亚研究》和《外国文学研究》等学术刊物上发表的有价值的论文，日益增多。

特别值得提出的是，在2001年，北京大学出版社出版了北京大学资深教授、印度文学专家刘安武先生的《印度两大史诗研究》。这部学术专著，是在掌握了大量的有关资料，尤其是印度原文资料的基础上，经过缜密思考而提出的研究成果。他对《摩诃婆罗多》中的许多重要问题，如：对“妇女观”、“正法观”、“战争观”、“民主意识”的见解，以及对黑天、毗湿摩、迦尔纳和莎维德丽等人物形象的精辟分析，其独抒己见的一家之言，富有发人深省的启发意义，对《摩诃婆罗多》的学术研究必然会产生积极的促进作用。

2005年末，由中国社会科学出版社刊行的《〈摩诃婆罗多〉导读》，是梵语文学专家、中国社会科学院重点项目《摩诃婆罗多》汉语全译本的主持人黄宝生教授的专著。同一般的导读性通俗读物不同，它具有很高的学术价值；既是指导大史诗的爱好者深入理解其思想内容和艺术成就的重要书籍，又是大史诗的研究者必读的学术论著。作者在《摩诃婆罗多》汉译本“前言”中虽然仿效金克木先生的说法：对他撰写的导言，“读者可以看，也可以不看”，充分体现了他虚怀若谷的修养，但是，他的导言无论对读者或研究者都是不可忽视的必读教程。

第五章　——《罗摩衍那》

《罗摩衍那》与《摩诃婆罗多》并称为印度的两大史诗，和希腊的两大史诗《伊利亚特》与《奥德赛》一样，深受东西方各国人民的喜爱，在印度文学史上和世界文学史上，享有极高的声誉。《摩诃婆罗多》，像百科全书一样反映了古代印度的历史面貌、社会特征和文化生活，被印度人民称为“历史传说”，《罗摩衍那》显示了民间文学创作的高度发展成就，被印度人民称为“最初的诗”，誉为口头诗歌创作的典范。为什么把《罗摩衍那》称为“最初的诗”、把作者称为“最初的诗人”？刘安武先生说：“原因是在印度人看来，《梨俱吠陀》里的诗写的是宗教，而不是世俗生活，印度人认为《罗摩衍那》是写世俗生活的第一部作品。”① 《罗摩衍那》的创作成就对东西方文学，尤其是对东南亚各国文学具有相当广泛的影响。

第一节　史诗的译名和语言、篇幅和格律、作者和创作与成书时代

一、史诗的译名和语言

《罗摩衍那》这一音译的译名，是对我国古代佛经中译名的沿用。在鸠摩罗什（344—413）译的《大庄严论经》卷五中译为《罗摩延书》；梁、陈时期印度三藏法师真谛（499—569）在《婆薮槃豆法师传》（即《世亲菩萨传》）中译为《罗摩延传》；唐玄奘（602—664）在《阿毘达磨大毘婆沙论》中译为《逻摩衍拏书》。不难看出，《罗摩衍那》的译名，早在一千多年前便开始使

① 刘安武：《印度两大史诗研究》，北京大学出版社 2001 年版，第 5 页。

用了。

但是，这一音译并不十分接近梵语的发音。1927 年，郑振铎在《文学大纲》中使用了《拉马耶那》的音译，1962 年，孙用采用了《腊玛延那》的音译，两者都比较接近梵语的声音。虽然《罗摩衍那》的译名不如《拉马耶那》和《腊玛延那》的译音；但是，这一译名在我国的文化典籍中已经留存了一千多年了，早已成为约定俗成的译名了。无论是印度文学的研究者还是爱好者，都是司空见惯的了。

《罗摩衍那》是什么意思？金克木先生说："《罗摩衍那》的意思是'罗摩的游行'，即'罗摩的生平'或'罗摩传'。"①

《罗摩衍那》所使用的语言是史诗梵文。季羡林先生说："《罗摩衍那》的这种梵文，同吠陀语言比较起来，语音语法的变化都简略一些。从语言发展的观点上来看，晚于吠陀。……因此，学者们就为《罗摩衍那》和《摩诃婆罗多》的梵文，别立专名，称之为史诗梵文。"② 这种史诗梵文是可以说的，也算是一种口语。季先生说：

> 从印度古代的戏剧来看，这种可能也是存在的。在戏剧里，国王、婆罗门和其他男性贵族都说梵文。有教养的尼姑和艺妓间或也说梵文，而没有教养的婆罗门只能说方言。低级种姓的男女或高级种姓的女子，也只允许说方言。这些人都是不配说梵文的。可是他们就这样同台对话，你说你的梵文，我说我的方言，一问一答，彼此理解无碍。可见即使出身低贱不许说神圣的语言梵文，他们也是听得懂梵文的。由此我们可以推论，用梵文写成的《罗摩衍那》、《摩诃婆罗多》也一样，如果有人朗诵，一部分老百姓是能听得懂的。否则就无法解释，为什么用梵文这种古老语言写成的诗歌《罗摩衍那》竟能在二千多年的漫长的时间内受到印度全国各地的人民喜爱。③

史诗梵文主要用于世俗口头文学的创作，比固定用于宗教经文口头传授

① 金克木：《梵语文学史》，人民文学出版社 1980 年版，第 127 页。

② 季羡林：《罗摩衍那初探》，外国文学出版社 1979 年版，第 72 页。

③ 季羡林：《罗摩衍那初探》，外国文学出版社 1979 年版，第 74—75 页。

的吠陀梵文，显得更自由、更灵活，没有严格的约束和限制。吠陀梵文由于宗教信条的限制和保证神力的发挥，决不允许有一字一词的差错。这一极为严格的口授的传承方式，是印度雅利安人一直保持的古老传统和历史习惯。这一传统和习惯对后来的佛教、耆那教经典的口授传承也有明显的影响。

二、篇幅和格律

《罗摩衍那》的篇幅，比《摩诃婆罗多》要小得多。按照季羡林先生的统计："《罗摩衍那》一般分为七篇。旧的本子约有两万四千颂。现在的精校本仍然分为七篇，却已缩短到 18,755 颂，比原来的本子缩短了约六分之一强。"①《罗摩衍那》的中译本，七篇八册，包括各篇故事梗概在内，共有 2,785,000 字。顺便提一句，《摩诃婆罗多》的中译本，共有六大厚册，包括导言和内容提要在内，共有 4,224,000 字。

《罗摩衍那》的诗律，"基本上都是用一种诗律写成的，这就是输洛迦。它有四个音步，每个音步八个音节，共三十二个音节"，"这是一种最流行的、使用最方便的诗体，《摩诃婆罗多》和许许多多印度古书都是用这种诗体写成的"，"输洛迦的格式变化是比较多的"，"除了绝大多数的输洛迦都是每首诗两行、四个音步、三十二个音节以外，在《罗摩衍那》里也有极少数的输洛迦每首只有一行、两个音步、十六个音节。同时又有极少数的输洛迦每首诗三行、六个音步、四十八个音节；甚至有每首诗四行、八个音步、六十四个音节。这些只能算做变体，不能算是规范的。"②

三、作者和创作与成书时代

《罗摩衍那》的作者，按古代传说，是蚁垤，音译为瓦尔米基或跋弥。关于他的传说有很多：说他是仙人、是金翅鸟的儿子、是语法学家，等等。对于蚁垤这个名字，也有些传说，其中的一个传说：

> 他出生于婆罗门家庭，幼时被父母遗弃，山中野人收养了他，教他

---

① 季羡林：《罗摩衍那初探》，外国文学出版社 1979 年版，第 12 页。

② 季羡林：《罗摩衍那初探》，外国文学出版社 1979 年版，第 77、78 页。

偷盗，他终于精通此道，以抢劫杀人、危害商旅为业。这样干了几年。有一天，他碰到一个仙人，他就威胁要杀仙人，让仙人交出财物。仙人劝他回家问老婆的意见。他失望地走回来。仙人让他反反复复地念“mara”一字。Mara 是 Rarna（罗摩）一字的颠倒的写法。仙人说完，就突然消逝不见。他站那里，翻来覆去地念着：“摩罗，摩罗”，一步也没有离开。站得时间是这样长，站得又是这样稳，以致最后身上堆满了蚁垤。正在这时候，那个仙人忽然又出现了，解放了他。他从此成为大仙，名字就叫做“蚁垤”。有一天，他正在祭祀，看到一双麻鹬被猎人射死，他脱口念出了一首输洛迦（Sloka，短颂）。大梵天从天而阵，让他吟成《罗摩衍那》。①

这个离奇古怪荒诞无稽的传说，显然不能让人相信是历史事实。但是，我们既无法肯定也无法否定蚁垤确有其人。这正如季羡林所说：“一直到今天，我们还没有可靠的材料或根据来证明蚁垤确实存在，他确实是《罗摩衍那》的作者。反过来，我们也还没有可靠的材料或根据来证明蚁垤并不存在，他不是《罗摩衍那》的作者”；“那么，蚁垤就确实是《罗摩衍那》的今天我们理解的这样意义的作者吗？那也是不可能的”；“在《罗摩衍那》流传演变的过程中，蚁垤也只能像古希腊的荷马那样是一个伶工，他可能对于以前口耳相传一直传到他嘴里的《罗摩衍那》做了比较突出的加工、整理工作，使得这一部巨著在内容和风格上都得到了较大的统一性，因此他就成了‘作者’。在他以后，《罗摩衍那》仍然有一个长期流传演变的过程。演变总的趋势，是越来越长。”②

刘安武先生对两大史诗的作者进行对比论述时说：“如果说《罗摩衍那》有一个作者的话，那还是可以成立的，是可以说得过去的，因为是一部比较完整、比较统一的作品。虽然实际上至少有两位作者。但说《摩诃婆罗多》是一个作者的作品是无论如何也说不过去的。”③

《罗摩衍那》的创作与成书的时代，是难于具体细说的问题。我们只能大致分为两个阶段——口头传诵的创作阶段和记录编辑的成书阶段，笼统地做一推测性的叙述。

---

① 季羡林：《罗摩衍那初探》，外国文学出版社 1979 年版，第 9、10 页。

② 季羡林：《罗摩衍那初探》，外国文学出版社 1979 年版，第 10 页。

③ 刘安武：《印度两大史诗研究》，北京大学出版社 2001 年版，第 12 页。

先说口头传诵的创作：

我们知道雅利安人在进入印度以后创作《梨俱吠陀》的时候，尚未出现文字，它的经文只能在有关家族的记忆中保存，并依靠口诵进行传承。漫长的传承过程，也是不断修改增删、润色加工，逐步丰富的过程。关于罗摩的故事是印度最早出现的民间传说之一，早在《梨俱吠陀》的第十卷中已经显露端倪。接着，在梵书、森林书、奥义书诸多作品和著作中留存着罗摩的故事或有关这一故事的各种线索。在没有文字的时代，根本无法找到确凿的史实文献加以验证，但是，在民间传说中流传着这样的说法：在古代阿逾陀地方的甘蔗族部落中曾出现过名为罗摩的历史人物，是甘蔗族部落中的著名英雄。还有，在吠陀神话中，留存着十首王伏诛的有关情节，等等。再有，近现代的印度和西方的学者根据历史研究和考古发现的资料，认为罗摩确有其人。在口头流传和不断加工的过程中，有些题材经过艺术创造，日益融入史诗的情节结构之中。一直到《罗摩衍那》史诗构成完美的鸿篇巨制，都是在口头传承过程中逐步实现的。关于口头传诵创作阶段的大致情况，在后加的《童年篇》中略有描述：

罗摩恢复了自己的国家，
聪明的尊者仙人蚁垤，
用美妙多彩的音步，
叙述了他的全部故事。

这一位伟大的智者，
写成了这部绝妙的书，
他又进一步来考虑，
谁能够把它来传布。

正当这虔敬的大仙，
这样待在那里思量，

俱舍和罗婆碰他的脚，
两人穿着苦行者衣裳。

他看到了俱舍和罗婆，
一对王子，光辉有名，
这兄弟俩声音婉美，
现在净修林里修行。

这聪明机灵的兄弟两个，
他们精通那四部吠陀。
仙人看到了他俩以后，
就教他们再深入探索。

这位忠于自己誓言的人，
教给他俩全部《罗摩衍那》，
有关于悉多的整个故事，
再加上那罗波那的被杀。
……①

在这里，我们看到的蚁垤不是像传说中所说的精通偷盗、抢杀商旅之徒，也不是经仙人指点，常久稳立，全身堆满蚁垤的平凡之辈，而是一位值得敬重的“聪明的尊者仙人”、“伟大的智者”。他知道俱舍和罗婆就是罗摩的两个儿子。当年，罗摩怀疑悉多不贞，把怀孕的她赶出宫廷，蚁垤救了她。她生的这两个孩子，一直在净修林中长大。因为他俩聪明、精通吠陀、熟悉音乐，又是宫廷贵族，具备传诵、吟唱和加工史诗的条件，蚁垤才把他俩培养成史诗的传承者。正像《摩诃婆罗多》中的全胜，既是持国王的重臣，俱卢族的使者，又是大战的目睹者和见证人，具备史诗传诵者伶工的优越条件。

关于口头传诵的创作情况，季羡林先生说：

在很长的时期内，《罗摩衍那》都是师徒授受，口耳相传。正如第一篇和第七篇里描绘的那样，被说成是罗摩的两个儿子和蚁垤的两个徒

① 季羡林：《罗摩衍那初探》，外国文学出版社1979年版，第32—33页。

> 弟的俱舍和罗婆兄弟俩专门以唱《罗摩衍那》为生。这里面可能包含着一点历史事实，说明了《罗摩衍那》最初传播的情况。俱舍和罗婆当然还会有自己的徒弟，徒弟也还有自己的徒弟，这样一代一代地传了下来。流传既久，既广，歌唱者往往会根据不同的听众，根据不同的听众的不同的反应，为了取悦于听众，临时即景生情，增加上一些新的诗歌，比如自然景色的描绘，战斗场面的描绘，这都极容易挑动听者的心弦，拉长的可能就更大。输洛迦又是一种比较容易操纵掌握的诗体，临时增添上几首，是并不困难的。因此，从《罗摩衍那》传本总的发展趋势来看，是越来越长。从地域上来看，各地的传本也不可能完全一样，长一点的有，短一点的也有。大体上是统一的，在某一些篇章里又是有分歧的，这就是《罗摩衍那》口耳相传流行的总的情况。①

这一口头传诵创作阶段，大约形成于公元前1000年至公元前600年之间，即史称后期吠陀阶段。

再说记录编辑的成书阶段：

这一阶段的突出的大事是文字的问世，有了文字才能记录整理编辑成书。大约在公元前1500年前后，雅利安人进入印度的时候，尚无文字。在口头创作的《吠陀》中，丝毫看不到关于文字的任何传说。有关文字的消息，一直到佛教文献产生后才开始出现。在《世界文字发展史》中说："《佛陀传》（Lalita Vistara）中叙述佛陀释迦牟尼幼年学习书写文字。大致在公元前7—前6世纪时候，印度的雅利安人已经有了文字，即早期的婆罗米文。到公元前6—前5世纪（中国东周），文字的应用逐渐推广开来。"② 公元前5世纪末，又产生了"一个与婆罗米字母并行的早期印度字母，叫做佉卢字母……比较可靠的推测是，婆罗米字母起源于阿拉马字母（Aramaic）。"③ 公元四、五世纪，笈多王朝时期，又出现了由碑铭文字演变成的笈多字体，它的一个分支又演化成天城体字母，公元7世纪成熟后又演变成多种字母。这一字母是"印度字母中最重要的一种字母px是书写'梵文'的字母。梵文在印度北方长期作为知识分子的正规文

① 季羡林：《罗摩衍那初探》，外国文学出版社1979年版，第81页。

② 周有光：《世界文字发展史》，上海教育出版社1997年版，第250—251页。

③ 周有光：《世界文字发展史》，上海教育出版社1997年版，第251—252页。

字。它是一种文言文，早已脱离人民的日常语言，经过2000年而变化很少。”①

有了文字，便有了抄录、整理和编辑传本的条件。刘安武先生在论断史诗传本出现的时间时说：“与佛教产生的同时，甚至早于佛教，开始产生两大史诗的早期传本。”②

在古代印度语言中，还有雅言（类似我国的文言）和俗语（有如我国的口语）之分。古老的吠陀语言，原本是印度西北方雅利安族的方言，变成书写成文字后，经过文法学者的改进和提高，大约从公元前三世纪开始，成为印度古典文学的梵文雅言。传统的雅利安方言，即使写成文字，依旧称为俗语。从语言的使用习惯上看，婆罗门教使用梵文雅言，佛教和耆那教在早期都使用俗语。

《罗摩衍那》，用各种文字抄录编成的传本多得难于统计。印度学者帕特(G.H.Bhatt)，从二千多种传本中选出了八十六种，作为精校《童年篇》的依据。他根据这八十六种传本，列了一个表，说明传本之间的关系：

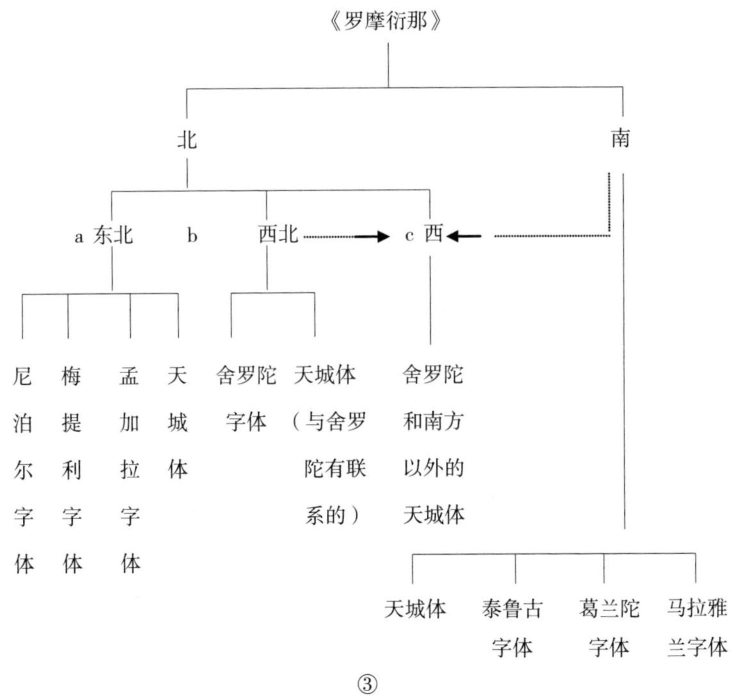

③

① 周有光：《世界文字发展史》，上海教育出版社1997年版，第254页。

② 刘安武：《印度两大史诗研究》，北京大学出版社2001年版，第6页。

③ 季羡林：《罗摩衍那初探》，外国文学出版社1979年版，第83页。

从这一表中，我们发现：《罗摩衍那》的抄本，是用各种文字抄录的。其中，有的抄本所使用的文字，是我们在前面已经提到的；但是，还有许多抄本的文字是我们在前面没有提到的。各种抄本所用文字的惊人繁多，既真实地反映了印度是多民族、多文字的国家，又生动地表现了印度各个民族对《罗摩衍那》无比热爱的历史真实情况。

第二节　史诗核心故事梗概

一、童年篇

这个国家的国王叫十车，他就住在阿逾陀城，像天帝住在天上一样。在这一座绝妙的城市，人们生活愉快，遵守道德不说假话，不贪图别人的金银，像大仙一样的纯洁。

在一个春天来临的时候，这位国王想到要举行大祭——马祠，虔诚的十车王向所有的人致敬，并且说："我渴望得到儿子，我想举行马祠。"他的真诚感动了天神，便对毗湿奴说："我们请求你，为天下的老百姓造福。那个国王十车王，统治着那座阿逾陀城。他精通达磨，好施舍，同大仙们一样得威灵……毗湿奴呀！你化身为四，当他的儿子去托生"（1.14.18）；"你在那里变成凡人，那高傲的人民的荆棘（即敌人——原注），神仙不能杀的罗波那，你在战斗中把他击毙。"（1.14.19）毗湿奴同意了。

正当十车王祭祀的时候，一个神灵从祭火中出现。他抱着一只大宝瓶，里边盛满天国的牛奶粥。他对国王说："生主派我来到这里。你礼拜神仙，今天得到了牛奶粥。请把这粥送给你那尊贵的老婆。国王，你会从她们那里得到儿子，这就是祭祀的结果。"

国王让侨萨厘雅喝了一半，又把一半的一半递给了须弥多罗，剩下的一半的一半又给了吉迦伊。国王的三个爱妻，都得到了牛奶粥。

此后，"皇后侨萨厘雅生了罗摩，/ 天上的妙相他全具备。/ 这非凡的人是毗湿奴的一半，/ 他是甘蔗王族世系里的后辈"（1.17.6）；接着，"皇后吉迦伊生下来了 / 真正英武的儿子婆罗多，/ 他是毗湿奴的第四部分，/ 他具备一切优秀品德"（1.17.8）；最后，"皇后须弥多罗也生下了儿子，/ 罗什曼那和设睹

卢祇那二人，/ 两个英雄精通所有的武艺，/ 都是大神毗湿奴身体的一部分。”(1.17.9)

于是，大梵天要求众神创造猴子，帮助罗摩消灭妖魔。王子长大了，十车王想为儿子订婚。这时，众友仙人来到王宫，请求十车王派遣罗摩去降妖除怪。于是，十车王就让罗摩和罗什曼那跟随众友仙人走了。一路之上，两个王子看到许多净修林；众友仙人为他们解说，并将神仙武器的使用方法教给了两个王子。到了众友仙人的净修林以后，罗摩除掉了妖魔，使祭祀得以完成。

最后，来到了弥提罗，受到遮那竭国王的欢迎。遮那竭国王说：“我能为你做什么？请下命令吧。”擅长辞令的牟尼对国王说：“十车王的两个儿子，想看看你手里的神弓。如果看到以后，他俩就会离开这里。”

遮那竭国王说：“这张宝弓原是神中之神——湿婆的，他把弓送到我的祖先手里。”他接着说：“有一次我用犁犁地，/ 在清理土地的时候，/ 捡起从犁里跳出来的女孩，/ 起了个名字就叫犁沟（音译悉多）。”（1.65.14）“把她从地里捡了起来，让她当我的女儿长成，她是我用力量换来的，我女儿不是母亲所生。”（1.65.15）国王说：“我现在准备把宝弓拿出来，给罗摩和罗什曼那瞧瞧”；“牟尼呀！如果罗摩能够把弓弦装上，我将把无母的悉多，送给十车王的儿郎。”（1.65.27）

于是，根据遮那竭王的命令，有五千个男人，都是强壮的大汉。他们用大力气才拉动了一个有八只轮子的大铁箱子。那张宝弓，就放在这大铁箱里。遮那竭国王说：“所有的那些英武有力的国王，都不能把那一张弓拉满。所有的神仙、阿修罗和罗刹都拉不开，更不用说凡人，谁也拉不开这张弓了。他们装不上弦，上不上箭，摇不动，也拿不动。”（1.66.10）他对罗摩说：“亲爱的罗摩！请把弓看！”（1.66.12）

罗摩打开铁箱子，看了看那宝弓，说道：“这是一张宝弓，我要试一试，施展我的力量，把它抓起，把它拉满。”罗摩轻轻地把弓背拿起，成千上万的人们，看到罗摩把弓弦装上，像游耍戏乐一般。他把弓一直拉到耳边，这人中英豪，竟把这张弓从中间拉断。“迸出了巨大的响声，/ 像是扫过来的飓风；又像是那大山崩裂，/ 大地为之激烈震动”；（1.66.18）“被这种声音所震撼，/ 所有的人都跪在地上，/ 只有罗摩兄弟俩除外，/ 还有牟尼之尊和国王。”（1.66.19）

遮那竭国王对牟尼说：“世尊呀十车王的儿子，/ 罗摩的英勇我亲眼看到，/

这真是神奇不可思议。/ 我从来没有这样预料”（1.66.21）；“如果我那女儿悉多，/ 有十车王子罗摩做夫婿，对我们遮那竭家族，/ 将带来极大的荣誉。”（1.66.22）于是，国王决定：把悉多嫁给罗摩；并把另外三个女儿嫁给罗摩的三个弟弟。

请来十车王，为四个王子主持了婚礼。罗摩战胜了前来挑战的持斧罗摩之后，十车王领儿子们回到阿逾陀城。

二、阿逾陀篇

十车王感到自己老了，想立罗摩为太子，让他继承王位。于是，他召开了群众大会征求意见，“各式各样的城镇居民，/ 那些乡村里的老百姓，/ 还有大地上的头领酋长，/ 大地之主都把他们邀请。”（2.1.35）大家都同意国王的想法，立罗摩为太子。城乡的人们一起对国王说：“罗摩在世界上是个好人，/ 他完全忠于达磨和真理，/ 他精通达磨，同真理一体，/ 他行为端正，决不猜忌”（2.2.20）；“罗摩对于所有众生，/ 说话和气，说话真实”（2.2.22）；“他宽厚、虔诚、决不嫉妒”（2.2.21）；“人民遭到了什么不幸，/ 他就感到非常痛；/ 所有的人民的喜事，/ 他也像父亲一样欢呼。”（2.2.28）因此，众多百姓希望罗摩灌顶加冕。

十车王把这一决定告诉罗摩，并让他做好灌顶加冕的准备，全城居民都为此欢欣鼓舞。但是，另一皇后吉迦伊由于受到驼背女奴曼他罗的挑唆，便去找十车王，要求国王答应她两个要求：一、把罗摩放逐到森林中，过十四年的苦行生活；二、要把婆罗多立为太子。因为在过去十车王答应过：要赐给她两个恩惠，现在她才提出来。十车王听到这要求，惊慌失措，目瞪口呆，一下子昏迷过去。很久才恢复知觉。吉迦伊召唤罗摩进宫，她宣布放逐罗摩，为婆罗多灌顶。罗摩下决心去流放，去拜见母亲侨萨厘雅。罗摩不顾母亲和弟弟罗什曼那的反对，想使父亲的许诺不致落空。他对母亲说：“我没有任何力量，/ 敢违反父亲的旨意。/ 我跪在地上请求你，我愿意到森林里去。”（2.18.26）同时，罗摩又对弟弟说：“罗什曼那呀！我知道，/ 你无限忠诚地热爱我。/ 你不知道达磨的秘密，不知道心境的安乐。”“人世间最高的是达磨，/ 真理就包含在达磨里。/ 父亲那些至高无上的话，/ 也同达磨联在一起。”（2.18.32、33）最后，罗摩对母亲说：“皇后呀！请你允许我，/ 从这里走到森林里去。/ 我用我的性命向你发誓，/ 请为我祝愿幸福胜利。/ 等我履行完了那个许诺，/ 我会从森林回到城里”；“我不能偷偷地，/ 为了整个王国，丢掉我的声名，/ 放弃我的快乐。/ 皇后呀！在这个时间很短的生命里，我不能违背达磨，/ 去追求微末的大地。”（2.18.38、39）

悉多要求跟随丈夫去森林，罗摩再三劝说，她非去不可。最后，罗摩同意妻子悉多和三弟罗什曼那一同走进森林。

三人换上树皮衣，共同离开阿逾陀城。国王、王后和全城居民满怀悲伤，流着热泪，送走了罗摩等三人。悲痛的人民一直在后边跟着罗摩往前走。罗摩趁大家熟睡的时候，偷偷出发，摆脱了跟随的群众。他们渡过恒河、阎牟那河，终于走到质多罗俱吒山。在这里，搭起草棚，住了下来。

罗摩走后，国王悲愤死去。派人去接回婆罗多，吉迦伊告诉他罗摩被放逐，父王去世的一切。婆罗多了解情况之后，怒气冲天，责骂了自己的母亲：“吉迦伊！滚出王国去！你这卑贱的坏东西！达磨已经把你丢弃，/ 你不要再为死者哭泣！”（2.68.2）“你被王国迷了心窍，/ 样子是妈，实是仇敌；/ 你这个杀丈夫的坏蛋！/ 不要再把我的名字喊起。”（2.68.7）

婆罗多拒绝继承王位，并且决定亲自到森林去迎接罗摩；婆罗多想要自己留在森林完成罗摩的誓愿，请罗摩回城继位。

看到罗摩以后，婆罗多跪下去磕头，再三恳请让哥哥继承王位。他虽然已经昏厥过去，但是人主罗摩仍然不回去：“罗摩意志坚，/ 不想违父命；/ 内心不动摇，/ 坚决不回城。”（2.98.69）罗摩心里一直在想：“国王答应了吉迦伊，/ 我就要按照他的话去做；/ 我把我父亲那大地之主 / 从债务的绳索中解脱。”（2.103.32）

经过婆罗多的再三请求，罗摩把自己镶金的鞋子递给了婆罗多。他捧着这双鞋子，率领大军回到阿逾陀城。为了尊重哥哥，他躲避开阿逾陀城，迁至难提羯罗摩，将镶金的鞋子供在宝座上，代替罗摩摄政。罗摩等三人离开质多罗俱吒山，迁居净修林。悉多在这里得到了仙人妻子的照顾。第二天，他们三人又进入森林的深处。

三、森林篇

罗摩等三人进入弹宅迦森林，在林中以野果和植物根茎为生，精通吠陀、身披树皮衣的仙人前来欢迎，都表示愿意得到罗摩的保护。

在林中，罗摩遇到一罗刹，身如山岳，嘴如血盆，当着罗摩的面，要抓走悉多。罗摩大怒，连射七支利箭，进攻恶魔。恶魔被罗摩杀死。

罗摩等三人，在大森林中度过了整整十年。后来到了阿竭多仙人的净修林。仙人款待他们，还把毗湿奴的兵器送给了罗摩。

楞伽城的十首魔王罗波那的妹妹首哩薄那迦前来向罗摩求爱。史诗中描写："罗摩黑得像蓝荷花，/ 样子长得像那爱神，/ 他又像天帝因陀罗，/ 这罗刹女一见倾心"（3.16.7）；"罗摩长得漂亮，她丑恶；/ 他腰肢细，她肚子大；/ 他眼睛大，她眼睛歪；/ 他头发美丽，她一头黄发"；"他样子惹人爱，她奇丑；/ 他说话甜美，她声音可怕；/ 他年纪轻轻，她已衰老；/ 他说话和善，她专说怪话"；"他循规蹈矩，她胡作非为；/ 他长得令人喜，她却令人厌恶。"（3.16.8、9、10）正是这样一个女人，向罗摩求爱。

罗摩同这魔女开个玩笑，说弟弟罗什曼那还没有结婚，去找他吧。她信以为真，又去挑逗罗什曼那。罗什曼那特别生气，割掉了魔女的耳朵和鼻子。魔女找哥哥伽罗求援。伽罗派十四个罗刹，去杀罗摩；结果，被罗摩杀死。伽罗又亲率一万四千个罗刹去挑衅，也被打败，杀死。

但是，不甘心认输的首哩薄那迦又窜到楞伽城向魔王罗波那报告了伽罗等人阵亡的消息。她还斥责哥哥："你沉湎于爱欲享受，/ 胡作非为，不守规矩；/ 可怕的危险就在眼前，/ 可你却一点也不留意"；"你的国家已经大难临头，但你却还是糊里糊涂"（3.31.2、13）她向罗波那介绍罗摩兄弟的情况，特别渲染了悉多的美丽："我在这大地上从未看到，一个女子有这样的美容"；/"她贞静，美貌可赞。/ 在大地上无人能比。/ 你配得上当她的丈夫，/ 她配得上当你的爱妻"；"如果你真正有意，/ 让她来当你的爱妻；/ 那就快想聪明办法，去夺取那个胜利。"（3.32.15、17、20）

魔女再三怂恿罗波那抢来悉多。魔王很高兴，立即召开军事会议，亲自去找罗刹摩哩遮，让他变成金鹿，以调虎离山之计，骗走罗摩兄弟，劫夺悉多。

他们到了罗摩草棚周围，摩哩遮立刻变成一只鹿，正在采摘鲜花的悉多，"她看到了这一只鹿，/ 肚子两侧金银的颜色"；"它那金色的细毛，/ 它那摩尼的双角"；"它的样子像是金，/ 天上所有，众宝装成；/ 一看到这样的形象，/

谁的心不感到吃惊?”(3.41.13、21、28)

悉多喊来罗摩兄弟二人，让他们捉住这只金鹿。罗什曼那心中怀疑，觉察出是摩哩遮所变，劝哥哥不要上当。可是，悉多坚持要捉。罗摩命令三弟保卫悉多，他去捉鹿。

不久，悉多听到了森林里的惨叫声，很像丈夫的声音。悉多着急，让罗什曼那去看看情况，但是，他想到了哥哥的嘱咐，却一动不动。悉多愤怒地说:“罗什曼那！表面上是朋友，/ 你实际上仇视你哥哥”;“你哥哥处在这样境地，/ 你却不到他那里去；你是希望罗摩死掉，/ 罗什曼那，好把我来娶”。罗什曼那没办法，只好去救哥哥，离开了悉多。

这时，魔王罗波那摇身一变，成为一个出家人，走近悉多。悉多以为是一位婆罗门，请他坐下。他让悉多讲述自己的身世，她便开始叙说了自己的一切。但是，罗刹的头子罗波那，用粗暴的语言回答:“我是罗刹群中主，/ 名字叫做罗波那;/ 人、神、阿修罗和鸟，/ 我让他们都害怕”(3.45.22)。魔王露出原形，让悉多嫁给他。悉多愤怒地斥责他；魔王终于把悉多劫走，飞上了天空。

金翅鸟王阇吒优私听到声音，奋起搏斗，被魔王打昏在地，魔王挟持悉多窜回楞伽城。魔王软硬兼施，劝诱和威逼并用，再三让悉多嫁给他；但是，悉多坚贞不屈，忠于罗摩，不为所动。魔王没有任何办法，只好把悉多囚禁于后宫无忧树园中。

兄弟二人，回到茅棚，不见悉多踪影。罗摩痛骂罗什曼那；兄弟说明情况。罗摩失去了爱妻，忧虑万分，四处寻觅，问花、问草、问鸟、问兽，渺无消息。

在路上，遇到了金翅鸟王，口吐鲜血，告诉罗摩兄弟：悉多被魔王劫往楞伽城。说毕死去，罗摩为它举行了水祭。

兄弟二人，继续前进。迦槃陀从烈火中跃出，说明悉多的踪迹，并劝说罗摩同猴王须羯哩婆（妙项）结成联盟，以拯救悉多。

四、猴国篇

罗摩和罗什曼那来到般波池的园林。这里春天的美丽景色，更增加了失去悉多的罗摩的惆怅。罗摩对弟弟说:“罗什曼那！这是春天呀！/ 各种各样的鸟纵声歌唱。我却已经失掉了悉多，/ 愁思煎熬，焦忧难忘”；“我被忧愁所侵袭，/ 爱情折磨得我难受；/ 杜鹃对我尽情地挑逗，它愉快地歌唱不休”；“在美丽的林中瀑布那里，/ 一只鹞在愉快地唱歌。/ 罗什曼那！我春心荡漾，/ 这只鸟更把我折磨。”（4.1.12—14）

罗摩兄弟二人，在搜寻悉多的踪迹时，遇到了哈奴曼。他对罗摩兄弟二人说：“有一个猴群的王子，/ 很虔诚，名字叫须羯哩婆；/ 他被自己的哥哥驱逐，/ 满怀愁绪，到处飘泊”；“是那高贵的须羯哩婆，亲自把我派来此间；/ 他本是群猴的猴王，/ 我这猴子名叫哈奴曼”；“那个虔诚的须羯哩婆，/ 愿意同你们把朋友交上；/ 要知道我是他的随从，/ 是那风神所生的儿郎”；“我装成了比丘的样子，/ 想给须羯哩婆做好事情；/ 我从哩舍牟迦来到这里，/ 能任意飞行，随意变形。”（4.3.18—21）

罗摩兄弟决定同须羯哩婆结成朋友，就跟哈奴曼一起去到哩舍牟迦山。在这山上，罗摩和须羯哩婆手攥着手，紧紧地互相拥抱，结成了生死之交。这两个朋友围绕着火向转行，凝结成永不变心的友情。

须羯哩婆把悉多抛下的首饰和上衣拿出来，给罗摩看：“罗摩接过了那件上衣，/ 还有那些首饰美丽闪光；/ 他眼里溢满了泪水，/ 好像浓雾遮住了月亮”；“他对悉多的深情，使他流泪又苦痛；/‘哎呀，情人！’他哭了，/ 倒在地下，无法支撑。”（4.6.14、15）

须羯哩婆劝说罗摩，不要过于伤心，并且把自己被哥哥驱逐出王国的遭遇告诉罗摩。原来，哥哥波林因一女人与人产生矛盾，那人前来挑战。他和哥哥共同应战，敌人逃进山洞，哥哥追入洞内，让弟弟守住洞口。弟弟在外面苦等，一直等了一年，也不见哥哥出来。弟弟想哥哥可能战死，后来，看到洞内流出鲜血，弟弟想哥哥已经被杀。弟弟非常痛苦，无可奈何地用石头堵住洞口，一人回到家中。大臣们让他灌顶为王，娶嫂为妻。谁也没想到哥哥杀死敌人回到家里。哥哥勃然大怒，不顾弟弟再三解释，将弟弟赶出家门，又霸占了弟弟的老婆噜摩。罗摩了解一切后，答应去杀死他的哥哥，并立他为王。须羯哩婆也答应：一定帮助罗摩搜寻悉多，并把她找回来。

须羯哩婆得到罗摩的帮助，鼓足了勇气，回家去找哥哥波林寻衅。在猴王的后宫中，妻子陀罗劝波林，应该同自己的弟弟须羯哩婆和解，不计前仇。波林不听，同须羯哩婆搏斗起来。罗摩射出一支大箭，穿透了波林的胸膛。波林痛骂罗摩，斥责他暗箭伤人，居心不良。罗摩为自己辩护："请看一看其中的原因，/ 我为什么把你射倒；/ 你玷污了你兄弟媳妇，就把永恒的达磨丢掉"；"你对抗了达磨，/ 背离了传统风俗；/ 猴王呀！除了惩罚，别的办法我看不出"。(4.18.18、21)

波林死后，须羯哩婆为他举行了葬礼，又灌顶成为猴王。

在雨季中，罗摩住在钵罗舍婆诺山洞中，一心想着悉多。他把被劫的妻子看得比自己的性命还重要；哀愁悲叹，废寝忘食，躺在铺上，遥望月亮，难以入梦。他在等待着，雨季过后，出去寻找悉多，击杀敌人。

成为猴王的须羯哩婆，整日沉湎于爱河欲海之中，早已忘记了自己的诺言——雨季过后，立即派兵出去寻找悉多。哈奴曼的劝谏，并没有引起他的重视。后来，罗什曼那闯入须羯哩婆宫中，痛斥猴王："一个国王不遵守达磨，/ 对朋友不支援帮助，/ 他又不知道感恩图报，谁还能比他更卑鄙可恶"；"你已经满足了愿望，/ 猴王！如果想报答罗摩，你就应该尽上力量，/ 到处去搜寻悉多"。(4.33.8、14)

须羯哩婆在悔悟之后，立即发布命令，派出猴兵猴将，分为东西南北四路，每一路由一名猴子将领带队，认真寻找悉多，搜索前进。鸯伽陀被派往南方，哈奴曼也和他一起去。罗摩亲手交给哈奴曼一个戒指作为信物，只要看到这个戒指，悉多就知道是丈夫派去的使者。

在一个月以后，东西北三路猴兵一无所获，空手而归。只有南路猴兵未归，鸯伽陀和哈奴曼继续南下，四处搜寻。他们在面临大海的山峰边沿遇到了大鹏金翅鸟商婆底，他是已经死去的金翅鸟王阇吒优私的哥哥。他告诉他们：自己的儿子曾经看到罗波那劫走的女人；他又说明：罗波那就住在大海对岸特哩俱吒山上的楞伽城中。

这支猴兵队伍，"因为看到了这片大海，/ 猴子大军害怕发了怵；/ 猴子头领看到这情况，赶快想法把他们安抚"；"千万可不要泄气呀！/ 泄气是最有害的事；/ 泄气能够杀死人，像愤怒的蛇杀死孩子"；"在需要勇敢的时候，/ 如果一下子泄了气；/ 他的干劲就会减弱，/ 他就将达不到目的"。(4.63.9—11)

经过猴兵头领鸯伽陀的动员，猴兵得到了很大鼓舞。他们个个争先恐后地吹嘘自己，炫耀自己如何勇敢、如何跳得远。最后，还是决定让哈奴曼承担这一重任，跳过大海，进入楞伽城，寻找悉多。

哈奴曼站在摩亨陀山顶上，准备跳过大海。“他具有大威力，/ 他已把决心下定；/ 这个有心的猴子，/ 心已经飞到楞伽城。”（4.66.44）

五、美妙篇

哈奴曼跳越大海，去寻找悉多。在他跳到中途时，神山自海底长出，让他在上面落脚休息。哈奴曼在一路上，制服了神仙们派出考验他的众蛇之母，杀死了挡住去路的女妖。跳到楞伽岛上以后，他仔细观察楞伽城。哈奴曼摇身一变，变成一只猫，进入魔王罗波那的都城。他四处寻找悉多，从一个府邸跳到另一个府邸，终于进入罗波那的王宫。哈奴曼隐身欣赏宫中的一切：美女如云、珠光宝气；佳肴盛宴，肉山酒海。

哈奴曼来到了无忧树园，幸运地找到了悉多；“他看到一个纯洁的女郎，/ 身上穿着黑色的衣裳；/ 四周围缠绕着许多罗刹女，/ 绝食弄得她瘦削非常；/ 在这白半月开始的时候；/ 她不停地叹息又悲伤”；“她痛苦得泪流满面，断了食物瘦削不堪；/ 她悲伤，忧思不断，/ 只有忧愁同她做伴。”（5.13.18、22）

凌晨，魔王罗波那来到无忧树园。他对悉多威胁利诱：“亲爱的！睁开眼瞧一瞧 / 我这些财富、光荣和名声。/ 妙人儿呀！同那个罗摩 / 长久住在一起有什么用？”“罗摩得胜的希望已经落空，/ 失去光荣，流荡在野林中；/ 他忠于誓言，睡在地上，/ 我怀疑他是否能保住性命。”（5.18.24、25）悉多坚决地回答：“我不能当你的妻子，/ 我是别人忠贞的老婆；/ 你要好好地想想达磨，/ 你要规规矩矩地生活”；“罗波那呀！你目光短浅，/ 恶贯满盈将被人杀掉；/ 对于这样坏人的毁灭，/ 众生都会拍手叫好”；“用权势，用财富，/ 都不能引诱我上当；/ 我只属于罗摩一人，/ 好像光线属于太阳”；“你将毫无疑问，/ 逃不出罗摩手掌；/ 好像是一棵大树，/ 被雷电摧折一样。”（5.19.6、12、14、30）最后，悉多愤怒地指出：“你那两只凶恶的眼睛，/ 奇形怪状，又红又黄；/ 坏蛋！你这样瞪着我，/ 眼睛为什么不掉在地上？”“我是那个虔诚人的妻子，/ 我是十车王的儿媳妇；/ 坏蛋！你对我这样说话，/ 你的舌头为何不掉出？”“由于罗摩没有允许，/ 由于我想保护苦行，/ 我不把你焚烧成灰，/ 十头恶魔！我有这本领”；“我属于聪明的罗摩，/ 你不能把我来劫夺；/ 毫无疑问，你这样干，/ 你已经有被杀的资格。”（5.20.18—21）魔王特别生气，命令女妖严加看守，怨恨愤怒地走开。

哈奴曼现出原身，站在悉多面前，说自己是罗摩派来的，并把罗摩交给他的戒指拿出来，作为信物，交给悉多；那戒指上刻有罗摩的名字。悉多深受感动，对哈奴曼讲述了自己遭受劫掠的经过。她一再告诉哈奴曼，要罗摩赶快前来救出自己。临别时，哈奴曼告诉悉多：不久之后，她就可以获得自由。

哈奴曼在离开楞伽城返回之前，灵机一动，想试一试罗波那的力量。他砸烂了无忧树园，想破坏罗波那宫殿，想让全城居民感到恐怖。他杀死了阎浮摩林，又杀死了大臣的儿子们，于是魔军溃散，狼狈逃窜。哈奴曼又杀死了罗波那的五个王牌大将和罗波那最英勇的儿子阿刹。罗波那的另一个儿子因陀罗耆，施展法术，用梵箭打倒哈奴曼，捉住之后，带到罗波那面前。罗波那蔑视哈奴曼，命令手下的大臣审问他。哈奴曼毫无惧色，口若悬河。被激怒的罗波那下令将他斩首。罗波那的弟弟维毗沙那出来劝阻，劝哥哥释放悉多和哈奴曼。罗波那对弟弟说："你说得真正非常好，/ 杀使者应该受责骂；/ 但是，即使不把他杀，/ 肯定应该予以惩罚。"（5.51.2）

在魔王宫中，小妖们用破布条和棉絮缠住哈奴曼的尾巴，在油中浸泡后，又点上火，把他赶走。哈奴曼带着熊熊燃烧的尾巴，在全城到处乱蹦乱跳。所到之处，烈焰相随；所触之物，无不燃烧。哈奴曼燃烧的尾巴，使全城陷入一片火海之中。最后，他向悉多告别，悉多却丝毫没有受伤。哈奴曼又跳越大海，回到了摩亨陀罗山上。群猴正在盼望着他回来。

哈奴曼详细地报告了自己历经艰险的经过，并且赞扬了悉多的贞节，向众猴呼吁：应该迅速营救悉多。阎婆梵建议：马上转回积私紧陀，去向罗摩和罗什曼那报告一切。同把悉多让哈奴曼带回来的装饰头发的宝石交给罗摩。一见到宝石，罗摩万分伤心，怀着悲痛的心情倾听哈奴曼转告的悉多的话。哈奴曼说："那王后对我说了话，/ 她说话时激动非常；/ 出于对你的爱对我的友谊，/ 她又开口把话来讲：/ 你要想尽种种方法，把话给十车王子罗摩；/ 让他赶快到这里来，杀死罗波那搭救我。"（5.66.1、2）

六、战斗篇

安然归来的哈奴曼向等待已久的罗摩报告了楞伽城和魔王罗波那的情况。罗摩充满感激地称赞了哈奴曼："哈奴曼完成的业绩，/ 真是艰巨难承当；/ 大地上除了他以外，别人连想也不敢想。/ 我从来没有看到什么人，能够飞越大海天堑；/ 除非是金翅鸟和飞神外，还有就是哈奴曼”；“我现在非常难过，/ 这件事刺痛了我的心；/ 他给我报告了好消息，/ 我却没法报他的恩。/ 我只能拥抱哈奴曼，/ 这就是我能做的一切；/ 现在时机已经到了，/ 我就这样把他来感谢。”（6.1.2、3、11、12）

罗摩对猴王须羯哩婆说：“悉多的行踪无论如何 / 我们已经探索明白；/ 可我的心猛然沉重起来，/ 我们还要飞越那大海。/ 大海里烟波浩渺，/ 它是难以飞渡的天堑；/ 猴子们怎样才能够 / 专心一致到南岸？”又请哈奴曼出谋划策。（6.1.13、14）

这时，罗摩忧伤，心情沉重；须羯哩婆劝他振作起来，不要像普通人、像凡夫俗子那样悲观失望。于是，罗摩振作精神，调兵遣将，准备进攻。他派遣尼罗为先锋；须羯哩婆下令向南方进发。

罗波那召集群魔，召开紧急军事会议，研究对策。罗刹们竭力主张同罗摩战斗，个个将领大肆吹嘘自己。唯有罗波那的弟弟维毗沙那劝他交出悉多，同罗摩和好。但是，罗波那不听，粗暴地责骂了维毗沙那。维毗沙那不辞而别，渡海去投奔罗摩。罗什曼那遵照罗摩的指示，让维毗沙那灌顶为罗刹王。维毗沙那建议罗摩率领大军渡海，罗摩接受了这个意见。

猴子头领那罗继承了父亲的高超技艺，在茫茫海上修造了一座大桥，猴军从上面渡过。罗波那暗中一再派遣间谍，刺探军情。

罗波那下令通晓幻术的毗鸠吉诃婆，用幻术假相迷惑悉多——用伪造的罗摩首级刺痛悉多，使她陷入无限的悲哀和痛苦之中，昏迷过去，不省人事。罗刹女萨罗摩同被看管的悉多结成了深厚友谊，她劝说悉多、安慰悉多。她告诉悉多：她隐身在树林中，偷听到罗波那同罗刹头目密谋的情况，罗摩大军已经渡过大海，现在正驻扎在海岸上。罗波那作恶多端，一定要灭亡；罗摩必将胜利。她对悉多说：“不久的时候，悉多呀！他将在战斗中杀死罗波那；/ 那一个应当享福的人，/ 将会同你共享富贵荣华。”（6.24.34）

罗刹大将摩里耶梵劝说罗波那议和，他不听，下令严守楞伽城。

罗摩领导的猴子大军把楞伽城团团围住；罗波那的军队已经是四面楚歌，兵临城下，危在旦夕。

罗摩率领的猴军同罗波那的魔军开始了你死我活的搏斗。鸯伽陀英勇无敌，首战告捷，把魔将打得一败涂地。然而，魔王太子因陀罗耆万夫难挡，英勇无敌，还会隐身之术。他一连打败几位猴军将领，甚至连罗摩和罗什曼那也被他打败。

猴王须羯哩婆和猴军的情绪，逐渐低落。但是，维毗沙那鼓励其他猴王及军队，使他们振作起来。

这时，魔王让悉多登上云车，从空中往下观望。当她看到罗摩和罗什曼那僵卧在两军阵前时，心如力绞，万分悲痛。罗刹女特哩竭吒，也是悉多的好朋友，耐心地好言相劝，尽力安慰悉多。

罗摩醒来，看到罗什曼那昏迷地躺在地上，泣不成声。突然之间，金翅鸟从天空落下，缠绕在罗摩和罗什曼那身上的大蛇，一见金翅鸟，惊慌失措，立即逃走。兄弟二人恢复原状，罗摩兄弟二人，同从前一样健壮。

猴王须羯哩婆出来迎战，被罗波那一箭射中，昏倒在地。猴军的各个将领，一个接一个地迎战，但都不是魔王的对手，连连败下阵来。罗什曼那想要前去迎战，被哈奴曼抢先一步；然而，哈奴曼被魔鬼用拳头打倒。尼罗在战斗中，也被魔王打倒。

罗什曼那去迎战时，魔王祭起了大梵天钦赐的法宝，将罗什曼那打翻在地。最后，罗摩亲自出马，他坐在哈奴曼的肩上，征战魔王。只有几个回合，魔王就招架不住。罗摩让他回去休息，以后再战。

罗刹和军队感到形势不妙，群魔想起来曾经战败过因陀罗的鸠槃羯叻拿。大梵天念咒使他酣睡，一睡就是六个月。群魔把他叫醒；他身体像山岳，喊声似雷鸣。哈奴曼、鸯伽陀等猴军将领，都被他打败；猴王须羯哩婆出来迎战时，也被他活捉。

最后，罗摩亲自出马，终于杀死了鸠槃羯叻拿。这使魔王罗波那感到特别悲痛。

在生死鏖战中，魔军将领一个接着一个地被杀。罗刹王派出太子因陀罗耆应战。他在战斗中施展隐身术，猴军伤亡惨重，束手无策。罗摩和罗什曼那也先后中箭，倒在战场上。因陀罗耆狂喜狂叫，班师回城。

熊罴的主子阎婆梵劝哈奴曼到北方神山中采摘仙草，救活罗摩兄弟，哈奴曼听从他的意见，去到神山。但是，仙草缩入土中不出；无奈，哈奴曼只好将山峰用手托至两军阵前，摘下仙草，救活罗摩兄弟。然后，他又将大山托回原地。

猴王国军心大振，猴军放火烧了楞伽城。魔王派出大将鸠槃出战，打死了很多猴军将领。最后，鸠槃被猴王杀死。接着，哈奴曼又杀死罗刹大将尼空婆；罗摩放箭射倒了罗刹大将摩迦罗刹。

在战斗中，因陀罗耆又施展妖术，使自己和战车隐去，又用箭射向罗摩兄弟；因陀罗耆施展妖术，“他幻出来一个悉多，/让她在那辆战车上坐；/一大队兵卒围住了她，/他装样子把悉多砍剁。”（6.68.5）这使群猴特别吃惊。

因陀罗耆到尼空毗罗园去举行祭祀。罗什曼那和维毗沙那二人在军营中安慰了因焦虑而昏迷的罗摩之后，又到尼空毗罗园去，向因陀罗耆叫阵。他停止了祭祀，迎战罗什曼那，并同维毗沙那互相责骂。罗什曼那的利箭，射穿了他的盔甲，血流不止。两人都是带伤厮杀，彼此攻打；双方射出的利箭，遮天蔽日。罗什曼那先打倒了因陀罗耆的四匹红马，又射掉了车夫的首级。于是，因陀罗耆亲自驾车，罗什曼那又打死了驾车的马，并砸碎了战车，终于把因陀罗耆射翻在地。罗摩赞扬胜利的兄弟；罗什曼那也是遍体鳞伤，四处流血。须私那为他治疗。魔王罗波那因失去爱子因陀罗耆而昏倒在地。苏醒之后，仍然泪流满面。他鼓励将士继续战斗，然后跑到无忧树园，要杀死悉多，被谋臣劝阻。

这时，战场上杀声又起，罗摩威猛奋战，所向披靡，杀死了无数罗刹，罗刹女哭声震天。魔王闻声怒起，亲自率领众魔出战。在一路上，出现了不少凶恶的兆头，太阳无光，周天昏暗，大鹫落在军旗上、鹫豺齐号、左眼跳动、彗星坠落。但是，罗波那不顾这一切，毅然走向战场。

猴王打死魔王大将毗噜钵刹，又杀死了罗刹大将摩护陀罗。波林的儿子鸯伽陀抓起一根铁门闩打昏了摩诃波哩湿婆，然后，又用铁拳打碎他的心脏，使摩诃波哩湿婆立即死亡。

最后，魔王亲自上阵，罗摩也亲自应战。罗什曼那为罗摩助战，被魔王用短枪击中心窝，立刻倒在地上；须私那把仙草碾碎，送到罗什曼那的鼻孔，闻到药味以后，立即纵身跳起来。罗摩热泪盈眶，把弟弟搂在怀里。他们兄弟二人又重新同魔王战斗，罗摩丢掉了战车，天帝因陀罗将自己的战车赐给罗摩。天上群神也都被吸引来观看这场鏖战。罗摩用因陀罗短枪打碎了罗波那的插杵，他受了伤，全身流血；他那十个脑袋、二十只手，像一棵开花的无忧树。罗摩愤怒责骂罗波那：要弄诡计，劫掠人妻。他发出利箭，射中魔王。他又被猴子用石块打中，昏了过去。车夫驱车离开战场，他苏醒过来，怒气十足地质问车夫。于上，又返回战场。

这时，又出现了凶兆：天落血雨、飓风狂吹，鹫绕战车、阳光多色、战马蹄下火光迸发，魔王眼中泪流不止。罗摩和魔王又开始厮杀，罗摩射落魔王战车上的旗帜。两辆战车车轴相接，两车战马马头相撞。两人的恶战，杀得天昏地暗，日月无光。天神前来观战，同声祝愿罗摩降魔助神，罗摩射掉魔王首级，滚落在地。但是，立刻又从腔子里长出一个脑袋。罗摩一直射落魔王脑袋一百个，心中疑惑不解，车夫劝他祭起梵天法宝，罗摩恍然大悟，把法宝祭起。罗波那僵然倒地，立刻死去。于是，魔军溃散。罗摩获得了最后的胜利，罗波那尸体被火化，维毗沙那登基做楞伽国王。

罗摩让维毗沙那领来悉多，悉多不胜欣喜，急于想看到罗摩。但是，罗摩心中，又喜、又怒、又愁。罗摩害怕群众风言风语，对悉多说："我之所以拼命打败魔王，是为了我个人的荣誉，而不是为了你。'你现在愿意到哪里去，就到哪里去吧！我不能收留你了。一个高贵家庭出身的人怎么能把一个同别人住在一起的老婆再接回来呢？"悉多听了，悲愤地说道："我发誓保证我的贞洁。魔王碰我的身体，是在我失去知觉的时候，为什么不告诉他，你已经遗弃了我呢？我会立刻自尽的。"悉多痛哭，让罗什曼那点起火来。悉多绕罗摩身旁行走，向火神高呼："如果我是始终忠于罗摩的，请火神保护我！"说完，便跳入烈火之中。这时，大梵天、因陀罗、阎摩、婆楼那，群神毕至。大梵天赞扬罗摩，火神把悉多托出送给罗摩，对他说："悉多白玉无瑕，身、口、意都没犯任何错误。"罗摩收留了悉多。

维毗沙那赠给罗摩云车，飞返阿逾陀城。回到城里，同婆罗多相见。罗摩灌顶为王。

七、后篇

在罗摩胜利返回家园之后，许多高贵的大仙人来到罗摩的宫殿。罗摩双手合十表示欢迎，恳请仙人们就座。大力神阿竭多向罗摩讲了罗波那的故事。

大仙人补罗私底耶，是大梵天的儿子。他一心静修，学习《吠陀》。天女、仙女和龙女来干扰他。他对这些女子发出诅咒：任何女子被他看见，就会立刻怀孕。王仙特楞宾杜的女儿，没听说过这个诅咒，到净修林里游玩，结果怀孕了。她生了一个儿子，取名叫毗尸罗婆——补罗私底耶的儿郎。他像父亲一样，真诚有品德，勤奋读《吠陀》；大仙人婆罗杜婆迦把女儿提婆波尔尼送去，做了毗尸罗婆的妻子。他们生出的孩子叫吠尸罗婆那；大梵天称赞他苦行的虔诚，赐他恩惠，成为财神，并钦赐云车，名补沙钵戈。他住在楞伽。

楞伽，原是罗刹的住处。罗刹和药叉都是大梵天创造的。罗刹兄弟二人：一叫赫提，一叫钵罗赫提。赫提娶了阎王的妹妹婆雅做妻子，生了儿子叫毗鸠吉舍；他的儿子叫须吉舍。须吉舍又有三个儿子：摩里、须摩里和摩里耶梵。他们三个兄弟到须弥山修苦行，得到大梵天的恩惠；他们开始欺凌群魔，并向神仙宣战。毗湿奴先斩摩里，又败摩里耶梵，迫使这群罗刹撤出楞伽城，退到阴曹地府。

须摩里之女吉吉悉嫁给毗尸罗婆，生子罗波那、鸠槃羯叻拿和维毗沙那，还有女儿首哩薄那迦。罗波那和弟弟修苦行大梵天给他们恩惠，允许罗波那不被神、魔杀死，但是没有提到凡人，罗波那强迫财神让出楞伽城，由他独占。财神退到吉罗婆山，定居在那里。

罗波那娶了媳妇，名叫曼度陀哩，生个儿子叫因陀罗耆。他到处为非作歹，欺侮天神、仙人、乾闼婆和药叉。他不听财神爷的劝阻，出征四大天王，进军吉罗娑山，打败财神，抢走云车。在吉罗娑山上被湿娑打败，大声吼叫，因此得到了一个绰号叫吼子（罗波那）。

阿竭多又向罗摩讲神猴哈奴曼的故事。

哈奴曼的父亲吉萨陵，原来在须弥卢山治理国家。他的老婆同风神交配，生下的儿子就是哈奴曼。这个婴儿离开母体，就对准太阳，纵身跳上天空，想把太阳抓下来当果子吃。因陀罗赶来，用金刚杵打死了哈奴曼。他的父亲风神，把孩子搂在怀里。大梵天产生了怜悯之情，使哈奴曼复活。因陀罗赐给最高的恩宠：金刚杵打不死他；太阳神赐给他精力；婆楼那赐给他永生不死；阎罗赐给他永不得病；在战场上永不疲倦；大梵天对风神说："你那个儿子，/ 他使敌人都惶恐，/ 他使朋友都无畏，/ 要战胜他不可能"；"为了消灭罗波那，/ 为了使罗摩舒服，/ 搏斗中他创奇迹，/ 快乐使人毛发竖。"（7.36.23、24）

猴王和罗刹王辞别了罗摩，离开了阿逾陀城。

阿逾陀城的居民，在罗摩的统治下，安居乐业。罗摩和悉多也在欢乐中享受着爱情生活，一年又一年地度过美好时光。悉多已经怀孕了。

这时，密探向罗摩报告：在人民中传说着一些有关悉多的流言蜚语，说她在魔王宫中时间太长，恐怕有不贞行为。罗摩很苦恼，他同弟弟研究，并下令：让罗什曼那把悉多遗弃在恒河对岸。罗什曼那也相当难过，勉强执行命令。悉多在被遗弃之后，痛苦不止。悉多被蚁垤仙人收留在自己的净修林里。车夫告诉罗什曼那：婆罗达罗婆娑曾对十车王预言悉多未来的遭遇。

罗什曼那回到城里，向罗摩报告了一切。阎牟河畔的仙人前来看望罗摩，并且说：苦行者经常遭到罗婆那的欺负。罗摩下令：设睹卢祇那去消灭罗婆那；并把设睹卢祇那灌顶为摩度补哩国王。在征伐途中，设睹卢祇那在蚁垤的净修林中住了一夜。恰巧在这时，悉多生了两个孪生兄弟。第二天，设睹卢祇那向目的地进发，经过七天的跋涉，终于到达了赤耶婆那净修林。罗摩在战斗中杀死了罗婆那。设睹卢祇那在这里建造了摩图罗城。

当罗摩举行马祠时，蚁垤领着悉多生的两个儿子：俱舍和罗婆来到会场。他命令这两个孩子撰写《罗摩衍那》。罗摩逐渐明白了：这两个孩子是悉多所生。罗摩请求蚁垤将悉多带回来，证明自己的贞操。悉多回来后，在众人面前证明了自己的贞操。“看着所有的人们，/ 悉多穿着黄袈裟；/ 双目下视头低垂，双手合十说了话”：“如果除了罗摩外，/ 我从不想别男人；/ 那就请大地女神 / 露出罅隙让我进”；“于是女神那地母，/ 两臂合拢抱悉多；/ 向她致敬并欢迎，/ 把她放上了宝座”，“悉多坐在宝座上，　下了没入地中；/ 撒到那悉多身上，/ 不断花雨落碧空”。(7.88.9、10、13、14)

罗摩十分悲痛，铸悉多金像，日夜相对。

死神乔装苦行者来见罗摩，提醒他恢复毗湿奴形象，转回天宫。罗摩决心离开尘世，立儿子俱舍和罗婆为南北二王，并通知了设睹卢祇那。

设睹卢祇那来到了，猴子们和罗刹们也来到了；罗摩率领民众走到萨罗逾河畔，并举行了宗教祭仪。罗摩投身入萨罗河中，恢复了大神毗湿奴的光辉。

创作主旨：

《罗摩衍那》的核心故事竭力宣扬：在王位的问题上，主张兄弟之间应团结合作，互助互让，彼此爱护；在对外关系上，强调各氏族之间、各部族之间应友好相处，互相支援，反对掠夺，不畏强暴；在人际关系上，提倡爱护百姓，关怀群众，贤明理政；在夫妻关系上，强调坚贞互爱，矢志专一，誓死不二。罗摩那种忍受千难万险坚守信义的品德，敢于赴汤蹈火战胜顽敌的斗志以及以弱胜强、排除万难、勇往直前的乐观主义精神，都是当时人民大众美好理想的体现。

第三节　军事民主制的社会特征

《罗摩衍那》和《摩诃婆罗多》一样，所反映的是原始社会末期军事民主制阶段的社会特征。

一、国王的性质

在《罗摩衍那》的第一篇《童年篇》中描写，十车王为了得子而举行马祠时，邀请各位国王都来参加。他既邀请了“可爱的迦湿的主子”(1.12.20)，又邀请了“吉迦夜国王”(1.12.21)。还邀请了：

东方王、信度苏毗罗王，
还有苏罗湿特罗王，
南方一带的国王们，
所有这些都要邀请到场。(1.12.23)

还有这大地其他部分的，
所有那些可爱的国主，
你都要飞快邀请他们，
带着他们的随从和亲属。(1.12.24)

这些被邀请的国王既不是奴隶主国王，也不是封建主国王。他们是氏族酋长或部落军事领袖。历史著作上说：

印度·雅利安人初到次大陆的时候，还过着部落的生活，不过这时部落制已开始走向解体，进入军事民主制阶段了。每个部落包括几个村落，即农村公社。这种村落被称为“哥罗摩”(Grama)，其首领称为“哥罗摩尼”(Gramani)。每个村落由许多父权大家庭组成，氏族的联系仍然

> 是很强的。……部的组织当时称为“迦那”（Jana），其首领称为“罗惹”（rajan）。梵语的 rajan（罗惹）一词相当于拉丁语的 rex（勒克斯）：rex 是罗马王政时代的王，印度·雅利安人也有自己的“王”和自己的王政时代，即军事民主制时代。在汉译佛经中罗惹一词与“王”字等同起来，（原注：“夫言王者，即罗惹义。”见（唐）般若共牟尼室利译《守护国界主陀罗尼经》第 10 卷阿阇世王受记品。）不过这一历史时期所谓的“王”，正像罗马王政时代的“王”一样，是军事民主制时代的部落首领，还不具有国家形成后的统治者——国王的性质。但罗惹这一名词在国家形成后仍作为国家的统治者而被沿用。在资产阶级的著作中常常是把王政时代的罗惹或王与国家产生后的罗惹或王混为一谈，从而模糊了王政同国家之间的界限。①

在印度学者中，也有人认为“罗惹”（rajan）是部落首领的意思：

> 《梨俱吠陀》中确有 rajan 一词，但它不能证明存在一种君主形式的政府。……在《梨俱吠陀》最晚期部分中我们也发现描述词 raja vraatasya（缚罗多的头头），而这是 ganasya senanih（伽那中管事的）的同义词。这只是表示部落首领，没有别的意义。②

因而，《罗摩衍那》中的王或国王绝非奴隶社会和封建社会的一统天下的唯我独尊的国王。其政权“是一种军事的民主政体，其人民是自由的，其政府的精神——这是根本的要素——是民主的。……那末，军事的民主政体一词，至少可以说是相当的正确的；如果用王国那样的名称，与其所包含的必然的意义，则将是一种误称了。”③

十车王在举行马祠前所邀请的国王们，准确地说都是部落首领，这正像十车王对鸯伽国的卢摩婆陀所称呼的：“国王呀！部落之主！”（1.10.19）这真是名副其实的称号。他们所管理的王国其实就是部落的军事民主政权，而不是

---

① 《世界上古史纲》编写组：《世界上古史纲》上册，人民出版社 1979 年版，第 357—358 页。

② ［印］德·恰托巴底亚耶：《顺世论》，商务印书馆 1992 年版，第 713 页。

③ 莫尔根：《古代社会》，三联书店 1957 年版，第 279 页。

奴隶制和封建制的国家或王国。

二、自由平等和谐的氏族社会

在十车掌管的阿逾陀城是一座非常美好的城市，人人都感到心满意足。史诗中描写：

在这一座绝妙的城市里，
人们愉快、守德又多闻，
他们心满意足、说老实话，
谁都不贪婪别人的金银。

在这一座名城里面，
从来没有一个家主
缺吃少穿，不满意，
缺少牛马、粮食和财富。

没有任何人淫乱、贪婪，
没有任何人奸诈、狼凶，
在阿逾陀看不到什么人，
愚昧无知，不忠实虔诚。

所有的男人和女人，
都知法度、守礼节，
他们喜欢教戒和善行，
像大仙人一样纯洁。(1.6.6—9)

十车王不仅使城市居民安居乐业，生活幸福，而且重视乡村居民，关心他们的温饱，“对那些乡村里的居民，还要把精美的食品赠送。”(1.12.11) 十车王特别强调：使“各种姓都会受到应有的尊敬和款待。不能因为偏爱和发怒。就表现出种种歧视”。(1.12.12—13) 在筹备马祠时，十车王突出强调：

大地上所有国王都邀请，
只要他们守法又有德，
还要邀请成千的婆罗门，
刹帝利、吠舍和首陀罗。(1.12.17)

这表明，在十车王的头脑中，对国王、婆罗门、刹帝利、首陀罗是一视同仁，平等对待，没有高低贵贱之分，同施仁爱。因而，人际关系十分和谐。不难看出：在军事民主制阶段，虽然出现了四个种姓的区分，但是，人身等级的差别还没有像后来阶级社会那样严格。低种姓同高种姓之间的交往关系，尚无明显界限。氏族社会人人和谐相处的良好传统，尚未遭到完全的破坏。

三、议事会和人民大会的作用

在《罗摩衍那》中，十车王在处理和决定重大事项时总是要召开议事会和人民大会。他利用这样的办法征求各方面的意见。面对王位更替的大事，他必须召开议事会和人民大会。

十车王日益感到老之将至，想要立长子罗摩为太子，让他继承王位，为他举行灌顶典礼。十车王心里想罗摩的优点：

他关心人民的幸福，
他对于众生都怜惜，
人民爱他胜过爱我，
他就像是带雨的云霓。(2.1.31)

这一位大王看到了，
他具备这样的优秀品质，
他就同大臣们议定，
共同把他立为皇太子。(2.1.34)

各式各样的城镇居民，
那些乡村里的老百姓，

还有大地上的头领酋长，
大地之主都把他们邀请。(2.1.35)

为国王铺好了各种座位，
国王们就在上面坐；
他们都是面对十车王，
恭敬矜持，镇定自若。(2.1.36)

国王们谦恭矜持，
他们都遵守礼仪。
家住城镇的居民，
还有住在乡里的，
这些人坐在那里，
把国王团团围起，
他浑身闪烁发光，
宛如群神拱卫天帝。(2.1.37)

十车王遇到大事情想到同国王们、城镇居民和乡间百姓坐在一起，征求意见，共同商量，这种素朴的民主作风同暴戾恣睢的奴隶主和唯我独尊的封建帝王是迥然不同的，正是军事民主制阶段氏族首领礼贤下士重视民意的表现。

经过人民大会和议事会的共同讨论，国王们同城乡的民众一起对国王说：

你的这个儿子，
像是神中之神，
他总是专心致志，
造福所有的人民。
为了我们的幸福，
他行动迅速果敢。
恩主呀：请愉快地
为他灌顶加冕。(2.2.34)

像这样的“国王”——部落首领，同“国王们”——氏族酋长、城乡民众共同研究王位的继承问题的会议，只能出现在军事民主制阶段，在后来的奴隶社会和封建社会是根本看不到的。

四、达磨是氏族人际关系的伦理准则

《罗摩衍那》中的主要人物形象，在重大事件面前，首先想的是自己的言行是否合乎达磨的规范。无论是十车王、罗摩、婆罗多，还是罗什曼那和悉多，都以躬行达磨为安身立命的重要基础。在军事民主制时期，达磨成为衡情度理、判断是非、评定品德的氏族道德规范和原始社会的伦理标准。

十车王经过人民大会的评议和讨论，一致同意为罗摩灌顶加冕，继承王位，而且老王已经向罗摩宣布了这一决定。但是，为何又轻易地改变了众人通过的决策呢！因为国王曾经答应过要满足二皇后吉迦伊的两个要求，不实现这一诺言就是违背达磨的惯例。正是由于达磨的束缚，如十车王所说：“我为达磨的绳索所缚”（2.12.16），被迫无奈不得不改变由罗摩继承王位的决定。

罗摩之所以愿意按照父亲的旨意，放弃王位，愉快地到森林去，也是为了履行达磨的义务。正如他对罗什曼那说的：

人世间最高的是达磨，
真理就包含在达磨里。
父亲那些至高无上的话，
也同达磨联系在一起。（2.18.33）

罗摩认为遵从父命就是躬行达磨，达磨是任何人不得违抗的。因而，他也对生母侨萨厘雅皇后说：

我不能偷偷地，
为了整个王国，
丢掉我的声名，
放弃我的快乐。
皇后呀！在这个

时间很短的生命里，
我不能违背达磨，
去追求微末的大地。(2.18.39)

他认为要维护自己的声名和快乐，就该遵从父命放弃王国，躬行达磨，绝对“不能违背达磨，去追求微末的大地”。他把躬行达磨看得比获得王权、大地和财富还重要。

同时，罗摩看来，悉多坚决要求同他一起到森林去，也是听从父命实践达磨的一种可贵的壮举。他对悉多说：

正如父亲指示的那样，
要在永恒的达磨上站。
我现在愿意那样去做，
因为达磨是永恒不变。
小胆的女郎！跟我走吧！
跟我同去把达磨来实践。(2.27.30)

婆罗多被叫回来，他的生母吉迦伊让他继承王位时，他愤怒地谴责咒骂自己的生母：

你被贪欲迷了心窍，
不知道我对罗摩的感情；
你为了夺取王国干的事，
对我是一个很大的不幸。(2.67.10)

吉迦伊！滚出王国去！
你这卑贱的坏东西！
达磨已经把你丢弃，
你不要再为死者哭泣！ (2.68.2)

国王和非常虔诚的罗摩，
有什么事情对不起你？
就是为了你的缘故，
一个流放，一个死去。(2.68.3)

婆罗多怒斥母亲，正是因为吉迦伊丢弃了达磨，让父亲气死，使哥哥被流放。婆罗多维护达磨的意志和决心是坚定不移的。

在印度的军事民主制时期，罗摩、悉多和婆罗多等人都矢志不渝遵守的达磨，就是把达磨看得比王权、国土、财富和名利更重要的高尚美德，就是毫无私心、崇尚利他、事事为公、己所不欲勿施于人的维护氏族人际关系的准则的可贵情操，就是坚守互助互爱、由衷真诚的原始氏族道德规范的优良品格。

在原始社会，由于生产力水平的低下，必须依靠集体才能得以生存，任何一个氏族的成员都绝不能离开氏族集体，无法脱离氏族的保护。《罗摩衍那》中表现的正法观念正是在这种情况下形成的朴素的集体主义精神。他们在处理一切事情时，总是首先想到氏族、部落的整体利益。他们在思想、感情和行动上，始终是无条件地服从氏族、部落的集体利益。

同时，因为生产力发展水平的低下所造成的生活资料的缺乏，只能依靠平均分配的原则才能维护氏族集体的生存。在生活资料的分配上，所有氏族成员没有高低贵贱之分，只能一视同仁，因而，绝对平均的朴素的平等观念便由此产生。

在当时，由于人们的抽象思维能力不高，还没有形成关于正法的观点明晰、条理清楚的道德理论，像罗摩这样英雄人物的言行表现就成为大家效仿遵循的道德标准。正法这一原始人际关系准则和道德规范不是由哪个圣贤高手个人提出的，而是在集体的交往中逐渐形成的民间习俗。恰如印度的室利·阿罗频多所说："顾法何自而生？《史诗》尝云：'法者，起于习俗者也。'《法典》亦云：'法者，最高之习俗也。'"① 正法，是在氏族中间流传的风俗习惯之一，成为原始社会传统文化的重要组成部分。它以风俗习惯培养和约束氏族成员，在潜移默化中使他们躬行达磨。所以，在《罗摩衍那》中，我们几乎看不到关于

① 徐梵澄译:《薄伽梵歌》，商务印书馆 2010 年版，第 641 页。

正法的理论说教，只能从罗摩、婆罗多等英雄形象的言行上理解和体验关于正法的高尚精神。

《罗摩衍那》和《摩诃婆罗多》中的正法观念一样，都是军事民主制时期的意识形态，当社会发展到奴隶社会、封建社会，正法与严格的种姓制度、婆罗门教、佛教等宗教的教义相结合以后，正法的内涵必然会有新的嬗变。正法观念，如季羡林先生说的："最早的含义可能是'事务的秩序'，以后多次演变"。① 金克木先生也说过："大史诗里的正法思想后来也随着社会发展而改变了。" ② 所以，对达磨——正法的内涵，似乎不该脱离社会历史笼统地分析，应分清不同时代和根据具体内容加以细致的阐释，才能准确把握其内涵不同的本质特征。

在印度由原始社会末期向奴隶制转化的过程中，私有意识严重腐蚀正法观念。由于吉迦伊、波林、罗波那之流、难敌一类的奸诈欺骗、巧取豪夺，使正法的优良道德传统日益遭受无情的摧残和破坏，这些堕落势力不断膨胀的私心、欲壑难填的卑劣贪欲越来越激烈地冲击淳厚的社会风气，使正法的道德高峰遭受到难以解救的损害和倾覆。

五、婚姻形式和选婿习俗上的原始特征

《罗摩衍那》对多种婚姻形式和选婿习俗上的描写，反映了原始文化特点。多种婚姻形式、选婿习俗和嫡长制尚未建立等方面，鲜明地显示了氏族婚姻习俗的特点。

在《罗摩衍那》中，存在着多种婚姻形式和独特的选婿习俗，如一夫多妻、一夫一妻、弟娶寡嫂等婚姻形式以及通过善射选婿的习俗。这些不同的婚姻形式和习俗，并存于军事民主制时期，共同地展示了原始风貌。

一夫多妻的婚姻形式：阿逾陀城的十车王有三个皇后：侨萨厘雅、吉迦伊和须弥，可谓一夫多妻。其实，如《阿逾陀篇》所描述的，十车王不是只有三个皇后，此外他还有三百多个老婆："那些忠诚的黑眼女郎，一共有三百五十个，她们围拥着侨萨厘雅，缓慢地来到国王的住所"。(2.31.10) 这似乎想到对

① 蒋忠新译：《摩奴法论》，中国社会科学出版社 2007 年版，第 1 页。

② 聂珍钊主编：《梵语文学史》，华中科技大学出版社 2004 年版，第 123 页。

偶婚的残留遗风。还有，罗摩不让悉多跟随自己去森林流放，并对她留在宫中提出许多要求，其中有一条是“任何时候不能对婆罗多做一点不愉快的事情，因为他是国家的国王，又是我们家族的头领。要按照习惯服侍国王，使得他们满意又快乐；这样他们才会施加恩惠，不然的话他们就发火。”（2.23.31、32）悉多却对罗摩说：“你自己那年轻的妻子，长时间来节操清纯。罗摩呀！你像个戏子，竟想把我送给别人。”（2.27.8）这表明，在罗摩的头脑中尚无牢固的一夫一妻观念。

当时，国王同皇后的关系不是男尊女卑的，皇后对国王也不是唯命是从的。吉迦伊可以轻易地否定和推翻经过群众大会讨论通过的国王的决定，她竟敢越俎代庖代替国王做决定：让自己生的儿子婆罗多继承王位。这个国王既没有奴隶制国王唯我独尊的霸气，也没有封建制国王一言九鼎的威严。国王和皇后之间的这种一夫多妻制，依然留存着男女平等的原始遗风，具有父权制婚姻形式的明显特点。

一夫一妻的婚姻形式：罗摩和悉多的婚姻关系确是一夫一妻。不过，他俩的一夫一妻和进入文明社会以后的一夫一妻制存在着明显的不同。罗摩和悉多一夫一妻的婚姻形式，大体上，萌发于对偶婚的形式之中，发展于军事民主制时期——由原始社会向阶级社会的过渡时期。当时，在妇女头脑中没有男尊女卑的意识，独立、自主和平等的思想比较明显。在处理事物时，不会盲目屈从于丈夫的见解，往往会独立思考提出自己的主张。例如：罗摩决心尊从父王的旨意，到森林去流放，悉多一心跟着丈夫一起到森林去流放。罗摩一再劝说她不要跟着一起去，反复向她说明森林生活的艰苦，但是，不管罗摩如何阻止，她都不听。结果，不是妻子听从丈夫的，恰恰相反，丈夫不得不听从妻子的。不难看出，在迈入文明时代的门槛之前，一夫一妻的夫妻关系中，妇女尚未丧失独立和自主的尊严，妻子在丈夫面前还是绝对平等的，决不低眉顺眼、唯唯诺诺，决不唯丈夫之命是从。在妇女身上尚存原始遗风。这种一夫一妻的关系，同进入文明时代之后的一夫一妻关系，存在明显差异。

从悉多和罗什曼那的对话中，还发现了一种婚姻关系：弟娶寡嫂的习俗。当罗摩去追赶金鹿时，悉多听到了像似罗摩的惨叫声，她让罗什曼那快去看看情况。但是，罗什曼那却一动不动，他心里想：哥哥嘱咐要保护嫂子，寸步不离。嫂子着急，生气地说："罗什曼那！表面上是朋友，你实际上仇视你的哥哥。'你哥哥处在这样境地，你却不到他那里去；你是希望罗摩死掉，罗什曼那！好把我来娶。"（3.43.5、6）这使我们看到了，当时还有弟娶寡嫂的习俗。有的学者认为这种习俗是从一妻多夫制演变来的。

在《罗摩衍那》中，还描写了以善射为选婿条件的习俗。在军事民主制时期，弓箭是最先进的武器，在狩猎和征战中的善射者必然是无敌的强将。因而，掌握弓箭——先进武器的高手就成为选婿的重要对象。遮那竭王有一宝弓，原来是"神中之神"湿婆大神的。这一张弓又重又大，放在八个轮的大箱中，要有五千壮士才能拉动。遮那竭王说："有多少个英武力大的国王都无法把弓拉满。如果罗摩能把弓弦装上，我就把女儿悉多送给十车王的儿郎。"罗摩的妻子就是这样得到的。

《摩诃婆罗多》中，般遮罗国木柱王为女儿黑公主选婿时，也是以射箭的绝技为条件的。在选婿的婚姻大厅里，有一张大铁弓和一支铁箭。在大厅里高挂着一个旋转着的有孔的圆盘，谁能一箭射出，穿过转动着的圆盘中的孔，射中对方的箭靶上，谁就能娶到黑公主。那些贵胄王子接连失败之后，阿周那连发五箭，箭箭中的。经木柱王同意，黑公主嫁给般度族五兄弟。

这又使我们想起奥德修斯不在家时，他的妻子被求婚者逼得没办法，便取出丈夫留下的弓箭，对求婚者说，谁拉开这弓，射箭穿过十二把双刃斧的环，她就嫁给谁。已经回到家中的奥德修斯不顾求婚者的辱骂，一箭射出，穿过十二把双刃斧的环，公开了身份，消灭了所有求婚者。

可见，在古代的东西方都有以善射为选婿条件的习俗。对射箭技艺的重视，就是对武功过人、膂力超群的武士的崇敬和赞佩。这正是原始崇尚征伐时代婚姻习俗的特点。

从《罗摩衍那》中看，在当时，尚无嫡长制的习俗。这有两个例证：其一，经过人民大会的研究讨论决定让罗摩继承王位，决定性因素是他躬行达磨优秀品德。并不是因为他是十车王的长子。其二，让婆罗多继承王位，然而，他是十车王的次子而不是长子。可见，当时在王位继承问题上，依然留存着天下为公、选贤任能的原始遗风。

第四节　主要人物形象

《罗摩衍那》中的人物形象，是在口头传说的基础上创作出来的，带有明显的神话色彩。这一系列半神半人式的艺术形象，都富有鲜明的个性特征，各自不同的活灵活现的言行表现，丰富多彩，神情逼真，极为动人，使人经久难忘。

一、罗摩

罗摩是史诗中赞颂的主要对象。是古代印度人民用自己的理想塑造的英雄形象，是一个被神化了的人物。在史诗中，他被人民群众描写为最完美的英雄典型——道德超群，智谋出众，武力过人，勇敢无比，善于保护人民，深受群众爱戴的形象。

这个阿逾陀城十车王的长子，是由大神毗湿奴化身托生出来的。在史诗中描述：大神毗湿奴受到神仙们的恳求，托生为凡人，消灭罪恶的罗刹王罗波那。毗湿奴决定让阿逾陀城的十车王做自己的父亲。于是，神仙派人送来一瓶牛奶粥，十车王让皇后们喝了。于是，三个皇后都怀孕生子：

皇后侨萨厘雅生了罗摩，
天上的妙相他全具备。
这非凡的人是毗湿奴的一半，
他是甘蔗王族世系里的后辈。(1.17.6)

皇后吉迦伊生下来了
真正英武的儿子婆罗多，
他是毗湿奴的第四部分，
他具备一切优秀品德。(1.17.8)

皇后须弥多罗也生下了儿子，
罗什曼那和设睹卢衹那二人，

两个英雄精通所有的武艺，
都是大神毗湿奴身体的一部分。(1.17.9)

在罗摩长大后，史诗中描述："他聪明、有德、能言善辩，他光辉可爱、善于把敌人杀"，(1.1.9)"他胸膛宽，善射箭，锁骨深藏，勇于克敌。"(1.1.10)

他深通达磨，言而必信，
他乐于去给众生造福，
他光辉超绝，通达事理，
他纯洁、驯顺、虔诚大度。(1.1.12)

他为一切善人所归依，
有如众水归大海，
他高贵，平等待一切人，
他经常总是怡悦和蔼。(1.1.15)

罗摩的品德，深受人民群众的喜爱，人们称颂：这些品德在他的身上闪耀，像太阳那样发出万道光彩。

罗摩的高尚品德，突出地表现在家族内部的王位继承问题上。十车王根据罗摩优秀的品质，同群臣们议定，立罗摩为太子。这一决定使所有的城镇居民和乡村百姓都非常高兴。但是，吉迦伊由于受到侍女曼他罗的煽动，要求十车王放逐罗摩，立她自己的儿子婆罗多为王。当罗摩知道了这个十分不合理的决定以后，心情平静，泰然处之，既没愤怒，也没有悲伤。他决心丢弃荣华富贵的一切享受，脱下华美的衣裳，换上树皮衣，准备走进森林，接受十四年的艰苦考验。

罗摩为了使父亲履行诺言，维护十车王的声誉，他决定放弃阿逾陀的城市、国家和整个大地。他坚定地对吉迦伊说：

皇后呀！我并不自私，
一定要占有这个王国。

要知道，同仙人一样，
我完全献身于达磨。(2.16.46)

如果我能做点事情，
让父王陛下心里高兴；
我连性命都可以丢弃，
无论如何也要完成。(2.16.47)

孝顺自己的父亲，
照父亲的话办事，
再也不会有任何
比这高的道德品质。(2.16.48)

为了解决家族内部的矛盾，消除父亲的忧伤和痛苦，罗摩甘心情愿地做出最大的牺牲：放弃王位、抛开财产和一切权利。这种不谋私利、克己待人、宽容谦让的精神，同当时贵族追名逐利的丑恶私心和卑劣贪欲相比，同吉迦伊和曼他罗的阴谋和歹心相比，无疑是坚持达磨，维护王国和谐安定的壮举。

罗摩在接受流放考验的过程中，始终没有忘记自己的誓言，无论是婆罗多如何劝说，用什么理由恳求，他都不回去，坚决不继承王位。这是他品德高尚的又一表现。史诗描写：

婆罗多跪下去，
磕头再三恳请；
他虽然昏厥过去，
人主罗摩仍然不动。

罗摩意志坚，
不想违父命；
内心不动摇；
坚决不回城。(2.98.69)

罗摩认为："一个人的行为会透露"出"他是纯洁还是污秽"(2.101.4)；自己的行为不端，就会影响百姓。"国王们是什么样子，百姓也就有什么举动"(2.101.9)；"因此，国王的根底是真理，人民也就站在真理之中"(2.101.10)。罗摩矢志不渝地确认："真理是人世间最高达磨，人们说它是天堂的根。"(2.101.12) 他说：

真理是人世的主宰，
真理是可皈依的吉祥天女，
真理是一切事务的根子，
没有比真理更高的东西。(2.101.13)

罗摩在履行誓言方面，是言行一致的。在当时社会中，可以说是坚守真理的典范。他说：

我究竟为了什么缘故，
不把父亲的遗命保护？
我已经发誓坚守真理，
我已经为真理所敦促。(2.101.16)

我不会出于贪心和愚痴，
出于无知，为黑暗所蒙蔽，
而把真理之桥来破坏，
我已发誓坚守先辈真理。(2.101.17)

真理是最高达磨，坚守真理就是躬行达磨。正因如此，罗摩既没有接受弟弟的请求，也没有听从母亲的劝说，决不返回京城，决不继承王位。罗摩固守真理和达磨的可贵精神和高尚品德，深受群众的喜爱。

罗摩的勇武和膂力，也是无与伦比的。早在流放之前的宫廷生活中，他已经显示了膂力过人、武艺高强的本领。在遮那竭国王选婿时，罗摩拉断宝弓的情节，生动而突出地表现了罗摩高超的武力。遮那竭国王的宝弓，放在一只有八个轮子的大铁箱里，需要有五千个强壮的男人，“费上大劲才拉动”(1.66.4)。“所有的那些英武有力的国王，都不能把那一张弓拉满”(1.66.8)；那些凡人，“谁也拉不开这张弓，装不上弦，上不上箭，摇不动，也拿不动”(1.66.10)。史诗中写道：

成千上万的人们，
看到虔诚的罗摩，
把弓弦装到弓上，
仿佛在游耍戏乐。(1.66.16)

这有力的人装上弓弦，
把弓一直拉到耳边，
这光辉的人中英豪，
把这张弓从中间拉断。(1.66.17)

迸出了巨大的响声；
像是扫过来的飓风，
又像是那大山崩裂，
大地为之激烈震动。(1.66.18)

被这种声音所震撼，
所有的人都跪在地上，
只有罗摩兄弟俩除外，
还有牟尼之尊和国王。(1.66.19)

罗摩的惊人武力，受到了许多人的热烈称赞：“罗摩的英武我亲眼看到，这真是十分神奇不可思议，我从来没有这样预料。”(1.66.21)

特别值得赞扬的是，罗摩的勇武总是受到他的高尚品德的约束，他从来没有把自己的勇武运用到贪婪的掠夺和罪恶的征伐上。他受到众友大仙的求助，一箭就射死嘴脸歪斜、穷凶极恶的吃人妖怪大母药叉陀吒迦。史诗中描述：女妖咆哮着举起双臂扑向罗摩：

> 她飞快地扑了过来，
> 好像是雷电劈开碧空。
> 他只用箭当胸一射，
> 她就倒死在尘埃中。(1.25.14)

所有的仙人为之欢呼，都向罗摩致敬。

在悉多被劫之后，为了尽快地救出悉多，他同猴王建立了生死与共的互助联盟。他们共同发誓：在任何情况下，都要同心协力，抵抗我们共同的敌人。罗摩的百发百中的利箭，像是因陀罗的钢叉闪电，杀死了须羯哩婆的政敌波林，使须羯哩婆重新得到了妻子和王国。

为了救出悉多，在楞伽城对十首罗刹王的鏖战，更是属于正义之战，罗摩的勇武表现了空前的威力和无比的优势，终于战胜了强大的、难于击败的敌人——十首罗刹王，救出悉多，夫妻得以团聚。在这次生死鏖战中，罗摩不仅受到猴王的可靠支援，也赢得天神们的大力帮助。罗摩的胜利，不仅表现了他战无不胜、所向披靡的武力，而且生动地反映了得道多助、正义必胜的真理。

在这几次战斗中，罗摩以正义和勇武消灭了罪恶的女妖，射死了霸占弟媳、篡夺王位的波林，战死了抢劫悉多的十首王，赢得了天神的颂扬："高贵尊严众神仙，站立空中唱歌赞；赞美罗摩真英雄，'善哉！善哉！'声不断。"(6.97.28)

在森林流放过程中，罗摩被描写为一个饱经忧患、不断战胜苦难的森林居民和平凡人物。他远离了城市和宫廷，在毫无后盾和支援的情况下，过着几乎和野人一样的艰苦生活，在他身上几乎找不出一点皇家贵胄的气息。

在悉多遭到暗算、被劫掠之后，他也是依靠自己的智慧勇敢和不怕牺牲的精神，克服了重重困难，在猴军将领等的支援下，终于战胜了残暴的十首罗刹王，救出了自己的爱妻。他和猴王军队的友爱互助，团结御敌，以弱胜强的最后胜利，反映了人民群众战胜邪恶势力的信心，鼓舞了人民群众敢于同强大敌人进行斗争的勇气。

罗摩克服苦难的坚韧不拔的意志和勇气、战胜强敌的毅力和决心，正反映了人民群众的乐观主义精神。这种高尚的品质，恰恰是好逸恶劳、利欲熏心的贵族难以具备的。史诗对罗摩的描写，是一曲不畏艰险、战胜苦难、相互支援、抗击强暴的颂歌，也是一篇人民群众渴望安定向往幸福和追求美好生活理想的赞歌。这正是《罗摩衍那》在两千年来备受人民喜爱的原因。

但是，罗摩这一形象也并不是完美无缺的。他对猴王国兄弟二人矛盾的处理，有对须羯哩婆偏听偏信之嫌。哥哥波林踢开洞口回来，看到弟弟已成为国王。波林愤怒地说：

我被他堵在里面，
他把王国夺到手里；
这个坏蛋须羯哩婆，
完全不顾兄弟情谊。(4.10.20)

可见，弟弟也有不对的地方。然而，罗摩急于联合须羯哩婆去救出悉多，便听从了须羯哩婆的哀求，偷偷地用暗箭射死波林。这对一直躬行达磨的罗摩来说，显然是个不该出现的错误。这正像般度族的坚战，为了急于获取战争的胜利，便对自己的师傅德罗纳说马勇阵亡了，也是一个错误。罗摩和坚战的错误虽然出现于不同的场合，却同样地反映了他俩各自的私心，源于利己的目的。军事民主制的阶段，是向奴隶制转化的阶段，也是人们的私心日益冲击公心的阶段。私心的出现是历史发展的必然，是不以个人的意愿为转移的。

在《罗摩衍那》的最后部分——《后篇》中的罗摩，同以前各篇的这一形象相比，判若两人，表现出一副统治者的蛮横嘴脸。他无端地怀疑悉多的贞操，把怀孕的妻子遗弃在恒河岸边，甚至最后也不肯承认错误。《后篇》中这个遗妻弃子、冷若冰霜的罗摩和以前为了营救妻子不怕牺牲、英勇奋战的罗摩，使人难以相信是同一个人物形象。此外，在罗摩这一形象的塑造上，还有一些不符合性格发展逻辑的地方。这些，可能是由于后来时代的发展和社会的变化，在编订成书的过程中，受到了编纂者改动的结果。

二、悉多

悉多是印度妇女最高理想的典型，是妻子对丈夫爱情忠贞的杰出楷模，是妇女顽强反抗邪恶势力的榜样。悉多的出身带有鲜明的神话色彩，史诗描述，她没有生母，辽阔的大地是她的母亲。她的名字悉多，是犁沟的意思。遮那竭国王说：

有一次我用犁犁地，
在清理土地的时候，
捡起从犁里跳出的女孩，
起了个名字就叫犁沟。(1.65.14)

把她从地里捡了起来。
让她当我的女儿长成
她是我用力量换来的，
我女儿不是母亲所生。(1.65.15)

悉多，虽在宫廷长大，但是毫无娇气和傲气，她忠诚于自己的丈夫，有着坚贞的爱情；勇于迎接困难的考验，敢于抗击邪恶势力；邪风恶浪动摇不了她的坚强意志，千辛万苦磨灭不了她的抗争决心，这就是悉多鲜明的性格特征。

悉多在成为罗摩的妻子之后，面临的第一个考验是，罗摩不让她跟随自己到森林中过艰苦的流放生活。罗摩让她留在家中，礼拜父亲，尊敬母亲，服侍国王婆罗多，悉多坚决不同意。罗摩又向她历数森林生活的各种艰难困苦，一再让她留在家中，悉多还是不同意。她流着眼泪向罗摩倾诉衷情：

人中英豪呀！只有妻子
把丈夫的欢乐和忧愁分享。
因此，我也就算注定要
到森林里去奔波流放。(2.24.2)

你刚才所说的那一堆，
住在森林里的艰难困苦，

同我对你的爱情比起来，
要知道都是微末不足数。(2.26.2)

我同你一起出走，
尊长们都会同意。
罗摩，我同你离别，
就等于把性命丢弃。(2.26.3)

她坚决地向罗摩表示，如果不能跟丈夫去森林，她就要寻死，要服毒、蹈火或跳水。她对丈夫说：只要能去森林和丈夫一起流放，什么苦都能吃，“叶子、根茎和果子，不管是少还是多，只要你拿给我吃，就把醍醐甘露胜过。”(2.27.14)“同你在一起就是天堂，离开了你就是地狱。你千万要了解这一点，欢欢喜喜地带我去。”(2.27.17)

结果，不是妻子服从了丈夫，而是坚定不移的妻子说服了丈夫。悉多并不是夫唱妇随的唯丈夫之命是从的百依百顺的妻子。她自己的主张和见解，往往是不可动摇的。妇女在男人面前的独立自主和平等自由的性格，正反映了她依然留存着氏族成员的原始遗风。

当悉多知道自己可以和罗摩一起去森林流放时，“她非常喜悦，心里美滋滋。”(2.27.33) 她终于可以和丈夫一起分担流放的艰苦遭遇，同甘苦共患难地抗击邪恶的侵袭。她的喜悦，生动地反映了对罗摩的钟情和赤诚，真实地表现了同丈夫生死与共的坚定意志和决心。

悉多在遭受十首罗刹王的劫掠之后，是对她的爱情又一次严酷的考验。十恶不赦的十首罗刹王奸诈地用财富和荣耀引诱她：

亲爱的！睁开眼瞧一瞧
我这些财富、光荣和名声；
妙人儿呀！同那个罗摩
长久住在一起有什么用？(5.18.24)

罗摩得胜的希望已经落空，

失去光荣，流荡在野林中，
他忠于誓言，睡在地上，
我怀疑他是否能保住性命。(5.18.24)

十首罗刹王虽用国王的高位、王国的荣华富贵以及锦衣玉食诱惑她，却丝毫不能动摇她对罗摩的坚贞爱情。她斩钉截铁地对他说：

我不能当你的妻子，
我是别人忠贞的老婆；
你要好好地想想达磨，
你要规规矩矩地生活。(5.19.6)

罗波那呀：你目光短浅，
恶贯满盈将被人杀掉；
对于这样坏人的毁灭，
众生都会拍手叫好。(5.19.12)

用权势，用财富，
都不能引诱我上当；
我只属于罗摩一人，
好像光线属于太阳。(5.19.14)

最后，悉多愤怒地讥刺十首罗刹王："你那两只凶恶的眼睛，奇形怪状，又红又黄；坏蛋！你这样瞪着我，眼睛为什么不掉在地上？"（5.20.18）"我是那个虔诚人的妻子，我是十车王的儿媳妇；坏蛋！你对我这样说话，你的舌头为何不掉出？"（5.20.19）"由于罗摩没有允许，由于我想保护苦行，我不把你焚烧成灰，十头恶魔！我有这本领"（5.20.20）；"我属于聪明的罗摩，你不能把我来劫夺；毫无疑问，你这样干，你已经有被杀的资格。"（5.20.21）悉多的尖锐谴责迫使魔王感到理屈词穷，无言以对，无地自处，只是特别生气，命令女妖严加看守，怨愤地灰溜溜地走开。

战胜十首罗刹王后，罗摩受到风言风语的影响怀疑悉多。悉多毫不示弱，流着热泪向火神高呼：如果我忠于罗摩，请火神保护我。于是，跳入烈火中，火神将她托出，送给罗摩，并说悉多白玉无瑕，身、口、意都没任何错误，罗摩收留了悉多，皆大欢喜。

但是，在《后篇》中，罗摩又听信谣传，再次遗弃悉多。遭受遗弃后的悉多，思想性格有了明显的巨大变化。特别是同流放阶段、遭劫阶段相比，简直是判若两人。在开始流放时期，为了要同罗摩一起去流放，她理直气壮、振振有词地同罗摩争辩；在遭受劫掠后，为了忠贞于罗摩，她义愤填膺，怒气冲天地痛斥十首罗刹王。她所富有的敢想敢说、义不容辞的斗争性格以及能言善辩、据理力争的反抗精神已经销声匿迹，变得无影无踪了。她逆来顺受，忍辱负重，一言不发，同以前的敢于和罗摩争辩的悉多、勇于和十首罗刹王反抗的悉多相比，是不合乎性格发展逻辑的。这时，她毫无申辩和反抗，面对罗摩，只有蚁垤为她辩护说：

十车王子！这悉多
忠于誓言行达磨；
无罪为你所遗弃，
来我净修林中过。(7.87.14)

最后，史诗描述，悉多只对大地女神说：

如果除了罗摩外，
我从不想别男人；
那就请大地女神
露出罅隙让我进。(7.88.10)

于是女神那地母，
两臂合拢抱悉多；
向她致敬并欢迎，
把她放上了宝座。(7.88.13)

悉多坐在宝座上，
一下子没入地中；
撒到那悉多身上，
不断花雨落碧空。(7.88.14)

于是，这一从垄沟里出生的女孩，在遮那竭王抚养下长大，经受了流放、遭劫和被遗弃等磨难之后，终于又回到大地的怀抱。

值得注意的是，在《罗摩衍那》的《后篇》中，已经让“悉多穿着黄袈裟”，“双手合十说了话”(7.88.9)，不仅外表的衣着和言行上表现出明显的变化，而且内心思想上更发生了令人惊奇的嬗变。在被遗弃后，她一直都在忍耐。这正是“自无愤勃、不报他怨”、“违逆之境，不起瞋心”佛教徒所提倡的修身之道。在《后篇》中，悉多的变化同罗摩的变化——由深爱悉多而拼命营救她的赤诚丈夫变成一个为了自己的名声而抛妻弃子的狠毒冷酷、道貌岸然的统治者。这两个形象的变化，显然是后来的编纂者改造成的。季羡林先生说：“《罗摩衍那》到了第六篇，实际上已经结束。故事情节已经无法再向前发展。第七篇《后篇》是后加的。全篇的基本精神同第二篇至第六篇有很大的不同。”① 已经进入文明阶段的编纂者和尚未迈进文明门槛的口传文学原创者，在思想意识上显然存在悬殊的差距。

三、罗什曼那

罗什曼那是同罗摩的性格明显不同的杰出部落英雄。他和罗摩一样，身材魁梧，武艺高强，力大无穷，也是“一位人中的英豪”；但是，若是激起他的不满，“他像发怒的大蛇，在山洞里把气来喘”(2.20.2)，“活像一只发怒的狮子”(2.20.3)，“他摇动着自己的手，像大象把鼻子甩出来”(2.20.4)。反对罗摩相信的命运。他认为：

那精力衰竭的胆小鬼，
他才受命运的拨弄。

---

①《罗摩衍那·后篇》，人民文学出版社1984年版，第1页。

那些自尊自重的英雄汉，
完全不把命运来纵容。(2.20.11)

谁要是真正有本领，
用人的行动来压制命运，
这个被命运打击的人，
也决不会忧愁难忍。(2.20.12)

他坚信："今天人们一定会看到，我的力量把命运压倒"(2.20.14)，"我要把那向前飞驰的命运用力拉住让它不能行动。"(2.20.15) 这种反对命运、否定命运的大无畏的英雄气概，在当时是罕见的、可贵的。

他非常尊重老百姓的意愿，他的思想和老百姓的看法是一致的。他痛恨违背老百姓的讨论通过的为罗摩灌顶为王的决定，因而，他也痛恨达磨。他说：

老百姓都非常痛恨
不为你而为别人灌顶。
大地之主！那个达磨
使得你心里疑虑重重；
我最痛恨那个达磨，
由于它你才迷惑不醒。(2.20.9)

达磨，是当时社会形成的人际关系的准则，应该遵守的道德规范。罗什曼那敢于突破社会传统习俗，痛恨达磨，这种大胆造反的精神，是一种值得称赞的天不怕地不怕的独立自主性格的鲜明表现。

他对罗摩说：

我要把父亲的希望打碎，
也要打碎她的希望，
她阻拦为你举行灌顶礼，

却想给自己儿子灌顶为王。(2.20.18)

这是一种反对父母违反人民大会决议的果敢行动，他捍卫的是老百姓的意愿、人民大会的决议，反对的是父母的私心。在当时，尚未产生孝敬父母的伦理观念，人们还不知道孝道为何物。

罗什曼那坚定地对罗摩表示决心：

英雄呀！我答应保护你，
否则我就升不进英雄世界，
我要保卫你那一个王国，
好像是那海岸保卫大海。(2.20.23)

在罗摩决定走向森林时，他甘心跟随罗摩去受苦，和兄嫂一起过着同生死共患难的流放生活。他为兄嫂伐木造房，搜寻果实；他手持武器为兄嫂守夜，显出一片忠诚，是一个忠心耿耿地保护罗摩的武士。在楞伽城营救悉多的战斗中，他为罗摩立下了汗马功劳。在激烈的战斗中，他和罗摩都被射倒，生命垂危，哈奴曼到北药山去采药，然而草药隐藏起来，哈奴曼托回山峰，“那两个人王的年轻的儿郎，嗅到大仙草的飘拂的清香；立刻站起身，解除了痛苦殃灾。”（6.61.67）终于取得最后胜利，救出悉多。罗什曼那对罗摩的效忠精神，很容易使人联想到原始社会末期保卫军事首领的“扈从队制度”或者“亲兵群”；罗摩和罗什曼那的关系，倒很像军事首领和扈从武士的关系。

四、婆罗多

婆罗多虽是吉迦伊所生的儿子，但是他没有吉迦伊那样的诡计和贪心。在王位的问题上，他同罗摩一样，是不感兴趣的，没有像后来的奴隶主那种卑劣的情欲和无耻的贪欲。他一心维护的是家族的利益。因而，他用愤怒的语言斥责母亲吉迦伊：“你被贪欲迷了心窍，不知道我对罗摩的感情，你为了夺取王国干的事，对我是一个很大的不幸。”（2.67.10）他用逆耳的语言猛刺硬戳吉迦伊。他怒气冲冲责骂自己的母亲：

吉迦伊！滚出王国去！
你这卑贱的坏东西！
达磨已经把你丢弃，
你不要再为死者哭泣！（2.68.2）

国王和非常虔诚的罗摩，
有什么事情对不起你？
就是为了你的缘故，
一个流放，一个死去。（2.68.3）

婆罗多认为：吉迦伊破坏了家族，毁灭了父亲的世系，“样子是妈，实是仇敌”，是“杀丈夫的坏蛋！”（2.68.7）婆罗多觉得在世上没有脸去见人。

婆罗多对罗摩“一向崇拜热爱坚定不移”。（2.69.13）他说“罗摩守信用。是好人魁首”（2.69.14）。他主张按照家族的办法——长子罗摩应当登基为王。他决心到森林中去请回哥哥。罗摩不同意，他只好代兄摄政。

在王位继承问题上，婆罗多的表现同罗摩一样，具有值得称赞的禅让精神。可见，传统的氏族观念和宽容的谦让美德，在婆罗多的头脑中还占有相当的地位。

第五节　口头文学的艺术成就

《罗摩衍那》，这部英雄史诗，是古代印度人民长期口耳相传、集体加工修改而创作出来的鸿篇巨制，最后虽然经过文人的记录整理编订成书，但是，依然保留着民间口头文学的艺术特色。

一、英雄人物英雄形象的鲜明神话色彩

史诗是人类童年时代的创作，古代印度的丰富多彩的神话故事和民间传说，同《罗摩衍那》具有密切的联系，并为史诗的创作提供了良好的艺术土壤。这就是史诗具有神话色彩的重要原因。

在《罗摩衍那》中的英雄人物往往同神有着天然的联系，人神混杂，人

具有神的特点，神又带有人的品德。罗摩兄弟就是神的化身，大神毗湿奴接受了天神的恳求，下凡托生为十车王的四个儿子。史诗描述：十车王拿到神仙煮成的牛奶粥，让三个皇后都喝了，他们同时怀孕。于是，侨萨厘雅生了罗摩，吉迦伊生了婆罗多，须弥多罗生了罗什曼那和设睹卢衹那。悉多，并不是由母亲胎生的，是由垄沟里生出来的，因而名为悉多——垄沟的意思。所以辽阔的大地是她的母亲。

因而，史诗中的英雄人物都有出奇的难以想象的神力，力大过人，武艺超群，甚至可以死而复生。正是因为他们出身于神，能得到诸神的照顾和帮助。在楞伽城的大战中，因陀罗吉使用神奇的隐身法将罗摩和罗什曼那射倒，并“用蛇咬他们，这些蛇变成了箭的模样”（6.35.8），使罗摩和罗什曼那一齐倒地，无力迎敌，后来，由于半禽半神的金翅鸟的法力，兄弟二人又能进行战斗。史诗中描述：

金翅鸟看到了罗摩兄弟，
它对他俩亲切致意问安；
又用翅膀拂拭他俩的面孔，
这面孔像是明月一般。（6.40.38）

金翅鸟这样一拂拭，
他们的伤口立刻愈合；
他们两个的身躯，
迅速变得美丽柔和。（6.40.39）

光辉、精力、力量、
精神、渴望、大德行，
美貌、智慧、记忆力，
在他俩身上加倍增生。（6.40.40）

罗摩兄弟二人的战斗力是在金翅鸟帮助下恢复的，其神话色彩是异常鲜明的。

在罗摩和罗什曼那第二次倒下时，哈奴曼又把吉罗婆山搬来，用仙草使他们起死回生。他为了救活罗摩兄弟二人飞到草药山去采药。可是，等他一到那山上，大仙草却都不见了。这使他非常愤怒：

这高贵的猴子，
哈奴曼看到这个，
大声狂吼，
心里气得发火；
他按捺不住，
眼睛像火一样；
他就开了口
对山王把话来讲：(6.61.59)

“这是怎么回事？
你安心想干什么？
你为什么竟敢
不同情那个罗摩？
山王！你今天将要
尝尝我胳臂的力量；
我将要把你打，
打成碎粉一样。”(6.61.60)

……
他把峰峦打碎，
他把山顶摇动；
他用力抓了起来，
一下子举在空中。(6.61.61)

他迅速飞行在
太阳走的路上，

手里托着那座
太阳般的山王。
他自己的形象，
也像太阳一样；
在太阳的旁边，
像是第二太阳。(6.61.63)

那两个人王的
年轻的儿郎，
嗅到大仙草的
飘拂的清香；
立刻站起身，
解除了痛苦殃灾，
其他猴子头领，
也都站了起来。(6.61.67)

不难看出，哈奴曼会飞、仙草会忽然不见、把大山拟人化为山王、能把大山用手举到天空按照太阳的航线飞回、仙草的清香会使人复活，这一切奇妙的幻想生动地反映了人类美好的理想和愿望，其浓重和鲜明的神话色彩，正展现了人类童年时期口头文学的艺术特色。

二、借助对话表现人物的性格特征

《罗摩衍那》善于借助对话反映人物形象的性格特征，在史诗中出场的几十个主要人物之中，罗摩和悉多、罗什曼那、哈奴曼等核心形象，是史诗着意塑造、精心描绘的对象。这几个形象，个个性格鲜明，栩栩如生，有血有肉，神态逼真，活灵活现。

史诗在口耳相传吟唱过程中，往往利用对话这一艺术手段揭示人物形象的精神面貌和性格特征。

罗摩的高尚品德和关心群众的性格特征，常常是通过人物的对话表现出来的。在讨论商议给罗摩灌顶立为太子使之继承王位时，人们对十车王说：

“国王呀，你那儿子具备很多非常优秀的品德”；(2.2.I8)“罗摩在世界上是个好人，他完全忠于达磨和真理”；(2.2.20)“他能容忍，他能抚慰，温柔、感恩、把感官控制住，他和蔼可亲、思想坚定，他宽厚，虔诚，决不嫉妒”。(2.2.21)“他总要对人民问寒问暖，像是问自己的亲属一样”。(2.2.25)“人民遭到了什么不幸，他就感到非常痛苦；所有的人民的喜事，他也像父亲一样欢呼”。(2.2.28)

吉迦伊的私心和贪欲，是通过婆罗多对她的咒骂和斥责揭示出来的。婆罗多愤怒地痛斥自己的母亲吉迦伊：

我痛苦，我被伤挫，
要这个王国干什么？
我已经失掉了父亲，
失掉父亲一样的哥哥。(2.67.2)

你被贪欲迷了心窍，
不知道我对罗摩的感情；
你为了夺取王国干的事，
对我是一个很大的不幸。(2.67.10)

你弄得我父亲死亡，
罗摩流放到山林，
你弄得我在世上，
没有脸去见人。(2.68.6)

你被王国迷了心窍，
样子是妈，实是仇敌；
你这个杀丈夫的坏蛋！
不要再把我的名字喊起。(2.68.7)

婆罗多的话语，既暴露了吉迦伊损人利己的私心和毁坏王国的贪欲以及她对王国和家族的严重危害，又反映了婆罗多对王国命运的重视以及对父兄的亲情。

从《阿逾陀篇》的第二十三章开始，一直到第二十七章为止，几乎都是罗摩和悉多的对话。罗摩要妻子留在城里，悉多则坚决要跟随丈夫去森林受苦，去流放。最后，悉多的话语终于打动了丈夫，罗摩同意她跟随自己去流放。在长长的对话中，不仅揭示了罗摩尊敬父母，精通达磨，维护家族团结，注重兄弟情分，不争王权，不谋私利的精神面貌，而且也表现了悉多的思想活动和性格特征——她一方面充满关怀、惦念、照顾罗摩的深厚爱情，另一方面又体现了悉多不顾丈夫的安抚和劝阻，誓死跟随丈夫流放受苦的坚强性格。悉多的热爱丈夫而又不听从丈夫摆布的独立自主的性格特征。两人的精神面貌和性格特征被表现得淋漓尽致，在对话中得到了鲜明的反映。

这种通过对话揭示人物形象精神面貌和性格特征的艺术手法，能产生强烈的真实感，使人如闻其声，如见其人，神情逼真，引人入胜。同时，这种对话的形式，还能节省笔墨，显得简洁精练。这也可以说是民间口头文学创作的一种常用的艺术手法，特别是在古代各民族的神话故事、民间传说中尤为常见。

三、自然景物描写的创造性成就

《罗摩衍那》史诗对自然景物的描写，超越了吠陀时代的比较原始的雏形技法，获得了创造性的新成就。

《罗摩衍那》的译者季羡林先生，曾从古代印度文学发展史的角度评价了《罗摩衍那》在自然景色描绘方面的成就。他说：

> 在《梨俱吠陀》里，对自然风光的描绘不算太多。描绘生动感人的就更少。如果举例的话，只有对朝霞女神的几首颂歌差强人意。但也是以淳朴简明胜，雕绘藻饰是谈不到的。到了《摩诃婆罗多》，在这方面是进了一步。但基本上还停留在淳朴的阶段，没能给人以深刻的印象。一直到《罗摩衍那》，情况才真正有了转变，在描绘自然景色方面，它开辟了一个崭新的天地。①

① 季羡林：《罗摩衍那初探》，外国文学出版社 1979 年版，第 123 页。

在印度，对季节的划分和我国不同，我国一年分四季，而印度的一年却分为两季或六季。季羡林先生说："有的人分为两季：旱季和雨季或干季和湿季。更多的是分为六季：夏季、雨季、秋季、霜季、寒季、春季。印度古代大诗人迦梨陀娑的名著《时令之环》就是这样划分的，所以也译做《六季杂咏》。但是也有分为四季的。唐玄奘的《大唐西域记》里写道：'或为四时，春夏秋冬也。'在《罗摩衍那》里，好像是分为四季的。在这里，雨季和夏季是在一章里描绘的。"①

描写春季景色的：

大树开着各样的花，
花朵像展开的被单，
蓝色、黄色和草绿色，
都发出了亮光闪闪。(4.1.5)

罗什曼那！这是春天呀！
各种各样的鸟纵声歌唱。
我却是已经丢掉了悉多，
愁思煎熬，焦忧难忘。(4.1.12)

我被忧愁所侵袭，
爱情折磨得我难受；
杜鹃对我尽情地挑逗，
它愉快地歌唱不休。(4.1.13)

在美丽的林中瀑布那里，
一只鹞在愉快地唱歌。
罗什曼那！我春心荡漾，
这只鸟更把我来折磨。(4.1.14)

① 季羡林：《罗摩衍那初探》，外国文学出版社 1979 年版，第 124 页。

在群山的峰顶上，
母孔雀围着公孔雀；
它们触动了我的爱情，
我正受着爱情的折磨。(4.1.17)

这些描写自然景色的诗篇，不只是描写了树木鲜花色彩艳丽的优美风光，而且情景交融地抒发了罗摩对悉多的离情别意，浓重地表现了罗摩触景生情所激起的对悉多眷眷难忘的爱情。

罗摩欣赏的雨季景色，又是一幅幅五颜六色的大自然的精美绘画。史诗中所描绘的雨季风光，洋溢着罗摩怀念悉多的遥遥幽情：

今天，雨季已经来临，
正是下雨的时候；
看呀！天空堆满了云，
就像是一簇簇的山头。(4.27.2)

爬上这一层层的云梯，
登上那高高的天空，
用俱吒竭和阿周那花，
给太阳来装饰整容。(4.27.4)

黄昏的霞光染红了云彩，
边缘上镶着一缕浓黄；
好像是一片片可爱的云布，
裹上了天空的创伤。(4.27.5)

苍天好像害了相思病，
上面的云彩又白又黄，
微风就是它的呼吸；
染着旃檀色的霞光。(4.27.6)

大地已经干了很久，
现在吸到了新鲜的水；
就像忧愁煎熬的悉多，
它现在散发出热泪。(4.27.7)

这诗采取拟人化的艺术手法描绘了雨后苍穹云霞多变的美丽景色：爬上云梯用鲜花为太阳装饰整容，用霞光染红的片片云布包裹天空的创伤，那白黄互动的云天似乎害了相思病，大地上刚刚降下的雨水像悉多的热泪。罗摩仰望苍茫天际色彩变幻的云霞，触景生情，罗摩仿佛感到：为思念他而流淌热泪的悉多就在眼前。这种拟人化的、充满相思衷情的、情景交融地描绘自然景观的手法，在吠陀诗篇和《摩诃婆罗多》中，是难于找到的。

史诗所描写的冬季自然景色，充满了热带和亚热带的特点：

高贵尊严的罗摩
愉快地住在这里。
秋天过去了以后，
冬季就降临大地。(3.15.1)

月光为寒霜所侵袭，
虽有满月，却不发亮，
看上去就像那悉多，
给酷暑弄得憔悴难当。(3.15.14)

西风天生就是清冷，
现在又加上了白霜；
它在这时候一吹起来，
令人感到加倍苍凉。(3.15.15)

那些山林都有浓雾笼罩，
大麦和小麦到处长满；

太阳一出，景色宜人，
里面叫着仙鹤和鸿雁。(3.15.16)

谷穗里谷粒颗颗饱满，
样子就像那椰枣花一般，
看上去被压得有点倾斜，
那些稻谷全都金光闪闪。(3.15.17)

猛虎般的人！在这时候，
虔诚的婆罗多正在城里，
受大折磨，严行苦行，
他完完全全忠诚于你。(3.15.25)

这是罗摩、悉多还有罗什曼那在森林里流放时所看到的冬季景色。他们兄弟三人经受着艰苦生活考验，身穿树皮衣，以吃根茎野果为生，随遇而安，自得其乐。他们看到为寒霜侵袭的满月不太发亮，清冷的西风再加上白霜，倍感怅惘。罗摩面对寒露严霜，思乡之情，油然而生。他想到猛虎般的虔诚的婆罗多正在“受大折磨，严行苦行”，完完全全为了忠诚于“你”。虽然远在异地，同心同德的手足之情，牢不可破。

《罗摩衍那》在描写自然景物的手法和技巧上，有了明显的创造性提高。这主要表现在触景生情和情景交融的艺术技巧上。在今天看来，虽然是常见的手法和技巧，但是在创作《罗摩衍那》的时代，同吠陀诗篇与《摩诃婆罗多》相比，则是不可忽视的长足进步，应给以充分肯定。

四、丰富多彩的比喻和神奇莫测的夸张

比喻和夸张是世界各民族民间口头文学最常见的表现手法。它具有悠久的历史，从印度文学史上看，早在吠陀诗篇中已经显示了它的特点和作用，到了史诗时代，有了进一步的发展。在《摩诃婆罗多》和《罗摩衍那》两大史诗中，这两种表现手法，可以说是随处可见，俯拾即是。在塑造人物形象和展现故事情节的过程中，往往采用这两种手法。

比喻，在描写罗摩超群的勇武和高尚的品德时，史诗运用了一系列比喻的手法：

他具备了一切德行；
是侨萨厘雅的心头肉，
他坚定得像喜马拉雅山，
像喜马拉雅山一样稳固。(1.1.16)

他勇武像毗湿奴，
他美丽像苏摩神，
发怒像劫末烈火，
像大地那样容忍。(1.1.17)

他好施像财神，
主持正义像另一达磨，
他是这样一个勇武，
道德高尚的罗摩。(1.1.18)

史诗中比喻的喻体——比喻事物都是古代印度人民非常熟悉的，利用这些群众喜闻乐见的事物进行比喻，就把对罗摩性格的抽象认识变成具体形象的感性体会，使人通过贴切的比喻生动、具体、形象地了解了罗摩的性格特征。在史诗中，这一类恰当、贴切的比喻，是相当多的。

又如：形容悉多被囚禁在十首罗刹王魔窟中憔悴、忧郁、惊恐的样子时，史诗进行了许多巧妙的比喻：

她像一只被缚的小象，
离开象群被狮子围困；
她像云层里的月牙，
围困它的是那秋云。(5.15.22)

她的形容憔悴又忧愁，
像那多日没弹的琵琶；(5.I5.23)

好像涂上泥的莲藕，
美丽闪光却显不出。(5.15.25)

哈奴曼看到了悉多，
眼睛长得像小鹿一般；
她像一只受惊的母鹿，
用眼睛四下里观看。(5.15.28)

小象、月牙、秋云、琵琶、莲藕、小鹿和母鹿等，这些喻体都是印度人喜闻乐见的、最熟悉的事物，这增强了比喻的生动性和表现力。

夸张，也是史诗中常用的一种艺术手法。例如，在描写被罗摩拉断那一张宝弓时，史诗描述：那张弓是放在一个有八个轮子的大铁箱里，用五千个强壮的男人费上很大的劲才能拉动。让读者想象那张弓奇大极重，许多英雄好汉谁也拿不动。罗摩不仅能拿起，能装上弓弦，而且把这神弓拉断了。“迸出了巨大的响声；像是扫过来的飓风，又像是那大山崩裂，大地为之激烈震动。”(1.66.18）巨响震得所有人都跪在地上，只有罗摩兄弟除外。这一夸张生动地表现了罗摩的武力超群。

《罗摩衍那》中的夸张手法已经达到惊人的程度，甚至可以起死回生。在营救悉多的战斗中，罗摩兄弟二人已经被十首罗刹王的儿子因陀罗耆杀死在战场上。

金翅鸟看到了罗摩兄弟，
它对他俩亲切致意问安；
又用翅膀拂拭他俩的面孔，
这面孔像是明月一般。(6.40.38)

金翅鸟这样一拂拭，

他们的伤口立刻愈合；
他们两个的身躯，
迅速变得美丽柔和。(6.40.39)

光辉、精力、力量
精神、渴望、大德行、
美貌、智慧、记忆力，
在他俩身上加倍增生。(6.40.40)

这二人有大精力像因陀罗，
金翅鸟把他们扶了起来；
金翅鸟拥抱他们两个，
罗摩说话，两人心里愉快。(6.40.41)

经过金翅鸟翅膀的拂拭，罗摩兄弟立刻起死回生，这一夸张生动地反映了人们的愿望，增强了战胜邪恶的意志和信心。

又如：罗摩和罗什曼那中箭倒在战场后，哈奴曼飞向北方草药山取药草。哈奴曼到了山上，那些仙草忽然隐藏起来不见了。他气得把大山拔起：

他把峰峦打碎，
他把山顶摇动；
他用力抓了起来，
一下子举在空中。(6.61.61)

把山峰拔出来，
用手举到天上；
这事震惊了群众，
连同神仙和神王，
天空中的神仙，
把他来称赞；

他奋勇飞向前，
像金翅鸟一般。(6.61.62)

他迅速飞行在
太阳走的路上，
手里托着那座
太阳般的山王。
他自己的形象，
也像太阳一样；
在太阳的旁边，
像是第二太阳。(6.61.63)

那两个人王的
年轻的儿郎，
嗅到大仙草的
飘拂的清香；
立刻站起身，
解除了痛苦殃灾，
其他猴子头领，
也都站了起来。(6.61.67)

哈奴曼拔起大山，托在手中，举向天空，迅速飞回，救活罗摩兄弟和猴军将领。这一夸张突出地强调了哈奴曼的力大无穷和奋勇救人的急迫心情。哈奴曼搬起大山飞回，是一种言过其实的夸张，以其奇妙的想象力，扣人心弦，印象深刻，经久不忘。

第六节　两大史诗的对比考究

从《罗摩衍那》和《摩诃婆罗多》所反映的社会生活、历史特征、思想内容和艺术成就上看，既有相同之处，又有不同之点，将两大史诗加以对比考究，会对其创作成就产生更深入的领会，获得更多的益处。

一、历史真实性的对比

《罗摩衍那》和《摩诃婆罗多》两大史诗所反映的历史时期是相同的，都是从原始社会向奴隶社会转化的过渡时期，也就是莫尔根和恩格斯所说的军事民主制时期。有些问题，反映了这一历史时期的特点。

1. 主要骨干故事历史真实性的相同

关于《罗摩衍那》主要骨干故事的历史真实性的问题，是一个长期争论不休的问题，有的学者认为其历史真实性是存在的，有的学者却否定其历史真实性。季羡林先生说："所谓'主要骨干故事'，指的是贯穿整个《罗摩衍那》的那一个十车王宫廷阴谋和罗摩与悉多的悲欢离合的故事。书中插入的那许许多多的小故事，都不属于这一个骨干故事。这些小故事插入的时间不同，地域不同，在各种版本中也不完全相同，它们都不能显示骨干故事的时代背景。"①季先生通过印度的研究资料判断：

> 印度学者根据考古发掘的结果，证明《罗摩衍那》是有历史基础的。考古工作者在阿逾陀遗址、难提羯罗摩遗址、巴里雅尔（Pariar）、阿拉哈巴德的婆罗杜婆迦净修林遗址进行发掘工作。掘出来的器物经过碳测证明是公元前800年至700年使用的东西，从而推断《罗摩衍那》是有历史基础的。
>
> 我们认为，《罗摩衍那》的主要骨干故事有其历史真实性，这一点是可以肯定的……《罗摩衍那》以过去的历史为依据，描绘了自公元前一千纪叶起的印度东部社会的情况。甘蔗王朝，至少是《罗摩衍那》中所描绘的那一段历史。②

同《罗摩衍那》一样，《摩诃婆罗多》的主要骨干故事也具有历史真实性。这一历史学家们经过长期争辩而难做结论的问题，考古学家们根据出土考古资

① 季羡林主编：《印度古代文学史》，北京大学出版社1991年版，第81页。

② 季羡林主编：《印度古代文学史》，北京大学出版社1991年版，第82—83页。

料判定：

> 就《摩诃婆罗多》战争的真实性而言，这场争论已经得出了一些重要的结论。这部史诗的部分内容反映了后世的浪漫主义想象，但基本事实却已是无可争议的了。考古学家们在某些地方的“绘图灰陶”文化层中发现了这部史诗中描述的那种骰子。般度族在对俱卢族战斗中的胜利可能反映了与土著人结盟的效果。①

2. 国王性质和议事会作用的相同

《罗摩衍那》中的国王并不是独裁专制的奴隶制国王，也不是普天率土的封建制君主，只不过是军事民主制时期的部落首领。如：十车王虽然称之为国王，但尚不具有国家形成后的统治者——国王的性质。在《罗摩衍那》中提到的“国王们”（2.1.36），很明显，绝对不是一两个国王。这许多国王，其实就是氏族或部落的酋长或首领。同样，在《摩诃婆罗多》中，所描述的国王更多。如：同般度族联盟的就有许多国王——般遮罗国的木柱王、摩差国的毗罗吒王、信度国的胜车王……此外，《摩诃婆罗多》中还描述：“妖连已经迫使近百个国王接受他的统治”（2.14.16），并有“有八十六个国王已被妖连囚禁，还有十四个未被囚禁”（2.14.19）。这一类众多国王的例证表明：他们绝对不是国家形成后的国王。这样的国王只不过是军事民主制时期的部落首领或军事指挥者。这正如印度学者德·恰托巴底亚耶说的“rajan 一词表示国王或酋长……甚至《剑桥史》的作者不得不坦白使用‘部落’一词来代替‘国王’。”②

在重大问题的处理上，都要在群众议事会上讨论决定。在《罗摩衍那》中，十车王想要立罗摩为太子，然而，他不能独自做主，必须同群众共同议定。于是，他准备召开群众大会。他邀请“各式各样的城镇居民，那些乡村里的老百姓，还有大地上的头领酋长”（2.1.35）来参加的群众议事会。一切重大问题，都得经过讨论决定后才能贯彻执行。在《摩诃婆罗多》中的《大会篇》，专家认为“也可译作《会堂篇》或《大会堂篇》。会堂（sabha）也是王

① ［德］赫尔曼·库尔克、迪特玛尔·罗特蒙特：《印度史》，王立新、周红江译，中国青年出版社 2008 年版，第 54 页。

② ［印］德·恰托巴底亚耶：《顺世论》，商务印书馆 1992 年版，第 594 页。

权的象征。”① 这似乎可以理解为军事民主制时期的政权机构。一切重大问题也都得经过群众议事会的讨论决定。如：在双方大战前，俱卢族难敌那方面已经推选毗湿摩为全军统帅。般度族为了选定七支军队的司令和全军的统帅，坚战召集所有兄弟和黑天共同商讨这一军机大事。坚战说：我们将首先与老祖父统帅的军队交战。因此，你们帮我选定七支军队的司令和全军的最高统帅。在商定之后，便“召来木柱王、毗罗吒、悉尼族雄牛（萨谛奇）、般遮罗族王子猛光、勇旗王、般遮罗族王子束发和摩揭陀王偕天。坚战按照礼仪，为七位热爱战斗的英雄、大弓箭手灌顶，立为军队司令。并指定‘猛光为全军统帅’”。(5.154.10.11)

3. 家庭形态和父子关系的相同

家庭形态总是伴随着生产方式、社会经济的发展而不断嬗变和进步的。从社会发展进程上看，家庭形态的变化经历了五个发展阶段：血缘婚家庭、群婚家庭、对偶婚家庭、父权制家庭和一夫一妻制家庭。军事民主制时期是同父权制家庭相对应的。父权制家庭和对偶婚家庭是属于过渡性的家庭形态，因而尚未形成较为稳固的家庭的伦理规范和行为准则，在父子关系上，儿子对父亲还不能完全做到悉遵父命、唯命是从，还不能像遵守达磨和信守诺言那样遵从父母之命。在两大史诗中，都可以看到儿子违背父亲心意和命令的表现。

在《罗摩衍那》中，我们看到：罗摩为了使父亲答应过吉迦伊的两个诺言不至落空，向母亲告别，而到森林去过流放生活。但是，他对父亲并不是没有怨言和不满的。他在森林中对罗什曼那说出对父亲的抱怨和私愤：

他年纪老了，没有人管，
又没有我在他跟前；
他好色受制于吉迦伊，
现在他却是要怎么办？ (2.47.8)

看到这样一个灾难，
国王神志完全昏乱，

① 黄宝生：《〈摩诃婆罗多〉导读》，中国社会科学出版社 2005 年版，第 37、38 页。

爱真正超过利和法，
我现在就是这样看。(2.47.9)

罗什曼那！即使是傻瓜，
有哪一个做父亲的，
会为了一个荡妇的缘故，
把我这样孝顺儿子丢弃？(2.47.10)

罗什曼那对父亲的态度，显得更为严重，不仅是埋怨和不满，而且由愤愤不平激发出反抗的情绪。他要打碎父亲和吉迦伊的希望（2.20.18），甚至对哥哥说："为了让这个大地统统归你所有，你就下命令吧！我是奴隶跟你走。"(2.20.35)

罗什曼那暴跳如雷，
他长叹一声把话来说：
"这位太子被流放山林，
他究竟犯了什么罪过？(2.52.18)

大王由于智慧短浅，
看不到发生的阻拦，
罗摩这次被流放，
带来了极大的灾难。(2.52.20)

我现在不再承认，
国王是我的父亲；
罗摩就是我的哥哥，
主子，父亲和亲人。"(2.52.21)

三弟婆罗多同二哥罗什曼那的态度是一样的，他认为母亲吉迦伊是被贪欲迷了心窍，因而使哥哥流放，使父亲死去。她"样子是妈，实是仇敌"，是

“个杀丈夫的坏蛋”(2.68.7)，是“破坏家族的女人”(2.68.8)，是她毁灭了“父亲的世系”(2.68.9)。他愤怒地斥责自己的母亲：“吉迦伊！滚出王国去！你这卑贱的坏东西！达磨已经把你抛弃”。(2.68.2)。不难看出，婆罗多维护的是家族的利益、父亲的世系和达磨的品德。他把家族、世系和达磨看得比亲情还重要。

在《摩诃婆罗多》中，也有类似的儿子违背父命的情况。不过，难敌这个儿子与《罗摩衍那》中罗摩、罗什曼那和婆罗多三兄弟的情况不同，难敌是由于狂热的贪欲而有违父命的。

当难敌对大家的劝说置若罔闻时，持国王对难敌耐心劝告：

> 难敌啊！你听我告诉你，儿子啊，如果你尊敬父亲，就照着做吧！祝你幸运！(5.147.2)
>
> 我是长子，而肢体有残疾，睿智的般度经过反复考虑，取消我的王权，般度虽然是幼子，但他获得王国，成为国王。他去世后，这个王国属于他的儿子们，克敌者啊！我并没有享有王国，你怎么能想要这个王国呢？(5.147.30)
>
> 坚战王子灵魂高尚，这个王国理应是他的。他是俱卢族人的主人和统治者，威力巨大。他信守诺言，永远精进努力，与人为善，听从亲人的命令，受臣民爱戴，对朋友仁慈，控制感官，是善人们的主人。宽容，忍耐，自制，正直，恪守誓言，博学，勤勉，怜悯众生，善于教诲，坚战具备国王的所有品德。你不是王子，行为低劣，贪婪，对亲戚不怀好意，缺乏教养，怎么能抢夺别人合法继承的王国呢？驱除痴迷，把一半王国，连同马匹和仆人，给他们吧！然后，你和你的弟兄们才能安度余生，王中因陀罗啊！(5.147.29—35)

持国王对难敌苦口婆心的谆谆教诲，丝毫没有打动难敌的心，他还是想通过战争夺得王权、土地和财富。这是儿子违抗父亲心意和命令的典型例证。

4. 婚姻习俗和选婿条件的相同

从婚姻习俗上对比考究，在《罗摩衍那》中，虽然没有《摩诃婆罗多》中反映的那么复杂多样，但并非是单一的，也是多种婚姻习俗并存的。十车王和十首罗刹王罗波那，是一夫多妻。十车王除了侨萨厘雅皇后之外，他还有三百五十个“黑眼女郎”的老婆。(2.31.30）他的这种一夫多妻，有主要的皇后和非主要的“黑眼女郎”们，正反映了在跨进文明历史门槛之前的对偶婚的原始遗风。

罗摩和悉多，是一夫一妻。可是，在罗摩未去森林流放之前，罗摩让悉多留在宫里，并对她说：

任何时候不能对婆罗多
做一点不愉快的事情，
因为他是国家的国王，
又是我们家族的头领。(2.23.31)

要按照习惯服侍国王，
使得他们满意又快乐；
这样他们才会施加恩惠，
不然的话他们就发火。(2.23.32)

罗摩的这一想法又似乎反映了一妻多夫习俗的原始遗风。然而，悉多并不赞同罗摩的想法，后来曾对他说：

英雄呀！你可要知道，
我完全遵照你的意志去办，
就像莎维德丽那样忠于
鸠摩斯那的儿子萨哆也梵。(2.27.6)

纯洁的人！除了你一个人以外，
我决不会像玷污门楣的女人那样，
就是在心里也不向别人瞅一眼，
罗摩呀！我一定要跟随你前往。(2.27.7)

你自己那年轻的妻子，
长时间来节操清纯。
罗摩呀！你像个戏子，
竟想把我送给别人。(2.27.8)

猴王须羯哩婆，在多年不知哥哥生死的情况下，娶了嫂子。虽然也是一夫一妻，却反映了兄死娶嫂的习俗。

同样的，在流放的森林中，悉多和罗什曼那的一次对话中，也使人看到了兄死娶嫂的习俗。当悉多听到了像似罗摩的惨叫声，她让罗什曼那快去救罗摩，他不去，因为哥哥在临走之前曾嘱咐过，让他一定要保护好嫂子。悉多着急，竟说出气话：

罗什曼那！表面上是朋友，
你实际上仇视你的哥哥。(3.43.5)

你哥哥处在这样境地，
你却不到他那里去，
你是希望罗摩死掉，
罗什曼那！好把我来娶。(3.43.6)

悉多的话语，也反映了兄终娶嫂的习俗。

此外，在《罗摩衍那》中，还反映了抢婚的习俗。十首罗刹王罗波那把悉多劫掠到楞伽城魔宫逼迫悉多嫁给他，实际上，就是一种抢婚。这也是一种原始婚姻习俗的残留形态。

如果将《罗摩衍那》的各种婚姻习俗同《摩诃婆罗多》中多种婚姻形态加以对比，可以说，是没有什么差别的。在《摩诃婆罗多》中，黑公主的一妻多夫，阿周那的一夫多妻以及他接受阿周那的建议、以抢婚的办法娶了阿周那的妹妹妙贤公主，达摩衍蒂和那罗以及莎维德丽和莎谛梵的一夫一妻，再加上贡蒂婚前生的迦尔纳以及婚后生坚战三兄弟，都是借种生子的结果。可见，两大史诗中都有多种婚姻习俗并存的情况，形象地表现了军事民主制时期原始婚姻习俗共同的真实特征。

两大史诗中的选婿条件也是相同的。罗摩和坚战都是以卓越的箭法功底而获得美好妻子的。罗摩以超群的力量拿起了谁也拿不动的既大又重的神弓，他不仅能拿起，还能装上弓弦，把它拉开，而且把它从中间拉断，迸发出惊人的巨响，犹如山崩地裂，震耳欲聋，“所有的人都跪在地上，只有罗摩兄弟俩除外”，(1.66.19) 因而得到了悉多这一美丽的妻子。这正像阿周那一样，以无与伦比的超群箭法，使兄弟五人共同得到黑公主这位众人渴望而难得的妻子。

二、对比表明《摩诃婆罗多》早于《罗摩衍那》

1. 文学体裁的对比

在季羡林先生的《罗摩衍那初探》中，论述《罗摩衍那》与《摩诃婆罗多》的关系时提出，指出有的东西方研究梵文的学者持有一个相同的观点：两大史诗虽然基本上属于同一时代，但是《罗摩衍那》要稍早于《摩诃婆罗多》。

> 在《摩诃婆罗多》《森林篇》里，坚战王由于黑公主被劫，心情抑郁。仙人摩哩乾底耶，为了安慰他，给他讲了《罗摩的故事》(Ramopakhyana)。这里只说是《罗摩的故事》，没有说《罗摩衍那》。……
>
> ……大家都会同意这样一个结论：《摩诃婆罗多》和《罗摩衍那》基本上属于同一时代、同一体系，而《摩诃婆罗多》则稍后于《罗摩衍那》，因为它已经借用了后者的题材，而且知道后者的名字。事实上，确实有不少东西方研究梵文的学者同意这个结论，比如德国的雅克比（H. Ja-cobi）和印度的苏克坦卡尔（V，S.Sukih an kar)。雅克比认为，《摩诃婆罗多》中的《罗摩的故事》是《罗摩衍那》的一个精确的摘要，苏克坦卡尔同意这个意见。①

雅史比和苏克坦卡尔的意见，对后来研究两大史诗的学者有很大的影响，成为《罗摩衍那》早于《摩诃婆罗多》一说的重要根据。然而，这个意见是值

① 季羡林：《罗摩衍那初探》，外国文学出版社 1979 年版，第 28—29 页。

得商榷的。《罗摩衍那》和《摩诃婆罗多》都是史诗，是同类的文学体裁，可是，《摩诃婆罗多》史诗中《罗摩传》，只是史诗中的一个插话，并不是史诗。这一插话，如果从文学体裁上加以分类的话，应该属于民间传说一类。

从文学体裁——文学表现形式的发展历史上看，神话故事和民间传说、民间歌谣是产生于人类社会初期的最早的文学形式。史诗虽然产生于人类的童年时期，但是要晚于神话故事和民间传说。晚出的史诗与较早的神话故事、民间传说却有着天然的密切联系。正如民间文学理论所阐述的：人类童年时代丰富多彩的神话故事和民间传说，为史诗的孕育和发展提供了大量的素材。史诗是在创造性继承神话故事和民间故事的基础上创作出来的。所以，《罗摩传》这一民间传说要比《摩诃婆罗多》和《罗摩衍那》两大史诗产生得早，两者都可能受到这一民间传说的影响。很明显，以《罗摩传》判断两大史诗产生的早晚，是不合逻辑的，违反文学体裁发展历史的。

季先生不同意苏克坦卡尔的意见。他说：

> ……那么，两书中有许多词句完全相同或非常相似的诗篇，就都应该源于《罗摩衍那》，而《摩诃婆罗多》只是抄袭者。苏克坦卡尔在《那罗插曲与罗摩衍那》这一篇文章里指出了不少这类的诗篇：《摩诃婆罗多》《森林篇》中达摩衍蒂的父亲毗摩派须提婆去寻找达摩蒂夫妇时须提婆一篇独白，同《罗摩衍那》《美妙篇》哈奴曼在楞伽城魔王无忧树园中看到悉多时的独白，词句几乎完全一样；《摩诃婆罗多》精校本 1.60.54—67，与《罗摩衍那》3.13.17—32 相同；《摩诃婆罗多》《大会篇》第五章 kaccit 起头的那些诗篇，在《罗摩衍那》中也可以找到相对应的诗篇。据苏克坦卡尔的意见，这些诗篇在《罗摩衍那》中"同上下文的联接比较自然"，因而可能是原有的，反过来说《摩诃婆罗多》中那些相应的诗篇就都是抄袭的了。
>
> 但是，如果根据以上所论列的就断然肯定了两部大史诗基本上属于同一时代、同一体系，而《摩诃婆罗多》则稍后于《罗摩衍那》的结论，那就是把复杂的问题简单化了。两部大史诗，除了相同之处以外，还有不少相异之处。举其大者，可以有以下六项：一、从地域上来看，《摩诃婆罗多》偏西，而《罗摩衍那》偏东；二、《摩诃婆罗多》是"历史传

> 说”，而《罗摩衍那》是“最初的诗”；三、从文体上来看，《摩诃婆罗多》有时候在诗篇之外加上“某某人说”，有点散文韵文结合的迹象，而《罗摩衍那》则纯粹是韵文；四、《摩诃婆罗多》内容庞杂，像一部大百科全书；《罗摩衍那》除第一篇和第七篇外，内容比较统一；五、二者虽然都使用输洛迦体，但《摩诃婆罗多》比较朴素，而《罗摩衍那》则有时着重堆砌辞藻，有点类似中国的齐梁文体；六、《摩诃婆罗多》中有一些原始风俗习惯的残余，比如一妻多夫制，家庭关系和婚姻关系比较混乱，在《罗摩衍那》中，家庭关系主要是封建宗法制，婚姻关系着重提倡一夫一妻制。所有以上这六项都告诉我们，在两部大史诗中，《摩诃婆罗多》应该是更原始一些的。①

因为《摩诃婆罗多》中的诗篇（1.60.54—67）与《罗摩衍那》（3.13.17—32）并非完全一样。如果将两者仔细比照，便很容易发现：在《摩诃婆罗多》诗篇中，找不到《罗摩衍那》中的下列诗句：

> 摩奴生下来了人类，
> 她属于尊严的迦叶波，
> 这就是婆罗门和刹帝利，
> 人中英豪！吠舍和首陀罗。（3.13.29）
>
> 经书说：嘴里生出婆罗门，
> 从双臂里生出刹帝利，
> 从两条大腿里生出吠舍，
> 首陀罗，是从双脚中生的。（3.13.30）

在《摩诃婆罗多》的诗篇中只是描述了“所有的伟大生物的降生”（1.60.68），反映的是把自然现象和自然势力视为神灵的自然崇拜观念。《罗摩衍那》的诗篇（3.13.17—32），除了表现各种生物的降生以外，又重点突出地

---

① 季羡林：《罗摩衍那初探》，外国文学出版社1979年版，第29—30页。

叙述了人类（“原人”，音译布鲁沙）和四种姓的降生。人类（“原人”）是神学家和哲学家设想的宇宙万有背后必然存在着一个永恒不灭的超验实在。这个人类（“原人”）是四种姓、诸神天和动植物的主宰，是时间、空间和方位等等的创造者，也是超验世界的主神。《摩诃婆罗多》诗篇（1.60.54—67）中反映的是自然神崇拜，属于多神信仰；《罗摩衍那》诗篇（3.13.17—32）中反映的是统率诸神的高位神，属于至上神信仰。由自然神崇拜的多神信仰发展到统率诸神的至上神信仰，由群神无首的无秩序状态发展到至上神一统诸神的井然有序，反映了社会文化的进步和人类认识的提高。不难看出，在宗教信仰上，《罗摩衍那》的诗篇（3.13.17—32）比《摩诃婆罗多》的诗篇（1.60.54—67）有了新的变化和提高，并非完全一样。这也是《罗摩衍那》比《摩诃婆罗多》晚出的又一个例证。

2. 自然景物描写的对比

在两大史诗中，都有对自然景物的描写。如果将《摩诃婆罗多》和《罗摩衍那》中的自然景物加以对比，我们就会发现：在《摩诃婆罗多》中的自然景物描写很少，而且同史诗中主要人物形象的心理活动和思想感情上的紧密联系比较少。同《摩诃婆罗多》相比，在《罗摩衍那》中，自然景物的描写不仅比较多，而且同史诗中主要人物形象的思想活动和感情变化的联系也较为紧密。

季羡林先生说：

> 在整个印度古代文学史上，专就描绘自然景色而论，《罗摩衍那》开创了一个新局面，达到了一个新水平。在这之前，在吠陀中，描绘自然风光的篇章不是太多，本上见不到华丽的词藻。到了《罗摩衍那》，情况有了很大的转变。在描绘自然景色方面，这部史书开辟了一个新的纪元。①

在《罗摩衍那》中，对自然景物的描写水平确实要高于《摩诃婆罗多》。试举一例：在《大会堂篇》中，对大会堂周围的自然景观是这样描绘的：

① 季羡林主编：《印度古代文学史》，北京大学出版社1991年版，第114页。

> 大会堂的四周有各种各样终年开花的大树，绿色的浓荫使人感到凉爽，景色赏心悦目。到处是散发幽香的丛林和开满荷花的池塘，那里有天鹅、野鸭和鸳鸯。微风吹拂，从四面八方把水中荷花的芳香以及陆地上的各种各样的花香带给般度族，供他们分享。(2.3.31—33)

在这里，既描绘了“各种各样终年开花的大树”，又表现了“散发幽香的丛林和开满荷花的池塘”，还有“天鹅、野鸭和鸳鸯”，四面八方，鸟语花香。虽然提到了“景色赏心悦目”，供般度族“他们分享”；但是，还是没有使人感受到般度族的喜怒哀乐。自然景物和人的感情变化似乎毫无联系。这样的《摩诃婆罗多》中自然景物的描写技巧，同《罗摩衍那》中的自然景物描写相比，显然是仍然处于需要提高的阶段。

《罗摩衍那》在自然景物的描写上，比《摩诃婆罗多》的描写水平稍高之处在于开始注意人物形象和自然环境的关系。在文学作品中，景物描写是不可忽视的重要组成部分。它不仅能交代人物形象活动的地点、时间，表现地方特色和时代风貌，而且还有助于塑造人物思想性格和展示作品的主题思想。在《罗摩衍那》中，口头创作者开始重视人物形象和自然景物的关系，自然景物会激发人物形象的心理活动和思想感情的变化。像我国古代的文艺理论家刘勰所说:“物色之动，心亦摇焉”,“情以物迁，辞以情发”。(《文心雕龙》《物色》)这也是我们常说的“触景生情”、“寄情于景”、“情景交融”。在印度古代的文学作品中，最早注意这一问题的恐怕就是《罗摩衍那》了。

罗摩、悉多和罗什曼那离开阿逾陀城，走进大森林，过着艰苦的流放生活。他们远离了人际交往，整天接触的是大自然。大自然的潺潺流水和丰美果蔬成为他们饮食之源，同大自然的感情日益亲密。印度人对热带、亚热带季节的变化比我们有更细微的体会。我们一年分为四季，而印度一年分为六季：春季（印历一、二月)、夏季（三、四月)、雨季（五、六月)、秋季（七、八月)、冬季（九、十月)、寒季（十一、十二月）六季。各个季节的自然景色，在《罗摩衍那》中都有生动的描写。特别是季节的变化对人物形象、思想感情和心理活动的触动，更有精细的描述。例如，冬季来临的景象，不能不触动罗摩的感情和内心的波动。在《森林篇》中描述：

月亮不像太阳受到欢迎，
月轮因露水而变得淡红，
它不像从前那样光辉闪烁，
好像一面哈上气的明镜。(3.15.13)

月光为寒霜所侵袭，
虽有满月，却不发亮，
看上去就像那悉多，
给酷暑弄得憔悴难当。(3.15.14)

猛虎般的人！在这时候，
虔诚的婆罗多正在城里，
受大折磨，严行苦行，
他完完全全忠诚于你。(3.15.25)

仰望“因露水而变得淡红”、“好像一面哈上气的明镜”似的月亮，罗摩既想到面前的妻子悉多，又挂念城里的婆罗多弟弟。悉多因跟他在森林是奔波而憔悴，婆罗多因忠诚于他而“受大折磨，严行苦行”，怎能使他不生怜爱之情！这种触景生情、情景交融的表现手法，在《摩诃婆罗多》中是难以看到的。

告别了万物萧疏的寒季，大森林迎来了春光明媚的美好季节，繁花似锦争奇斗艳，公母孔雀翩翩起舞，翱翔飞鸟纵情歌唱，然而四处奔波急于寻找悉多的罗摩，这万紫千红的自然风光不仅没有使他产生愉快，反而激发了无限忧愁。史诗描述了罗摩的哀思：

成群结队的鸟尽情地欢乐，
它们唱出了模糊不清的歌；
它们好像是在互相挑逗，
也让我忍受爱火的折磨。(4.1.21)

悉多现在落入别人手中，

她也像我这样苦痛；
我的情人说话甜蜜，
黑皮肤，长着荷花眼睛。(4.1.22)

惠风带着花香，旃檀香，
吹拂到人身上温暖舒畅。
我老是想着我的情人，
风吹着我像是烈火一样。(4.1.23)

和风惬人的心意，
乍起在荷花丝里；
又从树丛中吹出，
好像悉多在叹息。(4.1.31)

我们看到：罗摩胸中充满了对悉多千丝万缕的思念，带着这种主观的思念，观看各种不同的客观自然风光，所产生的主观相思意象，当然也是千差万别的。带着主观的情思观看客观景物，这种主观的感情必然要融入客观景物之中，使主观的情和客观的景和谐统一。这种情景交融的表现手法，在《罗摩衍那》中是屡见不鲜的；然而，在《摩诃婆罗多》中却是难以寻觅的。这是《罗摩衍那》晚于《摩诃婆罗多》的又一例证。

3. 史诗插话处理的对比

《摩诃婆罗多》和《罗摩衍那》，在插话的处理上存在着明显的不同。《摩诃婆罗多》中的插话，数量过多而且文体颇为繁杂，《罗摩衍那》中的插话数量较少而且文体多属文学性的。

《摩诃婆罗多》汉语全译本共有厚大的六册，约有五百万字。据粗略统计，共排印四千多页。其中，插话部分约占一千六百多页，故事情节部分约占三千四百页；插话部分将近故事情节部分的一半。在世界著名史诗中，其他任何一部都没有这么多的插话。

史诗中的插话，理所当然地应该是文学性的插话。插话，不仅要有文学性，并且还应该是同故事情节有比较密切的联系。但是，《摩诃婆罗多》中的插话，却与惯例相反，大部分插话是非文学性的。例如：《和平篇》，是宗教哲学性的篇章，主要是毗湿摩向坚战传授国王应具备的治国安邦之道。《王法篇》讲的是国王在正常时期的职责，《危机法篇》讲的是国王在危急时期的职责，《解脱法篇》讲的是实现人生最高目的——解脱的方法。这些非文学性的问题不适合当成史诗的插话。《教诫篇》，也是毗湿摩对坚战进行教训的长篇谈话。这两部史诗中非文学性的插话，内容庞杂，文字过长。如果把《和平篇》和《教诫篇》两篇合在一起，其长度约占史诗全诗篇的四分之一；而且，再加上散见于其他各篇中这一类论述宗教哲学的篇章，如《斡旋篇》中的《不寐篇》和《永善生篇》、《毗湿摩篇》中的《薄伽梵歌》和《马祭篇》中的《薄伽梵续歌》等等，其篇幅就更长了。

《罗摩衍那》中的插话，同《摩诃婆罗多》的情况相比，便有了较为明显的提高和进步。《罗摩衍那》中的插话，在第一篇的《童年篇》和最后的第七篇《后篇》中较多。在第一篇中，有《众友世系》、《恒的起源》、《战神的诞生》、《搅海的故事》等。在第七篇中，也有些古代寓言、神话传说和小故事等。从第二篇的《阿逾陀篇》到第六篇的《战斗篇》中插话较少。可见，《罗摩衍那》的艺术成就明显高于《摩诃婆罗多》，其创作时间必然稍晚于《摩诃婆罗多》。

第七节　罗摩与阿基琉斯伦理意识的比较

古代的史诗，无论是印度的《摩诃婆罗多》、《罗摩衍那》，还是希腊的《伊利亚特》、《奥德赛》，都是世界上古老民族历史的诗体记录，生动而形象地表现了人类童年时期的精神面貌，使人能更深入地理解英雄形象的性格特征。因而，结合古代史诗的实例，对东西方伦理意识进行比较研究，是值得重视的一个课题。

从事比较文化研究的学者早已发现：东方和西方在文化上有着共性，但也存在着鲜明的差异。这种差异，在伦理道德观上表现得尤为明显。

关于社会伦理意识，在古代的西方，相对地以个人为本位，突出个人的独立人格，强调个人的特殊作用，推崇不相隶属的人际关系，重视不受约束的个性自由；而古代的东方，在一定程度上以群体为本位，强调集团或家族的利益，重视族规、宗法的伦理规范，而个人的思想和言行不仅没有得到突出的强调、占有重要的地位，而且总是受到氏族社会遗留下来的传统观念的羁绊和约束。这两种文化的基本特征表现在英雄人物身上，阿基琉斯的伦理意识往往以自我为中心，突出个人作用，他的英雄荣誉观念，其实质只不过是个人的私欲和贪心。在《伊利亚特》中，无论是神际关系和人际关系，往往是以大欺小，以强凌弱，钩心斗角，互相倾轧。然而，罗摩的伦理意识则是注重社会的整体利益，强调利他精神，提倡平等待人，主张爱护众生。在《罗摩衍那》中，提倡献身“达磨”的精神，重视克己奉公的美德，主张己所不欲勿施于人，强调正心修身，宣扬团结友爱的群体观念。

东西方史诗中英雄形象在伦理意识上的明显差异，主要表现在以下几个方面：

一、对待荣誉的态度不同

在《伊利亚特》中描写：阿伽门农抢走了阿基琉斯钟爱的象征荣誉的奖品——女俘布里塞伊斯，又在众人面前侮辱了阿基琉斯。这种关系到个人荣誉的大事，罗摩也遇到过。《罗摩衍那》中描写：年迈的十车王想要立一太子为王，在征求意见时，大臣和民众一致称赞长子罗摩，便决定为罗摩举行灌顶典礼，让他继承王位。可是，由于十车王的二皇后吉迦伊听从女奴曼他罗的谗言，向十车王提出两个要求：要罢黜罗摩，“把罗摩放逐十四年”；同时，让十车王给她自己生的儿子婆罗多加冕，登基为王。

罗摩和阿基琉斯，同是古代史诗中著名英雄，但是，对待荣誉的态度，却表现出极大的不同。阿基琉斯为此感到奇耻大辱，觉得贬低了身价，激起极大的愤怒，暴跳如雷，怒发冲冠，甚至想要拔刀同阿伽门农死拼。后来由于雅典娜女神的暗中示意，才算罢休。但是，从此开始，他采取按兵不动、不再出战的办法反抗阿伽门农。因而，希腊军队连连失败，在军营中个个忧心忡忡。阿伽门农为自己的错误行为感到后悔，愿意痛改前非，决定向阿基琉斯道歉，并提出和解条件：交出女俘布里塞伊斯，并赠送七个三脚鼎、十个塔兰同的黄金、二十口大铜锅、十二匹跑马、七个精工女子；还答应胜利后，可以从阿伽门农的三个女儿中任选一人做阿基琉斯的妻子。奥德修斯特意说明希腊军队的重重困难和危险处境，劝说阿基琉斯应可怜待毙的同胞，不计前仇，回心转意。但是，阿基琉斯还是坚决地加以拒绝。他在维护个人荣誉问题上所表现的傲慢、执拗，已经把希腊军队的胜败置于脑后了。他过于重视个人尊严，把个人荣辱置于希腊集体利益之上，引起了人们的议论和谴责。这正像奈斯托尔对阿基琉斯的挚友帕特罗克洛斯所说的："我真不懂，阿基琉斯为什么会这么关心这儿那儿的意外事，却把全军人受到的灾难只当没看见……那阿基琉斯虽然也是个战士，可对达那俄斯人一点儿都不关心怜悯。他是在等待着我们大家毫无办法的时候眼看我们那些华贵的船舶在海边着起火来，我们的军队被打成肉酱吗?"①

罗摩，同阿基琉斯形成了鲜明的对比：他并没有因为失去个人的荣誉和王位而愤怒，更没有迁怒于父王、吉迦伊以及其他任何人。他不仅心平气和、理智冷静、泰然处之，而且向吉迦伊明确表示："皇后呀！我并不自私，/一定要占有这个王国。要知道，同仙人一样，/我完全献身于达磨。/……如果我能做点事情，/让父王陛下心里高兴；/我连性命都可以丢弃/……照父亲的话办事，/再也不会有任何比这高的道德品质。"（2.16.46、47、48）不难看出：罗摩对王位继承这样重大荣誉问题的态度和处理办法，首先考虑的不是个人，而是宗族的社稷、家系的政治和父王的利益，总之，他想的是家庭、集体和他人。同阿基琉斯突出个人、维护个人利益，以个人得失为轴心处理荣誉问题的态度显然是不同的。

特别是《罗摩衍那》中描写：罗摩是以"达磨"的精神约束自己的言行的，这更是阿基琉斯所没有的。罗摩所说的"达磨"，结合《摩诃婆罗多》和《罗摩衍那》中的多处描写，似乎可以理解为英雄人物应该遵守的氏族社会遗留下来的言行准则，属于伦理道德范畴的标准和原则。"达磨"，像试金石一样，可以测试出英雄人物的伟大与渺小、正义与不义、善与恶。罗摩之所以受到人们的尊重、敬佩，正是因为他遵守、维护和献身于"达磨"。十车王的二皇后吉迦伊遭到人们的唾弃，甚至连儿子婆罗多都咒骂她，其根本原因在于违反了"达磨"。欲壑难填的私心，使她变成了众人蔑视的卑劣小人。可见，"达磨"要求英雄人物和社会成员应该重视和维护社稷的安危和民族的利益，使个人服从于整体。这正像《罗摩衍那》中通过罗摩的言行所一再宣扬的："真理

① 傅东华译：《伊利亚特》，人民文学出版社1958年版，第211页。

是人世间最高的达磨”、“人世的主宰”。(2.101.12、13) 在阿基琉斯的头脑中，却丝毫没有这种伦理意识和道德观念。

二、对待战争的动机和目的不同

罗摩和阿基琉斯在如何对待战争的问题上，也是根本不同的。在东西方史诗中，被歌颂的英雄人物几乎都是热衷于战争的、充满英雄气概的。罗摩和阿基琉斯的英雄行为、英雄主义精神总是与战争的动机和目的紧密相联的。这两个英雄人物的战争动机和目的，却存在着重大差异。对阿基琉斯来说，战争的动机和目的，虽然也涉及集体的利益，但是，更主要的动力是对荣誉和财富的欲望。征伐，本是古代英雄人物的正常营生，但是，在勇猛奋战的英雄主义精神中蕴含着个人的贪欲——实现更大的掠夺，获取更多的战利品。阿基琉斯，这个从野蛮阶段跨进文明时代门槛的、即将登上奴隶主宝座的氏族贵族式的英雄，在家乡的宅院里活动着显示财富的家奴，在战争的营帐里增加着象征荣誉的女俘——奴隶，而且他还想不惜牺牲一切，获得更多的荣誉——更多的财富、更多的奴隶。

同他相反，罗摩的战争动机和目的，绝不在于追求个人的荣誉和财富，更不在于抢劫战利品和掳掠女俘。在《罗摩衍那》中，罗摩参加的两次战争，都是胜于雄辩的实证。第一次战争，是罗摩帮助猴王国须羯哩婆国王打败了篡夺王位、霸占弟媳的哥哥波林。这是反对蹂躏人妻、篡夺王权和祸国殃民的战斗，当然是正义的。当罗摩射倒波林，教训他时说：“我现在对你 / 把话说个一清二楚，/ 你不要仅仅由于生气 / 就把我诟骂污辱。/ 请看一看其中的原因，/ 我为什么把你射倒;/ 你玷污了你兄弟媳妇，/ 就把永恒的达磨丢掉。”(4.18.17、18) 波林在临死之前，也承认了自己的罪错：“听完了罗摩这一番话，/ 波林真是痛苦难当；/ 这一个猴群的主子，/ 合掌对罗摩把话来讲：/ 优秀的人！你所说的 / 都是丝毫没有疑问，/ 我这个坏蛋无法回答，/ 你是一个优秀的人”：“我完全背离了达磨，/ 我在罪犯中是魁首。/ 愿你用合乎达磨的话 / 深通达磨的人！把我来救。”(4.18.40、41、) 罗摩的战争动机是为了惩处篡夺王位、霸占弟媳的违反达磨的罪恶行径。罗摩和波林的对话表明：达磨是人人必须遵守的；无论是人际交往、家庭关系，还是征战行为，都要符合达磨的精神。

罗摩的第二次战争，是因为妻子悉多被十首罗刹王罗波那劫掠到楞伽岛，罗摩在猴王国须羯哩婆的帮助下进行的正义之战。罗摩的英雄行为是善、正义和公理的象征，体现了《罗摩衍那》维护达磨、宣扬达磨的主题。

罗摩的善、正义和公理的精神，还表现在战胜罗波那之后，他并没有像阿基琉斯那样对战利品和女俘垂涎三尺，贪求更多的财富。恰恰相反，他在楞伽城为罗波那的弟弟维毗沙那灌顶，举行即位仪式，让他管理这个王国。罗摩的这一决定，体现了他的善和正义精神，也是符合史诗主题思想的。

三、对待朋友和敌人的态度不同

从如何对待朋友的态度上，也可以看出阿基琉斯和罗摩的明显不同。

当特洛亚人已经打到希腊军队营盘的周围时，阿基琉斯的好朋友帕特洛克罗斯前来向阿基琉斯借铠甲。阿基琉斯同意了，但是却提出了条件。他说：

> 那末好吧，你就穿上我那套光辉的铠甲，率领我的好战的墨耳多斯人上战场去吧……你得听我告诉你一个限度，好让达那俄斯的军队知道看重我，尊敬我，把那可爱的女子连同充裕的赔偿送还我。你一经把特洛亚人从船舶旁边赶开，就得马上回到我这里来……你不跟我在一起是决不能去同那些好战的特洛亚人打的——你这样做只足以降低我的价值。①

借铠甲给朋友，帮助朋友去战胜敌人，本是一件好事。但是，他却提出了条件，对朋友的行动加以限制和约束。这就充分暴露了阿基琉斯对荣誉的私心和对财富的贪欲。可见，他的言行总是以自我为核心的，万变不离其宗，任何时候做什么事情都念念不忘个人的利益。但是，罗摩在帮助别人的时候，他帮助朋友须羯哩婆恢复了王位，重建了王国，不仅没有索取任何报酬，毫无私心，而且在战胜波林之后，竟没有在猴王国居住，“罗摩带着他弟弟，/ 走向钵罗舍婆诺山中。/……在那座山的峰顶上，/ 有一个宽敞的山洞；/ 罗摩同罗什曼那，/ 占据了它作居住之用。”（4.26.1、4）只做奉献，不图索取，正是一种利他精神的生动表现。

---

① 傅东华译：《伊利亚特》，人民文学出版社 1958 年版，第 297 页。

在如何对待敌人的态度上，阿基琉斯的表现和罗摩的做法，也是完全不同的。阿基琉斯受到自私自利心理的驱使，在生死搏斗中显得异常的冷酷、残忍和惨无人性；他一点也不像罗摩那样，心地善良，待人温厚。

阿基琉斯在同赫克托尔的最后战斗中，赫克托尔首先对阿基琉斯说："我已经下了决心跟你个对个地打，或者杀了你，或者被你杀。可是咱们先来谈一谈条件……我把你杀了，那我保证决不在你的身体上头施行习惯所不批准的暴行。我要做的，阿基琉斯，就只从你身上把你那套辉煌的铠甲剥下来。然后我就把你的尸体交给阿开亚人去。你对于我也愿意这样吗?"① 赫克托尔真诚地按照传统的习俗想要同阿基琉斯订一口头协议，准备一人死后，由生者按协议办事，这反映了古代英雄的坦率和直爽。但是，傲慢和自大使阿基琉斯毫不理睬这一建议，他恶狠狠地看了赫克托尔一眼，神气十足地说："狮子不跟人来讲条件，狼也不跟绵羊分庭抗礼的——他们始终是仇敌。你和我也是这样。"② 这种粗暴和野蛮的态度，违反了传统习俗，在古代社会中是罕见的，甚至令人惊讶。

当打倒赫克托尔时，阿基琉斯耀武扬威，显示自己的不可一世："你始终没想到……一个比帕特洛克罗斯更强得多的人……这个人已经把你打倒了。现在狗和即食肉鸟就要来毁伤你，扯碎你，我们阿开亚人可要去给帕特洛克罗斯举行葬礼了。"③ 倒在尘埃里的赫克托尔用微弱的声音说："我求求你……不要把我的身体丢给阿开亚人船边的狗去吃，让他们来赎回我去吧。"④ 阿基琉斯对他怒目而视："你这狗……只恨不得自己有这胃口把你一块块的切了生吃下去呢。可是至少这一点是确定了：决不会有人来替你赶狗，哪怕特洛亚人拿了比你的身价加十倍二十倍的赎款来……拿你身体一般重的黄金来赎你——哪怕是这样，你的母后也不能够把你放在灵床上头来哭他亲生的儿子，只有狗和食肉鸟来吃掉你的份儿了。"⑤ 对阿基琉斯的冷酷残忍和歹毒心肠，赫克托尔直到临断气时才有所认识："我这才看透了你的为人，懂得了你的心肠了！""你的心是

① 傅东华译：《伊利亚特》，人民文学出版社 1958 年版，第 417 页。

② 傅东华译：《伊利亚特》，人民文学出版社 1958 年版，第 211 页。

③ 傅东华译：《伊利亚特》，人民文学出版社 1958 年版，第 419 页。

④ 傅东华译：《伊利亚特》，人民文学出版社 1958 年版，第 211 页。

⑤ 傅东华译：《伊利亚特》，人民文学出版社 1958 年版，第 419—420 页。

铁一般硬的——我刚才是白费口气呢。”①

然而，更有甚者，是飞往哈德斯宫的赫克托尔的灵魂难于想到的：阿基琉斯对赫克托尔的尸体加以无法想象、令人发指的羞辱和凌虐。

“他把他的两只脚上从脚跟到脚踝的两条筋切开来，穿进了皮带，把它们拴上战车，让那脑袋在地上拖着……自己也上了战车……那两匹马就兴兴头头飞也似的去了……赫克托尔的脑袋在尘埃里打滚儿。”②

赫克托尔的父亲看到这目不忍睹的暴行，气愤地说：阿基琉斯是“没人性的怪物！”这也是史诗的作者——人民大众对他的谴责和唾弃。

同阿基琉斯对敌人的冷酷、残忍、粗暴和毫无人性相比，罗摩对敌人的态度却显得温和、敦厚、善良、仁慈和充满人情味。他帮助猴王国的须羯哩婆打败了哥哥波林之后，明确告诉波林：为什么要射倒他，把原因说得明明白白，使波林在临死前承认了自己的错误。在波林死后，罗摩又充满感情地说：“须羯哩婆呀！你立刻 / 就给死者举行葬礼；/ 先把波林的尸体烧化，/ 同陀罗、鸯伽陀一起。”（4.24.13）罗摩告诉须羯哩婆要照顾波林的妻子、儿女：“鸯伽陀精神痛苦，/ 你要把他去安抚。”（4.24.15）史诗中还描写：对波林之死，“有大力量的罗摩，同须羯哩婆一样悲伤；/ 他也同样地哀痛，/ 他让人举行祭葬。”（4.24.44）罗摩的豁达大度、对波林想方设法加以教育和帮助，晓之以理，动之以情，对波林的家属也是多方关照和细心安排，同阿基琉斯对敌人的态度形成了鲜明的对比。

罗摩同十头魔王罗波那有夺妻之恨，罗波那的弟弟前来投诚，决心归附罗摩。猴王国有人认为：“他是来自敌人那里，/ 无论如何也要问一问；/ 因此，对维毗沙那，/ 我们不能立刻就信任。”（6.11.30）因而，有人建议：把他丢开、赶走，罗摩却排除众议：“我无论如何不应拒绝 / 一个来投奔的朋友；/ 即使他身上还有缺点，/ 好人也不责备谇诟”（6.12.3）“不管这个罗刹，/ 用意是善还是恶；/ 连最小的危害，我对他也不能作”（6.12.9）；罗摩还借用甘琉仙人的话语教育大家：“敌人遭难来投奔你，/ 来到这里，双手合十；/ 即使为了仁慈，克敌者！/ 你也不能把他杀死”（6.12.14）；“如果受迫害或者发昏，敌人来到这

① 傅东华译：《伊利亚特》，人民文学出版社 1958 年版，第 420 页。

② 傅东华译：《伊利亚特》，人民文学出版社 1958 年版，第 421 页。

里投奔：/ 即使拼上自己的命，/ 克己的人也要保护敌人。”（6.12.15）罗摩对投诚者和对敌人总是仁慈、宽恕、温和和敦厚的；即使在战胜敌人之后，他也是毫无私心的。罗摩射死十头魔王之后，他决定，在楞伽城中为十头魔王的弟弟维毗沙那灌顶，立他为楞伽国王。罗摩说：“亲爱的！维毗沙那，/ 罗波那的亲兄弟，/ 在楞伽城，/ 我将欢喜极满意。”（6.100.10）可见，罗摩对敌人的态度，绝不像阿基琉斯那样——凶恶地杀害、冷酷地摧残和残忍地复仇。两者相比，确有天壤之别。

四、东西方伦理意识的显著差异

希腊的《伊利亚特》、《奥德赛》和印度的《摩诃婆罗多》、《罗摩衍那》，都口头创作于人类童年时代。希腊史诗和印度史诗一样，是古希腊人和古印度人“由野蛮时代带入文明时代的主要遗产”。[①] 在由野蛮时代向文明时代转化的过程中，日益增长的私心和欲壑难填的贪欲，得到了前所未有的增强。正像恩格斯所说的：“鄙俗的贪欲是文明时代从它存在的第一日起直至今日起推动作用的灵魂；财富，财富，第三还是财富——不是社会的财富，而是这个微不足道的单个的个人的财富，这就是文明时代唯一的、具有决定意义的目的。”[②] 为了追逐个人的财富，不顾亲情和理智，拼命搏斗和厮杀，甚至子弑其父者有之、臣弑其君者颇不乏人。《伊利亚特》中的阿基琉斯为了同阿伽门农争夺一个女俘竟不顾阿凯亚人全军的胜败，既不参加战斗，也不参加集会。《奥德赛》中的奥德修斯为了捍卫自己的财富和妻子而杀死所有的求婚者。《摩诃婆罗多》中的难敌为了王位和财富，一次次地想害死怖军，甚至想把般度族五兄弟都烧死在紫胶宫中。这一系列的罪恶行径表明：无论是在西方或在东方，都存在着不顾一切追逐财富的凶残暴行。

在以追逐私有财产为动力的新的社会中，日益突破了氏族社会维护集体利益的传统习俗和人际关系，人们独立自主的主观能动性得到了空前的加强；以财产的私人所有权为基础的个人交往得到了迅速的发展。因此，在政治上，新的城市民主制把这些私有财产的占有者看作是享有平等权利的自由人；在经

---

① 《马克思恩格斯文集》第 4 卷，人民出版社 2009 年版，第 38 页。

② 《马克思恩格斯文集》第 4 卷，人民出版社 2009 年版，第 196 页。

济上，出现了以个人的独立“人格”为基础的平等、自主的交换关系；在道德上，也就形成了以突出个人利益为依据的适应私人占有的伦理意识和人际关系。

但是，如果对东西方的伦理意识进行全面地比较，虽然双方存在着共性，但也具有鲜明的差异。在西方，虽然也有集体精神、民族观念和英雄主义，但是往往突出个人的作用，强调利己的私欲。在东方，虽然也有个人的私心、利己的欲望和邪恶的杂念，但是常常重视社会整体公益，以集体和他人的利益为重，以民族和社稷的安危为重。

古代东方的伦理意识，也是具有特点的古代东方社会的产物；罗摩的伦理意识，是以达磨为核心的，处处以达磨的精神约束自己的言行，把遵循达磨、躬行达磨看成是人人必备的美德。达磨是印度古代社会独特的历史产物。在古代的东方，尤其是在古代的印度，农业经济占有绝对的优势，氏族公社的残留意识形态一直遗传下来。古代印度的农村公社，像束缚生产力的发展一样，也阻碍和影响人们精神面貌和伦理意识的变化。以农村公社为基础的农业经济很难冲破氏族社会的传统道德。因而，不仅达磨的传统观念得以继续留存，而且达磨依然发挥着约束人们言行的作用，原来氏族社会的道德规范和行为准则还有很大的影响力。这种由原始社会流传下来的维护氏族整体利益和血缘亲情的达磨观念，一直也未蜕变为区分社会等级、含有宗法特点的伦理道德规范，在一定程度上依然发挥着维护社会整体共同利益、坚持素朴的自由平等观念、促进互相帮助团结友爱的积极作用。达磨观念，在进入文明社会阶段以后，虽然增加了新的因素，但是这一传统的氏族伦理道德规范和人际关系准则，对人们依然具有一定的约束力。

关于“达磨”，贾瓦哈拉尔·尼赫鲁说过：

《摩诃婆罗多》里面包括着黑天的传说和那极有名的薄伽梵歌。即不管这首歌的哲学，它在治国的政略方面而且一般地在人生方面，也是注重于伦理和道德的原则的。没有“达磨”这个基础，也就没有真正的快乐，而社会也就团结不起来了……但是“达磨”本身是相对的，是会随着时代的周围的客观条件转变的。只除了某些基本原则，如谨守真理和非暴力等以外，这些原则是永恒不变的，但除此以外，“达磨”，这义务和责任的合体，是随时代的变迁而转变的。

……《摩诃婆罗多》的教义曾经总结在这一句格言里："己所不欲，勿施于人。"它是强调社会福利的……史诗中说："凡是无益于社会福利或使你们问心有愧的事都不可做。"①

从这一分析中，也可以看出《摩诃婆罗多》、《罗摩衍那》和罗摩所表现的达磨的伦理意识和印度传统的道德观念迥然不同于古希腊伦理注重个人私利的鲜明差异。

第八节 《罗摩衍那》的深远影响

《罗摩衍那》史诗和《摩诃婆罗多》史诗一样，对印度的口头文学、文人创作和文化生活产生了重大而深远的影响。

《罗摩衍那》的传说作者蚁垤在《童年篇》第二章第三十五颂中曾充满自信地预言过这部史诗与日月同辉的重要价值：

只要在这大地上，
青山常在水长流，
《罗摩衍那》这传奇，
流传人间永不休。(1.2.35)

印度各族人民和世界各国的读者对《罗摩衍那》的喜爱至今不衰。据印度学者的统计，《罗摩衍那》的各种语言的手抄本，大约有两千多种以上，并有五十多种梵文注释本。一部古代文学作品，能赢得人民群众这样的热爱和重视，在世界文学史上也是罕见的。

一、对梵语古典文学的影响

《罗摩衍那》对印度梵语古典文学的创作和各种方言文学的创作都有明显

① ［印］尼赫鲁：《印度的发现》，世界知识出版社 1956 年版，第 124—125 页。

的影响。从这一史诗问世以后，不断地涌现以罗摩故事为创作题材的梵语古典文学的新作品，文体繁多，不一而足。刘安武先生曾经对其长篇叙事诗和戏剧两种体裁的作品进行过探索和统计，现将其研究成果抄录如下：

作者	作品
迦梨陀娑	《罗怙世系》
贵军	《架桥记》
跋底	《十首王的伏诛》
鸠摩罗陀娑	《悉多的被掳》
阿毗南陀	《罗摩传》
安主	《十化身本事》
	《罗摩衍那花簇》
沙格尔耶·马拉	《高尚的罗摩》
杰格尔	《悉多出阁》
摩亨，斯瓦米	《罗摩传》
无名氏	《神灵罗摩衍那》
跋娑	《形象剧》
	《登基剧》
薄婆菩提	《大雄传》
	《罗摩传后篇》
迪纳德	《茉莉花环》
牟罗利	《无价的罗摩》
王顶	《儿童的罗摩衍那》
达摩德尔	《哈奴曼戏剧》
希格迪·帕德尔	《奇异的花冠》
亚雪沃尔马	《罗摩的出生》
无名氏	《伪造的罗摩衍那》
	《十首王的劣迹》
	《幻觉的彩车》
	《十首王的幻梦》

契尔・斯瓦米	《新罗摩》
拉姆金德尔	《罗摩的欢乐》
胜天	《欣喜的罗摩》
赫斯迪・马拉	《幸福的悉多》
苏帕德	《使者鸯伽陀》
帕斯格尔	《失去理智的罗摩》
米希尔・德沃	《罗摩的出生》
马哈德沃	《奇镜》
拉姆帕德尔，迪契德	《悉多出嫁》①

这一目录所反映的仅仅是长篇叙事诗和戏剧方面的影响，如果再加上短诗、杂诗、故事和诗文并用的“占布”——如《罗摩占布》、《十首王占布》等文学体裁，《罗摩衍那》对梵语古典文学有极为广泛的影响。

二、对各种方言文学的影响

印度在10世纪以后，逐渐形成了不少地方语言，用各种地方语言创作的文学作品中，也有许多作品是以《罗摩衍那》史诗中的故事为创作题材的。在这一方面，刘安武先生对19世纪以前用各种地方语言创作的较为著名的长篇叙事诗和戏剧，也进行了探索和统计，现将其研究成果也抄录如下：

印地语

阿格尔达斯（15、16世纪）	《罗摩入定花簇》
杜勒西达斯（16、17世纪）	《罗摩功行之湖》
格谢沃达斯	《罗摩之光》

阿萨姆语

马特沃，耿德利（14世纪）	《阿萨姆罗摩衍那》
杜尔迦沃尔（14世纪）	《罗摩衍那》
辛格尔德瓦（15、16世纪）	《罗摩的胜利》

① 刘安武：《印度两大史诗研究》，北京大学出版社2001年版，第229—230页。

马拉提语

埃格那特（16 世纪）	《精义罗摩衍那》
穆格德希瓦尔（17 世纪）	《简明罗摩衍那》
希特特尔（17、18 世纪）	《罗摩的胜利》

泰卢固语

帕斯格尔（13 世纪）	《泰卢固罗摩衍那》
伦格那特（13 世纪）	《罗摩衍那》
迪耿·索姆亚吉（13 世纪）	《罗摩衍那》

卡纳尔语

那格金德尔（11、12 世纪）	《本伯罗摩衍那》
古马尔·瓦尔米基（15 世纪）	《罗摩衍那》
德沃金德尔（19 世纪）	《罗摩化身故事》
苏德（19 世纪）	《奇异罗摩衍那》

马拉雅兰姆语

拉姆·沃尔马（13 世纪）	《罗摩传》
伯尼格尔（14、15 世纪）	《罗摩衍那》
杜杰德·埃修德钦（16 世纪）	《神灵罗摩衍那》
戈因德布朗（19 世纪）	《罗波那的胜利》①

这些所列作品虽然只不过是极少的一部分，但是，却足以证明《罗摩衍那》史诗对印度语言文学创作的广泛影响。

《罗摩衍那》，不仅对印度的文学创作产生了不可轻估的影响，而且对印度的音乐、舞蹈、绘画、雕塑等艺术创作也都产生了明显的影响。在人民群众的文化生活中，可以随时看到《罗摩衍那》的影响。人民群众在节日的集会上，要朗诵和吟唱《罗摩衍那》中的诗章；要演出《摩罗衍那》故事的戏剧，并演出与《罗摩衍那》有关的舞蹈。《摩罗衍那》中的主要人物形象成为人们称赞的对象，甚至当成生活的楷模。许多人崇拜罗摩，妇女们敬重悉多，神猴哈奴曼也受到了狂热的喜爱。

① 刘安武：《印度两大史诗研究》，北京大学出版社 2001 年版，第 233—234 页。

三、对东南亚各国文学的影响

《罗摩衍那》史诗对国外的影响，最早出现在东南亚各国。大约从公元4世纪开始，在这一地区口头流传，许多国家都先后出现了各种罗摩故事。在11世纪有了文字以后，陆续出现了由各种文字记录整理编订的文本。从东南亚海岛地区方面看，有印度尼西亚的爪哇语罗摩故事、马来西亚的马来语罗摩故事、印度尼西亚国语罗摩故事和菲律宾的罗摩故事等。从东南亚半岛地区方面看，泰国、老挝、柬埔寨、缅甸和越南，都有罗摩故事。① 当然，这些罗摩故事在流传的过程中都根据各民族的文学传统、民族性格、社会环境的不同，其故事情节、人物形象、所用语言，都有所变异。同时，各种不同体裁的文学作品：诗歌、小说、散文和剧本等，也相继涌现。

特别值得提出的是，表演艺术的罗摩故事和造型艺术的罗摩故事，也层出不穷。印度尼西亚和马来西亚的哇场、爪哇的歌舞剧、巴厘岛的罗摩舞剧和舞蹈、泰国的皮影戏和木偶戏、柬埔寨的皮影戏和考尔剧、缅甸的木偶戏罗摩舞剧，深受群众喜爱。印度尼西亚和柬埔寨的罗摩故事浮雕、泰国与缅甸的罗摩故事雕刻和绘画、老挝乌勐寺的罗摩故事壁画，颇受称赞。②

四、对欧美文学的影响

自近代以来，翻译的《罗摩衍那》开始介绍到欧洲，也很受欢迎。季羡林先生在评述《罗摩衍那》在欧洲受到重视时说：

> 这一部大史诗的影响决不限于亚洲，在欧美同样引起重视，只是时间晚了一点。Gaspare Gorresio 有意大利文译本（Parigi，1847—1858），共五本。H.Fauche 有法文译本（Paris，1854—1858），共九本。RalphT.H.Griffith 有英文译本（Benares and London，1870—1874），译文是诗歌；另有散文译本，译者是 Manmatha Nath Dutt，（Calcutta，1892—1894），

① 详见张玉安、裴晓睿：《印度的罗摩故事与东南亚文学》第四章，昆仑出版社2005年版，第83—166页。

② 详见张玉安、裴晓睿：《印度的罗摩故事与东南亚文学》第六、七章，昆仑出版社2005年版。

共七本。Romesh Dutt 有英诗节译本（London，1900）。德国诗人 J.Ruckert 写诗介绍《罗摩衍那》。从那以后，苏联、日本、美国等国都有了新译本，有的还没有出全。总之，我们可以说，《罗摩衍那》已经在世界范围受到注意，其影响还将继续扩大与深入。①

同东南亚各国的情况相比，欧美各国以罗摩故事为创作题材的文学作品不多。但是，自近代以来，梵文原本的《罗摩衍那》开始介绍到欧洲。从1843 年到 1867 年之间，意大利学者高瑞西乌曾根据孟加拉版本编校出版了梵文《罗摩衍那》。自 19 纪中叶以后，意大利文、德文、法文和英文的译本相继出现，有全译，也有节译，还有散文译本，甚至也有同一种语言的不同译本。德国诗人吕克特曾以《罗摩衍那》的故事为题材，创作诗篇，风靡一时，流传极广。近来，据说不仅有了俄文和日文的译本，美国也组织了专门的学会，翻译和研究《罗摩衍那》。在世界上，研究《罗摩衍那》的学者逐渐增多，并写出了不少论文，可见，这部史诗对世界人民影响之深广。

同东南亚各国的情况相比，欧美各国以罗摩故事为创作题材文学作品不多。但是，欧美学者的研究专著和评论文章较多，针对有关《罗摩衍那》的各种学术问题，通过争论进行了深入探讨。有的评论是在印度文学史或文化史专著中对《罗摩衍那》进行评论的，如：英国阿·麦克唐纳的《梵语文学史》(1905）和《印度文化史》(1927)、德国莫里茨·温特尼茨的《印度文学史》第二版（1909)、美国的《印度文学史——从吠陀时代到当代》(1931)、法国的《古代印度》第一卷（1949)、苏联的《古代东方文学》(1962）等，还有各国学者关于研究《罗摩衍那》的大量学术论文。这些情况充分反映了欧美对《罗摩衍那》的喜爱和研究兴趣。

五、对我国文学的影响

我国可能是世界上最早了解《罗摩衍那》史诗的国家，早在公元 251 年，三国时期的吴人康僧会（？—280）翻译的《六度集经》卷五第 46 个故事《国王本生》中所说的“王与元妃”的故事就是罗摩和悉多的故事。公元 427 年，

---

① 季羡林主编：《印度古代文学史》，北京大学出版社 1991 年版，第 121—122 页。

元魏时期的僧人吉迦夜和昙曜翻译的《杂宝藏》卷一第 1 个故事《十奢王缘》，讲的就是罗摩的故事，十奢王即十车王。如果将《国王本生》和《十奢王缘》合在一起，可以说就是《罗摩衍那》的完美故事梗概。

还有一些佛经，也多次提到两大史诗，如：后秦时期鸠摩罗什（344—413）译的《大庄严论经》卷第五中所说的《罗摩延书》，以及梁陈时期的印度三藏法师真谛（499—569）译的《婆薮槃斗法师传》中说的《罗摩延书》，均指《罗摩衍那》。唐朝玄奘（602—664）译的《阿毘达磨大毘婆沙论》卷第 46 中所说的《逻摩延拏书》，也是指的《罗摩衍那》。①

自近现代以来，著名的有识之士对印度的两大史诗相继称赞，从鲁迅先生《摩罗诗力说》中的赞美开始，经苏曼殊在《文学因缘自序》、《燕子龛随笔》中的称颂，到郑振铎在《文学大纲》中的宣扬，日益得到我国读者的喜爱。特别是经过 20 世纪二三十年代鲁迅和胡适的《西游记》是否受到《罗摩衍那》影响的学术之争，更增加了人们对《罗摩衍那》的好奇和兴趣。

新中国成立后，对印度两大史诗的兴趣与日俱增。鲁迅和胡适学术之争的余波尚存，对《罗摩衍那》的兴趣不减。继 1959 年由唐季雍译、金克木校《摩诃婆罗多的故事》问世之后，1962 年，冯金辛、齐光秀译《罗摩衍那的故事》出版。在这两部译著的正文之前都有金克木先生的评论文章，对读者深入理解两大史诗，提供了极为可贵的帮助。

在 1980 年之后，我国对印度两大史诗的译介和研究出现了一个空前的热潮。季羡林先生从 1973 开始翻译的《罗摩衍那》，经过 10 年的艰苦卓绝的奋斗，终于 1983 年译完，出版问世。全书 7 篇 8 册，包括每篇的故事梗概，共有 2,785,000 字。这部卷帙浩繁的宏伟译著给期盼已久的广大读者带来了无限的喜悦。

1984 年 10 月，召开了由中国印度文学研究会主办，中国社会科学院、北京大学南亚研究所和杭州大学共同筹备的印度两大史诗《摩诃婆罗多》和《罗摩衍那》学术讨论会。有来自全国 40 多个单位的印度文学研究、翻译、教学和编辑人员，会议收到的论文 30 余篇。其中，突出优秀的论文都搜集编入《印度文学研究集刊》第二辑，由上海译文出版社 1986 年版。季羡林先生的

---

① 详见赵国华：《关于〈罗摩衍那〉的中国文献及其价值》，《社会科学战线》1981 年 4 期。

《〈罗摩衍那〉在中国》、吴文辉的《〈罗摩衍那·童年篇〉的文学理论思想》、陈融的《〈罗摩衍那〉主题初探》、唐仁虎的《忠贞的化身——试评〈罗摩衍那〉中的悉多形象》、李南的《〈罗摩衍那〉与中国少数民族三大史诗》，这些研究成果深受欢迎。

在20世纪末，刘安武先生为北京大学研究生院开设了“印度两大史诗研究”的专题课，相继又按照北大研究生院的“研究生课程建设计划”撰写了《印度两大史诗研究》的教材，2001年由北京大学出版社刊行。同时，刘安武的《印度两大史诗评说》，也在辽宁大学出版社出版。《印度两大史诗研究》是我国出版的第一部有关印度两大史诗研究的学术专著，具有首创意义。

长期以来，《罗摩衍那》对我国的影响不仅是对汉族文学的，而且对我国少数民族文学的影响也是极为广泛的。经季羡林先生的研究：傣族的《兰嘎西贺》与《罗摩衍那》在主题思想、故事内容和人物形象上看，基本相同。大约在7世纪以后，《罗摩衍那》传入西藏，雄巴·曲旺扎巴（1404—1469）的《罗摩衍那颂赞》，就是在印度传统的基础之上自己创作的。蒙古学者丹木丁苏伦有四种蒙古文的罗摩故事。在新疆的和田地区发现了古和田语的《罗摩衍那》残卷，还有，在新疆出土的古代文字中，发现了吐火罗文焉耆语的有关罗摩故事的残卷，规模极小，只讲到罗波那的弟弟维毗沙那。这些从少数民族中看到的罗摩故事，既有相同的一面，也有差异的一面，甚至有的差异是极大的。①

① 关于《罗摩衍那》对我国少数民族文学的影响，详见季羡林：《〈罗摩衍那〉在中国》，《印度文学研究集刊》第二辑，上海译文出版社1986年版。

第六章 ——《松迪亚塔》

第一节 格里奥和《松迪亚塔》的作者

古马里史诗《松迪亚塔》，是黑非洲重要的古代文化遗产，反映了黑非洲古典文学的最高成就。黑非洲的传统文化不同于欧亚北非的传统文化，不是用文字记录编辑成书的典籍文化，而是依靠世世代代口耳相传的口述文化。因为黑非洲文化在近代以前的漫长岁月中，一直是以一种非文字形态的方式在演进、嬗变和发展着的。所以，学者们总是把黑非洲文化称为非文字文化或无文字文化。

在非洲，各个部族都保留着自己人的口头文化遗产，同时，也有口头文化遗产的保存者和传授者。这些人常常是祭司、巫师、部族长老、说唱艺人等。特别是在西非的一些部族里，还设置了保存和传授文化的专职人员。他们完全依靠记忆和口授来保存和传授部族、王国和民族的历史，部族和家族的谱系、国家的盛衰、城乡的变化，无不详细记忆在脑海里，经久不忘。在今天，他们被称为“口述史官”；在西非，他们又通称为“格里奥”。他们精通各种知识，博闻强记、善于辞令、擅长演奏、吟诵和歌唱、多才多艺、无所不能、通晓祭祀巫术，主持或组织祭祀仪式。这些“口述史官”的官职，除了称作“格里奥”，在有的地方还叫作“阿博苏·海”、“巴·盖赛莱”或“沃鲁·托库腊”等。

这些“格里奥”的官职，是世袭的，子承父业，世代相传，继承官职及其掌握的各种知识。宫廷中的“格里奥”，同民间说唱艺人的“格里奥”有极为明显的区别，不在官府供职的民间“格里奥”，常常是携带乐器，到处云游，四海为家，为各种庆典活动演奏，增强喜悦气氛。宫廷中的“格里奥”，在非洲各国独立后，政府中也不能再设“口述史官”；但是，由于他们所掌握的知识对历史文化的研究和民族文化的传播具有十分重要的意义，又受到了政府部门和学术研究机构的重视。有的则同民间“格里奥”一样，云游四方，维持生计。

“格里奥”，是非洲宝贵文化遗产的重要保护者，是各种知识宝库管理员和传授者。正像非洲的谚语所说的：“一个格里奥就是一个博物馆”、“老人的嘴可能气味难闻，说出来的却是金玉良言”、“久远的往事存留在人们的耳朵里”……他们为保卫非洲优秀的文化遗产作出了不可忽视的杰出而独特的贡献。

但是，在殖民主义控制了黑非洲以后，“格里奥”便遭受到不公正的待遇。这正像《松迪亚塔》的作者吉布里尔·塔姆希尔·尼亚奈所说的：

> 今天，格里奥的地位已经一落千丈，他们被迫依靠出卖音乐艺术，甚至依靠出卖体力劳动为生，但是这种情况在非洲并不是古已有之的。过去，格里奥是国王御用的顾问，靠了他们的记忆力，王国的大法才得以保存下来；每个诸侯家里，都有专职保存传统的格里奥。王子的家庭教师，也都由国王从格里奥当中挑选。殖民化以前的非洲社会，等级森严，每个人都有一定的社会地位。格里奥大概是这个社会的重要组成部分，因为那时没有文字记载，传统和风尚得靠他们来保持，王室管理国家的法律也得靠他们来维护。外国的侵入，引起了社会的种种变迁，格里奥的生活方式也就随着改变：从前只有他们才从事这种“语言和音乐的艺术”，今天他们就靠它来维持生活。
>
> 但是就在今天，我们依然可以在离城市很远的地方，在芒丁国古老的村庄（像卡巴村、杰里巴·科罗村、克里纳村等），找到几乎保持了昔日风貌的格里奥。他们至今还把自己看作是古代风尚的继承者。一般说来，在古老的芒丁国每一个村庄里，都有一户世袭的格里奥，精通历史传说，并将它讲授给后代；更普遍的是，每个省里都有一个住满了世袭诗人的村庄，如像哈马纳（几内亚的古罗沙）的法达玛村、杰叶拉村（西基里的德罗马）、凯拉村（苏丹）等……
>
> 不幸得很，在历史方面，西方硬要我们蔑视口头传诵这支源流；凡不是白纸黑字，他们一概看作无稽之谈。因此，甚至非洲的知识分子中，

也有一些糊涂的人，他们居然认为格里奥提供的“口头”资料不值得重视，居然认为我们对于祖先的历史完全无知，或者可以说差不多是完全无知，理由是缺乏文字材料。这些人只说明了一个问题：即他们是从白人的观点来看待自己的祖国，除此而外，就一窍不通了。

世袭的格里奥留传下来的语言应当赢得的绝不是轻蔑。①

吉布里尔·塔姆希尔·尼亚奈（1932— ）是几内亚的著名法语作家和历史学家，也是一位历史教师。在撰写《松迪亚塔》（1960）之前，他拜访了许多格里奥，深刻认识到格里奥在保护非洲民族文化遗产方面的可贵贡献。对《松迪亚塔》的问世，他谦虚地说：“这本书是与芒丁国真正的世袭诗人初步接触的成果。作者自己无非是一个普通的传译者，一切都应当归功于法达玛、杰里巴·科罗、凯拉的大师们，特别是几内亚的杰里巴·科罗村（西基里）的杰里·马莫杜·库亚泰。”② 不难看出，他认为格里奥对史诗的传授是他创作《松迪亚塔》的坚实基础。他是一位富有民主主义思想的作家，创作过著名历史剧《西加索，或最后的城堡》（1971），表现一国王在城堡沦陷时壮烈自杀的悲剧，强烈呼吁非洲人民团结起来共同抗敌。还写过历史剧《沙卡》等，都上演过，深受称赞。并与人合写过《西非史》。

第二节 史诗的历史背景和文学积累

一、史诗产生的历史背景

《松迪亚塔》史诗是以松迪亚塔的生活经历为创作题材的，它所表现的时代就是松迪亚塔生活的时代。

古马里帝国，最初可能是加纳的一个行省或城邦。根据传说，曼丁哥人称自己的国家为“马勒尔”，后来叫“马里”，意思是“主子和国君居住的地方”。经过将近百年的发展，国王的继承人松迪亚塔在国家面临灭亡的危急时

① 李震环、丁世中译：《松迪亚塔》，上海译文出版社1983年版，第1—3页。

② 李震环、丁世中译：《松迪亚塔》，上海译文出版社1983年版，第3—4页。

刻，勇负重任，重建军队，增强战斗力量。不仅消灭了入侵之敌，而且出兵南下战胜了沿河两岸的各个部落。13 世纪 20 年代以后，又击溃了虎视眈眈心怀叵测的苏苏人。到了 13 世纪 40 年代，占有了加纳，在古加纳的原有基础之上建立了一个新的国家——马里帝国，或称曼迪帝国——曼丁哥帝国。

松迪亚塔在位的统治时期（1230—1255），是马里帝国空前繁荣昌盛时期。在他控制的马里版图中，既有南方的产金区，又有北方的盐矿、铜矿，促进了经济的发展。并且形成了中古西非的一些著名城市：廷巴克图、杰内、瓦拉塔、阿加迪斯等。廷巴克图，原来是图阿雷格人冬季在沙漠中的一个宿营地。因靠近中撒哈拉商道，逐渐集中了来自中撒和西撒的商队，从 11、12 世纪便开始发展繁荣起来。在城中聚集了日益增多的穆斯林商人、学者、阿訇，建立了清真寺，成为马里帝国著名的政治、经济、文化中心。后来，有人在访问记中描述：廷巴克图有许多法官、医生、阿訇，他们在国王那里领取高薪。国王非常重视发展文化事业，特别尊重博学之士。因而，抄本书籍的需要量非常大，有人专门从柏里——除埃及以外的北非伊斯兰教国家的总称，输入手抄本书籍，比其他任何生意更赚钱。

大约到了 14 世纪中叶，马里已经伊斯兰化。访问过这个国家的人盛赞其良好的社会秩序和高尚的精神面貌。他们为人公正，对为富不仁见利忘义者深恶痛绝。穆斯林信仰虔诚，积极参加宗教活动，以身作则地教养孩子们。

马里文化，同加纳文化和桑海文化一样，具有西苏丹黑人文化的共同特征。它不同于诺克—贝宁文化等黑非洲的其他文化。马里文化，已经不再是与外世隔绝的纯正黑人文化，“而是一种混合型的、注入了北非文化尤其是注入了阿拉伯伊斯兰文化内容的多元文化。外来的阿拉伯文化和伊斯兰教，在西苏丹这个地区与土著黑人文化相互渗透，在使双方都改变了自己原有形态之后，共同融合成了一种以黑人土著文化为主体但却带上了浓厚阿拉伯伊斯兰文化色彩的西苏丹文化。”①

到了马里帝国时代，西非黑人文化和阿拉伯伊斯兰文化的交融有了进一步的发展。这种发展表明：黑非洲的广大民众已经不再是仅仅通过北非的穆斯林传教士和阿拉伯商人被动地接受阿拉伯伊斯兰教文化，而是组织庞大的朝圣

---

① 刘鸿武：《黑非洲文化研究》，华东师范大学出版社 1997 年版，第 152 页。

队伍，不辞劳苦直接穿过撒哈拉的沙漠，亲自奔赴麦加城，进行大规模的朝圣礼拜活动，充分显示了积极引进阿拉伯文化的热情，接受伊斯兰教的主动性。马里的历代君王，都赴麦加朝圣，几乎已经成为马里官员的常规和惯例。甚至到了14世纪初期，据说：君王赴麦加朝圣活动的随员多达数万，携带黄金用80头骆驼运送。一路上，挥金如土，致使开罗等大城市金价暴跌数年之久。其重要目的，是带回大量伊斯兰宗教文献和阿拉伯著作，并请回许多穆斯林学者讲学，使马里的一些城市逐渐成为阿拉伯文化的学术中心。“13—14世纪的廷巴克图实际上是当时整个伊斯兰世界的几大学术中心之一，其影响已超越了西苏丹地区。这里学者云集，典藏丰富。著名的桑科勒（Sankore）清真寺作为一所驰名遐迩的大学，为马里帝国培养了不少黑人学者。”①

8世纪以后，阿拉伯文化和伊斯兰教逐渐向撒哈拉沙漠以南扩展传播，使黑非洲大陆受到日益明显的影响。这种影响，不仅表现在对阿拉伯文化和伊斯兰教的兴趣上，而且也表现在对阿拉伯文字的使用上。从10世纪开始，阿拉伯文字在黑非洲部分地区出现了创造性地使用，日见增多。大约到了12世纪以后，在东非和西非的一些地区，又出现了若干不同的利用阿拉伯文字记录当地语言的黑非洲文字。西非的豪萨语和东非的斯瓦希里语中，都出现了这种利用阿拉伯文字记录语言的黑非洲文字。

二、史诗创作的文学积累

《松迪亚塔》这部英雄史诗，是在西非各民族的种类繁多的体裁不同的口头文学创作的基础上发展起来的，前代口头文学的积累为史诗的创作奠定了坚实的基础。

在西非地区，口头文学的创作是相当丰富的。在《松迪亚塔》问世之前，流传着各种不同体裁的作品：神话故事、民间传说、各种民间故事、仪式歌、爱情歌、生活歌以及寓言、格言和谚语等。这些口头文学作品提供了丰富的创作经验，促进了史诗艺术技巧的提高，成为《松迪亚塔》史诗创作的温床。

神话故事，有各种类型的：开天辟地的创世神话、粘土造人的人类起源神话、解释自然现象的自然神话、叙述共同体始祖来源的族源神话等。

---

① 刘鸿武：《黑非洲文化研究》，华东师范大学出版社1997年版，第154页。

例如：在西非班巴拉人中流传着语言起源的神话，有人唱道：

马阿·恩加拉！马阿·恩加拉！
谁是马阿·恩加拉？
马阿·恩加拉在哪儿？

领唱人总是回答道：

马阿·恩加拉是无边的威力。
无人知晓他的年月，
无人熟悉他的地域。
他是多姆巴利（不可知的），
他是当巴利（真正的神）。

马阿·恩加拉是最高的主宰，他能创造宇宙的万物。

当时，除了一位神之外别无他物。
这位神既活生生，又虚无缥缈，
正耐心地沉思着一些可能产生的生命。
这位唯一的神居于无限时光之中。
他自命为马阿·恩加拉。
马阿·恩加拉希望为世所知。①

创造出一个新生命，就是人，并采用自己名字的一部分，给他取名马阿。马阿·恩加拉授予其对话者马阿关于创造宇宙万物并继续生存的法则，并任命马阿为其宇宙的保卫者，责成他监督万物保持和谐。这就是马阿所以重要的原因。马阿还从马阿·恩加拉那里得到两项赠礼：心灵和语言。这一神话显然是

① 《非洲通史》第一卷，中国对外翻译出版公司、联合国教科文组织出版办公室1985年版，第123页。

向人们解释和说明了展示思维的心灵和人际之间相互交流的语言是如何产生的。

西非的神话故事，可以说是相当丰富的，巴乌勒人、希鲁克人、豪萨人、马林凯人、约鲁巴人和桑海人等都有自己的神话故事。

除神话故事外，在西非还有各民族的民间故事和民间传说更加丰富多彩，不胜枚举，只举一例，尝鼎一脔，窥豹一斑，以见其大略。西非豪萨族有一故事：

> 年轻人吉劳远行前，友人送他一只猫，说这只猫能帮助他化解灾祸。一天傍晚，吉劳走到一个村子，为了不让别人抢走猫，他脱下上衣将猫包好，向村子里走去。吉劳走进村后，见这里的人打扮异常，房屋外表与别处不同，立即提高了警惕。原来这里是妖精居住的地方，妖精心狠手辣，伤害了无数过路人。此时，一个年轻漂亮的女子出现在吉劳面前，亭亭玉立，含情脉脉。女子邀请吉劳进屋坐定，她见吉劳长相英俊，想在吃掉他之前要弄他一番。于是，女子一耸肩膀，立即变成一头大象；接着又耸肩膀，化为一只老虎；随后又变成一只狗、一头水牛、一只羚羊、一只鸵鸟等。等恢复人状，吉劳笑道："你刚才变的都是些体态较大的动物，你能不能变一些小动物给我看看，如老鼠之类的呀？"
>
> 女妖轻蔑地一笑："我连大象都会变，变老鼠哪值一提？"说罢摇身变成一只玲珑的银灰色老鼠。吉劳迅速打开上衣，放出猫来。
>
> 猫一见老鼠，迅速冲上去，一口咬住老鼠的脖子，老鼠挣扎了几下便咽气了。接着，猫慢慢地把老鼠吃了下去。吉劳将妖精的金银财宝装进口袋，牵来妖精养的四匹高头大马，转身上马，赶着马群，驮着银财，哼着小曲上路了。①

这一故事通过生动的情节表现了人的智慧是保卫性命、战胜邪恶、摆脱灾难的重要法宝，因为吉劳手里有一只掩藏着的猫，他便让女妖变成体态小的老鼠。她一变成老鼠，他便放出猫。结果，智慧不仅消灭了女妖、保住性命，

---

① ［尼日利亚］哈吉·阿布巴卡·伊芒：《非洲夜谈》上册，世界知识出版社 1985 年版，第 171—174 页。

而且还得到了女妖的财富。故事以生动的情节鼓励人们要增强智慧。

西非的寓言口头作品，不仅是为数众多、巧妙动人，而且富有深刻的教育意义，对美好品德的培养发挥了不可忽视的重要作用。例如：《狂言害怕事实》寓言中的主人公巴娃通过他妻子哈里玛和家人的巧妙安排，终于使巴娃在惊险的事实面前受到深刻教育，终于改掉好吹牛的老毛病。

寓言《贪心的木匠》中的主人公木匠和一个矮个子交好，成为知己。矮个子朋友在临别时，告诉木匠大山旁有一个地下金库，并且一再提醒木匠：每一次只可取走一个金币。从此，木匠每夜前来取走一枚金币，天天如此。木匠已经成为富豪，越来越神气。竟然忘记了自己的诺言，违背了朋友的一再提醒，觉得每次只取一个金币太少，改取两个。后来，又感到每次只取两个金币，也太少。于是，木匠找来两只装盐的大口袋，想要装两大口袋回来。他到了金库里装满了一口袋，正要准备装另一个口袋时，突然出现一声震天动地的巨响，木匠顿时脑子里“嗡”一下子，昏倒在地。过了好长时间，木匠醒过来。他发现自己躺在草地上，大山不见了，金库也没了。他手里只握着一只空口袋，另一只口袋放在一旁。

木匠的贪心，不仅永远得不到满足，而且在生活中滋长起来的欲望要消除掉，也是很不容易的。尽管木匠失去了财产的来源，一家人照样伸手向他要钱，木匠为了维持自己的面子，逐渐卖掉家里的东西，辞退仆人，廉价卖了房子。最后，一无所有，变成了一个穷光蛋。这一寓言的主题思想非常明确：人应牢记，万勿贪心。

在西非，寓言故事，随处可见，种类繁多，不必一一列举。

黑非洲各族人民的谚语和格言，也是黑非洲口头文学的重要组成部分。西非的谚语格言同东非、南非的一样，在生产生活和口头文学创作中发挥着重要作用。

马林凯族的谚语：

木棉树是从一粒微小的种子生长出来的。

要想把母牛赶进牛棚，只要捉住小牛就行了。

豪萨族的谚语

黑夜再长，天总归要亮的。

没有受到辛劳的人，就要尝贫穷的滋味。

没有头的身子走不了路

约鲁巴族的谚语

不向叔叔敬酒，你就学不到更多的谚语。

一件事情越是搞不清楚，越是要钻研

要想看蟹子眨眼，就得守在岸边耐心等待。

这些谚语是生活经验的高度概括，是聪明智慧的精粹结晶。它不仅具有发人深省的教育作用，而且对史诗一类的口头文学创作输送了值得借鉴的艺术营养。

第三节 《松迪亚塔》的主要情节

《松迪亚塔》共 18 章，其主要情节如下：①

一、格里奥杰里 · 马莫杜 · 库雅泰的话

我是一个格里奥。我名叫杰里 · 马莫杜 · 库雅泰，父亲是说唱艺术大师杰里 · 克迪安 · 库雅泰。从上古时代起，库雅泰家族就专门侍候芒丁国的凯塔王公：我们是存放语言的口袋，在这个口袋里藏着千年万载历史的秘密，我们觉得说唱艺术并不玄妙。如果没有我们，国王的名字就会被忘记，我们就是人类的记忆；我们用生动的语言，把国王的丰功伟绩传给后代。

我的父亲杰里 · 克迪安教会了我这套本领，而我的父亲也是继承了父业。在我们看来，历史并没有什么神秘。对于那些凡人，我们只讲授自己愿意讲授的知识。

二、芒丁最早的国王

芒丁的孩子们，黑人的子孙：请你们听我说，我要对你们讲松迪亚塔的故事，他是光明之国的国父，草原之国的国父，是善射的弓手们的祖先，是征服

① 根据李震环、丁世中译：《松迪亚塔》，上海译文出版社 1983 年版。

了一百个国王的统帅。

我要对你们讲松迪亚塔，就是再过许许多多年，这位英雄的功绩也还会使世人啧啧称奇。在凡人之中他是出类拔萃的人物，和其他国王相比他是一个伟人。真主爱他，因为他是最伟大的将军。

三、水牛女人

松迪亚塔的父亲马汗·孔·法塔有美男子之称，并因此闻名天下。他同时也是一位深得庶民爱戴的善良的国王。在他的首都尼亚尼，有一株高大的木棉树，掩映着他的康科宫殿，他常常坐在这株树下。

有一天，国王像往常一样，坐在木棉树下。他的周围聚着王室的亲眷。忽然间，一个装束很像猎手的走了过来，开口道："我看见两位猎手正向这座城市走来；他们来自远方，有一位妇人陪伴着他们。这妇人很丑，丑得你见着就会害怕。她的驼背，使她变得格外难看。但是这一切都是谜中之谜：大王哟，你得娶她为妻，因为她会给你生育一个王子，这个王子将使芒丁的名字永垂史册，这孩子将成为第七颗行星，成为地球的第七位征服者，他会比朱卢·卡拉·纳依尼（亚历山大）还要强大。可是大王啊，若要命运之神把这个女人领到你面前来，你必须付出一定的代价；你得供奉一头红色的野牛，因为野牛是强大的象征；当它的鲜血染红大地的时候，就不会再有任何势力阻挡你的妻子到来。我要说的就是这些，但无论什么都是由真主决定的。"他说完就走了。

一天，国王和他的随从仍像过去一样坐在那株高大的木棉树下，他们像往常一样闲谈着。突然，两位英俊的少年猎手，正朝这边走来，还有一位年轻的姑娘。其中的年长者说道："我们向国王和他的大臣们致意。我们原籍是芒丁，因为打猎和冒险，我们到了遥远的德沃国。这位年轻的姑娘是德沃国人，我们将她带来，作为给大王的献礼，我俩认为她有资格当王后。"国王的格里奥便问道："请告诉大王，你们遇到了什么事情，才和这位姑娘离开德沃国，到这里来。"猎人说：

> 我俩因为追寻猎物，一直跑到了德沃国的边境。我们碰见了两个猎人，其中有一个受了伤。他们告诉我们说，有一条奇怪的水牛在蹂躏德

沃国的乡村；它每天都要伤害人畜，太阳落山之后，便再也没有人敢走出村庄。那里国王答应："谁要是能杀死这条水牛，谁就可以得到最高的奖赏。"我们决定试一试自己的运气，于是就跑进了德沃国。

我们警觉而又小心翼翼地往前走。这时，我们在河边发现了一位老妇人，她饥饿得全身抽搐，嚎啕大哭；没有一个过路人肯在她身旁站一站。她以真主的名义请我们给她一些东西吃。我被她那伤心的哭泣打动了，走了过去，从皮袋里拿出几小块牛肉。她吃完之后，说道：

"猎人啊，真主一定会报答你给我的施舍。"

我们正准备离开，她却把我们拦住。

她说："我知道你们是想在水牛身上碰碰自己的运气。但是要知道，你们的举动会丧失了生命，因为那条水牛不怕射箭，不过你有一颗仁厚的心，所以你将会战胜那条水牛。我就是你寻找的那条水牛，你的慷慨将会把我制服。我就是扰乱德沃国的那条水牛，我杀死了一百零七个猎人，咬伤了七十七个，每天我都要弄死一个德沃国的居民，国王已经不知道该向哪位神明供奉祭品。"

"年轻人啊，你把这个纺锤拿去，把这个鸡蛋也拿去，然后你就到乌兰坦巴平原上去，我在那里嚼食王家收获的粮食。你先别用弓，拿着这个纺锤向我瞄准三下，然后再拉弓，这样便能将我命中。我会跌倒在地上，然后又爬起来，在干燥的平原上追逐你；你把这只鸡蛋扔在身后，于是便会出现一片沼泽。我不能在那片沼泽里行走，这样你就可以结果我的性命。"她接着说：

"为了证明你的胜利，你要割下水牛的尾巴，那是金子做的。你把它献给国王，然后向他要求你应得的报酬。至于我，我已经做完了要做的事。我已经惩罚我的兄弟德沃国王，因为他剥夺了应该归我的那份遗产。"

我高兴得发狂，连忙要走，她叫我站住，说道：

"猎人啊，得有一个条件。"

"什么条件?"我不耐烦地问道。她说：

"国王答应把德沃国最漂亮的姑娘嫁给战胜水牛的猎人。全德沃国的百姓将集合在一起，人们要你挑选一位姑娘做妻子，你就到人群里去找。

你会在一座亭子边上发现一位奇丑无比的姑娘。你万万想不到她会多么丑，你应当挑选的恰恰就是她。她名叫松科隆，她是一个驼背。你要挑选她。她就是我的化身，如果你能制服她，她就会变成一个了不起女人。猎人啊，请你答应我，一定挑选她!”

我握着这位老妇人的手，庄严地起了誓。接着我俩就继续赶路。一路上看见猎人们纷纷逃跑，并且用惊讶的眼光看着我们。牛怪住在平原的那一边；它一见到我们，便翘着双角，朝我们猛冲过来。我照着老妇人的话去做，结果杀死了牛怪。我把牛尾巴割了下来，在傍晚时分回到了德沃城，但是我们一直等到第二天天明才去觐见国王。国王命人击鼓，还没有到中午，全国居民便已齐聚广场。大家把牛怪的尸骸放在广场中央，如醉如狂的人群冲着它怒骂，同时此起彼伏的歌声一再颂扬我们的名字。等到国王出现的时候，人群顿时鸦雀无声。国王说：

“我已经允诺：把德沃国最漂亮的姑娘，嫁给为我们除去这个祸害的勇敢的猎手。德沃国的牛怪已经死了，就是这位猎手把它打死的。我要遵守我的诺言。猎人啊，这里聚集了德沃国所有的姑娘，就请你挑选吧。”

人群里发出了震天的欢呼声。

我沿着人群围成的大圆圈走了好几转，末了在一座亭子边上发现了松科隆。我从人群中穿过去，挽着松科隆的手臂，把她领到圆圈中央来。我用手指着她对国王说：

“啊，大王，我在德沃国的姑娘里看中的就是这一位。我要娶这位姑娘做妻子。”

我的选择是这样离奇，以致国王忍俊不禁。大家也都笑起来，笑得连腰杆儿都直不起。大家拿我当疯子，我竟成了一个可笑的英雄，只听得人群里有人说:“这样的傻事，只有特拉奥雷部族的人才会干。”就在这一天，我和我的兄弟在人们的耻笑声中，离开了德沃国。

漂亮的马汗，也就是纳雷·马汗大王，打算按照传统习惯，同松科隆举行最隆重的婚礼。这样做，是为了预防有人对他未来的儿子的权利表示异议。

在新婚之夜，纳雷·马汗想尽他做丈夫的义务，松科隆却把企图征服她的国王推开；国王毫不灰心，但是无论怎样也达不到目的。第二天一大早，杜阿发现国王精疲力竭，像是一位大败而归的将军。

“发生了什么事情，大王?”格里奥问道。

“我没有能使她顺从，而且这个姑娘使我吓得毛骨悚然。我还怀疑她是不是人。夜里，我一挨近她，她身上马上便长出长长的毛，真把我吓坏了。于是后来我就向我的精灵求助，但是它打不过松科隆的精灵……”纳雷·马汗向好几位知名的巫师求教，结果都没有用。不管什么药方都没有法子制服松科隆的精灵。

一天夜里，他用钢铁般的手，一下抓住了松科隆的头发，这个姑娘吓得昏了过去。因为昏了过去，所以她就不能改变人的体形，她的精灵也就不再附在她身上。她醒来的时候，成了马汗的妻子。

就在这一夜，松科隆怀了孕。

四、狮孩儿

松科隆，在宽敞的王宫里毫无拘束地散步。王后莎苏玛·贝雷特却显得不能忍受。她想：自己的孩子有八岁了。松科隆的小孩出世，她的孩子被剥夺继承王位的权利，那她的处境会变得很坏。国王全心关注的是那个未来的母亲；每次出征归来，他总是把战利品中最好的东西，赠送给她。莎苏玛·贝雷特心生毒计，想杀害松科隆。她私下把最著名的巫婆全都召到跟前，但是她们都承认对付不了松科隆。说也奇怪，每当黄昏时刻，总有三只猫头鹰栖息在松科隆的宫顶上，保护着她。这些巫婆无计可施。

一天，忽然间天昏地暗，东方吹来滚滚乌云，遮住了太阳；这时正是大旱季节，但雷声隆隆，闪电划破了天空，狂风四起，大颗大颗的雨点儿落了下来。东方突然闪亮了一片电光，又是轰然一声巨响，整个天空从东到西都被电光照得通亮。雨停了，太阳又露出脸来。就在这时候，产室里出来了一个接生婆，她奔向门厅，启奏国王道：陛下添了个男孩。

杜阿和群臣都热情洋溢地祝贺：“做了父亲的大王呀！我们向你祝贺。”在孩子出世后的第八天举行命名礼。芒丁各个村庄的居民都来到了宫殿，邻近的各族人民都给国王送来了礼物。

一天，杜阿高声说道：松科隆儿子的名字叫马汗·马里·迪亚塔。马汗是他父亲的名字。马里·迪亚塔是芒丁王子至今还没有取过的名字。松科隆的儿子是第一位取这个名字的人。

最后，各户家长分到了肉食，人人都欢天喜地散去，节日就这样结束了。亲近的眷属挨次地走进卧房，怀着敬慕的心情看望刚刚出世的孩子。

五、童年

松科隆的儿子在童年时代成长得很慢。而且遭到许多磨难。到了三岁，他还是用两手在地上爬，而跟他同年的孩子早已会走路了。他一点也不像他那美貌的父亲。

对松科隆·迪亚塔的生理缺陷最幸灾乐祸的莫过于王后了。她自己的儿子已经十一岁了。那孩子长得漂亮活泼，整天和小朋友们一起在村里追逐嬉戏，并且开始懂得了丛林的奥妙。

松科隆又怀孕了，国王希望她生一个男孩，结果却是一个女孩。她取名科隆康，长得很像母亲，一点也不像她的父亲那样漂亮。国王非常伤心，不让松科隆再走进他的宫殿。

有一天，纳雷·马汗把马里·迪亚塔叫到身边。国王把这个孩子当作大人一样，对他说道："我已年迈，不久就不能和大家生活在一个世界上了。但是，在死神夺去我的生命之前，像每一个国王对他的继承者都要做的那样，我要给你一件礼物。芒丁的每一个王子都有一个格里奥。杜阿的父亲是我父亲的格里奥；杜阿是我的格里奥。你瞧，这里是杜阿的儿子贝拉·法赛盖，他就是你的格里奥。愿你们从今以后做形影相随的朋友。你将从他的口中，学习先辈的历史，学会根据先辈传给我们的道理来管理好芒丁的本领。我的年龄到了，我已经完成了我的使命，一个芒丁国的国王理应做的事，我都做了。我交给你一个疆土扩大了的王国，我给你留下了可靠的盟国。愿你的命运能够应验。可是，永远别忘了尼亚尼是你的王国的首都，芒丁是你祖先的摇篮。"孩子似乎完全听懂了国王的意思。他做了个手势，叫贝拉·法赛盖走到他身边，还叫他一起坐在那张兽皮上，然后对他说：

"贝拉，你就是我的格里奥。"

"是啊，松科隆的孩子，但愿真主的意志是这样。"贝拉·格里奥答道。

国王和杜阿交换了一个眼色，他们的眼中都闪耀着对孩子的信心。

六、狮子的觉醒

国王和他的儿子谈话之后不久，就与世长辞了。松科隆的孩子当时才七岁，宫廷召集了元老会议。会议丝毫不理睬纳雷·马汗要求马里·迪亚塔继承王位的遗志。杜阿为国王的遗嘱辩护，但也没有用处。在莎苏玛的阴谋策划下，宣布她的儿子为王，由太后独揽大权。不久杜阿也去世了。

莎苏玛得势以后，就迫害先王纳雷·马汗宠爱的松科隆。松科隆母子被打入冷宫，住在一间莎苏玛用来堆破烂的屋子里。

"唉！你这个小祸害，你倒是会不会走路啊？方才我为你遭受了一生中最大的耻辱！我作了什么孽老天爷要这样惩罚我？"

马里·迪亚塔将那条木棍夺了过来，瞧着母亲问道：

"妈妈，怎么回事呀？"

"别说了，这样的耻辱我一辈子也洗刷不了！"

"究竟是怎么回事呢？"

"为了一张巴欧巴叶子，莎苏玛刚才侮辱了我。她的儿子像你这么大的时候，早会走路了，还会替他妈妈采来巴欧巴叶子。"

"别难过啦，妈妈，别难过啦。"

"不行，她太欺负人了，我受不了。"

"好，我今天就走路。妈妈，你要的是几张巴欧巴叶子呢，还是要我把整棵巴欧巴树搬到这里来？""儿呀！我要巴欧巴树，要把它连根拔起来，搬到我的屋子前面，这才能雪我的耻，解我的恨。"贝拉·法赛盖正在近旁，他便直奔老铁匠法拉古墨的屋子，去定做一条铁棍。由六个人抬来的那根巨大的铁棍放在屋前的时候，发出了轰然巨响，惊得松科隆从床上跳了起来。杜阿的儿子贝拉·法赛盖这时说道："马里·迪亚塔呀！今天是个伟大的日子。松科隆的儿子马汗呀，洗刷遭受的耻辱吧。起来吧！你这头小狮子，怒吼吧，让丛林知道：它从今以后有了主人。"

大家都瞧着马里·迪亚塔。他用两手爬了过来，爬到那根铁棍面前。他双膝跪着，一手撑在地上，另一只手毫不费力地举起了铁棍，把它笔直地竖起。这时只有两膝支着他的身体了，他又用双手举起了铁棍。在场的人全都鸦雀无声。马里·迪亚塔闭上眼睛，他用力抓住大铁棍，手臂上的肌肉鼓得紧紧的。他一用劲，就站了起来，双膝离开了地面。松科隆睁大了两眼，只见儿子的两腿像触了电似的在摇晃。迪亚塔浑身是汗，汗珠从额上往下流。他费了九牛二虎之力，才摆脱了紧张，一用力就站稳了，但是那条大铁棍却被弯成了弓形。

这时贝拉·法赛盖用他有力的声音唱起了《弓之歌》。松科隆见孩子站了起来，又惊又喜，泣不成声。过了不一会儿，她唱起了一支赞美真主的歌，感谢真主赐给她儿子两腿走路的能力。松迪亚塔跨出的第一步，就是巨人的步伐。

在尼亚尼城的后面有棵不太老的巴欧巴树，城里的孩子常到那里去替母亲采叶子。迪亚塔把手臂一挥，就连根将它拔起，扛在肩上，回到了母亲身边。他把大树朝家门口一扔，说道："妈妈，你要的巴欧巴叶子来了。从今以后，尼亚尼的主妇都要到这里来取叶子。"

松科隆·迪亚塔的名望越来越大了。一群跟他同样大小的儿童常常聚集在他的周围。他特别爱好打猎，铁匠老师傅替他打了一张漂亮的弓。他是一位射箭的能手。他常和大伙一起出外打猎。到了傍晚，尼亚尼全城的人都聚集在广场上迎接青年猎手们的归来。群众高唱贝拉·法赛盖编的那首《弓之歌》。迪亚塔年纪很轻的时候，就得到了"新朋"的称号。而这种称号通常是只给享有盛誉的老练的猎手。

现在松科隆的儿子已经十岁了。因为马林凯语讲起来总是很快，松科隆·迪亚塔这个名字就变成了"松恩迪亚塔"或"松迪亚塔"。他是一个勇猛过人的孩子，同伴们见了他臂上的肌肉就感到害怕。他两条胳臂抵得上十条胳臂的气力。他说起话来俨然是一个领袖。他的弟弟芒丁·波里成了他最知心的朋友，他们两人形影不离。贝拉·法赛盖像一位守护天使，终日跟随着他俩。

莎苏玛要消灭松迪亚塔，她认为松迪亚塔的命运和自己儿子的命运是不相容的。她召来九个巫婆老太婆，对她们说："松迪亚塔是大家的灾星。"并煽动她们到松迪亚塔看守的菜园去闹事，必然会遭到松迪亚塔的毒打。但是，松迪亚塔打猎回来，到菜园里看到这些老太婆时，她们吓得要跑。他不仅没打她们，而且送给她们菜和象肉。她们十分感动地说："谢谢，松科隆的儿子。""谢谢，你这正义之神的儿子！""以后我们要保护你。"莎苏玛的阴谋没有得逞。

七、流浪

松科隆担心孩子们遭人暗害，决心离开尼亚尼。她对松迪亚塔说："莎苏玛找不到办法对付你，她会对你的弟弟下毒手的。咱们离开这儿吧，你长大以后，你会回来做国王，因为你注定要在芒丁干一番事业。"于是，松科隆同孩子们开始了流浪的生活。

七年过去了，松迪亚塔长大了。他的身体变得非常结实，苦难把他磨练得文武双全。松科隆觉得自己年纪越来越大，驼背也越来越沉重。松迪亚塔却像一株生气勃勃耸入云霄的大树。

松科隆携着孩子来到杰德巴城芒莎·孔孔国。国王是一个高明的巫师。杰德巴是一座位于饶丽河畔的城市，国王心怀戒备地收留了他们。但既然是客人，不管到什么地方都应该受到款待。母子们就住在国王的宫殿里。

原来尼亚尼的太后给芒莎·孔孔送来了金银，要他杀掉松迪亚塔。了解情况后，松科隆和她的孩子又过着四处流浪的生活。他们到了太蓬国，请求收留他们。国王一直是尼亚尼朝廷的盟友。他的儿子法朗·卡马拉过去是松迪亚塔的朋友。但是，国王不愿与尼亚尼君主发生矛盾，善意接待后，向他们建议到瓦卡杜国去。

国王也用芒丁话讲话，这叫松科隆母子感到十分惊奇。他说：

客人到我们这里来，从来没有受过怠慢。我的宫廷就是你们的宫廷，我的宫殿就是你们的宫殿。你们就像到了自己家里一样。从尼亚尼到瓦卡杜，你们就看作等于换了间寝宫。芒丁同瓦卡杜的情谊古已有之。年老的一辈和格里奥都知道，芒丁和我们是兄弟之邦。国王见松科隆十分疲惫，便道："王弟，你照料一下我们的客人。松科隆母子应该受到最隆重的款待。从明天起，要把芒丁的王子看成我们自己的孩子。"

可是，在瓦卡杜宫廷里，正像在杰德巴或大蓬宫廷里一样，松科隆并没有过多少天太平日子；一年后，她就卧病不起了。苏马巴·西赛国王决定把松科隆母子送到麦马他表兄东卡拉的宫里去。麦马位于饶丽拔河畔，是仅次于德沃国的一个大王国的京都。国王叫松科隆放心，对她说那里的人一定会欢迎她的。河边的空气或许能使松科隆恢复健康。孩子们在这里结识了许多朋友，简直舍不得离开瓦卡杜。但是命运是在他乡，他们不得不再往前走。国王把他们托付给去麦马的商人。这支商队人数很多。他们骑着骆驼旅行。在芒丁是见不到这种动物的，但是孩子们早就同它们混熟了。国王把松科隆母子当作自己的亲人介绍给商人，所以商人们也就分外照顾他们。松迪亚塔总是如饥如渴地追求知识，向商队提了许多问题。这些人都很有学问。他们告诉松迪亚塔许多事情。

他们派了一个差役先到麦马，预报了松科隆就要到达的消息。长长的仪仗队出城迎接，举行了盛大的欢迎仪式，弓手和矛手列队分立两旁；那些商人对他们这一次的旅伴更加尊敬了。麦马人倾城聚集在城门前，真像是恭迎御驾回国一般。

不久，松迪亚塔就成了麦马人谈话的中心。麦马没有继承人，这孩子应时而来，真可以说是天意。人们已经断定，松迪亚塔能把王国从麦马一直扩大到芒丁；他每战必亲临阵前，敌人前来骚扰的次数愈来愈少，松科隆儿子的名望从此传遍了饶丽拔河两岸。

三年后，国王封松迪亚塔为康—柯罗—西基，即副王。国王不在的时候由他执掌国事。松迪亚塔已经过完第十八个雨季了。他变成一个魁伟的小伙子，脖子粗壮，胸膛结实，他的弓谁也不能拉得开。大家都服从他，喜欢他，但有些人不喜欢他，又怕他。他说的话没有一个人敢不听。

八、巫王苏毛洛·康坦

正当松科隆的儿子在异乡初露锋芒的时候，芒丁却落入另一个君主索索国王苏毛洛·康坦的统治之下。

纳雷·马汗国王给他的儿子松迪亚塔的格里奥贝拉·法赛盖，被丹卡朗·杜曼夺走；而现在又轮到索索国王苏毛洛·康坦夺走了莎苏玛·坦雷特的儿子心爱的格里奥。松迪亚塔和苏毛洛之间的战争因此就势不可免了。

九、历史

丹卡朗·杜曼不敢反抗，逃走后，苏毛洛便以征服者自居，自立为芒丁国王。但是百姓一个也不承认他，他们纷纷在丛林里聚众抗暴。大伙儿都跑去问先知：芒丁国未来的命运怎样？先知不约而同地表示，能够拯救芒丁的，只有那王位的合法继承人。这个继承人就是那“双名双姓的人”。尼亚尼宫的老臣于是想起了松科隆的儿子，因为这“双名双姓的人”正是马汗·松迪亚塔。

松迪亚塔，音信全无。按照先知的指示去寻找。

十、巴欧巴树叶

寻找松迪亚塔的尼亚尼人，依靠在麦马市场上卖纳菲奥拉、努古茄和巴欧巴树叶找到了松迪亚塔。他们说“感谢万能的真主，我们终于来到了松科隆和她孩子的面前。感谢真主，我们不虚此行。我们从芒丁动身到今天有两个月了。我们打扮成商人从一座一座王城走过来。强大的索索王苏毛洛·康坦在芒丁撒下了死亡和荒凉的种子。丹卡朗·杜曼国王逃走了，芒丁现在是万民无主。但战事并没有结束，好样儿的都跑进了丛林，要同敌人战斗到底。芒丁的国王马汗·松迪亚塔哟，我在这里向你敬礼！祖先遗下的王位，正等候你驾临！不论这里的官职多么高，你也得丢弃这异国的荣誉，去拯救自己的祖国。好男儿都在等候你，请到芒丁去重新建立合法的政权。”

松迪亚塔说道：“说得对。现在再也不能说空话了。我就向国王告辞，我们马上回芒丁。”

第二天早晨，水牛女人松科隆·凯茹归天了。麦马朝廷上无不戴孝吊丧，因为松科隆是康—柯罗—西基的母亲。松迪亚塔觐见了国王。国王向他表示哀悼。

松迪亚塔对国王说道：“大王啊，在我无家可归的时候，你把我安置在你的宫廷里，给予厚待。我又在你的指点下学得一身武艺。你的好意教我感恩不尽。现在我母亲已经过世，我也长大成人，理应回到芒丁，继承先人遗留下的王国。大王啊，你赋予我的权力，我在这里奉还，并且向你辞行。但在动身以前，请准许我在你的国土上埋葬我可怜的母亲。”

国王很不高兴，并不同意埋葬他的母亲。这时，由于国王的顾问阿拉伯长者的劝说，国王终于同意了。松科隆享受了豪华的王家葬仪，这也是她一生最后的荣华。从此，两个家族结成永久的同盟。

十一、打回芒丁去

麦马国王姆沙·东卡拉把自己的人马分了一半给松迪亚塔。英勇的弟兄们都自告奋勇，要跟随松迪亚塔参加那伟大的冒险事业。松迪亚塔一手练出来的麦马骑兵团，现在成了他的铁骑队。松迪亚塔身着麦马穆斯林服，率领着那队人数不多，却会令敌人胆寒的军队，开出了麦马城。居民们都向他表示热烈的祝愿。他的两旁是五位芒丁使者。芒丁·波里雄赳赳地骑着战马，同他哥哥并肩前进。

遇到敌军，队伍停了下来。将领们无不主张天明再打。他们的理由是：长途跋涉已经弄得人困马乏了。松迪亚塔说："这一仗时间不会太长，人马自有休息的时候。决不能让苏毛洛得到进击太蓬的战机。"

松迪亚塔令出如山，战令立即下传。战鼓雷鸣，松迪亚塔骑着他那匹高大的骏马，在队前溜着圈儿驰过。瓦卡杜的一部分骑兵组成了后卫，他把他们交给他弟弟芒丁·波里指挥。接着，松迪亚塔抽出了战刀，一声"前进"，便率先冲向前去。

索索人万万没有料到这样神出鬼没的突袭。大家还以为要等到明天才开战。松迪亚塔向索索·巴拉和他那些铁匠猛冲过去，那速度胜似闪电，那来势犹如霹雳，那猛劲连迸发的山洪也望尘莫及。顷刻间，松科隆的儿子杀进了敌群，就同雄狮闯进羊圈一般。索索人伤者甚众，只见他们在松迪亚塔勇猛的铁骑下，惨呼哭号。只要松迪亚塔往右砍上一刀，苏毛洛的铁匠就成十成百地倒下；只要他向左一转，人头便像熟了的果子从大树上纷纷落下一般。麦马的骑兵们也勇猛杀敌。长矛戳进敌人的肚皮就像尖刀戳木瓜一般轻易。松迪亚塔一直领先寻找索索·巴拉的踪影。待他看见了苏毛洛的儿子，便举着战刀，像雄狮一般扑过去。他正举刀往下砍，猛不防跳出个索索兵，箭似的朝松迪亚塔和索索·巴拉中间一站。这个兵顿时像只葫芦似的被劈成了两半。索索·巴拉趁势往铁匠堆里一钻，不见了。索索兵见头目逃之夭夭，便也如鸟兽散，敌人阵地里乱作一团。太阳还没有落山，山谷里就只剩下了松迪亚塔和他手下的人马。芒丁·波里原来监视着高处的敌兵，这时眼见兄长已占上风，便派了几个骑手，赶下山来帮助驱逐索索人。这场追击直到天黑才止，许多索索人都被俘获。

苏毛洛亲自出马，迎战松迪亚塔。交锋的地方在布雷的纳格波里亚。苏毛洛的铁匠们全都逃之夭夭，松迪亚塔也不发令追击。霎时间，那苏毛洛不见了。

这次战斗称不上大捷，但是使索索兵为之丧胆。不过在松迪亚塔的队伍里也产生了恐惧情绪。因此格里奥们都唱道：康基涅一战令人心惊胆战。

十二、英雄的名字

苏毛洛布置的康基涅的突然袭击失败了。这次袭击只有使松迪亚塔更加勃然大怒，他把索索的后卫杀了个痛快。

松迪亚塔来到了平原国，那是强大的乔拔的国家。眼前见到的树木，已是芒丁的树木了。环顾四周，都使人觉得古老的芒丁近在眼前。

水牛之子同他手下的人马出现的时候，号角声和鼓声齐鸣，格里奥们发出一片欢呼。松科隆的儿子站在快骑兵的中央，他的战马踏着碎步前进。芒丁的儿子神采奕奕，众人的目光都聚集到他身上。当他走近队伍时，卡曼做了个手势。鼓声、人声顿时打住了。西比王走出队伍，向松迪亚塔大声说道："谨向纳雷·马汗的儿子、松科隆的儿子马汗·松迪亚塔报告，全芒丁的人马都已在此会齐，恭候驾临。我是西比王卡曼让·卡马拉，向陛下致敬。"

马汗·松迪亚塔振臂高呼：

"你们都好，芒丁的子孙！你也好，卡曼让！我回来啦！只要我一息尚存，芒丁人就永远不会做奴隶。宁死不屈。我们的祖先在世时是自由人，我们也要自由地生活下去。我誓要为芒丁雪耻报仇。"

十三、娜娜·特里邦和贝拉·法赛盖

松迪亚塔率领着那支强大的队伍，在西比驻扎了几天。到芒丁去的路是打通了，但是苏毛洛并没有失败。有人来向松迪亚塔报告：他的妹子娜娜·特里邦，还有贝·法赛盖都逃出了索索国，来到了西比。于是松迪亚塔对太蓬·瓦纳道："我妹子同贝拉能够逃出索索国，那苏毛洛已经输定了。"

法朗·卡马拉激动得蹦了起来。他手执战刀，挺着胸，骑着匹快马，跑到松迪亚塔面前喊道："马汗·松迪亚塔，当着今天在此聚会的所有的芒丁子弟，我向你再次宣誓：不能获胜，就战死在你身旁。芒丁得不到自由，太蓬的铁匠情愿全部战死。"

太蓬的部族举起手里的武器，欢呼着表示拥护。

凡是在场的统帅，贝拉·法赛盖无不一一提名，统帅们也都个个大显身手。接着，队伍怀着对统帅们的无限的信心，开出了西比。

十四、克里纳

苏毛洛一直进兵到克里纳，他决定在开战之前提出他的权利。

苏毛洛知道松迪亚塔也是个巫师。他不派使臣，叫一只猫头鹰传话。这只夜鸟在松迪亚塔的帐篷顶上歇下，便开口说起话来。松科隆的儿子也派了一只猫头鹰到苏毛洛那里。下面是两位通晓巫术的国王的对话：

苏毛洛道："住手吧，小伙子。从今以后，我是芒丁的国王啦。如果你要和平，从哪里来，就给我回到哪里去。"

"苏毛洛，我回来是为了夺回我的王国。如果你要和平，你就应当赔偿我的盟邦的损失，你就应当回索索去，因为你是索索的国王。"

"我有武力，所以我也是芒丁的国王。我的权利是我用武力得来的。"

"那我就要用武力把芒丁夺回，把你从我的王国赶出去。"……

法戈里走到松迪亚塔跟前说道：

"我向你致敬，松迪亚塔。我是法戈里·科罗马，科罗马铁匠部族的头领。苏毛洛是我母亲的兄弟，我拿起武器反抗我舅舅，因为他侮辱了我。他竟冒乱伦之罪，无耻地抢走了我的妻子凯莱亚。"

在场的统帅们无不点头赞同。就这样，松迪亚塔接受了法戈里，让他担任了一个统帅。同时，失去了国土的国王都来投奔松迪亚塔。

经过激烈战斗，索索被夷为平地了。索索城在大地上消失了，把这块地方变为荒地的，就是水牛之子松迪亚塔。苏毛洛的京城被毁以后，世界上就只有松科隆·迪亚塔一位人君了。

十五、帝国

索索城给平掉了，就在这时候，松迪亚塔再向蒂亚甘进军。蒂亚甘的国王曾经是苏毛洛最强大的同盟者。克里纳之役后，他仍然效忠于苏毛洛的大业。他倚仗自己的骑兵队，闭城不出，固守城池。但是松迪亚塔的军队犹如一阵暴风骤雨，猛攻那座伊斯兰教隐士的城市——蒂亚甘。它和索索城一样，一个上午就被攻克。松迪亚塔叫年轻人一律削发当兵。

松迪亚塔在德沃国下令给各将领，命令他们在西比国饶丽拔河边的卡巴会师。这时法戈里已获得全胜；太蓬国王也征服了宣塔山区。草原各国都在松迪亚塔的武力下屈服了。从北方的瓦卡杜直至南方的芒丁，从东方的麦马直到西方的富塔，全都承认了松迪亚塔的权威。松迪亚塔的大军沿着重亟拔的山谷继续向卡巴前进。

十六、古罗康·富冈或平分天下

胜利大军，召开了庆祝大会。草原的光明之国的十二个国王都一一站起来。他们各自向松迪亚塔，他们的芒沙宣誓。十二支国王用的长矛插在台前。松迪亚塔做了皇帝。尼亚尼古老的达巴拉木鼓向全世界宣布：草原各国有了公认的国王。皇家的达巴拉木鼓停下来后，司仪长贝拉·法赛盖在群众的欢呼声中又说道："松迪亚塔，马汗·松迪亚塔，芒丁的国王呀！我代表光明之国的十二个国王，向你，向芒沙致敬！"

松迪亚塔站了起来，广场上一片静寂。芒沙一直走到台边。松迪亚塔以芒沙的身份开口说话："我向在场的各族人民致意！"国王们一个跟着一个，从松迪亚塔手中接过了自己的王国。每人都在他面前跪拜，如同在芒沙面前跪拜一样。松迪亚塔宣布了各部族关系中的禁忌，他把土地分给大家，确定了各族人民的权利，帮助各族人民建立了友谊。在古罗康·富冈，没有一族人民被遗忘掉。每人都有自己的一份东西。

松迪亚塔就这样在富冈平分了天下。他把受过祝福的基太国留给自己的部族，但是当地的卡马拉居民仍旧是土地的主人。

如果你到卡巴，就不妨去看看那古罗康·富冈的林中空地。你会看到，那里矗立着一根柱子，那就是为了纪念那次平分天下的代表大会而立的。

十七、尼亚尼

这一次代表大会以后，松迪亚塔在卡巴稍留几天；对人民来说这是吉庆的日子。松迪亚塔每天为大家杀几百头牛，那是从苏毛洛的百万家财中取来的。本城的姑娘们来到卡巴的大广场，把大瓢大瓢的米和肉放在亭子边。人们都可以到这里来把肚子吃饱，然后走掉。富裕的卡巴吸引着人们从四面八方迁来定居，不久这里就住满了人。

就是在这个时期，大家唱起《富庶之歌》，歌颂松迪亚塔。

他来了
幸福也跟着来。
松迪亚塔到哪里
幸福就到哪里。

松迪亚塔把和平与幸福带回了尼亚尼。松科隆的儿子满怀着感情，着手重建自己出生的城市。他以古代的式样修建了他父亲的故宫，那也是他自己生长的地方。芒丁各村的居民也到尼亚尼来安居。因此，只好拆毁城墙，扩大城市。人们为各族大军开辟了新住宅区。

十八、永恒的芒丁

马汗·松迪亚塔，世上最后一个征服者，安息在离尼亚尼不远的栏栅之城巴朗杜古。

马汗·松迪亚塔是无双的。他在世的时候，没有人能和他相比，他过世以后，也没有人立超越他的雄心。他使芒丁永垂史册。他的"迪奥"至今还是人们行动的指南。

芒丁国是永远不朽的。

第四节 杰出的英雄松迪亚塔

松迪亚塔是史诗中的主要人物形象，具有鲜明的神话色彩，有些情节显得奇异古怪，甚至荒诞不经；但是，他不是一个虚构的人物形象，而是一个著名的历史人物，在西非的历史上是真实存在过的国王。史诗的口头创作者格里奥吉·塔·尼亚奈说："我要对你们讲松迪亚塔的故事，他是光明之国的国父，草原之国的国父，是善射的弓手们的祖先，是征服了一百个国王的统帅"；"我要把芒丁国的历史说给你们听。听我叙述，你们就会知道伟大的芒丁国始祖的故事。和他的功勋相比，朱尔·卡拉·纳依尼（亚历山大大帝）望尘莫及；他的灿烂光辉，从东方照亮了西方的每个国家。"① 在这夸赞的修辞中更显得这一

① 李震环、丁世中译：《松迪亚塔》，上海译文出版社 1983 年版，第 1、4 页。

人物的真实。

松迪亚塔，是史诗中从开端到结尾贯穿情节始终的英雄形象。现在将其成长发展历程分述如下：

一、超凡绝伦的王族出身

松迪亚塔是芒丁世代国王的后裔，其父马汗·孔·法塔是深受人民称赞的善良贤明的芒丁国王，母亲松科隆也是充满神奇色彩的具有反抗精神的德沃国王族。

为了突出展现松迪亚塔出身的高贵和不凡，通过一个奇特动人的神话传说，表现了他的父母对孩子未来的美好期盼，希望他能成为造福民众、治国安邦的理想君王。

一天，国王法塔和群臣坐在宫前木棉树下共同饮酒。突然走来一个猎人，国王请他坐下，一起畅饮。猎人对国王说："我有师父传给我的法术，所以我可以毫不过分地说，我是先知中的先知。""芒丁的大王啊，命运之神正在阔步前进，芒丁国就要走出黑夜，尼亚尼巴就会放出异彩。不过东方出现的一片亮光，那是什么？"

国王的格里奥说："你讲的话含意隐晦，还是请你讲我们能够听懂的话，请你用草原上那种明白如昼的语言。"猎人对国王说："你统治着祖先传给你的王国，你只有一个宏愿，就是将自己的国家完整无缺地交给你的后代，或许你还能扩展疆土；但是漂亮的马汗哟，你的继承人却还没有诞生。我看见两位猎手正向这座城市走来；有一位妇人陪伴着他们。啊，这个妇人哟，她长得真丑，丑得叫你见着就会害怕。她的驼背，使她变得格外难看。她那突出的眼球，就好像粘在她脸上似的。但是这一切都是谜中之谜；大王哟，你得娶她为妻，因为她会给你生育一个王子，这个王子将使芒丁的名字永垂史册，这孩子将成为第七颗行星，成为地球的第七位征服者，他比朱卢·卡拉·纳依尼（即亚历山大大帝——引者）还要强大。可是大王啊，若要叫命运之神把这个女人领到你面前来，你必须付出一定的代价；你得供奉一头红色的野牛……就不会再有任何势力阻挡你的妻子到来。"猎人说完就走了。然而，先知的话语弹动了国王的心弦，他很想娶这样的丑女人，为他生一个亚历山大那样的帝王。

又一天，国王和他的随从还是像往常一样，在高大的木棉树下闲谈。突然看到两位少年猎手和一位年轻奇丑的姑娘向王宫走来。格里奥问他们："你们遇到什么事情，才离开德沃国，到这里来。"猎人说："我兄弟俩出来打猎，听说德沃国有一条水牛伤害人畜，太阳落山后，村里的人都不敢走出家门。国王答应：谁要杀死这水牛，可得最高奖赏。我俩决定去试试运气。当走到河边时，发现一老妇人饿得全身抽搐，嚎啕大哭，没人理她。她以真主的名义请我们给她点东西吃。我们给她一小块牛肉，她吃完后说：'猎人啊，真主一定会报答你给我的施舍。'我们要走时，被他拦住，说：'你们是想在水牛身上碰碰运气吧。要知道：我就是你要找的水牛。我杀死 107 个猎人，咬伤 77 个，每天都要弄死一个德沃国的居民。国王已经不知道向哪位神明供奉祭品。'接着，她说：'年轻人啊，你把纺锤和鸡蛋拿去，用纺锤向我瞄三下，再拉弓，就能将我射中，我爬起来追你时，抛出鸡蛋就出现沼泽，我不能在沼泽中行走，你就能结果我的性命。为了证明你的胜利，要割下水牛的尾巴，那是金子的。你把它献给国王，要求你应得的报酬。我已经做完了该做的事情，我已经惩罚了我的兄弟德沃国的国王，因为他剥夺了应该归我的那份遗产。'最后，他说：'有一个条件：国王将让你选一个最漂亮的姑娘做妻子。可你一定要选一个奇丑无比的驼子，她叫松科隆，是我的化身。如果你能制服她，她就会变成一个了不起的女人。'"

漂亮的纳雷·马汁国王，为了芒丁国未来能有一个理想的王位继承人、帝祚稳固，国运发展和民众的安居乐业决定娶这位奇丑姑娘松科隆，并坚持按照传统习惯，举行最隆重的婚礼。这样做的目的，是为了预防有人对他未来儿子的权利表示异议。

二、英雄童年的奇异表现

松迪亚塔这个神话色彩的英雄，从婴儿时期开始就表现出不同于一般凡人的特异行为。突出地表现在童年时代长得很慢，到了三岁，他还是用两手在地上爬，而跟他同年的孩子早已会走路了。他一点也不像他那美貌的父亲，他的脑袋长得很大，好像他的身体不能支撑得住。每当有人走进她母亲的房间，他就把一双大眼睛睁得圆溜溜的。他很少作声，整天坐在房间里。一旦母亲不在家，他就爬到葫芦瓢跟前，把手伸进去找食物。他非常贪吃。甚至到了七岁时，他还在地上爬行。

为此，国王十分苦恼，心里一直在想："难道松科隆生的瘫痪儿子，就是那位预卜未来的猎人所说的孩子吗?"格里奥："真主的意志是神秘的。"接着他重复了一遍那位猎人的话："木棉树是从一粒微小的种子长出来的。"国王向擅长预卜未来的老铁匠询问。他回答国王："种子在发芽的时候，总是成长得很不容易；大树生长得很慢，但是它的根却深深地扎进了土壤。"国王又问："那末，种子是不是真正发芽了呢?"老人答道："那还用说，不过它长得不像你期望的那么快。唉！人总是那么没有耐心啊!"国王从此放心，恢复了对松科隆的宠爱。这使王后大为不快。

国王觉得不久于人世之前，对儿子说："芒丁的每个王子都有一个格里奥，杜阿是我的格里奥，他的儿子是你的格里奥……我交给你一个疆土扩大了的王国，我给你留下了可靠的盟国。愿你的命运能够应验……永远别忘了尼亚尼是你的王国的首都。芒丁是你祖先的摇篮。"松迪亚塔似乎听懂了国王的意思。他让贝拉·法赛盖坐在自己身边。他似乎已经意识到自己的重大责任。

从此，他开始觉醒，奇迹般地成为顶天立地的巨人。他能举起六个人才能抬动的大铁棍，他用力抓住大铁棍，一用劲，就站起来，但是那条大铁棍却被弯成了弓形。他能把巴欧巴大树连根拔起，扛在肩上回来，放在母亲身边。这些力大无穷的超常表现，是一般凡人难于具备的特异能力，正反映了神性英雄所具有的一定的超自然的特征。

这样无双的膂力正是他后来成长为超群英雄的坚实基础。

三、四处流浪的艰苦磨练

国王去世后，王后莎苏玛不顾格里奥的反对，违背国王的遗嘱，竟立丹卡朗为国王。不仅把松科隆母子打入冷宫，而且一再阴谋迫害，妄想置松迪亚塔于死地而后快。松科隆不得不带着孩子们到国外四处流浪。

临行前，松迪亚塔坚定明确地告诉丹卡朗·杜曼："你听着，我一定会回来的。"他的决心，使丹卡朗·杜曼四肢发抖，浑身直打哆嗦，吓倒在地上。气急败坏的莎苏玛还往杰德巴城送金银，还想要那里的国王杀死他们。他们又不得不离开杰德巴城，几经辗转，最后到了麦马。麦马王国组织举行了盛大的欢迎仪式，麦马人倾城聚集在城门前，真像恭迎御驾回国一般。国王姆沙·东卡拉对松科隆说："你就像到了自己家里，你愿意住多久就住多久吧。"

慈祥的国王是一位骁勇的武将，特别喜爱武艺。他让松迪亚塔和弟弟芒丁·波里在王宫里表演武艺，引起国王的注意和敬重。松迪亚塔十五岁时，国王让他跟随出征，使他在战场上得到了赴汤蹈火的艰险磨练。他“对敌人毫不留情，骁勇猛悍，全军为之愕然”。①

在一次同山民的战斗中，松迪亚塔以雷霆之势，扑向敌人，连国王也替他担心，但是姆沙·东卡拉并没有阻止他，因为他极为赏识这种勇敢。他紧跟着他，掩护他，满心喜悦地看到这个年轻人使得敌人军心大乱。他很机灵，左右厮杀，杀开条血路。敌人望风披靡。年老的战士都说：“瞧，这个人将是一个好国王。”姆沙·东卡拉挽着松迪亚塔的手臂说道：“这是命运把你送到麦马来的，我要使你成为一个伟大的武士。”②

从那天起，他一直没离开过国王。“他的才干远远超过所有别的王子，他受到全军的爱戴，在军营里人人都称道他。最使大家惊讶的，是他智慧过人，在军营里，他什么问题都能解答。不管情况如何棘手，这个小伙子都找得到解决办法……人们已经断定，松迪亚塔能把王国从麦马一直扩大到芒丁；他每战必亲临阵前，敌人前来骚扰的次数愈来愈少，松科隆的儿子的名望从此传遍了饶丽拔河两岸。”③

三年后，国王封松迪亚塔为副王。国王不在的时候，由他执掌国家政权大事。这时，他才 18 岁。军队和百姓对国王的后继人都非常满意和赞同。

四、粉碎侵略光复祖国

家乡芒丁来人，经过长途跋涉，四处苦苦寻找，终于见到了松科隆和松迪亚塔。他们对松迪亚塔说：“我给你们带来的，却是些令人悲痛的消息。可又有什么办法？这正是我的使命。强大的索索王苏毛洛·康坦在芒丁撒下了死亡和荒凉的种子。丹卡朗·杜曼国王逃走了，芒丁现在是万民无主。但战事并没有结束，好样儿的都跑进了丛林，要同敌人斗到底。索索王的外甥法戈里·科罗马也同他的舅舅狠狠厮拼着。因为那个家伙犯了乱伦罪，抢走了法戈里的妻子。我们求问了神明，神明回答说：能够拯救芒丁的，只有松科隆的儿

① 李震环、丁世中译：《松迪亚塔》，上海译文出版社 1983 年版，第 62 页。

② 李震环、丁世中译：《松迪亚塔》，上海译文出版社 1983 年版，第 62 页。

③ 李震环、丁世中译：《松迪亚塔》，上海译文出版社 1983 年版，第 62—63 页。

子。现在芒丁有救了，因为我们找到了你——松迪亚塔。”①

松迪亚塔决定回国抗击侵略者苏毛洛·康坦，拯救祖国人民。他的这一壮举得到了麦马国的广泛支持和帮助。国王姆沙·东卡拉把自己人马的一半给了松迪亚塔，由他任意调遣。他的英勇兄弟们也都自告奋勇，决心跟随松迪亚塔去参加反侵略的战斗。松迪亚塔亲手培养的麦马骑兵团，现在成了他的铁骑队。麦马国王建议：出征时要先到瓦卡杜，要争取苏马巴·西赛国王的一半兵力。瓦卡杜国王得到消息后，亲自率队躬迎，把自己的一半兵力给了松迪亚塔，并祝他们马到成功。

苏毛洛和索索人万万没有想到松迪亚塔率队神出鬼没的奇袭。他们还想要等到明天才开战。松迪亚塔向索索·巴拉和他那些铁匠猛冲过去，那速度胜似闪电，那来势犹如霹雳，那猛劲连迸发的山洪也望尘莫及。顷刻间，松科隆的儿子杀进了敌群，就像雄狮闯进羊圈一般。索索人伤者甚众，只见他们在松迪亚塔勇猛的铁骑下惨呼哭号。只要松迪亚塔往右砍上一刀，苏毛洛的铁匠就成十成百地倒下；只要他向左一转，人头便像熟了的果子从大树上纷纷落下一般。麦马的骑兵们也勇猛杀敌。长矛戳进敌人的肚皮，就像尖刀戳木瓜一般轻易。松迪亚塔一直领先寻找索索·巴拉的踪影。待他看见了苏毛洛的儿子，便举着战刀，像雄狮一般扑过去。他正举刀往下砍，猛不防跳出个索索兵，箭似的朝松迪亚塔和索索·巴拉中间一站。这个兵顿时像只葫芦似的被劈成了两半。索索·巴拉趁势往铁匠堆里一钻，不见了。索索兵见头目逃之夭夭，便也如鸟兽散，敌人阵地里乱作一团。太阳还没有落山，山谷里就只剩下了松迪亚塔和他手下的人马。芒丁·波里原来监视着高处的敌兵，这时眼见兄长已占上风，便派了几个骑手，赶下山来帮助驱逐索索人。这场追击直到天黑才止，许多人都被俘获。②

在松迪亚塔的领导下，克里纳之战获得辉煌的胜利，士气振奋，斗志高昂。苏毛洛的残部都逃回索索国内，不敢出来。松迪亚塔善于团结各部力量，共同战斗。各国国王纷纷表示竭尽全力效忠松迪亚塔。在同大队人马会师后，他准备集中力量攻打索索城，根据多次战斗经验和指挥智慧，对攻城计划进行了巧妙的安排。他把攻城能手芒丁人安排在第一线，把手持云梯的安排在第二

① 李震环、丁世中译：《松迪亚塔》，上海译文出版社 1983 年版，第 76 页。

② 李震环、丁世中译：《松迪亚塔》，上海译文出版社 1983 年版，第 83—84 页。

线。他们都要有长矛兵的盾牌保护。主力兵准备攻打城门。在一切准备万无一失之后，松迪亚塔发总攻令。战鼓齐鸣，杀声四起，火箭射向索索城中茅屋，各处起火。不久，主力军便攻进城去，索索城很快被夷为平地。苏毛洛的魔室自从中了那支致命的一箭之后，一切都像他一样正在死亡。苏毛洛的罪恶统治已经彻底完结了。

五、万民拥戴的松迪亚塔

松迪亚塔领导的胜利大军，芒丁、德沃、太蓬、麦马、瓦卡杜、波波、法戈里的战士们，草原的光明之国的十二个国王，都聚集在卡巴召开代表大会，庆祝胜利。

西比国王感慨万千地通过动人的实例盛赞松迪亚塔，他说：

> 人在世间遭受一时的苦难，但不会永久。我们已经走到了严峻的考验的尽头。我们得到了和平，感谢真主。但是我们得到和平，应该归功于那位用勇敢和顽强的意志，领导我们的军队走向胜利的国王。
>
> 在我们中间，哪个胆敢冒犯苏毛洛？是呀，我们都是懦弱的人，我们有多少次把部落双手捧给了他！这个蛮横无理的暴君为所欲为，肆无忌惮！哪一个家庭没有受过苏毛洛的侮辱？他夺取了我们的妻女，而我们懦弱得连女人都不如。他居然无耻到霸占了亲外甥法戈里的妻子，我们面对自己的孩子感到万分羞愧，无地自容！但是在这些苦难之中，我们的命运突然变了；东方跃起了一轮崭新的旭日。太蓬战役之后……有一个人来到了我们中间，他听到了我们的呻吟，他前来拯救我们，仿佛父亲见到了正在失声痛哭的儿子。这人就在我们面前：他就是马汗·松迪亚塔，先知宣布过的有两个名字的人。
>
> 现在我要对你说话，你，松科隆的儿子！你啊，你是德沃的骁勇的武士的外甥。从今以后，我将靠你来维护我的王国，因为我承认你是我的君主，我和我的部族将由你来管辖。最高的领袖啊，我向你致敬，王中之王啊，我向你致敬，芒沙，我向你致敬。①

---

① 李震环、丁世中译：《松迪亚塔》，上海译文出版社 1983 年版，第 122—123 页。

他充满感情的心里话激起全场一阵强烈的欢呼声，震天动地，表示对这番话的真诚喝彩。接着，十二个国王相继一一站起，各自向松迪亚塔，他们的芒沙宣誓。松迪亚塔已经成为草原各国公认的皇帝。

松迪亚塔身穿穆斯林大王的服装，以芒沙的身份开口说话："我向在场的各族人民致意！我使西比的卡马拉人和芒丁的凯塔人结成永世的联盟。愿这两个民族从此结成弟兄。凯塔人的土地也就是卡马拉人的土地，卡马拉人的财产也就是凯塔人的财产。……我把你征服的土地全让给你，你的子孙后代从今将在尼亚尼的宫廷里成长。他们会受到同芒丁王子一样的待遇。"①

每个国王都从松迪亚塔手里接过自己的王国。每个国王都在他面前跪拜，如同在芒沙面前跪拜一样。松迪亚塔宣布了各部族关系中的禁忌，他把土地分给大家，确定了各族人民的权利，帮助各族人民建立了友谊。德沃国的孔德人从今成了凯塔皇族的舅辈，因为，为了纪念纳雷·马汗和松科隆的美满的婚姻，凯塔人必须同德沃国联姻。

从此，广大人民群众安居乐业，心满意足。大家唱起《富庶之歌》，歌颂自己的松迪亚塔：

> 他来了
> 幸福也跟着来。
> 松迪亚塔到哪里
> 幸福就到哪里。

松迪亚塔一生的英雄业绩是无与伦比的。他在世的时候，对国家的热爱、对人民的关心是西非任何君王也比不上的。他逝世以后，也没有一个统治者立过超越他的雄心。他辉煌成就在芒丁的历史上，将永放光芒。

松迪亚塔长眠于尼亚尼附近，他永远活在人民心里。人们总是想着来到他安息的墓前，向他致敬。

---

① 李震环、丁世中译：《松迪亚塔》，上海译文出版社 1983 年版，第 126—127 页。

第五节 西非穆斯林的信仰特征

在《松迪亚塔》史诗中，我们看到：从部族国王到平民百姓都是信仰真主的穆斯林。但是，在这些穆斯林的头脑中依然留存着当地土著宗教的某些观念。这是史诗中反映的西非穆斯林在宗教信仰上的鲜明特征。

从西非历史的文化发展上看，大约从 9 世纪以后，阿拉伯文化和伊斯兰教开始传入西非，在 10、11 世纪以后，阿拉伯文化和伊斯兰教的影响迅速扩展，到了《松迪亚塔》出现的时代，已经日益深入人心。这正像史诗中所反映的各个部族的国王和人民群众，几乎都是信仰伊斯兰教、服从真主安拉意志的穆斯林。

一、伊斯兰教成为西非各民族的信仰

在史诗中我们看到：松迪亚塔父子和芒丁人民都是信仰伊斯兰教的穆斯林。

1. 松迪亚塔是穆斯林

松迪亚塔从幼年时期开始，便受到穆斯林母亲的影响。父亲去世后，他跟随母亲四处流浪。到了麦马后，经过麦马国王的培养和战场上的实战锻炼，等到成人时，已经是身披麦马穆斯林服装的军事首领了。在"打回芒丁去"消灭苏毛洛的反侵略战斗中，他以《古兰经》中"你们当以正义和敬畏而互助"(5：2) 的精神，[①] 为正义而互助，团结了十多个国王共同战斗，获得了最后胜利。在庆祝的代表大会上，松迪亚塔身穿穆斯林大王的服装向大家致敬。

在重获和平以后，松迪亚塔坚定继承父王遗志，法纪严明，按照真主的教导办事做人，心想百姓，爱护弱小，反对强暴。

松迪亚塔按照真主的精神实施德政，使穆斯林百姓安居乐业，尽享幸福。这正像史诗中说的：

在重获和平以后，因为松迪亚塔给大家带来了幸福，村庄也都繁荣

① 《古兰经》引文均出自马坚译：《古兰经》，中国社会科学出版社 1981 年版。

起来了。只见小米、大米、棉花、蓼蓝、木薯的大片庄稼环绕着村庄。只要干活就一定有饭吃。每年总有长长的商队，带着“姆带”（阿拉伯语，量米的单位——引者）前往尼亚尼。你可以从一村走到另一村，不必提防盗贼。假如有人犯了盗窃罪，要砍去右手，如果再犯，就要把他关进监牢。

新的村落、新的城镇在芒丁和其他的地区纷纷出现。迪乌拉斯（即商人）越来越多了。在松迪亚塔的治理下，人人得到了幸福。①

这正像大家歌颂松迪亚塔时，在《富庶之歌》中所唱的：

他来了
幸福也跟着来。
松迪亚塔到哪里
幸福就到哪里。②

因而，人们称赞松迪亚塔是一位深得真主喜爱的穆斯林。

2. 松科隆是穆斯林

当松科隆看到爬行多年的小儿子突然能站起来时，史诗描写：

松科隆见孩子站了起来，又惊又喜，语不成声。过了不一会儿，她唱起了一支赞美真主的歌，感谢真主赐给她儿子两腿走路的能力。

噢！天啊，多么美好的日子，
噢！天啊，多么愉快的日子。
万能的安拉啊，
你做了多大的好事，
我的儿子会走路啦！③

① 李震环、丁世中译：《松迪亚塔》，上海译文出版社 1983 年版，第 133 页。
② 李震环、丁世中译：《松迪亚塔》，上海译文出版社 1983 年版，第 129 页。
③ 李震环、丁世中译：《松迪亚塔》，上海译文出版社 1983 年版，第 38 页。

这赞美安拉的歌声表明：松迪亚塔的母亲松科隆，也是一位虔诚的穆斯林。

3. 芒丁的百姓是穆斯林

当万恶的苏毛洛以征服者自居自立为芒丁国王时，史诗描述：

> 大伙儿都跑去问先知：芒丁国未来的命运怎样？先知不约而同地表示，能够救芒丁的，只有那王位的合法继承人。这个继承人就是那“双名双姓的人”。尼亚尼宫的老臣于是想起了松科隆的儿子，因为这“双名双姓的人”正是马汗·松迪亚塔。①

这也表明：像“大伙儿”这样一些平民百姓，也是由衷相信先知的伊斯兰教徒。先知虽然不是真主安拉，但是，他们个个都是真主认真拣选的、负责传达真主启示的超凡入圣的真主使者，安拉旨意的执行者。

上述这些人物形象的例子充分说明：在芒丁国里，从国王到百姓，都是信仰安拉的伊斯兰教徒。

二、西非穆斯林留存土著宗教的信仰

伊斯兰教是一神论的宗教，《古兰经》最强调的精髓是崇奉独一无二的安拉。这种“认主独一论”认定安拉是宇宙万物的唯一创造者、掌握者和支配者。这是《古兰经》中贯穿始终、一再强调的理论。在《古兰经》中提到安拉时，总是突出宣扬：“他是真主，除他外，绝无应受崇拜的。他是全知幽玄的，他是至仁的，是至慈的。”（59：22）“他是真主，是创造者，是造化者，是赋形者，他有许多极美的称号，凡在天地间的，都赞颂他，他是万能的，是至睿的”。（59：24）把安拉视为唯一崇奉的主神。

但是，在《松迪亚塔》史诗中，我们发现：在西非各民族的穆斯林的头脑中，除了顺从安拉旨意的宗教观念之外，尚存留着当地土著宗教的信仰。在面对一些具体问题时，其土著宗教的敬神观念，在一定程度上会淡化或削弱伊斯兰教一神论观念，使其穆斯林信仰的虔诚性和纯洁性受到明显的影响。

---

① 李震环、丁世中译：《松迪亚塔》，上海译文出版社 1983 年版，第 71 页。

其土著宗教的信仰，主要有如下几种：

1. 巫术信仰

巫术，是一种宗教现象。它虽然起源于原始社会，却广泛存在于世界各地和各个历史阶段。巫术，是通过一种超自然的神力或物体发挥作用，以实现和满足一定的目的和愿望。

例如：王后莎苏玛·贝雷特心想：如果松科隆的孩子出世，她的儿子就要被剥夺继承王位的权利，那她的处境将会更糟。便心生一毒计：

> 她想杀害松科隆。她私下把芒丁最著名的巫婆全都召到跟前，但是她们都承认对付不了松科隆。说也奇怪，每当黄昏时刻，总有三只猫头鹰栖息在松科隆的宫顶上，保护着她。莎苏玛无计可施，后来不得不说道："好吧，让她生下这个孩子，等着瞧吧。"①

王后想要运用巫术害死松科隆，但是，松科隆却以其治人之道还治其人之身，用三只猫头鹰保护自己。结果，王后的阴谋没有得逞。巫术，绝不是穆斯林使用的办法，而是西非土著宗教信徒为了达到目的而采取的一种迷信手段。

又如：松迪亚塔和苏毛洛的谈话，并不是当面的直接对话，而是两人依靠巫术各自通过自己的猫头鹰间接表达自己的要求和意愿：

> 苏毛洛知道松迪亚塔也是个巫师。他不派使臣，叫一只猫头鹰传话。这只夜鸟在松迪亚塔的帐篷顶上歇下，便开口说起话来。松科隆的儿子也派了一只猫头鹰到苏毛洛那里。下面是两位通晓巫术的国王的对话。
>
> 苏毛洛道：
>
> "住手吧，小伙子。从今以后，我是芒丁的国王啦。如果你要和平，从哪里来，就给我回到哪里去。"
>
> "苏毛洛，我回来是为了夺回我的王国。如果你要和平，你就应当赔偿我的盟邦的损失，你就应当回索索去，因为你是索索的国王。"
>
> "我有武力，所以我也是芒丁的国王。我的权利是我用武力得来的。"

---

① 李震环、丁世中译：《松迪亚塔》，上海译文出版社 1983 年版，第 24 页。

“那我就要用武力把芒丁夺回，把你从我的王国赶出去。”

“告诉你，我好比长在岩石上的野薯，任什么也不能把我赶出芒丁。”

“要知道，我营里有七个铁匠师傅，他们能把岩石炸得粉碎。你若是野薯，我就将你吃掉。”

“我是有毒的蘑菇。谁敢吃我，谁就会呕吐。”

“我是一只饥饿的公鸡，根本不把毒物当回事儿。”①

……

这种双方利用猫头鹰的对话，就是双方施展的巫术。这巫术，就是西非土著宗教的一种超自然的表达各自要求和意愿的方式。相信超自然的神力，并企图凭借它实现自己的非人力所能实现的意图，这种行为正是芒丁人和索索人头脑中土著宗教迷信观念的反映。

2. 自然神崇拜

自然神，是指自然物体、自然现象和自然力的神灵化，把日月雷电风雨、山石海河土地当作神灵加以崇拜。

（1）山神崇拜

松迪亚塔为了战斗的胜利，向山神献祭。史诗中描述：

松迪亚塔在基太城的东面扎下大营，命令国王出降。国王基太·芒沙依靠山神的佑护，十分傲慢，回答松迪亚塔非常无礼。松迪亚塔军中有万灵的先知，根据他们的建议，松迪亚塔向基太·古鲁的山神求助；他宰了一百头白公牛、一百只白公羊、一百只白公鸡祭它。所有的公鸡都仰天断气，这是山神乐于相助的表示。于是松迪亚塔不再犹豫。一大早，他就下令出击。②

（2）仙石崇拜

松迪亚塔的军队取得胜利，为了表示对神的感谢，率领全军上山祭神。

① 李震环、丁世中译：《松迪亚塔》，上海译文出版社 1983 年版，第 100—101 页。

② 李震环、丁世中译：《松迪亚塔》，上海译文出版社 1983 年版，第 116—117 页。

到了山上，“大家常常围着普道夫的仙石跳舞、用餐”。至今敬奉祖先“迪奥”（祖先定下带有神力禁令）的卡马拉人还祭祀这块仙石。①

(3) 水神崇拜

松迪亚塔在山顶的正中找到了那口水塘，便跪在塘边说道：

> “水神啊！噢，莫霍亚—德奇基之神，圣水之神啊！我宰了一百头公牛，一百只公羊，一百只公鸡祭你，你使我获胜……我来此是为了喝神水，莫霍亚—德奇基”
>
> 他合着双手掬起了塘中的水，喝了一口。那水十分甘美，他连喝三口，还洗了脸。②

3. 铁匠崇拜

铁匠崇拜，是黑非洲一种独特的宗教迷信。对铁匠，人们相信他具有一种神秘地预卜未来吉凶祸福的能力。因而，在黑非洲土著宗教中，铁匠占有特殊地位，被笼罩在无限的神秘灵光之中。

然而，人们对铁匠看法和信服也不完全相同。谢·亚·托卡列夫说：

> 对铁匠的慑服，其表现截然不同。一方面，将铁匠视为不洁者、令人鄙弃者；另一方面，则赋之以种种超自然的异能。例如，贾加人（东非）对铁匠极为敬重，而畏惧更甚于敬重。妇女并非人人愿嫁给铁匠。铁匠嫁女，更是难乎其难。据说，其女会招灾致厄，甚至有妨夫之虞。铁匠则力图显示其超凡出众，有异于常人。相传，铁匠可用其工具，特别是铁锤，对仇者施行所谓“咒杀”（即所谓“厌胜”）；人们畏之更甚于他种咒术。总之，铁锤、风箱以及铁匠的其他用具，均被视为行术之法器，任何人不敢触及。
>
> 在贾加人中，与铁匠行业相伴而生之迷信，并不限于此。例如，人们并笃信：观炉渣之形态，可断休咎，铁与铁制品，可用作镇物。③

---

① 李震环、丁世中译：《松迪亚塔》，上海译文出版社 1983 年版，第 117 页。

② 李震环、丁世中译：《松迪亚塔》，上海译文出版社 1983 年版，第 118 页。

③ 谢·亚·托卡列夫：《世界宗教简史》，中央编译出版社 2011 年版，第 176 页。

在西非，也有铁匠崇拜的宗教信仰。例如，松科隆生的儿子长得很慢，到三岁时还不能站起来，只能用两手在地上爬，并且也不会牙牙学语。为此，国王非常伤心。于是，去找铁匠。

> 一天，国王来到了努法依里家里。努法依里是尼亚尼一位双目失明，但擅长预卜未来的老铁匠。老人在当作作坊的外室里接待了国王。他这样回答了国王的问题：
>
> “种子在发芽的时候，总是成长得很不容易；大树生得很慢，但是它的根却深深地扎进了土壤。”
>
> “那末，种子是不是真正发芽了呢?”国王问道。
>
> “那还用说，”老人答道，“不过它长得不像你期望的那么快。唉！人总是那么没有耐心啊!”
>
> 这次谈话，加上杜阿对孩子的命运充满了信心，国王因此放下心来。他恢复了对松科隆的宠爱。①

在《松迪亚塔》史诗中，我们看到：在伊斯兰教的信仰观念上，西非地区的穆斯林同中东地区的穆斯林双方的表现，既有共同的一面，又有差异的一面。其共同的一面是双方都信仰真主安拉，其不同的一面是西非各民族的穆斯林除了信仰安拉之外，在头脑中还存留着西非土著宗教的信仰——铁匠崇拜、各种自然神崇拜等多神信仰。西非各民族的伊斯兰教表现出一种适合于当地需要的变通和宽容的精神。

这种变通和宽容的精神，也是符合安拉教导的，《古兰经》中说：“对于宗教，绝无强迫；因为正邪确已分明了。谁不信恶魔而信真主，谁确已把握住坚实的、绝不断折的把柄。真主是全聪的，是全知的。”（2：256）这就是说：宗教信仰是每人发自内心深处的意念和愿望，可由每人自行选择和决定，因而绝不可威胁利诱和强力逼迫。

西非伊斯兰教容许穆斯林留存土著宗教的某些信仰，这一点，正是《松迪亚塔》史诗中表现的不同于中东地区伊斯兰教的地方。这种含有变通宽容精

① 李震环、丁世中译：《松迪亚塔》，上海译文出版社 1983 年版，第 30—31 页。

神的西非伊斯兰教，从史诗中看，并没有阻碍和影响民族团结、社会繁荣和文化发展，反而对其发挥了积极的促进作用。

第六节　口头创作的艺术成就

《松迪亚塔》是长期口头传诵在非洲特别是西非地区的著名英雄史诗，在记录整理编订成书之后，依然保留着口头文学的创作特色。反映了非洲文学高度发展的艺术成就，不仅颇受非洲人民的深爱，而且获得了世界各国人民的称赞。

一、史诗创作的真实特征

《松迪亚塔》史诗是以13世纪西非马里的真人真事为创作题材的，作品鲜明地表现了当时社会的生活真实。史诗中的主人公松迪亚塔是马里的君王（1230—1255在位），实有其人。这部史诗不是以古代神话传说故事为创作题材的，而是以松迪亚塔的真实表现和英雄业绩为创作题材的。史诗对松迪亚塔毕生的丰功伟绩利用各种艺术手法重点突出地进行多方面的艺术再现。在创作过程中，着重凸显人物和事件的史实，避免创作幻想和艺术虚构。史诗的艺术真实是建立在生活真实的坚实基础之上的，鲜活地显示出松迪亚塔当年历史活动的真实特征。在这一方面，同巴比伦的吉尔伽美什和希伯来的摩西两个英雄形象的塑造，是迥然不同的。

1. *在对比描写中展示两个王子不同性格的真实*

在口头文学创作中，往往运用对比的艺术手法塑造人物形象的性格特征。史诗中的松迪亚塔和丹卡朗·杜曼都是国王纳雷·马汗的儿子。国王逝世后，皇后莎苏玛背弃了国王让松迪亚塔继承王位的遗嘱，在她的阴谋策划下，使她自己的儿子丹卡朗·杜曼篡夺了王位，同时组成了摄政会议，由莎苏玛独揽大权。但是，他们母子不理朝政，尸位素餐，一味享乐，不顾百姓疾苦。敌人入侵后，丹卡朗·杜曼立即屈膝投降，并把自己的妹妹娜娜·特里邦送给入侵之敌索索国王苏毛洛。最后，他丢掉了百姓，贪生怕死地逃之夭夭，使芒丁陷入万民无主的困境。这些令人憎恨的行径真实地暴露了丹卡朗·杜曼丧权辱国的罪恶本质，表现了生活的真实。

但是，与丹卡朗·杜曼的表现恰恰相反，松迪亚塔和母亲松科隆在流浪国外时急切地想知道家乡遭难的情况。来人介绍说：

> 我给你们带来的，却是些令人悲痛的消息。可又有什么办法？这正是我的使命。强大的索索王苏毛洛·康坦在芒丁撒下了死亡和荒凉的种子。丹卡朗·杜曼国王逃走了，芒丁现在是万民无主。但战事并没有结束，好样儿的都跑进了丛林，要同敌人斗到底。索索王的外甥法戈里·科罗马也同他的舅舅狠狠厮拼着。因为那个家伙犯了乱伦罪，抢走了法戈里的妻子。我们求问了神明，神明回答说：能够拯救芒丁的，只有松科隆的儿子。现在芒丁有救了，因为我们找到了你——松迪亚塔。
>
> 芒丁的国王马汗·松迪亚塔哟，我在这里向你敬礼！祖先遗下的王位，正等候你驾临！不论这里的官职多么高，你也得丢弃这异国的荣誉，去拯救自己的祖国。好男儿都在等候你，请到芒丁去重新建立合法的政权。母亲们含着泪水祷告的时候，只是念着你的名字；四邻的国王聚集在一起，在等候你的光临，只有你的名字才能得到他们的信任。松科隆的儿子啊，你大显身手的时刻已经来临，良库曼·杜阿老人的话就要实现了：你是一个巨人，你一定能将亘人苏毛洛打倒。①

松迪亚塔听完这些话，立刻说：“说得对。现在再也不能说空话了。我就向国王告辞，我们马上回芒丁……我们明早就动身。”② 他得到了麦马王的支持。麦马王分给他一半兵马。到了瓦卡杜，国王又把自己的骑兵分一半给松迪亚塔，真是得道者多助。弟弟芒丁·波里问哥哥：“你觉得我们能对付苏毛洛了吗?”松迪亚塔答道：“军队的人数并不重要，真正有用的是勇气。”是的，他敢于对敌展开斗争，为了祖国和百姓，他不怕牺牲性命。这种精神正是屈膝投降的丹卡朗·杜曼所没有的。

史诗的作者格里奥采取对比描写的艺术手法突出人物形象的个性特征，面对入侵的大敌苏毛洛，将丹卡朗·杜曼和松迪亚塔的言行表现进行对比描

---

① 李震环、丁世中译：《松迪亚塔》，上海译文出版社 1983 年版，第 76—77 页。

② 李震环、丁世中译：《松迪亚塔》，上海译文出版社 1983 年版，第 76—77 页。

写，在对照中使不同的性格特征得到更鲜明、更突出的艺术反映。这种艺术真实是源于生活真实的，以生活真实为基础的，松迪亚塔和丹卡朗·杜曼这两个王子的历史真实的史实，正是格里奥创作的源泉。格里奥将这一生活的真实经过概括提炼、加工和改造，才变成了艺术的真实，才使艺术真实高于生活真实。

2. 在细节描写中展示苏毛洛杀人性格的真实

史诗中描述：松迪亚塔的格里奥贝拉·法赛盖有一偶然的机会，使他走进索索国王的密室，环视四周，一切陈设令他触物思人发现了索索国王苏毛洛的思想和性格的特征。在史诗中描写：

> 一天，贝拉·法赛盖乘国王不在，混进了宫殿，直至苏毛洛藏放膜拜物的密室。他一推开那扇门，就被他所看到的东西吓得愣住了：壁上挂满了人皮；房间正中间也放着一张人皮，那是供国王坐的；另外有九个人头，中间放着一把水壶；贝拉一开门，壶里的水就动荡起来，只见一条毒蛇探出了脑袋。精通巫术的贝拉·法赛口念符咒，室内的一切方才平静下来。他继续观察：在床的上方，一根木棍上栖息着三只仿佛在打瞌睡的猫头鹰；对面墙上挂的是各种离奇古怪的武器：有弯弯的大刀，三面开口的刺刀，等等。他细看那些人头，方才认出那是苏毛洛杀掉的九个国王。①

史诗中描述贝拉·法赛盖在密室中所看到的人皮、人头、毒蛇、猫头鹰和刺刀等，这些细节描写完全可以揭露：其主人是一个杀人如麻、十恶不赦的蛮横暴君。这是苏毛洛生活真实地反映，苏毛洛这一形象的艺术真实正是以其生活真实为基础的。

3. 在神话幻想中展示松科隆反抗性格的真实

在史诗中有一神话，像似虚无缥缈、荒诞无稽之谈，其实，如果拨开幻想的云雾，神话中水牛伤害人的情节乃是当时现实生活中人物形象反抗性格的真实反映。

在这个神话故事中说：有一奇怪的水牛，在德沃国乡村每天都要伤害人

---

① 李震环、丁世中译：《松迪亚塔》，上海译文出版社 1983 年版，第 65 页。

畜，国王答应：杀死水牛者可得最高奖赏。两个猎人想去碰碰运气，看到一个老妇人饿得嚎啕大哭，就给她几块牛肉充饥。她为了感谢这一仁厚的施舍，便说她就是那吃人的水牛，并给猎人一纺锤和一只鸡蛋。当看到我吃皇家要收割的粮食时，先拿纺锤向我瞄三下，然后再拉弓，就会将我命中。我会爬起来追你，你把鸡蛋抛在身后，便会出现沼泽，我不能在沼泽中行走，于是，就可以把我杀死。为了证明你们的胜利，要割下水牛的尾巴，那是纯金做的，将它献给国王，就会得到奖赏。至于我，已经做完了要做的事情。我已经惩罚了我的兄弟德沃国王，因为他剥夺了应该归我的那份遗产。

但是，她说：得有一个条件，国王让你选美女时，你得选奇丑无比的驼背姑娘，名字叫松科隆，她就是我的化身。请答应我，一定要选我。猎人握住老妇人的手，庄严起誓：一定照办。

这个神话同反映人类童年时期生活的神话显然不同，它反映的是松迪亚塔时期的社会生活，表现的不是神祇之间的矛盾，而是人类王族之间冲突，主要是表现松科隆反对国王剥夺她应得的遗产。她伤害人畜正是反抗国王霸占自己财富的正义壮举，是她厌恶国王不义言行的反抗性格的真实表现。

二、史诗中的格里奥插话

在古代东方史诗中，一般都有插话，不过，由于史诗的不同，其插话也是不同的。有的史诗插话多，有的史诗则插话少；有的插话是文学性的，其中有人物形象和故事情节，很生动，极具吸引力；也有的插话是评论性的，如《松迪亚塔》中格里奥的插话，就是评论性的，是讲道理论是非的，既有揭露罪恶的、又有鼓舞士气的，也有赞颂丰功伟绩的。

1. 揭露滔天罪恶的插话

格里奥在描述人物形象和故事情节发展中的表现时，为了加深读者或听众对人物形象的理解，格里奥就添加进一些评论，这就是《松迪亚塔》中的插话。例如：在描述到苏毛洛的情节时，格里奥便插话：

> 苏毛洛是个恶神。他的威力只是用来屠杀生灵。他无恶不作，毫无顾忌；他最大的娱乐是当众鞭笞德高年迈的老人；几乎没有哪个家庭没有受过他的玷污。在他的辽阔的国土上，到处布满了专门囚禁少女的村落，

他将年轻的女子掳来，不成婚就肆意霸占。

就要被暴风卷倒的树木，总是看不见天边刮来的风暴。它得意忘形地昂首树梢，藐视狂风，却不知道自己的末日已在眉睫。这正是苏毛洛的写照：他早已不把任何人放在眼里。哦，人是多么容易被“权力”迷惑而走上邪路啊！如果人的手里即使只掌握一米克达尔（一丁点儿的意思）的神权，这个世界怕早已归于覆灭了。苏毛洛到了肆无忌惮的程度。①

在这一插话里，格里奥淋漓尽致地揭露和抨击了苏毛洛的蛮横和暴虐，尖锐而深刻地斥责了他恶贯满盈的滔天罪行。

2. 鼓舞必胜信心的插话

在克里纳大战的前夜，格里奥贝拉·法赛盖给松迪亚塔讲述了芒丁先王们的光荣历史，用他父祖辈的英雄业绩鼓舞他明天英勇杀敌，以无愧于先人的辉煌成就。格里奥说：

松科隆的儿子哟；要知道，同一瓢米旁边容不了两个王。假如有不相识的公鸡闯进鸡窝，老公鸡就一定会找它算账，而驯服的母鸡却是等待强敌征服，或者是等待强敌屈服。你来到了芒丁，那就去争取胜利吧！武力自有它的道理，而王权绝不容分割。

……

我方才说的是你祖先的丰功伟绩，他们一定会流芳百世。但我们怎样向子孙咏唱，才能使你的美名永垂史册？我们用你的什么事迹来教育我们的后代，你要完成什么样的史无先例的功勋，作出什么样的闻所未闻的壮举、赫赫一时的贡献，才会使我们的子孙悔恨自己没有生在松迪亚塔时代？

格里奥是语言艺术的巧匠，用语言把国王的功勋描画得活灵活现。但语言毕竟只是语言，力量是在于行动。但愿你成为行动的巨人。不用空话来回答我。凡是你想要我告诉后代的事迹，请你明天在克里纳平原上表现出来。你在明天用战刀砍死千百名索索兵，好让我面对他们的尸

① 李震环、丁世中译：《松迪亚塔》，上海译文出版社 1983 年版，第 69—70 页。

体，高唱那《兀鹰之歌》。[①]

格里奥这一发自肺腑的插话，具有神奇而伟大的煽动力，激发了松迪亚塔坚决消灭苏毛洛和索索兵的必胜信心。在第二天的战场上，果真如愿以偿。

3. 赞颂丰功伟绩的插话

在史诗即将结尾时，格里奥严肃认真地为松迪亚塔一生的丰功伟绩进行总结。他说：

有些国王，依凭武力才强大起来。在他们面前，人人胆战心惊。但是等他们去世以后，人们无不谈论他们的邪恶。也有些国王既不行恶，也不行善，死后就没有人再提起。还有些国王是令人敬畏的，因为他们有武力，但是他们懂得使用武力；大家喜欢他们，因为他们热爱正义；松迪亚塔就是这样的国王。人们惧怕他，可是也热爱他。他是芒丁之父，他给世界以和平。在他之后，世界上没有比他更伟大的征服者。因为他是第七位、也是最后一位征服者。

他把父亲过去的小村庄变成了一个帝国的京城。尼亚尼成了世界的中心。在最遥远的地方，人们也谈论着尼亚尼。[②]

这一插话是在告诉人们：芒丁人民的和平幸福、安居乐业、物质丰富的美好生活是松迪亚塔创造的，他永远活在人民的心里，松迪亚塔永垂不朽。

三、口头文学的修辞手法

在《松迪亚塔》史诗中，也有其他史诗中常用的口头文学的修辞手法，如：排比、反复、夸张、比喻、象征和谚语等，这些修辞手法增强了民间口语创作的艺术表现力。

1. 排比

排比，是把意思相联、结构相似、语气相通的语句整齐匀称地排列在一

① 李震环、丁世中译：《松迪亚塔》，上海译文出版社 1983 年版，第 105—106 页。

② 李震环、丁世中译：《松迪亚塔》，上海译文出版社 1983 年版，第 133—134 页。

起，以加强语言的艺术魅力。如：

我要是在白天发现谁，
我就把他生吃了！
要是在夜间发现谁，
我就把他生吃了！
我要是在傍晚发现谁，
我就把他生吃了！①

这是化身为水牛的松科隆反抗她的兄弟德沃国的国王所采用的一种暴力手段，这种排比表达了她要日夜吃人、天天吃人的意志和决心。这种排比的语气显示了坚决斗争、不达目的、誓不罢休的顽强气势。

2. 反复

反复，也称之为重叠，为了强调一种意思或突出一种情感，反复重叠使用同一词语或句子。如：

你就是我的母亲。
你就是我的父亲。
我从来不知道我的父亲。
我从来不知道我的母亲。②

不要杀害吉因神！
不要杀害吉因神。③

这种修辞手法发挥了一再强调意思，以使人引起注意。同时也是充满感情的表达，从而增强了感染力。

① 李永彩译：《松迪亚塔》，译林出版社 2003 年版，第 25 页。
② 李永彩译：《松迪亚塔》，译林出版社 2003 年版，第 11 页。
③ 李永彩译：《松迪亚塔》，译林出版社 2003 年版，第 17 页。

3. 夸张

夸张，是一种故意言过其实的修辞手法，为了更突出、更鲜明地表达一种思想感情或展示一个事物，故意把话语说过头。如：

只要松迪亚塔往右砍上一刀，苏毛洛的铁匠就成十成百地倒下；只要他向左一转，人头便像熟了的果子从大树上纷纷落下一般。[①]

这种夸张，显然是为了突出松迪亚塔的超群的武力。

4. 比喻

在《松迪亚塔》中，比喻的修辞手法虽然不多，但也反映了民间口头文学的创作特点。如："漂亮的姑娘们露着像芒丁产的白米一样洁白的牙齿朝着我微笑"；"松科隆的儿子杀进了敌群，就同雄狮闯进羊圈一般"；"敌人之多，犹如来袭的蝗虫一般"。[②] 这些明喻，可以说是古已有之的比较原始的修辞手法。

在《松迪亚塔》中，我们还发现：有些谚语发挥了比喻的作用。

例如：松迪亚塔出生后，成长得很慢，三岁时只会爬，既不会走，也不会牙牙学语。为此，他的父王很着急，便请教老铁匠。老铁匠对国王说"种子在发芽的时候，总是成长得很不容易；大树生长得很慢，但是它的根却深深地扎进了土壤。"这一以通俗语言反映深刻道理的谚语，是经验的概括和智慧的结晶，并富有哲理和教训的意味。它在这里作为喻体更形象地表明：松迪亚塔这孩子虽然长得慢，但将像种子和大树一样，必成国家有用之材。

又如："正像太阳尚未出山，光芒已普照大地；松迪亚塔的美名翻山越岭，传遍了饶丽拔平原。"[③] 很明显，这一太阳光芒的谚语作为喻体形容松迪亚塔的美名将像阳光一样普照饶丽拔平原。

谚语也是西非各民族语言的精华，是群众口语宝库中的重要组成部分。在日常生活中发挥着明辨是非、培养道德情操的重要作用。

---

① 李永彩译：《松迪亚塔》，译林出版社 2003 年版，第 83 页。

② 李永彩译：《松迪亚塔》，译林出版社 2003 年版，第 18、83、89 页。

③ 李永彩译：《松迪亚塔》，译林出版社 2003 年版，第 91 页。

5. 象征

《松迪亚塔》史诗中的象征，是指口头文学创作中的修辞手法，也就是以生动的形象和具体的事物表现抽象的思想或感情的修辞技巧。当然，这种象征和近代的象征主义是不同的。

在史诗中有这样一段描述：

他将要统治他们所有的氏族，
还有九十个种族的人。
他要在曼迪国统治他们，
要在曼迪国这里定居下来，
要在曼迪国吃掉全羊。
曼迪国属于松迪亚塔，
将要统治他们所有的人。①

诗中所说的“吃掉全羊”，就是象征性的词语，是象征松迪亚塔获得绝对权力的。利用“吃掉全羊”这一可感的具体活动表现了取得“绝对权力”的抽象意念。利用具体的物象表现一定的思想理念，正反映了口头文学象征手法的特点。

在史诗的另一段中所描述的：

苏马姆汝进入曼迪国，
把葫芦塞进穷人和权势者的嘴巴，
说谁也不能公开讲话，
说大家都对着葫芦说话。②
……

“把葫芦塞进穷人和权势者的嘴巴”，是言论统治的象征，对言论自由进

① 李永彩译：《松迪亚塔》，译林出版社 2003 年版，第 61 页。
② 李永彩译：《松迪亚塔》，译林出版社 2003 年版，第 116 页。

行控制。

还有，松科隆告诉两个猎人：在杀死水牛以后，“要割下水牛的尾巴”，① 这一词语的象征意义在于象征消灭水牛的胜利。

第七节 史诗的世界影响

《松迪亚塔》经过格里奥的口头创作形成史诗以后，一直保留在格里奥头脑的记忆中，由世袭的格里奥代代相传，到了20世纪60年代以后，才开始出现了运用文字记录整理的《松迪亚塔——曼丁哥史诗》，1960年，在巴黎出版的法文本，开创了书面《松迪亚塔》史诗向世界推广的先河。从此，这部史诗越来越受到世界各国人民的喜爱，并且激发了世界各国学者研究和评介的兴趣。

一、史诗成为历史著作的重要史料

格里奥在创作史诗时，特别重视历史的真实情况和事物的本来面目，绝不容许出现虚假的不实之言。这正像创作史诗的格里奥所说的：“我的语言是纯洁的，在里面找不到丝毫谎言杂质，这是我父亲的语言，也是我祖父的语言。我要把我从父亲那里听到的话原原本本告诉你们；国王的格里奥从不说谎。部族之间一旦发生争执，也是我们来调解分歧，因为在我们的记忆里保存着祖先的誓言。渴求知识的人们啊，请倾听我说的话吧；我要把芒丁国的历史说给你们听。” ② 因而在文字资料十分匮乏的情况下，格里奥口述的史诗对研究早期非洲历史具有特别重要的史料价值。《松迪亚塔》便成为史学家探讨研究13世纪初叶马里历史的不可多得的史料，也是撰写这一时期马里历史难能可贵的依据。虽然在《松迪亚塔》中有些虚构或幻想的成分，但是，其中所展示的情节和所记述的事件，大多是如实的记忆和真切的复述，经过认真的筛选，即可成为撰写历史著作的可靠内容。这正如研究非洲问题的专家李保平教授所说的：“史学家经过筛选、核实、取舍，将该史诗的主要内容编入史书。权威

① 李永彩译：《松迪亚塔》，译林出版社2003年版，第18页。

② 李震环、丁世中译：《松迪亚塔》，上海译文出版社1983年版，第159—160页。

性的非洲历史著作——联合国教科文组织主持编写的《非洲通史》和《剑桥非洲史》中，关于马里帝国 13 世纪 20—30 年代历史的叙述，主要取材于史诗《松迪亚塔》提供的史料。”①

如果翻开联合国教科文组织主持编写的《非洲通史》的第四卷，在“马里和第二次曼丁哥人的扩张”的部分中，很容易发现有许多论述同《松迪亚塔》中的描述几乎是完全一致的。略举两例，看看《松迪亚塔》对历史著作的影响。

例一，对松迪亚塔生平的叙述：“他的童年相当坎坷，长期腿瘸，他的母亲索戈隆·孔德因而受到国王其他妻妾的嘲讽。但一旦恢复行走能力，他便成了同年龄组人的领袖：由于受到丹卡伦·图曼的迫害，他不得不与母亲和弟弟曼德·布加里（阿布·巴克尔）一起逃亡。这次逃亡，（或称 nieni na bori）经过许多岁月。当时，没有一个马林克酋长敢给他提供栖身之所，因此，他只得去了加纳。他在昆比受到热情的接待；但最后还是与母亲和弟弟在梅马定居下来。梅马的国王（曼萨）通卡拉（或梅马的法林通卡拉）很欣赏这位年轻‘迪亚塔’的勇气，委他以要职。曼丁哥的信使就是在梅马找到他的；国王送给他一支军队，并送他返回了曼德。”②

例二，对松迪亚塔军队士气的描述：“松迪亚塔军队的士气很盛，联盟军的将领们也信心十足。松迪亚塔的妹妹纳纳·特里班曾被迫嫁给苏马古鲁，此时已设法逃出索索而加入到松迪亚塔的军队中来，与她同来的还有凯塔王室的‘格里奥’巴拉·法塞克，他掌握着破坏苏马古鲁力量的诀窍。在古代非洲，魔法可以用于一切事物。苏马古鲁刀枪不入，他的图腾（tana）是一只白公鸡的趾。据说，由于他妻子和‘格里奥’的逃离，他知道自己的秘密已经泄露，临阵萎靡不振，缺乏指挥军队的傲然神情，但又压住心中的不安；战斗开始后，索索人一败涂地，松迪亚塔一直追逐敌人到库利科罗，只是未能捉到苏马古鲁本人。他的军队攻占索索，该城被夷为平地。”③

这两个例子，完全可以证明：《非洲通史》中的描述正是来源于《松迪亚塔》的，明显地接受了史诗的影响。

---

① 李保平：《非洲传统文化和现代化》，北京大学出版社 1997 年版，第 159—160 页。

② 《非洲通史》第四卷，中国对外翻译出版公司、联合国教科文组织出版办公室版，第 107 页。

③ 《非洲通史》第四卷，中国对外翻译出版公司、联合国教科文组织出版办公室版，第 108 页。

二、激发了各国研究非洲口头文学的热情

20世纪60年代，几内亚作家T. D. 尼亚奈记录、整理、翻译和出版了《松迪亚塔：古马里史诗》以后，不仅使各国学者开始重视《松迪亚塔》的研究，而且使世界各国出现了一个收集、记录、整理和出版非洲口头文学的热潮。

自从《松迪亚塔》的英译本在法国巴黎现代非洲出版社刊行以后，1965年，我国便由作家出版社、上海编译所出版了李震环和丁世中通过英译本翻译的《松迪亚塔》。不仅有了中译本，而且出现了评论。我国香港学者杜渐以《非洲文化与史诗松迪亚塔》为题发表了评论文章，热情洋溢地称赞这部非洲人民的口头文学的优秀遗产。他说：

> 《松迪亚塔》史诗表现了古代非洲人的理想生活的追求，从而也可以看出非洲人民自古以来就富于反侵略和热爱祖国的爱国主义热情。这首壮丽的史诗具有高度的艺术价值，显示出非洲人民的语言艺术的天才和丰富的幻想力，它是非洲人民的智慧的结晶。
>
> 《松迪亚塔》史诗既有力地说明了非洲人民有辉煌的历史，也显示出他们是有高度文化的民族，他们创造了松迪亚塔这样一个完整的英雄形象，虽然带有一些传奇色彩的成分，但基本上是符合历史事实的，这都可以有力地驳斥殖民主义者的“黑非洲没有历史没有文化”的谬论。相信在非洲文学工作者的努力下，必将会发掘整理出更多文化遗产，丰富世界文学的宝库，放出奇异的光彩。①

除了专题论文，在有关东方文学的专著中也常常看到评介《松迪亚塔》的章节。

1983年，上海译文出版社又出版发行了《松迪亚塔》。2003年，译林出版社又出版了李永彩译的《松迪亚塔》。可见，中国人民对这部史诗的重视和热爱。

自20世纪60年代《松迪亚塔》问世以来，世界各国学者对这部史诗产

---

① 杜渐：《书海夜航》，生活 · 读书 · 新知三联书店1980年版，第234—235页。

生了与日俱增的浓厚兴趣。1974 年，英国的女学者戈登·英尼斯整理、翻译和出版了《松迪亚塔：三个曼丁凯版本》。1979 年，美国学者约翰·威廉·约翰逊亲自到马里，进行实地记录、整理、翻译和出版了《松迪亚塔史诗》。时至今日，据统计，已经有了几十种《松迪亚塔》的版本问世。我国的史诗译者李永彩说："我的朋友、美国非洲学专家南希·J. 施密特女士在 2001 年 2 月 13 日来信中说：'这部史诗至少已出版 37 个版本。'就笔者所见，也有三四个版本，有的搜集于马里，有的搜集于冈比亚，有的搜集于几内亚。因为古马里帝国的领土广及今日的马里、冈比亚、几内亚等国家……总之，除了口头流传以外，书本又赋予非洲史诗以新的保存形式，而这些书本形式都是根据世传格里奥或说唱艺人的口述演唱整理出来的，再经过英文或法文的转译，传至五大洲。"① 足见这部史诗影响的普遍和广泛。

同时，由于受到《松迪亚塔》研究的影响，学者们对其他史诗和非洲口头文学也重视起来。如：对《姆温都史诗》、《恰卡大帝：祖鲁史诗》、《赫列卡利史诗》等著名遗产的研究，日见增多。并且对其他口头文学遗产的研究，也日益受到学者们的重视。

---

① 李永彩译：《松迪亚塔》，译林出版社 2003 年版，第 8 页。

后　记

书稿杀青之后，浮想联翩，许多往事，重现脑海。虽然书稿的每个字都是我亲手敲打出来的，但是，准确地说：绝不是我一个人的劳动成果，而是我的老师和有关专家、学者集体智慧的结晶。没有他们的帮助，岂能有这一成果。

1960 年 8 月，在北京大学东语系的两年进修结束后，返回学校就要立即讲授东方文学，史诗是不能不讲的，最大的困难就是资料难寻。有一次，在金克木先生家里，我说出自己的苦闷时，他老人家顺手就把《印度古代文学简史》的手稿递给我说："拿回去看看，有需要的就抄下来。"我如获千金难求的瑰宝，用近一个月的时间，反复拜读，认真思考，并细致做了摘要。当我送还手稿时，他说："讲东方文学，不能只讲印度两大史诗，巴比伦的、希伯来的和南非的应该兼顾，也可以互相比较。"这一语重心长的关怀，使我得到振聋发聩的启发，半个多世纪以来，我一直牢记先生的教导，为实现这一目标而努力。1964 年，《梵语文学史》出版后，我才发现 1960 年让我学习的《简史》手稿就是《梵语文学史》的初稿。为了扶植弟子，慨然以初稿鼎力辅助，使我感激不已，立志苦学东方史诗。半个世纪以来，师恩难忘，每每忆起，奋力倍增。

改革开放以后，季羡林先生的《罗摩衍那初探》和《罗摩衍那》中译本、刘安武先生的《印度两大史诗研究》、金克木先生等专家译的《摩诃婆罗多》中译本、黄宝生先生的《〈摩诃婆罗多〉导读》相继问世，对我深入学习和探讨印度两大史诗有极大的帮助。朱维之先生赐予的《圣经文学十二讲》和梁工教授寄赠的《圣经文学导读》，使我受益良多，如无这两部专著的帮助，就写不出本书第三章希伯来史诗的书稿。上述译著和专著，对完成书稿起到了不可轻估的作用。向我的老师和专家谨致由衷的谢意。

东方文学，发轫于上世纪 50 年代末，在我国依然是新兴的需要大力扶植的学科。半个世纪以来，正是由于出版业的有识之士鼎力相助，才涌现了许多新成果。今天，出版社从支持新兴的学科出发，不顾经济效益，高瞻远瞩，决定刊行这一水平不高的书稿，谨向出版社领导致以真挚的谢意。

我还要感谢责任编辑刘敬文先生，他为本书的出版尽心竭力，一丝不苟，责任心极强，使我敬佩和感激。令人难忘的是，我当年的研究生，也是我的忘年之好李建欣博士，牺牲了许多宝贵的时间认真细致地复查了书稿，并给以改谬正误，在此也一并致谢。

张朝柯

2015 年 2 月 20 日

责任编辑:刘敬文
封面设计:薛　宇

图书在版编目(CIP)数据

论东方古代六大史诗/张朝柯 著. -北京:人民出版社,2015.3
ISBN 978-7-01-014298-2

Ⅰ.①论…　Ⅱ.①张…　Ⅲ.①史诗-诗歌研究-东方国家-古代
Ⅳ.①I106.2

中国版本图书馆 CIP 数据核字(2014)第 298046 号

论东方古代六大史诗

LUN DONGFANG GUDAI LIUDA SHISHI

张朝柯　著

人民出版社 出版发行
(100706　北京市东城区隆福寺街 99 号)

北京中科印刷有限公司印刷　新华书店经销

2015 年 3 月第 1 版　2015 年 3 月北京第 1 次印刷
开本:710 毫米×1000 毫米 1/16　印张:29
字数:470 千字

ISBN 978-7-01-014298-2　定价:58.00 元

邮购地址 100706　北京市东城区隆福寺街 99 号
人民东方图书销售中心　电话 (010)65250042　65289539